3

PLURALITÉ & UNITÉ

7

SPÉCIALITES RÉGIONALES

TÊTES D'AFFICHE

37

ESCAPADES GOURMANDES

59

VINS ET VIGNOBLES

80

SÉLECTION GAULT&MILLAU

CHÂTEAU DE MASSILLAN

Au cœur d'une Provence authentique et aux portes de la Drôme provençale se niche un établissement d'exception ; un Relais de chasse Renaissance devenu l'un des fleurons de l'accueil écologique, où la table gastronomique Le M trouve son inspiration au cœur de son potager éco-certifié.

www.chateaudemassillan.fr
730 chemin de Massillan, 84100 Uchaux
Tél : +33 (0)4 90 40 64 51

HÔTELS & PRÉFÉRENCE

À MASSILLAN LE POTAGER EST LE TERRAIN DE JEU FAVORI DU CHEF MICKAËL FURNION

Petit-fils d'agriculteur il y retrouve ses gestes d'enfance ainsi que les valeurs de la terre, des cultures et élevages de qualité.

Crédit photos : Olivier Michallet, Francis Vauban

PLURALITÉ & UNITÉ

Que l'on s'éloigne de la côte ou que l'on prenne de la hauteur, que l'on explore ce que certains appellent l'arrière-pays – qu'il soit niçois, aixois ou marseillais – ou que l'on parte à l'assaut des aiguilles de Bavella, du mont Ventoux ou du mont Pelat, que l'on goûte les eaux cristallines du lac d'Esparron ou celles tumultueuses de la Chisà, que l'on préfère finalement buller sur les plages de Pampelonne ou de Palombaggia, partir en virée en bateau dans les calanques de Cassis ou les criques cachées autour de l'Île-Rousse ; que l'on craque pour les calissons d'Aix, les navettes marseillaises ou les frappes corses, pour la socca niçoise ou la gardianne d'Arles... Peu de régions ou de territoires offrent autant de variétés de paysages, de terroirs, de forces, de cultures que la région Provence-Alpes-Côte d'Azur (PACA), la Corse et Monaco.

Entre les sommets – culminant à 4102 m (barre des Écrins) dans l'une, à 2706 m (Monte Cinto) dans la seconde –, des champs de lavandes et d'oliviers, des vignes, des garrigues et des maquis, des villages accrochés, suspendus, perdus parfois... des savoir-faire, savoir-(bien)vivre, savoir-(bon)vivre, savoir-(beau)vivre... et, enfin, celle qui a façonné une identité commune : la mer Méditerranée.

Celle vers laquelle le regard porte, toujours... La Méditerranée et ses nombreux surnoms glanés tout au long de son histoire. Le centre de la terre pour les Romains, « Mare Nostrum », à la fois aimant et lien indéfectible. Celle qui forme un bassin reliant les hommes de Provence et du Péloponnèse, de Corse et des Pouilles, de Monaco et d'Izmir, de Marseille et du Caire. Celle qui rassemble et fusionne, qui a permis à des cuisines de ne devenir qu'une, puis même d'être associée à un régime. Celle qui a façonné une culture commune, comme en témoignent le fascinant Mucem, musée pluriel et geste architectural qui place Marseille au cœur de la « mer du Milieu », l'Union pour la Méditerranée, qui, malgré quelques retards à l'allumage, montre bien à quel point les objectifs de 42 pays, membres de l'Union européenne et bordant la « Grande Mer », peuvent aussi être identiques, ou encore l'Union des universités de la Méditerranée, qui prouve l'importance de la jeunesse et de la transmission des savoirs dans la « mer Blanche ».

La transmission, justement, est également une préoccupation pour les hôteliers, les restaurateurs et les artisans qui ont à cœur de continuer à faire éclore les énergies dans leur région Paca et en Corse. Des énergies qu'il faut valoriser en leur apportant un soutien constant et éclairé. C'est bien ce que nous faisons chez Gault&Millau, car c'est là notre mission première : dénicher des talents et les mettre en avant, révéler de nouvelles forces et les promouvoir, repérer ceux qui inventent la gastronomie de demain et poser sur eux nos regards d'experts résolument neutres et impartiaux, objectifs mais bienveillants, passionnés, bien sûr, mais inflexibles.
Alors, laissez-vous porter, vous, au fil de ces pages, par la richesse de ces terroirs et territoires, de ces regards et talents, de ces gestes et élans qui tendent tous vers l'excellence.

STÉPHANE BRÉHIER
DIRECTEUR DE LA RÉDACTION

PACA-CORSE-MONACO

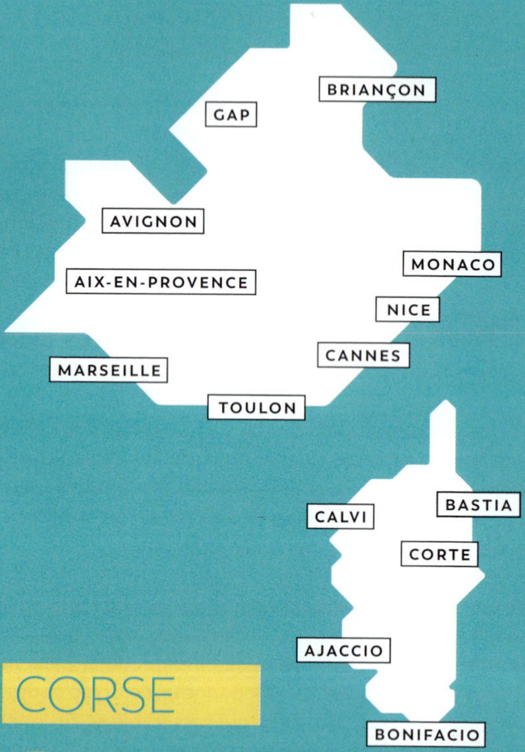

PACA

5 020 000
habitants en région PACA

9
parcs naturels régionaux en région PACA

75%
du territoire de la région PACA est composé d'espaces naturels non urbanisés

2 920 heures
C'est, selon les observations de Météo France, le nombre d'heures d'ensoleillement à Marignane, ville où le soleil a le plus brillé en 2021 en France

11 pôles
de compétitivité en région PACA

64 970
hectares consacrés aux vignes de vins AOP, pour une production totale de 2 717 930 hectolitres (2020), versus 88 790 hectares

CORSE

43
habitants/km² en Corse versus 168 habitants/km², moyenne nationale

453
hôtels en Corse dont 22 5-étoiles

39%
du PIB insulaire vient du tourisme

9 AOP en Corse
Ajaccio, Patrimonio, Corse-Calvi, Corse-coteaux-du-Cap-Corse, Corse-Figari, Corse muscat-du-Cap-Corse, Corse-Porto-Vecchio, Corse-Sartène, vin de Corse

MONACO

2 508
chambres d'hôtels à Monaco dont 633 en 5-étoiles

SPÉCIALITÉS RÉGIONALES

LES BARBAJUANS

Dans la lignée des nombreux enrobages chers à la cuisine méditerranéenne, les barbajuans monégasques tiennent une place à part, puisque c'est là l'une des rares spécialités revendiquées par la principauté (on en sert sur les meilleures tables, y compris au « Dîner du Prince »). Il s'agit de raviolis frits – plus courants dans la cuisine asiatique que dans la méditerranéenne – généralement farcis de blette et de ricotta, et parfois de courge à la façon italienne. On les sert plutôt à l'apéritif ou en entrée plutôt qu'en accompagnement.

LA FARIGOULE, LIQUEUR DE THYM

On connaît depuis l'époque romaine les propriétés médicinales du thym. Sous forme de liqueur, que l'on appelle aussi tout simplement farigoule (le thym, en Provence), il apporte douceur et puissance conjuguées, et n'offre pas les mêmes plaisirs ni la même utilisation qu'une infusion, également bénéfique. Le thym se ramasse au printemps, en fleurs, et macère dans un mélange d'eau et d'alcool, avant d'être distillé et de recevoir un ajout de sirop de sucre. La liqueur de thym est produite principalement en Provence et en Rhône-Alpes, la marque la plus connue, la Farigoule de Forcalquier, appartenant au groupe des Distilleries de Provence, qui commercialise aussi le pastis Henri Bardouin.

LES NAVETTES

Ces petits biscuits typiques, en forme de barque, sont associés à l'arrivée des saintes Maries sur la côte. Ils sont généralement préparés à la Chandeleur et symbolisent la fécondité. Ils s'apparentent à une pâte sablée dans laquelle, bien sûr, l'huile d'olive remplace le beurre, et on les parfume le plus souvent à la fleur d'oranger. Délicieuse quand elle sort du four, tiède et moelleuse, la navette se conserve très bien à l'abri de l'air pour rester bien croquante. On la savoure seule avec une boisson chaude, mais aussi avec un dessert lacté ou fruité.

L'OMELETTE AU BROCCIU

Incontournable spécialité corse, que vous trouvez dans tous les restaurants de l'île, et objet d'un certain malentendu. Tout simplement parce que le brocciu est fabriqué en hiver, à base de lactosérum et de lait frais de brebis (ou de chèvre) et que l'on ne peut pas faire une omelette au brocciu frais en été, quand les touristes sont là. Il est alors remplacé par la brousse, équivalent provençal qui n'a pas les mêmes contraintes que l'AOC/AOP brocciu. L'omelette au brocciu est un mets délicieux, que l'on relève d'herbe fraîche, par exemple les premières feuilles de menthe sauvage du printemps.

TÊTES D'AFFICHE

AUGUSTE ESCOFFIER CHEF

Il est d'usage de rapporter que c'est Paul Bocuse qui a « sorti les chefs de leurs cuisines ». Tant il est vrai que les usages des IIIe et IVe Républiques tendaient à identifier un restaurant à son patron ou à son propriétaire, tout le petit monde caché derrière les portes de l'office constituant l'armée subordonnée et invisible. Il ne faut pourtant pas oublier quelques grandes figures qui ont révolutionné non seulement la cuisine, mais aussi son image à travers le monde. Et pour Auguste Escoffier, le monde n'a jamais été trop grand.

Né à Villeneuve-Loubet en 1846, il fait ses premières armes de marmiton à Nice, avant de « monter à Paris ». Volontaire et visionnaire, il est le premier à donner des noms de célébrité à ses plats, comme la poire Belle-Hélène ou le poulet George Sand. Au Savoy de Londres, il invente les crêpes Suzette (une jeune personne charmante qui accompagnait ce soir-là le prince de Galles) et la pêche Melba, pour Nelly Melba, cantatrice de renom. Mais la plus géniale invention d'Escoffier n'est pas la plus connue : ce sont ces dîners d'Épicure, servis en même temps dans les plus grands hôtels du monde pour que la même excellence française rayonne au même moment et en différents endroits. Comme si Escoffier avait le don d'ubiquité. L'Histoire retient ses nombreux écrits sur la cuisine, la Légion d'honneur qu'il reçoit à 82 ans (premier cuisinier à obtenir cette distinction), et la fondation des Disciples Escoffier. Mort en 1935, il repose dans son village natal, qui lui a consacré un musée.

JACQUES MAXIMIN
CHEF

Un génie, un précurseur, un orfèvre en vif-argent… Quel que soit le grand chef de cette génération dorée, propulsée sur le devant de la scène par Gault&Millau au tournant des années 1980, tous ont affection et admiration pour Jacques Maximin. La plupart d'entre eux, dont certains membres de l'Académie des Toques d'or, en parlent comme *« le plus doué d'entre nous »*. Ses frasques et ses excès, ses ambitions et ses éclats font partie de ce personnage entier et sans concession, de ce « Bonaparte des fourneaux », ainsi que Henri Gault et Christian Millau le surnommèrent, qui a toujours préféré la démesure à la demi-mesure. Il fallait le connaître dans son restaurant-théâtre où les spectateurs-clients découvraient les cuisiniers sur scène à la fin du repas, lorsque le rideau se levait, dans l'ancienne salle de Sacha Guitry. Mais pour nombre d'entre nous, la révélation a eu lieu au tout début des années 1980, dans les cuisines du Negresco, au restaurant Chantecler.

Le « Maximin du Negresco » est devenu une légende en révolutionnant la cuisine Riviera, en apportant les fulgurances d'une personnalité unique. Celui qui disait à ses disciples *« créer, c'est ne pas copier »*, tout en disposant d'un impressionnant bagage technique, est né dans le Pas-de-Calais en 1948, a fait son apprentissage au Touquet, fréquenté Christian Willer à la Baule, avant de rejoindre Roger Vergé au Moulin de Mougins, puis Jo Rostang à la Bonne Auberge pour son premier poste de chef. Il y rencontre Bruno Cirino, avant d'intégrer le Negresco, en 1978. S'ensuit alors une décade prodigieuse : titre de MOF en 1979, et 17/20 en 1980, Cuisinier de l'Année et 19,5/20 en 1982…

En 1986, Gault&Millau écrit *« offrons des brassées (de roses) à Maximin pour son invention apparemment inépuisable et continuellement renouvelée, sa virtuosité fantastique, son sens des saveurs pointues, typiquement provençales, et des mariages de goûts parfois insolites mais toujours justes et la simplicité limpide d'une cuisine qui parvient à faire oublier, par sa pureté et sa finesse, sa complexité savante »*. Le grand mot est lâché : « Simplicité », ce graal recherché par tous ces grands qui ont tant appris et qui parviennent, par une forme de grâce, à s'effacer pour tendre vers l'épure et la quintessence.

Jacques Maximin fut l'égal de Robuchon dans la virtuosité, avec un tempérament de feu et de cristal sans doute unique dans l'histoire de la restauration française. Et des valeurs humaines rares et précieuses, une sensibilité à fleur de peau, un humour et une générosité intelligente qui créent cette cuisine d'émotion et de sensualité. Jacques Maximin est tout cela à la fois, un homme de bien avec un cœur gros comme ça qui a voué sa vie et son talent à la cuisine française. Reconnu et demandé par tous, il est aujourd'hui consultant de haut vol, notamment auprès d'Alain Ducasse pour son école d'excellence.

CHRISTIAN SINICROPI
CHEF

Et s'il n'en reste qu'un! Flashback, comme on dit à Cannes, une petite trentaine d'années en arrière. La ville est alors un chaudron de culture gastronomique autant que cinématographique. Les grandes toques rivalisent, les Chauveau, Chibois, Willer font la course en tête. Et Bruno Oger, quelques années plus tard, sera Cuisinier de l'Année au Majestic. Cannes est la première destination gourmande de la Côte d'Azur. Puis le pragmatisme a pris le dessus et, avec lui, les directeurs financiers des palaces. On a enlevé le pinceau aux artistes et on a donné les clés aux comptables. Cannes s'est transformé en bazar à la tropézienne pour un tourisme international qui réclame du burger et du tataki de thon. Toutes les grandes tables, tous les grands chefs ont disparu. Tous? Non! Comme le petit village d'Astérix, il reste sur la Croisette un bastion de la haute gastronomie à la française, et un chef irréductible: Christian Sinicropi.

Il a l'avantage d'être cannois, d'avoir grandi ici, et d'avoir fait ses premières armes avec Christian Willer, au Martinez, dans cette Palme d'Or qu'il défend aujourd'hui. Et malgré cette formation si limpide (Buerehiesel, Louis XV...), il reste un cuisinier singulier, attachant, et qui se réinvente chaque jour. Lui-même définit sa cuisine comme un mouvement. Et il est impossible de la dépeindre autrement que comme une sorte de sillon, de spirale de voie lactée qui vous emmène dans un univers à part. Le mouvement et la poésie, liés dans une recherche approfondie des formes, des saveurs, des parfums. Il ne dévoile qu'à très peu d'initiés quelques secrets, mais son labo aux éprouvettes de parfums, ses petites boîtes enfermant ses trésors, naturels ou de savantes combinaisons ne lui donne pas des clés, mais des pistes. Il relie des impressions, assemble des idées, des souvenirs, des évocations. Toujours dans le mouvement.

Dans la salle de la Palme d'Or, dans le manège convenu d'un service de palace, les convives sont pourtant en totale liberté. Ils ne choisissent pas des plats, mais des thématiques et un mouvement. Puis s'immergent dans une expérience dont ils ne ressortiront pas indemnes. L'artiste va aussi loin que possible. Avec son épouse céramiste, il modèle l'environnement d'un plat par le contenant comme par le contenu, l'inscrit dans le mouvement, raconte une histoire qui part d'un champ, d'un ciel, d'une colline et se transforme par pollinisation jusqu'à une émotion gustative. C'est vrai, cette cuisine-là n'est pas tout à fait une cuisine de palace, mais plutôt d'auteur. Et quand bien même ils seraient encore une dizaine aujourd'hui à faire rayonner la ville comme dans les années 1990, Christian Sinicropi serait encore ce diamant brut qui scintille, envoie des ondes magnétiques, et offre cette image – seul maître à bord depuis une quinzaine d'années – d'une excellence française personnifiée et unique.

La Palme d'Or – 18/20

73, boulevard de la Croisette, 06400 Cannes – T. 04 92 98 74 14

MATTHIEU DUPUIS BAUMAL
CHEF

On l'imagine poussant en mêlée, pilier ou talonneur, enfonçant les lignes, faisant saillir les muscles et les tatouages. Mais quand il pose une feuille ou quelques grains de caviar pour terminer un dressage, quand il caresse un filet de poisson d'une sauce délicate, il fait preuve d'une précision d'orfèvre, d'une finesse digne d'un artiste apportant la dernière touche au tableau de la pointe de son pinceau. Cette dualité, Matthieu Dupuis Baumal l'assume et la cultive. Ce concentré d'énergie est un meneur qui a besoin d'adrénaline pour entraîner son équipe vers les sommets. Comme sur un ring, comme sur ses rollers, il avance avec ses tripes et sa sueur.

Et tout le monde le suit dans ce très beau Château de la Gaude où il déjà bâti son univers, réunissant un restaurant gastronomique, Le Art, une brasserie, La Source, et deux entités inspirées du Japon qu'il connaît si bien, presque une seconde patrie : le Kaiseki Gastronomique, pour la haute cuisine nippone, et le Kaiseki Lounge, un bar japonais proposant une cuisine plus fusionnelle.

Château de la Gaude – 16/20

3959 route des Pinchinats, 13100 Aix-en-Provence – T. 04 84 93 09 30

ARNAUD DONCKELE
La Vague d'Or –
Cheval Blanc St-Tropez

MAURO COLAGRECO
Mirazur

ALAIN DUCASSE
Le Louis XV – Alain Ducasse
à l'Hôtel de Paris

ALEXANDRE MAZZIA
AM par Alexandre Mazzia

GLENN VIEL
L'Oustau de Baumanière

JACQUES CHIBOIS
La Bastide Saint-Antoine

DIMITRI DROISNEAU
La Villa Madie

LES GRANDES TOQUES

TOQUE D'OR

Alain Ducasse
Le Louis XV – Alain Ducasse à l'Hôtel de Paris,
à Monaco

5 TOQUES

Alexandre Mazzia
AM par Alexandre Mazzia,
à Marseille, 13

Christophe Bacquié
Christophe Bacquié – Hôtel du Castellet,
au Castellet, 83

Arnaud Donckele
La Vague d'Or – Cheval Blanc St-Tropez,
à Saint-Tropez, 83

4 TOQUES

Bruno Oger
Villa Archange,
au Cannet, 06

Jacques Chibois
La Bastide Saint-Antoine,
à Grasse, 06

Arnaud Faye
La Chèvre d'Or,
à Èze, 06

Dimitri Droisneau
La Villa Madie,
à Cassis, 13

Christian Sinicropi
La Palme d'Or – Hôtel Martinez,
à Cannes, 06

Bruno Cirino
Hostellerie Jérôme,
à La Turbie, 06

Gérald Passedat
Passedat – Le Petit Nice,
à Marseille, 13

Gaël et Mickaël Tourteaux
Flaveur,
à Nice, 06

Mauro Colagreco
Mirazur,
à Menton, 06

Glenn Viel
L'Oustau de Baumanière,
aux Baux-de-Provence, 13

ARNAUD TABAREC
Beam Kitchen – Le Télégraphe

LUDOVIC TURAC
Une Table, au Sud

FLORENT MARGAILLAN
Grand Hôtel du Cap-Ferrat

VINCENT MAILLARD
Lily of the Valley

GAULT& MILLAU TOUR PACA 2022

GAULT&MILLAU D'OR

Christian Sinicropi
La Palme d'Or – Hôtel Martinez, à Cannes, 06

GRAND DE DEMAIN

Ludovic Turac
Une Table, au Sud,
à Marseille, 13

JEUNE TALENT EN SALLE

Marine Gauthier
Jeanne,
à Antibes, 06

EXCELLENCE

Vincent Maillard
Lily of the Valley,
à La Croix-Valmer, 83

TRADITION D'AUJOURD'HUI

Pierre Altobelli
Chez Davia,
à Nice, 06

JEUNE TALENT

Sarah Chougnet-Strudel
Regain,
à Marseille, 13

SOMMELIER

Eugénie Flipo
Les Trois Coups,
à Marseille, 13

PÂTISSIER

Florent Margaillan
Grand Hôtel du Cap-Ferrat,
à Saint-Jean-Cap-Ferrat, 06

ACCUEIL

Anne et Julien Gleize
L'Agape,
à Avignon, 84

CUISINE DE LA MER, DES LACS ET DES RIVIÈRES

Pierre Grein
Restaurant Pierre Grein,
à Manosque, 04

TERROIR D'EXCEPTION

Arnaud Tabarec
Beam Kitchen – Le Télégraphe,
à Toulon, 83

PASCAL LAC
ARTISAN

C'était juste une boutique de douceurs, c'est devenu une marque. Un emblème. À Nice et alentour, on va chez Lac pour être sûr de plaire, pour montrer qu'on a bon goût. Depuis 1995, Pascal Lac et son épouse ont fait du chemin. Et essaimé leur savoir-faire et leur production avec la création de cinq boutiques, dont trois à Nice. À La Trinité, où se trouve le laboratoire, ils animent des ateliers de formation à la pâtisserie et la chocolaterie.

Reconnue depuis plusieurs années comme faisant partie du cercle très fermé des 20 meilleurs chocolatiers de France par le Club des croqueurs de chocolat, la maison ne cesse de rayonner, et son avenir semble encore mieux tracé depuis l'arrivée du fils, Julien Lac, aux côtés de ses parents. Sans aucun doute celui-ci va continuer de faire avancer la marque vers toujours plus d'excellence. La signature Lac, c'est aussi un design, particulièrement soigné et éclairé. Si vous ajoutez les bonbons au chocolat et les confiseries, les macarons ainsi que de belles pièces montées pour les (très) grandes occasions, vous comprendrez sans mal les raisons de son succès.

Pascal Lac

18, rue Barla, Nice – T. 04 93 55 37 74
49, rue Gioffredo, Nice – T. 04 93 82 57 78
12, rue de la Préfecture, Nice – T. 04 93 53 60 69

DOMAINE DU JASSON ARTISAN

Sur le territoire de La Londe-les-Maures, tellement riche pour la production viticole (Saint-André de Figuière, Pas du Cerf, Les Valentines, Ott…), les oliviers s'expriment aussi. Ainsi du Domaine du Jasson, réputé pour son huile d'olive AOC depuis 1990. Dans la boutique, vous pourrez donc trouver la fameuse huile d'olive de Provence (AOC depuis 2007) vierge extra, mais aussi l'huile monovariétale sur une appellation HOF huile d'olive de France.

Pierre Carra a profité du climat méditerranéen pour développer une autre culture très porteuse depuis plusieurs années : les agrumes. Sont ainsi cultivés citron, orange, mandarine, mais aussi toutes les raretés aujourd'hui très demandées : combava, main de bouddha, yuzu, kumquat, cédrat, citron Meyer, bergamote, kalamansi, citron caviar, bigarade et d'autres encore. C'est ainsi que sont nées les bien nommées Agrulive, des huiles d'olive pressées avec les agrumes du lieu pour donner un condiment étonnant : des huiles déclinées au citron vert (idéal pour agrémenter une salade de poulpe), à la mandarine (puissante, elle rehausse une salade de fruits), à la main de bouddha (pour parfumer une crêpe) ou au combava (parfaite sur un ceviche)…

Domaine du Jasson
680, route départementale 88
83250 La-Londe-Les-Maures – T. 04 94 66 90 26

FRÉDÉRIC BIOUSSE
& GUILLAUME FOUCHER
HÔTELIERS

Les changements de vie surviennent souvent de la même façon ; la lassitude fait alors place à une nouvelle passion. La preuve avec Frédéric Biousse, chef d'entreprise hors pair qui a fait les grandes heures de prestigieux groupes de prêt-à-porter avant d'être rattrapé par un constat. *« En 2014, j'ai compris que j'avais fait le tour de la mode et j'ai eu envie de revenir à mes racines, à la terre. Avec mon mari, Guillaume Foucher, nous avons commencé à visiter des vignobles et, très vite, découvert le Domaine de Fontenille dans le Luberon, une bastide du XVIIe siècle abandonnée entourée de vignes. Le coup de cœur a été absolu ! »*

Le domaine dépasse leur budget. Nécessité faisant souvent loi, ils décident de le transformer en hôtel pour financer l'acquisition avec, d'emblée, une conviction : *« Nous avons voulu nous démarquer des hôtels de luxe souvent impersonnels en proposant une offre plus chaleureuse, et plus sincère. Pour cela, on s'est dit qu'il fallait concevoir nos lieux nous-mêmes et les penser comme nos propres maisons. »* Ce principe a, par la suite, présidé à l'aménagement des sept hôtels qu'ils possèdent désormais et qui composent une étonnante collection baptisée... Les Domaines de Fontenille. Frédéric et Guillaume ne font pas appel à un architecte d'intérieur, ils repensent les espaces, choisissent les peintures, chinent les meubles ou font travailler des artisans pour des pièces sur mesure. À Fontenille, ils ont même décoré les murs de leurs photos de famille ! Résultat, leurs hôtels leur ressemblent et leurs clients aiment ça. 60% sont des fidèles et 75% ont déjà découvert deux de leurs établissements.

Leur objectif, désormais ? Bâtir la plus jolie collection d'hôtels indépendants d'Europe. Ils sélectionnent pour cela chaque lieu avec soin, incontournable en matière de géographie, de culture et de gastronomie, mais aussi d'authenticité. *« Le Domaine de Fontenille reste pour nous le lieu fondateur, celui qui illustre toute notre philosophie. Les Bords de Mer, à Marseille, est le seul à fleur d'eau. À Hossegor, nous sommes au bord du lac, c'est un refuge réparateur. À Primard, nous avons racheté la demeure de Catherine Deneuve, une pépite unique qui marie le style XVIIIe et une vraie plongée dans la nature. À Minorque, nous avons réuni deux fincas historiques, entourée de 300 ha de vignobles. Et nos prochaines ouvertures sont dans le même esprit. En avril, à Yeu, avec un hôtel emblématique de l'île et, l'année prochaine, une ancienne résidence d'archevêques entourée de 15 ha entre Florence et Sienne, mais aussi à Saint-Rémy-de-Provence et en Grèce. »*

Toutes singulières, ces adresses ont néanmoins beaucoup en commun. Une gastronomie qui fait la part belle aux produits bio et *farm to table* ; des lieux restaurés dans le respect de l'environnement et un service de haut vol, avec des équipes qui ont le sentiment de bâtir ensemble quelque chose de différent. Une façon personnelle de penser l'hôtellerie ; une hospitalité au sens le plus noble du mot.

Le Domaine de Fontenille

Route de Roquefraiche, 84360 Lauris – T. 04 13 98 00 00

Les Bords de Mer

52, corniche Kennedy, 13007 Marseille – T. 04 13 94 34 00

THIERRY NAIDU
HÔTELIER

« C'est un hôtel exceptionnel dans un lieu exceptionnel. *Imaginez un village médiéval posé à 430 m d'altitude, entre ciel et mer, et, comme un jeu de piste, des chambres disséminées au fil des ruelles... »* La passion de Thierry Naidu pour la Chèvre d'Or n'est plus à démontrer, sa fidélité au lieu non plus. Après une formation hôtelière, ce natif de l'île Maurice prend les rênes de cet hôtel mythique en 1992 et en accompagnera le développement durant dix ans avant de partir vers d'autres aventures. Il rejoint alors un groupe hôtelier international à Barcelone avant de fonder, en 2010, sa propre société, qu'il baptise Phoenix Hotel Management. Un groupe de conseil et de gestion d'hôtels de luxe indépendants avec une stratégie à dimension humaine – le tout pour des adresses qui réunissent beauté des sites, gastronomie de haut vol et services dignes d'un 5-étoiles. Dans un tel contexte, la Chèvre d'Or ne pouvait que rejoindre cette collection ! Ce sera chose faite dès 2010, et Thierry Naidu se fixe désormais pour ambition de conserver l'esprit de l'hôtel de légende, qui fut l'un des tout premiers Relais & Châteaux, tout en répondant aux désirs des voyageurs contemporains.

Les grands axes de sa philosophie ? Une excellence de service tout d'abord, avec une conviction : *« À mes yeux, la relation humaine est au centre de tout, et je déteste normer l'hospitalité. J'adore entendre un client me dire qu'il vient de passer un quart d'heure avec notre jardinier et qu'il a écouté avec bonheur l'histoire de nos oliviers et de nos restanques. »* L'excellence de la gastronomie constitue la seconde règle d'or de Thierry Naidu, et les amoureux des lieux ne jurent que par la prestigieuse table La Chèvre d'Or et le bistrot Les Remparts, tous deux emmenés par Arnaud Faye. Originaire d'Auvergne et arrivé en 2016, ce chef hors pair s'est très vite imprégné de l'esprit niçois en partant à la découverte des producteurs et artisans locaux. *« Nous travaillons avec des éleveurs et des maraîchers à quelques kilomètres de l'hôtel ! Cette dimension de proximité est essentielle pour la qualité de nos tables, elle répond aussi à notre volonté de participer au développement de la région. »* Elle témoigne, enfin, de la démarche durable engagée par Thierry Naidu, qui travaille à un usage plus frugal de l'eau, au traitement écologique des déchets, sans oublier une culture raisonnée des jardins emplis d'agrumes, de bougainvilliers et de jasmins.

Un paradis qu'il préserve jalousement tout en pensant à demain. *« Nous disposons de 45 chambres indépendantes et toutes différentes, adaptées à l'architecture des maisons qui les abritent. Certaines ont des terrasses, d'autres sont en duplex... J'adorerais en réunir 50, mais nous continuerons à prendre notre temps et à nous agrandir comme nous l'avons toujours fait, à l'intérieur de ce village médiéval qui fait l'identité de la Chèvre d'Or. »* On ne saurait lui donner tort...

La Chèvre d'Or

Rue du Barri, 06360 Èze – T. 04 92 10 66 66

ÉLISABETH QUILICHINI
VIGNERONNE

Issue d'une longue tradition familiale viticole, Élisabeth Quilichini reprend début 2010, avec son mari, un tout jeune projet créé seulement dix ans auparavant par sa mère : le Domaine Castellu di Baricci, une superbe propriété située sur la commune de Sartène et surplombant la vallée de l'Ortolo. Décryptage d'une belle réussite.

La grand-mère d'Élisabeth possédait déjà l'une des plus grosses propriétés viticoles de Corse au début du XXe siècle. Dans les années 1980, la plupart des vignes, devenues trop vieilles, furent arrachées, et ce n'est qu'en 2000 que la famille décida de replanter à Sartène un tout nouveau domaine. En 2010, alors que Castellu di Barrici, 11 ha à l'époque, n'avait produit que quatre millésimes, Élisabeth Quilichini, âgée seulement de 26 ans mais bardée d'une solide formation, décide de reprendre la direction du domaine. À l'université Dauphine, elle s'est initiée aux grands vins du club d'œnologie et a validé sa maîtrise sur le commerce du vin à Bordeaux. Alors qu'elle aurait pu continuer sur la voie du commerce international, sa passion pour le domaine familial s'est donc fait plus forte. Une formation de gestion de domaine et quelques stages en caves et en œnotourisme plus tard, la jeune femme reprend effectivement et activement le domaine.

Aujourd'hui, Élisabeth Quilichini gère, avec son mari, 16 ha de vignes et souhaite perpétuer l'identité corse à travers des cépages autochtones uniquement et cultivés en bio. Côté cave, qu'Élisabeth affectionne particulièrement, les interventions sont limitées (levures indigènes et doses de soufre réduites) pour laisser s'exprimer le terroir. Il en ressort une gamme de quatre vins : un rosé, un blanc, un rouge et une solera. Côté tourisme, le couple a restauré de vieilles maisons du domaine pour accueillir les visiteurs. Et les projets ne manquent pas : la jeune passionnée vient d'acquérir une propriété dans les environs, à 500 m d'altitude, pour la replanter... de vieux cépages corses, bien évidemment, et voir comment ils se comportent en altitude. Parfaitement distribués sur l'île, les vins du domaine sont, pour le moment, plus rares sur le continent, mais Élisabeth Quilichini s'emploie à développer leur distribution en participant à de nombreux salons et manifestations. Ah oui ! un détail : la jeune femme mène de front tout cela avec quatre enfants en bas âge...

LES CÉPAGES CORSES MARQUENT L'IDENTITÉ DES VINS DE L'ÎLE

Redécouverts et replantés en force dans les années 1980, les nielluciu, sciaccarellu et bianco gentile constituent une part importante des surfaces. Suivent d'autres cépages comme le minustellu, l'aleatico, le barbarossa, le carcajolo... Dans les appellations corses, leur usage est limité, ce qui explique le passage en « Vin de France » pour nombre de vignerons qui souhaitent les utiliser davantage. D'une richesse rare à l'heure de la mondialisation des pratiques, ces cépages permettent aux vins corses de ne ressembler à aucun autre.

Castellu di Baricci

Haute-Vallée de l'Ortolo, 20100 Sartène – T. 09 88 99 30 62

ALICE EUVRARD
VIGNERONNE

Petite-fille et arrière-petite-fille de négociant, Alice Euvrard œuvre au Domaine de la Navicelle, un vignoble du littoral situé au pied du massif de la Colle Noire, non loin de Pradet. Et pourtant, rien ne la prédestinait à codiriger un domaine viticole... En effet, après un début de carrière dans le vin, les grands-parents d'Alice délaissèrent ce métier pour développer un commerce de porcelaine et de cristallerie du côté de Vesoul, où grandit la jeune femme. Alors même qu'elle a horreur des flonflons, des grandes villes et du bitume, c'est à Paris que la jeune femme finit ses études de droit et travaille dans la banque, où elle s'ennuie à mourir. Une rencontre amoureuse avec un Bourguignon passionné de grands vins lui fait passer le cap : elle reprend des études à Dijon en master de commerce international des vins et spiritueux et suit parallèlement les cours du diplôme national d'œnologue (DNO). La voie est alors toute tracée...

Tout d'abord, Alice Euvrard passe presque dix ans au Domaine de Vénus, dans le Roussillon, où elle prend en charge le développement de la marque. Le succès est tel qu'elle est « chassée » par un cabinet de recrutement pour un poste en Provence. À quelques kilomètres de Toulon, au Domaine de la Navicelle, propriété d'Ingvar Kamprad, fondateur d'Ikea, elle forme maintenant un duo avec Romain Magnanou, le directeur d'exploitation. À lui les vignes et la cave, à elle le commerce, le marketing et la communication. Au quotidien, ces deux-là s'entendent à merveille et prennent les décisions de concert. En trois ans, la production vendue en bouteilles double, et les vins trouvent leur place, et surtout leur identité. Désormais, le domaine est reconnu et les projets de développement ne manquent pas, notamment en œnotourisme : un panel d'activités permet aux amoureux de bons vins de venir partager de savoureuses expériences au sein du vignoble.

« En Provence, plus qu'ailleurs, faire de bons vins ne suffit plus. Il faut que l'ensemble soit diversifié, qualitatif, bien présenté, au bon prix et avec une communication adéquate. » Un challenge idéal pour Alice Euvrard qui adore ce qu'elle fait et propose aujourd'hui une vraie gamme homogène. L'objectif est maintenant de consolider la marque afin que Navicelle s'inscrive dans le palmarès des grands domaines de la région. Sans nul doute, Alice mène avec brio sa *navicella*, mot signifiant « petit bateau » ou « vaisseau spatial » en italien.

DES VINS GÉNÉREUX DIGNES DES PLUS GRANDS TERROIRS

Avec une forte proportion du cépage tibouren dans les assemblages, les 120 000 bouteilles font la part belle au rosé (75%), avec plusieurs références allant de « À Flot », le plus léger, apéritif en diable, jusqu'à « Zéphir », une cuvée de gastronomie à découvrir absolument. Le cœur de gamme restant « Navicelle », un rosé associant finesse et belle présence, disponible pour une quinzaine d'euros. On se régalera également des trop rares blancs et rouges. En blanc, le côté salin des vins permet d'envisager tous les accords marins. Pour les rouges, on n'hésitera pas à rechercher des viandes de caractère.

Domaine de la Navicelle

1617, chemin de la Cibonne, 83220 Le Pradet – T. 04 94 21 79 99

ESCAPADES GOURMANDES

PROMENADE DES ANGLAIS

48 HEURES À NICE

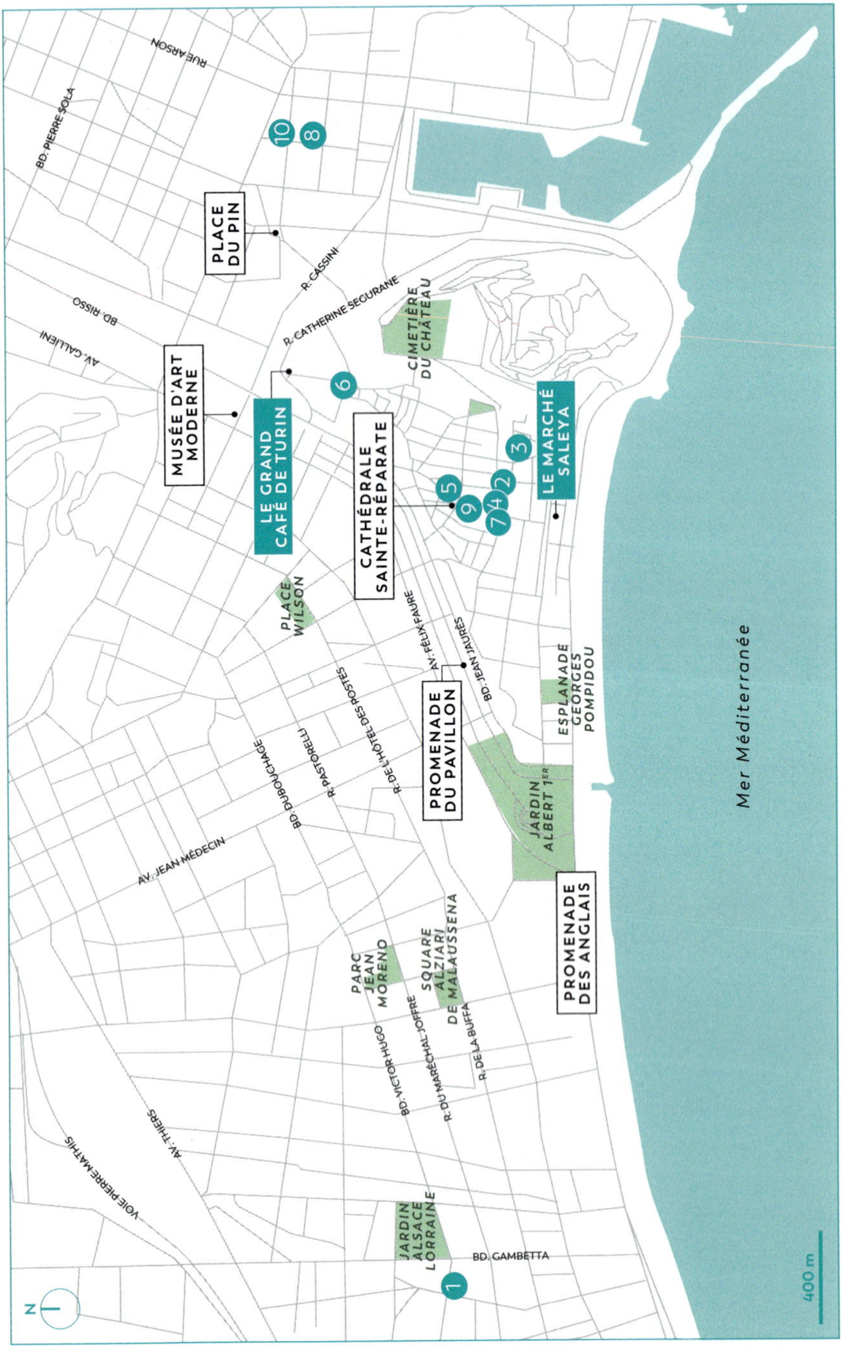

RUE ARSON
BD. PIERRE SOLA
PLACE DU PIN
R. CASSINI
BD. RISSO
AV. GALLIENI
R. CATHERINE SEGURANE
CIMETIÈRE DU CHÂTEAU
MUSÉE D'ART MODERNE
LE GRAND CAFÉ DE TURIN
CATHÉDRALE SAINTE-RÉPARATE
LE MARCHÉ SALEYA
PLACE WILSON
AV. FÉLIX FAURE
BD. JEAN JAURÈS
R. DE L'HÔTEL DES POSTES
R. PASTORELLI
BD. DUBOUCHAGE
PROMENADE DU PAVILLON
ESPLANADE GEORGES POMPIDOU
JARDIN ALBERT 1ER
Mer Méditerranée
AV. JEAN MÉDECIN
PROMENADE DES ANGLAIS
PARC JEAN MORENO
SQUARE ALZIARI DE MALAUSSENA
BD. VICTOR HUGO
R. DU MARÉCHAL JOFFRE
R. DE LA BUFFA
AV. THIERS
VOIE PIERRE MATHIS
JARDIN ALSACE LORRAINE
BD. GAMBETTA
N
400 m
1
2
3
4
5
6
7
8
9
10

48 HEURES À NICE

Nice n'est pas seulement une très belle ville, iconique par sa promenade des Anglais. Loin s'en faut! C'est avant tout une cité vivante, riche de ses brassages, entre France et Italie, entre mer et montagne, qui ont contribué à créer une culture culinaire unique en France. D'ailleurs, de nombreux jeunes chefs s'y installent, puisant dans ces racines et ce contexte favorable une inspiration sans limites.

Jusqu'au XIIe siècle, la cité fortifiée se limitait à ce promontoire dominant la Méditerranée. S'il reste peu à voir aujourd'hui en matière d'architecture, hormis quelques vestiges médiévaux des fortifications et du palais détruits sur ordre de Louis XIV en 1706, les jardins, pour peu que l'on n'ait pas peur d'une grimpette un peu rude, sont superbes et la vue magnifique. On redescend par l'ascenseur du château qui arrive rue des Ponchettes, à l'entrée de la promenade et du marché Saleya. →

1

DORMIR

Hôtel Amour

3, avenue des Fleurs

Au cœur de Nice, ce nouvel Amour prend des allures de villa sudiste avec 38 chambres décorées de meubles chinés et d'une literie de palace. Un établissement qui joue l'exclusivité avec son rooftop de rêve avec piscine et sa plage privée.

JOUR 1

2

DÎNER – 12/20

Le Bistrot d'Antoine

27, rue de la Préfecture

Dans le bistrot idéal d'Antoine Crespo, les touristes rejoignent les Niçois, chacun étant accroché et séduit par une ardoise toujours alléchante où l'on trouve si facilement son bonheur.

JOUR 2

3

PANIER GOURMAND

Le Fournil Zielinska

4-6, rue Jules-Gilly

Dominika Zielinska et son complice boulanger Julien sélectionnent des farines anciennes, utilisent du bio et du levain naturel, pour des pains de très haut goût, petit épeautre, khorazan, amidonnier, pétanielle...

→ **Le marché Saleya**

Incontournable, indispensable, coloré, fleuri, parfumé, le marché Saleya est un vrai beau marché méditerranéen tel qu'on peut l'imaginer, avec tous les légumes de saison, les fleurs, les produits de la mer. On trouve encore parfois la très rare poutine – ces alevins de sardines ou d'anchois, délicieux juste à l'huile, et base du pissalat. On y croise autant de touristes que de locaux, et ce tout au long de l'année. Juste derrière, les ruelles du Vieux-Nice. Parcourez d'abord sa lisière, la rue de la Préfecture, qui borde la place du Palais-de-Justice et la préfecture. Puis enfoncez-vous douillettement par les rues transverses. La vieille ville s'étend au pied de la colline du château, limitée au nord par le boulevard Jean-Jaurès et la place Garibaldi. Entre les deux, un monde secret et grouillant, une ambiance unique, des odeurs de socca, de farcis, de charcuteries et de fleurs. Laissez-vous porter, ne manquez pas la cathédrale Sainte-Réparate, un très beau monument classé de la fin du XVIIe siècle de style baroque,

LE FOURNIL ZIELINSKA

4

DÉJEUNER

Le Safari

1, cours Saleya

Les Niçois fréquentent depuis des décennies cette brasserie emblématique qui propose un large choix de spécialités méditerranéennes, servies avec une redoutable efficacité malgré la grande capacité.

5

PETIT CREUX

Fenocchio

2, place Rossetti

Trois générations se sont succédé dans cette boutique emblématique. Sur la place Rossetti, on se régale des multiples parfums méditerranéens des glaces et sorbets (une centaine !).

6

DÎNER – 11/20

La Table Alziari

4, rue François-Zanin

Une enseigne immuable, typique de la vieille ville, où tout est un régal : les farcis, les aubergines à la provençale, la morue à la niçoise, la daube d'agneau, les alouettes sans tête parmi les meilleures de la ville.

FAÇADE GARIBALDI

accentué par une façade redessinée en 1825. Parmi les rues et places à arpenter et qui peuvent dessiner un itinéraire, empruntez rue du Marché, rue de l'Abbaye, rue Sainte-Réparate, place Rossetti, rue Benoît-Bunico, rue Droite qui se prolonge en rue Pairolière que vous suivrez jusqu'au bout pour déboucher place Garibaldi.

Place Garibaldi et rue Bonaparte

La jeunesse dorée, les bourgeois (bohèmes ou non), les hipsters et les instagrameurs, et tout simplement les amoureux de cette ville splendide se doivent de passer un moment dans le quartier Garibaldi, et plus précisément autour de la fameuse place du Pin. Par ses dimensions harmonieuses, ses arcades, ses façades ocre à toits de tuiles, ses balcons de fer forgé et ses volets verts, cette place est un attrape-cœur. Dédiée à Giuseppe Garibaldi, l'un des pères fondateurs de l'Italie moderne, né ici à Nice, la place Garibaldi, donc, accueille le Grand Café de Turin, véritable institution locale depuis plus d'un siècle. En descendant la rue Bonaparte vers la place du Pin, vous passerez au n° 6 devant la maison qu'occupa Napoléon en 1794. Dans ce qui est surnommé le Marais niçois, vous pourrez prolonger vers le port, notamment par les rues Bavastro et Lascaris, pour d'autres ambiances, tout aussi charmantes. Saisissant, à la volée, un peu de cette âme niçoise.

JOUR 3

7

PANIER GOURMAND

Barale

7, rue Sainte-Réparate

Le pape, on peut même dire l'empereur du ravioli niçois ! Il faut les avoir goûter au moins une fois dans sa vie !

8

DÉJEUNER – 11/20

Chez Pipo

13, rue Bavastro

Socca Pipo, la meilleure de Nice ? La queue sur le trottoir n'est pas une illusion, et nous répétons chaque année depuis plus de dix ans que cette tranche de vie niçoise est un incontournable.

9

PETIT CREUX

Azzurro

1, rue Sainte-Réparate

Un glacier bien connu du Vieux-Nice, qui enchante les touristes avec ses nombreux parfums (plus de 50 !), sur sorbets, glaces à l'italienne, et des recettes originales.

10

Le Bœuf Tatoué

40, rue Bonaparte

L'ancienne charcuterie italienne est devenue l'une des boucheries les plus connues de la ville, présentant viandes maturées bien sélectionnées, charcuteries choisies chez des artisans réputés.

VUE DU SOMMET

3 JOURS AUTOUR DU MONT VENTOUX

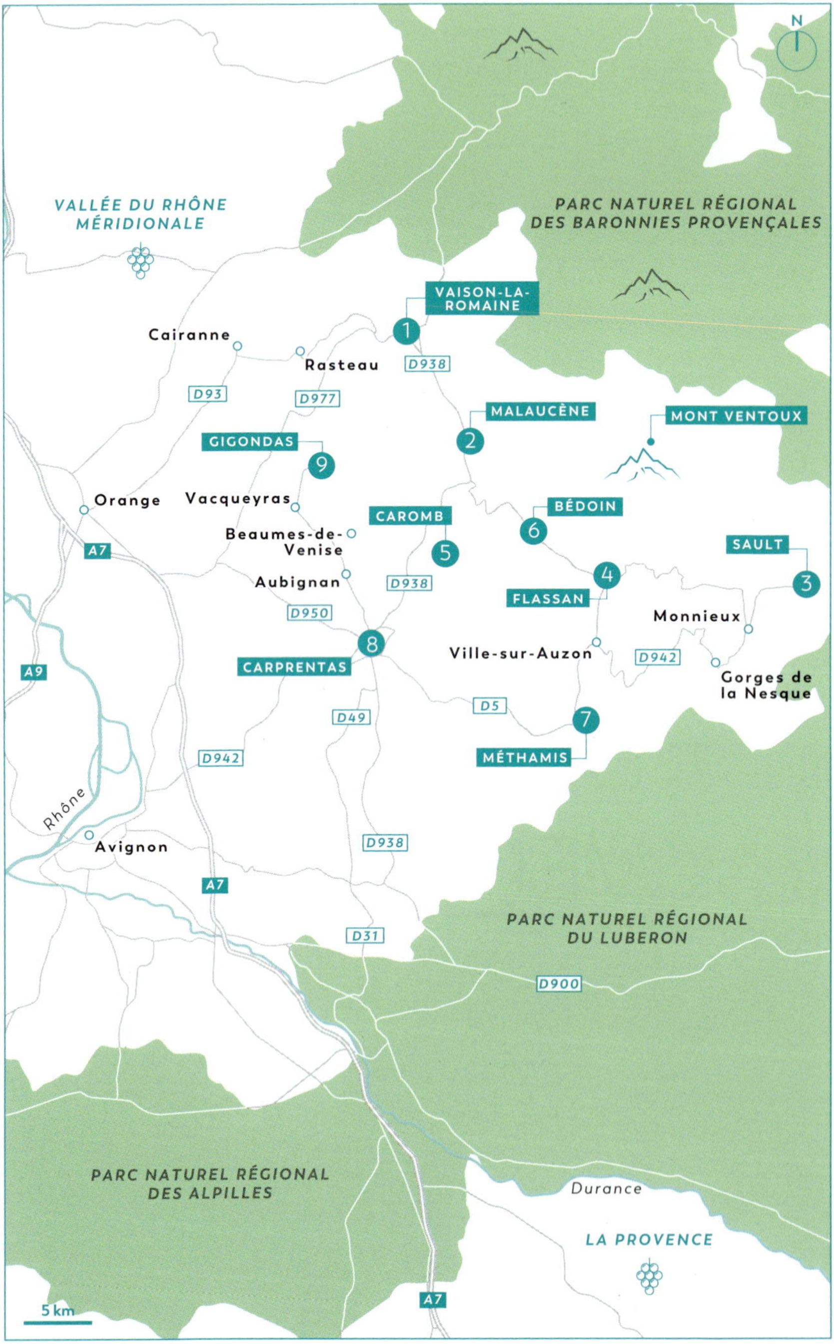
VALLÉE DU RHÔNE
MÉRIDIONALE
PARC NATUREL RÉGIONAL
DES BARONNIES PROVENÇALES
N
VAISON-LA-
ROMAINE
1
Cairanne
Rasteau
D938
D93
D977
MALAUCÈNE
2
MONT VENTOUX
GIGONDAS
9
Orange
Vacqueyras
CAROMB
BÉDOIN
6
Beaumes-de-
Venise
5
SAULT
A7
Aubignan
D938
4
FLASSAN
3
Monnieux
D950
8
Ville-sur-Auzon
D942
A9
CARPRENTAS
Gorges de
la Nesque
D5
D49
7
D942
MÉTHAMIS
Rhône
Avignon
D938
A7
PARC NATUREL RÉGIONAL
DU LUBERON
D31
D900
PARC NATUREL RÉGIONAL
DES ALPILLES
Durance
LA PROVENCE
5 km
A7

3 JOURS AUTOUR DU MONT VENTOUX

Cet itinéraire, idéal pour les épicuriens, présente deux atouts bien différents et complémentaires : d'un côté, le vignoble de la vallée du Rhône Sud, fort des appellations Rasteau, Cairanne, Beaumes-de-Venise, Gigondas et Vacqueyras ; de l'autre, les paysages sauvages et magnifiques autour du mont Ventoux. En point d'orgue, et de départ, Vaison-la-Romaine, cité antique et perle du Vaucluse.

Si les sites antiques témoignent d'une richesse florissante de la cité à l'époque romaine, des fouilles ont établi que les lieux étaient occupés il y a dix mille ans ! Au Moyen Âge, la cité se déplace en occupant les deux rives de l'Ouvèze. Durant cinq siècles, jusqu'à la Révolution, Vaison-la-Romaine est une cité majeure du Comtat Venaissin. Ne manquez pas la ville haute, ses remparts et ses vestiges médiévaux, et le pont romain, témoin symbolique qui a résisté à tout, aux bombardements de la Seconde Guerre mondiale comme aux terribles inondations de 1992. Une petite ville dont la place centrale est constamment animée et qui compte nombre d'excellents commerces de bouche.

Malaucène et la route du Ventoux

À seulement quelques kilomètres, la ville de Malaucène se situe au pied du Ventoux. Les cyclistes procèdent aux derniers réglages, avant, pour les croyants, d'aller se recueillir à la chapelle Notre-Dame-du-Groseau et sa source consacrée ou dans l'église romane. En passant à Caromb puis Modène, vous profitez de beaux paysages et de villages de caractère aux maisons provençales à toits de tuiles romaines, avant de grimper vers le mont Ventoux. C'est à partir de Saint-Pierre-de-Vassols que le fameux « mont Chauve » se dresse devant vous, impressionnant et altier. Pour profiter de superbes paysages, passez à Flassan par la D217 qui rejoint la route de Sault et passe au col Notre-Dame-des-Abeilles. Depuis le belvédère de la Gabelle, vue de carte postale sur les champs de lavande, Sault et la montagne en arrière-plan.

Bédoin et le mont Ventoux

Bédoin, le village étape par excellence avant la grande ascension, est devenu un centre vivant, animé et touristique. Ne manquez pas le marché du lundi, le plus important de la région. Pour les cyclistes, c'est la promesse d'un gros effort, une pente de 6 à 10 %, un dénivelé de 1600 m et 21,6 km d'ascension. Les mollets d'acier s'y retrouvent à près de 800 par →

JOUR 1

Vaison-la-Romaine

1

DÉJEUNER — 10,5/20

La Bartavelle

15, rue Camille-Pelletan
84110 Vaison-la-Romaine

Une maison bourgeoise et sérieuse au-dessus de la place principale où les locaux fêtent leurs beaux dimanches. Du bon classique réalisé avec soin.

1

PANIER GOURMAND

Lou Canesteou

10, rue Raspail
84110 Vaison-la-Romaine

Josiane Déal, la reine du fromage en Provence, a passé la main à Romain Dumond, qu'elle a fort bien formé. L'un des plus beaux étalages de la région dans cette boutique pimpante du centre-ville.

1

PAUSE DÉGUSTATION

La Violette Mauve

3, rue du Maquis
84110 Vaison-la-Romaine

Un esprit d'ouverture et de découverte anime Cédric et Chloé, cavistes de caractère et de parti pris, qui ne travaillent qu'avec des vignerons amis. Ils proposent également les vins de leur propre domaine, le Mas Poupéras.

→ jour en été. Avec ses 1912 m, le « Géant », que l'on contemple de tout le département, est le point culminant du Vaucluse et représente un graal, un Annapurna des cyclistes, mais aussi une joie pour les randonneurs qui empruntent le GR4 ou le GR9. Cerfs, chamois et mouflons y vivent en liberté, un observatoire météorologique s'y dresse en son sommet. On l'atteint depuis Bédoin, Malaucène ou Sault.

Sault et les gorges de la Nesque

Aujourd'hui connue particulièrement pour son petit épeautre, au cœur de l'appellation IGP petit épeautre de Haute-Provence, Sault est une charmante commune posée sur le plateau d'Albion, à 765 m d'altitude, magnifique base d'excursion des montagnes et des champs de lavande alentours. Le marché y a lieu le mercredi. En repartant de Sault, après être passé à Monieux, vous emprunterez la plus belle route de ce circuit, celle des gorges de la Nesque, aux paysages grandioses de canyon. Chaque virage offre, sur une vingtaine de kilomètres jusqu'à Villes-sur-Auzon, des panoramas à couper le souffle. Ne manquez pas Mazan, village ancien typique bordé par l'Auzon, avec son château et ses vignobles, puisque vous êtes au cœur de l'appellation Ventoux. Pour ceux que ça intéresse, l'actrice Keira Knightley s'y est mariée en 2013.

Carpentras et Sérignan-du-Comtat

Marquée par la double influence romaine et juive, Carpentras est une cité provençale aux nombreux recoins secrets, beaux témoignages de toutes les époques,

GORGES DE LA NESQUE

1

DÎNER & DORMIR

Le Bistro Panoramique & Les Maisons Du'O

10, rue Raspail & 16, rue Gaston-Gévaudan 84110 Vaison-la-Romaine

Désormais sur deux fronts, gastro et bistrot, le chef Philippe Zemour a conquis le cœur et le palais des touristes comme des locaux. Dans son Bistrot Panoramique, il offre une superbe vue à la fois sur la ville et la vallée, mais surtout un rapport qualité-prix imbattable avec sa formule à 35 €. Et afin que leurs visiteurs puissent prolonger leur séjour en toute quiétude, Gaëlle et Philippe Zemour ont aménagé trois chambres ravissantes dans leur belle maison du secteur médiéval.

comme l'arc de triomphe romain, la cathédrale Saint-Siffrein (XVe-XVIe) et la synagogue (XIVe). Nombreux musées et hôtels particuliers, et une table incontournable, Chez Serge. Entre Carpentras et Orange, deux villages à voir: Aubignan, belle cité médiévale avec les vestiges de ses remparts, dont la tour de l'horloge et son campanile, et Sérignan-du-Comtat, où le naturaliste Jean-Henri Fabre aménagea son Harmas, devenu aujourd'hui un incontournable musée consacré aux insectes, avec près de 600 aquarelles du savant et de nombreux documents. On visite aussi les magnifiques jardins aux 500 espèces végétales.

Les villages viticoles

Les visites de cave font partie des plaisirs de cette escapade. L'AOC est attribuée à Rasteau, connue pour son vin doux naturel, mais qui produit également d'excellents vins rouges et blancs; à Cairanne, agréable village provençal proche d'Orange; à Beaumes-de-Venise, réputé pour son muscat AOC; à Vacqueyras et à Gigondas, les deux villages les plus proches d'Avignon. Mention particulière à Gigondas, perché sur son éperon, qui possède un charme évident avec ses maison anciennes et la vue sur la plaine.

2

PANIER GOURMAND

La Ferme du Sublon

3679, route de Vaison 84340 Malaucène

Entre Vaison et Malaucène, une ferme qui produit des fruits et légumes depuis trois générations. En vente directe sur place, la ferme propose également des paniers gourmands, des produits régionaux et du vin.

JOUR 2

Le Ventoux et alentours

3

DÉJEUNER – 11/20

Le Provençal

Rue Porte-des-Aires
84390 Sault

On aime l'atmosphère de toujours, la cave campée sur des verticales impressionnantes (de Silex, de Grange des Pères...) et les assiettes sincères en voie de disparition (abats, blanquette...).

PAYS DE SAULT

4

PANIER GOURMAND

Épicerie Jouvaud

15, rue de l'Église
84410 Flassan

À l'ancienne ou au contraire à la pointe de la mode, l'épicerie où l'on trouve de tout et de qualité, à l'image des marchands ambulants de jadis. Une sélection tous azimuts, salé comme sucré (gâteaux et friandises), la mer comme la terre, un rayon vrac...

5

PAUSE DÉGUSTATION

Vin Ensen

173, cours de la République
84330 Caromb

En plus du bar à vin, une activité de caviste pointu, regroupant plus de 350 références issues de toutes les régions. Idées cadeaux, champagnes, et une belle sélection étrangère, tout pour faire la fête avec des connaisseurs.

6

DÎNER – 10/20

La Gousse d'Ail

39, rue du Marché-aux-Raisins
84410 Bédoin

Comme disent les habitués, voilà « une cuisine vraie ». Cette maison de village avec sa terrasse modeste et son intérieur simple a bien des vertus : le bon goût des choses simples, un penchant certain pour la truffe en saison et des plats qui parlent au cœur.

7

DORMIR

Metafort

31, montée du Vieil-Hôpital
84570 Méthamis

Deux gîtes et 5 chambres d'hôtes de luxe dans un environnement sauvage, décorés dans un esprit contemporain au cœur d'une bastide du XVIIe siècle. La magnifique piscine, le jardin panoramique, le lit sur rails permettant de dormir sur la terrasse à la belle étoile, le Jacuzzi... le lieu comblera les personnes en quête de nature et de calme. Table d'hôtes sur place.

JOUR 3

Carpentras et le vignoble

8

DÉJEUNER – 14/20

Chez Serge

90, rue Cottier
84200 Carpentras

La table de Serge Ghoukassian est l'incontournable du Rhône Sud. Dans cette maison de caractère au seuil du quartier ancien et charmant, la générosité et la truculence s'accompagnent aussi de finesse et de bon goût,

9

PAUSE DÉGUSTATION

Domaine des Bosquets

2, chemin des Bosquets
84190 Gigondas

Julien Bréchet est un jeune vigneron d'une exigence et d'une rigueur qui en font l'un des chefs de file de l'appellation Gigondas. Ses cuvées parcellaires, 100% grenache ou 100% mourvèdre, sont étonnantes de droiture, de finesse, et aussi de capacité d'évolution.

9

PAUSE DÉGUSTATION

Domaine Les Goubert

84190 Gigondas

Le domaine élabore des vins très travaillés, à l'image de la belle cuvée « Florence » en AOC Gigondas au très haut potentiel de garde, mais également des petites cuvées à boire simplement entre amis, comme son sablet blanc, fruité et ensoleillé, ou son beaumes-de-venise rouge, plein de sève et de finesse.

9

DÎNER & DORMIR

13/20

L'Oustalet

5, place Gabrielle-Andéol, 84190 Gigondas

Cette grande maison cumule les casquettes, à la fois gastro, bistrot, hôtel et caveau, pour l'éveil de tous les sens, bien satisfaits dans l'assiette par Laurent Deconinck. Le chef travaille les produits du terroir local avec un sens aigu des dressages. Cinq chambres autour de la cave-œnothèque au cœur du village pour dégustateurs épicuriens, aménagées avec goût par la famille Perrin. Grand confort sous les poutres, bon petit déjeuner.

GIGONDAS

CITADELLE DE CORTE

48 HEURES AUTOUR DE CORTE

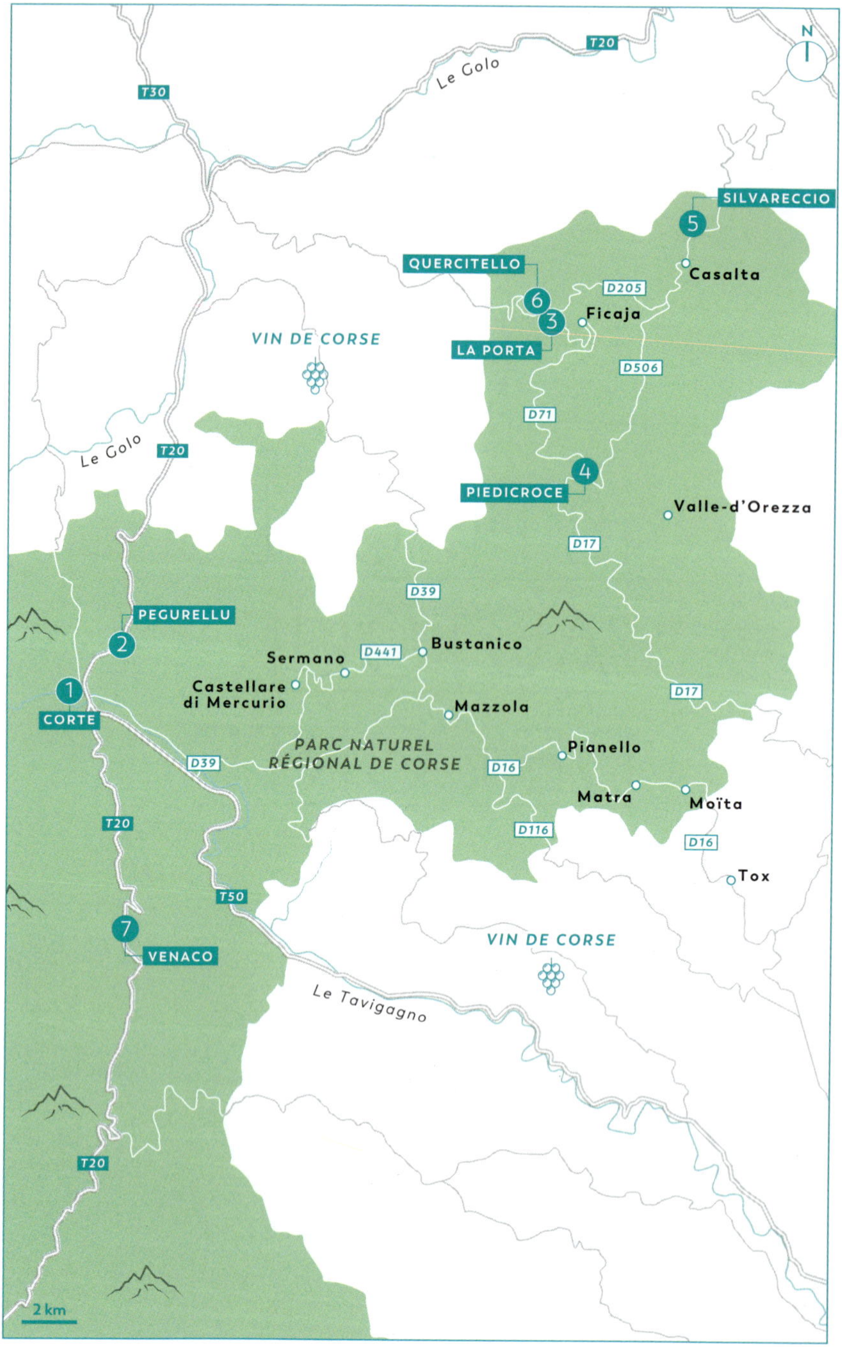
N
Le Golo
T20
T30
SILVARECCIO
5
Casalta
QUERCITELLO
D205
6
3
Ficaja
LA PORTA
VIN DE CORSE
D506
D71
Le Golo
T20
4
PIEDICROCE
Valle-d'Orezza
D17
D39
PEGURELLU
2
Bustanico
Sermano
D441
Castellare di Mercurio
1
CORTE
Mazzola
D17
PARC NATUREL RÉGIONAL DE CORSE
Pianello
D39
D16
Matra
Moïta
T20
D116
D16
Tox
T50
7
VENACO
VIN DE CORSE
Le Tavigagno
T20
2 km

48 HEURES AUTOUR DE CORTE

Parmi tous les amoureux de la Corse, et ils sont nombreux, certains délaissent volontiers les plages et les villes côtières pour son cœur ; Corte. Un cœur toujours battant, vibrant, dont Pascal Paoli, le « babbu di a patria », fit sa capitale (entre 1755 et 1769), où il fonda la première université de l'île.

Ville de montagne, entre nord et sud, véritable carrefour de cultures, d'histoires, Corte compte encore aujourd'hui pas moins de 5 000 étudiants. Autant dire que l'âme de la Corse est bien là, aux confins des vallées de la Restonica et du Tavignano dominées par les aiguilles de Popolasca. Une âme que l'on essaie de saisir, presque au vol. Depuis la citadelle, bien sûr, avec sa tour en nid d'aigle qui semble s'avancer dans le vide, et le Museu di a Corsica, aux très riches collections. Depuis la place Paoli, avec le Palais national, l'église de l'Annonciation et la maison du général Gaffory, criblée de balles tirées par les Gênois. Et dès que l'on prend la poudre d'escampette, que l'on part à la découverte de ces montagnes aussi mystérieuses qu'envoûtantes.

Gorges de la Restonica

En saison, ce sont des centaines de randonneurs qui prennent joyeusement la route des gorges, remontant la vallée vers les lacs de Melo et de Capitello. Ici, la rivière se fait joueuse, comme un torrent, offrant partout des haltes charmantes pour des pique-nique (forcément gourmands) ou une baignade (même en plein été, l'eau est bien fraîche). Aller en voiture jusqu'aux bergeries de Grotelle (environ 15 km de Corte), véritable institution, étape du fameux GR20 et porte d'accès pour atteindre le lac de Melo, bordé d'ancolies, d'aulnes, de genévriers, dans un océan de sérénité. Le site est classé depuis 1966.

Les villages

En reprenant la voiture, tourner, se perdre, ne pas hésiter, même si la route semble bien étroite ; un lacet, un autre, monter, descendre, se perdre encore… Silvareccio et son vieux clocher, Casalta et ses maisons pressées les unes contre les autres au-dessus du vide ; Piedicroce, tout près des sources d'Orezza, village-balcon où Pascal Paoli rencontra Napoléon, avec son église Saint-Pierre-et-Saint-Paul à façade baroque ; La Portan avec encore une église, Saint-Jean-Baptiste, à campanile cette fois ; le cœur de la Castagniccia, Ficaja, qui émerge du maquis comme par magie, Quercitello… →

JOUR 1

Corte

1

DÉJEUNER — 10,5/20

Auberge de la Restonica

Route de la Restonica 20250 Corte

Un site pour amoureux de la Corse, sur les bords de la rivière. La terrasse est un plaisir rare, en communion avec la nature environnante, et les spécialités sont nombreuses.

1

PETIT CREUX

Grimaldi

15, cours Paoli – 20250 Corte

Au cœur de la ville, une pâtisserie réputée qui propose aussi à l'heure du repas des sandwichs, burgers, salades et plats maison.

1

DÎNER — 10/20

Le 24

24 cours Paoli – 20250 Corte

Bar à vins et à tapas sur le cours principal. Du standard dans l'ensemble, mais d'une qualité suivie pour la plupart des assiettes, charcuterie, burger nustrale...

2

PANIER GOURMAND

A Pasturella

Pegurellu – 20250 Corte

Un élevage de brebis qui donne d'excellents fromages, grâce à Ilda Penciolelli, qui a fondé cette exploitation avec sa belle-sœur, donnant notamment, en saison, un excellent brocciu.

→ **La route à faire, le Bozio**

Le Bozio est une merveille inconnue, au sud de la Castagniccia, un défilé de beauté, ces dégradés de verts dans lesquels, au hasard d'un virage, vous découvrez une tache claire se détachant du maquis, un village secret dans lequel flotte, là encore, l'âme corse. Depuis Corte, rejoignez Castellare-di-Mercurio, puis Sermano. Au passage, un panorama réellement unique, point de vue vertigineux et, plus loin, le cercle montagneux qui permet de voir, dit-on, jusqu'en Chine... Sermano où l'on écoute le *paghjella*, chant religieux *a capella* à trois voix d'hommes. Rejoignez Bustanico, ses belles maisons à toits de lauze, son église et son christ polychrome. Descendez au Sud vers Mazzola, puis Pianello. Qui connaît Pianello, village au charme tranquille ? Continuez sur Matra, dans une nature intacte, puis Moïta et son incroyable vieux clocher qui semble tenir par la grâce divine. Ensuite, par Tox, vous rejoindrez la vallée du Bravone. Et reprenez votre souffle.

1

DORMIR

Hôtel Dominique Colonna – 4 ÉTOILES

Route de la Restonica – 20250 Corte

Dans la vallée de la Restonica, au bord de la rivière et tout proche du centre de Corte, un bâtiment contemporain qui offre confort et modernité, matériaux bruts, pierre et bois, dans un environnement de rêve. Le splendide jardin méditerranéen est aménagé d'oliviers centenaires et de cyprès.

JOUR 2

Castagniccia et Bozio

3

DÉJEUNER – 10/20

Chez Elisabeth

20237 La Porta

Une authenticité reconnue depuis des décennies, une auberge comme on l'espère, avec la vue sur les collines et une cuisine fidèle, cannellonis brocciu, buglidicce, charcuterie, daube de sanglier...

4

DÎNER – 10/20

Le Refuge Orezza

Village, 20229 Piedicroce

Un beau panorama, une étape coutumière pour les randonneurs, les motards, les touristes, qui profitent d'une cuisine corse simple et authentique tout en admirant la vue.

7

DORMIR

E Caselle – 4 ÉTOILES

Lieu-dit Agnu di Pinu – 20231 Venaco

À une quinzaine de kilomètres de Corte, un havre de paix en pleine nature, constitué de magnifiques bungalows de pierre au charme simple, s'égrenant jusqu'à la rivière, dans une parfaite quiétude.

MONTE ROTONDO

5

PANIER GOURMAND

Charcuterie Donati

20215 Silvareccio

Une charcuterie artisanale de qualité, de belles et bonnes spécialités avec des porcs nustrale bien élevés : pâtés terrines sans nitrites ni conservateurs.

6

PANIER GOURMAND

Casa di Cornu

Stoppia Nova 20237 Quercitello

Félix et Anita Tomasi louent leurs gîtes ruraux et font tourner le moulin à châtaignes qui produit la fameuse farine de la Castagniccia.

VINS ET VIGNOBLES

PACA & CORSE VIGNOBLES AU PLURIEL

La région Provence-Alpes-Côte d'Azur et la Corse reposent sur une terre de vin depuis l'Antiquité. De Nîmes à Avignon, de Marseille aux hauteurs de Nice, en passant évidemment par les 9 appellations corses, conjuguer vacances au soleil et grands vins n'a jamais été aussi facile.

LA PROVENCE, RÉFÉRENCE MONDIALE DU ROSÉ

La région s'est consacrée majoritairement au rosé depuis l'explosion de sa consommation au niveau mondial. Quasiment 90% de la production des 25000 ha lui est dédié. Même si cela ne représente que 5 % de la production mondiale, la Provence est, de loin, la référence qualitative mondiale du rosé.

Les vignes du Rhône en Provence

Le découpage administratif des régions diffère de celui des régions viticoles. Ainsi, les vignobles du sud de la vallée du Rhône se retrouvent administrativement en PACA, alors que d'autres crus du Rhône viticole (lirac, costières-de-nîmes ou tavel) sont administrativement en Occitanie. Les côtes-du-rhône du sud et les crus en Provence (châteauneuf-du-pape, vacqueyras, gigondas, etc.) se situent sur la rive gauche du fleuve, entre Orange et Avignon. On y trouve de véritables trésors.

Ventoux et Luberon

À l'ombre, si l'on peut dire, des vignobles réputés de Provence se trouvent deux crus bien ensoleillés et pourvoyeurs de bonnes affaires. Le Ventoux propose des vins chaleureux et souvent particulièrement fruités. Longtemps de qualité assez moyenne, ces vins progressent et les prix restent sages. Dans le Luberon voisin, la tendance est à la « premiumisation » avec des domaines appartenant le plus souvent à des familles qui se donnent les moyens de faire de la qualité.

La Provence viticole

Elle commence à Saint-Rémy-de-Provence avec les très recherchés baux-de-provence et s'étire vers l'est jusqu'à Nice et ses non moins recherchés bellets. L'appellation Côtes-de-Provence et ses déclinaisons domine largement le paysage. Les coteaux-d'aix et les coteaux-varois complètent l'ensemble. On trouve aussi les renommés bandol, cassis et palette. Les vins, essentiellement des rosés, vont du plus simple au plus complexe, avec quelques petites pépites à goûter absolument. Les rouges se révèlent profonds, puissants et subtils à la fois. Vous serez surpris par la fraîcheur et la complexité des meilleurs. Les très rares blancs sont aussi intéressants.

La Corse

La Corse joue la carte des cépages locaux. Avec un vignoble aux dimensions forcément réduites par la taille de l'île, mais comptant 9 appellations, les cépages empreints d'originalité valorisent la production. Ces dernières années, nous avons été bluffés par le niveau de qualité de ces vins, blancs comme rouges.

LES BANDOLS

Dans une région très largement tournée vers l'œnotourisme, presque tous les domaines de Provence proposent visites et dégustations. Mais Bandol est à part avec des vins clairement plus prestigieux. Alors partez à la découverte de ces domaines à la typicité originale et complexe, au caractère bien marqué.

Un vignoble étendu

Entre Marseille et Toulon, Bandol est un petit port qui a donné son nom à une appellation prestigieuse, classée dans le top des terroirs provençaux et nullement réduite à la commune. De Saint-Cyr-sur-Mer, à l'ouest, jusqu'à Sanary, à l'est, en passant par Castellet, au nord, le bandol couvre environ 1600 ha de vignes abritées par le massif de la Sainte-Baume en descendant vers la mer.

Les vins

73% de rosés, 22% de rouges et 5% de blancs: la répartition entre les trois couleurs reste très classique pour la région. En revanche, le cépage principal n'est pas un classique: on dit souvent que Bandol est le temple du mourvèdre. Ce cépage, exigeant et tardif, donne de la puissance et des tanins aux rouges, mais surtout garantit une capacité de garde et une complexité hors norme. Une grande partie de la notoriété des bandols lui revient. D'autres cépages sudistes sont également présents comme le grenache, la syrah ou le carignan.

Le tourisme autour du Bandol

Évidemment, presque tous les domaines vous reçoivent et proposent un accueil œnotourisque. La particularité de l'appellation est de détenir deux Maisons des vins de Bandol dotées d'espaces de dégustation et de caveaux de vente: l'une au Castellet, l'autre à Bandol même. Vous pourrez y découvrir six domaines différents et acquérir au prix propriété de nombreux vins. Ces Maisons sont idéales pour préparer vos visites au sein de l'appellation.

Nous vous présentons ci-après quelques domaines qui nous enchantent tant par le lieu que par les vins qu'ils produisent. Bonne visite!

BANDOL ET LE VIN, UNE LONGUE HISTOIRE

Les vins, déjà présents plusieurs siècles avant notre ère, atteignent leur apogée vers 1870, avant de subir le phylloxéra et de renaître grâce à une poignée de vignerons déterminés au début du XXe siècle. Notez que c'est le vin qui a entrainé la création du port de Bandol et son aménagement pour le commerce (du vin!) et non l'inverse.

DOMAINES BANDOLS

CHÂTEAU SALETTES

L'un des plus vieux domaines de l'appellation Bandol, le Château Salettes est certifié agriculture biologique depuis le millésime 2018 et tire son nom d'un stock de sel qui était présent sur le domaine au Moyen Âge. Sur les coteaux calcaires du Santonien, entre La Cadière-d'Azur et Saint-Cyr-sur-Mer, les vignes en restanques (murets de pierres sèches), tournées vers la Méditerranée, donnent une belle variété de vins déclinée en trois gammes.

Chemin des Salettes
83740 La Cadière-d'Azur
T. 04 94 90 06 06

CHÂTEAU DE PIBARNON

À 300 m d'altitude et à quelques encablures de la Méditerranée, Pibarnon est un magnifique domaine de 52 ha travaillés en bio, alliant esthétique et profondeur. Les vignes sont plantées en restanques, en symbiose avec un écosystème préservé. Les vins d'Éric de Saint-Victor sont parmi les plus réputés de l'appellation : ils conjuguent puissance et finesse, et gagnent à être attendus. Certains rosés, spécifiquement élevés, sont ainsi vendus avec quelques années de cave. Ils vous donneront une tout autre idée des grands rosés de Provence. Une dégustation s'impose.

410, chemin de
la Croix-des-Signaux
83740 La Cadière-d'Azur
T. 04 94 90 12 73

DOMAINE LA SUFFRÈNE

Le domaine produit ses propres vins depuis 1996 seulement. Avant cela, les raisins étaient livrés à la coopérative. Les progrès sont constants et les 60 ha de vignes sont en conversion vers l'agriculture biologique. Aujourd'hui, le domaine expérimente l'agroforesterie. Venez rencontrer Cédric Gravier et échanger avec lui sur tous les défis que représentent un tel domaine. C'est passionnant !

1066, chemin de Cuges
83740 La Cadière-d'Azur
T. 04 94 90 09 23

DOMAINE TEMPIER

C'est, avec Pibarnon, LA référence des grands bandols. Les cuvées de cette propriété familiale existant depuis 1834 conjuguent puissance, velouté, fruité intense et race en bouche. Les bouteilles du Domaine Tempier sont particulièrement recherchées. Il faut impérativement se rendre sur place pour goûter.

1082, chemin des Fanges
83330 Le Plan-du-Castellet
T. 04 94 98 70 21

DOMAINE DE BARAVÉOU

Attention découverte ! Si je vous dis que le domaine est tenu par Jean-Philippe Fourney, un jeune homme, salarié chez Tempier, fou de vin, qui a trouvé un terroir d'exception vierge, tout défriché et tout planté… C'est sans nul doute LA découverte à faire à Bandol. Les vignes sont évidemment travaillées sans aucun intrant chimique. Le domaine n'est pas équipé, au sens propre, pour l'œnotourisme, mais la visite vaut le détour.

Chemin de Baravéou
83740 La Cadière-d'Azur
T. 06 22 93 42 71

DOMAINE LES LUQUETTES

Petit domaine familial d'une quinzaine d'hectares situés au pied du village de La Cadière-d'Azur, Les Luquettes respire le bien-être. Parce que tourné vers une philosophie biologique, aucun herbicide ni pesticide n'est utilisé dans les vignes qu'arpentent des moutons. Les vins goûtés récemment nous ont enthousiasmés pour leur franchise et leur authenticité. Une belle rencontre en perspective.

20, chemin des Luquettes
83740 La Cadière-d'Azur
T. 04 94 90 02 59

BANDOLS

DOMAINE DE TERREBRUNE

Terrebrune tire son nom de la présence d'argile brune sur son terroir. Mais le calcaire du Trias donne aux vins une trame minérale très nette. Autre particularité du domaine : il accueille en son sein un restaurant qui permet de découvrir les vins avec des mets. Un domaine de référence à découvrir ou redécouvrir. Visite et dégustation uniquement sur rendez-vous.

724, chemin de la Tourelle
83190 Ollioules
T. 04 94 74 01 30

CHÂTEAU VANNIÈRES

Leur origine bourguignonne, Éric Boisseaux et son fils la revendiquent haut et fort. Gage historique de connaissance des grands vins ou fierté familiale, l'empreinte bourguignonne se manifeste surtout dans l'amour des vins à maturité. Les vieux Vannières rouges sont superbes et montrent parfaitement l'aptitude du mourvèdre à vieillir. Le château, lieu magique où cohabitent vignes, oliviers, cyprès et pins parasols datant de plus de cinq siècles, est privatisable sur demande.

1440, chemin de Saint-Antoine
83740 La Cadière-d'Azur
T. 04 94 90 08 08

CHÂTEAU DE LA VIVONNE

Rareté à Bandol, le domaine possède une collection de vieux millésimes : des rouges de 1979 à nos jours sont encore à la vente. Évidemment, vous pourrez aussi, et surtout, goûter les millésimes récents. Proche du village médiéval du Castellet, le caveau est ouvert 7 jours sur 7. Côté tourisme, la possibilité d'apporter son pique-nique à prendre sur la terrasse ensoleillée après avoir visité la cave est un vrai plus. Sont également proposés des balades dans les vignes et un club œnologique.

3345, montée du Château
83330 Le Castellet
T. 04 94 98 70 09

LES BAUX-DE-PROVENCE

Les Baux-de-Provence, 11 domaines pour un peu plus de 30 ha de vignes en AOP. Signe particulier : c'est l'une des premières appellations en France de cette taille à devenir 100% bio en 2023. Actuellement, 10 domaines sont certifiés, le 11e entrant dans sa dernière année de conversion.

Un terroir qui ne manque pas d'atout

Le village des Baux-de-Provence, qui donne son nom à l'appellation, domine un petit piton rocheux : les Alpilles. Tout autour de ce massif, classé parc naturel régional, s'étend un écrin exceptionnel de nature dans lequel poussent des oliviers, des cyprès et des vignes. Les sols calcaires et caillouteux assurent un drainage favorable à la culture de la treille. Quant au soleil, il manque rarement, même pour les domaines exposés au nord. Ici, pas de vignes à perte de vue, mais des parcelles isolées les unes des autres, laissant place à la garrigue et à la biodiversité.

UN VIN DE BONNE GARDE

De bonne garde, les vins des Baux-de-Provence peuvent être consommés après quelques années. Actuellement, les 2016 et 2017 peuvent être dégustés. Plus rares en appellation Les Baux-de-Provence, les blancs se trouvent plus facilement en IGP Alpilles. Aromatiques, ils conviennent à la table, mais s'ouvrent aussi fort bien au moment de l'apéritif.

IGP et AOP

Les vins peuvent revendiquer deux appellations (les domaines proposent souvent les deux), en fonction des pourcentages de cépages utilisés et du temps de cave avant commercialisation : IGP Alpilles et AOP Les Baux-de-Provence. Cette dernière date de 1995 pour les rouges et rosés, et de 2010 seulement pour les blancs. Ultra-minoritaires, ces derniers représentent à peine 10% de la production, contre 50% pour les rouges et 40% pour les rosés. Notez que cette proportion de rosés se révèle relativement faible dans une région où presque 90% de la production est « *pink* ».

Accords mets et vins

Les rouges des Baux sont intenses, puissants et fruités, mais toujours distingués et frais. Ils sont principalement réalisés à base de grenache, syrah et mourvèdre, auxquels peut s'ajouter du cabernet sauvignon. Ils s'accordent facilement avec de l'agneau, de petits gibiers, des viandes de bœuf persillées, sans oublier qu'ils accompagnent aussi volontiers des desserts de fruits noirs ou de chocolat.

Ci-après les résultats de notre dégustation de vins rouges bénéficiant de l'AOP Les Baux-de-Provence ou de l'IGP Alpilles.

AOP LES BAUX-DE-PROVENCE

BAUMANIÈRE

Rouge
L'Affectif de Jean-André Charial
2015

Le nom est bien trouvé : ce vin joue sur la sensation, l'émotion, et touche droit au cœur. Telle une caresse dès le nez, il délivre des notes de fruits rouges mûrs, garrigue, mûres, cacao et confiture de cerise. En bouche, la douceur du grenache se prolonge avec un vin d'un rare soyeux. La finale s'allonge en fraîcheur comme la fin d'un câlin, de syrah peut-être… On adore ! Commande au restaurant Baumanière.

DALMERAN

Rouge
2017

Un baux à la couleur sombre, issu uniquement de vins de goutte élevés longuement, 24 mois, en foudres de chêne. Comprenez que les raisins rouges macèrent seulement et ne sont pas, ensuite, pressés pour extraire la partie la plus puissante du vin. Il en résulte un vin au fruité discret, éthéré, très élégant, dominé par des notes de cerises noires finement poivrées. En bouche, le vin offre moins de rondeur que d'autres, mais une identité et une race plus affirmées. Ce baux se présente plus en droiture soyeuse qu'en ampleur, et ses tanins sont parfaitement polis. On s'en régalera largement en toute simplicité avec une tapenade d'olives noires des Baux ou avec un petit gibier.

MAS DE LA DAME

Rouge
Coin caché
2019

Cet assemblage de grenache et syrah offre un nez épanoui, bien fruité, avec des notes de fruits plus rouges que noirs. On retrouve la fraîcheur de la fraise et de la cerise, le tout comme saupoudré de menthe verte. En bouche, le fruit se fait structure et les tanins sont bien présents pour un vin qui promet, au nez, un rien plus de gouleyance. Belle présence et bonne longueur constituent un appel franc et massif pour les viandes de bœuf grillées de l'été.

CHÂTEAU D'ESTOUBLON

Rouge
2018

Très beau nez à la fois velouté, fruité et frais. Les notes de cerises, de fleurs et de mûres sont parfaitement enrobées et expressives. En bouche, le vin, bien qu'encore jeune, offre un très bon équilibre. À nouveau, on retrouve le juteux de la cerise et la rondeur de la mûre. Le bois est parfaitement intégré pour cette cuvée plus énergique que d'autres millésimes. On s'en régalera avec une viande de bœuf persillée.

MAS DE GOURGONNIER

Rouge
Clés du Paradis
2019

Connu des passionnés depuis fort longtemps, ce domaine nous délivre ici un rouge intense et complet. Au nez, presque doux, qui évoque les fruits noirs et la compote de prune, succède une bouche ronde, soyeuse, dont les tanins sont présents mais parfaitement fondus. On se régale dès maintenant de ce vin et sans doute pour des années encore.

DOMAINE DE LAUZIÈRES

Rouge
Équinoxe
2015

Une très grande majorité de grenache et ça se sent ! Dès l'ouverture, on est dans le fruit légèrement compoté : fruits rouges à dominante de framboises et cerises, puis de fruits noirs avec quelques notes de cassis. En bouche, le vin se montre à la fois fluide et structuré, laissant quelques tanins en finale. Un vin dont l'essence de fluidité nous convie en fin de bouche à jouer des accords avec la réglisse ou l'olive noire.

CHÂTEAU ROMANIN

Rouge

2016

On est tout de suite dans le grand vin : le nez, ample et complexe, est le signe d'un vin racé et particulièrement bien élevé. Le bois est là, parfaitement fondu, et on ne peut s'empêcher de penser à Pomerol dans l'esprit. Les fruits noirs et les petites notes chocolatées signent le mourvèdre, la syrah, le grenache et le cabernet sauvignon, tandis que la cerise noire signe l'excellence. En bouche, le vin est soyeux, rond et velouté. La finale racée dotée d'un côté séveux et de notes d'herbe coupée donne envie d'y revenir. Pour l'accompagner, on lui concoctera un carré d'agneau aux herbes fraîches.

MAS SAINTE-BERTHE

Rouge

Louis David

2016

Couleur sombre pour ce baux à dominante de cabernet sauvignon complété de grenache et de syrah. Au premier nez, on est proche de Bordeaux avec des notes de fruits noirs et rouges. Avec l'aération parviennent des notes plus chaudes d'épices et de poivre. En fin de dégustation, c'est le grenache qui prend l'ascendant avec un côté limite confituré. En bouche, le vin est plutôt puissant et structuré. Les tanins, bien présents, accompagnent une fine amertume en finale. Ce vin au caractère bien trempé vieillira harmonieusement sur 10 ans, mais accompagnera dès maintenant une viande qui a du répondant comme l'agneau des Alpilles.

DOMAINE DES TERRES BLANCHES

Rouge

Aurélia

2017

Superbe assemblage de syrah, cabernet sauvignon, grenache et mourvèdre qui offre une race et une distinction peu communes. L'aromatique est précis, ciselé et éthéré. Les notes s'enchaînent et se conjuguent à merveille : fruits noirs, fruits rouges, poivre rouge, romarin... la liste est sans fin. En bouche, le toucher est délicat, soyeux, mais jamais lourd. On sent le bois certes, mais fondu, maîtrisé, équilibré. On se régale et avec une viande rouge sur cette énergie nette, on fera un bel accord.

IGP ALPILLES

DOMAINE DE LA VALLONGUE

Rouge
Pierres Cassées
2017

Une explosion aromatique de cassis frais avec des notes de boisé noble et de poivre nigelle pour cette cuvée parfaitement à point aujourd'hui. En bouche, le vin se montre velouté, gourmand et complexe, préservant un juteux rafraîchissant et offrant une longue finale. On l'ouvrira sur une belle viande racée et on ira chercher l'accord sur l'olive noire.

DOMAINE DE MÉTIFIOT

Rouge
Gastronomie
2019

Couleur profonde pour ce vin doté de l'appellation IGP Alpilles car contenant une forte proportion de cabernet sauvignon complétée de grenache, mourvèdre et syrah. Le nez est envoûtant, à la fois floral et fruité. En bouche, le cabernet sauvignon joue son rôle et offre une structure et un toucher de bouche caractéristiques, particulièrement réussis. Jolis tanins et finale de beaux amers pour ce vin où le bois joue son rôle sans prendre le dessus. Comme avec les grands rouges de Corse, on réalisera une alliance subtile avec un sanglier à l'orange.

UNE CUVÉE HOMMAGE

DOMAINE DE TRÉVALLON

Rouge
2018

Une cuvée ajoutée en hommage à son créateur, Éloï Dürrbach, disparu en novembre dernier. Quelle profondeur ! Dès l'ouverture, le nez est bluffant avec des notes d'olives noires et d'anchois, puis de fruits noirs très mûrs doublés d'un côté cacao et moka. En bouche, velouté et tension fraîche coexistent. Les notes poivrées sont superbes et les tanins, magnifiques. L'un des plus grands jeunes Trévallon, goûté le jour même de la disparition de son créateur. Un bel hommage.

CORSES BLANCS

Avec 13% de la production et une forte consommation locale, les blancs de Corse sont rares, mais à découvrir absolument. Issus de cépages insulaires comme le biancu gentile, le vermentinu, ou le muscat à petits grains, ils conjuguent parfaitement singularité d'expression, puissance aromatique et extraordinaire fraîcheur.

La particularité des vins corses

Niveau climat, nul besoin de s'étendre sur le soleil méditerranéen de la Corse. Rappelons tout de même qu'en fonction de l'altitude des vignes, de leur présence en coteaux ou en plaine, il peut y avoir de fortes variations du microclimat. Après les rosés, les rouges et les blancs se partagent les volumes avec un petit avantage aux rouges. Les vins sont consommés sur place pour plus d'une bouteille sur trois. Mais au-delà des chiffres, ce qui est remarquable en Corse, c'est l'identité des vins et des cépages locaux.

LES VINS CORSES EN QUELQUES CHIFFRES

Avec ses 5800 ha, le vignoble corse ne représente que 1% du vignoble français. L'île de Beauté accueille quatre caves coopératives et environ 130 domaines. La production est très majoritairement tournée vers le rosé, avec plus de 70% des 50 millions de bouteilles produites annuellement.

Une mosaïque de sols et de cépages

On ne dénombre pas moins de 33 cépages autochtones, certains plus connus et plus cultivés. Ainsi le niellucciu, le sciaccarellu, le vermentinu, l'aleaticu, le biancu gentile donnent des nectars dans les trois couleurs qu'on ne retrouve pas facilement ailleurs. En matière de géologie, la Corse est une mosaïque de sols qui donne naissance et explique la présence de 9 AOP différentes.

Accords mets et vins

Dans les trois couleurs et toutes leurs variétés, les vins corses sont tous taillés pour la table et pour accompagner les plats locaux. La vaste palette de rouges permet d'accompagner presque toutes les viandes, de la plus légère jusqu'au sanglier, que les Corses adorent cuisiner avec l'orange. Les rosés pourront vous suivre de l'apéritif au dessert. Quant aux blancs, avec leur salinité particulière qu'on retrouve en fin de bouche, ils se marient naturellement avec tous les produits de la mer, mais également quelques fromages pas trop forts. Essayez, vous serez conquis!

Ici, nous avons choisi de vous présenter une sélection de vins blancs corses de plusieurs appellations.

AOP CALVI

ENCLOS DES ANGES

Blanc

Sesto

2020

À croire qu'on y est dans cet Enclos des Anges. Le vin offre un nez très épanoui avec des notes de pêche de vigne et un côté d'emblée salin. La bouche est à l'avenant, ronde, ample, avec un côté fruité marqué et acidulé. Belle longueur sans acidité. Ça se boit tout seul tant c'est agréable.

AOP SARTÈNE

DOMAINE CASTELLU DI BARICCI

Blanc

2020

Un pur vermentino qui offre, dès l'ouverture, un nez délicat qui se développe les minutes passant dans le verre. En bouche, le vin se montre bien équilibré, net, sans aucune surpuissance, mais avec un aromatique de fruits jaunes bien défini. C'est bon de l'apéritif au repas et on ne s'en lasse pas...

DOMAINE FIUMICICOLI

Blanc

2021

Le très bel aromatique sur la pêche de vigne, la liqueur de litchi et la rose n'est pas sans rappeler quelques cuvées alsaciennes. En bouche, le vin se révèle savoureux, tout en gardant une droiture nette et salivante. Belle finale pour ce jeune vin qu'on a déjà envie de boire.

AOP PATRIMONIO

CLOS ALIVU

Blanc

2021

Un superbe patrimonio du Clos Alivu (« olivier », en corse), propriété d'Éric Poli depuis 2005. Le nez concilie pureté minérale et précision fruitée. La bouche est dans le même esprit : sans démonstration, tout en raffinement, en vibration, complexité et longueur. Un vin décoiffant et d'une rare précision. On adore.

DOMAINE YVES LECCIA

Blanc

E Croce

2020

Cette cuvée offre un nez très pur, très droit, avec un aromatique net et tranchant entre agrumes et fruits blancs. En bouche, le vin s'avère complexe, racé, vif et tonique. Une identité marquée et pour tout dire, délicieuse. Superbe !

CLOS TEDDI

Blanc

Grande Cuvée

2020

Couleur aux reflets verts, nez encore marqué par le beau bois de l'élevage : ce vin est encore bien jeune. Mais le « fond de vin » est remarquable avec un côté beurré manifeste. La bouche est subtile, agrumée, particulièrement bien présente. Belle longueur minérale et racinaire. On va tout simplement se régaler. Top !

AOP VIN DE CORSE

DOMAINE PETRONI

Blanc

2021

Beau nez sur les agrumes, la citronnelle, à la fois fin et complexe. À l'aération parviennent des notes de pêches bien mûres. En bouche, le vin est délicat, gourmand, mais l'ensemble se montre parfaitement équilibré. Belle finale aromatique avec de beaux amers et une bonne longueur, digeste.

DOMAINE POLI

Blanc

2021

Tout jeune vin, très aromatique avec encore quelques notes fermentaires et des effluves exotiques de mangue bluffantes. En bouche, le vin est gourmand, fruité, moderne et facile sans tomber dans l'excès. Belle réussite pour ce vin apéritif en diable.

DOMAINE VICO

Blanc

2021

Notes de grillé-toasté au premier nez qui n'est pas sans rappeler quelques jeunes bourgognes. Puis viennent ces arômes de fruits exotiques aromatiques et frais. En bouche, cette cuvée se montre souple, presque sucrée tant elle est savoureuse. À ouvrir dans un esprit d'apéritif également.

LES 7 PRINCIPES DE GAULT&MILLAU

1

L'indépendance
totale vis-à-vis
des établissements.

2

Le recrutement d'enquêteurs
exigeants, gourmets
et gourmands.

3

L'anonymat
des enquêteurs
lors des évaluations.

4

La visite dans des conditions normales
de fréquentation.

5

Le règlement
des additions.

6

La mise à jour
régulière par des
évaluations continues.

7

La vérification
de nos informations

04

ALPES-DE-HAUTE-PROVENCE

BARCELONNETTE 04400

HÔTEL

Hôtel Azteca - 3 étoiles

3 rue François Arnaud - T. 04 92 81 46 36 - à partir de : 89€

Au cœur de Barcelonnette et de la vallée de l'Ubaye, petit bijou de nature préservée, ce boutique-hôtel est aménagé dans une somptueuse demeure, bâtie dans les années 1880 par l'une de ces familles revenues au pays après avoir fait fortune dans le textile à Mexico. Désormais propriété de Rémi et Delphine Guibal, cette «villa mexicaine» a conservé ses boiseries et ses grandes cheminées du XIXe siècle, mais elle prend aujourd'hui des allures de maison de famille avec ses 29 chambres douillettes et son salon-bibliothèque décoré d'œuvres d'art contemporain, l'une des passions de Rémi et Delphine. Idéal pour se relaxer, le spa propose de découvrir des produits de soin bio de la marque Avril qui témoignent de l'engagement écoresponsable des lieux. Ici, on milite pour une économie de l'eau et de l'énergie, on favorise les petits producteurs régionaux et c'est tant mieux. La preuve avec le délicieux petit déjeuner servi sur la grande terrasse ombragée avec pains bio, miel, confitures et fromages 100% locaux.

BOUCHER

Boucherie Fossati

2 rue Mercière - T. 04 92 81 00 69

À la Maison Fossati, on sent l'influence de l'histoire familiale, des traditions, des ancêtres paysans. Le goût (et le bon !) est dans leurs gènes à n'en pas douter. Les charcuteries maison ont cette saveur inimitable de produits artisanaux préparés avec amour, et l'accueil souriant fait de chaque visite un délicieux moment.

CHÂTEAU ARNOUX 04160

La Bonne Etape 16/20

CHEF: JANY GLEIZE

Chemin du Lac - T. 04 92 64 00 09 - Menu(s) 95-155€

Il y a toujours à découvrir et à s'étonner dans ces maisons séculaires patinées par le temps et l'expérience. Chez Jany Gleize, c'est la Provence de Giono, les parfums de lavande, la tradition bourgeoise dans un cadre intemporel et néanmoins régional. On y fait les beaux dîners en famille, on y a célébré les 50 ans de la Bonne Étape comme Relais & Châteaux cette année, et on se régale de plaisirs en phase avec les lieux : foie gras en terrine gelée au génépi, thon rouge de Méditerranée sauce à la tomate confite, piccata de veau sauce à la Montanet potimarron et tian de cougourdes, avant une bonne version de la forêt-noire dans un menu à 88 €. Vaste cave classique, service précis.

HÔTEL

Hôtel La Bonne Etape - 4 étoiles

Chemin du Lac - T. 04 92 64 00 09 - à partir de : 185€

Voilà quatre générations que la famille Gleize régale ses hôtes d'une savoureuse cuisine, et comme elle détestait les voir disparaître après le dessert, elle a imaginé un hôtel à l'image de sa table, généreuse et raffinée. Récemment restaurées, les 18 chambres décorées de meubles d'époque ouvrent sur la piscine ou le grand jardin prolongé de son potager bio, le tout avec une vue somptueuse sur les montagnes alentours. Une halte parfaite, membre de Relais & Châteaux, qui inclut la découverte de la cuisine de Jany Gleize, au restaurant ou au bistrot Au Goût du Jour ; le temps de prendre des forces avant une balade au cœur de cette jolie Provence avec ses garrigues et ses champs de lavande. Le tout rafraîchi par les eaux de la Durance...

LES PRODUITS AOC ET AOP DE LA RÉGION PROVENCE-ALPES-CÔTE D'AZUR

Figue de Solliès, brousse du Rove, fromage de Banon, huile d'olive d'Aix-en-Provence, huile d'olive de Haute-Provence, huile d'olive de Provence, huile d'olive de la vallée des Baux-de-Provence, huile d'olive de Nice, muscat du Ventoux, olive de Nice, olives cassées de la vallée des Baux-de-Provence, olives noires de la vallée des Baux-de Provence, pâte d'olive de Nice, picodon, taureau de Camargue, truffe noire du Tricastin...

Le Coin fleuri

UNE CUISINE D'ÉMOTIONS ET DE PASSION

Lové dans un petit hôtel familial cosy, le restaurant Le Coin fleuri joue des partitions culinaires étonnantes.

Le chef, Laurent Bouvier, propose des recettes traditionnelles revisitées et au goût du jour. Il aime, à travers des produits frais et de saison, inventer des harmonies originales : homard poché aux truffes, picanha de bœuf maturé, souris d'agneau au jus de pain d'épices Thaï, dessert à base de piment et fruits rouges, ou encore de morilles et de cèpes... Entre gourmandise engagée et plaisirs gustatifs, le chef élabore des plats raffinés et subtils qui marient terroir et générosité. Parce qu'il valorise le circuit court et privilégie des fournisseurs locaux – œufs, fleurs comestibles, truffes... – sa cuisine inventive marie avec bonheur produits et saveurs. Une adresse créative.

9, boulevard Victor-Hugo,
04000 DIGNE-LES-BAINS
Tél. : 04-82-29-95-75
Facebook : @hotelrestaurantlecoinfleuri
le-coin-fleuri04.fr

Ajouter de la tomate et de l'origan, ça devient italien ; du vin et de l'estragon, ça devient français ; du citron et de la cannelle, ça devient grec ; de la sauce de soja, ça devient chinois ; ajouter de l'ail, ça devient bon !

Alice May Brock (1941-)

DIGNE LES BAINS 04000

BOULANGER

Les Miches à Lulu

10 avenue de Verdun

Une boulangerie artisanale comme nous en avons tous besoin aujourd'hui. Chez Luc Roux, du bio, des farines sélectionnées pour un levain traditionnel, la boulange comme un art, avec respect et passion. Tout est bon, selon la farine ou l'association voulue, et il ne faut pas manquer de goûter la viennoiserie maison.

FORCALQUIER 04300

HÔTEL

Charembeau Hôtel - 3 étoiles

1730 chemin du Milieu - T. 04 92 70 91 70 - à partir de : 85€

Les amoureux de la Provence ne jurent que par cette belle adresse installée au sein de 7 ha de prairies et de collines avec, en toile de fond, la célèbre montagne de Lure. Transformée en hôtel en 1975, l'ancienne bastide du XVIIIe siècle a conservé ses murs épais et ses ocres traditionnels et offre le charme de ses 25 chambres, vastes et confortables. Boris et Martin Berger, les propriétaires, proposent également des mini-appartements parfaitement aménagés, avec une petite cuisine pour préparer un repas léger, de retour du marché. Le village de Forcalquier tout proche, avec sa citadelle, sa place ombragée de platanes et son incontournable terrain de pétanque, se découvre à pied ou à vélo avant une balade dans les garrigues. L'hôtel, labellisé «expert accueil vélo» dispose de tous les services nécessaires.

DISTILLATEUR

Distilleries et Domaines de Provence

Avenue des Châlus - T. 04 92 75 00 58

Depuis 1898, tous les apéritifs provençaux sont à retrouver ici : pastis Henri Bardouin, absinthe Absente, grande Absente, mais aussi le Rinquinquin, l'Orange Colombo, la Noix de la Saint-Jean et de nombreuses autres liqueurs.

Carte

Addition moyenne d'un prix à la carte englobant le prix d'une entrée + plat + dessert

Figure d'Anchois

L'ITALIEN INCONTOURNABLE DE FORCALQUIER

Situé dans le centre historique, sur la place de la Clastre Vieille à côté de la Cathédrale, ce nouveau restaurant ouvert en mai dernier vous accueille dans une ambiance authentique.

Vous êtes plutôt pizza ou cuisine italienne ? Que vous appréciez l'une ou l'autre, vous êtes à la bonne adresse ! Passionnée, l'équipe compose 4 fois par an une carte faite de mets italiens simples et raffinés et de délicieuses pizzas. Ici, la cuisine est faite maison, à partir de produits frais et de saison. Les visuels sont beaux, les saveurs excellentes. Pour cela, les meilleurs ingrédients sont sélectionnés : viandes françaises, charcuteries et fromages italiens, et légumes locaux couplés à des produits haut de gamme. À déguster dans la salle voûtée ou sur les belles terrasses provençales.

Ouvert 7j/7.

3, rue des Cordeliers, 04300 FORCALQUIER
Tél. : 04-92-79-90-53

> *La découverte d'un mets nouveau fait plus pour le bonheur du genre humain que la découverte d'une étoile.*

Jean Anthelme Brillat-Savarin
(1755-1826)

GRÉOUX LES BAINS 04800

CONFISEUR

Maison Durandeu

46 rue Grande - T. 04 92 78 00 01

La maison Durandeu est un incontournable de la région. De nombreuses gourmandises sont à goûter, notamment des petits fours, des orangettes, des diamants vanille et chocolat, des tailles aux amandes... On retrouvera bien évidemment le calisson et le panettone. Les confiseries phares de la maison restent les nougats et les pâtes de fruits.

LES PRODUITS AOC ET AOP DE LA RÉGION PROVENCE-ALPES-CÔTE D'AZUR

Figue de Solliès, brousse du Rove, fromage de Banon, huile d'olive d'Aix-en-Provence, huile d'olive de Haute-Provence, huile d'olive de Provence, huile d'olive de la vallée des Baux-de-Provence, huile d'olive de Nice, muscat du Ventoux, olive de Nice, olives cassées de la vallée des Baux-de-Provence, olives noires de la vallée des Baux-de Provence, pâte d'olive de Nice, picodon, taureau de Camargue, truffe noire du Tricastin...

Côté Champs de Provence

DU PRODUCTEUR AU CONSOM'ACTEUR

Neuf associés il y a tout juste 6 ans, ils sont désormais quatre-vingts agriculteurs à proposer leurs merveilles, toutes locales, bio ou pas, aux consommateurs qui ont envie de prendre leur assiette en main ! Dans un magasin sobre, lumineux et spacieux, ils vendent en direct leurs fruits et légumes de saison, avec des gammes anciennes et rares, des viandes fermières, de multiples pains, des produits laitiers, transformés, du vrac, des fromages et des vins* de qualité… Leur offre, riche et diversifiée, assure à une clientèle avertie des pépites issues d'un savoir-faire exemplaire et d'un territoire unique. Si *« les rires éclatent mieux quand la nourriture est bonne »*, ce collectif heureux assure la réussite d'un échange vertueux entre des métiers-passion et une clientèle respectée et respectueuse. Une adresse essentielle.

Rond-Point des fourches,
04700 LA BRILLANNE
Tél. : 04-92-74-58-87
Facebook : cotechampsdeprovence

Dans une vieille bouteille, il y a du bon vin.
Mais il y a aussi quelque chose
du passé, et qui dort là.
Quand on débouche la bouteille,
un rayon de soleil ressuscite,
et ça ne va pas sans un peu d'émotion.

Léon Abric (1869-1942)

*L'ABUS D'ALCOOL EST DANGEREUX POUR LA SANTÉ.

L'Inattendu

UN HÔTEL 3*, UN RESTAURANT ET UNE SALLE DE RÉUNION

Vous souhaitez vous reposer, vous détendre ou pratiquer une activité de pleine nature ? Le temps d'un délicieux repas au restaurant ou d'un séjour, profitez du magnifique panorama sur les montagnes.
Situé entre Digne et Barcelonnette, un peu à l'écart de la grande route des Alpes pour assurer la tranquillité de ses résidents et des clients de son restaurant, L'Inattendu propose de vivre un moment magique, en toute proximité avec la nature.
La cuisine est maison. D'inspiration française, elle est revisitée et rehaussée d'accents espagnols ou mexicains. La carte est riche et évolue avec les saisons. On y déguste par exemple un millefeuille de bœuf ou un encornet feuilleté farci au saumon. Les desserts aussi s'habillent de tonalités originales à l'instar du tiramisù agrume-spéculoos ou menthe-chocolat.
« Nous disposons d'une salle qui peut recevoir jusqu'à 100 personnes dans laquelle nous organisons bals, séminaires d'entreprise, mariages et soirées concert », explique Cécile Cloitre, qui a repris l'établissement il y a un an avec son mari.

Lieu-dit Les Souquets, 04140 LE VERNET
Tél. : 04-92-31-62-31
Tél. : 06-84-39-52-01
linattendu04.fr

Le vrai gourmet est celui qui se délecte d'une tartine de beurre comme d'un homard grillé, si le beurre est fin et le pain bien pétri...

Sidonie-Gabrielle Colette
(1873-1954)

MANOSQUE 04100

Restaurant Pierre Grein

14,5/20

180 avenue Ryckebusch - T. 04 92 72 41 86 - Menu(s) 98 €

Si l'emplacement de ce bistronomique ne constitue pas un cadre idyllique, cela est vite oublié en franchissant la porte, appréciant l'atmosphère chaude et feutrée. En cuisine, un chef natif de la région, Pierre Grein, propose une cuisine pleine de saveurs aux parfums provençaux. Ses assiettes sont soignées, colorées avec un soin particulier sur les desserts. Le foie gras de canard entouré de sa fine chapelure de pain d'épice est accompagné d'une bouchée monochrome violet, le homard est cuisiné dans l'esprit d'un aïoli, brandade d'artichauts violets et fraîcheur de légumes du moment. Le bar sauvage est cuit à l'unilatéral, accompagné d'une raviole de tourteau et légumes bisque-bouille, jus de bouillabaisse. Le pigeon est servi simplement rôti avec foie gras et un risotto carnaroli lié au crémeux de cèpes, avant une belle créativité en desserts : la pomme en trompe l'œil, la framboise en meringue soufflée ou encore le citron en trois textures. Carte des vins de la région, service aimable, efficace et attentif. Un point de plus cette année.

CHOCOLATIER

Joël Vilcoq Chocolatier

62 rue Grande - T. 07 69 76 17 64

Grenoblois d'origine, Joël Vilcoq a travaillé auprès de chocolatiers parisiens avant de s'installer en Provence. Dans son laboratoire de Pertuis, il utilise des produits locaux et crée des chocolats aux saveurs discrètes.

Carte

Addition moyenne d'un prix à la carte englobant le prix d'une entrée + plat + dessert

Menu(s)

Fourchette de prix mentionnant le menu le moins cher et le menu le plus cher proposant à la fois entrée, plat et dessert sans les boissons, qui n'exclut pas les prix intermédiaires

O P'tit Resto

COMME À LA MAISON

Depuis que Nathalie Levêque a pris les rênes du restaurant, en mars 2020, l'allégresse et la gourmandise côtoient un accueil convivial et une ambiance chaleureuse.

Si O P'tit Resto ne cache pas son faible pour les fromages de chèvre, le foie-gras maison et l'agneau confit, tous les plats sont maison et concoctés à partir de produits locaux. Dans un cadre reposant à la déco personnelle et atypique, signée en partie par la patronne, on déguste l'été des glaces artisanales, l'hiver des blanquettes de veau à l'ancienne et toute l'année les burgers du chef. Chaque mois, l'organisation d'une soirée à thème donne l'occasion de célébrer la culture créole, mexicaine, belge... O P'tit Resto, c'est encore la fabrication de 45 rhums arrangés* à déguster en fin de repas autour d'un bon... « rhum gourmand » !

2, boulevard Casimir Pelloutier,
04100 MANOSQUE
Tél. : 04-92-87-79-52
Facebook : barloasis.manosque

Le vin stimule l'appétit et donne du goût à la nourriture. Il favorise les discussions, l'euphorie et peut transformer un simple repas en événement mémorable.

Derek Cooper (1925-2014)

*L'ABUS D'ALCOOL EST DANGEREUX POUR LA SANTÉ.

MOUSTIERS SAINTE MARIE 04360

HÔTEL

Hôtel La Bastide de Moustiers - 4 étoiles

Chemin de Quinson - T. 04 92 70 47 47 - à partir de : 225€

Cette belle adresse est née d'un hasard, et d'un coup de cœur. En 1994, Alain Ducasse arpente à moto les routes de Provence et découvre cette bâtisse du XVIIIe siècle au cœur de 4 ha de lavandes et d'oliviers, le tout hérissé d'immenses cyprès. Il en fera son port d'attache avant de l'ouvrir aux visiteurs, restaurant le corps principal avec l'aide d'artisans locaux et de la décoratrice et amie Tonia Peyrot. Les 11 chambres et 2 suites, décorées de tommettes, de tissus et de meubles provençaux, accueillent désormais les hôtes. La table a été confiée au chef Adrien de Crignis, qui régale d'une cuisine régionale ancrée dans la saison. Avant de faire une pause au bord de la piscine ou de partir à la découverte des trésors de la région, des gorges du Verdon au lac de Sainte-Croix.

BOUCHER

Maison Bondil

Rue du Courtil - T. 04 92 74 66 12

Une institution de la charcuterie provençale depuis cinq générations, aujourd'hui aux mains de Pierre Bondil et de son fils, Baptiste. Dans cette belle maison avec arcades en pierre, les viandes viennent des meilleures provenances : agneau de Sisteron, bœuf d'Aubrac et autres spécialités incontournables. Goûtez aussi les terrines de gibier et les préparations, brochettes, paupiettes, grillades...

ORAISON 04700

BOUCHER

Boucherie Crest

5 rue Elie-Louis Julien - T. 04 92 78 60 30

La maison peut être fière de ses titres. Avec une médaille pour le boudin noir et le saucisson à l'ail en 2015, Thierry Crest et son équipe ont été récompensés pour des heures d'effort et un travail sérieux dont profite la clientèle au fil des créations charcutières. Selle d'agneau olive-romarin-citron, pâtés en croûte maison, boudin blanc au porto, filet de poulet savoyard révèlent une bonne dynamique.

CONFISEUR

François Doucet - Confiseur en Provence

Avenue de Traversetolo - T. 04 92 78 61 15

François Doucet a obtenu le label d'Entreprise du patrimoine vivant en novembre 2017 pour sa fabrication de pâte de fruit artisanale grâce à une maîtrise de toutes les étapes de production : sélection des matières premières, cuisson du mélange sucre, fruits et gélifiants dans des chaudrons en respectant l'ordre d'incorporation, contrôle de la température et du temps de cuisson... François Doucet fabrique aussi son propre praliné d'enrobage et utilise un procédé de macération des raisins unique. Il vend surtout à des grands magasins et chaînes de magasin comme les Galeries Lafayette ou Jeff de Bruges. Ses ventes se font aussi à l'étranger, aussi bien en Europe (Espagne, Allemagne, Autriche, Angleterre) qu'en Russie et au Japon.

PÂTISSIER

Pâtisserie Kyrilis

Place Clément Plane - T. 04 92 78 62 94

Olivier Kyrilis est un adepte d'un travail artisanal réalisé à partir de farine de tradition française. Les fermentations lentes rendent la mie bien alvéolée. Les pains spéciaux maïs, lin ou tournesol et les brioches pur beurre sont garantis pour une conservation de deux jours. Pour les adeptes des meringues, 16 parfums permettent de faire un choix qui collera aux meilleurs souvenirs de l'enfance.

LES PRODUITS AOC ET AOP DE LA RÉGION PROVENCE-ALPES-CÔTE D'AZUR

Figue de Solliès, brousse du Rove, fromage de Banon, huile d'olive d'Aix-en-Provence, huile d'olive de Haute-Provence, huile d'olive de Provence, huile d'olive de la vallée des Baux-de-Provence, huile d'olive de Nice, muscat du Ventoux, olive de Nice, olives cassées de la vallée des Baux-de-Provence, olives noires de la vallée des Baux-de Provence, pâte d'olive de Nice, picodon, taureau de Camargue, truffe noire du Tricastin...

Pâtisserie Kyrilis

UN VRAI « SAVOIR-RÉGALER »

Régaler tous les gourmands, c'est le quotidien d'Olivier Kyrilis, de son épouse Nathalie et leur équipe, depuis 2005. La qualité gustative de leurs pains, pâtisseries, viennoiseries, glaces et chocolats est là pour le prouver. D'ailleurs, de nombreux gourmets d'Oraison et des environs les ont déjà goûtés… et approuvés !

Cette pâtisserie avec un grand P propose également une belle gamme de pains et de baguettes, à base de farines de blé français, avec un pain spécial différent chaque jour et un service souriant au quotidien. Quant aux viennoiseries, elles sont élaborées dans le laboratoire de la boutique, à partir de beurre AOP d'Isigny. Les matières premières sont de toute première qualité ; la pâtisserie Kyrilis est depuis toujours partenaire de Valrhona® pour la fabrication de ses bonbons et tablettes en chocolat, avec une quinzaine de références pour chacun d'eux.

Revenons aux créations pâtissières d'Olivier (formé notamment chez Dalloyau) pour évoquer le célèbre millefeuille, décliné en version individuelle ou en format à partager. Cette spécialité, tout comme le reste des gâteaux, participe à la très belle réputation de la Maison qui prône le travail artisanal. Il y a aussi ce baba au rhum*, ces meringues parfumées et tous ces petits fours sucrés qui garnissent les buffets de vos événements. La créativité du pâtissier passionné s'exprime aussi au travers de ses délicieuses pièces montées, gâteaux à étage et autres number cakes, pour des mariages et anniversaires inoubliables.

Dès les beaux jours, les glaces et sorbets de la pâtisserie Kyrilis (fabrication maison, évidemment) ont également beaucoup de succès. Alors, vous aussi, venez vous régaler !

Ouvert du mardi au samedi de 7h30 à 12h30 et de 15h à 19h et le dimanche de 7h30 à 12h30.

✉ Place Clément Plane, 04700 ORAISON
Tél. : 04-92-78-62-94
Facebook : Pâtisserie Kyrilis

PIERREVERT 04860

VIGNERON

Domaine de Régusse

Route de la Bastide des Jourdans - T. 04 92 72 30 44

Créé en 1970, le Domaine de Régusse se présente comme un compromis entre une winery du nouveau monde et un domaine classique. Intéressant à découvrir les lundis, mercredis et vendredis à heures fixes. Possibilité de parenthèse gourmande avec des produits régionaux. Réservez.

LES 10 COMMANDEMENTS DE GAULT&MILLAU

1
« Tu ne cuiras pas trop. »

2
« Tu utiliseras des produits frais et de qualité. »

3
« Tu allégeras ta carte. »

4
« Tu ne seras pas systématiquement moderniste. »

5
« Tu rechercheras cependant ce que t'apportent les nouvelles techniques. »

6
« Tu éviteras marinades, faisandages, fermentations, etc. »

7
« Tu élimineras les sauces riches. »

8
« Tu n'ignoreras pas la diététique. »

9
« Tu ne truqueras pas tes présentations. »

10
« Tu seras inventif. »

Le P'tit Mauss

LES DOUX PARFUMS DE PROVENCE

Voilà ce qu'ont souhaité promouvoir Frédéric et Mouna Maussion dans leur pâtisserie-boulangerie. Les fabrications sont à base de farines du mont Ventoux ou de Sault pour l'épeautre bio sans gluten, les fruits et légumes issus des maraîchages locaux.

Les pains sont élevés en longue fermentation sur levain comme les huit sortes de pains spéciaux, la baguette provençale aux olives noires, graines de tournesol torréfiées et herbes de Provence... Les viennoiseries sont pur-beurre et maison à l'instar de la brioche, des madeleines ou des financiers. Petits gâteaux de table, les pâtisseries emblématiques de la maison sont : le maracuja et son croquant aux fruits rouges, surmonté de mousse framboise et passion, ou le petit breton croquant au caramel beurre salé. Des fougasses et baguettes garnies sont disponibles pour les petits creux. Espace dégustation.
Terrasse extérieure.

✉ Boulevard de la Tuilière, 04110 REILLANNE
Tél. : 04-92-77-86-07

La Marmite

SAVOUREUX !

Ne vous fiez pas à la localisation de ce restaurant car les surprises sont belles. La salle lambrissée est chaleureuse, l'accueil est aux petits soins et la cuisine est de grande qualité.
Au menu : brouillade de truffes, fondue savoyarde ou bourguignonne accompagnée de sauces maison, tagliatelles à la truffe, filet de bœuf, côte de veau aux girolles... On aime que les enfants soient les bienvenus et on apprécie la belle carte des vins*, la sélection des produits en fonction de leur saisonnalité et les tarifs abordables.

✉ Galerie Commerciale, 04400 PRA LOUP
Tél. : 06-10-66-32-95
Facebook : @ La-Marmite

*L'ABUS D'ALCOOL EST DANGEREUX POUR LA SANTÉ.

RIEZ 04500

MAISON D'HÔTES

Hôtel des Colonnes

Rue René Cassin - T. 04 92 72 29 24 - à partir de : 80€

À deux pas des gorges du Verdon et du lac de Sainte-Croix, cette demeure du XVIIe a été restaurée par Géraldine Manivet, une ancienne journaliste déco qui a su préserver l'esprit des lieux (tommettes anciennes, escalier de gypse) tout en lui infusant style et modernité avec ses murs à la chaux et ses salles de bains en béton ciré. Elle y a aménagé deux chambres et une suite où il fait bon poser ses valises avant de découvrir le jardin ombragé d'une tonnelle où l'on déguste d'excellents petits déjeuners (pains encore tièdes, confitures maison, jus de fruits bio et miel du pays) ou un apéro avec charcuteries locales et tapenades maison. Tous ceux qui apprécient l'esprit déco du lieu ne manqueront pas la boutique de brocante désormais installée au rez-de-chaussée. L'établissement propose par ailleurs de paddles pour découvrir le lac de Sainte-Croix et toutes les adresses secrètes de Géraldine pour profiter, au mieux, des richesses de la région.

LES PRODUITS AOC ET AOP DE LA RÉGION PROVENCE-ALPES-CÔTE D'AZUR

Figue de Solliès, brousse du Rove, fromage de Banon, huile d'olive d'Aix-en-Provence, huile d'olive de Haute-Provence, huile d'olive de Provence, huile d'olive de la vallée des Baux-de-Provence, huile d'olive de Nice, muscat du Ventoux, olive de Nice, olives cassées de la vallée des Baux-de-Provence, olives noires de la vallée des Baux-de Provence, pâte d'olive de Nice, picodon, taureau de Camargue, truffe noire du Tricastin...

Le Relais de la Forge

AU SOMMET DES PLAISIRS

Au cœur des montagnes, lacs, torrents et forêts, cet hôtel plein de charme propose des chambres accueillantes à l'image de son restaurant récemment rénové avec goût et simplicité. Ici un « esprit montagne » bienveillant souffle sur des lieux inspirés par une nature amicale, calme et reposante. Isabelle et Hugues, passés maîtres dans l'art de recevoir, proposent une belle cuisine généreuse, révélée par des produits frais, locaux et de saison. À l'image de leur foie gras maison et glaces maison, les plats sentent bon une tradition pimentée de modernité. Le chef, d'origine Normande, aime faire bon et copieux. Chaque semaine, il renouvelle un menu composé de 3 entrées, 3 plats et 4 desserts au choix qui s'appuie sur des recettes revisitées par l'émotion et la gourmandise. Un cadre idyllique pour une adresse de bons goûts !

Le plaisir de la table est de tous les âges, de toutes les conditions, de tous les pays et de tous les jours.

Jean Anthelme Brillat-Savarin
(1755-1826)

Boulangerie Della Casa

LE PAIN, DANS LE RESPECT DE LA TRADITION

Situé à Roumoules, entre Riez et Moustiers Sainte-Marie, la boulangerie Della Casa & Fils partage avec ses clients l'amour du bon pain. Ici, tout est maison, pour le plaisir du goût !

Vous appréciez le bon pain ? C'est ici qu'il faut vous arrêter. Deux gammes de pain sont proposées. Les baguettes et les pains aux céréales sont concoctés avec une farine Tradition issue de l'agriculture raisonnée. Ces pains ne comportent ni additif ni améliorant de panification et aucun gluten n'est ajouté. Le sel vient de Camargue. Seigle, petit épeautre ou khorasan : la deuxième gamme de pains est réalisée à partir de farine bio et de levain fabriqué maison. La boulangerie propose aussi un pain intégral pour lequel la farine est moulue au sein même de la boulangerie. Ici, l'artisanat prend tout son sens, on prend le temps de bien faire. Pour agrémenter petits déjeuners et goûters, les gourmands se délectent des viennoiseries et pompes à huile, des fougasses et des brioches.

Ouvert du mercredi au dimanche.

Les Aygalades, Route de Moustiers,
04500 ROUMOULES
Tél. : 04-92-79-59-76

> *C'est au cours d'un dîner copieux que la spiritualité de l'homme se manifeste avec le plus d'évidence.*

Somerset Maugham
(1874-1965)

Communiqué

La Chaumière

DEPUIS 1840

C'est dans cette auberge médiévale qu'Angélique et Gwenaël Hermellin ont posé leurs valises en 2018. Un endroit atypique, doté de cinq chambres d'hôtes, dans lequel ils proposent d'originales crêpes, pizzas, salades et viandes grillées.

On ne peut qu'aimer cette cuisine du marché, concoctée à base de fruits et légumes frais, de charcuterie artisanale et de viande française. Les best-sellers sont la ficelle seynarde (une crêpe roulée garnie d'émincé de poulet, de jambon cuit, de morilles, de crème fraîche et gratinée à la mozzarella), la salade La Chaumière aux croquettes de camembert, charcuterie, tomates et sauce maison ou la pizza du moment fabriquée selon l'inspiration du chef. En dessert, les gourmands pourront savourer un délicieux nougat glacé ou tout autre dessert maison.

Le + : Terrasse ouverte d'avril à octobre.

33, Grande Rue, 04140 SEYNE-LES-ALPES
Tél. : 04-92-35-00-48
Facebook : La.chaumiere.seyne.les.alpes

C'est la sagesse, aimer le vin,
La beauté, le printemps,
le printemps divin,
Cela suffit. Le reste est vain.

Théodore de Banville
(1823-1891)

SISTERON 04200

BOUCHER

Giraud Viandes

3 allée des Genêts - T. 04 92 61 40 13

La boutique de la maison Giraud se situe juste à côté de l'atelier de gros, près de l'abattoir municipal, et propose une superbe sélection d'agneaux de Sisteron en gros, semi-gros et détail, pour les professionnels et les particuliers. Également un beau choix de bœufs, porcs, veaux et volailles des environs.

LES 10 COMMANDEMENTS DE GAULT&MILLAU

1

« Tu ne cuiras pas trop. »

2

« Tu utiliseras des produits frais et de qualité. »

3

« Tu allégeras ta carte. »

4

« Tu ne seras pas systématiquement moderniste. »

5

« Tu rechercheras cependant ce que t'apportent les nouvelles techniques. »

6

« Tu éviteras marinades, faisandages, fermentations, etc. »

7

« Tu élimineras les sauces riches. »

8

« Tu n'ignoreras pas la diététique. »

9

« Tu ne truqueras pas tes présentations. »

10

« Tu seras inventif. »

Boulangerie Pâtisserie De March

LA PASSION DU MÉTIER, LA FORCE DU SAVOIR-FAIRE

Forte de l'obtention du label Boulanger de France grâce à ses réalisations 100% artisanales concoctées à partir de produits de qualité et de saison, la maison De March signe des bijoux salés et sucrés qui enivrent les papilles.

Entre tradition et innovation, à côté de sa belle gamme de pain, traditionnels et spéciaux, au levain maison et sa viennoiserie pur beurre issue de son fournil, la Maison offre des pâtisseries aussi sublimes que divines. Léonie et Baptiste, tous deux nés dans l'artisanat, visent l'excellence. Le chef, par ailleurs pâtissier-chocolatier-glacier- confiseur, aime jouer avec les couleurs, les textures et les saveurs. Ses pièces montées rivalisent d'imagination et de créativité, ses macarons-gâteaux sont des merveilles de desserts fins, mousseux et recherchés.
Toujours en quête de renouvellement et de nouveautés, Baptiste n'hésite pas à multiplier les formations auprès de chefs pâtissiers internationalement reconnus. En semaine, ses gâteaux individuels rivalisent de goûts et de formes quand ses mignardises le week-end révèlent une haute saveur ajoutée. Amoureux de son métier, metteur en scène de décors de roses et de rubans en sucre multicolores, il réalise des petits chefs d'œuvre enlevés, lumineux, glacés ou marbrés.
Puisque la vie est trop courte, commencez donc par le dessert ! D'autant que chez De March, la pâtisserie et l'amour, c'est du pareil au même : une histoire de fraîcheur, de délice et de bonheurs à partager. Ici, vous rencontrerez une équipe jeune, dynamique et professionnelle, qui sera ravie de vous accompagner pas à pas et de guider vos choix et vos désirs les plus gourmets ! Une adresse décidément incontournable.

9, rue des Congés Payés, 04130 VOLX
Tél. : 06-45-72-80-45
Facebook : Boulangerie Pâtisserie De March

05

HAUTES-ALPES

BRIANÇON 05100

Le Péché Gourmand 13/20

2 route de Gap - T. 04 92 21 33 21 - Menu(s) 39-75 €

Une table classique aux bonnes manières où les codes de la bienséance gastronomique sont bien suivis, ambiance feutrée, déco contemporaine dans les jaunes et gris. Après les bouchées et mises en bouche de bon ton, la langoustine rôtie tartare en beignet de courgette fleur fait bonne impression, comme la tourte de caille fourrée Orloff et une crème oseille un peu trop présente en acidité, un blanc de turbot doré poivron baby farci de coquillages, oignon confits et émulsion de poivron albuféra pour une réalisation globale bien soignée. Cheesecake plutôt personnalisé rhubarbe en gelée de fraise, glace aux fraises confites en dessert, pour un ensemble plaisant qui manque un peu de touches régionales. Cave bien étendue, commentée par un maître d'hôtel-sommelier habile. Tarifs logiques.

Membres de l'Académie Gault&Millau

Tables Exceptionnelles – 19/20 à 19,5/20

Tables de Prestige – 17/20 à 18,5/20

Tables Remarquables – 15/20 à 16,5/20

Tables de Chef – 13/20 à 14,5/20

Tables Gourmandes – 11/20 à 12,5/20

Tables Originales – 10/20 à 10,5/20

Boulangerie Alef

DES GOURMANDISES TRADITIONNELLES ET MODERNES

Élodie et Antonin ont repris, en avril 2021, cette boulangerie dans le centre-ville de Briançon. Cet établissement chaleureux, avec sa voûte en pierre et son four à bois, est un lieu incontournable des habitants comme des touristes.

Tout ici est fait maison et les matières premières sont locales. Élodie et Antonin vous feront découvrir leurs talents forgés par le compagnonnage ainsi que par de nombreux voyages dans le monde. Associer la tradition, comme le four à bois, et la modernité des pâtisseries proposées, tel est le challenge quotidien de cette boulangerie. Elle propose une gamme de pains spéciaux (petit épeautre, pain à base de farine de Khorasan), une grande variété de plats salés (quiches, sandwichs végétarien, pizzas) ainsi qu'un florilège de gâteaux de voyage et de viennoiseries. Les gammes de produits sont renouvelées régulièrement. Vous pourrez également déguster la fameuse tarte des Alpes garnie de confiture de framboises ou de myrtilles.

1, Chemin Vieux, 05100 BRIANÇON
Tél. : 04-92-21-13-21

Dans les souvenirs d'enfance
de chaque bon cuisinier
se trouve une grande cuisine,
une cuisinière en marche, un gâteau
qui cuit et une maman.

Barbara Costikyan (1928-2020)

L'Epine Vinette

BIOCOOP ENGAGÉE ET ENGAGEANTE

Des produits bios, locaux, de saison, jamais transportés par avion et sans OGM, avec un max de vrac mais aussi des ateliers, des trocs de graines... Voilà l'esprit de L'Epine Vinette. L'équipe, qui fonctionne en SCOP depuis 6 ans, a voulu proposer un lieu dédié à la consommation bio et responsable mais aussi, plus largement, au bien vivre et à l'échange. L'établissement dispose d'une belle diversité de produits proposés en vrac (plus de 300 références rien que pour l'alimentaire) et d'un service traiteur, L'Epine Fourchette, qui cuisine de savoureux plats de saison. Enfin, coup de cœur pour le rayon fromages qui met l'accent sur le local et se fournit auprès de quatre producteurs fermiers et trois coopératives laitières du coin.

Espace Sud, 230, rue des Couteliers,
05100 BRIANÇON
Tél. : 04-92-51-53-22
Facebook : @biocoop.epinevinette
www.biocoop-epinevinette.com

> *C'est la sagesse, aimer le vin,*
> *La beauté, le printemps,*
> *le printemps divin,*
> *Cela suffit. Le reste est vain.*

Théodore de Banville
(1823-1891)

CHÂTEAUROUX LES ALPES 05380

APICULTEUR

Apiculteur Jean-Jacques Daubert

Les Gays - T. 06 83 09 36 77

Ancien accompagnateur en montagne et amoureux des grands espaces, Jean-Jacques Daubert fait évoluer ses abeilles dans une nature montagneuse encore préservée des hommes. La richesse biologique de la flore alpine (pissenlits, ronces, framboisiers, résineux, sorbiers, myrtilliers, serpolets, rhododendrons...) est perceptible dans la diversité de ses miels. À la recherche des meilleurs emplacements pour ses ruches, il n'hésite pas à travailler en terrains escarpés, de quoi donner le bourdon aux néophytes. Médaille d'Or « Polyfloral » au concours des miels de France 2020. Certifié apiculture biologique. Ventes en direct à la ferme sur rendez-vous, magasin de terroir, marchés paysans de Chorges et Baratier ainsi que le marché de Châteauroux-les-Alpes le mardi matin (juillet/août).

PISCICULTEUR

Ferme aquacole Gérard et Josiane Faure

Pisciculture des Ecrins - Quartier Saint-James - T. 04 92 43 44 52

Un paradis pour le vivant, en bordure du parc national des Écrins, à 1000 m d'altitude, où hommes et animaux profitent du grand air et des eaux vives et pures de la rivière. Toute l'année, vous pouvez vous y procurer la célèbre truite fumée, mais aussi rillettes, terrines et autres produits de qualité. En été, vous aurez en plus le plaisir de découvrir le site de pêche à la ligne avec vos enfants.

Pisciculture des Écrins

L'ART CULINAIRE AU FIL DE L'EAU

Anouck et Maxime animent ce lieu qu'ils ont repris en 2018. Depuis, ils l'ont sensiblement fait évoluer pour élever, transformer et commercialiser leurs truites arc-en-ciel. Un régal pour tous les amateurs d'art culinaire !
Des truites entières, jusqu'à 1,5 kilo, des filets, du poisson frais ou fumé (maison) : les propositions de la Pisciculture des Écrins sont variées et de grande qualité. Les bassins remplis de l'eau pure d'un torrent du parc national des Écrins et la nourriture des poissons, garantie sans OGM ni farines d'animaux terrestres, en sont les raisons principales. *« Nous veillons à la qualité constante de nos poissons et de nos produits transformés, que nous voulons accessibles au plus grand nombre »*, ajoute Maxime.

L'ultra-fraîcheur au rendez-vous
Des bassins d'élevage aux paniers des clients, il n'y a que quelques pas qu'ils sont de plus en plus nombreux à franchir : responsables d'étangs de pêches, restaurateurs, grandes surfaces et particuliers pour l'essentiel. Ils viennent avant tout pour l'ultra-fraîcheur : les truites arc-en-ciel sont pêchées dans les bassins d'élevage à la demande, difficile de faire mieux ! Quant aux produits préparés, ils sortent directement du laboratoire de transformation.

Une boutique façon épicerie fine
Conserves, truites fumées, tartinables...
Les produits signés Pisciculture des Écrins sont mis en scène dans sa boutique, aux côtés de références en matière d'épicerie fine, sélectionnées pour leur très grande valeur gustative : produits à base de canard, Champagnes et vins*, huile d'olive...
Ils composent de beaux paniers-cadeaux que les épicuriens apprécient.
Boutique ouverte du lundi au samedi (hors jours fériés) de 9h à 12h et de 15h à 18h.

Quartier Saint-James, Le Vivier,
05380 CHÂTEAUROUX-LES-ALPES
Tél. : 04-92-43-44-52
Facebook et Instagram : Pisciculture des Ecrins.
www.pisciculture-des-ecrins.com

*L'ABUS D'ALCOOL EST DANGEREUX POUR LA SANTÉ.

EMBRUN 05200

CHOCOLATIER

Luc Eyriey

Place Barthelon - T. 04 92 43 01 37

Un artiste passionné qui sait sculpter friandises et chocolats en apportant douceur et gourmandise. Du chocolat brut en tablettes des plus belles origines (Caraïbes, océan Indien, Ghana, Équateur, Araguani du Venezuela...), du nougat, des oranges confites au chocolat, mais aussi des entremets savoureux, avec du chocolat ou non, comme l'excellent framboisier.

LES PRODUITS AOC ET AOP DE LA RÉGION PROVENCE-ALPES-CÔTE D'AZUR

Figue de Solliès, brousse du Rove, fromage de Banon, huile d'olive d'Aix-en-Provence, huile d'olive de Haute-Provence, huile d'olive de Provence, huile d'olive de la vallée des Baux-de-Provence, huile d'olive de Nice, muscat du Ventoux, olive de Nice, olives cassées de la vallée des Baux-de-Provence, olives noires de la vallée des Baux-de Provence, pâte d'olive de Nice, picodon, taureau de Camargue, truffe noire du Tricastin...

La Mie du Pain

LA BOULANGERIE-PÂTISSERIE D'ANTAN

C'est une parenthèse gourmande. On y confectionne des délices à l'ancienne. À découvrir sans tarder. Lorsque Philippe et Nathalie Mendez et leurs quatre enfants ont ouvert La Mie du Pain, il y a quelques années, la famille a mis un point d'honneur à rendre ses lettres de noblesse à un savoir-faire à l'ancienne. *« Ici, on retrouve les millefeuilles d'antan et les religieuses sont massives »*, lance le maître des lieux. Comme avant ! La Maison propose aussi un pain 100% provençal, le fameux « Lou pan d'ici » (le pain d'ici). Il est confectionné exclusivement à partir des blés tendres de la région, transformés en farine. Authentique et savoureux !

La Mie du Pain propose également une gamme snacking de qualité. Tout est fait maison. Une adresse sympathique et un personnel chaleureux.

Ouvert tous les jours de 6h30 à 19h sauf le samedi (de 6h30 à 13h)

3, avenue de Verdun, 05200 EMBRUN
Tél. : 06-51-38-25-09

> *La bonne cuisine est honnête, sincère et simple.*
>
> Elisabeth David (1913-1992)

EYGELIERS 05600

MAISON D'HÔTES

La Maison du Guil

Chemin de la Font - T. 04 92 50 16 20 - à partir de : 120€

Arrivés tout droit de Belgique, Tom Van De Velde et Wim Louage ont eu un vrai coup de cœur pour ce petit village en lisière du Queyras, paradis de nature et plus haut parc régional d'Europe. Soucieux de préserver les traditions et l'architecture régionale, ils ont redonné vie à cet ancien prieuré du XVIe siècle en instaurant un parfait dialogue entre esprit local et chic plus contemporain. Les 4 chambres d'hôtes (et les 2 gîtes) sont décorées de mobilier design (chaise Wassily, banquette Le Corbusier...), certaines ayant conservé de splendides voûtes historiques que l'on retrouve aussi dans l'ancien cellier, aujourd'hui transformé en spa. Le salon-salle à manger est réchauffé d'un ancien poêle-hublot, parfait pour affronter les rigueurs de l'hiver, et se prolonge sur une jolie terrasse où l'on déguste la cuisine de Tom et Wim dès les premiers beaux jours. Un lieu rustique chic, parfait pour profiter des pistes de Vars ou Risoul pendant l'hiver et partir en été à la découverte du parc régional et des magnifiques gorges du Guil.

GAP 05000

Le Pasturier

14/20

18 rue Pérolière - T. 04 92 53 69 29 - Carte 54€ - Menu(s) 16€

Nougat de chèvre frais aux pistaches, filets de dorade grillés farce de moules au safran, ou un simple agneau de pays et ses pommes de terre jus réduit au thym. C'est ainsi qu'on reconnaît un grand chef, à l'originalité de sa cuisine certes, à son respect du produit, absolument, mais aussi à sa façon de se débarrasser parfois d'un habillage superflu pour retrouver l'authenticité d'un poisson ou d'une viande. Et à ce jeu-là, le chef Pascal Dorche joue gagnant. Produits privilégiés, cuissons maîtrisées, accommodements de bon goût, cave habilement construite et service régulier et actif, la recette du succès.

CHOCOLATIER

Chocolaterie Signouret

79 avenue Jean Jaurès - T. 04 92 23 51 58

Anne-Lise Signouret est une jeune chocolatière indépendante qui, au détour d'un voyage en Amérique latine, a trouvé sa vocation. Installée dans la maison familiale à Gap qu'elle aménage en boutique-atelier, elle confectionne depuis 2014 ses chocolats : ganaches pure origine parfumées thym, passion, bergamote, sauge (du jardin attenant) et autres gourmandises de type rochers, orangettes ou gingembrettes (lamelles de gingembre plongées dans du chocolat). Les nouveautés sont régulières et les glaces maison arrivent pour la saison estivale. Personnalisation des chocolats sur demande. Anne-Lise est aussi engagée dans une démarche écoresponsable en soutenant des plantations et le développement des cultures vivrières de ces mêmes planteurs. Les boîtes de chocolat sont des cabosses recyclées. Vente en ligne et autre boutique rue de Strasbourg, à Grenoble.

TORRÉFACTEUR

La Brûlerie

7 rue Pérolière - T. 04 92 52 34 72

Une petite brûlerie artisanale qui fait grand bruit dans la vieille ville et même dans toute la région. Un savoir-faire découlant de plusieurs générations permet à cet artisan de torréfier tous les cafés du monde et d'en extraire, chaque fois, la quintessence des arômes. Arabicas du Brésil, de Colombie, du Pérou, d'Éthiopie, et quelques variétés changeant tout au long de l'année en fonction des occasions.

Carte

Addition moyenne d'un prix à la carte englobant le prix d'une entrée + plat + dessert

Menu(s)

Fourchette de prix mentionnant le menu le moins cher et le menu le plus cher proposant à la fois entrée, plat et dessert sans les boissons, qui n'exclut pas les prix intermédiaires

La Boule à Meije

UNE PÉPITE !

Tania et Hugues Castillan, un enfant du pays, réjouissent les clients avec leurs propositions réalisées artisanalement. On aime le pain au levain de seigle, les viennoiseries pur beurre AOP, la brioche feuilletée et les incontournables amandines et tartes aux myrtilles. De plus, ils réalisent des pizzas, quiches et tartes salées aux produits frais de saison, ainsi que des sandwichs à la demande pour une fraîcheur absolue !

RD 1091, 05320 LA GRAVE
Tél. : 04-76-80-02-97
Facebook : @labouleameije

Les Korrigans

COMME UN PETIT AIR DE BRETAGNE

Marie-Cécile fait souffler un air de Bretagne des plus agréables sur tout Gap avec ce restaurant de spécialités qu'elle a créé à son image : intimiste et authentique. Ses galettes salées et sucrées (sans gluten) sont aussi appréciées que ses petits plats et ses succulents desserts. Tout est élaboré avec des produits de qualité, bio en grande majorité, et accompagné de boissons... aussi bonnes que bretonnes !

27, rue Pérolière, 05000 GAP
Tél. : 09-88-43-84-00
Facebook : Les Korrigans Gap
www.leskorrigans.net

O'Délices

PORTE BIEN SON NOM !

Dans ce restaurant qui a préservé la jolie salle voûtée de l'ancienne bergerie, le chef et propriétaire, Florian Borel, propose une cuisine gourmande. Maîtrisant parfaitement les cuissons, il met en valeur les saveurs des produits frais locaux. Même si sa carte change avec les saisons, au-delà des suggestions du jour de sa formule de midi, les papilles se régalent avec des plats succulents comme les côtelettes d'agneau de Sisteron marinées à l'ail avant d'être confites. Une belle association de fondant et de croustillant.

Place Joseph Salva, 05600 GUILLESTRE
Tél. : 04-92-24-05-34
www.odelices.restaurant

> *Bonne cuisine et bon vin, c'est le paradis sur terre...*
>
> Henri IV (1553-1610)

Zap Pizza Resto

L'ITALIE AU CŒUR DE LA CAPITALE DOUCE

Cette trattoria à l'Italienne a tout pour plaire ! Un restaurant spacieux, moderne et tendance avec une grande terrasse couverte en rooftop. Grâce à ses cuisines entièrement ouvertes sur la salle, vous pourrez profiter d'une cuisine maison réalisée devant vos yeux à partir de produits frais et utilisant un maximum de produits bio. Ici, que des spécialités dans la plus pure tradition Italienne : des pâtes fraîches maison (vous pourrez choisir leurs formes et les agrémenter de la sauce de votre choix), des pizzas avec une pâte napolitaine à fermentation lente façonnée à la main et des salades au gré des saisons. Côté bar, pour un aperitivo entre amis, ce restaurant vous propose une carte de cocktails et vins Italiens / Français* que vous pourrez accompagner d'antipasti et de diverses planches à partager. *Ouvert 7j/7 midi et soir.*

Les + : Grand parking gratuit au pied du restaurant et à deux pas du centre-ville, accès PMR par ascenseur.

✉ 3, rue du Docteur Ayasse, 05000 GAP
Tél. : 06-02-28-77-67
Facebook : Zap Pizza Resto
Insta : Zap.PizzaResto
zap-pizzaresto.com

C'est la sagesse, aimer le vin,
La beauté, le printemps,
le printemps divin,
Cela suffit. Le reste est vain.

Théodore de Banville
(1823-1891)

*L'ABUS D'ALCOOL EST DANGEREUX POUR LA SANTÉ.

LARAGNE MONTÉGLIN 05300

L'Araignée Gourmande

13,5/20

8 rue de la Paix - T. 04 92 65 13 39 - Menu(s) 21-46 €

Entre Serres et Sisteron, une belle adresse pour se restaurer en plein centre-ville dans les meilleures conditions. Produits frais bien choisis, cuisine de saison, parfumée et savoureuse, renouvelée au gré de l'inspiration de Thierry Chouin, le chef, qui ne cède pas aux sirènes de la mode et pratique son art avec simplement beaucoup de sincérité et de talent. Bulots duxelles de champignons émulsion à la rouille, échine de porc aux épices gratin de pommes de terre, filet de canette en croûte de noix risotto d'épeautre sauce tapenade ; en dessert, une île flottante pistache-framboise à la saveur joliment équilibrée. La carte des vins est très suffisante et le service, aimable et rigoureux sous la houlette de Mickaëlle Chouin.

LE MONÊTIER LES BAINS 05220

Le Chazal

13/20

Les Guibertes - T. 04 92 24 45 54 - Menu(s) 38-64 €

Ambiance intimiste pour ce restaurant typique montagnard par son emplacement bénéficiant d'un incroyable panorama, mais diversifié dans sa cuisine, car le chef Fabien Ferdinand, enfant du pays qui a vu du pays, est revenu ici pour faire découvrir sa manière à lui, aboutie et généreuse, de travailler les ressources locales. Farce de brochet risotto de côtes de blette au vin jaune, foie gras en croûte de brioche au mélèze rhubarbe pochée, selle d'agneau de lait cuite doucement d'abord puis passer au BBQ, girolles fraîches en duxelles. Un parfait soufflé au Grand Marnier qui pourrait se passer du sorbet à l'orange, une carte des vins classique et équilibrée et un service actif.

HÔTEL

Hôtel Le Monêtier - 4 étoiles

376 route de Grenoble - T. 04 92 55 40 70 - à partir de : 130 €

Près des sources de Monêtier et des pistes de Serre-Chevalier, cet hôtel confidentiel membre du groupe Les Hôtels (Très) Particuliers a redonné vie à l'ancienne école de ce village rural, désormais célèbre pour ses bains. Il réunit aujourd'hui 21 chambres imaginées dans un esprit contemporain avec bois sombre et béton brut, lampes design et belles étoffes pour le confort et le côté chaleureux. Dès les premiers soleils, on se retrouve sur l'immense terrasse face à la montagne et, l'hiver, cap sur le grand loft avec ses canapés bien profonds, sa cheminée et sa longue table d'hôtes (16 personnes) où l'on se régale d'une cuisine locale, rafraîchie d'une belle carte de vins. Dotée également d'un espace bien-être, une adresse pleine de charme et à prix doux.

L'Aquisana

RESTAURANT DE MONTAGNE

L'établissement propose toute l'année des plats de terroir ou scandinaves dans un cadre hors du commun. Du nom latin de la rivière qui coule dans la vallée, le restaurant de Sofia et Claude Duchemin, 40 ans de restauration, propose dans la salle voûtée du XVIIe, des spécialités alpines et régionales telles les tourtons du Champsaur, la selle d'agneau gratinée au chèvre chaud, ou les filets de truite au Génépi. Sofia, suédoise, invite à la découverte de célèbres plats scandinaves comme le gravlax – saumon mariné.

Traiteurs, ils réalisent de magnifiques buffets pour vos réceptions, épaulés par leur cheffe Marjorie. Créations maison à partir de produits frais et locaux. Vins bio*.
Possibilité de privatiser la salle du restaurant.

5, impasse de la Benoîte,
05220 LE MONÊTIER-LES-BAINS
Tél. : 04-92-24-10-10
Facebook : Restaurant L'Aquisana
www.aquisana-serre-chevalier.fr

Dans une vieille bouteille, il y a du bon vin.
Mais il y a aussi quelque chose
du passé, et qui dort là.
Quand on débouche la bouteille,
un rayon de soleil ressuscite,
et ça ne va pas sans un peu d'émotion.

Léon Abric (1869-1942)

LES ORRES 05200

MAISON D'HÔTES

Maison Cimes

26 rue des Villandrins - T. 04 92 44 10 36 - à partir de : 140€ Ⓟ

Ils tenaient un restaurant à Nantes, mais n'avaient qu'une envie, revenir dans les Hautes-Alpes. Apprenant que cet ancien gîte d'étape était à vendre, Sandrine et Xavier ont choisi de se lancer dans l'aventure, posant leurs valises à flanc de montagne dans le vieux village des Orres. Reconverti en maison d'hôtes, le lieu dispose désormais de 5 chambres chaleureuses et raffinées : peintures Farrow & Ball, tissus en lin, meubles scandinaves... Soucieux d'accueillir leurs clients en amis, le couple fait table d'hôtes quatre fois par semaine et régale tous les jours d'un délicieux petit déjeuner avec gâteaux et pain maison, yaourts, fromages locaux et bio. À déguster en admirant le panorama à 180° sur la montagne des Orres.

MONTGARDIN 05230

APICULTEUR

Le Rucher de Saruchet

Saruchet - T. 04 92 50 32 01

L'intérêt de cet apiculteur pour les butineuses a commencé très tôt puisqu'à 12 ans il possédait déjà sa propre colonie. Aujourd'hui, il propose une belle variété de miels, à l'image de la diversité de la flore locale (miels de forêt, thym, romarin, lavande, aubépine, bruyère, acacia, tilleul et mélèze), il y en a pour tous les goûts. Joseph Faure est accompagné par Dominique, sa femme, qui confectionne des pains d'épices. Possibilité de visites guidées sur rendez-vous. Médaille d'argent dans les catégories lavande et polyfloral, «coup de cœur» pour le mélèze au concours des Miels de France 2020. Vente en direct à la ferme.

Carte

Addition moyenne d'un prix à la carte englobant le prix d'une entrée + plat + dessert

Le Graal Café

BAR BRASSERIE ET AVANT TOUT LIEU DE VIE

La bonne adresse pour manger ou boire un verre dans une ambiance chaleureuse et conviviale.

L'adresse est inénarrable. Plus qu'une brasserie ou un café, l'établissement est un plaisant lieu de vie particulièrement convivial sur la place du village. En saison, les conversations des moniteurs de ski se mêlent joyeusement à celles des touristes. Et certains soirs d'hiver, un concert entraîne tout le monde vers une bonne humeur communicative. En été, on vient y prendre son petit déjeuner pour savourer la vie locale ou s'y attarder avec une glace ou un cocktail en soirée pour le plaisir de croiser du monde, papoter, rigoler. Le Graal Café vit au rythme de la station. Selon les saisons, on y déguste des spécialités montagnardes (fondue, raclette, tartiflette), des salades, des viandes et de bonnes bières à la pression*.

Place des Escartons 05100 MONTGENÈVRE
Tél. : 04-92-21-86-35
Facebook : @legraalcafe
www.hotelalpiscottia.com

Il n'y a pas d'amour plus sincère que celui de la bonne chère.

George Bernard Shaw
(1856-1950)

*L'ABUS D'ALCOOL EST DANGEREUX POUR LA SANTÉ.

NÉVACHE 05100

L'Auberge du Clot

12/20

Ville Haute - T. 04 92 21 18 12 - Menu(s) 31 €

Perché à 1600 m à la frontière italienne, la belle auberge de Ludivine et Jean-Laurent offre un moment de nature rare, qu'on peut apprécier pour le repas seul ou également pour la nuit. Le chalet accueille une cuisine hautes-alpines, bien réalisée par Ludivine, qui met en avant les produits du territoire local : soupe d'orties, truite bio des sources de Prelles en papillote à l'achillée millefeuille, archican de Crévoux, crème brûlée au génépi.

SAINT CRÉPIN 05600

Les Tables de Gaspard

13/20

Rue Principale - T. 04 92 24 85 28 - Menu(s) 37-75 €

Virginie Blampoix et le chef Sébastien Corniau ont su faire de cette table installée dans une belle salle voûtée du XVIe siècle un lieu qui leur ressemble, confortable et plaisant, où s'exerce une vraie générosité, celle que l'on retrouve évidemment dans les assiettes concoctées en cuisine. Saisonnalité, perfection des cuissons, originalité des recettes, saveurs et textures, tout y est et on se régale avec les raviolis aux crevettes, le poisson du jour, comme avec la tarte au citron qui a fait l'unanimité. La carte des vins contient des classiques et des pépites, et le service est avenant.

Carte

Addition moyenne d'un prix à la carte englobant le prix d'une entrée + plat + dessert

Menu(s)

Fourchette de prix mentionnant le menu le moins cher et le menu le plus cher proposant à la fois entrée, plat et dessert sans les boissons, qui n'exclut pas les prix intermédiaires

Le Gaulois

L'AUTHENTICITÉ DANS VOTRE ASSIETTE

Voilà vingt-six ans que Joëlle et Jean-Marie Sanchez proposent une cuisine traditionnelle dans un cadre original. Les plats sont cuits au four à bois comme le trio de fromages, la tartiflette aux cèpes ou aux escargots, mais aussi des ardoises de foie gras et saint-jacques, du thon grillé au fenouil, des carpaccios de poisson et, pour la note sucrée, un roulé choco-noisettes, un flan créole ou une tarte aux myrtilles. La carte est composée avec des produits locaux de saison. Le plat du jour, à 12€ change quotidiennement pour découvrir de nouvelles saveurs. De plus, la terrasse permet d'admirer le massif des Écrins qui entoure Saint-Crépin. En bonus, le café sera offert pour toute personne qui vient sur la recommandation du Gault & Millau.

Route Principale,
05600 SAINT-CRÉPIN
Tél. : 04-92-45-36-06
restaurant-legaulois.fr

La Fougagno

TOUT SIMPLEMENT DÉLICIEUX

Claire et Laurent vous proposent une cuisine réconfortante réalisée à partir de produits 100% locaux. On pense notamment aux fondues, raclettes et autres curiosités comme le chapeau tatare, mais également à leurs merveilleuses preires (quenelles) du Champsaur, gratinées au bleu du Queyras, aux côtelettes d'agneau aux herbes de leurs cueillettes ou la truite rôtie au four accompagnée de petits légumes de saison. Délicieux desserts.

Quartier Le Chatelet, 05350 SAINT-VÉRAN
Tél. : 04-92-58-93-58
Facebook : @restaurantlafougagno

SAINT VÉRAN 05350

HÔTEL

Hôtel Alta Peyra - 4 étoiles

Quartier La Ville - T. 04 92 22 24 00 - à partir de : 119€

Conçu comme un hameau divisé en 5 bâtiments reliés par des allées intérieures, ce bel hôtel reprend tous les codes de l'architecture traditionnelle, s'inspirant des fameuses fustes (maisons faites de rondins empilés). Chaleureux et cosy, il abrite une soixantaine de chambres et suites qui mêlent matériaux locaux (tronc de mélèze des Hautes-Alpes, portes de placards XVIIe, roches trouvées dans la rivière), mobilier tout en épure et luminaires design. Les 3 restaurants déclinent gastronomie chic, bistronomie provençale et snacking pour un déjeuner rapide en terrasse. Le spa propose une offre de soins très complète et des équipements dernier cri : balnéothérapie, piscines extérieure et intérieure, sauna, hammam et salle de gym. Un refuge idéal après avoir arpenté les 30 pistes du domaine skiable ou les délicieuses ruelles du village de Saint-Véran perché à 2042 m d'altitude, soit l'un des plus hauts d'Europe.

TALLARD 05130

BOULANGER

Le Four à bois

Lieu-dit Le Moulin de Rousine - T. 04 92 24 05 63

Le Four à Bois représente l'engagement de Rodolphe et Maryse pour les produits authentiques et la belle façon. Levain naturel, farines issues de l'agriculture durable, pétrissage léger de la pâte, cuisson dans le fameux four, devant les clients, tous les éléments sont réunis pour faire un bon pain. Nous avons aimé les campagne et épeautre, tous deux bio, ainsi que la baguette Bleuette, de longue conservation.

Membres de l'Académie Gault&Millau

Tables Exceptionnelles – 19/20 à 19,5/20

Tables de Prestige – 17/20 à 18,5/20

06

ALPES-MARITIMES

ANTIBES 06600

Louroc - Eden Roc

14,5/20

167-165 boulevard J. F. Kennedy - T. 04 93 61 39 01 - Carte 198 € - Menu(s) 230 €

Un tel palace a-t-il besoin des guides, quels qu'ils soient, pour exister et encore moins pour se faire connaître ? Évidemment que non. L'Eden Roc, c'est comme Microsoft, Gandhi ou Zola, pas besoin d'ouvrir une encyclopédie en ligne pour savoir de quoi on parle. Alors, si une nuit passée dans ces lieux magiques n'est évidemment par à la portée du plus grand nombre, la table, ouverte seulement en saison, permet de goûter aux charmes du luxe suprême le temps d'une soirée, au rythme des assiettes composées par l'excellent Sébastien Broda et du pâtissier Lilian Bonnefoi.

Les Pêcheurs

14/20

10 boulevard Maréchal Juin - T. 04 92 93 13 30 - Menu(s) 150 €

Le luxe Riviera, c'est bien aussi. Passer une soirée d'été aux Pêcheurs, c'est prendre au vol un instant privilégié, partager entre gens de qualité un repas sur une terrasse parmi les plus glamour entre Menton et Marseille. Cap d'Antibes, des yachts et des palaces, la vraie vie en quelque sorte. D'autant plus lorsque Nicolas Rondelli et sa brigade règlent le ballet des assiettes, avec les produits attendus : foie gras mi-cuit et thon rouge de Méditerranée aux agrumes, loup sauvage fraîcheur de fenouil, pâtes artisanales à la sicilienne, ris de veau en croûte de noisettes du Piémont, cèpes rôtis, lait de noisette. La carte n'est pas si longue, les tarifs pas si indécents, et la salle est brillamment menée. Jolis desserts, légers et bien construits, cave complète.

Le Figuier de Saint-Esprit

13/20

14 rue Saint-Esprit - T. 04 93 34 50 12 - Menu(s) 55-158 €

En longeant les remparts du vieil Antibes, on croise immanquablement la route du Figuier de Saint-Esprit, ce refuge culinaire du chef Christian Morisset. On profite du patio intérieur pour se ressourcer d'une cuisine d'ici, que l'on a connue plus flamboyante et surtout plus affûtée : suprême de caille royale rôtie et sa cuisse confite, lard paysan confit, sucrine rôtie, shiitakés et sauce meurette, encornet farci aux «légumes d'antan», navets confits safranés, crémeux de potimarron, choux de Bruxelles, jus de carotte au miso ; deux plats qui auraient dû nous transporter. En dessert, un macaron au chocolat couverture au lait de brebis banane caramélisée, crémeux chocolat lacté, sauce caramel, noix de pécan cristallisées, plaisant mais qui demande aussi un peu plus de maîtrise. Les fils, Jordan et Mathias, prennent le relais pour que perdure l'âme de cette maison de famille et doivent, n'en doutons pas, redresser la barre. Cave très complète.

Restaurant de Bacon
13/20

664 boulevard de Bacon - T. 04 93 61 50 02 - Carte 101 €

La salle a été rénovée avec goût par les nouveaux propriétaires et permet maintenant de voir les cuisines. La carte a évolué sous l'égide du nouveau chef, mais, comme la fabuleuse vue, la bouillabaisse est toujours là, aussi délicieuse qu'avant, et la cuisson des poissons se révèle toujours aussi parfaite. Les fournisseurs sont restés fidèles à l'enseigne et c'est tant mieux ! Langoustines à la vénitienne, sashimi de loup aux deux caviars sauce à la truffe, ravioles de langouste, mais aussi plus simplement des spaghettis aux palourdes ou un risotto au citron et tartare de homard et, en dessert, un émouvant millefeuille au marron glacé.

Le Vauban
13/20

7 rue Thuret - T. 04 93 34 33 05 - Menu(s) 25-50 €

Raymond Cornelissens, chef belge bien imprégné de culture locale, a su fidéliser une clientèle bourgeoise régulière qui s'accroît avec l'affluence touristique en saison. Le cadre est agréable, au cœur de la ville, dans une rue piétonne très fréquentée, et l'offre, bien cadrée par des formules compactes et intéressantes : foie gras aux fruits exotiques et café, carpaccio de veau façon vitello tonnato, aiguillettes de saint-pierre et Tatin de tomates confites, dacquoise aux pommes et cerfeuil, dans un très bon menu à 41 €. Cave de bons propriétaires, menu déjeuner à 25 €.

La Cafetière Fêlée
12/20

18 rue du Marc - T. 04 93 34 51 86 - Carte 52 € - Menu(s) 27,50 €

Au cœur des quartiers anciens, une jolie maison de ville en pierre, et une table pas du tout fêlée qui offre aux Antibois une carte toujours intéressante depuis près de dix ans grâce à Julien Fiengo, maître restaurateur. Des idées de voyage sur les produits du cru, de bonnes bases pour s'évader dans des compositions échevelées : sashimi de saumon au whisky japonais, ceviche de maigre à la tahitienne, pressé de bœuf confit jus de veau soja poivre de Kampot, gyozas patate douce et morilles... Une grande carte végane avec des assiettes à composer, un bon menu déjeuner à 27,50 € et un choix correct de vins au verre.

Jeanne
11/20

10 rue Sade - T. 06 48 52 59 24

Marine et Elsa, les deux sisters, ont donné à leur bar à vin friendly le nom de leur maman et mènent le bal avec entrain. Marine passe à chaque table le même message d'empathie, fait goûter, échange, conseille, tandis qu'Elsa tresse une cuisine provençale à sa manière, produits frais, saveurs respectées, sur la seiche carotte-kumquat ou le mulet blette-noisette-brocolis, simple et bien fait, au bon goût de mer. Dans cette petite maison de l'hyper-centre, l'heure est à la détente casual chic, à la simplicité bien orientée, jusqu'au gâteau au chocolat, un vrai gâteau de mamie fondant et jouissif. Vins nature, vins de copains, que Marine connaît tous par leurs prénoms, sur tous les vignobles, même étrangers.

La Taille de Guêpe

11/20

24 rue de Fersen - T. 04 93 74 03 58 - Menu(s) 42€

Dans une petite rue du vieil Antibes, Katy et Olivier offrent depuis plus d'une décennie une belle expérience qui ravit les habitués. Des dressages lumineux et floraux servent une cuisine du marché bien pensée. Le menu «Fleur» à 32 € en trois services nous montre la voie : le velouté de champignons, crème au jambon serrano et crumble au parmesan ; le cabillaud au chorizo, légumes poêlés au romarin et jus de viande fumé ; l'assiette gourmande en déclinaison de chocolat noir et orange. La cave est un peu courte mais suffisante, l'accueil est délicieux.

HÔTEL

Cap d'Antibes Beach Hotel - 5 étoiles

10 boulevard Maréchal Juin - T. 04 92 93 13 30 - à partir de : 250€

Déjà propriétaires de l'hôtel Juana et du Bistrot Terrasse, la famille Ferrante décide en 2009 de bâtir un hôtel dans un esprit totalement inédit ; loin, très loin de l'atmosphère années 1920 qui préside aux palaces de la Côte. Elle fait pour cela appel aux architectes Gérard Vollenweider et Sybille de Margerie et au couple niçois Sarich & Goujon pour la décoration intérieure. Le résultat est un sans-faute... L'établissement, aujourd'hui membre de Relais & Châteaux, magique et totalement avant-gardiste, compte 35 chambres et suites aux murs et aux sols de béton ciré, adoucies de tonalités pastel et de belles fresques, le tout largement vitré pour admirer l'incroyable panorama sur les eaux scintillantes de la Méditerranée, avec les îles de Lérins en toile de fond. L'hôtel abrite également un espace bien-être estampillé CHO nature (une marque bio de Grasse), deux restaurants, dont le prestigieux Les Pêcheurs, et, luxe ultime, une plage de sable blond totalement exclusive.

Hôtel Belles Rives - 5 étoiles

33 boulevard Edouard Baudoin - T. 04 93 61 02 79 - à partir de : 190€

Ce palace de légende reste à jamais associé à un couple mythique et flamboyant... Les Fitzgerald, Zelda et Francis Scott, qui fuient l'Amérique de la prohibition dans les années 1920 pour se réfugier à Paris et au cap d'Antibes, lançant au passage la mode des baignades et des fêtes, l'âge d'or de la Riviera. Le duo s'installe dans la villa Saint-Louis, adossée à une pinède et à fleur d'eau, qui sera achetée et agrandie par un émigré russe, Boma Estène. Rebaptisée Belles Rives, l'ancienne villa a été discrètement modernisée, conservant jalousement son ambiance Années folles. Le décor et le mobilier Art déco sont ceux des origines, de même que l'escalier ou la citation de Scott témoignant de son bonheur à Saint-Louis, gravée dans la pierre. Les 43 chambres déclinent le même chic, tout comme le bar et son piano, la terrasse grande ouverte sur la baie ou le restaurant La Passagère, où officie Aurélien Véquaud, ancien adjoint d'Arnaud Donckele. Un lieu magique, tout droit sorti du roman de Scott, Tendre est la nuit.

Hôtel du Cap-Eden-Roc - 5 étoiles

167-165 boulevard J. F. Kennedy - T. 04 93 61 39 01 - à partir de : 680€

Imaginez un panorama à 180° sur la Méditerranée, une immense villa immaculée émergeant d'une allée de pins parasols qui dégringole jusqu'à la mer, un jardin empli de roses et de glycines, des terrains de tennis et une piscine couleur lagon enchâssée dans la roche... Bienvenue à l'Eden Roc, palace d'une beauté à couper le souffle qui aimante depuis 150 ans artistes et personnalités venues des quatre coins de la planète. Désormais propriété du groupe Oetker, il abrite 117 chambres et quelques villas qui sont autant de symboles de luxe et de raffinement, avec leurs tentures fleuries, leurs fauteuils Louis XVI et leurs lustres à pampilles. Le spa décline une palette de soins signés La Prairie ; les restaurants sont dirigés par Sébastien Broda, et supervisés depuis 2020 par Eric Fréchon ; le Champagne Lounge, posé à fleur d'eau, invite à la dégustation de bulles d'exception... Un paradis à savourer (au moins) une fois dans sa vie !

Hôtel le Sud - 3 étoiles

5 rue Marcel Paul - T. 04 92 93 32 60 - à partir de : 85€

Loin, très loin de ces palaces ultra-luxe qui émaillent la Riviera, cet hôtel inauguré en 2020 séduit par sa belle simplicité, pensé avec esprit par Stéphanie Lizée, une jeune architecte très prometteuse. Murs blanchis à la chaux et meubles chinés, canapés aux rayures transat et céramiques de Vallauris, les 29 chambres assurent une atmosphère lumineuse et sereine qui donne d'emblée envie d'y poser ses valises. Toutes ouvrent sur un grand jardin et sa terrasse plein soleil, parfaite pour prendre son petit déjeuner où siroter un verre avant le dîner. Une adresse pleine de charme et à prix doux, le tout à proximité des plages.

BOULANGER

Le Pain JPV

2 rue de la Pompe - T. 04 93 34 05 46

La boulangerie de Jean-Paul Veziano a su garder une dimension artisanale et même familiale. La maison est connue dans la ville pour la qualité de son levain, de ses pains spéciaux et de toutes les spécialités locales, dont la fougasse ou la tourte aux blettes.

PÂTISSIER

Lilian Bonnefoi

7 avenue Robert Soleau - T. 04 93 33 90 74

Lilian Bonnefoi a grandi dans un environnement de gourmets. Dès l'âge de 14 ans, il décide de se consacrer à la pâtisserie. Diplômes en poche et après avoir cherché l'inspiration sur d'autres continents, il s'installe à Antibes avec son épouse dans une boutique qu'il crée à son idée. Outre les créations sorties de sa toque de pâtissier, tel son gâteau de crêpes soufflées, il s'illustre par ses gammes classiques allégées en sucre. Retrouvez également ses gourmandises dans le salon de thé qui se situe au 2, place du Safranier.

LES 10 COMMANDEMENTS DE GAULT&MILLAU

1

« Tu ne cuiras pas trop. »

2

« Tu utiliseras des produits frais et de qualité. »

3

« Tu allégeras ta carte. »

4

« Tu ne seras pas systématiquement moderniste. »

5

« Tu rechercheras cependant ce que t'apportent les nouvelles techniques. »

6

« Tu éviteras marinades, faisandages, fermentations, etc. »

7

« Tu élimineras les sauces riches. »

8

« Tu n'ignoreras pas la diététique. »

9

« Tu ne truqueras pas tes présentations. »

10

« Tu seras inventif. »

Le Safranier

ÉPICES ET COULEURS DU SUD

Voilà deux ans qu'Olivier Gaiatto a repris le restaurant après avoir côtoyé les plus grands de la gastronomie du sud-est. Valérie, sa sœur, gère la salle tandis que Caroline est sous-chef de cuisine. Ici, ce sont les produits de saison qui guident la composition de la carte. Trois entrées, deux poissons, deux viandes, deux desserts et des plats du marché. La cuisine est gourmande, créative et maison : cocos de Paimpol et maigre rôti chorizo, fleurs de courgettes farcies, brioche perdue aux figues… Agréable terrasse sous les platanes.

1, place du Safranier, 06600 ANTIBES
Tél. : 04-93-34-80-50
Facebook : restaurantlesafranier

Taca d'Oli

LES VOYAGES POUR INSPIRATION

Elle en cuisine, lui en salle, c'est une cuisine aux saveurs du monde que proposent Florence et Tity Arogou dans leur hôtel-restaurant de montagne. Menu du jour, mais aussi crêpes et galettes bretonnes, camembert rôti aux lardons, tartiflette, ratatouille gorgée de soleil, tartare thaï, tartes aux fruits, le tout concocté avec des fruits et légumes de saison et l'amour du partage.
Les + : Hôtel de 19 chambres.

Place Centrale, 06660 AURON
Tél. : 06-63-64-68-93
Facebook : Restaurant-la-taca-doli-auron

L'Épi d'or

FABULEUX !

Cette boulangerie pâtisserie artisanale propose des trésors de tradition. Réalisés maison, ils font vibrer les sens telles les viennoiseries, les macarons authentiques ou les incroyables gâteaux plaisir issus d'anciennes recettes familiales comme le Framboisier et l'Ambassadeur. Dans la gamme de pains, on retient l'Alpille et la baguette Antiboise travaillée et façonnée à la main après un long repos de la pâte : textures et saveurs parfaites !

11, rue de la République 06600 ANTIBES
Tél. : 04-93-34-39-37

> *Bonne cuisine et bon vin,*
> *c'est le paradis sur terre…*
>
> Henri IV (1553-1610)

BEAULIEU SUR MER 06310

Le Restaurant des Rois La Réserve de Beaulieu 16,5/20

CHEF: JULIEN ROUCHETEAU

5 boulevard du Maréchal Leclerc - T. 04 93 01 00 01 - Menu(s) 195-240 €

Depuis plus d'un siècle, le «bonbon rose» séduit les célébrités du monde entier, attirés par l'une des terrasses les plus glamour de la Riviera, dominant la baie des Fourmis. Le lustre d'antan est toujours présent, mais un vent de modernité souffle depuis quelques années, et le chef MOF Julien Roucheteau y contribue amplement. Entouré d'une très efficace équipe en salle dirigée par Guillaume Anglade et s'appuyant sur les talents de son équipe en cuisine, il propose une carte limpide et ludique en deux menus, le «Méditerranéen» tout en fraîcheur avec les «cériolis-rave», ces raviolis farcis au céleri-rave et crémeux de scarmoza ou l'artichaut violet en barigoule et pétale de gavotte sur une vinaigrette d'olives taggiasche ou le menu «Signature» avec cet effiloché de tourteau relevé d'une gourmandise de caviar ; le coffre d'agneau des Alpilles sur un crumble de panoufle à la sauge ou la langoustine rôtie et lamelles de shiitakés. Les desserts de Benoît Jabouille nous confirment que le Restaurant des Rois est une grande table, la tarte au chocolat, tagette et combava, la barquette de fraises à l'hibiscus ou le dessert signature, le soufflé au Grand Marnier, terminent le repas en majesté. La cave, bien sûr, est à l'image du lieu, imposante, intimidante, mais regorgeant de belles découvertes à prix maîtrisés. Les vins au verre offrent une bonne alternative.

HÔTEL

Hôtel La Réserve de Beaulieu - 5 étoiles

5 boulevard du Maréchal Leclerc - T. 04 93 01 00 01 - à partir de : 375€

Proche de Nice, ce palace à la façade rose et aux allures florentines cultive pourtant un chic très français, infusé par le (très) talentueux Richard Martinet, à qui l'on doit également la restauration du Crillon et du Peninsula, à Paris. Les 39 chambres et villas affichent un parfait mix de modernité et classicisme, mêlant lignes contemporaines, mobilier ancien, lustres et dorures qui témoignent de l'élégance intemporelle de ce lieu d'exception. Et le meilleur reste à venir avec la découverte du spa griffé Maria Galland, la terrasse posée sur les eaux scintillantes de la Méditerranée et l'immense piscine d'eau de mer à 29 °C. Sans compter les 3 restaurants du domaine, dont le remarquable Restaurant des Rois avec sa salle à manger qui ouvre à 180° sur la mer. On y déguste depuis 2018 la cuisine du chef Julien Roucheteau (ex Lancaster, à Paris), qui a fait de ce palace l'un des hot spots gastronomiques de la Côte.

BIOT 06410

Les Terraillers

16,5/20

CHEF: MICHAËL FULCI

11 chemin Neuf - T. 04 93 65 01 59 - Menu(s) 38-130 €

C'est l'une des très belles tables de l'arrière-pays, à quelques minutes de Cannes, dans le célèbre village potier. Michaël Fulci a fait de l'auberge familiale un phare du bon goût et du bien-vivre, et les beaux repas en famille comme les dîners de premier rendez-vous trouvent ici la destination idéale : magnifiques produits, assiettes chics, un brin de prestige Riviera et une cave de grandes étiquettes, y compris régionales, et le moment se passe du mieux possible. Avec le rouget rôti pérugine de rouget au lard de Colonnata ravigote herbacée soupe de têtes liée au vin rouge, le turbot façon grand-mère au citron de Menton, ou encore le ris de veau croustillant au sarrasin girolles rôties et pistache jus de viande tranché au vin jaune. Tarifs logiques, service un brin solennel mais efficace.

CAGNES SUR MER 06800

Fleur de Sel

14/20

85 montée de la Bourgade - T. 04 93 20 33 33 - Carte 77 € - Menu(s) 38-59 €

Au cœur du vieux village, au détour d'une ruelle piétonne, Pascale et Philippe Loose vous attendent en amis fidèles et chaleureux, madame en salle et monsieur au piano. Et de cette partition bien rodée sortiront les beaux menus à prix sages et une carte qui s'invente au gré du marché. Pêle-mêle, l'œuf parfait cuit à 64 °C et son coulis de persil, les écrevisses et les petits artichauts violets, le parfait tournedos à la Rossini et son escalope de foie gras rosée à cœur, le turbot cuit sur peau... Les desserts sont à l'image du lieu, généreux et gourmands, l'amande glacée comme un calisson au gel de melon, la cerise et son sablé au crémeux de chiboust et la régressive crème brulée à la vanille Bourbon. Les vins sont du coin et d'un peu plus loin, mais choisis avec intelligence et conseillés avec justesse par la patronne.

La Table de Kamiya

13,5/20

52 promenade de la Plage - T. 04 93 89 71 54 - Menu(s) 29-68 €

On repère de loin ce lieu posé sur la promenade de la plage de Cagnes-sur-Mer avec un pin parasol centenaire jaillissant du toit. Takayuki Kamiya et son épouse Claire, la cheffe pâtissière, continuent d'ébouriffer une cuisine du marché qui se renouvelle tous les mois. On aime les dressages précis et les cuissons justes, même si certains assaisonnements manquent parfois de caractère. Les menus en trois, quatre ou six étapes de 39 € à 68 € sont bien étagés en fonction de votre temps et envie de découverte : saumon mariné à l'algue nori, œuf de truite, wasabi et dashi froid à la citronnelle ; œuf parfait, mesclun et espuma de pomme de terre, anguille fumée et vinaigrette aux noix ; canette rôtie basse température, endive caramélisée au miel, orange, miso et cacahuète. On termine avec les douceurs de Claire : verrine au citron, noisette et meringue, le crémeux au chocolat, coco, mangue et poivre japonais, et surtout le baba au rhum en version «Do it yourself», avec son rhum vieux et sa crème à la vanille de Madagascar à utiliser selon votre goût. La carte des vins est bien répartie sur les régions, une petite carte à sakés et quelques bons whiskys japonais.

Josy Jo

13/20

2 rue du Planastel - T. 04 93 20 68 76 - Menu(s) 29 €

Cyril Mendjinsky, chef-artiste passionné et adoubé par un certain Jacques Maximin, a repris le flambeau de cette table emblématique depuis cinq ans. La cuisine est simple, le mode de cuisson remonte aux origines : le feu de bois. Et lorsque le produit est bon, le résultat est limpide. La Provence dans l'assiette : les poivrons à l'huile, les petits calamars sautés au basilic, les petits légumes farcis, la soupe de poisson... Évidemment, ici, on mange de la viande, elle vient de l'Aubrac, du Limousin, de Salers ou de Sisteron. On la grille au feu de bois, le filet, l'entrecôte, les ris et rognon de veau, l'épaule d'agneau, le tout accompagné en toute simplicité d'un gratin dauphinois et de courgettes et épinards à la crème. On se laisse tenter par l'ardoise des desserts, la célèbre mousse au citron et la légendaire tarte fine aux pommes. La cave est petite mais chantante, le service est ensoleillé.

CANNES 06400

La Palme d'Or - Hôtel Martinez

18/20

CHEF : CHRISTIAN SINICROPI - *CHEF PÂTISSIER :* JULIEN OCHANDO -
DIRECTEUR DE SALLE : PIERRE-MARIE RAGON - *SOMMELIER :* DOMINIQUE VION

73 boulevard de la Croisette - T. 04 92 98 74 14 - Menu(s) 168-240 €

Tout est dans le mouvement ! Christian Sinicropi fait sa trace, et nul ne peut lui reprocher de s'inspirer, de plagier ou de humer le vent de la mode. Chaque année, ses idées, sur les saveurs, les parfums, la grande harmonie que nos sens sont capables de détecter, fondent de nouvelles cartes, de nouvelles ambiances culinaires, dans et autour de l'assiette. Non pas que la Palme d'Or, ce vaisseau fantastique qui s'avance vers la Méditerranée, chouchou des festivaliers, soit devenu le dernier labo dont on cause, mais avoir un tel capitaine à bord est l'assurance que les convives se souviendront de la croisière. Car l'expérience, si elle requiert un petit bagage culturel, fait tout de même la part belle à l'instinct et à nos propres capteurs, distincts d'un convive à l'autre. Selon votre disposition d'esprit, vous suivrez le chef à travers ses «nuances prononcées» ou ses «nuances subtiles», sur les produits du moment, langoustines, poissons de Méditerranée, légumes de saison, pigeon fermier, accompagné par les assiettes de son épouse céramiste qui participe également à la mise en condition, et des prouesses techniques du chef qui laissent toute la place à l'émotion sensorielle. Ce voyage mémorable s'inscrit dans l'univers palace du Martinez, brillant service et cave puissante, devenu le seul rendez-vous de haute gastronomie à des verstes à la ronde.

Le Jardin du Martinez

13/20

73 boulevard de la Croisette - T. 04 92 98 74 12 - Carte 106 €

Hôtel mythique de la Croisette, qu'on se doit de visiter au moins une fois dans sa vie, autant pour les chambres que pour la table brillantissime de Christian Sinicropi, ou pour cette seconde adresse, très agréable, qui promet des assiettes professionnelles, à prendre sur la terrasse au pied de l'hôtel. La carte est accordée à sa clientèle internationale, avec des idées d'un peu partout, sans prise de risque : salade César, pizzas et burgers, pâtes à la napolitaine, filet de bœuf grillé et béarnaise, fraisier... Prix attendus.

Le Pompon

13/20

4 rue Emile Négrin - T. 04 93 30 31 23

Loin des paillettes, du tapis rouge ou encore du folklore du Suquet, il y a encore des lieux à découvrir à Cannes, un peu authentiques et joyeux. Comme ce Pompon pas pompeux, qu'on a la joie de décrocher pour un tour, sinon gratuit, du moins peu coûteux pour le bon moment. Le chef, pâtissier de formation, a le sens de l'assiette juste, actuelle, du produit bien travaillé et pas dénaturé... Dans ce décor bien étudié, parquet brut, mur taloché, béton et bois, on goûte une vraie cuisine avec la crème de chou-fleur brûlé, la dorade marinée crème aux œufs de truite et citron confit, le rumsteak grillé crème de champignon à l'anguille fumée, un plat percutant et gourmand, et un dessert citron-olive bien travaillé pour ce même sens du goût et de l'harmonie. Bonne cave orientée bio et local, accueil et service d'un patron impliqué qui sait détendre l'atmosphère.

Table 22

13/20

22 rue Saint-Antoine - T. 04 93 39 13 10 - Carte 73 €

L'une des rares tables à vocation gastronomique dans ce quartier du Suquet chère au passage touristique. Noël Mantel est un grand professionnel qui sait à la fois ajuster ses tarifs et sa carte pour travailler avec adresse sans faire trop de concessions. Une cuisine bien rodée, avec de beaux produits et une pincée de prestige, des raviolis de homard, du risotto aux truffes, un beau carré d'agneau... Atmosphère plaisante dans un cadre raffiné, cave riche de grandes étiquettes, régionales mais aussi de Bourgogne ou du Rhône.

La Toque d'Or

13/20

11 rue Louis Blanc - T. 04 93 39 68 08 - Menu(s) 19,90-59 €

Tout près du boulevard, au-dessus de Forville, Steven Trucco a su se créer une belle clientèle, sans faire plus de bruit que cela depuis son titre de Jeune Talent en 2013. Dans une atmosphère agréable et feutrée, il propose de beaux produits et les traite avec égards, dans des compositions personnelles : chair de tourteau gaspacho et avocat, gyozas de légumes, tortellinis joue de bœuf confite et cèpes, bavarois pêche biscuit pain de Gênes, compotée de pêche et glace nougat. Bon menu déjeuner à moins de 30 €.

Affable

12,5/20

5 rue Lafontaine - T. 04 93 68 02 09 - Menu(s) 30-48 €

Au cœur de Cannes, proche de la rue d'Antibes, le restaurant de Jean-Paul Battaglia ne désemplit pas. Les tables prises d'assaut au déjeuner et au dîner créent une ambiance très chaleureuse ; tout le monde connaît tout le monde. On se rassemble ici pour célébrer la générosité à prix sage. Le menu déjeuner à 30 € permet des choix multiples en trois services, le velouté de potiron et son espuma de foie gras, les œufs mollets à la florentine, le tartare de bœuf traditionnel et ses frites, la joue de bœuf en cocotte et ses légumes ne sont que quelques aperçus. Cave bien mise avec quelques pépites. Le service est à l'image du lieu, (très) affable. Réservation obligatoire.

L'Antidote - Christophe Ferré

12,5/20

60 boulevard d'Alsace - T. 04 93 43 32 19 - Menu(s) 39-45 €

Le chef Christophe Ferré a eu la bonne idée d'investir cette belle demeure bourgeoise du début XXe, un peu à l'écart de la frénétique rue d'Antibes. Il officie en famille, que ce soit en salle ou aux fourneaux, et tout le monde met la main à la pâte avec enthousiasme. Pâtissier de formation, le chef cisèle ses plats comme des desserts. Le menu à 39 € en trois services donne le ton, carpaccio de saint-jacques sur une rémoulade de fenouil et vinaigrette d'agrumes, pluma ibérique de cochon pata negra à la plancha et pommes de terre de Noirmoutier sautées, filet de bar poêlé croustillant et sa poêlée de gnocchis au basilic... Très bons desserts confectionnés par Jade, la cheffe pâtissière et fille du chef, tel son implacable soufflé au Grand-Marnier, ou la pomme rôtie façon Tatin... Belle cave et service familial.

La Cave

12,5/20

9 boulevard de la République - T. 04 93 99 79 87 - Menu(s) 18-23 €

De bonnes impressions à chaque visite dans ce bistrot sincère et tradi où le catalogue régional a toujours belle allure, jusque dans l'assiette, copieusement servie : petits farcis, couteaux de plongée à la provençale, aïoli de cabillaud légumes de Forville, rognons de veau morilles et vin jaune, bouillabaisse de joues de diable de mer (raie aigle). Les tarifs sont assez élevés, mais justifiés par la régularité et la qualité, jusqu'à la pavlova ou le tiramisu aux canistrelli. Et les vins sont également bien choisis.

HÔTEL

Five Seas Hotel - 5 étoiles

1 rue Notre-Dame - T. 04 63 36 05 05 - à partir de : 180 €

Dans une ville qui égrène sa myriade de palaces, cette nouvelle adresse offre une alternative bienvenue avec son esprit boutique-hôtel au charme plus confidentiel. A deux pas de la mer et de la vieille ville de Cannes, le Five Seas propose 45 chambres seulement, lumineuses et surtout très vastes (30 m^2 de surface pour les standards). Signées du studio Hertrich & Adnet, elles distillent un esprit chaleureux et contemporain avec grandes salles de bains, dressing ultra-chic, fauteuils et méridiennes bien douillettes. Au 5e et dernier étage, une terrasse avec piscine permet de faire ses longueurs en admirant la mer, le tout à côté du bar-restaurant Le Roof, qui dévoile une carte imaginée par la cheffe Lori Moreau. En descendant, on rejoindra, selon l'humeur, le lobby prolongé de son salon de thé ou le spa de 250 m^2, conçu en partenariat avec Phytomer. Autant d'éléments qui en font un refuge au charme rare.

Hôtel Le Majestic - 5 étoiles

10 boulevard de la Croisette - T. 04 92 98 77 00 - à partir de : 183€

Sur la mythique Croisette, ce palace né en 1926 et posé face au Palais des festivals accueille chaque année stars et VIP qui en font l'un de leurs repaires préférés. Estampillé Leading Hotels of the World, il abrite aujourd'hui 349 chambres et suites au luxe épuré et aux vues imprenables sur la mer, sans oublier l'incroyable penthouse de 450 m^2 avec terrasse privée et piscine azur. Niché dans l'aile ouest de l'hôtel, le spa aux soins Biologique Recherche et Ligne St Barth dévoile ses 450 m^2 de bonnes ondes avec massages holistiques, sauna, hammam, espace de coiffure et cabines de soin. Côté gastronomie, le même luxe est de mise au restaurant Fouquet's Cannes, imaginé comme une ode au cinéma avec plus de 400 clichés de stars sur les murs et, dans les assiettes, les compositions du prestigieux Pierre Gagnaire. Reste à découvrir la Plage Barrière Le Majestic, face aux îles de Lérins et luxueusement aménagée... La garantie d'une sieste 5 étoiles !

Hôtel Martinez - 5 étoiles

73 boulevard de la Croisette - T. 04 93 90 12 34 - à partir de : 209€

Refuge préféré des artistes et VIP de passage à Cannes pour le festival, ce palace incontournable faisait un peu figure de belle endormie. Il a retrouvé sa belle énergie grâce à l'architecte Pierre-Yves Rochon, qui a accompli là une parfaite restauration, conservant l'esprit Art déco tout en l'enrichissant d'une aile contemporaine aux tons blanc et bleu de Méditerranée, ainsi que d'un bar et d'un joli jardin. Pour le reste, les fidèles ne sont pas dépaysés, puisqu'ils retrouvent intacts le charme des 411 chambres et suites, le très chic spa, la plage privée ou encore les délices du restaurant La Palme d'Or piloté par Christian Sinicropi. Le tout au cœur du Cannes festif et vibrionnant, sur le mythique boulevard de la Croisette et à deux pas du port où stationnent yachts de luxe et bateaux de pêche.

BOUCHER

Au Roi du Charolais

38 rue Meynadier - T. 04 93 39 09 93

La grande et belle boutique Olivari rassemble les viandards de la place, ceux qui ne lésinent pas sur la qualité d'un bon morceau, en viande, volaille ou triperie. De belles provenances (Bresse, Prince de Bourgogne, Bourbonnais pour les volailles), un boudin noir réputé, des viandes de bœuf bien mûries.

CAVISTE

Cave Riviera

7 rue Teisseire - T. 04 93 38 82 17

Beaucoup de classiques, mais ce caviste, de fort bon conseil, transforme son échoppe en bar à vin au moment de l'apéro, jusqu'à 21h30, en l'accompagnant de grignotages divers. Ajoutons un très beau choix de whiskys de connaisseur.

Wines & Spirits

5 rue du Maréchal Joffre - T. 04 93 39 44 56

Une grande boutique d'angle, aux références sûres et classiques, en vins comme en spiritueux. Les connaisseurs trouveront leurs châteaux, domaines et marques favorites, leurs champagnes de patrons (Égly-Ouriet, Agrapart, Savart...) ou leur malt préféré (Kilchoman...). Pour ce qui est de la région, les cuvées phares (Garrus, Simone) sont à prix justes.

FROMAGER

Céneri Fromager

22 rue Meynadier - T. 04 93 39 63 68

L'un des fromagers les plus connus de toute la région qui tient fort bien la rampe depuis 1968. De belles exclusivités, comme cette pâte cuite suisse affiné 16 mois ou le fromage de brebis frais battu. Un vaste choix bien rangé, les chèvres en abondance, les persillés, et une belle représentation de régionaux.

Le Fromager Gourmet

8 rue des Halles - T. 04 93 99 96 41

On trouve ici de grands fromages bien affinés. Brie de Meaux à la figue et aux noix, l'Antillais, un camembert macéré dans le rhum et enrobé de chapelure, des boules de chèvre à la truffe... Rayon épicerie fine en complément.

GLACIER

Glacier Vilfeu

18 rue du Bivouac Napoléon - T. 04 93 39 26 87

Ce glacier réputé a été transmis d'une génération à l'autre depuis 1978. La déco très sixties est un argument de plus pour avoir soif d'un cornet ou d'un milk-shake. En complément, une petite restauration pour le déjeuner.

PÂTISSIER

Intuitions by Jérome De Oliveira

35 rue Hoche - T. 09 67 35 80 81

Ancien disciple de Christophe Michalak, Jérôme de Oliveira propose des pâtisseries aussi raffinées que belles et gourmandes. Des œuvres d'art pas données (6 € en moyenne), mais des compositions de caractère, même sur les exercices classiques (Tatin, citron meringué, pavlova marron-mandarine, banoffee) et des créations très réussies comme l'Exalté, mêlant chocolat du Venezuela et biscuit sans farine.

TORRÉFACTEUR

Itinéraire Café

10 rue Hoche - T. 09 74 56 26 41

En plein centre, le lieu idéal pour un petit noir de qualité en terrasse. Plus de 30 variétés disponibles, mélanges maison, pures origines, dont Papouasie, Costa Rica, moka d'Éthiopie, bio... ainsi que des bons thés, dont un oolong de Formose, des verts du Japon, et beaucoup d'aromatisés (personne n'est parfait). Également des infusions, des rooibos et des jus de fruits frais.

TRAITEUR

Aux Bons Raviolis

31 rue Meynadier - T. 04 93 39 36 63

Une grande échoppe pour une spécialité incontournable. Les habitués font la queue pour s'approvisionner, en variant naturellement le fourrage des raviolis : tomates séchées, ricotta-épinards, truffe, canard-morilles, cèpes, basilic... Et bien d'autres préparations franco-italiennes, comme les aubergines à la parmigiana, les gnocchis à la romaine, les cannellonis, les farcis, les tatins de tomates et tourtes aux légumes, ainsi que fromages et charcuterie.

Ernest

52 rue Meynadier - T. 04 93 06 23 00

Dans la rue la plus touristique de la ville, au pied du Suquet, Ernest est le traiteur de référence. Salé d'un côté, pâtisserie de l'autre, et le même succès auprès de tous les locaux. Charcuterie traditionnelle, plats cuisinés, préparations régionales, de Provence mais pas seulement : la choucroute est réputée, le gratin de quenelles aussi...

Lenôtre Cannes

63 rue d'Antibes - T. 04 97 06 67 67

D'accord, ce n'est pas exactement de l'artisanat régional, mais nous maintenons cette adresse, parce qu'elle incarne tout l'esprit Riviera du grand chic à la française. Une très belle boutique proposant aussi bien de délicieux gâteaux que du champagne (ou du jus de fruits Patrick Font) pour accompagner des dînettes de grand raffinement. Bel agencement, service aimable et de haut niveau.

Tables de Chef – 13/20 à 14,5/20

Tables Gourmandes – 11/20 à 12,5/20

Moure Rouge

UN BAR-RESTAURANT QUI SE RÉINVENTE

À emplacement exceptionnel, établissement exceptionnel ! Se montrer à la hauteur de ce lieu magique, petit havre de paix pourtant tout proche de la Croisette, est l'ambition de la nouvelle équipe. À redécouvrir, après avoir réservé ! Le Moure rouge (prononcez Mouré) est un bar-restaurant emblématique de la vie cannoise. Il fait partie du quartier de la promenade, depuis toujours. Ses hôtes viennent s'y ressourcer, face aux îles de Lérins, et profitent désormais d'un nouveau concept qui les séduit.

Une cuisine bistronomique
Le jeune Chef, Rémi Boitrand, a carte blanche pour régaler les clients avec une cuisine bistronomique. Ses plats simples sont magistralement exécutés, tout comme les créations d'une pâtissière de talent... Une osmose se créé entre la qualité des assiettes, le sourire du service et la beauté de l'endroit.
Ouvert toute l'année, 7j/7 de 7h30 à 18h – L'été, jusqu'à 0h30.

84, boulevard Eugène Gazagnaire,
06400 CANNES
Tél. : 04-93-43-33-58

Le Bistrot de Grand-Mère

POUR LES ADEPTES DE LA CUISINE DU MARCHÉ

Après la Brouette, à Cannes, Nicolas Biot et son épouse, Clara, ont ouvert un second établissement : *« Nos clients nous réclamaient une adresse pour midi. On a exaucé leur souhait ! »*, raconte le gérant qui ne jure que par les produits frais. Aïoli, daube de joue de bœuf, moules au roquefort, tataki de thon, une jolie carte des vins* et des desserts, autant de plats bistronomiques qui feront votre bonheur. Ajoutons un cadre au calme et le service impeccable de l'équipe...Vous allez aimer y revenir !

Ouvert de 8h à 22h du lundi au samedi.

1, rue du Pré, 06400 CANNES
Tél. : 04-93-38-90-50

*L'ABUS D'ALCOOL EST DANGEREUX POUR LA SANTÉ.

Dokebi

LA CORÉE EN MAJESTÉ

Seul restaurant coréen de Cannes, Dokebi compte parmi les meilleurs restaurants asiatiques de la région. Ce sont les clients qui le disent ! Les amateurs de la gastronomie, unique et savoureuse, du « Pays du matin calme » ont fait de cette adresse un incontournable. Entre tradition et inventivité, dans un cadre cosy, Dokebi propose des plats typiques de la cuisine coréenne que le chef, Heo Kyung-lak, adapte et revisite avec parfois des emprunts à la cuisine japonaise. On y retrouve des plats populaires tels la soupe Kimchi-Jungol avec ce condiment typique issu du chou chinois fermenté, agrémentée de raviolis, de porc, de champignons de saison et de ramen, le Dolsot Bimbimbap servi chaud, ou encore, des Tempura de rouget. Sans oublier l'incontournable Bulgoggi, barbecue coréen grillé sous vos yeux avec une viande juste mélangée à la sauce maison pour allier la fraîcheur aux saveurs. *Ouvert du mardi au samedi midi et soir.*

17, rue Notre-Dame, 06400 CANNES
Tél. : 04-93-39-53-30
Instagram : Restaurant Dokebi Cannes

La bonne cuisine est honnête, sincère et simple.

Elisabeth David
(1913-1992)

Maison Fleury

LA BOUCHERIE-TRAITEUR D'EXCEPTION

Cette maison qui respecte la tradition française offre des produits de la meilleure qualité comme le porc noir de Bigorre, le bœuf du Limousin, l'agneau de Sisteron pour le côté boucherie. Et pour le côté traiteur une fabrication maison, faite sur place devant, vous émoustillera les papilles. Une équipe accueillante et dynamique vous attend. Une adresse délicieuse !

111, boulevard Carnot, 06400 CANNES
Tél. : 04-93-68-30-57
E-mail : maisonfleurycannes@gmail.com

Le Dit Vin

BIÈRES, VINS ET BIEN PLUS !

Cave à manger, Le Dit Vin organise des soirées à thème pour faire découvrir et partager ses sélections de produits et coups de cœur du moment. C'est en parcourant la France que les propriétaires sélectionnent leurs produits. Ils en connaissent les conditions de création, privilégient les cultures raisonnées, les petites productions et les fabrications artisanales. La qualité et la diversité de leurs vins et bières* ainsi que leurs ardoises à partager font leur succès. Les soirées permettent de se retrouver autour de classiques : raclettes à la meule, fondues, grillades ou de découvrir des charcuteries, produits locaux, tapas, spécialités à tartiner...

Le + : Pour les entreprises, confection de paniers et organisation de soirées.

27, Chemin du Cabanon,
06740 CHÂTEAUNEUF-GRASSE
Tél. : 09-81-46-51-55
Facebook : Le Dit Vin Châteauneuf
le-dit-vin-chateauneuf.business.site

> *La gastronomie est l'art d'utiliser la nourriture pour créer le bonheur.*
>
> Theodore Zeldin
> (1933-)

Boucherie de Colomars

PETITE MERVEILLE

Éric Maury, artisan boucher, propose des viandes de bœuf d'exception dont certaines maturées, de veaux Blason Prestige, de porcs et d'agneaux Label Rouge, de même que des volailles de Bresse... Il réalise maison une belle charcuterie ainsi que des viandes marinées et des pâtés aromatisés d'herbes issues de ses cueillettes. Il propose aussi une cave à vins* et des fromages sélectionnés avec soin.

16, rue Étienne Curti, 06670 COLOMARS
Tél. : 04-23-13-75-55
Facebook : La-boucherie-de-Colomars

*L'ABUS D'ALCOOL EST DANGEREUX POUR LA SANTÉ.

ÈZE 06360

La Chèvre d'Or

17,5/20

CHEF : **ARNAUD FAYE** - *CHEF PÂTISSIER :* **JULIEN DUGOURD** - *DIRECTEUR DE SALLE :* **MARC PIQUET** - *SOMMELIER :* **PHILIPPE MAGNE**

Rue du Barri - T. 04 92 10 66 61 - Menu(s) 90-280 €

Le dérèglement climatique occasionne quelques catastrophes naturelles dont on nous prédit la multiplicité. En attendant, la Chèvre est là. Entêtée, hiératique, posée sur la corniche et dominant fièrement la Méditerranée depuis ce bijou de vieux village provençal où cette demeure médiévale est enchâssée au-dessus du vide. Et Arnaud Faye aussi, intransigeant dans l'excellence, homme de la situation après tous ces grands noms qui s'y sont illustrés, Jean-Marc Delacourt ou Philippe Labbé, entre autres. Il règne, le mot n'est pas trop fort, sur une cuisine scintillante, Riviera et personnelle, qui donne du faste et du mouvement à chaque assiette : les carabineros et le melon à l'hysope, la langoustine et les cèpes en déclinaison sur un bouillon au thé fumé, la sériole et les courgettes de pays aux agrumes et rouille témoignent de cette excellence à tous niveaux, depuis le choix du produit jusqu'au fignolage final que ce MOF pointilleux assure avec toute la rigueur attendue. Aucune faille jusqu'aux desserts de saison du pâtissier Julien Dugourd (excellente figue cuite et crue), ni dans le service aussi fluide et distingué que voulu. Grande cave de palace, laissant libre cours à toutes les extravagances mais trouvant aussi quelques accents régionaux accessibles.

La Table du Cap Estel - Patrick Raingeard

15,5/20

CHEF: **PATRICK RAINGEARD**

1312 avenue Raymond Poincaré - T. 04 93 76 29 29 - Menu(s) 130-190 €

C'est peu dire que Patrick Raingeard maîtrise son sujet. À Cap Estel, dans ce paradis de la Riviera, il est chez lui, et les convives sont ravis de le voir en scène, délivrant une cuisine heureuse totalement en phase avec ce lieu secret et merveilleux, face à la Méditerranée. Pour réjouir ce public difficile, des produits de prestige, mais aussi du régional bien travaillé pour assouvir une envie de terroir : langoustine en carapace espuma de jus de têtes à la vanille et lait d'amande, calamars plancha tempura de concombre, verdurette d'herbes, yaourt grec, pigeon du Lauragais rôti avocats au curry, cèpes et chorizo dans une belle proposition à 170 € qui s'achève de façon étonnante avec un dessert carotte amande et miel. La soirée est douce, la vue fantastique, et le service est bien celui d'une grande maison. Cave adéquate, avec ce qu'il faut en grands flacons.

Château Eza

14/20

Rue de la Pise - T. 04 93 41 12 24 - Menu(s) 60-125 €

Cette belle et ancienne demeure dans le vieux village est l'une des attractions de cette partie de côte, par sa patine authentique et son charme à l'ancienne. On s'émerveille de la vue et on profite des efforts louables du chef Matthieu Gasnier, passé par la Villa Madie et l'Oasis pour parfaire son bagage Riviera. Sa carte est à la fois sage et éloquente, avec des produits nobles utilisés à bon escient : poisson bleu mariné à cru, écume marine, frisette de légumes croustillant au beurre d'algue et katsuobushi, filet de saint-pierre confit à la verveine, tomates vertes, tombée de girolles et pêche blanche «comme» un beurre blanc à la citronnelle, carré d'agneau désossé et rôti au piment d'Espelette, étuvée de coco coques et salicornes, écume de coquillage au citron noir… L'assiette est belle, l'addition pas trop haute pour le coin (autour de 120 € avec le bon soufflé en dessert) et le service précis. Cave de grands crus et de régionaux.

HÔTEL

Château de La Chèvre d'Or - 5 étoiles

Rue du Barri - T. 04 92 10 66 66 - à partir de : 335€

Entre Nice et Monte-Carlo, le château de la Chèvre d'Or est un hôtel de légende, sans doute le plus emblématique de la Riviera. Perché au sommet du village médiéval d'Èze, ce 5-étoiles bénéficie tout d'abord d'un panorama unique, à 430 m au-dessus de la Grande Bleue, avec, en toile de fond, la presqu'île de Saint-Jean-Cap-Ferrat. À l'intérieur, le livre d'or signé par Clint Eastwood, Lauren Bacall, Beyoncé ou Bill Clinton donne le ton. Nous sommes ici dans un lieu d'exception, comme en attestent les 45 chambres et suites au luxe raffiné et dotées d'une entrée privée, comme dans une maison de village. L'établissement, membre Relais & Châteaux, abrite également des jardins en restanques envahis par les pins, les citronniers et les bougainvilliers ; un spa avec Jacuzzi, une piscine et plusieurs restaurants. Les amateurs choisiront sans hésiter la célèbre table gastronomique La Chèvre d'Or emmenée par Arnaud Faye. Autant d'atouts qui ont permis à ce palace de décrocher le très prestigieux titre de meilleur hôtel resort de France du Travel & Leisure World's Best Awards en 2020.

Menu(s)

Fourchette de prix mentionnant le menu le moins cher et le menu le plus cher proposant à la fois entrée, plat et dessert sans les boissons, qui n'exclut pas les prix intermédiaires

Restaurant du Saut du Loup

À LA FRAÎCHEUR DES CASCADES

Non loin de Gourdon, entre Bar-sur-Loup et Gréolières, Michel Giordana propose aux amateurs de produits locaux et régionaux une cuisine traditionnelle ou des pizzas au feu de bois. Ici, tout est frais. Du magret de canard à la belle entrecôte grillée (au menu, à la carte ou prêt à emporter), il assure le couvert jusqu'à 120 personnes, en intérieur ou sur la terrasse avec vue sur les Cascades du Loup. La Bacho* de Tourrettes-sur-Loup (bière locale) ou le Côte-de-Provence* avec une bouillabaisse sont toujours appréciés.

588, route des Gorges du Loup,
06620 GOURDON
Tél. : 04-93-70-51-55

Le vin stimule l'appétit et donne du goût à la nourriture. Il favorise les discussions, l'euphorie et peut transformer un simple repas en événement mémorable.

Derek Cooper (1925-2014)

*L'ABUS D'ALCOOL EST DANGEREUX POUR LA SANTÉ.

GRASSE 06130

La Bastide Saint-Antoine

17/20

CHEF : LAURENT BARBEROT - *CHEF PÂTISSIER :* JEAN-LUC KENNEALLY - *DIRECTEUR DE SALLE :* SÉBASTIEN DRUAUX - *DIRECTEUR DE SALLE :* SÉBASTIEN VAROQUIER - *SOMMELIER :* NICOLAS FRETARD

48 avenue Henri Dunant - T. 04 93 70 94 94 - Carte 186 € - Menu(s) 72-190 €

Les masques tombent, et nous avons tous besoin d'une Bastide, tous besoin d'un Jacques Chibois pour illuminer de bonheur cette Provence retrouvée. Car oui, les valeurs refuges sont toujours bien là après des temps difficiles, et venir ici, à la régalade offerte par l'une des plus belles maisons de la Côte, est un plaisir devenu incontournable. À l'écart de la cité du parfum, à un quart d'heure de Cannes et de son effervescence, il y a ces jardins, ce confort et ce calme, et la présence si douce et réconfortante du maître de maison qui vous prend par la main sur les chemins de sa chère région en vous racontant un grand repas mémorable, avec le homard en salade haricots coco et vinaigrette de crustacés, le risotto d'épeautre accompagnant les langoustines et le calamar, le quasi de veau aux échalotes et romarin avec le ris et céleri, un grand plat fermier au doux parfum des collines. Cette Bastide, c'est pour beaucoup la maison fondatrice, comme un conservatoire renouvelé chaque saison dans un cycle vertueux. Desserts aussi séduisants (le soufflé, la tomate burrata si bien imaginée en douceur), grand service comme un ballet, terrasse au charme indicible, grande cave plutôt tendre sur les grands et montrant bien de l'intérêt sur toute la région de Nice à Aix.

HÔTEL

Hôtel La Bastide Saint-Antoine - 5 étoiles

48 avenue Henri Dunant - T. 04 93 70 94 94 - à partir de : 240 €

Les fidèles ne juraient que par la cuisine de haut vol de Jacques Chibois, le maître des lieux. Aujourd'hui, ils ne résistent pas à prolonger leur séjour en prenant possession de l'une des 16 chambres, aménagées dans la somptueuse bastide XVIIIe ou dans l'annexe aux lignes plus modernes. Dans un esprit provençal ou contemporain, chacune possède son style, mais toutes partagent le même sens du confort et invitent à la plus douce des détentes. Au programme ? Promenade méditative dans le grand parc ombragé d'oliviers centenaires, découverte du remarquable jardin botanique, partie de pétanque, farniente au bord de la piscine. Et au crépuscule, rendez-vous sur la grande terrasse pour siroter un verre de vin en admirant le panorama à 180° sur la mer et la baie de Cannes qui s'illumine dans la nuit. Assez naturellement, le lieu est membre de Relais & Châteaux.

CAVISTE

Azurvio

118 route de Cannes - T. 09 80 91 67 33

Nicolas Bruno développe chaque année un peu plus sa gamme de vins en bio ou biodynamie. Plus d'une centaine de références qui permettent de faire un beau choix. Mais aussi, nombreux vins de Provence et de très belles approches dans les autres régions. Ateliers de dégustation dans ce nouveau lieu.

LES 7 PRINCIPES DE GAULT&MILLAU

1

L'indépendance totale vis-à-vis des établissements.

2

Le recrutement d'enquêteurs exigeants, gourmets et gourmands.

3

L'anonymat des enquêteurs lors des évaluations.

4

La visite dans des conditions normales de fréquentation.

5

Le règlement des additions.

6

La mise à jour régulière par des évaluations continues.

7

La vérification de nos informations

Marché Sainte-Anne

VOUS RÉGALE TOUS LES JOURS !

Imaginez un lieu qui réunirait tous les produits salés et sucrés dont vous avez besoin pour mitonner de bons petits plats et qui vous en propose aussi prêts à déguster. À la fois épicerie fine, primeur, charcuterie, fromagerie et caviste, ce lieu existe… depuis plus de vingt ans ! Ne cherchez pas d'équivalent à Grasse, le Marché Sainte-Anne est unique en son genre. Récemment repris par Luc et Amandine, assistés de Diego, responsable du magasin et son équipe dynamique, l'endroit a bénéficié d'un coup de jeune. Son offre s'est également étoffée, pour le plus grand plaisir des gourmets de Grasse et ses alentours. En plus des incontournables fruits et légumes locaux, de saison, des produits d'épicerie fine et conserves en tout genre, des nouveautés se sont invitées dans le magasin. *« Nous avons désormais un bon rayon de fromages et charcuteries, disponibles en libre service et à la coupe. Notre gamme de vins et spiritueux* est également très large »*, précise Luc. Et Amandine d'ajouter : *« Nos clients sont aussi très friands de nos produits régionaux comme les olives de Nice, l'huile d'olive de Roquefort-les-Pins ou encore les fromages de chèvre de Peymeinade »*. Avec plus de 3000 références, vous comprendrez qu'on ne les cite pas toutes, si ce n'est les gressins feuilletés et autre bretzel pour les gourmands. Chacun des produits qui entre au Marché Sainte-Anne a été choisi sur un critère principal qui est son rapport qualité-prix. Ils sont servis, sourire compris, et assortis de services comme la carte de fidélité, la livraison gratuite et, pour vos événements, la possibilité de garnir vos buffets froids et remplir vos verres de bulles.
Vous voyez, ici, on vous régale tous les jours !

Ouvert 7j/7 de 6h à 20h (sans interruption).
Les + : Paniers cadeaux confectionnés sur mesure - Parking.

132, avenue de la Libération, 06130 GRASSE
Tél. : 04-93-70-33-26

*L'ABUS D'ALCOOL EST DANGEREUX POUR LA SANTÉ.

JUAN LES PINS 06160

La Passagère

15,5/20

CHEF: AURÉLIEN VÉQUAUD

33 boulevard Edouard Baudoin - T. 04 93 61 02 79 - Menu(s) 125-185 €

Le duo Aurélien Véquaud et Steve Moracchini, chef pâtissier déjà couronné par Gault&Millau, fonctionne à merveille pour faire de Belles Rives un lieu à part, où la gastronomie, l'art et le fameux glamour Riviera se conjuguent pour un séjour mémorable. La sélection des produits locaux est parfaite et le prestige attendu par la clientèle se trouve dans chaque bouchée : l'esquinado (crabe) en raviole caviar osciètre écume verveine est superbe, l'ombrine de Méditerranée prend le parfum des magnifiques roses du jardin, le pigeon mûres et girolles jus corsé à la sarriette est d'une totale maîtrise, avant un dessert abricot très réussi. Un menu végétarien rend hommage à la nature environnante, le service est bien celui d'une grande maison, et la cave, certes assez classique, montre une variété sans faille.

Carte

Addition moyenne d'un prix à la carte englobant le prix d'une entrée + plat + dessert

Menu(s)

Fourchette de prix mentionnant le menu le moins cher et le menu le plus cher proposant à la fois entrée, plat et dessert sans les boissons, qui n'exclut pas les prix intermédiaires

Plage des Îles

LE PARADIS, DEPUIS DES DÉCENNIES !

Pour déjeuner face à la mer, dîner les pieds dans le sable ou simplement faire une pause bien méritée dans un environnement tout simplement unique : vous êtes ici au paradis ! Il est grand temps pour vous de découvrir l'un des plus anciens établissements de Juan-les-Pins... La Plage des Îles existe depuis 1946.
Si les clients sont des fidèles du lieu, parfois sur plusieurs générations, ce n'est pas seulement pour son emplacement. C'est aussi pour la convivialité, la chaleur de l'accueil, le service « comme à la maison » d'Halima, l'emblématique patronne. Entourée de son équipe, elle prend beaucoup de plaisir à recevoir et combler l'appétit de ses convives, dont elle connaît les goûts et les habitudes.

Cuisine méditerranéenne et maison
Sa très bonne réputation et son succès renouvelé chaque année, la Plage des Îles les doit à une cuisine faite maison et avec amour. Sur une carte courte, Halima met à l'honneur les recettes et produits locaux, frais et de qualité. Comment ne pas citer son délicieux et traditionnel aïoli, sa daube provençale ou son loup farci ? Des mets que viennent sublimer des vins* sélectionnés comme le domaine du Bailly, un fidèle de la carte. Venus de tous les horizons, les clients apprécient.

Toutes les occasions sont (très) bonnes
Ouverte midi et soir, la Plage des Îles offre de nombreuses et très bonnes occasions de pousser sa porte : s'attabler à sa terrasse, se poser sur un transat de sa plage concédée, fouler son ponton.... Sans oublier que, pour célébrer les occasions particulières, vous pouvez privatiser ce lieu merveilleux.
Restaurant ouvert toute l'année.

✉ Boulevard Charles Guillaumont,
06160 JUAN-LES-PINS
Tél. : 04-92-95-41-85
Facebook : Plage des iles juan les pins.

*L'ABUS D'ALCOOL EST DANGEREUX POUR LA SANTÉ.

LA COLLE SUR LOUP 06480

Alain Llorca

15/20

CHEF: ALAIN LLORCA

350 route de Saint-Paul - T. 04 93 32 02 93 - Menu(s) 59-180 €

Profitant de son panorama de carte postale ouvrant sur Saint-Paul-de-Vence, la bastide qui abrite l'hôtel-restaurant d'Alain Llorca a de quoi réjouir. Ce grand de la Riviera sait magnifier avec brio les beaux produits de la mer et de la terre. Une cuisine d'une apparente simplicité, fruit d'une longue expérience qui se montre inspirée pour le menu déjeuner à 59 € autant que dans les jolies envolées du dîner : les belles huîtres d'Oléron marinées au yuzu, posées sur un granité de granny, recouvertes d'une mousse d'eau de mer, le quasi de veau cuisiné au sautoir, sa mousse de xérès et sa pomme de terre cuite au beurre de chorizo, la pêche du jour... La saison offre aussi de charmantes propositions : le foie gras à l'anguille fumée, les coquillages et jambon ibérique, les ris et filet de veau rôtis, en brunoise de céleri-rave truffée. Les desserts sont signés par Jean-Michel Llorca, le frère du chef : forêt noire au chocolat Manjari, couronne de fruits exotiques, vienneta praliné-amandes-noisettes.

L'Atelier des Saveurs by Stéphane Garcia

13,5/20

51 rue Georges Clemenceau - T. 04 93 59 75 71 - Menu(s) 49-59 €

L'enthousiasme de son chef Stéphane Garcia se communique à toute la maison, service et accueil en tête, pour un moment de petit bonheur provençal, où se mêlent parfois quelques accents ibériques rappelant les origines du cuisinier. Le menu de semaine est le reflet du marché de saison, avec des idées souvent originales et bienvenues : pâté de tête et langue de bœuf noix et clémentine corse, duo de loup et dorade cuisiné à l'espagnole, poivron chorizo et moules, suprême de volaille truffé cuit en basse température polenta crémeuse et mousse de carottes. 39 € pour un menu bien mené et un bon dessert, tout aussi travaillé. Cave un peu trop classique, mais soutenue par quelques surprises comme l'irouléguy de Brana ou le txacoli.

LA TRINITÉ 06340

PRODUCTEUR

Domaine Lessatini

77 vieux chemin de Laghet - T. 04 93 54 33 41

Cela fait 80 ans que le Domaine Lessatini fait découvrir ses 9 ha d'oliviers multicentenaires, quasi millénaires. Ici, on met en valeur les saveurs uniques de l'olive de Nice à travers les huiles, les olives de tables, les pâtes ou encore les confitures d'olives. Osez le sucré-salé avec la confiture d'olives pour vos foie gras, magrets ou fromages frais...

LA TURBIE 06320

Hostellerie Jérôme

18/20

CHEF : **BRUNO CIRINO** - *CHEF PÂTISSIER :* **FILIPPO MASSANO** - *DIRECTEUR DE SALLE :* **MARION CIRINO** - *SOMMELIER :* **MARION CIRINO**

20 rue Comté de Cessole - T. 04 92 41 51 51 - Menu(s) 110-159 €

Et tout est plus clair ! Après deux trois assiettes, pas plus, vous aurez sans doute, comme nous à chaque visite, un hochement de tête en pensant «Ah ! oui, c'est ça, la cuisine !» Des choses simples, comme dirait Bruno Cirino, grand chef modeste qui ne voit pas pourquoi l'on compliquerait ce qui, parfois, est si beau dans la sobriété. Oui, deux ou trois assiettes, pas plus, le bouillon de champignons avec les premiers cèpes, le jus de coquillages avec les petites seiches du matin, le velouté de la langoustine de pays caressée par la mangue et la citronnelle... Parfois troublés par les perturbateurs endocriniens de l'époque, des vinaigrettes de soja, des caramels de yuzu ou des chantillys de betterave, on finit par oublier... Bruno Cirino, dans sa modeste et magnifique maison du XVIe siècle de ce petit village provençal posté au-dessus du Rocher monégasque, le rappelle à bon escient, et l'hommage rendu par Gault&Millau, et surtout par toute la profession venu le célébrer, lors du Gault&Millau Tour du mois de septembre, est un juste retour dans l'ordre des choses : ce cuisinier unique, qui préfère son vieux tablier gris à un plastron blanc constellé de décorations, fait tous les jours la tournée de ses producteurs uniques. Ces derniers ne vendent qu'à lui, afin d'être sûr que ce qu'il sert est totalement exclusif : les merveilleux gamberoni d'Imperia avec un jus Bellini pêche et verveine, les calamars avec un jus iodé si addictif, le filet de daurade, girolle cèpe et truffe, le chapon très provençal avec son aïoli et son jus de poisson façon bouillabaisse, avant un pigeon sublime et sa réduction d'olive au vin de Bandol. Car il y a le produit, la simplicité, mais aussi la diabolique précision et le sens ultime du goût juste, celui qui sépare le monde en deux parties totalement inégales. Oui, Bruno Cirino est un savant, un «sachant» dit-on aujourd'hui, et un maître, jusqu'aux desserts (la pêche, la poire, la figue, le chocolat...) qui poursuivent à leur tour cette farandole d'exception. L'aimable et dévoué service est parfaitement orchestré par Marion Cirino qui n'est pas qu'une maîtresse de maison, mais aussi une sommelière de grande érudition, une nécessité ici, avec cette cave de folie, des grandes bouteilles de partout et plusieurs milliers de références, et une force inégalée sur certains points, les verticales sur les grands crus de Provence, comme Tempier et ses bandols, les champagnes jusqu'à plus soif, et un assez passionnant catalogue de moelleux.

Ma Première Boulangerie

SAVEURS GOURMANDES

Compagnon boulanger depuis près de vingt ans, Pierre Briand a ouvert Ma première boulangerie près de Monaco en 2019. Celle-ci est devenue incontournable grâce à la fraîcheur et à la qualité de ses réalisations dont il conserve le secret de fabrication.
Une quinzaine de pains spéciaux à base de farine bio ou CRC (culture raisonnée et contrôlée) ornent ses étals, dont l'emblématique Miche de meule. Cette fameuse miche de pain sur farine de meule avec levain naturel a reçu en 2021 le prestigieux label monégasque « Les sites historiques Grimaldi ». Parmi les douceurs à découvrir absolument : les viennoiseries pur beurre, les pâtisseries fines, les chocolats et les confiseries... Un enchantement pour vos papilles !

Boulangerie-pâtisserie :
23, avenue de la Victoire, 06320 LA TURBIE
Tél. : 04-93-41-67-65
www.facebook.com/mapremiereboulangerie/

Confiserie chocolaterie :
31 bis, avenue de Cap d'Ail, 06320 LA TURBIE

Boulangerie viennoiserie tarterie :
Marché couvert, 06083 MENTON

Le vrai gourmet est celui qui se délecte d'une tartine de beurre comme d'un homard grillé, si le beurre est fin et le pain bien pétri...

Sidonie-Gabrielle Colette
(1873-1954)

LE CANNET 06110

Villa Archange 17/20

CHEF : **BRUNO OGER** - *CHEF PÂTISSIER :* **MAXIME SIMONOT** - *DIRECTEUR DE SALLE :* **ERIC DESCAZAUX** - *SOMMELIER :* **AXEL DERVIEUX**

Rue de l'Ouest - T. 04 92 18 18 28 - Carte 90 € - Menu(s) 78-350 €

C'est presque un monde perdu que celui des anges qui veillent sur ce petit paradis de Bruno Oger. Sur les hauteurs de Cannes, un jardin, une maison, un cuisinier qui est aussi aubergiste, qui vient saluer les convives et entoure chaque assiette de son talent et de sa passion. De sa longue expérience de palace (il fut le Cuisinier de l'Année 2000 au Majestic), il garde évidemment le goût du produit noble attaché à la Riviera, utilisant la saison pour éveiller idées et parfums : bouillon de tellines aux coquillages chou-fleur rôti au curry noir, turbot céleri vierge, carré d'agneau au binchotan épaule braisée en pastilla tartare au gingembre dans une réécriture savoureuse de l'agneau. Desserts plaisir, cave de grand connaisseur des vignobles proches, service impeccable dans la continuité de cette maison d'hôtes de luxe.

Le Bistrot des Anges 13/20

Rue de l'Ouest - T. 04 92 18 18 28 - Menu(s) 30-59 €

Annexe bistrotière de la belle villa Relais & Châteaux de Bruno Oger, à quelques minutes de Cannes, on vient ici profiter d'un bel espace ouvert, sous la verrière et une grande tonnelle. L'endroit se prête aux déjeuners d'été, placés sous la direction d'une jolie cuisine provençale, avec les petits farcis provençaux, le cabillaud en croûte et le chariot de desserts. Bonne formule à 34 €.

POISSONNIER

Poissonnerie Develay

71 boulevard Sadi Carnot - T. 04 93 45 74 71

Cette poissonnerie de centre-ville bénéficie d'une belle réputation, conséquence d'un service professionnel et d'une offre vaste de produits de la mer. On pourra ainsi y trouver, tout en fraîcheur, coquillages, poissons et crustacés, ainsi qu'une proposition de sushis maison et des plateaux de fruits de mer.

LE ROURET 06650

Le Clos Saint-Pierre 13,5/20

Place de la Mairie - T. 04 93 77 39 18 - Menu(s) 42-135 €

C'est une auberge à la fois typique, traditionnelle... et pas comme les autres. Par la personnalité du chef, par le lien que Catherine et Daniel Ettlinger ont tissé avec leurs habitués, cette auberge des hauteurs de Cannes ne ressemble à aucune autre. Une fois confortablement installé, il suffit de se laisser porter par les menus, 47 €

au déjeuner, 67 ou 82 € au dîner, et par les bonnes ondes de ces séquences bien construites sur des thèmes simples et sérieux : une brouillade aux girolles, un tartare de thon, un pigeonneau fermier simplement rôti, une pièce de Black Angus à la plancha ou un retour de pêche locale juste grillé, voilà qui met bien l'église au centre du village. Passons sur les fromages, que l'on aimerait un peu plus régionaux, et félicitons le pâtissier pour son café liégeois, sa soupe de melon de Cavaillon ou sa poire Belle-Hélène et son bâtonnet de gaufre au sucre. Belle cave aux accents de Provence et d'ailleurs.

PRODUCTEUR

Moulin de la Brague Huilerie d'Opio

2 route de Châteauneuf - T. 04 93 77 23 03

Ce moulin niché au cœur de la Provence dévoile toutes les saveurs du terroir. Depuis 160 ans, les méthodes de production de cette huile d'olive vierge extra si particulière n'ont pas changé. Hiver comme été, le moulin se visite et permet de suivre au plus près la fabrication.

LES PRODUITS AOC ET AOP DE LA RÉGION PROVENCE-ALPES-CÔTE D'AZUR

Figue de Solliès, brousse du Rove, fromage de Banon, huile d'olive d'Aix-en-Provence, huile d'olive de Haute-Provence, huile d'olive de Provence, huile d'olive de la vallée des Baux-de-Provence, huile d'olive de Nice, muscat du Ventoux, olive de Nice, olives cassées de la vallée des Baux-de-Provence, olives noires de la vallée des Baux-de Provence, pâte d'olive de Nice, picodon, taureau de Camargue, truffe noire du Tricastin...

Mezcla Loca

DÉCOUVERTES GUSTATIVES, DÉTENTE ET FIESTA...

Complices en cuisine et derrière le bar, Dimitri et Fabien offrent une ambiance chaleureuse, à la fois raffinée et underground. La convivialité est primordiale pour les deux associés qui se connaissent depuis l'enfance. Leur cuisine du monde et leurs cocktails* maison sont généreux et délicieusement surprenants. La carte varie régulièrement, avec des « sharing is caring » – délicieuses planches à partager, une paëlla « pas comme les autres », des « munchies » pour les grandes faims... Et une socca, emblématique ! Toutes les semaines, naît une suggestion. Certaines recettes ont été ramenées de New York ou d'ailleurs, d'autres sont le fruit d'inspirations du moment. Un lieu unique, qui vaut le détour !

✉ 24, route d'Opio, 06650 LE ROURET
Tél. : 04-83-26-34-13
Instagram et Facebook : Mezclaloca

Le plaisir de la table est de tous les âges, de toutes les conditions, de tous les pays et de tous les jours.

Jean Anthelme Brillat-Savarin
(1755-1826)

*L'ABUS D'ALCOOL EST DANGEREUX POUR LA SANTÉ.

MANDELIEU LA NAPOULE 06210

Bessem 13/20

183 avenue de la République - T. 04 93 49 71 23 - Menu(s) 72-125 €
Ancien chef exécutif de Pierre Gagnaire aux Airelles, Bessem Ben Abdallah est venu poser ses valises ici, dans cette jolie maison parée de verdure. Le ton est cosy, un peu bourgeois, toujours chaleureux, et l'on salue le professionnalisme des deux menus surprises du chef, pour le déjeuner et le dîner, qui font la promotion réussie d'une cuisine française gastronomique de haut niveau. Les prix sont honnêtes, à 72 et 125 €. L'accord mets et vins est recommandé.

LES PRODUITS AOC ET AOP DE LA RÉGION PROVENCE-ALPES-CÔTE D'AZUR

Figue de Solliès, brousse du Rove, fromage de Banon, huile d'olive d'Aix-en-Provence, huile d'olive de Haute-Provence, huile d'olive de Provence, huile d'olive de la vallée des Baux-de-Provence, huile d'olive de Nice, muscat du Ventoux, olive de Nice, olives cassées de la vallée des Baux-de-Provence, olives noires de la vallée des Baux-de Provence, pâte d'olive de Nice, picodon, taureau de Camargue, truffe noire du Tricastin...

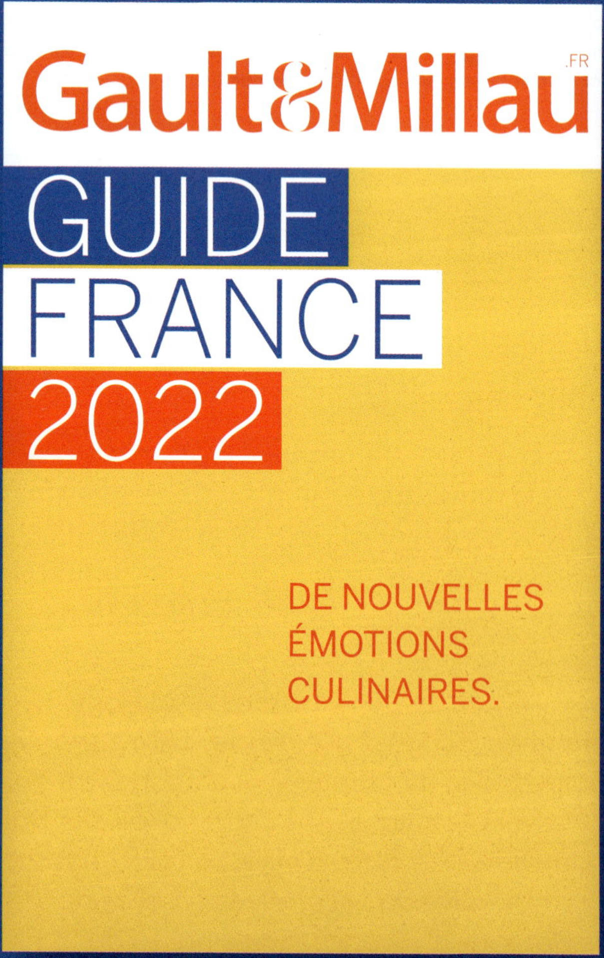
Gault&Millau .FR
GUIDE
FRANCE
2022
DE NOUVELLES ÉMOTIONS CULINAIRES.

La Perla Nera

LE REPAS MÉDITERRANÉEN PAR EXCELLENCE

L'ambiance est élégante, la cuisine exclusivement composée de produits frais. Bar, cabillaud, magret, veau, les assiettes sont soignées et gourmandes. Délicieuses jusqu'au dessert ! *« Ici, on découvre des choses que l'on ne fait pas à la maison »*, souligne le propriétaire. Installé à 2 mn du vieux port de La Napoule et à deux pas des plages, l'environnement méditerranéen séduit. La qualité aussi !

150, rue du Chantier Naval,
06210 MANDELIEU-LA-NAPOULE
Tél. : 04-92-97-57-52

Umi Restaurant Fusion

UNE EXCURSION CULINAIRE

Anaïs et Vincent Ghiglione ont créé un concept innovant et convivial de mets à partager autour d'une cuisine fusion aux saveurs d'ailleurs qui marie inspirations asiatiques, sud-américaines et méditerranéennes. Les clients se régalent notamment avec les différentes sauces et assaisonnements qui agrémentent les plats. Parmi leurs spécialités : Canard Laqué, Loup Entier en Tempura, Ribs Cuit 36 heures ou Black Cod caramélisé.

Voûte 9, quai Gordon Bennett, Esplanade des Sablettes, 06500 MENTON
Tél. : 04-93-52-74-69 – **https://umi-menton.com**

Il n'y a pas d'amour plus sincère que celui de la bonne chère.

George Bernard Shaw (1856-1950)

Le Marché by M

GOÛT, FRAÎCHEUR ET QUALITÉ

Il y a deux ans, Mickaël et Fabien ont ouvert une épicerie fine où trouver tous les délices de la région. De la bière* au vinaigre, de la moutarde au crottin de chèvre en passant par la charcuterie, tout est originaire de la Terre d'Oc. Tout est rigoureusement sélectionné, en local principalement, sans colorant, ni adjuvant et surtout c'est bon ! Pour les fruits et légumes, fraîcheur et qualité assurées.

1870, route de la Roquette, 06250 MOUGINS
Tél. : 06-38-11-19-83
www.lemarchebym.fr

*L'ABUS D'ALCOOL EST DANGEREUX POUR LA SANTÉ.

MENTON 06500

Mirazur

18/20

CHEF : **MAURO COLAGRECO** - *SOMMELIER:* **MAGALI PICHERIE**

30 avenue Aristide Briand - T. 04 92 41 86 86 - Menu(s) 320 €

Il est difficile de décrire le menu, à la fois écologique et philosophique, de Mauro Colagreco. Lors de notre dernier passage, la thématique de cet agitateur de saveurs au physique à la Pavarotti, était «la feuille». Un voyage sensoriel pour clientèle d'initiés, rythmé par les déclinaisons du calendrier lunaire. Une saine complicité, jouant sur les quatre éléments, l'air, le feu, la terre et l'eau, formant un umami parfait. Les feuilles de shiso accompagnent un tartare de veau recouvert d'un délicat voile de prune ; la petite amertume de la scarole est confrontée au caviar d'Aquitaine, gamberoni de San Remo et crème légère parfumée aux herbes du jardin. Les pistes, farcies d'un mélange de blette, épinards et fromage Caciocavallo italien, sont juste blanchies, et déposées sur du Genmaicha, un thé vert japonais mélangé à des grains de riz grillés qui éclatent comme un pop-corn. L'accord mets-vins est un défi que réussit Magali Picherie, formidable sommelière, qui dévoile une carte émaillée de découvertes. Le «Lointain blanc» de Myrko Tépus dans le Haut-Var ou les cépages autochtones du surprenant «Anemo» géorgien à la robe ambrée aux notes de coing et de fruits secs qui se marient parfaitement avec le cèpe et le homard cuits en feuille de bananier ou l'extraordinaire pigeon macéré dans des feuilles de posidonie, servi en 3 parties, les filets à la cuisson parfaite, sauce réduite, déposés sur un risotto d'épeautre croquant et condiment yuzu légèrement pimenté, la cuisse en raviole associée à un consommé de pigeon, et les abats aux algues marines. Le dessert n'est pas en reste. Un granité infusé à la feuille de figuier, panna cotta et gelée de figue précède une aérienne pâte feuilletée caramélisée, crème glacée à la feuille d'oseille et sauce caramel. Un dîner de mémoire pris face aux lumières colorées de Menton.

Les Incompris

10/20

Les Sablettes - 8 Quai Gordon Bennet - T. 09 77 87 31 39

Face aux bateaux amarrés, la terrasse des Incompris (ex-Maison Martin) est vite prise d'assaut par une clientèle venue des deux côtés de la frontière pour profiter des spécialités locales maison, les barbajuans, la pissaladière, la tourte de blettes, les beignets de fleurs... La cave à charcuterie et fromages italiens décuple le choix, avec culatello di Zibello, mortadella Bologna, burrata des Pouilles... Bonnes formules déjeuner à 16 € ou 20 € boisson comprise, burger du moment, salade du jour, pièce de bœuf, avec un service gentiment relâché. Belle carte de cocktails à siroter lors des soirées musicales.

HÔTEL

Hôtel Princess & Richmond - 4 étoiles

617 promenade du Soleil - T. 04 93 35 80 20 - à partir de : 125€

Posé face à la mer et au cœur de la baie du Soleil, cet hôtel appartient depuis quatre générations à la famille Caravelli, qui en conserve jalousement les charmes. Parées d'un camaïeu de blanc et de gris et de meubles design, les 46 chambres et suites, prolongées pour la plupart d'un balcon qui ouvre sur la mer, offrent le meilleur du confort contemporain. Mais ici, on aime avant tout la grande terrasse aménagée sur le toit, au 7e étage. Une vue à couper le souffle sur les eaux violettes de la Méditerranée que l'on admire depuis l'espace détente avec Jacuzzi et salle de fitness. Une adresse simple, chaleureuse et à prix doux.

MOUGINS 06250

La Place de Mougins

15,5/20

CHEF: DENIS FÉTISSON

41 place du Commandant Lamy - T. 04 93 90 15 78 - Menu(s) 29-130 €

La bonne alchimie entre un grand cuisinier et un terroir azuréen qui réclame, dans ce haut lieu de gastronomie, sa part de prestige. Au cœur du village, Denis Fétisson dessine une carte brillante qui allie les produits nobles à un fort savoir-faire régional : fleur de courgette de pays au homard bleu et saint-jacques coulis de tête à l'estragon, liche de Méditerranée, veau braisé puis cuit en feuillantine, ris de veau laqué aux pignons et miel tendron aux olives, pied de veau en cromesquis. Une gastronomie à la fois élaborée et lisible qui convient à tous. Service efficace et souriant, vaste cave sur la région et les belles étiquettes.

L'Amandier de Mougins

12,5/20

48 avenue Jean-Charles Mallet - T. 04 93 90 00 91 - Menu(s) 25-58 €

Picasso aimait déjà l'endroit en 1966, il y fit une dédicace pour l'occasion. Roger Vergé a donné à ce lieu ses plus belles heures. Aujourd'hui, le chef Sébastien Zunino et son équipe revisitent la Méditerranée d'une manière très affirmée. Pour s'en rendre compte, un premier menu «Musée» (qui est à deux pas) à 38 € en trois services au choix, le canard en cuisses confites effilochées en cannelloni de chou vert et crémeux de haricots coco, les coquillages cuits en marinière, crémeux parmentier et tuiles dentelle à l'encre de seiche, la volaille en deux cuissons, florentine et gnocchis de potimarron (on sera plus attentif à leur cuisson)... Profitez aussi de la formule déjeuner à 25 € avec vin et café gourmand et les plats du semainier. Très belle cave, terrasse avec vue sur la vallée à la belle saison, service très avenant qui pourrait gagner en précision.

Le Bistrot de Mougins

12,5/20

101 place du Commandant Lamy - T. 04 93 75 78 34 - Menu(s) 39 €

Une valeur sûre que ce bistrot bien planté sur le chemin de la balade obligée. On passe devant, on s'arrête, et l'on est séduit par cette carte provençale qui offre du choix à prix cadré. Le menu «Terroir et Tradition» à 39 € dit tout ce qu'il faut, avec les escargots à la provençale, la tourte aux blettes, la morue fraîche tomate et basilic, les pieds et paquets, le gigot d'agneau jus au thym... Cave également bien pourvue, service actif.

BOULANGER

La Mouginoise des Pains

4 chemin Saint-Barthélémy - T. 04 93 75 81 83

Les jeunes artisans ont parfois cette pointe de nostalgie leur permettant de chercher à reproduire le goût de leur enfance en utilisant des méthodes actuelles. Christophe Boutes a parfaitement réussi à faire cette liaison, proposant de très bons pains, riches en saveurs, et de belles pâtisseries dans sa boutique récemment refaite du sol au plafond. En face de la boulangerie, le salon de thé et restauration rapide tenu par la maison Boutes vous propose toutes leurs créations accompagnées d'un bon café.

NICE 06000

Flaveur

17,5/20

CHEF : MICKAËL TOURTEAUX*CHEF :* GAËL TOURTEAUX - *CHEF PÂTISSIER :* NATHALIE RAGOT - *DIRECTEUR DE SALLE :* MICKAËL LYOUBI - *SOMMELIER :* MICKAËL LYOUBI

25 rue Gubernatis - T. 04 93 62 53 95 - Menu(s) 130-200 €

On n'arrête plus les frères Tourteaux ! Leur salon de la rue Gubernatis n'est sans doute pas un palace, mais dans l'élégance, l'esprit cocon chic avec cette déco de plaques de bois nature figurant selon l'imagination poissons, nuages et lunes, et l'atmosphère créée par leur directeur de salle Mickaël, il se dégage une sérénité que pourraient envier quelques cadors de la Riviera. Il est rare de trouver un duo fraternel aussi complémentaire : l'un est né en Guadeloupe, l'autre en Champagne, les influences des îles comme une connaissance parfaite des terroirs métropolitains donnent cet amalgame brillant renforcé par l'essence méditerranéenne présente dans chaque assiette. Les mises en bouche très séduisantes du terroir maralpin (la truite du Cians, la bonite façon gomasio, l'excellent boudin combava...) font un prélude à cette séquence mémorable, où le double service coquillages seiche et calamar d'une part, risotto safran bisque de l'autre, donne autant de finesse que de puissance, la pêche de Molinari d'une cuisson parfaite dans son bouillon loumi, chapon rouget pistes, remarquable avec cette huile d'olive à la livèche (encore une belle idée maison) ; le splendide homard de Méditerranée gingembre christophine ou le veau curry vert accompagné d'un très gourmand ris de veau émulsion blanquette raviole trouchia qui ramène une fois de plus à Nice et ses traditions. Les desserts voyagent, les Caraïbes avec l'ananas mangue tapioca ou la mangue miso caramel café, mais surtout une extraordinaire glace tagète, rappelant encore que Mickaël et Gaël ont non seulement une grande maîtrise des associations, des cuissons, des textures et des températures, mais qu'ils savent maintenant où mener leurs aficionados dans une suite si bien composée. Très belle cave, dans la modernité de vignerons d'aujourd'hui et de très bons choix régionaux (Clos de l'Ours, Saint-Albert...), même si les coefficients sont à la hauteur du nouveau statut de cette table qui continue de grimper.

Jan Restaurant 15/20

CHEF: JAN HENDRIK VAN DER WESTHUIZEN

12 rue Lascaris - T. 04 97 19 32 23 - Menu(s) 91-145 €

Jan-Hendrik van der Westhuizen obtient la troisième toque et c'est tout sauf une surprise. Dans ce lieu chic proche du port, il vous emmène dans son Afrique du Sud natale avec ses coutumes et sa cuisine, entre la Côte d'Azur et Middleburg. Si les intitulés des plats sont un peu spartiates au point de n'être qu'une succession d'ingrédients, tout est délicat et savoureux, le saumon fumé pris dans de fines lamelles de concombre parfumé au buhu légèrement mentholée ou «l'œillet», ce chaud-froid, sucré-salé en l'honneur de sa grand-mère Maria, des pommes dressées en cône sur lesquelles on posera une rosette de fromage Tête de Moine accompagnées d'un velouté de haddocks, gamberoni et chorizo, symbolique de ce style «plat de concours» qui redevient en vogue. Cap au Sud avec le bœuf Wellington au feuilletage croustillant et sa cassolette de bobotie, un gratin de viande hachée, lentilles, raisins secs et amandes. Une plaisante mise en scène au moment du fromage : vous devrez quitter le restaurant et traverser la rue pour vous rendre Chez Maria, où, sur une longue table centrale, une vingtaine de fromages sont à volonté, accompagnés selon votre goût, des fruits secs, des confits, des pains, des cakes virevoltant dans cette ambiance baroque. En regard, le dessert, à base de fraise, chocolat blanc et sagou (type de palmier), certes agréable, fait presque pâle figure et se trouve bien seul dans l'immense assiette. La carte des vins honore l'Afrique du Sud et le sommelier saura vous guider pour les vins au verre.

Keisuke Matsushima 14,5/20

22 ter rue de France - T. 04 93 82 26 06 - Menu(s) 30-130 €

La table de Keisuke Matsushima est un refuge du bon goût depuis vingt ans. Quelle que soit la décennie ou la saison, sa cuisine est toujours juste et inventive. Elle est le trait d'union entre deux cultures du soleil, le Japon et la Méditerranée. Une simple brouillade aux oursins à la confiture d'algues nori et wasabi, présente dans le menu déjeuner à 35 €, est un exemple aussi probant que cette jolie passerelle avec la grande cuisine bourgeoise, le lièvre en tourte et sa sauce royale avec une délicate mousseline de céleri-rave, comme la cuisson subtile d'un faux-filet de bœuf wagyu de Kagoshima de grade 5. Les desserts sont dans le même esprit d'unité, le yuzu de Saint-Jeannet en tiramisu ou le potimarron en biscuit coulant et sa glace au café. La cave est insoupçonnable et regorge de merveilles pour toutes les envies et toutes les bourses. Service cordial autant que discret.

Les Deux Canailles

14/20

6 rue Chauvain - T. 09 53 83 91 99 - Menu(s) 23-62 €

Comme pour toute la profession, il n'était pas évident de faire repartir la machine tournant au ralenti depuis si longtemps. Tsumoru Takano n'en a donc eu que plus de mérite, en relançant une carte où l'on retrouvait d'emblée sa précision et son inventivité sur des recettes traditionnelles. Un bon menu déjeuner, notre formule préférée étant celle à 45 € qui dit l'essentiel du talent du chef : ravioli de gambas et foie gras bisque de crustacés, calamars poêlés jus de bouillabaisse, noix de veau rôtie purée grand-mère, compote d'abricots crème de mascarpone sorbet verveine... Sélection viticole réduite, mais bien vue.

Racines Bruno Cirino

14/20

3 rue Clément Roassa - T. 04 93 76 86 17 - Menu(s) 19-45 €

Au cœur du marché de la «Libé», parmi les étals de fruits et légumes, Bruno Cirino, le pape de la Turbie, Gault&Millau d'Or l'an passé, offre sa vision du végétal, avec la même rigueur dans le choix des produits que dans son gastro à 18/20. L'endroit est toujours pris d'assaut par «ceux qui savent», mais pour les indécis ou les solitaires, il y a la table du partage. Dans les assiettes, de la couleur et du parfum avant tout, sur les gnocchis sardes à la truffe noire, la puntarelle, févettes, petits pois à l'anchois ou l'œuf bio et sa compotée de légumes et racines aux truffes en saison, la tarte au citron et le sorbet à la mandarine confite, ou encore la poire et orge en feuilletage. Service de belle maison, cave parfaitement triée par Marion Cirino elle-même.

By PM L'Atelier Restaurant

13,5/20

4 bis quai Papacino - T. 04 93 26 05 80 - Menu(s) 98-134 €

Sur le port versant château, cette enseigne gastro tient son rang et s'affirme depuis trois ans comme l'une des tables à suivre. Toujours proches de la production locale et de saison, Pierre Lesterle et Marco Raponi proposent des séquences qui ont belle allure pour un moment de charme méditerranéen dans un cadre reposant. Le menu «Prestige» en cinq temps à 98 €, dépendant de l'arrivage et de la cueillette, est un exemple idéal : la fraîcheur du «Reflet d'un jardin de légumes», les sardines marinées avec une pissaladière de tomates, les fregola sarda champignons pecorino, le poisson de roche en bourride et zaalouk de poivrons jaunes offrent un éventail de saveurs méditerranéennes du meilleur effet, prolongées par la surprenante aubergine rôtie au feu de bois fromage frais et figue, avant la douce fraîcheur des fruits de saison sirop de verveine. Cave bien organisée à choix multiples, service de très bon niveau.

Pure & V

13,5/20

15 rue Bottero - T. 06 19 88 68 90 - Menu(s) 80-100 €

Plats slash insistant sur le produit, mis en lumière dans la nature qui convient, vins choisis avec application par Vanessa Massé : tout va bien pour cette table qui sait attirer la clientèle jeune et moderne dans ce coin légèrement excentré. La cuisine de Christian Kanstrup Pedersen et le choix des vins sont les atouts de cette réussite incontestable.

Les Agitateurs

13/20

24 rue Bonaparte - T. 09 87 33 02 03 - Menu(s) 49-135 €

Ils s'agitent autant qu'ils agitent la planète niçoise : la jeune équipe des Agitateurs, Juliette et Samuel en tête, a pris depuis deux ans une nouvelle dimension qui n'échappe à personne. En enfonçant le clou du produit sourcé avec attention et surtout le respect du producteur, ils rénovent une offre trop facilement touristique. La preuve avec ce garde-manger ouvert à quelques mètres, épicerie fine et surtout traiteur, qui a si bien fonctionné dès son ouverture avec le confinement. Au restaurant, tout va bien, le carnet de réservations se remplit tout seul et les convives sont ravis. Les menus du soir ont pris un embonpoint spectaculaire (59, 89 et 119 €), l'assiette se montrant désormais bien au niveau des 2 toques : la déclinaison sur la tomate en entrée, le poisson tapioca jus d'oignon à la fève de tonka voile de Colonnata, le carré d'agneau au barbecue, le dessert pastèque et glace coriandre dans la première formule en cinq services. La cave suit le même mouvement de recherche et de précision dans une atmosphère naturellement agitée. La bonne affaire est au déjeuner à 39 € et quatre services, mêmes plats que le soir.

L'Âne Rouge

13/20

7 quai des Deux Emmanuels - T. 04 93 89 49 63 - Menu(s) 39-48 €

Sur le port, la table de Michel Devillers est un rendez-vous incontournable de la ville, une adresse marine qui tient sa place avec une belle constance. On y vient été comme hiver pour ses repas d'affaires et ses envies marines. La carte renouvelle de temps en temps ses propositions pour coller au temps : langoustines rôties et jus aux épices, saint-pierre en barigoule et jus au vert...

Le Bistro Gourmand

13/20

3 rue Desboutin - T. 04 92 14 55 55 - Menu(s) 39-98 €

Le rendez-vous idéal pour le «business lunch» ou pour siroter un cocktail signature en début de soirée. La carte est classique dans son ensemble avec quelques touches modernes : velouté de carottes blanches, crème de coco et chips de panais ; saint-jacques saisies, beurre à l'orange et endives caramélisées ; joues de porc confites au gingembre et cidre ; fondant au chocolat noir servi tiède, crème anglaise, chantilly et coulis caramel. Du travail soigné qui nous a semblé légèrement plus ronronnant cette année, mais qui vaut toujours bien ses 2 toques. La cave est solide et le premier menu à 39 € est engageant. Une agréable terrasse au soleil, un service efficace.

La Merenda

13/20

4 rue Raoul Bosio - Carte 38 €

L'une de ces adresses éternelles où il suffit d'ouvrir la porte pour voir les impétrants ravis de pouvoir pénétrer dans le temple. Car la Merenda, c'est l'académie niçoise par excellence, la référence qui met des majuscules aux standards : la ratatouille, les pâtes au pistou, la saucisse pérugine lentilles, les tripes de veau à la niçoise, la daube à la provençale et ses panisses et, bien sûr, s'il est bien présent, l'incontournable stockfish qui donne le ton de ce classique intransigeant. Oui, et pour quelques siècles encore, la Merenda demeure le garant des valeurs nissardes, et il y a lieu de s'en réjouir. En acceptant les contraintes, pas de CB, pas de téléphone, juste la chance de pouvoir en profiter en arrivant tôt...

Olive et Artichaut

13/20

6 rue Sainte-Réparate - T. 04 89 14 97 51 - Carte 45 € - Menu(s) 33 €

À l'entrée du Vieux-Nice, une échoppe qui cache une bien jolie table où Thomas Hubert, sans forfanterie, assume ces 2 toques avec aisance tout en respectant de près les traditions locales. La tarte fine façon pissaladière, carpaccio de saint-jacques, vinaigrette passion renouvelle le genre avec subtilité, le denti piqué à l'anchois, rôti, beurre blanc et poireaux fondants offre une cuisson nette, le poisson délicat souligné par un crémeux d'artichaut, avant le moelleux au chocolat Valrhona, gel de coing et riz soufflé. Les touristes se réjouissent de l'excellent rapport prix-plaisir et de cette ambiance de conviviale simplicité. Cave adaptée, avec des découvertes régionales et des partis pris.

La Petite Maison

13/20

11 rue Saint-François-de-Paule - T. 04 93 92 59 59 - Carte 50 €

Et Nicole créa la cuisine niçoise... Celle des notables et des bons vivants, de l'entregent et des bonnes manières. Un monde clos, un club mais aussi une régalade pour les participants qui n'aiment rien tant que se retrouver entre eux, sur cette terrasse protégée, alors que tout autour, les jaloux passent. La salade d'artichaut, les farcis et les bonnes viandes font bien sûr aussi partie des arguments de la fête, les tarifs ajoutant quelques grains d'exclusivité. Sur la carte, des choses simples, bonnes et chic, tels ces escargots «très gros», salade de homard, cuisses de grenouilles «exceptionnelles», ris de veau et risotto. Vous aimez les truffes et le caviar ? Ils sont là également.

La Réserve de Nice

13/20

60 boulevard Franck Pilatte - T. 04 97 08 14 80 - Carte 104 € - Menu(s) 79-100 €

L'endroit est beau et le sait, le chef Jérôme Cotta a du métier : passé chez Le Stanc et Christophe Leroy, il connaît bien les plaisirs et les envies de la Riviera. Les convives ont la chance de bénéficier de l'une des plus belles vues sur la baie des Anges et la ville ; ils en profitent donc pour goûter des recettes très appropriées : carpaccio de sériole marinée citron vert huile d'olive, ris de veau laqués rémoulade de céleri et livèche à la truffe, loup rôti sur peau fondue de tomates et pêche de la Drôme, courgette farcie et fleur de courgette croustillante... Atmosphère et tarifs azuréens, cave nationale et régionale.

Le Bar de la Dégustation

12,5/20

7 rue de la Préfecture - T. 04 93 81 48 90

Le mythique «Bar de la Dégust» renaît sous les meilleurs auspices, ceux du bistrologue Armand Crespo (Bar des Oiseaux, Bistrot d'Antoine...) associé au chef Carlos Gomez (Peixes). Puisant dans ses racines colombiennes, ce dernier nous propose une cuisine du marché bien mise. Sous la forme de plats à partager, un tataki de betterave, piment rouge, artichaut et cacahuètes, un subtil tartare de saint-jacques et sa mayonnaise à la vanille, l'incontournable tiradito de bœuf à l'algue nori, purée de féta et échalote, ou le simplissime taboulé de chou-fleur, pignons de pin et raisins de Corinthe. Les desserts suivent l'inspiration du moment, patate douce confite et chocolat blanc ou espuma de rose et litchi. Cave modeste mais bien sourcée. Formule petit déjeuner avec gaufres maison.

Bar des Oiseaux

12,5/20

5 rue Saint-Vincent - T. 04 93 80 27 33 - Carte 33 € - Menu(s) 20 €

Au cœur du Vieux-Nice, ça gazouille toujours aussi fort dans le Bar des Oiseaux d'Armand Crespo (Peixes, Le Bistrot d'Antoine, Type 55...). Les habitués et les autres viennent s'encanailler le temps d'un déjeuner à 20 € (entrée, plat, dessert) : calamars sautés à l'ail et pâtes casarecce (sautées aussi) de chez Barale, la volaille en suprême, sa sauce poulette aux shiitakés et ses gnocchis poêlés et, pour finir, la crème de café au lait. Le choix est vaste à la carte pour les touristes du soir, doublé d'une cave affûtée sur toute la Provence.

Le Bistrot Marin

12,5/20

11 bis rue Grimaldi - T. 04 97 20 55 36 - Carte 16 €

Dans une petite rue calme, cette charmante enclave bretonne tient fièrement le cap. D'entrée, la petite salle affiche ses origines, avec photos de loups de mer, livres d'aventure, maquettes de bateaux et, déjà, ce parfum iodé qui vous tend les bras. À la carte, les huîtres de Cancale servies chaudes avec une petite sauce hollandaise citronnée, la salade de haddock, coquilles saint-jacques au naturel, turbot sauvage au beurre blanc et, pour l'exotisme, un délicieux pavé de thon à la plancha au «tigre qui pleure» sauce soja, coriandre, citronnelle et gingembre. La qualité des produits est remarquable, traité avec élégance par le chef, Nicolas Mendjisky. En salle, un personnel adorable qui signe un sans-faute.

Le Canon

12,5/20

23 rue Meyerbeer - T. 04 93 79 09 24 - Carte 55 € ♿

Du bon travail sur des produits locaux, en toute modestie : ce bistrot tranquille proche de la Buffa sait où il va sans faire sonner le canon. L'atmosphère est complice et solidaire, et chacun s'accorde sur la qualité des plats, dans le naturel et l'absence de sophistications, sur un sashimi de mulet de la pêche niçoise, la burrata tomate ou l'épaule d'agneau épeautre et haricots verts. Autre atout non négligeable, une forte sélection chez les vignerons, du nature et du bon.

Chez Davia

12,5/20

11 bis rue Grimaldi - T. 04 93 87 91 39 - Menu(s) 34 € ♿

Pierre Altobelli, la troisième génération, est à la manœuvre de ce petit morceau d'histoire niçoise. Dans cette ambiance de bistrot purement local, le chef fait honneur au savoir-faire légué par sa grand-mère pour ce qui est des recettes maison, et par ses maîtres (Ducasse, Maximin, Alléno) pour la technique classique. Une cuisine labellisée nissarde, rythmée entre terre et mer, les sardines farcies au vert de blettes, les supions du pays en friture, la ratatouille du comté de Nice, le chou farci ou les tripettes de veau. De cuissons réussies en dressages élégants, vous terminerez par la table des desserts, la tarte aux pommes, le baba au rhum, la tarte au citron de Menton. Cave régionale bien sentie. Un menu à 34 € le midi.

Le Clin d'œil

12,5/20

2 rue Chauvin - T. 06 44 13 29 78 - Carte 54 € - Menu(s) 24-65 €

Derrière la place Masséna, les tables de ce bistrot chic ne désemplissent pas depuis son ouverture. La recette est simple : l'accueil souriant de Jessica Barbotte et son intarissable connaissance des vins nature d'ici et d'ailleurs, et le chef Julien Rives, puisant dans son passé aux côtés de Michel Hulin de la Cabro d'Or ou de Jean-André Charial à l'Oustau de Baumanière, s'associent pour nous offrir une cuisine bien pensée, aux cuissons précises et aux saveurs harmonieuses. Les beaux produits de Méditerranée sont soigneusement sélectionnés : l'œuf bio cuit à basse température, purée de potimarron, marrons braisés, guanciale, jus au vin rouge ; la volaille fermière de Pierlas en deux façons, mousseline de céleri, chanterelles, pommes grenailles, jus au romarin... On termine sur le clin d'œil de la tarte au citron revisitée, avec le citron de Menton en crémeux façon lemon curd et sorbet citron, sablé sarrasin et feuille de meringue. Intéressants menus déjeuner en trois services à 29 € et menu dégustation en quatre services à 49 €.

Le Comptoir du Marché

12,5/20

8 rue du Marché - T. 04 93 13 45 01 - Carte 47 €

On arrive par la «Porte Fausse» ou par la pittoresque rue du Marché pour pénétrer de plain-pied dans le Vieux-Nice. L'ardoise vous accueille avec sa vingtaine de propositions, tout à la carte. Une cuisine de bistrot bien léchée et très solaire : le poulpe légèrement pané et sa mayonnaise à la bisque, les artichauts en barigoule et la saucisse de Morteau, la joue de bœuf avec ses raviolis à la ricotta. Les suggestions du jour méritent le coup d'œil, comme le tataki de gambas Black Tiger avec des haricots coco et leur bisque ou le punta de lomo et sa purée de pommes de terre à la mélisse. De bons desserts classiques, le mont-blanc du Comptoir, la crème brûlée aux pommes... Pour le vin, d'après la patronne, «Il est bon là où il y a une belle aubergiste.» Donc il est bon ! Le service est fluide et souriant.

L'Eau de Vie

12,5/20

11 rue Delille - T. 04 93 87 92 32 - Menu(s) 22-26 € ♿

Dans ce coin calme proche de Garibaldi, de l'autre côté du boulevard, Antoine Sacré aux fourneaux et Quentin Burylo en sommelier-serveur forment un duo bien complémentaire. Des tapas de qualité pour l'apéritif, un menu déjeuner à 26 € bien construit, velouté froid de chou-fleur au lait de coco et palourdes, pavé de lieu jaune sur son risotto d'orge perlée aux pousses d'épinards, nougat glacé aux agrumes et poire pochée, un dessert signé Mélanie Péroux. Le soir, quelques plats plus élaborés, une carte de vins sérieuse avec une bonne offre au verre, un service global efficace mais manquant un peu de chaleur.

Franchin

12,5/20

10 rue Massenet - T. 04 93 87 15 74 - Carte 57 €

Avec sa formule «bouillon» et ses plats tout simples autour de 10 € (cabillaud aïoli, tartare au couteau, cuisse de coq aux herbes), Antoine Gandon prend le contrepied des mangeoires à pizzas, burgers ou ramens qui fleurissent dans la rue. Ici, une vraie brasserie, un chef de métier, des assiettes au cordeau. On complète avec la carte normale, de bons produits travaillés avec esprit : escargots en persillade et toasts au vin rouge épicé, poulpe braisé et snacké chorizo rôti et condiment niçois, joues de bœuf en cocotte et polenta crémeuse. Bonne pavlova, plaisant fondant au chocolat, cave avisée.

Lavomatique

12,5/20

11 rue du Pont Vieux - T. 04 93 55 54 18 - Carte 10 € ♿

Ça rince fort pour les lauréats du guide «109 Gault&Millau 2020». Les frères Loubert, en blanchisseurs de talent, offrent une cuisine toujours aussi précise et tournée vers le Sud, dans l'ambiance la plus cool du Vieux-Nice. Hugo, le frère-cuisinier, s'attelle à régaler la galerie, les anchois frais vinaigrés, les croustillants falafels ou quelques tranches de culatello de Parme découpé à la Berkel. On partage (ou pas) la caille et potimarron rôti au four coréen, la saucisse maison et les lentilles ou les régressifs ribs de cochon au BBQ et le ketchup maison. On termine bien avec les desserts, la pomme confite, châtaigne et streusel noisette, le moelleux au chocolat et sa crème anglaise... Tandis que Grégoire, le frère-sommelier, procède au rinçage avec de nombreuses pépites glanées chez les purs vignerons, donnant à chacun l'envie d'une prochaine lessive.

Origines

12,5/20

15 rue Tonduti de l'Escarène - T. 09 86 34 36 85 - Carte 15 € - Menu(s) 33 €

Le leitmotiv d'Antoine Michon et France Hanson : générosité, partage et savoir-faire. Forts d'une expérience acquise dans des lieux prestigieux (la Tour d'Argent, le George V ou le Mas Candille), le tandem propose une cuisine bistronomique qui revient aux origines du plaisir et du goût des choses bien faites. Le menu déjeuner à 24 € en trois services se réinvente chaque semaine au gré du marché : l'œuf pané, légumes et mayonnaise aux herbes, le risotto de céleri aux champignons de Paris et éclats de noisettes, l'agneau braisé en cuisson longue, son taboulé de chou-fleur et houmous, le filet de lieu noir, embeurrée de chou vert et sauce normande... Une carte des vins modeste, mais bien structurée. Un menu plus étoffé à 33 € pour le midi ou le soir.

Peixes

12,5/20

4 rue de l'Opéra - T. 04 93 85 96 15 - Carte 14 € - Menu(s) 20 €

Le petit bistrot marin d'Armand Crespo (Bar de la Dégustation, Bistrot d'Antoine...) tient le cap d'une cuisine qui se réinvente régulièrement. À la barre, le chef Pierre Lorenzo et son équipe revisitent les spécialités sud-américaines et leur donnent un accent de Méditerranée : le ceviche de sériole à l'huître, crevettes, lait de coco et jus de kiwi ; la cassolette de praires aux poivrons piquillos et jus d'orange... On mange avec les doigts la friture du moment, des rougets de pêche locale, on s'orientalise avec le tajine de poulpe aux légumes et à la compotée de dattes medjool. Pour le vin, on se laisse faire, la cave est petite mais de belle provenance. Un doux menu déjeuner à 20 €. Pas de réservation.

Séjour Café

12,5/20

11 rue Grimaldi - T. 04 97 20 55 35 - Carte 60 €

L'un des deux bistrots jumeaux du même propriétaire, avec des chefs différents et un propos ressemblant. À savoir une cuisine maligne, sur des produits de saison, arrangés avec savoir-faire, et des idées qui se renouvellent : salade de poulpe, carpaccio de thon à la mexicaine, risotto de homard breton, daurade en bouillabaisse, épaule d'agneau de Provence confite. Du bon travail à prix cadré, une petite terrasse sur la rue à réserver tôt.

Type 55

12,5/20

1 rue de la Préfecture - T. 09 73 60 49 82

Insatisfait des pizzas niçoises, Armand Crespo (Bistrot d'Antoine, Bar des Oiseaux, etc.) a décidé d'inventer la sienne, avec toute la rigueur de fabrication possible. Il a mis sur le projet Joackim Salliot (que l'on suit depuis son passage au Jardin des Plumes de Giverny) et Daniele Lamboglia pour créer les meilleures pizzas de la ville. Elles sont élaborées devant vous dans un four de compétition, le Morello, et prennent le nom de péchés capitaux, la Gourmande avec son porcelet confit, la Colérique au tataki de thon, la Paresseuse aux calamars sautés, la Luxurieuse à la mortadella et pistache... Également des plats bien élaborés (côte d'agneau à la moutarde et la crème d'épinards, panais rôtis et pieds-de-mouton) et de bons desserts à l'assiette.

Zorzetto

12,5/20

3 rue Dalpozzo - T. 04 89 24 83 14 - Menu(s) 23 €

À deux minutes de la Prom', Maryan Gandon, chef au parcours international (Fairmont à Monaco, Majestic à Cannes, Fauchon Pékin...), pose les jalons d'une cuisine de bistrot qui se réinvente au quotidien sous la forme de son menu déjeuner «Fonds de Casseroles» à 26 €. Les dressages sont élégants, mais ne visent pas la sophistication, les cuissons sont justes : velouté de marrons, fricassée de pleurotes et escalope de foie gras poêlée ; saumon d'Écosse Label Rouge, émulsion de lentilles vertes, pois gourmands et soja poêlé, confit niçois et bacon grillé ; filet de poulet, mousseline de patate douce, fèves de soja et chips... Côté pâtisserie, on reste calme lorsque l'immense plat de tiramisu fait son apparition ou le panettone maison, cuit dans la boulangerie du coin, est proposé comme un «perdu de vue» avec sa glace caramel demi-sel. Petite carte du soir aux plats élaborés, cave un peu mince mais bien trié, service attentionné.

Le Bistrot d'Antoine

12/20

27 rue de la Préfecture - T. 04 93 85 29 57 - Carte 31 €

Voilà plus de dix ans qu'Antoine Crespo a trouvé l'adresse dont il rêvait, rue de la Préfecture. Et depuis dix ans, les touristes rejoignent les Niçois, chacun étant accroché et séduit par cette ardoise toujours alléchante où l'on trouve si facilement son bonheur : maquereau moutarde, terrine délicieuse, lentilles et saucisse pérugine, cocotte de cochon, de vrais plats de ménage faits par un pro dans une ambiance toujours soutenue. Le cadre, le service et la cave gouleyante participent à la fête.

Influence

12/20

31 rue Bonaparte - T. 09 82 57 39 66 - Menu(s) 35-65 €

Aurèle Gasperoni fait partie de cette jeune génération ouverte sur le monde, qui puise ses influences en Méditerranée et plus loin. Son restaurant niché dans la vivante rue Bonaparte lui sert d'écrin pour une cuisine du marché d'une justesse prometteuse. Son menu déjeuner à 35 € annonce la couleur : tostones (bananes plantains frites) et guacamole, poitrine de cochon cuit 36 heures à basse température à l'asiatique et son dessert signature, le crémeux chocolat à la fève de tonka. Pour le dîner, un menu en 5 ou 7 influences (45 € et 65 €) qui se rapproche des 2 toques. Bon choix en cave conseillés par le sommelier, Alexandre Prignon.

Nespo

12/20

48 boulevard Victor Hugo - T. 06 03 81 14 81 - Carte 130 €

Dans le longiligne et verdoyant boulevard Victor-Hugo se trouve, accolé à l'hôtel La Malmaison, le restaurant dont tout le monde parle : Nespo. Le jeune propriétaire, Sébastien Nespolo, n'est pas nouveau dans le monde du bien-manger niçois, il est l'héritier du savoir-faire de sa nonna et de son célèbre restaurant, Lou Pantail. Nourri de cette expérience, il a créé un univers sans équivalent à Nice, attirant people, footballeurs, comédiens et tous les curieux de nouveauté. Dans l'assiette, le chef nantais Victorien Duchesne (passé un temps au Negresco) propose une cuisine de brasserie chic et revisitée dans l'air du temps : crevettes croustillantes, coco, citron vert ; tartare de langoustines au foie gras ; pâtes au homard et sauce secrète ; ris de veau doré, lard, oignons grelots et jus de viande ; sole meunière, loup en croûte de sel de Guérande... Les desserts sont élégants et classiques : tarte au citron meringuée, cheesecake (malheureusement avec des fruits rouges en plein hiver), cookie minute, et le dessert phare, le Sexy Sundae, une glace à la vanille minute, des cacahuètes caramélisées, du popcorn, de la feuille d'or et un nappage au caramel beurre salé. La cave est modeste en taille et assez belle en qualité. Service irréprochable. DJ et voiturier le soir.

Nice Art Bistro

12/20

16 bis rue Delille - T. 04 93 91 57 98 - Carte 45 € - Menu(s) 20-32 €

Si le terme de «bistrot chic» n'était pas si galvaudé, et si nous n'étions pas sceptiques pour les étiquettes quelles qu'elles soient, nous pourrions ainsi qualifier cette enseigne rassembleuse. Marc Laville connaît sa clientèle comme sa ville, avec autant d'érudition que de passion. L'ardoise est directe, l'assiette montre le goût et le savoir-faire : tartare de thon lait de coco et citron vert, fregola sarda comme une carbonara à la truffe, pêche du jour façon bouillabaisse, carré de cochon ibérique et polenta crémeuse... Le tout à tarif cadré dans un bon menu-carte qui raconte aussi le professionnalisme du service, les desserts simples et bons (tarte au citron, sablé fraise-basilic) pour une restauration de qualité.

Restaurant de l'Autobus

12/20

142 avenue de Gairaut - T. 04 93 84 49 88 - Carte 14 € - Menu(s) 20 €

Les farcis, les raviolis, les paupiettes, la daube... Ce n'est pas seulement la vraie cuisine locale que vous trouverez dans ce jardin si convivial des hauteurs de la ville, c'est une atmosphère assez unique et tellement typique. Le Nice populaire, solidaire et gourmand, si naturel de simplicité qu'il donne envie de prendre l'Autobus plus souvent.

Le Safari

12/20

1 cours Saleya - T. 04 93 80 18 44 - Menu(s) 29-52 €

Pour profiter du cours Saleya et de son marché coloré avec une halte bien traditionnelle, les Niçois aiment et fréquentent depuis des décennies cette brasserie emblématique qui offre une carte immense sur les spécialités méditerranéennes : poissons et viandes, pizzas et pâtes, et tout le catalogue niçois, servis avec une redoutable efficacité malgré la grande capacité. Le calamar aux artichauts, comme le carré d'agneau, les farcis ou la bagna cauda sont irréprochables.

La Rotonde - Hôtel Le Negresco

11,5/20

37 promenade des Anglais - T. 04 93 16 64 11 - Carte 74 € - Menu(s) 28-49 €

La brasserie du Negresco est un lieu agréable à la cuisine maîtrisée, supervisée par Virginie Basselot. Pas d'erreur dans les préparations coutumières, fignolées avec adresse dans ce cadre chic et rénové, idéal pour le velouté Du Barry haddock fumé et cerfeuil, les saint-jacques plancha risotto crémeux à la trévise, ou la volaille fermière en vol-au-vent sauce vin jaune. En revanche, les desserts desservent, pas réellement au niveau. Tarifs normaux pour ce lieu de légende, service à l'écoute.

Café Paulette

11/20

15 rue Bonaparte - T. 04 92 04 74 48 - Carte 56 €

Sympathique et très en vogue, le Café Paulette reçoit désormais toutes les générations, attirées par la réputation instagrammée du lieu. Si la part de la cuisine véritable reste modeste, il n'empêche que les assemblages (de nombreuses assiettes s'apparentent à des salades) sont bien trouvés, que les assiettes sont fraîches et colorées, que la burrata de Cuneo ou le crudo de thon témoignent d'une recherche de qualité de produits. Jeune service attentif et dynamique, cave pas mal vue, avec là aussi des noms d'aujourd'hui, comme Agnès Paquet pour son aligoté au verre, qui augmente un peu une addition déjà bien copieuse.

Chez Pipo

11/20

13 rue Bavastro - T. 04 93 55 88 82 - Carte 7 €

Socca Pipo, la meilleure de Nice ? Inutile de dresser un vain classement, puisque chacun a son favori. Il n'empêche que la queue sur le trottoir n'est pas une illusion, et que nous répétons chaque année depuis plus de dix ans que cette tranche de vie niçoise est un incontournable : la socca, mais aussi la pissaladière ou la tourte de blettes, avec un verre de rosé, installé à la terrasse de chez Pipo, c'est un moment à vivre une fois dans sa vie...

Marcel

11/20

11 rue de l'Abbaye - T. 04 97 20 14 84 - Carte 41 €

En déambulant dans le labyrinthe de la vieille ville, on finit toujours par tomber sur ce coin de rue aguicheur : Marcel donne envie de se poser, la terrasse est accueillante, le propos est franc, niçois et moderne dans la manière. L'appellation «bistrot chic» en exergue est un clin d'œil, on ne s'y prend pas au sérieux et tout est bon : beignets de fleurs de courgette, carpaccio d'artichaut au parmesan, farcis niçois, daube de joue de bœuf et gnocchis, fish and chips, tartare de bœuf à la niçoise... Quelques pâtes et un gentil dessert achèvent de convaincre, avec un rosé du moment.

La Table Alziari

11/20

4 rue François Zanin - T. 04 93 80 34 03 - Carte 12€ - Menu(s) 29€

Toujours aussi indispensable, cette jolie et immuable table niçoise, juste un peu en retrait pour être au calme en terrasse, et pourtant typique Vieux-Nice avec sa façade ocre et sa banne vert amande. L'ardoise n'est pas immense, ne change pas beaucoup, mais tout est un régal : les farcis, les aubergines à la provençale, la morue à la niçoise, les alouettes sans tête parmi les meilleures de la ville, la daube d'agneau, la poche de veau braisée... Service d'une gentillesse sincère, prix sages.

La Part des Anges

10/20

17 rue Gubernatis - T. 04 93 62 69 80 - Carte 27€

L'assurance de trouver le bon canon pour étancher sa soif de découvrir ou de se régaler. Avec la fine sélection viticole de cette maison, exemplaire depuis vingt ans, pionnier dans le vin nature et dans la découverte d'autres terroirs (la Loire, en particulier), on passe un moment délicieux en compagnie de petites assiettes adéquates, mais aussi de plats plutôt originaux, comme ce pavé de tassergal (un genre de gros loup) courgette citron, ou la bisque de murène au Radikon (un vin nature italien) aubergine et lard de Bigorre.

MAISON D'HÔTES

Casa Musa

8 avenue Durante - T. 07 66 13 91 21 - à partir de : 145€

Parisiens pur souche, Aude et Pierre Bruguière ont cédé à l'appel du Sud, choisissant de poser leurs valises à Nice et bien décidés à assouvir leurs deux passions : les rencontres et l'art contemporain. Le résultat est cette très belle maison d'hôtes qui réunit 3 chambres au confort digne d'un grand hôtel (luxueuse literie, délicats draps de lin, salles de bains ultra-chic...) et ornées d'œuvres d'art issues de la collection d'Aude et Pierre. Toutes ouvrent sur le salon-bibliothèque qui mène au luxuriant jardin empli de palmiers, de yuccas et de bananiers, avec une tonnelle couverte de jasmins et des transats pour le farniente. Un potager confirme l'engagement nature des hôtes qui concoctent de délicieux petits déjeuners bio, avec notamment les confitures d'oranges du jardin garanties sans pesticide. Un refuge chaleureux et original dans le quartier des musiciens, à 10 minutes à peine de la mer.

HÔTEL

Hôtel Negresco - 5 étoiles

37 promenade des Anglais - T. 04 93 16 64 00 - à partir de : 344€

Posé sur la mythique promenade des Anglais, ce palace de légende a été le refuge préféré de Chagall, Cocteau et Grace Kelly. Il a survécu à la disparition de Jeanne Augier, sa propriétaire emblématique, grâce à la belle énergie de son directeur Lionel Servant qui conserve intact le charme unique des lieux tout en lui infusant une dynamique plus contemporaine, et respectueuse de la planète (l'hôtel a notamment obtenu l'écolabel européen). Classé patrimoine historique, le Negresco déploie ses 128 chambres et suites (sans compter celle des Anges, nichée sous le dôme de l'hôtel) magnifiquement décorées selon les grands styles français et italien (Louis XIII, vénitien ou art moderne), le tout enrichi des nombreuses œuvres d'art (Renoir, Niki de Saint Phalle, Vasarely) ayant appartenu à Jeanne Augier. Autres points forts des lieux ? Deux restaurants, La Rotonde et son incroyable décor de carrousel XVIIIe et la table gastronomique Le Chantecler, pilotés par la jeune cheffe Virginie Basselot, ainsi qu'une salle de fitness et une piscine privée... Un lieu mythique, à (re)découvrir absolument.

Hôtel Amour - 4 étoiles

3 avenue des Fleurs - T. 04 65 27 10 10 - à partir de : 109€

Déjà à la tête de l'hôtel Amour et du Grand Amour à Paris, Emmanuel Delavenne, André Saraiva et Thierry Costes ont décidé, en 2019, de filer plein Sud pour inaugurer leur nouvelle adresse. Au cœur de Nice et à deux pas du Negresco, ce nouvel Amour prend des allures de villa sudiste avec 38 chambres décorées de meubles chinés et d'une literie de palace, de salles de bains aux camaïeux de rose poudré et aux belles douches à l'italienne, lorsque les baignoires ne sont pas installées au bout du lit. Si les chambres séduisent par leur côté chic et coquin, l'établissement vaut également pour ses espaces communs. Un patio, un restaurant, un bar à fort potentiel instagrammable et, surtout, un rooftop de rêve avec une piscine avec vue à 180° sur la Méditerranée. Les amoureux des bains de mer leur préféreront néanmoins la plage privée, avec parasols rayés et transats couleur azur. Un lieu exclusif où se retrouvent voyageurs et Niçois pur jus, ravis d'échapper aux flots de touristes dès la belle saison.

BOUCHER

Le Boeuf Tatoué

40 rue Bonaparte - T. 04 93 89 72 52

L'ancienne charcuterie italienne est devenue l'une des boucheries les plus connues de la ville, pilotée depuis trente ans par René Puharré et José Jimenez. La clientèle est fidèle et ravie, les viandes maturées bien sélectionnées, les charcuteries choisies chez des artisans réputés. Également des préparations traiteurs, fromages et desserts.

Boucherie de la Tour

27 rue Pairolière - T. 04 93 80 63 08

En voyant la foule (touristes et locaux) admirer les étals de chaque côté de la rue, on se doute que les lieux sont réputés. Et plus encore depuis que Lionel, en rachetant le pas-de-porte face à la boucherie ancestrale, peut mettre davantage en valeur la présentation de ses beaux produits, viandes, volailles et désormais triperie, avec nombre de bonnes préparations traiteur.

La Maseleria

58 rue de France

Un très beau commerce de bouche entretenu avec passion par Cazinarès père et fils (Damien de leur prénom commun). Bien placée, la boutique attire les Niçois par la qualité de la viande, mais aussi par les recettes locales scrupuleusement suivies, tels la daube, les petits farcis ou les raviolis. Rançon du succès : accepter, souvent, de faire la queue pour aller trouver le bœuf de Galice, la volaille de Bresse ou le porc de Bigorre. Nombreux plats traiteur et cave à vins, avec les rosés au frais.

BOULANGER

Boulangerie du Palais

21 rue du Marché - T. 09 53 50 78 93

Un classique réputé pour le pain, mais aussi la viennoiserie et tous les biscuits traditionnels, bugnes, apollines (spécialité maison, au chocolat, à la pistache ou au citron), galettes, brioches, mais aussi le salé typique : tourte aux blettes, pissaladière et pan bagnat.

Boulangerie Lagache

20 rue Arson - T. 04 93 19 04 38

Fabrication selon les méthodes traditionnelles et créativité de bon vivant, le cocktail ne pouvait que fonctionner. Si la boutique met en avant les pâtisseries et les mets salés du déjeuner, les trésors sont cachés derrière le comptoir : de nombreuses sortes de pains ayant tous un caractère spécifique, une belle croûte dorée, mélanges de graines de lin brun et jaune, de tournesol, de sésame, de farines d'orges, seigle, malts torréfiés...

Boulangerie Maritime

11 rue Lascaris - T. 04 93 55 57 86

Une éthique, un artisanat louable pour une boutique accueillante du côté du port, aux nombreux habitués. Des blés français, des pains pétris sur place et cuits au fournil pour obtenir les qualités attendues de la boulangerie à la française.

Fournil Zielinska

4-6 rue Jules Gilly - T. 07 66 46 74 96

Le pain le plus exclusif, un poil snob, mais tellement tendance ! Dominika Zielinska, Polonaise d'origine, a lancé son fournil en 2019 tout près de Saleya, utilisant des farines anciennes sélectionnées par elle-même. Avec son complice boulanger Julien, elle propose du bio et du levain naturel, des pains de très haut goût, petit épeautre, khorasan, amidonnier, pétanielle... Également quelques produits régionaux.

J. Multari

22 rue Gioffredo - T. 04 93 04 27 68

Cette boulangerie est une institution locale, avec une implantation forte dans les quartiers de tradition, rue Gioffredo, rue Maccarani, boulevard Jean-Jaurès, boulevard Gambetta ; près d'une vingtaine de boutiques au total. Le pain, mais aussi toutes les préparations traditionnelles niçoises ou corses, comme la pissaladière ou les viennoiseries pur beurre.

Mama Baker

13 rue de Lépante - T. 06 23 91 33 86

Il n'y a que des produits bio dans cette boulangerie. Pains comme pâtisseries, ils sont faits à l'ancienne et artisanalement. Les farines sont sans gluten, véganes, au levain, ou bio sur meule de pierre... La boulangerie propose un coin de restauration et une partie épicerie.

CAVISTE

Cave Bianchi 1860

7 rue Raoul Bosio - T. 04 93 85 65 79

Pour le charme de cette boutique très ancienne proche de Saleya, sa déco incroyable, sa collection d'alcools rassemblés au fil des années, des grands flacons, mais aussi des petites cuvées pas chères et même des cubis.

Cave de la Tour

3 rue de la Tour - T. 04 93 80 03 31

À la lisière de la vieille ville, côté boulevard, cette cave, qui fait aussi la cuisine aux heures des repas, est une bonne idée de rendez-vous. On goûte les vins de la région, bellet, IGP alpes-maritimes ou même le domaine corse Alzipratu, accompagnés de pissaladière, tourte de blettes, poivrons farcis ou daube niçoise.

La Cave du Cours

24 rue Barillerie - T. 04 92 14 56 03

Planquée dans la petite rue Barillerie, juste derrière Saleya, cette cave intéressante lancée par Armand Crespo (Bistrot d'Antoine, entre autres) propose de bien jolies découvertes, pour la plupart présentes sur les cartes des bistrots d'Armand. À l'heure de l'apéro, la cave devient «à manger», avec charcuterie et petites assiettes.

Les Compagnons de la Grappe

2 rue Catherine Ségurane - T. 04 93 55 69 24

Vins chics, grandes étiquettes et petites quilles de connaisseurs, champagnes petits vins de la région, il faut de tout pour faire un monde de bon vin et de gra généreuse. Conseils, soirées dégustation, événements à thème dans un espace animé par Julie Bertolotti, œnologue qui peut vous conseiller parmi les 2000 références issues de tous les vignobles. Également un très vaste choix d'alcools.

La Part des Anges

17 rue Gubernatis - T. 04 93 62 69 80

Le bar à vin originel d'Olivier Labarde, qui s'est ensuite étendu (Mise au Verre, notamment) sans jamais se départir d'une ligne directrice de connaisseur : faire connaître aux Niçois avertis d'autres vignobles que la Provence (la Loire, mais aussi la Bourgogne ou l'Alsace) avec un esprit novateur et curieux. Les très bons vignerons sont toujours présents, on déambule entre les caisses et, au fond de la salle, on goûte tout en grignotant, avec le plaisir de l'échange, une planche de charcuterie ou de fromages, mais aussi le plat du moment, comme l'autre jour un respectable sauté de veau façon marengo...

CHARCUTIER

Charcuterie Pons

9 boulevard Joseph Garnier - T. 04 93 84 68 05

Dans cette charcuterie, tout est fait maison. La spécialité est la soubressade, une saucisse de viande de porc assaisonnée avec un piment doux d'Espagne. Les clients raffolent du boudin espagnol et autres merguez avec de vrais morceaux de viande sans graisse. La boutique a son lot d'habitués et de vacanciers.

CHOCOLATIER

L'Oiseau d'Or

20 rue Hôtel des Postes - T. 04 93 92 47 82

La belle boutique de Philippe Cornet est superbement placée, et complète celle, historique, de Cagnes-sur-Mer. Ici, comme depuis plus de 75 ans, la maison offre de délicats bonbons, des caramels, des dragées, des calissons et diverses gourmandises en spécialités, fruits confits et assortiments divers. Également des confitures et l'excellente crème de marrons de Collobrières.

Xocoalt

10 rue Alberti - T. 04 93 91 29 54

L'enseigne de Fabrice Zuppo, ouverte depuis 2010, évoque les origines du chocolat (en maya «xocoalt»), dans un beau design (couleur chocolat) qui rend tout appétissant : les ballotins, les fingers, les tablettes et les spécialités exclusives de la maison. Goûtez les yeux fermés les pâtes à tartiner.

CONFISEUR

Confiserie Florian du Vieux Nice

quai Papacino - T. 04 93 55 43 50

couleurs de fête, du mauve, du rose, du vert amande, on se croirait dans une édie musicale de Jacques Demy. La confiserie de luxe passe par ce design si réussi des conditionnements. Confitures, fruits confits de la région, fleurs cristallisées, bonbons, chocolats. La maison mère est à Tourrettes-sur-Loup.

Maison Canel

21 rue de France - T. 04 93 88 03 29

Une boutique de confiserie à l'ancienne comme on n'en voit plus, une survivance des temps anciens à la vitrine bariolée comme un magasin de souvenirs : bonbons, nougats, guimauves, marrons glacés, calissons, fruits confits, fruits déguisés, boîtes à biscuits d'antan. Un bon coup de rétro à fréquenter avec des dents solides.

ÉPICIER

Maison Péllégrino

9 rue du Marché - T. 04 93 16 12 13

Une jolie boutique, pittoresque dans sa déco niçoise d'antan, qui réunit de bons produits issus de tous les terroirs, producteurs et artisans. Comme les fromages de la Mère Richard ou la charcuterie de Sibilia, les conserves de La Guildive, les terrines et le saumon fumé, des bocaux, des condiments, la moutarde Fallot... Une sélection de vins et champagnes, avec dégustation sur place.

FROMAGER

La Cave à Fromages chez Jean-Luc

44 rue Bonaparte - T. 04 92 04 87 43

Un fromager aux bonnes spécialités, bien rangées par thème, les chèvres, les bleus, les montagnards... des produits bien affinés, quelques idées festives, comme le brie truffé, en saison, et des plateaux cadeaux sur mesure.

La Ferme Fromagère

27 rue Lépante - T. 04 93 62 52 34

La variété, l'écoute, le conseil. Cette boutique à l'allure traditionnelle est un magasin vivant et accueillant avec un personnel charmant. Des fromages de toutes les régions, de bons affinages, et des produits laitiers soigneusement sélectionnés, dont ceux de Beillevaire. Également quelques produits d'épicerie, conserves, riz, confitures...

Fromagerie du Carré d'Or

54 rue de France - T. 04 97 00 02 79

Une adresse de tradition dans la rue piétonne la plus fréquentée de la ville. Des fromages de toutes les régions, au bon degré d'affinage, des plateaux composés sur mesure pour vos réceptions, et une partie épicerie fine, de la charcuterie et du vin.

Lou Froumaï

4 rue Sainte-Reparate - T. 07 56 85 19 91

Déjà présent dans le quarter Libération, Lou Froumaï a trouvé un très bel emplacement dans la vieille ville pour y exposer une vaste gamme de fromages de toutes provenances, majoritairement françaises et italiennes (ricotta, burrata, gorgonzola, pecorino...). Également de la charcuterie, boudin blanc artisanal et jambon de Paris, et une jolie présentation générale dans cette boutique parquetée vaste et bien rangée.

GLACIER

Gelateria Azzurro

1 rue Saint-Réparate - T. 04 93 13 92 24

Un glacier bien connu du Vieux-Nice, qui enchante les touristes avec ses nombreux parfums (plus de 50), sur sorbets, glaces à l'italienne, et des recettes originales. Azzurro est logiquement ouverte du printemps à l'automne et se repose en hiver.

Glacier Fenocchio

2 place Rossetti - T. 04 93 80 72 52

Trois générations se sont succédé dans cette boutique emblématique de la vieille ville. Sur la place Rossetti, on lèche les cornets à qui mieux mieux, en se régalant des multiples parfums méditerranéens des glaces et sorbets (une centaine !). Francis Fenocchio nous a quittés, mais il a su transmettre sa passion et la famille a repris le flambeau. Également des gâteaux glacés pour faire plaisir à toute la famille.

PÂTISSIER

Canet

25 boulevard Gambetta - T. 04 93 96 46 06

Également présent sur la très chic rue de Longchamp, un pâtissier-traiteur de longue réputation qui répond aux besoins locaux pour les réceptions et repas de fête. L'excellence dans les classiques, des bugnes et sablés jusqu'aux pâtisseries de tout style, un bon sens traditionnel de la gourmandise, avec des coffrets cadeaux, du champagne, des idées pour toutes les occasions. Coin salon de thé pour la dégustation sur place.

Pâtisserie Armand

19 rue de France - T. 04 93 82 59 66

Trois points de vente, le plus connu étant celui de la rue de France, point de convergence pour le pain comme pour les gâteaux, les sandwichs (très demandés à l'heure du déjeuner), au milieu d'une belle gamme snacking. La maison est connue depuis fort longtemps, puisqu'il y a eu l'ancêtre Dikran Zorian dès les années 1930, puis son fils Armand et, aujourd'hui, Estelle et Jean-Marc Zorian. Belle et bonne pâtisserie individuelle et grands formats chocolat.

Pâtisserie Ludovic Gambini

45 rue Bonaparte - T. 06 67 96 84 10

La belle pâtisserie de Ludovic Gambini ou, pour faire plus moderne, la LG Pastry, celle qui organise des masterclasses dans son laboratoire, offre aussi quelques gâteaux appétissants en vitrine. De jolies créations, y compris pour certaines tables de la région, et des classiques joliment interprétés, comme le flan, le tiramisu ou les tartelettes aux fruits. Également du chocolat en tablettes, des pâtes à tartiner, «babas cool»...

Pâtisserie Lac

12 rue de la Préfecture - T. 04 93 53 60 69

Voilà un pâtissier et chocolatier qui mérite bien sa renommée, par la qualité de son travail et le sens du design. Très beaux gâteaux au format familial ; un must des dimanches niçois. Implantations judicieuses à travers la ville : rue Barla, rue Gioffredo et, ici, au cœur de l'animation du centre-ville.

POISSONNIER

Fjord

21 rue François-Guisol - T. 04 93 26 20 20

Une exclusivité à Nice que cette boutique-restaurant, certes un peu vieillotte mais sympathique, spécialisée dans les produits nordiques, saumon et caviar, mais surtout tous les poissons fumés. Et, enfin, un bon choix d'aquavits et de vodkas.

PRODUCTEUR

Moulin à huile Alziari

14 rue Saint-François de Paul - T. 04 93 62 94 03

Une marque de fabrique, une maison ultra-connue sur Nice, avec ses boîtes et bidons décorés à l'ancienne, un véritable hymne à l'huile d'olive qui affiche plus d'un siècle et demi d'existence. Ses grands crus, ses crus d'origine avec l'AOP Nice, ses olives fraîches et ses dérivés de l'huile d'olive, bière, tapenade, sauces... Une multitude de contenants pour toutes les envies (à partir de 10 cl), des tartinables, boissons, épices, vinaigres, produits de la mer, vins...

TORRÉFACTEUR

Brûlerie des Cafés Indiens

2bis rue Sainte-Réparate - T. 04 93 85 62 57

Une maison bien connue dans le Vieux-Nice pour ses variétés de cafés, sa qualité de torréfaction artisanale, son coin dégustation avec des connaisseurs et une vaste gamme de thés de toutes provenances (Assam, Darjeeling, Yunnan, Souchong...), ainsi que des blends et des aromatisés. Une autre adresse rue Parolière.

TRAITEUR

Maison Barale

7 rue Sainte-Réparate - T. 04 93 85 63 08

Le pape, on peut même dire l'empereur du ravioli niçois. Les touristes se bousculent pour sauver la dernière douzaine. Depuis Matteo Barale, en 1892, quatre générations de vermicelliers se sont succédé. Toutes les pâtes fraîches et les spécialités incontournables, comme les raviolis à la daube.

VIGNERON

Château de Bellet

482 chemin de Saquier - T. 04 93 37 81 57

À 300 m d'altitude sur les collines niçoises, le Château de Bellet est la demeure historique des barons de Bellet, et l'on y perpétue la tradition viticole depuis quatre siècles. Un endroit parfait pour une balade dans les vignes et une dégustation.

Château de Crémat

442 chemin de Crémat - T. 04 92 15 12 15

Le Château de Crémat devint la propriété d'un néerlandais, Cornelis Kamerbeck, en 2000. S'ensuivirent de nombreux investissements : replantations, nouvelle cave, rénovation des galeries romaines afin d'accueillir le chai à barriques. L'occasion de découvrir les vins de Bellet dans un cadre historique magnifique.

Membres de l'Académie Gault&Millau

Tables Exceptionnelles – 19/20 à 19,5/20

Tables de Prestige – 17/20 à 18,5/20

Tables Remarquables – 15/20 à 16,5/20

Tables de Chef – 13/20 à 14,5/20

Tables Gourmandes – 11/20 à 12,5/20

Tables Originales – 10/20 à 10,5/20

Via Latina

LE MEILLEUR DE L'ITALIE AU CŒUR DE NICE

Restaurant et épicerie, la trattoria propose des sélections de produits d'excellence. Dans un cadre chaleureux, l'équipe partage avec générosité sa passion de la cuisine italienne. Spécialisée dans l'import et la distribution de produits italiens, la famille Barcacci perpétue un savoir-faire basé sur l'authenticité, la simplicité et l'excellence. Pour leurs produits sélectionnés directement chez des producteurs italiens, ils ont créé le label Via Latina - tradition et qualité. Aujourd'hui, leur trattoria charme leurs convives avec des antipasti, de l'épicerie fine, des mets artisanaux, des spécialités cuisinées... Dans une ambiance familiale, le chef régale ses tablées de charcuteries, fromages, légumes farcis, pâtes, risottos, focaccia et sauces maison. Tous les produits premium (finocchiona, guanciale toscane, calabre piquante, fiore sardo...) ont ici une place de choix.

✉ 12, boulevard Jean Jaurès, 06300 NICE
Tél. : 04-93-62-87-21
Facebook : vialatina
Instagram : vialatina_trattoria

Comptoir du Marché

LA PÉPITE DU VIEUX NICE

Ambiance chaleureuse, cuisine méditerranéenne de produits frais, le restaurant est une pépite. De l'entrée au dessert, les papilles s'éveillent. Magret de canard, joue de bœuf confite, risotto du Chef, ici on sert des produits locaux et de qualité. Sa force ? Éviter les intermédiaires. Son petit plus ? L'ambiance bistrot du lieu avec tapisseries, luminaires, boiseries... un beau moment à vivre. À prix raisonnables.

✉ 8, rue du Marché, 06000 NICE
Tél. : 04-93-13-45-01
www.comptoirdumarche.fr

Magnolia

CRÉATEUR DE MOMENTS DÉLICIEUX

Ce restaurant et bar à tapas vous propose de belles suggestions et spécialités selon les saisons. Ses plats et plateaux à partager, en famille ou entre amis, remportent un grand succès. Quant aux cocktails Signature, avec et sans alcool*, ils répondent aux envies de chacun avec leurs notes sucrées, fruitées ou épicées. Accueil tous les soirs et le dimanche midi dans une ambiance chaleureuse. **Le + :** Terrasse couverte

✉ 7, rue Bonaparte, 06300 NICE
Tél. : 04-89-97-47-58
Instagram : @magnoliacafenice

Comme un Dimanche

ORIGINAL, GOURMAND ET PLEIN DE SAVEURS

Chez Marie et Stéphane, derrière l'église du port, l'ambiance est cosy. Leur cuisine, 100% maison, s'inspire des classiques. Ils y apportent une touche de modernité et de savoir-faire à la française. À partir de produits frais, bruts, ils jouent avec les goûts et les présentations, s'inspirent de leurs expériences et séjours à l'étranger, pour proposer des menus et des brunchs généreux et simplement délicieux. *Ouvert du mercredi au dimanche de 10h à 16h. Formule petit déjeuner : samedi et dimanche.*

✉ 10, rue Lascaris, 06300 NICE – **Tél. :** 04-23-13-33-12
Instagram : commeundimanche_nice

Citron d'Azur

VÉRITABLE CITRON DE MENTON

Passionnés par la richesse de leur région, Christine et Martial se consacrent à la vente du fameux Citron de Menton I.G.P. Découvrez toutes leurs déclinaisons gourmandes, Limoncello*, liqueurs aux agrumes, huiles d'olive, terrines, confitures, miel, savons, bougies, eaux de toilette.
Attentifs aux bienfaits de ce fruit, tous leurs produits sont 100 % naturels et sans conservateur.

Dans ses 60 m² soignés habillés de bleu, jaune et blanc, au cœur du Vieux Nice, vous pourrez aussi profiter d'une dégustation lors de votre passage.

✉ 15, rue du Collet, 06300 NICE
Tél. : 04-93-53-98-74
citrondazur.com

Inovag Technology

SOYEZ FIERS DE VOS COUVERTS

La société, basée à Billom dans le Puy-de-Dôme, est spécialisée dans la fabrication de lave-couverts à destination des professionnels de la restauration.
Inovag Technology propose la solution révolutionnaire que beaucoup de palaces, de grandes enseignes de l'hôtellerie et de la restauration ont déjà adoptée : le lave-couverts IT500-S qui nettoie, rénove, désoxyde, brunit, rince et sèche en une seule opération. Un gain de temps pour le personnel de plonge et une hygiène irréprochable pour un résultat exceptionnel.

MADE IN FRANCE – FABRICATION FRANÇAISE

inovag Technology

✉ ZAC de l'Angaud, BP41, 63160 BILLOM
Tél. : 04-73-68-91-25
E-mail : inovagtechnology@gmail.com
www.inovag.eu

*L'ABUS D'ALCOOL EST DANGEREUX POUR LA SANTÉ.

Le Panier Gourmand

PRIMEUR D'EXCELLENCE

Primeur de génération en génération depuis 1945, Jérémy Passeron perpétue le savoir-faire et l'exigence familiale avec passion.
Avec Le Panier Gourmand, il exerce le métier à sa façon, mêlant traditions et modernité. Depuis 2015 ce primeur contemporain aime faire évoluer l'image de sa profession. Pour satisfaire ses clients, il propose fruits et légumes d'une qualité irréprochable sélectionnés auprès de fournisseurs de confiance et de producteurs locaux. À chaque saison ses produits phares : courgettes trompettes, tomates de Provence, citrons de Menton...
Sa boutique propose également une large gamme d'épicerie fine. Il travaille les produits artisanaux, AOP, Label Rouge et primés. Vous y trouverez notamment de belles suggestions autour de l'olive de Nice (huile, tapenade...) et des maisons de renommée internationale : Ortiz® pour les produits de la mer, Christine Ferber® et ses célèbres confitures ou encore la truffe par Plantin®. Pour accompagner ces mets fins, Jérémy propose une sélection de vins* parmi les plus prestigieuses appellations. En constante recherche de nouveautés, cet épicurien déniche toujours le meilleur pour sa clientèle. Le Panier Gourmand réalise, à la demande, des compositions de fruits ou légumes, avec une belle cohérence esthétique et un vrai souci du détail.

La boutique est soigneusement décorée et l'équipe professionnelle, jeune et souriante, toujours de bon conseil. Une adresse devenue incontournable dans le « petit Marais Niçois ».
Ouvert du mardi au dimanche.

✉ 38, rue Bonaparte, 06300 NICE
Tél. : 04-93-26-84-44
www.lepaniergourmand-nice.fr

*L'ABUS D'ALCOOL EST DANGEREUX POUR LA SANTÉ.

Le Temps d'un Été

POUR UN MOMENT UNIQUE ET MÉMORABLE

Ici, au milieu des plus beaux hôtels et palaces de Nice, se cultive l'esprit Riviera : la douceur de vivre est un savoir-être ! L'élégante plage accueille les clients qui veulent profiter de la Promenade des Anglais tout en savourant une cuisine de saison de qualité.

Vincent Cippolini est héritier d'une passion familiale, mélange de raffinement, savoir-vivre à la française avec l'accent méditerranéen et cuisine élégante. L'histoire débute en 1953 quand Vincent Servella transforme épicerie et ferme-auberge parentales en hôtel-restaurant : L'Hôtel des Moulins. En 1981, est créé le Servotel, à Castagniers, suivi en 1990 des résidences du Servotel. Puis Sylvie Servella, fille de Vincent, fait naître le Servotel Saint-Vincent et le restaurant Le Jospeh, en 2003 à Nice Saint-Isidore, qu'elle exploite avec son mari, Denis Cippolini.

En reprenant la plage avec leur fils, Vincent, ils perpétuent la tradition d'une cuisine de qualité. Avec ses 300 couverts, Le Temps d'un Été propose une approche restaurant et lounge. Le chef, Nicolas Selow – qui a appris dans de grandes maisons – développe une cuisine créative et goûteuse. Il décline une quinzaine d'entrées, sept poissons et viandes très haut de gamme, des pièces à partager selon l'arrivage. Le chef pâtissier, Cyrille Tropheme, mêle aussi tradition et innovation. Et les propositions de cocktails de notre Chef Barman Ayoub MOUHAB séduisent tous les amateurs d'une pause détente face à la mer. Le service de qualité et l'attention portée à chaque détail sont les points forts de cette plage premium orchestrés par notre responsable de Restaurant Michael ZITOUNI. Sans oublier, les 200 transats face à « La Grande Bleue » qui vous accueilleront sous la houlette de notre chef plagiste Alexandre CHARLOT

Ouvert tous les jours du 1er mai au 30 septembre de 10h à minuit. Fermé en novembre. Le reste de l'année : de 10h à 18h.

Le + : Privatisation pour tout événement : séminaire, congrès, groupes, cadre idyllique pour un mariage.

25, Promenade des Anglais,
06000 NICE (Face à l'Hôtel Westminster)
Tél. : 04-83-66-02-49
E-mail : contact@letempsdunete-plage.fr

Le Glouphile

ET SI VOUS FAISIEZ L'EXPÉRIENCE DU BON ?

On ne vient pas au Glouphile pour y manger mais pour y vivre une expérience sensorielle !

THE place to eat

Le Glouphile est devenu l'adresse incontournable de chefs étoilés et de restaurateurs avertis qui viennent s'achalander en condiments, charcuteries nobles d'Espagne et d'Italie, fromages en direct de fermes, huile d'olive, sel... Si ces Chefs viennent pour des produits d'exception, vous aussi, n'hésitez pas à vous arrêter et à repartir avec votre boîte d'anchois de Cantabrie, voire une pata negra de la mer et une bonne bouteille.

Du goût, rien que du goût !

Adepte du carpaccio du bœuf ? Oubliez ce que vous avez goûté jusqu'ici : en bouche, vous savourez une tranche coupée dans un Wagyu élevé en Australie, façon bœuf de Kobé, sans le gras. Unique à vivre ! *« Je suis un carnivore, du coup, je coupe des tranches épaisses pour croquer la viande. J'attache de l'importance au produit. Comme dans les restaurants 3 étoiles, je ne blanchis pas mes ris de veau afin d'en garantir l'excellence. Ce n'est pas pour rien que les gens préfèrent venir chez moi acheter leur viande plutôt que chez leur boucher »*, confie le Chef

et gérant du Glouphile, Romain. Vous aimez les pâtes ? Ici, vous allez les adorer. Normal, elles proviennent du pied du Vésuve, parmi les meilleures au monde. Vous ne finissez jamais un repas sans une note sucrée ? Fondez pour un dessert réalisé avec des oranges de Menton et bientôt, une tarte au vin* (avec 700 références, cela aurait été dommage de s'en priver !) ou un babamisù.

Aux beaux jours, dînez sur une plage de sable aménagée pour l'occasion, en hiver, faites-vous cocooner au sein d'un chalet éphémère.

À chaque saison, le Glouphile saura vous embarquer.

Ouvert de 18h à 0h30 du jeudi au lundi. Fermé mardi et mercredi.

✉ 41, boulevard Stalingrad, 06300 NICE
Tél. : 09-82-28-71-85

*L'ABUS D'ALCOOL EST DANGEREUX POUR LA SANTÉ.

L'Authentique Pizzeria

DES PRODUITS DE QUALITÉ

Chez Steeve Bonnet, à l'Authentique Pizzeria, dans le quartier de la Libération, on trouve sur place, à emporter ou en livraison de quoi apprécier les saveurs et les parfums du pays Niçois. Dans un cadre soigné, découvrez le mesclun niçois de la famille Auda, les œufs Bio Vençois de La Plume Blanche, ou encore les champignons français de la Maison Vialade. Des produits qualitatifs joliment disposés sur une pâte à pizza à base de farine bio, savamment travaillée et reposée 48h. Vous trouverez également d'authentiques antipasti à l'italienne à partager avec un jambon San Daniele affiné 18 mois, une Burrata des Pouilles et un pain maison qui n'ont d'égal que le tiramisù au caramel beurre salé maison. À tester : la Pizza de l'Invité, réalisée « à 4 mains » avec un invité ; de grands chefs y ont déjà laissé leur signature culinaire.

Ouvert du mardi au dimanche de 18h à 22h.

15 boulevard Auguste Raynaud, 06100 NICE
Tél. : 07-85-28-21-39
E-mail : contact@lauthentique-pizzeria.com
Instagram : lauthentiquepizzeria
www.lauthentiquepizza.com

> *C'est la sagesse, aimer le vin,*
> *La beauté, le printemps,*
> *le printemps divin,*
> *Cela suffit. Le reste est vain.*

Théodore de Banville
(1823-1891)

Xitlali

AUTHENTIQUEMENT MEXICAIN

À deux pas du Port, Xitlali vous offre une carte respectueuse des plats traditionnels – avec un large choix de mets végétariens, réalisés avec des produits frais de saison et des épices venues directement du Mexique. Mme Carmen Arias, la mamá de la famille, transmet ses traditions familiales à une équipe passionnée, ravie de partager le goût du voyage et de la fête ! Vous y savourez aussi des sélections de vins, bières, cocktails, mezcal, boissons à base de fleur d'hibiscus, chocolat ou téquila*.

24, rue Cassini, 06000 NICE
Facebook : xitlali.nice @xitlali.nice
xitlali.fr

100% Tacos

AU CŒUR DU VIEUX NICE

Depuis 2017, cette taqueria colorée vous transporte au Mexique. Vous y dégustez des délices sur le pouce, profitez d'une large gamme de cocktail* et d'une ambiance unique.

1, rue du Pontin, 06300 NICE
Facebook : nicetacos @nicetacosfrance
100x100tacos.fr

> *C'est au cours d'un dîner copieux que la spiritualité de l'homme se manifeste avec le plus d'évidence.*

Somerset Maugham
(1874-1965)

*L'ABUS D'ALCOOL EST DANGEREUX POUR LA SANTÉ.

> *La bonne cuisine est honnête, sincère et simple.*
>
> Elisabeth David (1913-1992)

La Langouste

DU PUR RAFFINEMENT

Nommé Maître Restaurateur, Alexandre Burdzenidze est fier du chemin parcouru, depuis l'ouverture, en 2016, de son établissement, idéalement situé à Nice. Son chef, Sébastien Lopez, maîtrise à la perfection ses mets à base de produits méditerranéens qui évoluent au gré des saisons. Dans l'assiette, le verre et le cadre : le raffinement est au rendez-vous. Soyez-le aussi !

Ouvert du lundi au samedi, midi et soir.

7, avenue Georges Clémenceau, 06000 NICE
Tél. : 04-93-88-79-23
Facebook et Instagram : @lalangoustenice.
lalangouste.fr

Halle'Ternativ

LE RESTAU BIO QUI VOUS VEUT DU BIEN !

Situé derrière l'ancienne gare du sud, à Nice, ce restaurant est réputé pour la qualité de ses produits et son concept durable. *« Tout est bio, frais et fait maison »*, explique Ema, la propriétaire. Halle'ternativ a d'ailleurs obtenu la certification très prestigieuse « Restauration 95% de produits bios ». Pas de plastique, les eaux douces et pétillantes sont filtrées depuis une fontaine. À table, de vraies serviettes. À emporter, des bocaux ou des boites biodégradables. Original !

Que du bon dans l'assiette

Ici, la carte est flexitarienne, repensée tous les 15 jours, au gré des saisons. Laissez-vous surprendre par le Chef avec le meilleur des produits du terroir. Son seul souci : *« voir repartir le client heureux »*. Petits et grands vont adorer avec une ambiance conviviale et chaleureuse.

3, allée Philippe Seguin, 06000 NICE
Tél. : 04-92-07-78-69
www.halle-ternativ.com

RESTAURATION AB AGRICULTURE BIOLOGIQUE 50% 75% 95%

© studio.crbn

OPIO 06650

HÔTEL

Château de la Bégude - 4 étoiles

Route de Roquefort-les-Pins - T. 04 93 12 37 00 - à partir de : 149€

Au cœur du village d'Opio, entre Cannes et Grasse, ce bel hôtel, membre de The Originals Collection, est avant tout le fief des amateurs de golf les plus exigeants, ravis de retrouver ce parcours de 18 trous, dessiné en 1966 par le maître de l'architecture anglaise Donald Harradine. Repensé par Cabell Robinson (collaborateur de sir Robert Trent Jones), il propose désormais de larges fairways et green défendus par de nombreux bunkers et pièces d'eau. L'occasion d'une promenade au cœur de ce parc unique de 220 ha, avant de rejoindre l'une des 43 chambres et suites aménagées dans une ancienne bastide du XVIIe siècle et sa bergerie. Une table savoureuse complète l'offre de ce refuge posé en pleine nature, plébiscité également pour son court de tennis et sa belle piscine.

ROQUEBRUNE CAP MARTIN 06190

HÔTEL

Monte-Carlo Beach - 5 étoiles

Avenue de la Princesse Grace - T. 04 93 28 66 66 - à partir de : 460€

Helmut Newton a immortalisé sa vigie et son bassin coiffé d'un plongeoir avec des clichés qui ont fait le tour du monde. Restauré par India Mahdavi, cet éden posé à fleur d'eau réunit 40 chambres ornées de mobilier canné et de fresques acidulées. Imaginées comme autant de promontoires sur la mer, elles bénéficient d'un parfait panorama sur le club nautique et la plage privée, avec ses cabanons, son ponton qui avance sur l'eau, et la baie de Monaco en toile de fond. On y fait son yoga le matin avant de filer au spa griffé de la très écolo marque américaine Tata Harper. Au déjeuner ou au dîner, on rejoint Elsa, le restaurant gastronomique emmené par Manon Fleury, qui affole désormais tous les gourmets.

Carte

Addition moyenne d'un prix à la carte englobant le prix d'une entrée + plat + dessert

Le Piccadilly

LA CUISINE DE NOS AÏEUX

C'est dans une bâtisse à l'esprit pub anglais qu'officie en famille Frédéric Viano. Avant lui ses parents et grands-parents tenaient déjà le restaurant depuis 1968. Au menu, les cannellonis de Grand-mère Flora, le gigot d'agneau flageolets et, en dessert, des tartes aux fruits ; tout est cuisiné à l'ancienne pour un bonheur gustatif assuré. Formule entrée plat dessert café et ¼ de vin* pour 23 €. Terrasse extérieure.

✉ 16, avenue François de Monléon,
06190 ROQUEBRUNE-CAP-MARTIN
Tél. : 04-93-35-87-16
Facebook : people/Le-Piccadilly

Les Pains de Roquefort

DES SPÉCIALITÉS À CHAQUE SAISON

Christian Blanchard aime innover, alors il crée des recettes tout au long de l'année. Des pains bio et à la farine de meule, des viennoiseries maison pur beurre comme le feuilleté lorrain à la crème de noisettes mirabelles et les gâteaux Signature en forme d'animaux, à partager. Pour déjeuner sur le pouce : des burgers maison froids, des focaccias… Du salé et du sucré pour tous les gourmets !

✉ Quartier du Plan, RD 2085,
06330 ROQUEFORT-LES-PINS
Tél. : 04-93-77-07-12
Facebook : zabaldanosylvain

L'Évasion

UN REPÈRE

Une journée idéale débute et se termine à l'Évasion, au bord de l'eau, à l'abri du tumulte des voitures. En terrasse comme en salle, on y déguste du matin au soir de belles gourmandises. Selon l'exigence d'Albert Scatena, 52 ans de restauration, tout est réalisé maison avec des produits frais de haute qualité, même les crêpes ou encore les frites. Vous serez émerveillés par le ceviche de daurade, les frites de patate douce, le magret de canard fumé sur place et œuf parfait, suivi de l'exceptionnel poulpe aux 3 étapes de cuisson ou du tartare de bœuf au couteau truffé, voire l'escalope milanaise. À propos d'Italie, l'Évasion propose aussi des pizzas réalisées par leur pizzaiolo. Les Paris-Brest ou autre Tropézienne du Chef pâtissier, la formule de midi et les gourmandises en continu sont créés avec la même excellence.

✉ CC Cap 3000, Avenue Eugène Donadei,
06700 SAINT-LAURENT-DU-VAR
Tél. : 04-92-27-06-50
evasioncap3000.com

*L'ABUS D'ALCOOL EST DANGEREUX POUR LA SANTÉ.

ROUBION 06420

Auberge Quintessence 14/20

Col de la Couillole - T. 04 93 02 02 60 - Menu(s) 67€

Perdus au cœur des montagnes de l'arrière-pays niçois, Pauline et Christophe Billau sont pleinement heureux. Heureux d'être chez eux, dans cette belle demeure de pierre et de bois construite dans les années 1960, au col de la Couillole. Là, nos lauréats de la Dotation Gault&Millau pour les Jeunes Talents tiennent l'une des rares tables à afficher au moins 2 toques à plus de 1500 m d'altitude. Dans un tel lieu, impossible d'imaginer se couper des producteurs locaux. Et ce n'est évidemment pas le souhait du chef qui d'ailleurs va lui-même faire son marché dans les alpages environnants, récoltant les fleurs et les herbes qu'il cuisinera ensuite. Aubergine de la ferme Lavancia confite, fricassée de morilles des pins, noisette du Piémont émulsion champignons des bois, truite des Clues du Cians marinée au genévrier, agrume du Domaine de Jasson coulis à l'oseille, compression de pomme bio de Serge Martin, crémeux citron-vanille, galette de sarrasin et sorbet pomme fermentée pour une belle séquence pleine de fraîcheur et de naturalité.

HÔTEL

Auberge Hôtel Quintessence - 3 étoiles

Col de la Couillole - T. 04 93 02 02 60 - à partir de : 136€

On vient ici pour la cuisine du (très) talentueux Christophe Billau. Une fois sur place, on se laisse séduire par le charme de cette demeure de pierre et de bois que Christophe et son épouse Pauline ont savamment restaurée, aménageant 7 chambres lumineuses et douillettes pour les hôtes de passage. À 1700 m d'altitude, l'endroit donne l'occasion de partir à l'aventure dans le somptueux parc du Mercantour et sa vallée des Merveilles, véritable paradis de nature préservée entre cascades, forêts de mélèze et refuge d'une faune sauvage des plus riches : bouquetin des Alpes ou aigle royal que l'on aperçoit, comme par miracle, au détour d'un sentier.

SAINT JEAN CAP FERRAT 06230

Le Cap - Grand-Hôtel du Cap-Ferrat 16,5/20

CHEF: YORIC TIÈCHE

71 boulevard du Général de Gaulle - T. 04 93 76 53 65 - Menu(s) 158-178€

Yoric Tièche possède tous les codes de la belle table de la Riviera, et son travail dans un site aussi prestigieux que le Grand Hôtel du Cap s'y accorde parfaitement. D'ailleurs, les clients sont ravis, la carte est à hauteur de leurs espérances et de leurs exigences de prestige, bien tournée par le chef sur des produits joliment mis en valeur : carabineros en crudo à l'huile de mandarine, pêches maturées au rinquinquin et basilic frais, rouget de Méditerranée lardé cuit à la broche girolles et pistes jus de poissons de roche, selle d'agneau parfumée à la marjolaine aubergine glacée et chèvre frais mentholée. Le chef pâtissier Florent Margaillan prend le relais avec son tiramisu glacé ou son citron meringué à la verveine dans une séquence absolument digne des lieux et pour moins de 200 €. Cave imposante, tournée vers les grandes étiquettes, service comme on l'attend, déférent et empressé.

HÔTEL

Grand-Hôtel du Cap-Ferrat - 5 étoiles

71 boulevard du Général de Gaulle - T. 04 93 76 50 50 - à partir de : 438€

Chambres plongeant sur la Méditerranée, piscine couleur turquoise et jardins luxuriants... Né il y a un peu plus d'un siècle, ce morceau d'éden, passé sous pavillon Four Seasons, a fait peau neuve en 2015 grâce au talent de Pierre-Yves Rochon, qui a donné un coup de neuf à ses 74 chambres et suites (ainsi qu'à la villa privée), les habillant de bois clairs, de literies 5 étoiles et de salles de bains de marbre, le tout coiffé de fresques de Jean Cocteau. Au rez-de-chaussée, un escalier de pierre naturelle conduit au spa et à sa déclinaison de soins du Dr Burgener. A deux pas, les 7 ha de restanques cachent une piscine couleur lagon et 2 restaurants, dont la table gastronomique du chef Yoric Tièche. Sans oublier le Club Dauphin que l'on rejoint par un funiculaire de verre ; un paradis fait pour le farniente et la contemplation avec ses transats bien alignés, un bar délicieux et les vagues qui viennent lécher le sable...

Hôtel Royal-Riviera - 5 étoiles

3 avenue Jean Monnet - T. 04 93 76 31 00 - à partir de : 258€

Posé sur la presqu'île la plus chic de France, le Royal Riviera reste sans doute le plus beau témoignage de cette génération d'hôtels nés au début du siècle dernier. Bâti en 1904, il rencontre d'emblée le succès avec sa somptueuse silhouette immaculée posée face aux eaux violettes de la Méditerranée, le tout à proximité des mythiques villas Kérylos et Ephrussi de Rothschild. Assoupi durant plusieurs décennies, l'hôtel a heureusement repris vie en entrant dans le giron du groupe Leading Hotels of the World. Réparties entre le bâtiment historique et l'Orangerie, les 94 chambres et suites déclinent un confort 5 étoiles, dans un style Art déco ou suivant la palette plus colorée des années 1950. Toutes ou presque offrent un privilège rare, la vue sur les jardins luxuriants qui dégringolent jusqu'à la Méditerranée. Le lieu abrite un centre de bien-être avec sauna et hammam, 2 remarquables restaurants (la Table du Royal et le Jasmin Grill & Lounge), mais le vrai luxe réside dans la petite plage de sable, ses eaux scintillantes et le ballet des petits bateaux de pêche. Loin des fracas du monde...

SAINT PAUL DE VENCE 06570

La Table de Pierre 14/20

2320 route des Serres - T. 04 93 59 00 10 - Carte 20 € - Menu(s) 85 €

Emmanuel Lehrer et son second Maxime Leconte (ex-Royal Riviera) forment un duo solide dans ce luxueux Relais & Châteaux, qui a récemment fait peau neuve. La carte de saison élaborée par les deux chefs évolue au gré des produits de la région, utilisant à bon escient le jardin potager. Les trois menus, proposés en trois, quatre ou six étapes, sont convaincants. La brousse de chèvre en raviole de granny smith, le ceviche de la pêche du jour, la langoustine mousse de riz et poupeton de fleurs de courgette, l'agneau et ses panisses maison, le filet de bœuf aux carottes et miso en sont quelques exemples. Les desserts réalisés par le chef pâtissier Dorian Lutzelschwab (ex-Ducasse) prolongent naturellement cette cuisine d'auteur, avec la framboise et son consommé de cardamome, le chocolat noir de Grasse travaillé comme une truffe et son espuma de fève de cacao, ou le soufflé au citron. La carte des vins est belle avec quelques flacons rares.

Le Saint-Paul 13,5/20

86 rue Grande - T. 04 93 32 65 25 - Menu(s) 45-115 €

À l'abri des vieilles pierres du pittoresque village, ce Relais & Châteaux de longue réputation nous plonge dans une atmosphère de luxe et de calme. La cuisine limpide de la cheffe Gabriela Stockler est directement servie sur les remparts abrités de parasols rouges. D'origine madrilène et ayant fait ses classes chez Blumenthal, Gordon Ramsay ou Alain Llorca, Gabriela réinterprète le terroir avec imagination et caractère : le gaspacho d'amande avec sa salade de cerises, la salade de crabe aux herbes folles, les fleurs de courgette farcies aux courgettes violon et basilic font de beaux préludes. On peut hésiter entre le magret de canard du Sud-Ouest au sautoir avec ses fruits rôtis et sa purée, le poulpe rôti et sa vinaigrette de tahini et l'épaule d'agneau braisé au miel et aux endives au ras el-hanout, sans se priver de la tarte au citron de Menton, du royal de chocolat et son biscuit aux amandes ou du simple carpaccio d'ananas à la vanille. La carte des vins est modeste mais suffisante.

Carte

Addition moyenne d'un prix à la carte englobant le prix d'une entrée + plat + dessert

HÔTEL

Le Domaine du Mas de Pierre - 5 étoiles

2320 route des Serres - T. 04 93 59 00 10 - à partir de : 197€

À proximité du mythique village de Saint-Paul-de-Vence, ce luxueux resort s'étend sur 8 ha de luxuriants jardins d'où émergent 9 somptueuses bastides de pierre. Elles abritent en tout 76 chambres et suites, décorées dans un style provençal contemporain avec de grandes ouvertures sur les collines alentours. Le restaurant gastronomique La Table de Pierre et le bistrot Lis Orto du chef Emmanuel Lehrer invitent les hôtes à goûter une remarquable cuisine provençale revisitée, le tout dans une atmosphère chaleureuse et décontractée. Ce membre Relais & Châteaux représente une halte idéale pour un séjour en famille avec son spa de 2000 m^2, sa piscine lagon avec son fond de sable, et les multiples activités proposées : yoga, Pilates et tennis.

LES PRODUITS AOC ET AOP DE LA RÉGION PROVENCE-ALPES-CÔTE D'AZUR

Figue de Solliès, brousse du Rove, fromage de Banon, huile d'olive d'Aix-en-Provence, huile d'olive de Haute-Provence, huile d'olive de Provence, huile d'olive de la vallée des Baux-de-Provence, huile d'olive de Nice, muscat du Ventoux, olive de Nice, olives cassées de la vallée des Baux-de-Provence, olives noires de la vallée des Baux-de Provence, pâte d'olive de Nice, picodon, taureau de Camargue, truffe noire du Tricastin...

La Fontaine

UN SUPPLÉMENT D'ÂME

Ce restaurant au cadre intimiste propose une belle cuisine niçoise rehaussée avec modernité de saveurs marquées et d'une bonne dose de passion. Si le Chef Jérôme Garello a passé de nombreuses années dans de prestigieux restaurants cet enfant du pays a créé un restaurant à son image où la gastronomie est abordable, généreuse et conviviale.
Maître Restaurateur, il réalise tout maison y compris les pains, les pâtes fraîches, les sorbets... avec des produits bruts 100% locaux. Ainsi, les provençaux de souche retrouvent dans la daube niçoise et les petits farcis – réinterprétés selon les saisons – tous les goûts de leur enfance. Pâtissier de formation, Jérôme crée des desserts qui jonglent avec des associations fruits et légumes renversantes et délicieuses.
Le + : Jolie terrasse

10, montée de la Castre,
06570 SAINT-PAUL-DE-VENCE
Tél. : 06-26-20-23-24
Facebook : @HostellerieLaFontaine
www.restaurant-la-fontaine-saint-paul-de-vence.fr

> *Ce qu'on mange avec goût se digère aisément.*
>
> Georges Courteline (1858-1929)

Le Lilly's

AUTHENTICITÉ ET CONVIVIALITÉ

Thierry et Aurélie Tibert vous accueillent « comme à la maison », dans ce bar-restaurant et sa vue époustouflante sur les montagnes alentours. Vous apprécierez les bons petits plats, burgers et pizzas du chef, Patrice Roméo, élaborés à partir de produis frais et locaux. Ne manquez pas non plus les soirées musicales en extérieur. *Ouvert lundi, mardi, jeudi et dimanche de 9h à 18h ; vendredi et samedi, de 9h à 23h. L'été : tous les jours, sauf le mercredi, de 9h à 22h30.*

2, place de l'Église, 06500 SAINTE-AGNÈS
Tél. : 04-93-57-38-38

THÉOULE SUR MER 06590

HÔTEL

Tiara Miramar Beach Hôtel & Spa - 5 étoiles

47 avenue de Miramar - T. 04 93 75 05 05 - à partir de : 280€

Également sorti de terre durant les belles années Art déco, ce palace a conservé intacte sa superbe façade gris-rose qui en fait sa signature. Posé face à la mer et à l'abri de la foule, il abrite désormais 60 chambres et suites qui mêlent esprit contemporain et accents orientalistes (ors, moucharabiehs et mobilier sculpté), sans compter une villa de 170 m^2, cachée entre les pins et les bougainvilliers. Principal atout de l'hôtel, toutes les chambres ou presque ouvrent sur la Méditerranée, dévoilant un paysage de rêve avec les roches rouges de l'Esterel qui plongent dans les eaux violettes. L'établissement compte également 2 restaurants emmenés par Alain Montigny, l'Or Bleu et le Moya, à fleur d'eau, ainsi qu'un spa, qui propose une palette de soins Sothys et Fillmed venus du monde entier, sans compter d'exceptionnels massages ayurvédiques. Dernières pépites, une magnifique piscine à débordement et un immense ponton avec des transats pour une pause avant un plongeon dans la Grande Bleue.

TOURRETTES SUR LOUP 06140

Le Sansot 13/20

700 route de Grasse - T. 04 93 59 03 94 - Carte 13€ - Menu(s) 20-25€

L'ancien chef de la Litote, Stéphane Furlan, a trouvé ici chaussure à son pied, dans cette jolie maison de village, au style sobre et régional, avec une longue terrasse en avant pour profiter du soleil méridional. Le chef poursuit sur sa lancée, transforme l'essai en faisant ce qu'il sait faire de mieux, à savoir transformer des basiques en plats de pro, autant par l'usage personnel et étudié du produit simple que par des associations d'équilibre, entre simplicité de façade et complexité de fond. Autant sur la technique que sur le dressage, il confirme une très belle compréhension du produit, et une offre franchement imbattable sur le segment (35 €). Parmi les propositions, qui changent chaque semaine, on pourra citer la galette d'aubergine et ballottine de lapin à la moutarde ancienne et foie gras, le filet de loup de Méditerranée sur peau, sauce homardine et céréales aux légumes du moment, la joue de bœuf Black Angus braisée au vin rouge et miel du Tanneron, pommes miettes à l'huile d'olive et cébette, et le très beau clafoutis aux prunes.

CONFISEUR

Confiseries Florian

Le Pont du Loup - T. 04 93 59 32 91

Depuis plus d'un demi-siècle, la confiserie Florian transforme les fleurs et les agrumes de son beau pays en délicieux bonbons sucrés. Les bonbecs se déclinent à la rose, au jasmin ou encore à la violette. Sortent aussi de l'usine fruits confits, confitures et autres chocolats. Les gourmands curieux pourront visiter la fabrique, fière de son savoir-faire.

LES 10 COMMANDEMENTS DE GAULT&MILLAU

1
« Tu ne cuiras pas trop. »

2
« Tu utiliseras des produits frais et de qualité. »

3
« Tu allégeras ta carte. »

4
« Tu ne seras pas systématiquement moderniste. »

5
« Tu rechercheras cependant ce que t'apportent les nouvelles techniques. »

6
« Tu éviteras marinades, faisandages, fermentations, etc. »

7
« Tu élimineras les sauces riches. »

8
« Tu n'ignoreras pas la diététique. »

9
« Tu ne truqueras pas tes présentations. »

10
« Tu seras inventif. »

Les Gourmandises de Tourrettes

SPÉCIALITÉS RÉGIONALES

C'est parce que la région regorge de pépites culinaires que Romane et Alexandre Découture proposent des cakes et des brioches feuilletées à la violette, des pans bagnats, des pissaladières, des tartes aux blettes salées ou sucrées et des fougassettes à la fleur d'oranger. Des mets qui embaument les délicieux parfums du sud de la France. Depuis près de trente ans, Alexandre mise sur l'excellence des produits qu'il fabrique grâce à de jolies matières premières minutieusement sélectionnées pour leur qualité. Une farine label rouge CRC (culture raisonnée contrôlée) est utilisée pour élaborer une baguette Tradition et des pains spéciaux aux fruits ou aux graines, des pains bio et des pâtisseries. Ici, c'est du fait maison. Un espace dégustation est dédié à la clientèle pour savourer un succulent café ou pour déjeuner : large choix de snacking.

13, place de la Libération,
06140 TOURRETTES-SUR-LOUP
Tél. : 04-93-59-30-10
Facebook : Les-Gourmandises-de-Tourrettes
Instagram : LesGourmandisesdeTourrettes

Maison Dolciami

BOUCHERIE-CHARCUTERIE ARTISANALE

En reprenant la boucherie de ses parents, Luc Dolciami a diversifié les propositions, veillant à satisfaire ses clients au quotidien par la qualité de ses produits. Compagnon du Goût depuis 2020, Luc Dolciami s'engage à *« sélectionner le meilleur du terroir, défendre le savoir-faire artisanal et accompagner le client pour partager des moments de convivialité... »* Sa boucherie - charcuterie, propose des rayons rôtisserie, traiteur, fromagerie, épicerie fine, vins fins, Génépi*. Recettes personnelles, plats maison, classiques de la charcuterie française et italienne et fromages de la région ravissent ses clients. Selon les saisons, il réalise brochettes, saucisses, pérugines, pâtés, terrines, caillettes, lasagne, moussaka, tartiflette, farcis niçois, gratins, tourtes, pizza, pissaladières maison...

8, avenue de Valberg, 06470 VALBERG
Tél. : 04-93-02-61-04
Facebook : Boucherie-dolciami
Instagram : maison_dolciami

*L'ABUS D'ALCOOL EST DANGEREUX POUR LA SANTÉ.

VALBONNE 06560

Loulou Bleu 13/20

6 boulevard Carnot - T. 04 93 12 23 73 - Menu(s) 45-54€

Dans l'arrière-pays cannois, l'ancien propriétaire de la Bastide Odéon, Gilles Ajuelos, revient sur ses terres, là où il a appris la cuisine avec Jacques Maximin, pour faire vivre une belle cuisine du Sud, issue des producteurs locaux. Le dîner sous les platanes en vaut la chandelle, pour le dos de merlu à la plancha, jus de persil aux palourdes et citronnelle, courgettes jaunes, la volaille rôtie, houmous, vierge aux olives et yaourt acidulé, les nectarines infusées à la menthe.

Restaurant De Sa Vie 13/20

1360 route d'Antibes - T. 04 93 12 29 68 - Carte 17€ - Menu(s) 55€

Maison réputée installée depuis dix-huit ans, la table de Daniel Desavie, avec son coin bistrot et son espace gastronomique, est un rendez-vous local incontournable, pour la jolie décoration provençale au ton sable et les assiettes du Sud et françaises, qui font la démonstration d'une belle technique. À la carte, marbré de foie gras de canard aux figues, risotto arborio à la truffe, dos de cabillaud braisé et légumes de saison, magret de canard aux girolles...

CHOCOLATIER

Christian Camprini

11 rue de la République - T. 04 93 75 03 61

Installé depuis plusieurs années dans l'arrière-pays niçois, ce Meilleur ouvrier de France fournit les plus belles tables de la Côte d'Azur, mais vend également au public des chocolats aux fabuleuses textures, comme ses pralinés à la cannelle, aux noisettes et fleur de sel ou aux amandes et moka.

FROMAGER

365 Fromages

22 rue Eugène Giraud - T. 04 93 75 36 96

Situé à côté de la place des Arcades, cette crèmerie-fromagerie, comme son nom l'indique, ne manque pas de références. Privilégiant les traditions, Éric Gayraud fait la promotion des grands classiques, choisis avec minutie et passion. On pourra ici les retrouver à la coupe ou sous la forme de plateaux pour les plus grandes occasions.

VALDEBLORE 06420

MAISON D'HÔTES

Auberge de la Roche

La Roche - T. 04 93 05 19 07 - à partir de : 330€

Niché dans le petit village de Valdeblore, au cœur du parc du Mercantour, cette bâtisse de pierre a repris vie grâce au trio Mickaëlle Chabat, Louis-Philippe Riel (ancien chef du 6 Paul Bert, à Paris) et Alexis Bijaoui (Barber, à New York). L'endroit s'articule désormais autour d'une grande salle à manger réchauffée d'une immense cheminée en pierre de taille où l'on déguste une cuisine 100% locale qui change au fil des saisons, largement pensée autour des produits du potager en permaculture. Les 2 chambres et 3 suites invitent à prolonger cette halte délicieuse, meublées de belles pièces chinées (chaise Thonet...) et prolongées de superbes terrasses qui surplombent la vallée. Un lieu rustique chic qui réinvente avec esprit le charme des maisons d'hôtes.

VALLAURIS 06220

BOULANGER

Boulangerie Ornetti

1727 chemin de Saint-Bernard - T. 04 93 33 16 43

La nouvelle génération de la famille Ornetti a su faire évoluer la maison sans perdre le meilleur de la tradition et continue à servir des pains de grande qualité et de délicieuses pâtisseries. Les spécialités classiques sont parfaitement exécutées, et les créations du chef ne cessent de surprendre une clientèle habituée à des réalisations de haute volée. Tropézienne, feuille d'automne, entremets mandarine et quatre épices, millefeuille, tartes aux fruits...

Menu(s)

Fourchette de prix mentionnant le menu le moins cher et le menu le plus cher proposant à la fois entrée, plat et dessert sans les boissons, qui n'exclut pas les prix intermédiaires

Art 8

CRÉATIVITÉ ET GOURMANDISE

Ce restaurant propose une carte éphémère qui suit les saisons et l'inspiration de la Cheffe, Manon Pertuisot. Outre le plat Signature – la côte de bœuf, maturée dans leur cave, grillée à la plancha et accompagnée de frites maison cuites à la graisse de bœuf – elle concocte des suggestions créatives comme les ris de veau aux langoustines. Élégants desserts et vins* de domaines locaux.

Port Camille Rayon,
06220 VALLAURIS-GOLFE JUAN
Tél. : 09-83-74-23-59
www.art-8-restaurant-vallauris.com

Le Bon Accueil

LES GOÛTS VRAIS !

Ce restaurant est dédié à la convivialité autour de plats réalisés maison, à partir de produits frais, en majorité bio. Selon les saisons, on se régale par exemple avec le velouté de butternut ou le tartare de thon, suivi d'une entrecôte béarnaise puis d'un tiramisù. On aime les soirées à thèmes : Paëlla pour fêter l'Espagne, Chili con carne pour célébrer le Mexique... ou Karaoké.

2, avenue de la Liberté,
06270 VILLENEUVE-LOUBET
Tél. : 04-93-20-87-19
Facebook : @lebonaccueil06270

« Le vin stimule l'appétit et donne du goût à la nourriture. Il favorise les discussions, l'euphorie et peut transformer un simple repas en événement mémorable. »

Derek Cooper (1925-2014)

*L'ABUS D'ALCOOL EST DANGEREUX POUR LA SANTÉ.

VENCE 06140

La Vague de Saint Paul

13,5/20

Chemin des Salettes - T. 04 92 11 20 00 - Carte 84 € - Menu(s) 35-150 €

Sur les collines de Saint-Paul-de-Vence, à quelques minutes de la fondation Maeght, le Jardin de la Vague est une table de charme à laquelle le chef Akhara Chay apporte savoir-faire et finesse, mixant les cultures en utilisant au mieux les produits locaux. La gamme des formules est bien étagée, le menu déjeuner à 35 € constituant, dans le cadre du luxueux hôtel La Vague de Saint-Paul, une petite aubaine. De la mise en bouche, un ravioli frit aux crevettes et avocat sur un lit de sauce aigre-douce, en passant par un ceviche de sériole à l'algue wakamé et un tentacule de poulpe sur un risotto de pâte à l'encre de seiche, et jusqu'au brownie au chocolat et noix de pécan, croustillant de praliné, amandes, crème anglaise à la vanille du chef pâtissier Frédéric Benvenuti, il n'y a guère à se plaindre. Cave relativement modeste et classique, bon service.

L'Ambroisie

12,5/20

37 avenue Alphonse Toreille - T. 04 93 58 78 58 - Menu(s) 35-68 €

On aime l'ambiance chic et bourgeoise de cette ancienne chapelle du XVIIe siècle donnant sur le baou vençois. Bruno Seillery assure comme un métronome une cuisine classique aux cuissons justes, empruntant parfois des saveurs asiatiques pour marquer la différence. Un premier menu découverte à 39 € montre le savoir-faire : tartare de daurade royale à la thaïe, souris d'agneau confite au miel, écrasée de butternut, crème brûlée catalane, sorbet mandarine. Carte aux belles envolées, bonne proposition de vins au verre extraits d'une cave bien équilibrée. Charmant accueil d'Alla, l'épouse du chef.

HÔTEL

Château Saint-Martin & Spa - 5 étoiles

2490 avenue des Templiers - T. 04 93 58 02 02 - à partir de : 468 €

Exposés dans le lobby, les clichés du photographe américain Slim Aarons pris dans les années 1980 montrent que ce lieu de rêve n'a pas changé depuis quatre décennies. Accroché au flanc de la colline de Vence, il dévoile un paysage époustouflant, embrassant tout le littoral depuis Saint-Tropez jusqu'à Menton avec, en contrebas, le village de Saint-Paul-de-Vence. Bâti sur les fondations d'une ancienne commanderie templière du XIIe siècle, l'édifice a conservé sa chapelle, mais revendique également son esprit contemporain avec 40 chambres et suites et 6 villas privées qui rivalisent de charme et de raffinement (tissus Pierre Frey ou Canova...). Le restaurant gastronomique Le Saint-Martin, où officie Jean-Luc Lefrançois, se prolonge par l'œnothèque, délicieux salon où l'on déguste de précieux flacons millésimés. Et pour des plaisirs plus nature et sportifs, rendez-vous au bord de la piscine, sur les courts de tennis, avant une pause bien-être au spa griffé La Prairie, tout entier dédié à la renaissance du corps et de l'esprit...

PÂTISSIER

Pâtisserie Marianne

6 avenue Henri Isnard - T. 04 93 58 06 09
Alexis Peiro, pâtissier-chocolatier réputé à juste titre, notamment auprès des locaux qui viennent fidèlement chercher leur gâteau du dimanche. Des classiques, comme la Tatin ou le fondant ou, plus imaginatifs, tel le Moorea. Plus toute une gamme de confiserie et chocolats de qualité, et la viennoiserie maison.

VILLEFRANCHE SUR MER 06230

CAVISTE

La Grande Cave

4 rue de l'Eglise - T. 04 93 88 50 26
On est loin de la parité, mais le domaine du vin se féminise lentement... mais sûrement. Mentionner une initiative tend du devoir de l'enquêteur. Cette maison ne manque pas de charme avec la présence de Leslie Genies. Achat et dégustation sur place pour découvrir le vignoble du jour et ses couleurs «blanc, rouge, rosé», nouveau drapeau du citoyen œnologue.

VILLENEUVE LOUBET 06270

La Flibuste Martins

14/20

Chemin de la Batterie - T. 04 93 20 59 02 - Menu(s) 44-145 €
La Riviera a bien des atouts culinaires et cette Flibuste cachée dans la cité d'Escoffier pour les résidents de Marina Baie des Anges en est une preuve gourmande. Eugénie Béziat s'affirme, compose des menus surprise pleins de distinction, de finesse et de variété, rendant un hommage appuyé aux producteurs locaux. On frôle les 3 toques avec l'huître de la famille Giol, simplement snackée avec sa gelée de brède mafane (le fameux et puissant cresson du Para), ou le veau de la maison Maillard, au céleri sous la braise, mélilot et tonka. Une belle créativité et de jolis desserts du chef pâtissier Pascal Picasse, qui sait aussi innover avec sa mozza au coulis de cerise, amande fraîche émulsion de fenouil sauvage. Cave variée avec une bonne représentation régionale, tarifs azuréens, donc redoutables. Un point de plus cette année. Fin 2021, Eugénie Béziat a annoncé son départ pour le Ritz et son remplacement par Xavier Burelle, un habitué des belles tables de la région (La Fenière, le Mas Candille, le Mas des Herbes Blanches, le Negresco...)

13

BOUCHES-DU-RHÔNE

AIX EN PROVENCE 13100

Château de la Gaude 16/20

CHEF: MATTHIEU DUPUIS-BAUMAL

3959 route des Pinchinats - T. 04 84 93 09 30 - Menu(s) 97-185€ Ⓟ

Tout est contraste dans ce cocon bourgeois. De la terrasse de cet ancien atelier de peignage du Moyen Âge qui domine un jardin à la française jusqu'à l'arrière, avec les sculptures contemporaines monumentales de Philippe Pasqua. Même contraste quand paraît la cuisine jubilatoire de Matthieu Dupuis-Baumal. Le choc est détonnant. Jeu de légumes et de textures, terre de lentilles, herbes du jardin et légumes acidulés ; un tataki de thon cuit minute à la perfection, petit rouleau de chou pak choï farci yuzu poires, sauce japonaise agrume et piment et un aïoli d'ail noir tout en douceur. Son pigeon voyageur nous transporte en Asie. On le trouve en trois services, le cou travaillé comme un teriyaki, la poitrine gratinée au satay cacahuète et gingembre, jus corsé de cuisson et sauce mole mexicaine au cacao, tranches de mangue confite grillée, oignon brûlé et, sur un minigril, des brochettes d'abats qui rappellent la street food de Bangkok. Irréprochable. La cheffe pâtissière, Maëlle Bruguera, clôt le repas avec une mousse au chocolat légère qui fond en bouche, crumble cacao, et rafraîchissante glace au safran.

Château de la Pioline - Restaurant Pierre Reboul 16/20

CHEF: PIERRE REBOUL

260 rue Guillaume du Vair - T. 04 42 52 27 27 - Menu(s) 55-145€ Ⓟ

Le lieu est magnifique et jamais nous n'avons ressenti une telle plénitude dans la cuisine de Pierre Reboul : une audace et une imagination que nous avons constatées et encouragées chez ce chef déjà multirécompensé par le guide et lors des Gault&Millau Tours. Mais depuis qu'il a pris ses quartiers hors du centre, dans ce Château de la Pioline où il est vraiment comme chez lui, le sentiment des convives est celui de vivre un moment de grâce dans une auberge du bonheur. Les menus sont à l'aveugle, laissant le libre-arbitre au créateur et donc les plats changent d'une saison à l'autre, d'un arrivage à l'autre. Mais il y a toujours cette recherche du goût vrai dans des expériences variées, avec cette patte malicieuse qui donne de la fantaisie aux créations, dans le flamby de foie gras au caramel comme dans sa lecture de la bouillabaisse ou l'adaptation de la volaille de Bresse. Une belle table, un beau service, un sommelier à l'écoute qui virevolte avec les accords. Une petite marche de plus sur l'escalier aixois.

Mickaël Féval 14/20

11 petite rue Saint-Jean - T. 04 42 93 29 60 - Menu(s) 55-94€

Dans le bel intérieur contemporain au charme de l'ancien, Mickaël Féval fait valoir son expérience, autant des produits de la mer que de sa région d'adoption. Chaque assiette montre l'aisance technique comme le bon goût et le parti pris de ne pas abuser des produits de prestige bien louable. Dans la belle formule en quatre services pour 79 €, il raconte son parcours, ses choix, ses préférences : le tartare d'espadon eau de tomate grenade et huile d'herbes, le maquereau à la flamme concombre en texture et citron noir, le veau en deux cuissons et aubergines... Un moment un peu hors du temps, un service discret et précis, une conclusion de saison avec la fraise et la rhubarbe. Cave bien construite pour répondre à toutes les demandes.

Le Saint-Estève

14/20

2250 route Cézanne D17 - T. 04 42 27 10 14 - Menu(s) 125-165 €

Une villa chic dans un cadre naturel splendide sur la route de la Sainte-Victoire. L'esprit lodge de luxe à la provençale prévaut dans l'atmosphère, mais aussi en cuisine, où les ingrédients de prestige sont réunis. Le chef Julien Le Goff, qui a pris la suite de Mathias Dandine, s'attache à une carte chic Riviera qui fait le bonheur des visiteur : langoustines au caviar fleur de courgette farcie, homard bleu rôti carotte glacée aux agrumes polenta safranée, ris de veau à la provençale crémeux de stracciatella aux pignons de pin jus marjolaine. Desserts bien composés, beau menu «Signature» à 185 €.

Côté Cour

13,5/20

19 cours Mirabeau - T. 04 42 93 12 51 - Carte 70 € - Menu(s) 30-59 €

Ronan Kernen a le goût juste et le savoir-faire pour tisser sa toile aixoise de la meilleure manière. Son fief, ici, en plein dans l'animation, sa Petite Ferme pas loin, et un troisième établissement bientôt sur le Forum des Cardeurs, le jeune chef avance, toujours dans le bon sens. Un joli décor à l'écart de la foule et une carte toujours alléchante où chaque assiette tient la promesse du goût et de la gourmandise : foie gras poêlé et fraises crumble fraise-hibiscus meringue à la vanille, rouget et fleur de courgette au tourteau harissa tomate et poivron rouge, filet de veau et raviole aux girolles mousseline de carottes au thé chinois fumé petits pois jus de veau. Bons desserts de saison (pavlova fruits rouges, abricot amande), formules menu carte bien adaptées, cave intéressante.

Les Caves Henri IV by Le Formal

13/20

32 rue Espariat - T. 04 42 27 08 31 - Menu(s) 50 €

Une table sûre et traditionnelle dans la bouillante et commerçante rue Espariat. Jean-Luc Le Formal y maintient le flambeau d'une restauration de qualité dans l'atmosphère bourgeoise de cette salle à l'étage, douce et confortable, au service calme et onctueux. Des conseils de pairing sont proposés pour chaque plat, la technique est bien là pour ces 2 toques sûres : tataki de thon maracuja à la bergamote légumes croquants, compressé de foie gras aiguillette de canard fumé jus de cerise et sarriette, turbot en fish and chips sauce tartare et yuzu... Le point fort concerne les viandes, avec le meilleur Rossini de la ville, technique parfaite sur une viande de haute qualité. Bonne forêt-noire en dessert, cave classique très bien fournie avec une large sélection régionale.

Molène

13/20

31 rue Manuel - T. 04 42 39 81 88 - Carte 45 € - Menu(s) 33-49 €

Il faut le dénicher, ce restaurant marin au nom d'île bretonne, au large de la vieille ville, dans le calme d'un quartier authentique et ancien. Mickaël Féval, pour son annexe, privilégie l'esprit bistrot tout en gardant une grande exigence sur le produit comme sur la manière : tartare de maigre petits pois boulghour rhubarbe, daurade royale fenouil braisé huile de curry de Madras crumble romarin, pêche pochée ganache chocolat blanc pour un agréable moment. Tarifs assez soutenus mais logiques, sans chichis et avec un bon service, cave classique avec des valeurs sûres, y compris sur la région (Barbanau, Crémade...).

Sauvage

13/20

24 rue Aumône-Vieille - T. 04 42 91 37 56 - Menu(s) 39 €

Dans la devanture aux couleurs de cargo rouillé, on lit la sauvagerie, le brut, le sans concession. On a raison. Loïc Petri a les bonnes idées, le savoir-faire, sa maison proche de la place des Tanneurs est joliment arrangée, on s'y sent bien, à l'aise, au bon endroit, avec un service proche et prévenant. Et la séquence à 59 € autour de «l'iode, le végétal et l'animal» confirme, jouant sur les textures, le grillé, le moelleux, la fermentation : huître grillée sur fenouil concombre et gingembre torréfié, lieu jaune pomme de terre eau de mer seiche, cerises fermentées et pimentées, homard et foie gras abricot au sel betterave et «lait» de hareng émulsionné, pigeonneau citron caponata anchois de Collioure... La deuxième toque dès cette année pour notre découverte «109» de l'an passé, d'autant que les desserts ont la même qualité et que la cave s'étoffe.

Les Vieilles Canailles

13/20

7 rue Isolette - T. 04 42 91 41 75 - Menu(s) 19-23 €

C'est un peu le bistrot idéal. La banane et la pêche, cela définit bien la maison de Pierre Hochart, qui a décidé de vouer son savoir-faire à la convivialité avant tout, accompagné pour l'animation par son complice Fred, aussi dingue de vins que ce cuisinier de talent. Cela se manifeste dans un cadre de boîte à chaussures chaleureux comme un volcan et prolongé d'une petite terrasse sur rue, à deux pas de la Rotonde, où l'on mange à table ou sur les tonneaux. Parce qu'ici, on ne grignote pas, on mange, on mâche, on déguste, on bâfre même parfois. Du fait maison tendre et savoureux, du saisonnier ou du plat de toujours, arrangé avec cœur et passion. Nous y avons dévoré cette année un carpaccio de pied de cochon aussi moelleux que croquant, un suprême de volaille du Gers avec ses légumes de printemps au parfum d'estragon, et une pavlova fraise basilic subtilement punchée d'harissa. Pour une addition à 38 €, du pur bonheur, qui donne envie d'explorer la cave, pleine de trouvailles, et conseillée avec justesse et éloquence par les deux complices.

Vintrépide 13/20

48 rue du Puits Neuf - T. 04 28 31 16 41 - Menu(s) 29 €

Beaucoup plus qu'un bar à vin, cette table viticole est l'une des belles pioches gourmandes de la ville, grâce à une ardoise de saison toujours habilement traitée et renouvelée. Une cuisine simple et fraîche qui met en avant le produit, foie gras poêlé et artichaut, maquereau et tomate, agneau et girolles, veau et panisses... Desserts du moment à 10 € (chocolat noisette, vacherin fraise...) et sélection très sûre dans les verres.

Il était une fois... 12,5/20

4 rue Lieutaud - T. 04 42 58 78 56 - Carte 47 € - Menu(s) 20-49 €

En confiant son restaurant du vieux quartier aixois à un jeune couple motivé, pour écrire un nouveau conte Il était une fois à Sisteron, Joan Sampietro a fait coup double : une belle ouverture en Haute-Provence, et un souffle nouveau dans la capitale historique avec Bastien et Clara. Car le jeune chef a la bonne main et l'inspiration voulue. Son maquereau à la flamme citron vert et sésame noir est tout en délicatesse, et la volaille en panure au curry avec une purée de pois chiche est bien gourmande, tandis que Clara rayonne en salle, naturelle et précise dans ce cadre moderne réaménagé. Les 2 toques ne sont déjà pas loin, en donnant notamment un peu plus de variété aux desserts et en personnalisant davantage la cave, qui fait cependant de bons choix.

Licandro Le Bistro 12,5/20

18 rue de la Couronne - T. 06 27 20 03 99 - Carte 12 € - Menu(s) 22-37 €

Chic table provençale rue de la Couronne, à trois minutes de la Rotonde, sous une allure de bistrot secret et dans un joli décor. La cuisine à base traditionnelle montre une belle personnalité par sa finition et ses idées du moment : crème brûlée aux escargots gratinée au parmesan chorizo et beurre persillé, pissaladière aux sardines marinées, caille farcie au foie gras et morilles, bœuf Wellington et même, pour les connaisseurs, le délicieux et rare koulibiac de saumon. L'exécution est sans reproche, jusqu'à la brioche en cocotte caramel beurre salé, et le menu à 34 € est une bonne option.

Le Riad 12,5/20

21 rue Lieutaud - T. 04 42 26 15 79 - Carte 36 € - Menu(s) 16-35 €

Une de nos adresses fétiches qui n'a pas varié depuis des lustres, par la qualité de cette cuisine marocaine traditionnelle, par celle de l'accueil, d'une gentillesse pro toujours aussi fidèle, et par le charme de cette maison nichée dans la vieille ville avec son charmant patio intérieur. Toujours en confiance sur les briouates, la pastilla de pigeon, le tajine de poulet aux amandes et fruits secs, le très bon couscous méchoui. Pour changer, et sur commande, le couscous poisson est aussi recommandable. Seule la cave mériterait d'évoluer un peu pour changer du Boulaouane et du Guerrouane.

HÔTEL

Boutique Hôtel Cézanne - 5 étoiles

40 avenue Victor Hugo - T. 04 42 91 11 11 - à partir de : 110€

À proximité du cours Mirabeau, ce boutique-hôtel revendique à juste titre l'esprit d'une vraie maison de famille... Salon douillet en guise de lobby, 55 chambres et suites au luxe feutré avec portes anciennes, tissus en matières naturelles (lin, toile de jute, jonc au sol), papiers peints végétaux griffés PaperMint, et une cour intérieure ombragée où l'on profite des délicieuses pâtisseries maison à l'heure du petit déjeuner. Ici, pas de restaurant, mais des plats en bocaux signés de chefs étoilés, des tartes salées et des soupes toutes fraîches, servis sur la terrasse ou en room-service, l'attention portée aux hôtes se révélant aussi chaleureuse qu'efficace. Une halte simple et raffinée, idéale pour partir à la découverte de la ville de Cézanne.

Domaine Gaogaïa - 5 étoiles

1075 chemin du Mont Robert - T. 04 42 24 48 50 - à partir de : 106€

En provençal, gaogaia signifie se reposer, se prélasser... À 10 minutes seulement du centre d'Aix-en-Provence, cette bastide XVIIIe est à la hauteur de cette belle promesse. Propriété de la famille Roy (père et fils) depuis 2020, elle a retrouvé tous ses charmes grâce au talent de l'architecte marseillaise Delphine Sauvaget, qui a habillé les 18 chambres de belles tentures et de meubles aux lignes claires. Toutes ouvrent sur le parc ombragé de grands pins qui accueille une belle piscine avec parasols et transats, idéal pour le farniente. Le restaurant Gaodina, emmené par Yannis Lisseri (l'ancien chef du Peron, à Marseille), propose une cuisine d'inspiration provençale et des produits 100% bio et locaux, témoignage de l'esprit écoresponsable du lieu, privilégiant producteurs et artisans provençaux.

Hôtel Le Pigonnet - 5 étoiles

5 avenue du Pigonnet - T. 04 42 59 02 90 - à partir de : 155€

Dans un jardin envahi par les roses, cet ancien pigeonnier du XVIIIe siècle a été transformé en hôtel dans les années 1920, quand Aix s'affirma comme une destination thermale de premier plan. Propriété de la famille Swellen durant trois générations, puis celle de l'acteur Christophe Lambert, l'établissement compte désormais 45 chambres et suites au charme provençal raffiné avec, pour certaines, de magnifiques échappées sur la montagne Sainte-Victoire. Au cœur du parc se cache également une dépendance abritant une suite idéale pour les familles et la Villa du Pigonnet, refuge confidentiel pour 8 personnes, flanqué d'un jardin et d'une piscine privée. Institution aixoise depuis 1924, la Table du Pigonnet est conduite par Thierry Balligand, qui propose une cuisine sudiste servie, dès les premiers beaux jours, sur la terrasse prolongée d'une allée de marronniers centenaires. Quant à la longue piscine posée au milieu des arbres, elle invite à un délicieux farniente... Membre de Small Luxury Hotels of the World.

Hôtel Villa Saint-Ange - 5 étoiles

7 traverse Saint-Pierre - T. 04 42 95 10 10 - à partir de : 325€

En 2014, Jean-Brice Garella découvre, aux confins de la ville d'Aix, une superbe bastide abandonnée, entourée d'un grand parc. Le coup de cœur est immédiat, mais il lui faudra cinq années pour restaurer cette villa XVIIe dans les règles de l'art, avec l'aide des meilleurs artisans et les équipes des bâtiments de France... Dès l'entrée, le ton est donné avec une succession de petits salons où chaque décor raconte une histoire. Les papiers peints sont signés Zuber, les porcelaines, Moustiers, les portraits de famille le long du grand escalier traversent les générations, du XVIIIe siècle aux années 1920. Luxueuses, les 34 chambres offrent chacune une ambiance singulière avec de grandes fresques et de beaux fauteuils de velours. Non loin, la salle de restaurant, aux allures de jardin d'hiver, accueille les hôtes pour un petit déjeuner d'anthologie et une cuisine pleine d'esprit, imaginée par Nadège Serret. Des délices que l'on savoure également sur la grande terrasse rafraîchie d'une belle fontaine, à deux pas de la piscine de 28 m de long.

BOUCHER

La Maison du Boucher

9 rue des Cordeliers - T. 09 81 85 39 17

La boucherie star du centre-ville. Étalage très attirant avec les viandes des meilleures provenances, en particulier le bœuf, mais aussi toute la charcuterie et les préparations charcutières, ainsi que les brochettes très variées pour les barbecues d'été.

BOULANGER

La Fabrique à Pain

4 rue Pierre de Coubertin - T. 04 42 23 90 47

La Fabrique à Pain, c'est avant tout du pain issu de l'agriculture biologique. On y retrouve des pains complets, aux noix, aux fruits secs, aux olives, au sarrasin, à la courge et au tournesol... Une variété qui fait la renommée de l'établissement, à l'instar du Piaf, du Champagne, de la tourte fermière et des Baguettines.

Farinoman Fou

5 rue Mignet

Ce «fou de farine» est avant tout un passionné de levain, de vraies saveurs, de vraies valeurs. Attaché à ses producteurs, à ses farines anciennes, il travaille comme autrefois à produire le meilleur pain pour des Aixois conquis qui n'hésitent pas à faire la queue pour ces pains aux noms poétiques, l'Effarouchée, le Nuage, la Bure du prêcheur...

Fournil Bio du Midi

115 rue Jean de Guiramand - T. 07 71 64 84 26

Bernard Pasqualini prépare dans son fournil un pain unique, le «Carreau de blé». Farines de froment bio et de seigle bio des Alpes-de-Haute-Provence, du levain naturel exclusivement, de l'eau purifiée, du sel de Guérande non raffiné, beaucoup de savoir-faire et de patience, pour un super pain sans additif, sans améliorant et sans levure qui rappelle les bons pains d'antan.

CAVISTE

Au Verre Levé

15 rue Granet - T. 04 86 31 08 15

Un caviste qui propose de grignoter, ou une cave à manger d'où l'on peut emporter les bouteilles. L'essentiel est que le produit soit bon, ce qui est le cas des vins bien choisis sur le grand Sud, plutôt dans la nouvelle vague, jusqu'en Languedoc et en Corse. Également un peu d'épicerie fine (fromages, fumaisons), des bières artisanales...

Chapitre Vin

724 avenue du Club Hippique - T. 04 42 52 24 59

Le restaurant-épicerie-cave à vin profite de sa triple casquette pour faire toujours plus d'heureux ! Plus de 500 références de vins de toutes les régions, avec une gamme bio et en biodynamie. Le rayon épicerie fine permet d'accompagner le vin choisi côté cave de charcuteries et d'huiles d'olive...

La Pastisserie

2 rue Paul Bert - T. 04 42 23 02 29

Une épicerie fine autant qu'une boutique de souvenirs. On peut conserver un œil attendri pour ce rassemblement de saveurs de Provence, permettant de ramener des cadeaux de son passage à Aix. À fréquenter essentiellement pour les variétés de pastis.

CONFISEUR

Léonard Parli

35 avenue Victor Hugo - T. 04 42 26 05 71

Le calisson d'Aix est un incontournable. Mais quel est donc le secret d'un calisson Parli?? Ce sont des fruits confits mélangés à 42% d'amandes broyées. Le dessus est recouvert d'hostie. Il y a, à Aix, deux points de vente et la fabrique se visite.

ÉPICIER

La Chambre aux Confitures

16 bis rue d'Italie - T. 04 42 24 07 74

Cette délicieuse épicerie fine spécialisée dans les confitures a su allier le chic du design à la qualité des produits de saison. Des mélanges osés qui ont largement fait leurs preuves, comme l'association abricot-passion-groseille, présentés dans des pots de verre sobres et élégants. Moins habituelles en France, les confitures salées pour accompagner viandes ou foie gras, comme la cerise-groseille-thym ou la mirabelle-cumin. On salue aussi le travail sur le caramel et le chocolat, avec des recettes caramel au beurre salé et praliné ou mangue, coco et chocolat blanc, entre autres gourmandises... L'ensemble est garanti sans colorant ni conservateur ni exhausteur de goût et tout se goûte à la petite cuillère avant d'acheter !

Maison Brémond 1830 - Bédarrides

23 rue Bédarrides - T. 04 42 54 03 35

En centre-ville, c'est le deuxième exemplaire de cette célèbre maison, plus précisément ici épicerie fine, avec les condiments, les huiles d'olive, les vinaigres et les tapenades, les spécialités à la truffe, mais aussi, bien sûr, les calissons et les confitures. Un bel espace qui donne de nombreuses idées cadeaux.

Saumon Passion

55 rue Espariat - T. 04 42 26 73 73

Si le saumon n'est pas réellement une thématique régionale, on appréciera la visite dans cette boutique bien placée pour son offre méditerranéenne, la brandade à emporter ou la poutargue. Saumon fumé, gravlax, œufs de poissons, mais aussi marlin, espadon ou escoliers fumés. Et une sélection d'alcools, whiskys en particulier.

FROMAGER

La Fromagerie du Passage

55 cours Mirabeau, passage Agard - T. 04 42 22 90 00

On se faufile dans le passage depuis le cours Mirabeau pour découvrir cette belle maison très bien fournie en fromages de toutes les régions. On déguste sur place, avec l'activité bar à vin et restaurant, et l'offre est assez large, comme les ambiances, notamment sur le toit-terrasse, très recherché aux beaux jours. Du beau choix en persillés, en pâte molle, en fromages étrangers (un beau stilton), et une cave également impressionnante, avec des bouteilles à foison, et la gamme de jus de fruits Alain Milliat.

Fromagerie Lemarié

30 rue d'Italie - T. 04 42 66 50 06

Une jolie boutique dans la gourmande rue d'Italie, des fromages parfaitement affinés, à bonne maturité, et présentés de façon appétissante. Les bleus, les chèvres, les pâtes molles, les montagnards (l'Etvaz, un joli comté 30 mois) et une sélection des meilleurs étrangers, comme un très beau gorgonzola ou un vieux gouda 48 mois.

GLACIER

Emki Pop

59 rue d'Italie - T. 09 72 64 97 82

En été, les bâtonnets glacés 100% naturels aux parfums très variés et, toute l'année, le sens des nourritures saines et naturelles : jus de fruits, buns veggie, sandwichs, cookies, granola, qu'on accompagne de jus de fruits nature ou d'une infusion.

PÂTISSIER

Béchard

12 cours Mirabeau - T. 04 42 26 06 78

La maison existe depuis 1870, un décor de bonbonnière où Margaux Touzet-Béchard représente la 5e génération. De la régularité et que du bon dans les compositions classiques mais incontournables, notamment les calissons très réputés. Généreuses tropéziennes, tartes au citron, éclairs, brioches ou crêpes… autant de sources de gourmandise.

La Maison Philippe Segond

67 cours Mirabeau - T. 04 42 38 19 69

MOF pâtisserie, confiserie, chocolaterie, Philippe Segond offre aux Aixois cette belle boutique parfaitement placée au bout du cours Mirabeau, au seuil de la vieille ville. De beaux gâteaux grands formats, les chocolatés bien sûr, mais aussi de belles idées sur les fruités, comme sur les gâteaux nomades sans gluten, un bel agencement et un service de qualité. Également les glaces en été, et le salon de thé toute l'année.

Maison Weibel

2 rue Chabrier - T. 04 42 23 33 21

En plein centre, la pâtisserie la plus belle et la plus connue de la ville. Tout est bon chez Weibel, les viennoiseries (une excellente brioche) et même les calissons. Profitez du salon de thé pour déguster les délicieuses pâtisseries.

Riederer

26 rue Vauvenargues - T. 09 86 36 96 34

Une boutique chic et moderne malgré son grand âge (fondée en 1780 !). C'est aujourd'hui un gage de qualité et une signature qui s'exprime sur toute la pâtisserie, les chocolatés de très bon goût comme le Trianon ou les fruités comme l'exotique Java coco-passion-ananas. Ou, plus classiques, le macaron framboise, la forêt-noire ou la tarte aux marrons. Service cordial et distingué.

TORRÉFACTEUR

Brûlerie Richelme

1 place Richelme - T. 04 42 23 55 27

En plein centre, à l'angle de la place, un espace moderne et bien aménagé pour entreposer et faire déguster les crus de cafés et de thés soigneusement sélectionnés. Mélanges maison, cafés d'origine, capsules… et une très vaste gamme de thés d'origine, jusqu'aux pu-erh de Chine.

Le Quatre

TOUS SENS EN ÉVEIL !

Une réussite ! Conçu par deux couples d'épicuriens, ce restaurant-cabinet de curiosité (la déco est saisissante) est drivé par une talentueuse brigade, membre du Collège culinaire de France.

L'équipe, menée par Caroline Palson, responsable de l'établissement, est à l'évidence soudée. Elle instille la bonne humeur et des préceptes tels manger bien/boire sain, partager, notamment le goût du bio et l'origine des produits, souvent en cycle court. Simon Puech, le chef, a travaillé chez Paul Bocuse à Collonges-au-Mont-d'Or, mais ses expériences dans l'hémisphère Sud le font fuguer vers de nouveaux produits, d'autres associations. On en juge aux fabuleuses assiettes (21 € en moyenne) : cabillaud laqué façon black cod, ceviche de bar au cumbawa, burger à l'effiloché de porc sauce BBQ. Ici aussi, d'inventifs cocktails* relaient l'esprit des plats. Ici surtout, des planches gustatives (charcuteries et/ou fromages finement sourcés) dont l'incontournable planche voyage, medley frais et créatif de tapas, mixant chaud/froid, crû ou cuit et déclinable sur demande. Exemples ?
La poutine au foie gras poêlé, fromage skouick skouick, jus de veau truffé – recette de Gaël Choux (l'Edzen, Nouvelle-Calédonie) – ou les gyozas de homard au citron confit et fenouil, émulsion de bisque... Courez goûter les autres !
Lancée fin 2019, l'adresse a traversé la crise par la vente à emporter et le ouï-dire. Elle peut enfin se déguster librement midi et soir, régaler iris et papilles, voire plus aux sons du joyeux shooter time, vers 22h. Le sous-sol, jolie cave voûtée, se privatise pour repas festifs ou d'affaires.
« La cuisine du partage » n'est pas ici un vain mot : pensez à réserver pour déguster cette saine et enthousiasmante convivialité !
Ouvert du mardi au samedi de 12h à 14h et de 19h à 22h.

4, rue des Cordeliers,
13100 AIX-EN-PROVENCE
Tél. : 04-42-23-15-75
Facebook et Instagram

*L'ABUS D'ALCOOL EST DANGEREUX POUR LA SANTÉ.

Maison Weibel

DEPUIS 1954

L'histoire de cette belle pâtisserie du vieil Aix perdure grâce à Paul et Adrien Weibel qui ont rejoint l'institution familiale en y apportant leur touche de créativité et de jeunesse.
Les pâtisseries, chocolats, calissons et glaces sont fabriqués artisanalement avec des produits frais locaux et de saison. Le savoir-faire du père et grand-père est salué par la clientèle qui aime venir prendre un Castel chez Weibel. Le Castel, composé d'un biscuit meringué et d'une crème au beurre au praliné ou au café, reste un gâteau incontournable. Autre pâtisserie emblématique de la maison : l'Aixois, une mousse aux calissons, crémeux pêche de vigne et abricots rôtis, enveloppé d'un glaçage ivoire. La Maison Weibel, c'est une authenticité et un savoir-faire traditionnel dans un écrin de modernité.

Les + : Salon de thé, traiteur et restauration. Terrasse extérieure.

✉ 2, rue Chabrier, 13100 AIX-EN-PROVENCE
Tél. : 04-42-23-33-21
www.maisonweibel.com

> *Le bœuf est la reine des viandes ;*
> *le bœuf possède, incluse en lui,*
> *la quintessence de la perdrix,*
> *de la caille, de la venaison, du faisan,*
> *du plum-pudding et de la crème*
> *aux œufs.*

Jonathan Swift
(1667-1745)

Le Bar BQ

LE LIEU QUI SE SAVOURE À LUI TOUT SEUL !

Juju et TomTom ne trichent pas avec les grillades : nos deux gérants ont investi dans un robatayaki, authentique barbecue japonais. Viandes, poissons, calamars fondent en bouche. Essayez aussi leur burger Signature : un cheeseburger classique présenté sous forme de brochettes. Une exclusivité de la maison ! Réchauffez-vous avec une côte de bœuf pour deux, dont votre palais se souviendra longtemps. L'équipe ne jure que par des fournisseurs locaux de qualité : Goût de Pain et Provence Viande. Sirotez enfin un frozen cocktail, une bière ou du vin*, le tout, dans un esprit loft new-yorkais. Histoire de prolonger votre soirée avec un moment 100% convivial, profitez des soirées comedy club, des soirées karaokés et des concerts.
Ouvert du mardi au samedi soir de 19h à 2h.
Les + : 120 places assises avec la terrasse et des salons privatisables. Remise commerciale de 10% sur présentation du guide.

9, rue Aumône Vieille,
13100 AIX-EN-PROVENCE
Tél. : 04-42-96-32-39

Big Bro

PLUS QU'UN SIMPLE BAR À BIÈRES ET COCKTAILS*

Après le BAR-BQ, il y a un an, JuJu et TomTom ont ouvert leur deuxième concept : le BIG BRO, un pub version US. On y retrouve tous les ingrédients qui vous feront voyager de l'autre côté de l'Atlantique, de la street food et de la finger food de qualité, ainsi qu'un large choix de bières pression et de cocktails signatures, dans une ambiance festive et une déco qui rappellent la Big Apple. Potatoes arrosés de cheddar, beignets d'oignon, guacamole y nachos... Burgers, bagels, hot dogs mais aussi des salades, tartines... Les végé sont les bienvenus ! Vous l'aurez compris, il y en a pour toutes les faims et toutes les soifs au BIG BRO !
Service non-stop toute la journée 7j/7
À découvrir : leur sunday brunch à faire en famille. En soirée, leurs évènements karaoké, live music, retransmission de matchs sportifs...
À noter : Happy hours de 17h à 19h / menu pour les enfants
Le + : remise commerciale de 10% sur présentation du guide

6, place des Augustins,
13100 AIX-EN-PROVENCE
Tél. : 04-42-26-77-72

*L'ABUS D'ALCOOL EST DANGEREUX POUR LA SANTÉ.

La Méduse

L'ACCORD METS-VINS* RÉUSSI

C'est un peu à l'écart du centre d'Aix-en-Provence, sous les voûtes accueillantes d'un immeuble classé, que l'équipe de La Méduse vous accueille pour un apéro gourmand ou un savoureux repas. Également propriétaire d'une belle adresse parisienne du même nom, Hamza Saïdi a créé, sous le soleil, un restaurant spécialisé dans les recettes terre/mer et les plats généreux qu'on aime partager. 8 entrées et 5 plats, qui changent au gré des saisons, s'affichent sur une carte courte, valorisant les produits locaux et le travail de talentueux artisans. Sur la petite terrasse ou dans la salle intimiste de 30 couverts, on déguste aussi bien la spécialité de poulpe snacké, que des planches de fromages ou charcuteries. Le tout arrosé par un des 400 vins de cette très belle cave, tournée vers des références à haute valeur environnementale.

10, rue Portalis, 13100 AIX-EN-PROVENCE
Tél. : 09-84-27-72-79

> *Rien de plus délicieux dans la vie*
> *que le coin du feu,*
> *une salade de homards,*
> *du champagne et la causette.*

George Gordon, Lord Byron
(1788-1824)

*L'ABUS D'ALCOOL EST DANGEREUX POUR LA SANTÉ.

Maurizio

LA CUSINE ITALIENNE EST REINE

Quand une histoire d'amitié autour de la cuisine italienne débouche sur l'ouverture d'un restaurant typique en plein cœur d'Aix-en-Provence...
Mélody et Maurizio, amis dans la vie, se sont associés pour être les ambassadeurs d'une cuisine traditionnelle. Leurs produits sont importés d'Italie et ils confectionnent chacune des spécialités comme le faisait la Nonna, la grand-mère italienne. Parmi les pépites : la Mélozio (des linguines infusées dans la crème de sauge, flambées dans une roue de parmesan) mais aussi la croustillante Pinsa (ancêtre de la pizza, réalisée avec les farines de riz, blé et soja). Une adresse chaleureuse, proche d'une fontaine romantique, à découvrir en amoureux.
Ouvert de mai à septembre : tous les jours, midi et soir. Le reste de l'année : du jeudi au lundi, midi et soir.

2, rue des Tanneurs,
13100 AIX-EN-PROVENCE
Tél. : 04-42-28-82-58
maurizio-restaurant-aix-en-provence.eatbu.com

> *Dans les souvenirs d'enfance de chaque bon cuisinier se trouve une grande cuisine, une cuisinière en marche, un gâteau qui cuit et une maman.*

Barbara Costikyan (1928-2020)

ARLES 13200

La Chassagnette 14/20

Route du Sambuc - T. 04 90 97 26 96 - Menu(s) 52-135 €

Avec la réouverture de ce mas magique en pleine nature camarguaise, Armand Arnal et toute son équipe semblent avoir retrouvé le chemin de l'enthousiasme et du sur-mesure de qualité. Dans ce cadre idéal pour créer et vivre avec la nature, ce passionné de produits, toujours en phase avec les cycles et les saisons, donne le meilleur et le goût juste tout en personnalisant chaque assiette. La tomate ananas renversée au shiso est à l'optimum de sa maturité dans une version très inventive, comme l'aubergine «brûlée» basilic et sésame, le pigeon des Costières à la flamme maïs rôti et mûre sauvage, les prunes rouges et jaunes avec un délicat sorbet à la prune fermentée. Le tout dans une séquence souvent brillante qui plonge les convives dans une soirée camarguaise aussi inattendue que charmante, bel espace d'un mas de gardian si bien décoré. Carte de vins intéressante avec les cadors des appellations proches, les Baux en particulier.

Lou Marques, Hôtel Jules César - MGallery 13/20

9 boulevard des Lices - T. 04 90 52 52 52 - Menu(s) 25-35 €

Cette maison historique, le palais du marquis Folco de Baroncelli («Lou Marquès») est l'image même de cette ville antique et fière. On la croit parfois fatiguée, un peu poussiéreuse, et elle vous subjugue par ses couleurs de feu et de soleil. Ainsi du Jules César, palace au charme suranné et pourtant bien vivace qui, chaque année, nous surprend dans son atmosphère raffinée qui s'étend à une cuisine plutôt bien travaillée : aubergine fumée légumes croquants ricotta, limande sole en feuille de nori déclinaison de carottes couteaux en salade d'herbes émulsion à la sauge, taureau de chez Alazard et Roux artichaut huile d'olive des Baux... Desserts aux fruits de saison bien faits (abricot, pêche, fraise...), cave aux bons choix de propriétaires et de vedettes régionales.

Le Mas de Peint 13/20

Le Sambuc - T. 04 90 97 20 62 - Carte 73 €

Exceptionnel domaine de 500 ha au cœur de la Camargue, le mas entouré de champs de la famille Bon est le site privilégié d'un hôtel 5 étoiles, où le luxe côtoie l'authenticité de la Provence et de son charme méridional. Sur la terrasse végétalisée ou sous les poutres de la grande salle, on y découvrira les plats du moment, comme le carpaccio d'espadon sauce aigrelette, les linguines aux fruits de mer, la bavette de taureau, la tarte au citron meringuée.

Chardon

12/20

35-37 rue des Arènes - T. 09 72 86 72 04 - Carte 6 € - Menu(s) 29 €

Les chefs résidents qui passent un moment dans ce lieu très hype de la cité antique ont généralement un point commun : ils sont bons. Ce qui permet, sans trop s'avancer, de décerner une toque à cet établissement certes sans véritable direction, mais qui réjouit les visiteurs prêts à découvrir de nouvelles saveurs. Avec Justine Pruvot cette année, du restaurant Bonne Aventure à Saint-Ouen, les sardines en feuille de figuier sauce citron brûlé au barbecue courgette et citron vert, comme l'aubergine marinée au miso condiment amande et citron, justifiaient pleinement la toque.

L'Oriel

10,5/20

6 rue du Forum - T. 04 90 49 49 21 - Menu(s) 32-75 €

C'était le Rendez-Vous, cette maison typiquement arlésienne, avec ses murs de pierre et fenêtres à fer forgé, devenue l'Oriel, développant ses agréments dans une déco provençale revue et avec une terrasse d'été. La cuisine, assez consensuelle, cherche encore sa vérité, mais montre une envie certaine de bien faire, avec le lieu jaune pistache grenade agrumes et l'agneau pomme de terre asperges anchois, des plats plutôt jolis à l'œil et qui vont sans doute progresser dans l'harmonie des saveurs. Dessert poire vanille noix un peu décevant, service gentil et appliqué, cave plutôt bien faite, forgée par un connaisseur.

Le Greenstronome

7 rue des Carmes - T. 04 90 91 07 69 - Menu(s) 95-165 €

Jean-Luc Rabanel a de nouveau cassé les codes. Adepte d'une liberté totale, ce cuisinier philosophe se dit aubergiste en proposant des plats proches de sa terre, de la nature, du vivant, qu'il privilégie aujourd'hui au détriment de toute autre considération de l'establishment gastronomique. Non seulement le lion rugit encore, mais il devient de plus en plus inclassable. Au détour de ses menus, le créateur, l'artiste, vous sort des plats de fulgurance, telles ces moules de Carteau enroulées dans des lamelles de concombre au vinaigre de riz fumé, ajo blanco catalan ail amandes fraîches et sorbet aux moules. Une pastèque déshydratée et rôtie surmontée d'un filet de rouget de roche snacké, salicorne et trompettes-de-la-mort, qu'il associe à une compression de pastèque au piment d'Espelette, émulsion de Pata Negra, et un jus infusé de rouget. Ou encore, dans l'idée d'un gaspacho, une tomate Zebra confite à la badiane gelée d'orange, olives noires à la vanille et jus de tomate. Ce qui n'a pas changé, c'est cette soif de partage et la verve savoureuse de ce cuisinier hors norme, qui nous surprend et nous subjugue toujours. Cave remarquable et remarquablement animée par de jeunes sommeliers motivés, qui dénichent tout ce qui est bon, particulièrement au Sud.

HÔTEL

Les Cabanettes - 5 étoiles

D572N - Hameau Saliers - T. 0611771532 - à partir de : 95€

En pleine Camargue, ce petit bijou architectural constitue une alternative parfaite aux traditionnels mas provençaux qui émaillent la région. Imaginé dans les années 1960 par l'architecte nîmois Armand Pellier à l'initiative des propriétaires de l'époque, Louise et Marc Bert, cet hôtel s'inspire des motels californiens et de l'architecture de Frank Lloyd Wright. Il a lui aussi été pensé pour les voyageurs en transit, cette fois vers l'Espagne ou la Côte d'Azur. Résultat ? Une superbe architecture moderniste avec 2 bâtiments en demi-lune qui abritent 29 chambres ultra-lumineuses et décorées de mobilier sixties. Toute proche, la salle du restaurant a conservé son côté rétro (bois d'olivier, fauteuils couverts de peaux de taureau), témoignant de l'intention d'ancrer le lieu dans sa géographie. Une pépite secrète, arty et délicieusement désuète, à ne pas manquer !

Le Cloître - 5 étoiles

16-22 rue du Cloître - T. 04 65 88 30 30 - à partir de : 99€

Inauguré en 2012, l'hôtel du Cloître fait déjà partie des incontournables arlésiens. Particulièrement bien situé dans le cœur historique, sur une délicieuse placette ombragée d'un paulownia centenaire, l'établissement séduit également par la remarquable décoration signée de la (très) talentueuse India Mahdavi. Vastes et ultra-lumineuses, les 19 chambres et suites déclinent là le meilleur de sa grammaire : génie des couleurs et des mélanges, profusion de formes et de matières, donnant à l'ensemble une tonalité aussi intime que chaleureuse. Pour couronner l'ensemble, un rooftop avec une vue splendide sur le clocher de l'église Saint-Trophime et la forêt de toits alentours. Le lieu n'offre pas de restauration, mais l'épicerie du Cloître voisine régale les voyageurs de passage de recettes toutes fraîches à base de produits locaux et d'une belle sélection de vins.

Hôtel L'Arlatan - 5 étoiles

20 rue du Sauvage - T. 04 65 88 20 20 - à partir de : 150€

C'est le plus ancien hôtel particulier d'Arles et, aujourd'hui, l'un des lieux les plus modernes et effervescents. Le mérite en revient à l'artiste cubain Jorge Pardo, qui a présidé à sa restauration en 2018, à l'invitation de Maja Hoffmann, à qui l'on doit la fondation Luma. Ultra-créatif, mais respectueux du cahier des charges d'un hôtel contemporain, le plasticien a réveillé les 35 chambres et suites d'un mix d'influences provençales et sud-américaines : teintes chaudes, meubles de designers, mosaïques aux couleurs vives et intégralement réalisées à la main, le tout sans rien céder au confort. Un sans-faute qui se retrouve à l'extérieur, dans le délicieux jardin imaginé par Bas Smets où se nichent une piscine, un bar à cocktail et la table du chef Armand Arnal, de la désormais célèbre Chassagnette.

L'Hôtel Particulier - 5 étoiles

4 rue de la Monnaie - T. 04 90 52 51 40 - à partir de : 395€

Bâti en 1824 par le maire de l'époque, ce luxueux hôtel particulier a toujours été l'un des grands rendez-vous arlésiens. Il ne faillit pas à la tradition, puisqu'il est aujourd'hui l'un des spots les plus prisés des artistes et galeristes durant les fameuses Rencontres de la photographie. À juste titre, car ce lieu unique a conservé son raffinement XIXe, tout en intégrant une modernité bien tempérée. Les 17 chambres (nos préférées sont au rez-de chaussée, dans les anciennes écuries et dotées de petites terrasses privées) mêlent esprit provençal et design contemporain avec literies couvertes de lin, meubles chinés et lampes design. Le spa se cache sous les voûtes de pierre de la cave, et le jardin ombragé de grands ifs abrite une belle piscine avec, çà et là, des petites tables où l'on sirote un cocktail au milieu des fleurs. Le tout en plein centre-ville !

Le Nord-Pinus - 4 étoiles

14 place du Forum - T. 04 65 88 40 40 - à partir de : 160€

Cet hôtel de légende, où Cocteau et Scott Fitzgerald avaient leurs habitudes, a su traverser les époques sans se perdre, conservant jalousement cette atmosphère singulière fait d'un audacieux mélange des genres, avec bar seventies, photographies d'Helmut Newton, Dominique Issermann ou Peter Lindbergh qui placardent les murs des grands salons aux boiseries anciennes. Les 25 chambres (et un appartement) déclinent velours et dorures, avec de belles échappées sur Arles. On y accède par un escalier décoré d'affiches de corridas, comme pour rappeler que ce célèbre lieu est aussi un morceau d'histoire de la ville. Autre fidèle de l'hôtel et enfant du pays, Christian Lacroix aime à le rappeler : «Le Nord Pinus appartient à la mémoire de tous les Arlésiens.»

BOUCHER

Bernard Genin

11 rue des Porcelets - T. 04 90 96 01 12

Un charcutier de tradition, puisque le saucisson d'Arles Farandole est fabriqué par la maison depuis 1877. Ajoutez aussi de bonnes viandes d'origine française, le veau ou le bœuf, mais aussi des préparations charcutières, le pâté en croûte ou la tourte, et une gamme de salades et plats traiteur.

Bryan Decauche

Route de la Crau - T. 04 90 96 26 54

Le charcutier des connaisseurs, en dehors de la ville, sur la route de Crau. Très réputé pour ses saucisses et saucissons, on le fréquente aussi pour les belles côtes de bœuf, sa gardiane de taureau et ses préparations traiteur, la bouchée à la reine, le sauté de veau aux girolles, le gratin dauphinois...

Mère Grand

14 rue du Président Wilson - T. 04 90 96 16 95

Incontournable boucher-charcutier et traiteur, maintes fois primé, dont la boutique respire la convivialité et le partage. Terrines et pâtés, caillette, taureau de Camargue AOP détaillé en papetons, saucisse et saucisson, gardiane, les spécialités sont bien là.

BOULANGER

Soulier

66 rue de la République - T. 04 90 96 09 30

Une boutique de tradition à la façade vert amande plongeant dans la gourmandise. Dans la rue commerçante, les fougasses, la brioche-croissant, les tresses et le maxipalmier sont les vedettes au petit déjeuner, le pain à l'huile d'olive et les sandwichs prenant ensuite le relais. Juste à côté, Soulier traiteur et salés.

CAVISTE

L'Échoppe

7 rue Voltaire

Une cave à bière sérieuse, avec des références de tous les coins de France, du régional comme Sulauze, à Miramas, mais aussi des productions de Bourgogne, du Nord et même d'Arles. Des idées cadeaux, des coffrets, et la dégustation en permanence de 6 bières à la pression, à laquelle s'ajoute un petit grignotage éventuel de charcuterie.

DISTILLATEUR

Bigourdan

12 rue Frédéric Mistral - T. 09 81 42 00 42

Une visite agréable dans cette distillerie arlésienne qui vous permettra de goûter le fameux gin London Dry arlésien : joli design, du parfum et du corps, issu de blé français, des baies de genièvre et des plantes cueillies partout dans le Sud. Une expérience instructive, de jolis accessoires et un bon accueil.

ÉPICIER

La Maison du Riz

Mas de la Vigne - Albaron - T. 06 31 03 40 11

Si vous êtes passé par Albaron pour rejoindre les Saintes-Maries, faites le détour par cet accueillant mas à la lisière du Gard et au bord du Petit-Rhône pour tout savoir sur la production du riz et le choisir sur place. Un espace pédagogique très attrayant animé par des riziculteurs passionnés, et une boutique pour vous fournir parmi les 5 variétés de riz IGP, le complet, le rouge, le noir, le riz rond à risotto...

FROMAGER

La Fromagerie Arlésienne

6 place Antonelle - T. 04 90 93 64 33

Quelques fromages de la région, comme les chèvres des Alpilles, s'ajoutent à une gamme généraliste évoluant selon les saisons (la raclette et le mont d'or en hiver, la brousse en été). Un peu d'épicerie fine, des condiments, de la poutargue, des saucissons, du beurre Bordier, une bonne crème crue et de la moutarde Fallot.

PÂTISSIER

Pâtisserie-Chocolaterie Masaki Yamamoto

37 rue du 4 Septembre - T. 04 90 96 17 22

On reconnaît une ville gourmande à l'existence ou non d'une pâtisserie japonaise. C'est chose faite à Arles avec Masaki Yamamoto, qui propose des gâteaux d'ailleurs plutôt classiques, tout en légèreté et finesse, avec le mont-blanc, le Caraïbe, le millefeuille, la Tatin ou la tarte citron praliné, mais aussi, inspiré par sa culture, le «Perles d'ambre», au riz noir soufflé, ou le Taiwan, au thé oolong.

PRIMEUR

Mas Daussan

Chemin Clos de Couvet - T. 04 90 97 07 41

Aux portes de la ville, Stéphan Charmasson cultive ses fruitiers en biodynamie et produit d'excellents jus de fruits bio, du cidre, mais aussi des compotes, des nectars (kiwi, pêche, poire...) et des vinaigres. Les jus de pomme ont des goûts variés et purs, selon la variété choisie (granny, reinette, chantecler, royal gala...).

PRODUCTEUR

Domaine de Beaujeu

12073 route de Salin de Giraud

Le domaine, en agriculture biologique depuis près d'un demi-siècle, s'étend jusqu'aux rives du fleuve. Pierre Cartier cultive la vigne et le riz dans les 300 ha de cette magnifique terre. En vente à la boutique, des vins des trois couleurs et le riz IGP Camargue.

TORRÉFACTEUR

Torréfacteur Cafés de la Major

7 bis rue Réattu - T. 04 90 96 14 15

Un torréfacteur reconnu, présent dans une boutique traditionnelle depuis 85 ans, qui met en avant les accessoires, vaisselle et cafetières, mais aussi théières. Choix de cafés d'origine, d'une quinzaine de pays, grands crus de Papouasie ou de la Jamaïque (Blue Mountain), mélanges maison, café bio du Pérou, du Brésil...

Le Fournil des Ateliers

DES GOURMANDISES DE CHOIX

Voilà plus de quarante ans que Jean-Michel Bègue travaille la boulangerie-pâtisserie. Ses produits sont de belle facture grâce aux matières premières qu'il sélectionne localement. Les propositions sont nombreuses tant en boulangerie qu'en pâtisserie ou en snacking.

Des pains traditionnels ou biologiques au levain naturel comme la tourte au seigle, le Pavé aux fruits, la Couronne pour n'en citer que quelques-uns, des viennoiseries maison à l'instar de la Biga ou brioche feuilletée côtoient des douceurs aux fruits de saison, des tiramisus aux goûts variés et la fameuse Tropézienne. Une large gamme de snackings trône également sur ses étals : salades, pizzas, quiches, feuilletés, wraps sans oublier la pissaladière emblématique du sud de la France. Le chef, passionné de saveurs délicates, fabrique tout maison. Un régal pour les yeux et pour les papilles !

17, place de la Révolution, 13200 ARLES
Tél. : 04-90-93-25-26
www.lefournildesateliers.fr

Les Piques ou Rien

DÉCOUVERTE, PARTAGE ET CONVIVIALITÉ

Ouvert en 2017, Les Piques ou Rien est un restaurant-concept : vous ne choisissez pas vos plats, c'est le chef qui vous concocte tout un assortiment, à partager avec ceux qui sont assis à votre table. *« L'idée, c'est de proposer un peu la même chose que les menus découverte des restaurant gastronomiques, mais en plus abordable et convivial »*, explique Kevin Dessaux. Le chef et fondateur du restaurant pratique une cuisine fusion, un mélange de plusieurs cultures et techniques. Gastronomes indécis, rassurez-vous, vous n'aurez pas à choisir, ce sera... Les Piques ou Rien !

53, rue Condorcet, Place Voltaire,
13200 ARLES
Tél. : 04-86-32-29-44

La Gallery Bistro

AMBIANCE MUSICALE

À mi-chemin entre le quartier de la Roquette et la place du Forum, sur une petite place arborée dans le cœur historique d'Arles, la Gallery Bistro est là pour vous accueillir. Vous y apprécierez sa magnifique terrasse à l'ambiance chaleureuse, musicale, de même que sa cuisine du marché, maison et contemporaine, faite avec des produits locaux, évoluant au fil des saisons. Les musiciens qui investissent régulièrement le piano-bar accompagnent en rythme la carte du chef.

19, rue Tour de Fabre,
13200 ARLES
Tél. : 04-88-09-04-24
Facebook : lagallerysg13

Le vin stimule l'appétit et donne du goût à la nourriture. Il favorise les discussions, l'euphorie et peut transformer un simple repas en événement mémorable.

Derek Cooper (1925-2014)

*L'ABUS D'ALCOOL EST DANGEREUX POUR LA SANTÉ.

AUBAGNE 13782

FROMAGER

Fromagerie Bellon

22 rue Rastègue - T. 04 42 08 27 35

Louis Bellon installe sa boutique en 1900. Charles-Henri Bellon, l'arrière-petit-fils, passionné (5e place au concours national des fromages en 2017), développe l'affaire en mêlant fromages de régions et étrangers avec des produits typiquement provençaux du Queyras, d'où est originaire son arrière-grand-père : la cachaille, préparation à base de fromages macérés dans une marinade d'eau-de-vie et d'huile d'olive ; du brie ail et fines herbes ; du brie à la truffe fraîche en saison ; le méconnu Duckett's Caerphilly, du sud de l'Angleterre, friable et salé ; et d'autres produits AOP fermiers au lait cru.

TORRÉFACTEUR

Torréfaction Noailles

26 rue de la République - T. 04 42 03 05 87

Les torréfactions Noailles, du groupe Henri Blanc, fortes de leur succès, vous proposent près d'une cinquantaine de variétés de café ! Les accros à la marque peuvent consommer sans crainte de rupture de stock, puisque ces cafés torréfiés sont en vente dans les 8 boutiques Noailles dispersées dans les Bouches-du-Rhône. Skybury d'Australie, Jamaica Blue Mountain, Laos Catimor Sinouk, Galapagos, ainsi que des cafés aromatisés, qui seront tous moulus à votre convenance, en fonction de votre machine.

AURIOL 13390

PRODUCTEUR

Moulin à Huile Margier

ZAC Pujol - T. 04 42 04 74 09

Les huiles d'olive et les vins en vente ici sont issus de productions situées à quelques centaines de mètres. On trouve les grands types d'huile, dont la fruitée noir (selon une méthode traditionnelle vieille de 50 ans), la fruitée vert et la fruitée mûr. Les vins se déclinent en plusieurs gammes, notamment «À l'ombre de la treille» pour l'été ou «L'Histoire de famille», une gamme plus gastronomique avec des saveurs puissantes et structurées.

BARBENTANE 13570

BOUCHER

Boucherie Deurrieu

2 place Saint-Joseph - T. 04 90 95 50 20

Depuis 1954, cette maison familiale met un point d'honneur à tout préparer dans ses cuisines. Tout y passe, les saucisses, les pâtés, la caillette aux herbes... Ici, le patron choisit lui-même ses bêtes dans un souci de qualité et de suivi. N'hésitez pas à goûter la viande de taureau de Camargue.

Membres de l'Académie Gault&Millau

Tables Exceptionnelles – 19/20 à 19,5/20

Tables de Prestige – 17/20 à 18,5/20

Tables Remarquables – 15/20 à 16,5/20

Tables de Chef – 13/20 à 14,5/20

Tables Gourmandes – 11/20 à 12,5/20

Tables Originales – 10/20 à 10,5/20

L'Ardoise de Tony

ART ET CRÉATIVITÉ

Des assiettes colorées et joliment décorées pour mettre en valeur de beaux produits frais scrupuleusement sélectionnés en circuits courts et cuisinés maison : voilà le crédo de Margaux et Tristan Gautier. Une cuisine du marché pour déguster les plaisirs de la table.

Ici, l'ardoise change chaque semaine selon les saisons et l'envie créative du chef. Ce dernier met tout son cœur dans la fabrication maison, du pain pour les burgers à la sauce ketchup ! Au menu, par exemple, pizzas au four à bois, ravioles de gambas et bisque de favouilles (petits crabes), tataki de thon, souris d'agneau et pour les délicatesses sucrées : duo de chocolat, tartes aux pommes et café gourmand. L'Ardoise de Tony est un lieu convivial et familial où règne la simplicité.
Le + : Magnifique terrasse sur jardin ouverte toute l'année.

D559, route départementale des Barles,
13470 CARNOUX-EN-PROVENCE
Tél. : 04-42-70-13-13
www.lardoise-de-tony-carnoux-en-provence.com

Un dessert sans fromage
est une belle à qui il manque un œil.

Jean Anthelme Brillat-Savarin
(1755 - 1826)

CASSIS 13260

La Villa Madie 17/20

CHEF : **DIMITRI DROISNEAU** - *CHEF PÂTISSIER :* **YOAN DESSARZIN** - *DIRECTEUR DE SALLE :* **JULIAN GENTAIRE** - *SOMMELIER :* **DAVID PIQUET**

Avenue du Revestel - T. 04 96 18 00 00 - Menu(s) 130-235 €

Depuis la terrasse, au pied du cap Canaille, on tombe sous le charme du lieu. Devant ce paysage somptueux, on n'en apprécie que davantage l'accueil de Marielle et l'harmonieuse cuisine de Dimitri Droisneau. Ce Normand bon teint y délivre une Provence de caste. Produits d'exception, associations, dressages, tout frôle la perfection. Tranche de homard de Méditerranée, salicorne, caviar de Sologne, consommé de homard, et à côté de savoureuses madeleines au beurre de crustacé. L'irréprochable pavé de loup s'accompagne de chou pak choï oignon doux, quelques algues et les superbes huîtres de l'étang de Thau de Pascal Migliore qui les exonde (on les sort régulièrement de l'eau pour simuler les marées), ce qui leur donne un goût croquant et moins salé. Le sashimi de rouget est présenté sur une fine dentelle croquante, relevé par une crème d'oursin de caractère. Posée sur une fleur de courgette ouverte en étoile, l'association lapin langoustine matche parfaitement. Le râble farci de légumes croquants, la langoustine juste snackée, concombre, oignon, abricot, ça fonctionne à merveille. Une fraîche tarte fine de cerise amandine au discret parfum de fleur d'oranger et sorbet au jasmin est le prélude au dessert signature du chef, une tarte tout citron, crème, meringue, et glace au thym. Ajoutons un personnel aux petits soins et la pléthorique carte des vins de David Piquet logée dans une petite bibliothèque où sont rangés 7 livres représentant les régions et un petit dernier pour les vins du monde. Allez, si on voulait chipoter, ce sans-faute demanderait peut-être un peu plus d'émotion.

Les Belles Canailes - Les Roches Blanches 14/20

9 avenue des Calanques - T. 04 42 01 09 30 - Carte 70 €

La grande maison fin XIXe transformée en hôtel, entre le port de plaisance et la calanque de Port-Miou, offre depuis sa grande terrasse une vue imprenable sur Cassis et le cap Canaille. Le chantier, confié à l'architecte Monika Kappel, mêle les styles Années folles et Art déco dans un esprit Riviera. Après dix ans aux côtés de Yannick Alléno au Meurice, Alexandre Auger a pris en main les cuisines du restaurant. Il joue le végétal et des cuissons parfaites sur des plats qui peuvent paraître d'une grande simplicité. Soupe glacée de melon agastache menthe poivrée, salade de homard vinaigrette à la mangue avocat agrume coriandre, filet mignon de veau rôti au thym caponata et yaourt à l'ail. Le carpaccio de loup finement émincé est disposé dans une très belle assiette, ciboulette et lamelles de poutargue qui donne de la personnalité au plat, piment doux, citron confit, cébettes et fleurs de bourrache. Il faut louer la cuisson parfaite des filets de rouget cuits lentement au four, avec des légumes cuits séparément, carottes croquantes, artichauts violets en barigoule, l'anisé de fenouils confits et en pickles et pousses de basilic. Un plat parfaitement exécuté. Nous sommes un peu moins friands des cacahuètes caramélisées au bon crémeux glacé à la vanille et caramel au whisky et chocolat Jivara. La carte des vins du nouveau sommelier, Gabriele Del Carlo, passé au Ritz et au George V, est déjà bien pourvue. : cassis Clos Sainte Magdeleine «Bel Arme», Château de Roquefort «Petit Salé» des Bouches-du-Rhône, mercurey Domaine Faiveley «Clos Rochette» et quelques très belles vignettes en Bourgogne et Bordelais.

La Brasserie du Corton

12,5/20

Avenue du Revestel - T. 04 96 18 00 00 - Carte 69 € - Menu(s) 39 €

Pour un ticket relativement sage, vous avez l'accueil et le service d'une grande maison, la Villa Madie et son gastro à 4 toques, la vue époustouflante sur la cap Canaille et une cuisine assez remarquable par sa qualité gastronomique sur des assiettes de saison : tartare de bœuf aux huîtres de Tamaris, poulpe et saucisse de Marseille au fenouil, moruette au tandoori courgettes émulsion coquillages. Et la pavlova n'est pas de celles qu'on voit partout ; un travail de pâtissier, avec la rhubarbe et la crème légère au poivre...

Angelina

12/20

7 avenue Victor Hugo - T. 04 42 01 89 27 - Menu(s) 37 €

Une bonne adresse locale, qui bien sûr reçoit les touristes avec entrain, mais ne gâche pas leur plaisir par des fanfreluches. La cuisine est de saison, soignée, sur des assiettes variées et qui ont de l'allure : bonne soupe de poisson de roche, compotée de tête de cochon au vinaigre de xérès, merlu plancha émulsion aux huîtres, paleron de veau confit mousseline de carottes... Et un choix de plats de tradition à partager (jarret de veau, épaule d'agneau, côte de bœuf) pour encore davantage de convivialité. Cave régionale de bons choix à prix très serrés, même sur les grands comme Revelette ou Simone.

HÔTEL

Hôtel Les Roches Blanches - 5 étoiles

9 avenue des Calanques - T. 04 42 01 09 30 - à partir de : 405 €

Face au cap Canaille et à proximité de Cassis avec son petit port de pêche et ses criques turquoise, cet hôtel historique a retrouvé tous ses charmes grâce à la remarquable restauration de Monika Kappel. Revitalisant son esprit Art déco, l'architecte d'intérieur a conservé l'escalier aux motifs d'écailles qui mène aux 45 chambres et suites habillées de tonalités bleu profond. La plupart disposent de balcons qui ouvrent sur le jardin, avec ses terrasses ombragées de pins et ses deux magnifiques piscines. Un escalier creusé dans la roche conduit à un ponton suspendu au-dessus de la mer azur. Derniers trésors de ce lieu magique, 3 restaurants de cuisine méditerranéenne et un spa qui propose une large palette de soins Sisley dispensés face à la mer...

VIGNERON

Clos Sainte-Magdeleine

Avenue du Revestel - T. 04 42 01 70 28

Le vignoble de 12 hectares s'étend face à la Méditerranée et reçoit quotidiennement des embruns, signant les vins d'une saveur iodée unique. Le domaine a obtenu la certification biologique en 2012. Le caveau vous accueille du mardi au samedi. Mais pensez à appeler avant de passer.

LES PRODUITS AOC ET AOP DE LA RÉGION PROVENCE-ALPES-CÔTE D'AZUR

Figue de Solliès, brousse du Rove, fromage de Banon, huile d'olive d'Aix-en-Provence, huile d'olive de Haute-Provence, huile d'olive de Provence, huile d'olive de la vallée des Baux-de-Provence, huile d'olive de Nice, muscat du Ventoux, olive de Nice, olives cassées de la vallée des Baux-de-Provence, olives noires de la vallée des Baux-de Provence, pâte d'olive de Nice, picodon, taureau de Camargue, truffe noire du Tricastin...

Boucherie du Jaï

UN ATELIER DE SAVEURS !

Ouvrir une boucherie traditionnelle en face d'un Carrefour® était osé, mais le pari relevé en 2016 par Carmen, et désormais sa fille Sandrine, semble gagné.

Facile d'accès en bordure de l'autoroute du littoral reliant Fos-sur-Mer à Marseille, l'enseigne dispose d'un vaste parking et de laboratoires modernes où s'exprime la philosophie des lieux : fabriquer sur place de la qualité à partir de races bien ciblées et de bêtes entières, achetées au bon moment afin que la clientèle bénéficie de promos toute l'année (5 par semaine, à pister en ligne ou sur les réseaux sociaux) et de plats prêts à cuire à prix attractifs.

Bœuf de races Aubrac et Simmental françaises, cochon du Mont Ventoux , veaux de l'Aveyron élevé sous la mère, agneaux et volailles issus de circuits courts (le tout issu d'élevages raisonnés)... les choix gustatifs sont marqués, la fabrication est artisanale et l'animation commerciale introduit la saisonnalité dans les bacs aux côtés de préparations choisies : brochettes (y compris de légumes ou de maïs !), saucisses en boyaux naturels avec spécialités (figatelli, veau...), alouettes, financière, fameux carré d'agneau en croûte de pain d'épices, pieds paquets marseillais, daubes, farce, carpaccios ou nuggets maison... Avec une belle offre de produits régionaux : poutargue de Châteauneuf-les-Martigues, vins* et œufs de coopératives, chips d'Allauch, olives cassées de Maussane, les brousses du Rove AOC ou viande de taureau AOP.

Le succès tient beaucoup à la variété proposée (au moins 4 suggestions nouvelles par mois), sans céder à l'élevage intensif ni au low-cost.

Ce modèle risque fort d'essaimer (Sacha, le petit-fils, a intégré l'affaire familiale) : on verra ainsi d'autres taureaux rouges comme celui ornant, en fier repère, le toit de cet atelier du goût.

1, RN 568 - Route du Jaï, ZAC L'Hacienda,
13220 CHÂTEAUNEUF-LES-MARTIGUES
Tél. : 04-42-89-41-99
www.boucheriedujai.fr

Aux saveurs de Guillaume

LA TRADITION SAUPOUDRÉE D'ORIGINALITÉ

Formé par les Compagnons du Devoir, Guillaume Roche s'est affirmé comme un boulanger-pâtissier exigeant, garant des traditions, mais aussi toujours en quête de nouveaux produits et d'originalité.

Vrai passionné, Guillaume prône l'amour du travail bien fait. Sa créativité lui permet de jouer avec les saveurs et les couleurs. Dans les vitrines, on découvre le savoir-faire artisanal et les bons produits, viennoiseries, pâtisseries légères, mets salés, macarons, fougasse d'Aigues-Mortes, Sacristain. Il sait aussi nous faire voyager avec ses *panettones*, les *pasteis de nata* ainsi que des entremets aux sublimes mélanges, élaborés comme des œuvres d'art. Un éventail de pains spéciaux vous attend dans sa boulangerie, qui est aussi un lieu de partage très convivial. Une épicerie fine de produits locaux complète ces offres très variées.

*Le bœuf est la reine des viandes ;
le bœuf possède, incluse en lui,
la quintessence de la perdrix,
de la caille, de la venaison, du faisan,
du plum-pudding et de la crème
aux œufs.*

Jonathan Swift
(1667-1745)

CHÂTEAURENARD 13160

PÂTISSIER

Hawecker, Créateur de Douceurs

6 cours Carnot - T. 04 90 94 04 16

C'est dans cette jolie boutique contemporaine que Frédéric Hawecker partage sans mots, mais avec une émotion gustative, les souvenirs sensoriels rapportés de ses voyages en France et ailleurs. Les bonbons de chocolat nous parlent du Brésil, d'Inde, des Caraïbes, de la Côte d'Ivoire, et naturellement de la Provence avec des ganaches thym, citron, badiane, lavande... Côté pâtisseries, on retrouve l'élégant opéra, le Royal et des créations bien tournées.

TORRÉFACTEUR

La Maison du Bon Café

Zone la Chaffine - T. 04 90 90 94 95

Une bien belle réussite familiale que cette entreprise artisanale, fondée en 1958, aujourd'hui installée dans des locaux spacieux et modernes sur la zone de la Chaffine. La boutique accueille tous les particuliers désirant acheter ou goûter sur place l'une des nombreuses variétés de café torréfié maison. Pour déguster votre Jamaica Blue Mountain ou votre arabica biologique du Mexique, vous pourrez profiter de plusieurs coins joliment aménagés, séparés par des vitrines d'allé-chantes sucreries ou des comptoirs à thés. Tous les cafés sont disponibles en sachets de 250 g de grains torréfiés ou moulus.

Carte

Addition moyenne d'un prix à la carte englobant le prix d'une entrée + plat + dessert

Menu(s)

Fourchette de prix mentionnant le menu le moins cher et le menu le plus cher proposant à la fois entrée, plat et dessert sans les boissons, qui n'exclut pas les prix intermédiaires

Le Potager Coudoux

LES COULEURS DU SUD

Voilà ce que proposent Élodie et Grégory dans la boutique primeur qu'ils ont reprise en 2016. Elle gère l'épicerie et lui le rayon fruits et légumes. Ensemble, ils sélectionnent le meilleur de nos régions.

Les fruits et légumes sont au maximum locaux et choisis pour leurs qualités gustatives et nutritives, ils sont le plus souvent issus du marché paysan des Baux-de-Provence. En épicerie, une belle gamme de conserves, épices, pâtes, riz, œufs provenant d'un élevage en plein air local, charcuterie et fromages français, biscuits de Rognes, confitures, jus de fruits, vins et Champagnes*, chaque produit est sélectionné de manière rigoureuse. Des distributeurs de vrac sont aussi disponibles. Les gérants privilégient l'origine française de saison, mais proposent également quelques jolies références italiennes ou espagnoles.

Ouvert 7j/7.

✉ 15, place Clastrier, 13111 COUDOUX
Tél. : 06-09-17-31-27
www.lepotagercoudoux.fr

> *Rien de plus délicieux dans la vie*
> *que le coin du feu,*
> *une salade de homards,*
> *du champagne et la causette.*

George Gordon, Lord Byron
(1788-1824)

EYGALIÈRES EN PROVENCE 13810

Maison Hache

15,5/20

CHEF: CHRISTOPHER HACHE

30 rue de la République - T. 04 90 95 00 04 - Carte 79 € - Menu(s) 75-135 €

Christopher Hache a trouvé son karma en Provence, et tous les amoureux des Alpilles ont trouvé un chef humain et proche de son nouveau terroir. On savoure d'abord l'atmosphère de cette maison qui incite à la rêverie au soleil, on se réjouit de chaque détail, souvent très étudié, on profite du lâcher-prise qui se manifeste dans ce lieu où l'on peut se permettre d'oublier le protocole. Des plats à 4 toques (on sait que l'ancien capitaine du Crillon en est tout à fait capable), d'autres un peu en dessous, et l'on serait tenté de dire «peu importe !». Car ce qui compte, c'est l'expérience, la douceur de l'instant qui accompagne la puissance iodée acidulée de l'huître de Camargue et artichaut barigoule, la précision de la lotte rôtie et ragoût de cocos au lomo, le charme fermier de la pintade de Verquières millefeuille de butternut émulsion Sichuan. Desserts aboutis et gourmands (le soufflé chocolat), cave bien ajustée pleine de trésors locaux.

FROMAGER

Chez Emily

124 rue de la République - T. 09 73 69 51 92

C'est une petite boutique nichée sous la verdure, pleine de belles références. L'accueil d'Emily est chaleureux. Ses compositions de fleurs fraîches et fruits secs pour agrémenter les présentations dénotent une attention touchante et un esthétisme réussi, jusqu'aux pièces montées aux compositions délicates. Délicieux chèvres, bleus, tommes aux fleurs de bleuet... et plein d'autres pièces savoureuses.

VIGNERON

Domaine d'Eole

Chemin des Pilons - T. 04 90 95 93 70

Au pied des Alpilles, les quelque 25 hectares cultivés en bio depuis 1993 bénéficient d'un encépagement typique des vignobles méditerranéens. Depuis sa création, le domaine est dirigé par Mathias Wimmer, œnologue d'origine allemande, qui offre beaucoup de précision et de finesse aux vins. À découvrir au caveau. Appelez avant.

Le Milazzo

LA SICILE DANS VOTRE ASSIETTE

C'est en référence à une ville de Sicile que Véronique et Albert Facciolo ont nommé leur pizzeria, un clin d'œil aux origines familiales du chef. Une belle adresse semi-gastronomique avec des plats fabriqués
100 % maison à base des meilleurs produits en provenance directe d'Italie.
Ici, même le cola, la limonade, la bière* et l'eau gazeuse sont italiens. Le chef, pizzaiolo, propose tous les incontournables de la péninsule : multiples sortes de pizzas au San Daniel ou au Parme 24 mois, pancetta et pecorino de Sicile, de vraies pâtes à la carbonara au guanciale et aux œufs, d'autres aux palourdes, des arancini, du vrai tiramisù au café, des cannoli siciliens et un véritable café italien au goût inimitable. Dépaysement gustatif assuré !

3, place Lucien Fauchier, 13150 ÉGUILLES
Tél. : 04-42-28-21-98
www.le-milazzo.fr

> *Cuisiner suppose une tête légère, un esprit généreux et un cœur large.*
>
> Paul Gauguin
> (1848-1903)

Vallon des Glauges

UN DOMAINE MAJESTUEUX ET SAUVAGE

Appartenant au groupe familial Oddo Vins* et Domaines, le Vallon des Glauges est niché au cœur du Massif des Alpilles. Constitué d'une variété botanique rare et d'une faune protégée, le terroir singulier du Domaine, couplé à un travail soigné dans les vignes comme en cave est propice à l'élaboration de vins, huiles d'olives et miel de caractère.

Voie d'Aureille, Chemin des Glauges,
13430 EYGUIÈRES
Tél. : 04-90-59-81-45
www.vallondesglauges.com

*L'ABUS D'ALCOOL EST DANGEREUX POUR LA SANTÉ.

EYRAGUES 13630

Le Pré Gourmand 13/20

175 avenue Marx Dormoy - T. 04 90 94 52 63 - Menu(s) 38-82 €

Une table bourgeoise qui fait l'unanimité au sud d'Avignon, pour la belle tenue de la maison et de son jardin et pour la cuisine sûre et régulière du chef Patrick Léonce. Des produits nobles, des recettes maîtrisées, voilà une belle cuisine à la française qui permet de réussir les cérémonies et les repas d'amis. Un bien agréable menu à 58 €, «entre mer et Durance», avec l'omble chevalier infusion de myrte biscuit moelleux au cresson de fontaine, le pressé de cochon de lait cuit doucement caramel d'oignon figue et melon rôti, la pêche cuite à la verveine jus de groseille baba verveine citron sorbet pêche. Belle carte de vins, classée par type, bien complète sur la vallée du Rhône Sud et la Provence.

FONTVIEILLE 13990

Le Patio 13/20

117 route du Nord - T. 04 90 54 73 10 - Menu(s) 48-58 €

Stabilité et bonnes sensations dans cette jolie maison provençale au cœur du village. Une salle bourgeoise élégante, une terrasse au patio arboré, et le bon travail de Jean-Pierre Côte qui assure une belle cuisine régionale personnalisée dans cette ancienne bergerie XVIIe : velouté de courgettes rafraîchi à la menthe, brousse du Rove à la lavande, filet de bar poché, perles de blé aux agrumes, écume iodée au combava, croustillant d'épaule d'agneau des Alpilles, côte grillée et polenta croquante au vieux parmesan. Bon menu-carte à 48 €, desserts classiques bien faits, cave régionale.

L'Ami Provençal 12,5/20

35 place de l'Eglise - T. 04 90 54 68 32 - Carte 8 € - Menu(s) 35 €

C'est une petite auberge du bonheur, un havre souriant et joli au cœur du village, à laquelle Fanny et Yoann Palmero ont donné une atmosphère de douceur provençale qui leur ressemble, et se prolonge dans les assiettes de ce jeune chef à la fois adroit et respectueux du produit. Un menu qui change chaque semaine selon l'approvisionnement de saison, un brin d'audace sur des fondements solides de la tradition régionale, et une carte de vins bien affûtée.

Villa Régalido 12,5/20

118 avenue Frédéric Mistral - T. 04 90 54 60 22 - Menu(s) 39 €

De bonnes sensations à la table d'hôtes d'Emma, dans ce superbe moulin du XVIIe au charme méridional si bien préservé. La toque est bien là, dans cette formule assez simple à 39 €, mais qui donne un bel éventail des ressources locales, tomate et pêche blanche chèvre frais à la mélisse copeaux de chorizo de taureau pour une entrée de salade fraîche et locale, le filet de pagre caviar d'aubergine ou le quasi de veau en basse température polenta aux pimientos jus de réglisse...

PRODUCTEUR

Moulin Mas Saint-Jean

Route de Saint-Jean - T. 04 90 54 72 64

Le Moulin Saint-Jean est reconnu par les professionnels de la gastronomie. L'huile d'olive fait désormais partie intégrante de l'assiette, elle est mise en scène par les chefs en tant que produit brut quand la famille Sourdon, depuis 10 générations, travaille sur une huile authentique en AOP de la vallée des Baux. Magali est maître moulinier et Anne assure la promotion. La structure reste volontairement restreinte pour assurer une qualité constante, les huiles étant réparties dans deux cuves pour harmoniser la production et assurer la qualité.

VIGNERON

Château d'Estoublon

Route de Maussane - T. 04 90 54 64 00

Le château d'Estoublon est une référence pour ses vins et son huile d'olive depuis des siècles. La bâtisse accueille un hôtel et un restaurant et vous pouvez même privatiser le château. Sur place vous pourrez découvrir la production de la meilleure des façons : à table. Une visite s'impose.

FOS SUR MER 13270

Le Bec Fin 12/20

3 chemin de la Roquette - T. 04 42 05 39 38 - Menu(s) 16-32 € Ⓟ

On pourrait l'appeler l'auberge des bons vivants. Plancher et tables de bois brut, un mur tapissé de caisses de vin, au fond de la salle, des blagues écrites à la craie sur un tableau noir en largeur, style Almanach Vermot. À la bonne franquette, toujours de la gentillesse. De temps en temps, Pierre-Jean Carton sort de sa cuisine jovial, casquette à l'envers, short et tee-shirt, pour faire le tour des tables, qui appelle les habitués ses «copinoux». Il crée l'ambiance, s'informe, bavarde et repart. Mais en cuisine, c'est du sérieux. C'est le plateau de charcuterie du Domaine Abotia de Saint-Jean-Pied-de-Port, le cromesquis de Reblochon et lard paysan, une brouillade délicieuse, baveuse, énorme avec un lard de Colonnata et une entrecôte de Salers épaisse, cuite à merveille, maturée 30 jours, à l'exceptionnelle tendreté, sauce réduite, servie avec une aubergines et peau brûlée. L'attirante carte des vins à des prix raisonnables pioche dans les petits crus de vignerons et les beaux millésimes, la carte des cafés grands crus et celle des rhums méritent le coup d'œil.

Les Délices du Moulin

LE BON GOÛT DU FAIT MAISON

Sur la place de la jolie petite ville provençale de Fuveau, se découvre la Boulangerie-pâtisserie Les Délices du Moulin. La bonne adresse où trouver des gourmandises artisanales qui régalent petits et grands !

Avec ses 40 ans d'expérience comme chef pâtissier et 17 années de boulangerie, Patrick Della Schiava est un artisan qui sait ce qu'il veut offrir à ses clients : des matières premières de grande qualité, sélectionnées avec soin et si possible locales, pour des pâtisseries, viennoiseries, gâteaux, chocolats et glaces entièrement faits maison. L'équipe de 4 personnes y réalise toute l'année les classiques dont les clients raffolent, mais aussi des spécialités provençales comme la pompe à l'huile pour Noël ou de majestueuses pièces artistiques pour marquer tous les événements importants.

18, cours Victor Leydet, 13710 FUVEAU
Tél. : 04-42-58-70-93
Facebook : @les délices du Moulin Fuveau

Le vrai gourmet est celui qui se délecte d'une tartine de beurre comme d'un homard grillé, si le beurre est fin et le pain bien pétri...

Sidonie-Gabrielle Colette
(1873-1954)

Le Rendez-Vous

CUISINE FRANÇAISE TRADITIONNELLE

C'est ce que proposent Magali et Yahia dans leur restaurant ouvert voilà 8 ans. Les deux épicuriens sélectionnent les meilleurs fruits et légumes qu'ils peuvent dénicher localement ainsi que des poissons et des viandes de la meilleure qualité.

Qu'elles appartiennent à nos grands-mères ou qu'elles soient revisitées, les recettes de joue de bœuf ou d'escalope de veau, dégustées près de la grande cheminée, sont magnifiques. Les desserts : tartes aux fruits, tiramisù, crème brûlée ou fondant au chocolat sont, eux aussi, succulents. L'ardoise est renouvelée chaque semaine selon les produits de moment. Menu du jour : entrée, plat, dessert et quart de vin* à 15,90 €. Couscous le jeudi midi.
Belle terrasse ouverte en saison.

338, Route Départementale 96,
13710 FUVEAU
Tél. : 09-67-21-22-14
www.lerendezvousfuveau.com

> *La découverte d'un mets nouveau fait plus pour le bonheur du genre humain que la découverte d'une étoile.*

Jean Anthelme Brillat-Savarin
(1755-1826)

*L'ABUS D'ALCOOL EST DANGEREUX POUR LA SANTÉ.

GARDANNE 13120

TORRÉFACTEUR

Torréfaction Saint-Roch

7 cours de la République - T. 04 42 58 33 95

Une petite échoppe qui fait plaisir à de nombreux locaux et aux touristes en visite à Gardanne, tous attirés par l'irrésistible odeur de café grillé. À l'intérieur, de belles surprises, comme les arabicas de Colombie, d'Équateur, du Costa Rica, Moka, mélanges corsés, épicés, doux, tous torréfiés maison dans les règles de l'art. Les chanceux prendront quelques minutes pour s'abandonner à la dégustation de l'un de ces crus, et offriront aux enfants le privilège de goûter un véritable chocolat chaud à l'ancienne.

GÉMENOS 13420

La Magdeleine - Mathias Dandine 16/20

CHEF: MATHIAS DANDINE

2 rond-point des Charrons - T. 04 42 32 20 16 - Menu(s) 110-160 €

Au pied de la Sainte-Baume, la grande terrasse sous les platanes centenaires s'identifie parfaitement à la cuisine du terroir de Mathias Dandine. Ce bon vivant à l'œil gourmand rend hommage aux produits de sa Provence avec élégance et délicatesse. Le dos de sériole au goût délicatement épicé est juste snacké à l'unilatéral puis détaillé en fines tranches, accompagné d'une déclinaison de concombres du Liban qui amène douceur et croquant, contrebalancés par l'acidité d'une crème aigre et la puissance d'un jus d'arêtes. Un équilibre parfait. Classique mais tellement bonne, une fleur de courgette farcie à la chair de rascasse sur une mousseline de courgette au basilic. On verse autour un jus d'oignon, fenouil sec et safran. Puis, en entracte, le clin d'œil d'un mini-aïoli pour enfoncer le clou, légumes du jardin à la peau croquante et l'aïoli ail citron monté comme un sabayon. Toute la Provence... Vient ensuite le magnifique canard de Challans de Gérard Burgaud, juste rôti sur coffre. Le magret rosé et peau croustillante s'accompagne d'une longue raviole aux blettes et épinards, quelques girolles bouton et une déclinaison de cerises et amandes fraîches. Au final, un vacherin contemporain, framboises fraîches, coulis et sorbet de framboise, comme un blanc-manger aux amandes amères servies au siphon et meringue. Ceux qui veulent découvrir la Provence sont ici à bonne école.

Les Arômes 12,5/20

230 avenue du 2e Cuirassier - T. 09 80 73 06 60 - Menu(s) 35-56 €

À Gémenos, tout le monde vous le dira, si vous voulez réussir votre rendez-vous, votre repas de famille ou votre dîner d'affaires, c'est aux Arômes qu'il faut conclure. Les assiettes sont belles, l'ambiance délicieusement bourgeoise et le chef montre autant d'adresse que d'attention au produit, surtout local, avec par exemple les beaux légumes et les tomates divines de Bruno Cayron. Un bon service bien formé, une cave qui rend hommage aux vignerons proches.

JOUQUES 13490

VIGNERON

Château Revelette

Chemin de Revelette - T. 04 42 63 75 43

Revelette c'est 24 hectares de vignes, entre 330 et 400 m d'altitude, à une trentaine de kilomètres au nord d'Aix en Provence. Mais Revelette c'est aussi et surtout, Peter Fischer et sa compagne Sandra, qui conduisent le vignoble en culture biologique et cherche la finesse dans les vins. Visite l'après-midi en semaine et le samedi. Sur rendez-vous.

LA CIOTAT 13600

Roche Belle 13/20

455 corniche du Liouquet - T. 04 42 71 47 60 - Menu(s) 23-37 €

Une table raffinée sur la corniche du Liouquet, belle situation et bon accueil. Dans la salle élégante ou sur la terrasse sous les oliviers, l'envie de bien faire est palpable de la part de toute l'équipe. Edwige supervise avec talent, et le chef Damien Arnaud envoie des assiettes très bien construites, même en plein été quand les vacanciers sont en nombre : bœuf Black Angus comme un rôti froid, huîtres de Tamaris, condiment citron-estragon, pavé de maigre rôti, haricots verts et pêches jaunes, émulsion verveine, soufflé glacé à la menthe, crumble cacao et ganache onctueuse chocolat dans un très bon menu-carte à 37 €. Cave bien fournie en région sur des étiquettes réputées, bandol, cassis en tête avec Pibarnon, Fontcreuse ou le palette de Crémade.

La Table de Nans 13/20

126 corniche du Liouquet - T. 04 42 83 11 06 - Menu(s) 59-120 €

Dans un cadre idyllique entre La Ciotat et Saint-Cyr, on retrouve la table de Nans Gaillard et sa vue imprenable sur le golfe et la Méditerranée. Entre Provence et Bretagne, celui qui est passé par la Chèvre d'Or et l'Atelier de Joël Robuchon met aujourd'hui son expérience au profit d'une belle cuisine de produits, française et de tendance marine. À la carte, le carpaccio de sériole, le homard bleu, pince en ravioli, confit de carottes gingembre et citron vert, quasi d'agneau rôti au thym et fricassée de champignons des bois, un croustillant pomme caramel.

Bistrot Ciéutat

12,5/20

18 rue des Combattants - T. 04 42 36 86 25 - Menu(s) 22-34 €

Il est toujours agréable de se promener le long du port de la Ciotat... Si la mer et les plages sont caressées par une brise agréable, un souffle de jeunesse arrive en cuisine grâce à Camille Adam. Ce jeune homme de 21 ans, finaliste au concours Jeunes Talents Escoffier 2019, a vite pris ses marques dans ce bistrot qui fut naguère l'Offic'ine. Si Cieutat est l'ancien nom de la Ciotat, l'assiette est bien de son époque, proposant un travail très soigné, symbole d'une minutie et d'une précision rares, dans une carte tournée naturellement vers la mer mais sachant trouver dans les fermes voisines les bons produits de la terre. Avec la tomate à l'huile d'herbes tranchée au vinaigre de framboise, gelée de Marmande, glace au chèvre, la dorade sébaste en filet grillé, cuisine de lentilles corail, jus au curry vert., la pluma de porc grillée, gaufre à la patate douce, mousseline au citron confit, jus à la réglisse, avant un délicieux dessert pêche ganache cannelle. Cave régionale aux bonnes références, service bien maîtrisé sous l'œil du patron.

LES PRODUITS AOC ET AOP DE LA RÉGION PROVENCE-ALPES-CÔTE D'AZUR

Figue de Solliès, brousse du Rove, fromage de Banon, huile d'olive d'Aix-en-Provence, huile d'olive de Haute-Provence, huile d'olive de Provence, huile d'olive de la vallée des Baux-de-Provence, huile d'olive de Nice, muscat du Ventoux, olive de Nice, olives cassées de la vallée des Baux-de-Provence, olives noires de la vallée des Baux-de Provence, pâte d'olive de Nice, picodon, taureau de Camargue, truffe noire du Tricastin...

La Barque

L'ORIGINALITÉ DES PLATS ET DES SAVEURS

C'est une incitation au voyage que proposent Jordan Moreno Ros et Jean Perrin dans leur restaurant de bord de mer. Une cuisine du marché revisitée au fil des saisons et des arrivages, fraîche et colorée, parfois inspirée des parfums d'Amérique du Sud.
Empanadas (ravioles) en entrée, médaillon de cordon bleu fabriqué à base de poulet jaune français, de jambon blanc et d'emmental sauce jambon cru, ceviche de poisson façon Amérique latine mariné au citron vert, billes d'yuzu, oignon rouge, avocat et patate douce, ou encore, risotto de poulpe au poivron rouge sauce au chorizo fort, voilà quelques plats emblématiques de la maison qui vous mettront l'eau à la bouche. En dessert, la tarte au citron meringuée rivalise avec la mousse au chocolat, la tarte aux agrumes ou fruits de saison, des gourmandises sucrées concoctées maison.
Le + : Terrasse sous pergola avec vue sur le port.

9, quai Ganteaume, 13600 LA CIOTAT
Tél. : 04-42-92-25-68
www.la-barque.fr

Boucherie Chez Marco et Sandrine

LA PASSION DES METS GOUTEUX

C'est la fabrication maison que chérissent Marc et Sandrine Legrand dans leur boucherie-charcuterie. Leurs mets sont de qualité, fabriqués à partir de viandes savoureuses comme le bœuf Limousin, le veau de Corrèze, l'agneau de l'Aveyron, le porc de montagne élevé aux châtaignes dans le Cantal ou les volailles des Landes. Le jambon blanc, sans sel nitrité, est maison comme les pâtés en croûte, terrines, aïoli ou paupiettes de saumon. À déguster sans modération.

6, avenue Léo Lagrange, 13410 LAMBESC
Tél. : 04-42-27-25-99

La Mamma

LE SUD DANS VOTRE ASSIETTE

Chez les Piga, la cuisine est, depuis 2009, une affaire de famille. Avec leur équipe, ils accueillent chaleureusement les clients et réalisent des recettes maison. L'accent est mis sur des approvisionnements en circuits très courts et la qualité des mets.

Située sur le Port-vieux de la Ciotat, cette institution, dont les saveurs sont à dominante italienne, est aux premières loges pour recevoir les arrivages de poissons en direct des pêcheurs. Les pâtes fraîches et les pizzas sont accommodées de légumes de saison récoltés localement, tout comme les grillades origine France cuites au feu de bois. La truffe est abondamment travaillée. Le panettone façon pain perdu ou les figues rôties en saison concluent le repas en beauté.

Le + : Une terrasse couverte est ouverte dès l'arrivée des beaux jours avec une vue imprenable sur les bateaux.

✉ 2, quai François Mitterrand, 13600 LA CIOTAT
Tél. : 04-42-08-30-08
Instagram : lamamma_laciotat

La Boucherie de La Sainte-Baume

DES PRODUITS COMME ON N'EN TROUVE PAS AILLEURS

Cette boucherie-charcuterie- traiteur artisanale, Éric Prinderre et son équipe, dont font partie son épouse et leurs deux fils, proposent les meilleures viandes françaises : bœuf (charolais, blonde aquitaine, limousine), agneau de Sisteron, porc fermier de Bigorre, volailles de Bresse et des Landes... On y trouve également des spécialités corses comme le figatelli, mais aussi de la paëlla, du saumon fumé, du foie gras, des gratins et leur réputé boudin à l'oignon, médaillé. Tout est fait maison.

✉ Route des Vignerons, 13112 LA DESTROUSSE
Tél. : 04-42-04-42-53

LA ROQUE D'ANTHÉRON 13640

Le Jas

12/20

10 bis rue de l'Église - T. 04 42 50 50 58 - Carte 53 € - Menu(s) 18-35 €

Au cœur du village, Émeric Corbon a déniché une petite maison charmante pour y faire ses premiers pas comme chef propriétaire, grâce en partie à la Dotation Gault&Millau. Nous avions vu juste en récompensant ce cuisinier de talent qui a la tête sur les épaules. Une auberge accueillante, avec sa petite salle voûtée de pierre qui se prolonge d'une agréable terrasse, un bon démarrage pour celui qui fut durant plusieurs années le chef du Moulin de Lourmarin pour Édouard Loubet, après avoir évolué à Bournissac, chez Kayser et chez Chenet... Il a ainsi appris à connaître et domestiquer les herbes et les saveurs provençales, offrant pour ses premières cartes une belle vision du terroir, avec le papeton d'aubergine coulis de tomate au thym, la fleur de courgette farcie parfumée à l'estragon, la pintade fermière rôtie au sautoir ratatouille grenailles en persillade jus des sucs aux herbes... Un fond classique solide, un bon sens de l'assaisonnement pour une assiette qui montre déjà son caractère, dès le petit menu déjeuner à 23 €, les tarifs d'ensemble étant pour le moment fort doux (35 € en menu-carte où piocher à sa guise). Au fil du temps, ces bonnes inspirations vont s'affiner et s'améliorer encore (le service, gentil, un peu débordé par le succès, la cave qui va s'étoffer, les cartes sous plastique à moderniser...), mais d'ores et déjà, le Jas est la meilleure offre à des kilomètres à la ronde, et une aubaine pour les fidèles du festival annuel de musique de La Roque.

LANÇON PROVENCE 13680

VIGNERON

Château Calissanne

Route Départementale n° 10 - T. 04 90 42 50 23

A quelques kilomètres seulement de l'aéroport de Marignane, le Château Calissanne se compose de 110 ha de vignes et 80 ha d'oliviers. Il propose une large gamme dans les trois couleurs dont les "clos Victoire" issus de vieilles vignes. Petite particularité, vous pourrez également y déguster et acheter les châteauneuf du pape de la propriété.

LE PUY SAINTE RÉPARADE 13610

HÔTEL

Villa La Coste - 5 étoiles

2750 route de la Cride - T. 04 42 50 50 00 - à partir de : 700 €

Au cœur d'un magnifique vignoble de 200 ha, l'endroit est un vrai trésor, imaginé par le collectionneur d'art contemporain irlandais et francophile Patrick McKillen. Centre d'art dessiné par Tadao Ando, incroyable chai signé Jean Nouvel et parc somptueux empli d'œuvres commandées pour les lieux, avec des pièces majeures de Louise Bourgeois, Sophie Calle, Jean-Michel Othoniel ou encore Richard Serra. Ce domaine est un bonheur pour les amateurs d'art qui peuvent poser leurs valises dans l'une des 28 vastes suites et villas décorées de bois clair, de pierres brutes et prolongées de baies vitrées qui donnent sur la nature environnante. La restauration est à la hauteur de ce site d'exception avec la cheffe Hélène Darroze aux commandes. Tout comme le spa en chêne blond pensé par le designer hongkongais André Fu, avec cours de yoga et méditation associés aux traditionnels soins et massages. Une expérience rare à s'offrir (au moins) une fois dans sa vie !

LES BAUX DE PROVENCE 13520

L'Oustau de Baumanière 18,5/20

CHEF : GLENN VIEL - *CHEF PÂTISSIER :* BRANDON DEHAN -
DIRECTEUR DE SALLE : LAURENT SOUSTELLE - *SOMMELIER:* PIERRE-MARIE FAURE

Mas Baumanière - T. 04 90 54 33 07 - Carte 51€ - Menu(s) 165-305€

Le petit chemin qui sinue au milieu des fleurs de bourrache, les arbres de Judée qui bordent la terrasse, tout concourt au plaisir d'un déjeuner dans la belle maison de Jean-André Charial. Bis repetita cette année en cuisine, où le formidable Glenn Viel, œil malicieux et stature de troisième ligne, mêle à merveille la tradition provençale et sa Bretagne natale. Réjouissante tartine de sardine de Méditerranée, au crémeux de pain toasté, escargots au jus de champignons accompagné d'un espuma légèrement aillé pour donner un équilibre parfait, ou encore la douceur d'un carpaccio de couteaux allié à une poudre de rouget de caractère, une crème légère qui l'assouplit, des écailles pour le croquant et une socca niçoise. Cette année, son «Croque Cabillaud» travaillé à la vapeur associe une gribiche à l'estragon, oignon, feuille de blette du jardin et jus corsé de sardine et, à côté, un aérien lait d'arête. Sur une assiette de la céramiste Cécile Cayrol est disposée, comme une œuvre d'art, une crevette carabineros grillée et en chips, compressé de laitue et pulpe de citron confit. L'agneau de lait, star de la maison, aligne un beau mélange terre-mer, un carré à la cuisson irréprochable, avec feuilles de tétragone, algue, tomates séchées, jus corsé et moules pour le côté iodé. À côté, sur un petit BBQ, la panoufle, tendre, goûteuse. Tout cela épaulé par l'une des plus belles cartes des vins de l'Hexagone. Brandon Dehan, le chef pâtissier, offre la fraîcheur de cerises sautées au basilic, et au centre un cœur glacé au lait de coco.

L'Aupiho - Domaine de Manville 15/20

CHEF: LIEVEN VAN AKEN

Domaine de Manville - T. 04 90 54 40 20 - Menu(s) 60-145€

Au cœur des Alpilles, la belle bastide beige aux volets gris, attire golfeurs et amateurs de bonne chère, depuis la grande véranda vitrée ou la terrasse, face au parc jalonné d'allées en permaculture. Le chef flamand Lieven Van Aken, passé chez Michel Guérard et Olivier Brulard, privilégie les légumes bio du domaine pour développer une cuisine de gourmandise. Salade de pistes et huîtres, avocat, Granny Smith, agastache anisée et siphon de rouget ; remarquable foie de lotte accompagné d'une rafraîchissante glace au sureau et d'une gaufre (un peu molle), agrémentée de quelques fraises et de caviar osciètre qui n'apportent pas grand-chose au plat. Irrésistibles, les lamelles de thon rouge, épinards «éléphant» et ail noir, servies avec un réjouissant barbajuan végétal, condiment poivron, le tout rehaussé d'un formidable bouillon à la sardine. La selle d'agneau des Alpilles, parfaitement cuite, peau croustillante, au beurre d'herbes accompagnée d'une amusante tapenade d'algues s'associe à un jus de poutargue corsé. Le chef pâtissier, Frédéric Néchaouni, reste dans la note avec une pana cotta de petits pois, compotée de fraise, espuma de fromage blanc, sorbet citron, et quelques feuilles d'oseille qui apportent de l'acidité. Belle carte des vins, particulièrement en Provence («Dolia» et «Cornaline» de Dominique Hauvette) et en côtes-du-rhône, Château Grillet 2016, Beaucastel 2015, saint-joseph cuvée «L'Amarybelle» 2012 d'Yves Cuilleron. Le service est agréable avec de jeunes stagiaires pas tout à fait rodés qui accumulent les «bien l'bonjour et bonne continuation» un peu décalés dans ce lieu.

La Cabro d'Or

14,5/20

Mas Baumanière - T. 04 90 54 33 21 - Carte 41 € - Menu(s) 55-90 €

Un confort inégalable, une sécurité maximale et beaucoup de charme : voilà les ingrédients d'un repas toujours réussi au Cabro, avec les réalisations si soignées et maîtrisées de Michel Hulin et de sa brigade. On peut s'y abandonner les yeux fermés, tout est sous contrôle, les saveurs sont nettes et précises : ceviche de langoustines acidulé confit de tomate Green Zebra eau de tomate et concombre aux herbes, dos de loup cuit sur peau gratin de courgettes aux coquillages fleur en tempura et jus iodé de Camargue ou un très beau classique comme l'agneau au thym tomate farcie puis confite pesto de basilic. Équipe de salle au niveau Relais & Châteaux, détendue et très pro, desserts dans la même ligne, fruits de saison, chocolat, ou plus surprenants avec le millefeuille d'aubergine et confit de fenouil, cave impressionnante, sans faille.

Benvengudo

13/20

Vallon de l'Arcoule - T. 04 90 54 32 54 - Menu(s) 32-90 €

Une splendide demeure, une hôtellerie de charme et de confort, les ingrédients sont là, encore mieux mis en valeur par la belle cuisine de Julie Chaix, ex-Ducasse, qui poursuit avec talent l'aventure au pays des Baux. Avec sa version très actualisée des traditions provençales, des beaux dressages et des saveurs justes : tomates en carpaccio pistou de basilic condiment tomate, seiche juste saisie légumes et jus de ratatouille, pièce de taureau AOP de Camargue et petits farcis. Les desserts sont soignés (délicieux abricot amande, crémeux amaretto compotée d'abricot moelleux amande), la cave régionale est bien faite et bien détaillée par un connaisseur.

HÔTEL

Baumanière les Baux-de-Provence - 5 étoiles

Mas de Baumanière - T. 04 90 54 33 07 - à partir de : 240€

Né de la fusion de La Cabro d'Or et de l'Oustau de Baumanière, Baumanière est un lieu magique fondé par Raymond Thuilier, compagnon d'armes du tandem Gault&Millau dans les années 1960. Jean-André Charial, son petit-fils, lui succède en 1969 et possède toujours ce majestueux domaine dont il dirige les cuisines. Morceau d'éden, membre de Relais & Chateaux, posé au cœur de l'exceptionnelle nature minérale des Baux-de-Provence, Baumanière se compose de 5 bâtisses entourées d'un parc de 20 ha recouvert de fleurs, d'oliviers et de grands ifs : l'Ousteau, la demeure historique ; la Guigou, le mas provençal ; le Manoir, bastide du XVIIIe siècle ; et, enfin, Flora et Carita, 2 refuges champêtres. L'ensemble regroupe 53 chambres au goût exquis avec leurs camaïeux d'ocre, leurs matières naturelles et leurs meubles, chinés à L'Isle-sur-la-Sorgue ou signés de designers. À deux pas, l'Oustau de Baumanière invite à découvrir la cuisine gastronomique de Glenn Viel, tandis que La Cabro d'Or fait la part belle à la cuisine provençale conduite par Michel Hulin. Dernier plaisir, et non des moindres, un spa aussi intime que raffiné, avec espace fitness et 6 cabines de soins du corps et du visage des marques Sisley et Une Olive en Provence.

Hôtel Domaine de Manville - 5 étoiles

Domaine de Manville - T. 04 90 54 40 20 - à partir de : 275€

Une cour ombragée de platanes centenaires, une bergerie typiquement provençale et ses dépendances... C'est dans une ferme agricole des années 1900 que la créatrice Annie Zeau a choisi d'aménager ce luxueux palace, membre de Small Luxury Hotels of the World, qui réunit aujourd'hui 30 chambres et suites aux murs de pierre et aux matières naturelles (bois anciens, jonc tressé...). On vient ici pour la cuisine du chef anversois Lieven Van Aken, les soins de haut vol dispensés dans le spa aménagé dans l'ancien hangar du domaine, ainsi que pour le golf 18 trous, l'un des plus prisés de la région. Dernier atout, 9 maisons hôtelières ultra-chics avec cuisine équipée et piscine privative en complément de celle de l'hôtel.

LES PALUDS DE NOVES 13210

La Maison - Domaine de Bournissac 12/20

Montée d'Eyragues - T. 04 90 90 25 25 - Menu(s) 45-130€

Le lieu a beaucoup de charme, une belle maison provençale décorée de façon authentique et dans un esprit familial, au milieu d'un parc de végétation méditerranéenne autour de la piscine. Sous les poutres de la salle à manger règne une âme provençale sincère. En revanche, nos impressions, mitigées depuis un moment, se confirment, tant dans le service que dans l'assiette, où les efforts de naguère sont aux abonnés absents. Il faut vite retrouver l'allant et la niaque des débuts pour justifier des toques et d'une mention favorable. Espérons que tous les bienfaits que cette belle maison nous a prodigués durant plus de quinze ans, et que nous avons soutenus avec autant d'énergie, vont vite revenir.

MAILLANE 13910

BOULANGER

Fassy

4 cours Jeanne d'Arc - T. 04 90 95 74 01

Chez Fassy, on trouve une grande variété de fougasses, mais aussi oreillettes, tuiles, sacristains et bien d'autres gourmandises. Cela fait 6 générations que le goût des choses bien faites et le savoir-faire sont transmis de père en fils. Côté boulangerie, un large choix de pains spéciaux et de viennoiseries. Pour les jours de grande chaleur, n'hésitez pas non plus à découvrir les glaces maison.

MARSEILLE 13000

AM par Alexandre Mazzia 19/20

CHEF : ALEXANDRE MAZZIA - *CHEF PÂTISSIER :* MARC ALTENBURGER - *DIRECTEUR DE SALLE :* PASCAL GARNIER - *SOMMELIER :* JEAN-PHILIPPE ROCK

9 rue Rocca (8e) - T. 04 91 24 83 63 - Menu(s) 135-385 € Ⓟ

Aussi bardé de titres et de décorations qu'un maréchal soviétique, en haut dans tous les classements à 40 ans à peine passés, Alexandre Mazzia savoure, tout en continuant à bosser comme un acharné. Et dans la création pure, l'artiste est à peu près seul, dans son monde, laissant à chacun le loisir d'inventer ses propres couleurs. Lui-même évolue, et en permanence, assénant sa vérité des saveurs, désormais sans tergiverser, sans laisser le choix de la sauce comme par le passé. Sa leçon de carabinero est, par exemple, éloquente et scandée : la bouchée de brioche à la sardine et Colonnata qui prépare le palais, la tête gingembre pamplemousse estragon chou-fleur fumé avocat peau de poulet grillé jus dragon, et deux préparations, l'une épicée beurre blanc gel de piment, l'autre en aigre-doux. Elle suivait un génial mouvement araignée denti, semoule et fleur d'oranger pommade raifort sucs de carapace, moule hareng maquereau noix de coco betterave condiment mojito à l'estragon jus vert roquette et diplotaxis. Dans cette avalanche de saveurs complexes, où chaque histoire est racontée par des planètes et satellites (ce qui occasionne parfois plusieurs minutes de présentation), on est tour à tour séduit, surpris, émerveillé, ensorcelé, chaque soucoupe, coupelle, assiette recevant un condiment, une sauce, un bouillon, une épice, une herbe, un vinaigre extrait de la bibliothèque magique et secrète de l'auteur, qui en compte près de 200. Et pourtant, durant tout ce spectacle, car c'en est un, vous restez en haut, ou en lévitation, selon la sensibilité, un bon moment avant de pouvoir atterrir. Quelques mariages ont déjà été entrevus, mais ont évolué, anguille chocolat, framboise harissa en condiment, glace wasabi et raifort, et sont employés dans une logique confondante. Desserts dans la lignée (cannelé butternut, banane fermentée mangue riz soufflé, excellent chocolat...). L'équipe de salle, dirigée par Pascal Garnier, est hyper affûtée et efficace, la cuisine ouverte permettant de suivre en direct ce marathon du goût surexcitant. La cave, plus parisienne que provençale par ses choix radicaux comme par ses destinations, permet au sommelier de procurer sa part de surprises.

Passedat - Le Petit Nice

18/20

CHEF : **GÉRALD PASSEDAT** - *SOMMELIER :* **STÉPHANE MESNIER**

Corniche J. F. Kennedy, Anse de Maldormé (7e) - T. 04 91 59 25 92 - Menu(s) 145-390 €

Marseille et Le Petit Nice, Marseille et Passedat, une histoire d'amour qui dure et sur laquelle nombre d'experts ont un avis définitif. Pas nous, pas Gault&Millau. Rien n'est jamais acquis, tout évolue. Dans ce cadre, dans cette forme très ajustée, préparée, pour ne pas dire engoncée, de la grande table à la française, avec ses rites amidonnés (dès la réservation, on sent que personne n'est là pour rigoler), pas facile d'entendre le gazouillis de la liberté, la colombe de la sérénité, le mantra du plaisir. Et pourtant, si de très nombreux grands chefs se consacrent à la cuisine du poisson, très peu l'ont réellement suffisamment en eux pour obtenir cette forme viscérale qui n'appartient qu'à ceux qui sont nés dans l'eau. En deux plats, le poisson du Sud en caravane nordique (denti cru et maigre fumé, poutargue de Martigues, caviar osciètre, mousseline de chou-fleur) et le rouget, Gérald Passedat montre que, dans ce domaine, il est bien un grand parmi les grands. Le premier pour l'harmonie des saveurs, le subtil équilibre, chaque ingrédient comme une danseuse d'un ballet, tout en étant envahi par le plaisir de la chorégraphie d'ensemble. Le second est un rouget à pleurer, le choix, la fraîcheur, la découpe et la préparation, la cuisson, une perfection, le goût qui domine, juste souligné par ce qu'il faut d'aneth, pure, verte, de bouillon presque japonais tant il est subtil, et une version crue à côté, avec une réduction des foies... D'autres plats font grimper un peu moins haut, tout en séduisant à l'envi, le jardin marin, escargot, biou, gambero, langoustine, moule, quinoa rouge et blanc, huître de Camargue, moins passionnant, le pagre aubergine purée fenouil et pointe de vanille jus légumes rôtis, bouillon d'aubergine réduit et menthe, avant un très bon dessert figues aux effluves provençales, très construit. Autour, la vue magnifique sur la mer et les îles, l'atmosphère Petit Nice et grandes orgues, la cave, belle et inaccessible comme une vitrine Chanel, et donc un peu ennuyeuse dans son vieil habit de cuir.

Alcyone

16,5/20

CHEF: **LIONEL LEVY**

1 place Daviel (2e) - T. 04 13 42 43 43 - Menu(s) 105-145 €

Adieu la salle bourgeoise de palace, les grandes tentures masquant le plaisir de la vue et le personnel un tantinet guindé. L'Alcyone s'est refait une jeunesse avec une déco moderne, plus en harmonie avec la cuisine revivifiée de Lionel Lévy et son second, Cédric Mery, qui jonglent avec les produits entre tradition et modernité comme ces simples pois chiches de Rougiers juste épaulés par une vinaigrette à la truffe du Haut-Var. Il y a bien sûr la nouvelle version de son plat signature, la bouillabaisse, présentée comme un milk-shake. Une couche de pomme de terres rouille et safran, puis mascarpone et morceau de loup et, dessus, une émulsion de poissons de roche. Le goût de la vénérable recette est intact. Partant d'un plat marseillais, le loup à la Montredon, il le remplace par un rouget désarêté, cuit à l'étouffé entre des briques rouges de Toulouse montées à 250 °C. En accompagnement, un petit pain cuit à la vapeur au fumet d'arêtes et sauce corail. C'est soyeux, pas agressé par la chaleur. Suit un surprenant «pigeon sous la mer», le filet mariné aux algues, ce qui lui donne un curieux goût iodé, sur un jus de citron lié à la marinade, les cuisses farcies de fines lamelles de céleri-rave, à côté de pickles et crème de céleri truffé. L'ensemble matche parfaitement. Repas sans faute conclu par le magnifique dessert du pâtissier Clément Pouillotte, une sphère en sucre à l'intérieur de laquelle on trouve du riz rouge de Camargue caramélisé et glace au riz, kalamansi confit. Le service, dirigé par le parfait Richard Pico, ajoute au plaisir d'une soirée réussie.

Tabi 15,5/20

CHEF: IPPEI UEMURA

165 corniche J. F. Kennedy (7e) - T. 04 91 22 09 33 - Menu(s) 50-125 €

Il se démène, il fouille, il cherche : Ippei Uemura est un incorrigible perfectionniste qui ne lâche jamais un plat ou une recette avant qu'elle ne corresponde exactement à la vision qu'il en a. Ainsi sa version de la bouillabaisse dont il a tellement épuré le bouillon qu'il en reste la quintessence, le jus de l'umami, autour des poissons façon sushi. Ce sont ceux qu'il a choisis avec toute la science du cuisinier de Kyoto qui sait reconnaître d'un coup d'œil la qualité de l'arrivage, et n'a évidemment plus rien à apprendre de l'ikejimé et des diverses préparations autour des produits de la mer. Comme en témoignent l'excellent maquereau façon Nanban, la délicate et légèrissime friture d'encornet mariné ou encore le tartare de thon façon nakaochi. Il lui arrive parfois d'être tellement pris dans son propos qu'il pourrait presque en égarer le mangeur, mais il sait toujours, dans un sursaut de simplicité, passer de l'ésotérisme à l'évidence, de sa construction d'une «illusion de carotte» à la suavité d'une pâte azuki entourant une fraise juteuse. Ce talent-là est évidemment rare et à cultiver. La maison est toujours aussi attractive, perchée idéalement sur la corniche face au large et le service suit en sobriété et belles manières le ton, jamais guindé et pourtant très distingué, de cette table à part.

L'Épuisette 15/20

CHEF: GUILLAUME SOURRIEU

Vallon des Auffes (7e) - T. 04 91 52 17 82 - Menu(s) 75-155 €

Un des caïds de la pêche marseillaise, un lieu devant lequel les lieus s'inclinent et galopent jusque dans la cambuse, avec leurs amis les saint-pierre et les dorades. Dans cette salle baignée de soleil (emportez des lunettes !) au bout du vallon des Auffes, face à la mer, Guillaume Sourrieu manœuvre avec dextérité entre les bancs.

Ses menus ont autant de sobriété que de talent : aspic de bouillabaisse, salade de poulpe en vinaigrette, homard crémeux de coco émulsion de persil jus de tomate, loup aux cèpes, saint-pierre risotto aux cèpes jus ratatouille. Desserts légers et précis, très belle cave de passionné.

Une Table, au Sud

15/20

CHEF: LUDOVIC TURAC

2 quai du Port (2e) - T. 04 91 90 63 53 - Menu(s) 49-168 €

Nous l'annoncions l'an passé, la cuisine de Ludovic Turac a retrouvé ses marques. Le menu «Marseille» met en scène une magnifique interprétation de l'aïoli de daurade rafraîchie aux agrumes, lamelles de légumes crus relevés d'un excellent aïoli, et la bouillabaisse déstructurée dont l'élément principal est un filet de maigre (on pourrait lui reprocher un manque de caractère), juste rôti à l'huile d'olive, la pomme de terre fondante découpée comme un calisson, pochée dans un bouillon safrané et recouverte d'un gel de citron ; on monte en gamme avec la puissance d'un croustillant farci d'une mousseline de poissons de roche et la soupe de poisson, très concentrée. Tout est juste, parfaitement maîtrisé. Bluffant, enfin, un dessert en trompe l'œil, une navette, disons des Accoules pour rester dans le quartier. Une coque en chocolat blanc, parsemée de brisures de navette qui renferme une mousse aérienne à la fleur d'oranger. À côté, dans un bol, des épices orientales, raz el hanout, segments d'orange, menthe ciselée et yaourt. Ce qui fait le lien avec le menu «Passeport» du chef, qui nous transporte aux quatre coins de la planète. La carte des vins, composée par le nouveau sommelier, Thierry Sauvanot, vous fait découvrir, entre autres, le surprenant «Vega», un blanc aux notes d'agrumes issu de la cave Microcosmos au cœur du Panier. Une curiosité de Fabienne et Lukas Völlmy qui se basent sur une sélection parcellaire. Si le jeune maître d'hôtel manie un peu trop l'emphase en déclinant les plats, le service est irréprochable.

La Mercerie

14/20

9 cours Saint-Louis (1er) - T. 04 91 06 18 44 - Menu(s) 31-55 €

Le haut de gamme de la bistronomie marseillaise que cette enseigne proche de la Canebière et où il se passe toujours quelque chose. La cuisine soignée, originale et actuelle de Harry Cummins s'accompagne des bouteilles de partout sélectionnées par Laura Vidal, et le plaisir du dégustateur s'accompagne généralement d'un beau voyage. Un menu du soir à 62 €, en cinq services sans choix, et une formule déjeuner très intéressante pour explorer cet univers, à 35 € : ceviche de maigre et daurade leche de tigre et courgettes, maquereau grillé salade de haricots verts kimchi de fenouil et basilic, pana cotta yaourt abricot grillé sorbet pêche, dans une belle atmosphère d'initiés.

Ourea

14/20

72 rue de la Paix Marcel Paul (6e) - T. 04 91 73 21 53 - Menu(s) 24-52 €

Tranquille et assumée, la petite échoppe à la devanture toute discrète en marron et blanc est bien devenue ce que Matthieu Roche et Camille Fromont voulaient en faire, comme un bar d'amis où les assiettes défilent sans cérémonie, mais avec une grande justesse et une vraie régalade. L'objectif est atteint, les toques sont là sans avoir besoin d'affichage, avec un menu-dégustation à 52 € qui pourrait valoir bien plus ailleurs : melon amandes ricotta de brebis, guanciale et truffe d'été, tomate rôtie tomates cerises et burrata, thon blanc de ligne beurre blanc au curcuma et courgettes, épaule d'agneau rôtie aux épices jus tamarin aubergines grillées fromages au massala. L'atmosphère est douce, la gentillesse, de mise, et les desserts se révèlent frais et charmants (pêche écume verveine citron glace sésame). Cave bien fournie, intéressant menu déjeuner à 28 €.

Restaurant Saisons - Julien Diaz

14/20

8 rue Sainte-Victoire (6e) - T. 09 51 89 18 38 - Menu(s) 29-129 €

Malgré quelques réaménagements récents, la salle au curieux papier peint vert aux motifs psychédéliques ne laisse pas filtrer la joie de vivre. Et pourtant, derrière la belle cuisine ouverte, Julien Diaz, entouré de ses girls, réalise un remarquable travail d'artiste. Le foie gras mariné au rappu et sa gourmande réduction café, le risotto au safran, huile de cyprès et mélasse de grenade sont un vrai bonheur. Son ris de veau cuit à la perfection s'associe à des kumquats rôtis. On termine sur un nuage de brousse, ail noir et herbes sauvages et une délicieuse tartelette de céleri-rave au lait d'amande, pommes caramélisées et sorbet pommes-amandes. Guillaume Bonneaud, aussi jovial que compétent, sort une carte intelligente pailletée de magnifiques étiquettes, du Temps des Rêveurs blancs «En Surface» de Jérôme Maillot au pied de la Sainte-Victoire, au surprenant IPG Alpilles cuvée «Aupiho» blanc 2020 du Domaine Fontchêne. Service féminin sans problème gêné par la mauvaise sonorisation de la salle.

Signature - Coline Faulquier

14/20

180 rue du Rouet (8e) - T. 04 65 85 53 48 - Menu(s) 29 €

L'endroit est beau, fait pour les épicuriens, et Coline Faulquier est une excellente cheffe de cuisine. Voilà qui vous fait une signature, un pedigree et des toques de plaisir pour tous ceux qui ont la chance de côtoyer cette adresse cachée entre Castellane et le stade Vélodrome. Dans cette atmosphère de belle table contemporaine, l'assiette est bien au centre des préoccupations, joliment dressée et toujours intelligente dans les associations de texture et de saveurs : maquereau mariné au balsamique gel de betterave rouge et cassis betteraves en textures, poisson de pêche locale estragon pomme de terre, selle d'agneau rôtie en viennoise de plantes sauvages carpaccio de courgette jus corsé, avant un très bon dessert sur le thème de la tomate... Cave plaisante, encore un peu trop collée aux étiquettes connues, mais joli travail avec Victor Delpierre, pour des boissons cocktails d'un nouveau style.

Les Trois Forts

14/20

36 boulevard Charles Livon (7e) - T. 04 91 15 59 56 - Carte 25 € - Menu(s) 50-99 €

La position dominante de ce bel établissement au-dessus du Vieux-Port apporte un charme supplémentaire aux assiettes raffinés de Dominique Frérard, qui séduit aussi bien les grands déjeuners d'affaires que les dîners intimes et romantiques des résidents du Sofitel. Pour l'été, un concept nouveau Effet Mer, plus simple et moderne, a remplacé le gastro, mais on peut faire confiance à la direction de cet hôtel en vue pour manager au mieux les aspirations d'une clientèle diversifiée.

L'Aromat

13,5/20

49 rue Sainte (1er) - T. 04 91 55 09 06 - Menu(s) 19-65 €

Une façade tabac dans une rue qui domine le Vieux-Port. C'est pur, élégant, quasi minimaliste. La carte de Sylvain Robert est basée sur les produits de saison, avec des cuissons précises et des associations qui fonctionnent, comme cet œuf mollet croustillant, fricassée de supions aux poivrons grillés et coppa, focaccia de pain noir à la brousse et citron confit. L'idée est dans le vent, on se laisse tenter par le hamburger de bouillabaisse bien construit, servi avec de croquantes frites de panisse et jus de bouille. Le pavé de maigre, beignet de fleurs de courgette, lasagne de légumes, mousseline safranée et zestes d'agrumes ne laisse pas indifférent. Mais le meilleur vient avec ce morceau d'Aubrac fumé minute en bocal au thym et romarin, accompagné d'une petite charlotte d'aubergines parmesanes et d'un cromesquis, nappé d'un jus de viande corsé. Le vacherin abricot-pistache et émulsion chocolat au lait noisette ferme la boucle. À souligner, l'accueil de Virginie Robert, patronne parfaite, à l'affût du moindre problème (une viande demandée bleue arrive trop cuite, on la remplace aussitôt). Belle carte des vins qui parcourt les régions, Château Romanin «La Chapelle» 2017, bouches-du-rhône blanc Minna Vineyard, sancerre «La Moussière» 2014, Domaine François Villard «Les Contours de Mairlant» blanc 2017. Dans cette charmante maison règnent le savoir-faire et la gentillesse.

Lauracée

13,5/20

96 rue Grignan (1er) - T. 04 91 33 63 36 - Menu(s) 22-90 €

Christophe Négrel, le retour. Ce chef compétent retrouve le chemin d'une cuisine affirmée délicieusement bourgeoise. L'ambiance rappelle un peu ces anciennes brasseries parisiennes, avec argenterie et belles assiettes. Bref, du bon vieux classique. Le midi, c'est la cantine des avocats du palais de justice tout proche qui se jettent sur le très sage menu à 27 € incluant deux mini-entrées, un plat et un dessert. Le soir, on aime ce côté cosy, feutré, propice aux dîners d'amoureux. Sous la fourchette, terrine de pied de cochon croustillante au saké, jeune pousse au vinaigre de cerise, tête de veau ravigote, capron, crostini et fine betterave crapaudine ; puis une remarquable joue de bœuf cuite longuement, avec des haricots tarbais et jus de réduction au chorizo, pour finir sur un bon cannoli croustillant aux amandes, bruccio citronné dans l'esprit d'un fiadone et crémeux bergamote. La carte des vins propose de belles références (château Revelette 2017 de Peter Fischer, châteauneuf-du-pape Château de Beaucastel 2012) et le bon rapport qualité-prix du Morgon 2017. Autre constat, le service rajeuni cultive l'empathie et le partage.

Le Relais 50

13,5/20

20 quai du Port (2e) - T. 04 91 52 52 50 - Carte 55€ - Menu(s) 49-75€

Bien calés sur la grande terrasse bordée d'oliviers face au Vieux-Port et à Notre-Dame-de-la-Garde, les «classiques» choisiront la soupe de poisson de roche, l'entrecôte béarnaise ou le risotto à la poutargue. Mais quand Noël Baudrand met le turbo, les curieux que nous sommes se laissent embarquer dans ses plats moins conformistes. À l'image du maquereau cru mariné minute, présenté sur un coulis de roquette et glace wasabi, ou des huîtres Tarbouriech au topinambour et café. Il s'amuse même à mêler la truffe noire au camembert di Bufala, confiture de champignons et salade de mâche... Pourtant, on ne lasse pas de son plat signature, cette poitrine de cochon basque de Peïo Errecart, du domaine Abotia, servie en petits carrés confits, laqués d'un caramel de tomate au poivre du Sichuan, et accompagnée de liliacées, oignon, ail, échalote et poireau, qu'on déguste avec un verre de sancerre rouge du Domaine Raimbault. Au dessert, tranches d'avocat et guacamole, tube croustillant de noix de coco, perles du Japon et glace gingembre-banane. La carte des vins à prix sages a besoin de s'étoffer, mais on retient la cuisine réjouissante du chef, la vue carte postale et le personnel aux petits soins.

Bubo

13/20

34 rue Jean Fiolle (6e) - T. 09 50 13 58 28 - Carte 12€ - Menu(s) 50-69€

C'est un lieu qu'il faut savourer dans son ensemble, sans se limiter à l'assiette, rouage important mais pas unique d'une expérience réussie. Avec le service adorable et impliqué, la carte des vins vraiment faite pour en profiter (du bon à prix juste sur tout le Sud), dans une déco épurée, fraîche et réussie pour une clientèle complice et connaisseuse. Le midi, l'excellent rapport prix-plaisir du bento convainc la majorité, avec la tartelette hareng fumé-poireaux-œufs de truite, l'artichaut barigoule d'oignons noisettes torréfiées, le veau très tendre et juteux, bien accompagné et condimenté tomate-anchois, et un dessert chocolat-estragon-clémentine un peu plus en retrait. Les 2 toques sont bien là, et Grégory, en salle, comme Fabien, en cuisine, font tout pour faire progresser la barque.

La Femme du Boucher

13/20

10 rue du Village (6e) - T. 04 91 48 79 65 - Menu(s) 17-23€

Après cette longue coupure sanitaire, Laetitia Visse est revenue à ses fondamentaux. C'est le retour de l'os à moelle, du pâté en croûte, de la tête de veau, du quasi farci au pastirma et pecorino, et du boudin grillé. On n'est pas contre, tout au contraire. Son joli bistrot au patio végétal, proche de la place Castellane, a vite rameuté les amateurs gourmands de ses plats de ménage revisités. Après une petite terrine de cochon pour nous mettre en bouche, de mémorables beignets de cervelle d'agneau sauce gribiche, et un rognon de veau champignons et grenailles rôties crémé à la moutarde comme le préparait nos grands-mères dans les repas de famille, tout comme le bon clafoutis aux cerises. La carte des vins à prix plus que raisonnable est bistrotière (languedoc «Apache» 2019, gaillac Mauzac vert, coteaux-d'aix «L'Instant»). En salle, la brigade est cool et souriante, que demander de mieux ?

Les Fenêtres

13/20

1 place Daviel (2e) - T. 04 13 42 42 40 - Carte 75 € - Menu(s) 38-45 €

Lionel Lévy en version brasserie, c'est un régal ! Parce que le chef a des racines méditerranéennes fortes, de l'imagination et du talent, la carte fourmille de bonnes idées pour un repas détendu dans le cadre très chic de l'Intercontinental : pissaladière aux sardines et anchois, fleurs de courgette farcies au caviar d'aubergines et pistaches vinaigrette au zaatar, saint-pierre au basilic et pistou de courgette, volaille d'Alice, tatin d'oignons et beurre d'herbes. Bons desserts classiques, cave complète.

Sépia

13/20

2 rue Vauvenargues (7e) - T. 09 83 82 67 27 - Menu(s) 43 €

Au bout de la passerelle qui mène à ce «restaurant d'altitude», l'ambiance est toujours au beau fixe dans ce lieu magique qui domine Marseille. Installés en terrasse sous la charpente de bois protégée par des canisses, on piaffe d'impatience en consultant l'ardoise du déjeuner. Dans sa vigie, Paul Langlère maintient le cap avec une cuisine bistrotière, dans le bon sens du terme. Ventrèche de thon rouge grillé crème de haricots verts et vierge à la niçoise, maigre rôti risotto de pomme de terre au pistou, calamarata effilé d'agneau épicé aubergines et tomates. Le personnel cool et attentionné, en short et marinière, dépose une assiette de coquillages coques et moules, à la fraîcheur d'un émincé de menthe et dés de pomme verte, et un bel espuma de céleri fumé. Le verre de côtes-du-rhône 100% syrah (6 €) accompagne un irréprochable tataki d'onglet de bœuf, concombres marinés au soja, sucrine braisée, julienne de poivron rouge confit coriandre et bouillon dashi. Au dessert, un crumble de céréales associé à une compotée de fraises chaudes (est-ce bien nécessaire ?) et un sorbet framboise-menthe. Le dressage est un peu fouillis, mais c'est très bon. Le soir, sous les étoiles, la vue n'en est que plus belle.

La Table Cinq

13/20

13 boulevard Blancarde (4e) - T. 04 91 34 85 22 - Carte 42 €

Au milieu du quartier Cinq-Avenues (d'où le nom du restaurant), la porte monumentale en acier rouillé conduit à un ancien appartement privé restauré par deux copains d'enfance, Jean-Claude de Lanfranchi, chef du salé, et Pierre Lamour, chef du sucré. Belles salles aux plafonds hauts, murs couverts de tableaux végétalisés, objets chinés et, tout au fond, une grande terrasse bordée d'oliviers. Les deux garçons vous délivrent des plats aux portions généreuses, comme ce délicieux foie gras poêlé et légumes racines, des salsifis très légèrement croquants, avec un jus poire-gingembre. Même démarche pour la poitrine de cochon confite aux épices douces, chou pak choï rôti et jus de braisage. Du simple, du savoir-faire, du goût. La tarte au caramel, pavot et sésame noir, ganache montée, chocolat blanc est tout aussi précise et tranchée. On accompagne tout ça avec un bien joli verre des collines rhodaniennes «Les Petites Bêtises» de David Reynaud ou de la Bastide du Claux du formidable Sylvain Morey. Vous l'aurez compris, le chichiteux n'est pas le genre de la maison. Les produits sont bruts, les cuissons au petit point, comme le service qui va avec.

La Cantinetta

12,5/20

24 cours Julien (6e) - T. 04 91 48 10 48 - Carte 37 €

Le Cours Julien évolue, voit de nouvelles enseignes, la Cantinetta demeure. Ouf ! se disent les habitués qui tiennent naturellement à cette adresse pas comme les autres, où la chaleur et l'esprit de partage sont les maîtres mots, dans la salle comme en terrasse sur le trottoir. Ils apprécient la qualité de l'assiette, orientée vers l'Italie, pleine de senteurs méditerranéennes : antipasti et charcuterie, linguine vongole, rigatoni all'arrabiata. Mais ce qui motive le plus les aficionados, ce sont les idées du jour, toujours succulentes, sur les pâtes, le risotto, la viande ou le poisson... Le tiramisu ou la panna cotta, mais aussi la tarte au chocolat font partie des must en dessert.

Cédrat

12,5/20

81 rue Breteuil (6e) - T. 04 91 42 94 41 - Carte 7 €

Une petite salle avec cuisine ouverte, un patio agréable aux tables un peu rapprochées, une atmosphère qui se crée petit à petit pour Éric Maillet, qui travailla chez Passedat et qui connaît bien la cuisine méditerranéenne, et notamment marine. La carte se renouvelle au gré du marché, la cave aime la nature et les vignerons bio ou en biodynamie.

Madame Jeanne - Maison Buon

12,5/20

84-86 rue Grignan (1er) - T. 04 86 26 54 16 - Menu(s) 49 €

Aventurez-vous dans le passage secret du 84 pour découvrir cette table originale qui, sans faire plus de bruit que cela, a gagné ses galons depuis quelques années. Une atmosphère girly raffinée, simplicité et légèreté dans l'assiette qui n'oublie pas le bon goût : «vitello anguilla» sur le modèle du tonnato, pickles riz de Camargue soufflé, barigoule de blettes œuf parfait, poitrine de cochon laquée ragoût de haricots blancs et pissenlit, riz au lait caramel beurre salé dans une formule travaillée à prix tout doux (22 €).

Le Môle Passedat

12,5/20

MUCEM - 1 esplanade du J4 (2e) - T. 04 91 19 17 80 - Menu(s) 42-80 €

Un lieu superbe pour admirer la Grande Bleue et profiter du site du Mucem. La brasserie telle que l'a voulu Gérald Passedat est une réussite du point de vue du design, mais aussi du concept, avec des assiettes adaptées au lieu, qui sortent bien droit et dans leur époque, avec une signature de chef : poulpe grillé, petits pois en houmous, bouillon de concombre rafraîchi, cannellonis, chèvre frais, petits pois et fèves, citron confit, jus vert, arrivage du jour bayaldi de légumes, jus de poisson corsé au fenouil... Bon menu à 42 €, service pro.

Nestou

12,5/20

43 rue de Suez (7e) - T. 09 87 08 17 00 - Menu(s) 19-39 €

Une cuisine aimable, franche, spontanée, avec la fraîcheur d'un gaspacho ou d'un velouté de saison, le poisson du moment, des accompagnements soignés... toujours de belles sensations depuis l'an passé et l'inscription au «109» de cette jeune table réjouissante et moderne. Ajoutez une cave avec quelques jolies découvertes en Provence (Lolicé, Capelan, Sulauze...) pour mieux saisir l'esprit de cette adresse toute proche de la corniche.

Question de Goût

12,5/20

145-147 avenue Joseph Vidal (8e) - T. 04 91 73 59 08 - Menu(s) 25-49 €

Vanessa Robuschi mène avec dynamisme et résolution son affaire proche de la Pointe-Rouge et répond de mieux en mieux à la question du goût. Les formules sont bien pensées, ne se contentent pas d'envoyer du lourd au dîner, mais donnent la mesure de la saison pour chaque bon moment passé dans cette salle jolie et animée, avec un service toujours tonique : crème de laitue rafraîchie à la chair de tourteau, parfums d'Asie, tempura de feuille de laitue, merlu de ligne, rhubarbe, fenouil, estragon, canard, navet, pomme de terre, mûre, chou, ganache montée chocolat blanc, glace petits pois, fraises dans un beau menu «Épicurieux», disponible midi et soir. Cave bien adaptée, et un brunch le dimanche à 26 € qui connaît un beau succès.

Les Réformés

12,5/20

125 La Canebière - T. 09 71 16 35 90 - Menu(s) 24-29 €

On en prend plein la vue en sortant de l'ascenseur, au dernier étage d'un complexe comprenant 7 salles de cinéma, lieux culturels, etc. Face à l'église des Réformés, tout en haut de la Canebière, le rooftop bordé d'une terrasse sur trois côtés en jette ! On pourrait s'attendre à du bling-bling, pas du tout. Beaucoup de charme, ambiance décontractée, et un aménagement intelligent organisé comme un open space avec des parties plus intimes, des meubles de récup des années 1970, des tables hautes et basses en bois de hêtre, des toiles aux murs, de beaux objets et, sur la terrasse, des fleurs et des arbustes. Tatiana Halimi, la patronne du lieu, a su s'entourer d'une équipe jeune et efficace. Derrière sa cuisine ouverte, Victor Thoueil, passé chez Jean-François Piège, change sa carte chaque semaine en fonction du marché. Servi dans une belle vaisselle d'artisans, on y trouve la fraîche stracciatella un cœur de burrata, accompagnée de fines tranches de lard de Colonnata et des lamelles de kaki grillé ; des huîtres à la gelée de kalamansi et julienne de granny smith. Parmi les plats, le poulpe tendre à souhait, betterave en fines tranches à l'huile fumée et, plus classique, un remarquable quasi de veau à la cuisson parfaite, jus corsé, champignons et délicieuse crème de topinambour. Côté desserts, du yaourt grec battu, glace aux herbes et pomme verte. Pour rester dans l'harmonie, Valentin développe une astucieuse carte de vignerons, la plupart en biodynamie avec des prix entre 24 et 120 €.

Le Siam

12,5/20

25 promenade du Grand Large (8e) - T. 04 91 73 91 08 - Carte 45 € - Menu(s) 80 €

Les années passent et le Siam reste la référence thaïe de la ville ; longévité, régularité, même si l'on constate un peu moins d'allant et d'enthousiasme que jadis, dans l'ambiance comme dans le service. Il n'empêche, les plats, classiques, ont une bonne tenue : beignets de crevettes sauce aigre-douce, soupe tom yum, curry vert de poulet, loup entier en feuilles de bananier...

Les Trois Coups

12,5/20

44 rue Saint-Suffren - T. 09 81 08 83 84 - Carte 12 € - Menu(s) 20 €

Eugénie Flipo, chaleureuse, souriante, est attentive au bien-être de ses clients. Dans la longue salle, ou au soleil sur la petite place Edmond-Rostand, défilent les plats de copains de Giovanni Graziani. Copieuse tempura d'artichauts, mayonnaise à l'estragon et salade de roquette ; un morceau de lotte (un soupçon trop cuit) avec une ribambelle de légumes, lentilles, brocoli, oseille, le tout relevé par de la Nduja, une saucisse calabraise de porc épicée ; au dessert, un demi-pamplemousse passé au gril avec un jus d'orange sanguine, des morceaux de pâte brisée et une quenelle de mascarpone. Côté liquide, Eugénie déroule sa palette de vins naturels. Plus d'une centaine d'étiquettes puisées chez les vignerons de l'Ardèche et d'ailleurs, le Fleurie «Coup de Foudre» de la famille Bertrand en beaujolais, la syrah «Biou» de Paul Estève et Chrystelle Vareille au Domaine des Miquettes et le petit vin nature «Tombé du Ciel» de la formidable Pauline Maziou, ou le surprenant Jajatoès blanc de Lori Haon au Domaine du Petit Oratoire dans le Gard. Et comme il n'y avait plus de place pour ranger tout ça, Eugénie vient d'ouvrir une cave au 197, boulevard de la Libération.

Le Bistrot à Vin

12/20

17 rue Sainte, RDC (1er) - T. 04 91 54 02 20 - Carte 41 €

La quête de l'alliance réussie entre le pain et le vin se poursuit rue Sainte. Ce Bistrot à Vin ne baisse pas la garde et propose toujours une cuisine régionale très variée, avec un brin d'imagination qui le rend original, sur des recettes du répertoire marseillais.

La Bonne Mère

12/20

16 rue Fort du Sanctuaire (6e) - T. 04 91 58 22 05 - Carte 21 €

La renommée de la pizza est ici presque aussi importante que celle de la Bonne Mère toute proche. De quoi se sustenter avec la bénédiction des spécialistes, une farine sélectionnée, une pâte bien reposée, un savoir-faire évident et des ingrédients italiens de première force.

Le Capucin

12/20

48 La Canebière (1er) - T. 04 30 22 03 12 - Carte 10 € - Menu(s) 24-29 €

Brasserie pimpante et sérieuse sur la Canebière, où un bon chef se dévoue à l'exercice d'une carte vaste et quotidienne pour le plaisir des passants et du quartier. Les idées du jour sont toujours bien traduites, poulpe snacké risotto au chorizo, côte de cochon purée de carottes et courgettes grillées pour des assiettes vite délivrées à tarifs serrés. Menu deux plats à 24 €, et 29 € avec le dessert, un crumble pomme-poire-cassis, un moelleux à l'orange fraises et pignons.

Caterine

12/20

27 rue Fontange (6e) - T. 04 91 67 72 85 - Carte 31 €

Qui pourrait s'étonner que la nouvelle enseigne de Marie Dijon soit différente des autres ? Pas nous ! On la repère à deux pas de la place Notre-Dame-du-Mont grâce à sa façade bleu roi, parce que rue Fontange, on ne trouve pas toujours les numéros. Étonnant, détonnant, plaisant, c'est tout ça à la fois. C'est ce qu'on ressent dans la petite cour qui prolonge une salle toute en longueur. Toile de spi, parasols, oliviers, meubles de récup. On peut ne pas aimer le principe du self-service, où l'on prend couverts, verre et serviette en papier sur une desserte dans la cour et, une fois terminé, on débarrasse.... Depuis la fenêtre de la cuisine, on vous appelle pour vous signaler que vos plats sont prêts. Marie Dijon étonne toujours par des associations originales : maquereau brûlé, eau de kimchi, pamplemousse ; gaspacho pastèque braisée, tandoori, tomates cœur de bœuf feta fumée et croutons aillés. Le Japon à la française avec d'amusants gyozas farcis à la langue de bœuf, présentés dans un bon bouillon dashi, cacahuètes et piment doux. Puis, aux effluves d'Afrique du Nord, des cromesquis à l'effiloché de cochon (un peu compact), où ras el hanout et estragon font bon ménage. Pour la fraîcheur, des quartiers de pêches bien mûres, pamplemousse, crumble au sucre muscovado et une émulsion au thé blanc. Comme toujours, une carte de vignerons «nature» choisis avec discernement, tel le Roussillon «Fleur de Cailloux» 2019 de Jean-Philippe Padié. Quant au service, on est très content de notre travail...

La Côte de Bœuf

12/20

35 cours Honoré d'Estienne d'Orves (1er) - T. 04 91 33 00 25 - Carte 96 € - Menu(s) 24-79 €

La place aux huiles sans la Côte de Bœuf serait inimaginable, car cette institution créée par Paul Léonard il y a des lustres est le refuge des carnivores de tous poils !

La liste impressionnante des races de viande sont affichées : Argentine, noire de Baltique, simmental, holstein, Aubrac, blonde de Galice et minhota-galega portugaise. Les amateurs y trouvent le tomahawk et, cette année, l'indispensable wagyu japonais. À table, pas besoin d'entrée. Sur une grande planche de bois, le menu à 43 € se compose d'une belle côte de bœuf Angus, de grosses frites juste rôties avec une sauce au poivre vert, un os à moelle et un bout de salade. La carte des vins accompagne le repas avec un choix délibéré sur les rouges.

Le Jardin Montgrand par Hugues Mbenda

12/20

35 rue Montgrand (6e) - T. 04 91 00 35 21 - Menu(s) 22-49 €

Changement à vue par rapport au petit bistrot sympa proche de la Canebière. Hugues Mbenda s'est ainsi installé dans un élégant hôtel particulier du centre-ville, au calme d'un grand jardin sous les arbres, cerné de hauts bambous japonais. L'ancien chef du Céladon de l'Hôtel Westminster à Londres joue avec les produits de saison. On a aimé le poireau farci d'un filet de maquereau fumé, relevé d'une vinaigrette à l'abricot qui apporte un goût doux acide. Le millefeuille de légumes croquants au pesto de roquette s'acoquine à un surprenant crumble de poudre de baobab (clin d'œil à l'origine sénégalaise du chef) au goût acidulé qui rappelle celui du tamarin. Un pavé de maigre rôti, terminé au chalumeau, est associé à une compotée oignon hibiscus purée de haricots noirs mexicains. Et on termine sur un rafraîchissant bavarois de framboise, quelques feuilles de basilic thaï et crumble de cacao. Tout cela au menu «Chef d'orchestre» à 39 € ! Bon, le service est un peu lacunaire et la courte carte des vins mérite de s'étoffer. À suivre.

Lacaille

12/20

42 rue des 3 Mages (6e) - T. 09 86 33 20 33 - Menu(s) 40 €

Dans ce joli bistrot planté à 50 m de La Plaine (la place Jean-Jaurès, entièrement rénovée), on va de surprise en surprise. Un accueil exemplaire truffé de gentillesse, un petit patio tout au fond avec quelques tables pour respirer le soleil... La carte évoque ces plats de ménage qu'on allait manger chez nos grands-mères le dimanche : escargots, bœuf purée et crème caramel. C'est là qu'intervient la cuisine pleine de malice de Marc Ouvray. Car derrière ces appellations qu'on pourrait qualifier de banales, se cachent d'autres surprises. Quelques escargots sur un coulis de cresson, un espuma de beurre d'ail et un léger feuilletage en croissant de lune. On loue la cuisson du paleron de bœuf qu'on pourrait déguster à la cuillère tant il est tendre ; sur son jus de cuisson réduit est posé un effeuillé d'endives dont la petite amertume est maîtrisée par des lamelles de poire. Enfin, la crème caramel «retour des îles» est dressée à l'emporte-pièce avec une tranche d'ananas Victoria rôtie, une glace malaga rhum-raisins et une opaline caramélisée. La carte des vins est raisonnable bien qu'un peu courte, on remarque le vouvray «Troglodyte» d'Alain Robert, un viré-clessé Domaine de la Verpaille et le vertueux saint-joseph «Les Pierres Sèches» d'Yves Cuilleron.

Otto

12/20

150 rue Jean Mermoz (8e) - T. 04 91 71 16 52 - Carte 43 €

Déjà 5 ans pour cette deuxième maison de Pierre-Antoine Denis (la Cantinetta) qui offre au quartier cet esprit trattoiria qui nous plaît bien. C'est encore mieux si vous pouvez profiter de la terrasse pour apprécier la burrata des Pouilles, les beignets de fleurs de courgette, l'aubergine confite à l'arménienne et les linguine alle vongole. Bonne panna cotta fruits rouges ou glace fior di latte.

La Piscine

12/20

148 quai du Port (2e) - T. 04 91 89 53 54 - Carte 39 € - Menu(s) 19 €

Sur le Vieux-Port, là où le flot commence à se raréfier en allant vers le Mucem, un bistrot d'aujourd'hui, à l'ardoise maligne, empruntant à la tendance comme aux ressources régionales et marines. À des tarifs concurrentiels, on explore les alentours avec les aubergines confites pastèque feta, le poulpe grillé poêlée riz rouge vierge légumes aux agrumes, l'épaule d'agneau basse température.

La Bonne Mer

11,5/20

13 rue Fort du Sanctuaire - T. 07 88 31 25 89

Tout beau tout neuf, ce bistrot marin-poissonnerie a pris la place d'une ancienne boulangerie du quartier Vauban, face à la pizzeria La Bonne Mère. Déco de bois clair, banc de poisson au fond et, pour l'apéro avant le déjeuner, belle petite terrasse à la façade bleue au soleil, huîtres de Tamaris, délicieuse tempura de joues de lotte et un bon petit blanc des Bouches-du-Rhône. Le soir, la carte, plus élaborée, propose des couteaux déglacés au vin blanc, pesto d'ail des ours, quelques pignons torréfiés et zestes d'agrume ; aiglefin fumé, betterave-échalote et une amusante émulsion mayonnaise-cacahuète et sel fumé de salish. Ou bien l'excellent terre-mer, avec du filet de bœuf comme un tataki, mariné dans une sauce ponzu et, dessus, un tartare d'huîtres et un émincé de basilic. Un plat généreux qu'on accompagne d'un bon Viognier «Secret de Famille» (IGP Méditerranée, 2019).

Regain

11,5/20

53 rue Saint-Pierre (5e) - T. 04 86 68 33 20 - Menu(s) 21 €

La petite devanture jaune vif a ouvert ses portes en fin d'année et dévoile quelques belles surprises. L'ancien Ca Blanca d'Édouard Giribone a fait peau neuve avec sa longue salle bistrotière prolongée aux beaux jours d'un séduisant jardin de curé. Derrière sa cuisine ouverte, Sarah Chougnet-Strudel, adepte des restaurants éphémères et des dîners insolites d'Emmanuel Perrodin, pratique avec bonheur des menus courts en fonction du marché. Une démarche toute personnelle qui aligne des associations contemporaines, un pain perdu-betterave rôtie et mont-d'or, des rillettes d'espadon, un réjouissant ris d'agneau yaourt à la rose céleri branche et sarriette, un délicieux ragoût de pois chiches, fregola sarda, cébettes sur un sabayon café-anis vert et, au dessert, biscuit au miel, pomme au vinaigre et poivre du Sichuan. En salle, son associé, Lucien Salomon, propose une carte de vins nature. Virevoltant d'une table à l'autre, il prend plaisir à faire goûter ses découvertes (Luberon «Grabuge» d'Alexandre Dalet, Jura Domaine Labet «Fleur de Savagnin», Savoie Ton Rouge du Lac «Ça boit libre», Morgon «Granitic» de Fabien Forest et quelques inévitables vins orange). Si Regain évoque le roman de Giono, c'est aussi le nom donné à cette herbe qui reprend vie dans les prés après qu'on l'a fauchée. Un bon signe.

Jogging Jogging

11/20

103 rue Paradis - T. 04 91 81 44 94 - Menu(s) 25-49 €

Une épicerie-bistrot au style bobo bio assumé et agréable pour passer un moment comme chez soi avec des produits choisis et une ambiance de quartier. On discute avec le patron des résultats de l'«Ohème» ou des dernières cuvées dénichées chez les vignerons proches, on trinque sans façon dans cette bienveillance naturelle qui permet de mieux apprécier la bonne tielle de seiche, fraîche et légère, et un honnête dessert chocolat avec une glace coco maison.

Livingston

11/20

5 rue Crudère (6e) - T. 04 96 10 00 00 - Carte 40 €

Ambiance «cours Ju» dans le quartier des musiciens, clientèle jeune, devanture graffée, jolie salle, petite terrasse sur deux côtés. Du bruit, mais l'atmosphère est dans le style. Valentin Raffali, ancien bras droit de Harry Cummins, reste dans l'esprit de la Mercerie. Il déroule une réjouissante carte de tapas contemporaines adaptées au quartier. Anchois sauce romesco, assiette de radis et beurre à la poutargue, huîtres yuzu kosho, Caesar salade et Bloody Mary... Même pas peur ! Créatif à n'en plus finir, comme cette thonine marinée avant son passage sur le barbecue, que partagent feuilles d'oseille et crème aigre, le tout adouci par des quartiers de nectarine. Suivent trois belles sardines entières en brochette, grillées et laquées d'une sauce teriyaki corsée au soja sucrée et mirin, et une grosse quenelle de foie de volaille, pas lourde et fadasse comme on le voit souvent, avec un peu de cognac (de Groperrin, s'il vous plaît). À côté, gros cornichon, ciboulette et belles tranches de pain grillé. Le juste équilibre. En finale, une fraîche salade de nectarines, meringue et poudre de galanga qui apporte un goût gingembré. Le service est cool et efficace, comme le verre de chenin de Loire blanc «Les Herbes Folles» du Domaine Clément Baraut. Hélène Morère «raconte» ses vignerons, l'ardéchois de Sylvain Bock, le catalan blanc de Partida Creus, le rouge du Luberon de Laura Aillaud, Roussillon le «Trouble Fait» de Marc Barriot, «Born to Be» du Vin des Potes, bergerac «Va te faire boire», et vous fait goûter la spécialité de la carte, l'un des nombreux vins orange (blanc vinifié comme du vin rouge au goût plus prononcé de par la présence des tanins).

Barrio 28

10,5/20

32 rue Caisserie - T. 04 65 96 04 92 - Carte 31 €

C'est un petit bout de Pérou dans le quartier du Panier avec sa belle façade rouge et sa salle de bois clair. Jose Panplona y fait la cuisine de sa ville, Lima, pleine de rires, de couleurs et de parfums. On y trouve bien sûr 5 ou 6 ceviche, celui du jour était tout en douceur, un chaud froid aux dés de thon et de poulpe, avocat, fine purée de patates douces, leche de tigre au fumet de poisson, coriandre coco, et de l'aji amarillo, le piment jaune péruvien. Servi à côté, dans un bol en bambou, un magnifique arroz chaufa, du riz sauté au wok, puis une tarte au citron vert et meringue sur un fond de spéculoos. On arrose tout ça d'un excellent vin blanc du Chili et, pourquoi pas, de quelques gouttes de mezcal pour retrouver l'image du Pérou...

Le Relais Corse

10,5/20

49 avenue du Prado - T. 09 50 72 99 53

Ouvert jusqu'à 2 heures du matin, ce sympathique bistrot proche de la place Castellane se remplit après chaque séance du cinéma situé juste en face. Plateaux de fromages et charcuterie de l'île de Beauté. Lonzo, coppa ou figatelli selon la saison, la fameuse omelette corse à la brousse et à la menthe et, par-dessus tout, le superbe veau tigre de Jacques Abbatucci, éleveur dans la vallée du Taravo, en Corse du Sud. Une viande d'exception déclinée en tartare, burger, saucisse au confit d'oignons rouges, sans oublier l'incontournable fiadone de Lili. On boit le bon petit rouge du Domaine Fiumicicoli à Sartène et, pourquoi pas, un petit verre de liqueur de myrte rouge avant de partir.

Les Akolytes

10/20

41 rue Papety (7e) - T. 04 91 59 17 10 - Menu(s) 20-27 €

Une petite table qui respire l'insolite et la bonne humeur au milieu d'une salle aux allures de brocante avec plantes accrochées au mur, vélo ou balançoire à l'entrée. Sur la carte, on met des K partout, de crumble à confit ou à gnocchi, le service est cool, pas toujours au top, mais il y a des idées rigolotes en cuisine, comme les huîtres marinées soja-piment, l'os à moelle servi dans son plat de service ou le crumble de sardines dans une boîte d'origine, malheureusement un brin sec.

HÔTEL

Le Couvent - 5 étoiles

6 rue Fonderie Vieille (2e) - T. 06 12 31 48 79 - à partir de : 140 € Ⓟ

Au cœur du quartier du Panier qui domine le port de Marseille, cette adresse confidentielle rallie déjà tous les suffrages. Aménagée dans une fonderie royale du XVIIe transformée en couvent de Jésuites, elle dispose désormais de 9 luxueuses suites aux allures de petits appartements. Décorées avec beaucoup d'esprit par les maîtres des lieux, Inès et Nicolas Tassy, toutes mêlent matières naturelles, charpentes apparentes, photographies contemporaines et pièces design signées des plus grands (Le Corbusier, canapés Paola Navone, lampes Pierre Mouret...). Un lieu élégant qui offre à ses hôtes une totale indépendance, puisque ceux-ci peuvent également profiter d'une cuisine entièrement équipée et d'un service en chambre à la demande.

Hôtel Dieu Intercontinental Marseille - 5 étoiles

1 place Daviel (2e) - T. 04 13 42 42 42 - à partir de : 250€

194 luxueuses chambres et suites qui déclinent un luxe cosy et raffiné, conçu par Jean-Philippe Nuel ; un immense spa Clarins spécialisé en aromathérapie et doté d'une superbe piscine ; la table du chef Lionel Levy plébiscitée par tous les gourmets ; des terrasses avec une vue à couper le souffle sur le port de Marseille que veille Notre-Dame-de-la-Garde... Vous l'avez compris, cet hôtel aménagé en 2013 dans l'ancien Hôtel-Dieu de la ville a tout bon. Les qualités exceptionnelles de luxe et de services d'un 5-étoiles qui fait jeu égal avec les plus prestigieuses adresses internationales, et le charme unique d'une géographie. Proche du MuCem et du cœur battant de cette ville, tout entière tournée vers la mer azur.

Hôtel Le Petit Nice Passedat - 5 étoiles

17 rue des Braves Anse de Maldormé, Corniche J. F. Kennedy (7e) - T. 04 91 59 25 92 - à partir de : 340€

On vient ici déguster la cuisine (très) inspirée du prestigieux chef Gérald Passedat, issu d'une famille marseillaise pur jus qui possède cet hôtel-restaurant, aujourd'hui membre de Relais & Châteaux, depuis un siècle. Une fois sur place, on se retrouve totalement envoûté par la beauté du site, posé à fleur d'eau sur la mer azur. Juste à côté, 16 vastes chambres invitent à prolonger ce moment rare, aménagées avec une luxueuse sobriété (camaïeux de blanc, matières naturelles et inspirations maritimes) et toutes entières tournées vers la piscine couleur lagon, et la mer en toile de fond. Accroché à la corniche Kennedy et non loin du cœur historique de Marseille, un refuge unique dont la beauté se double d'une qualité de service aussi efficace que chaleureux.

Hôtel Les Bords De Mer - 4 étoiles

52 corniche Kennedy (7e) - T. 04 13 94 34 00 - à partir de : 190€

Incontestablement l'un des lieux les plus chics et les plus séduisants de Marseille ! En lieu et place du Richelieu, l'un des hôtels historiques de la ville, cette adresse inaugurée en 2019 réunit tout ce qu'on aime : 19 chambres pourvues de balcons ou terrasses entièrement tournés vers la mer, un délicieux restaurant d'inspiration méditerranéenne, un spa avec massages balinais et soins bio de la marque Susanne Kaufmann, un incroyable rooftop avec une piscine et un bar confidentiel pour savourer en toute quiétude la vue époustouflante sur la Méditerranée. Le top étant ce petit escalier qui mène à une plage privée, le tout en plein cœur de Marseille. On doit cette magnifique pépite au duo Frédéric Biousse et Guillaume Foucher qui bâtissent, sous le patronyme Les Domaines de Fontenille, l'une des collections d'hôtels les plus désirables du moment.

Tuba Club - 4 étoiles

2 boulevard Alexandre Delabre (8e) - T. 04 91 25 13 16 - à partir de : 220€

Sur les rochers, au cœur du village de pêcheurs des Goudes, cette adresse inaugurée en 2020 prend place dans un ancien club de plongée réinventé en «restaurant et hôtel de copains», comme aiment à le définir ses propriétaires, Grégory Gassa et Fabrice Denizot. Sur 350 m^2, le duo a imaginé 5 chambres comme des cabines de voiliers (lampes en cordages, douches aux allures de tuyau d'arrosage amélioré) où l'on s'endort et l'on se réveille avec le clapotis des vagues. Le bar-restaurant décline une excellente cuisine à base de poissons et de fruits de mer signée Antoine Teychené et se prolonge par un petit paradis... Une terrasse en surplomb de la plage avec transats en bois et coussins rayés jaune et blanc, le tout avec une vue à 180° sur la mer azur et le ballet des voiliers qui vont et viennent depuis les îles du Frioul.

BOUCHER

Boucherie Hervé de Château Gombert

1 traverse Grand Jean, C.C. Mallet (13e) - T. 04 91 66 84 90

Les viandes de bœuf sont de race limousine ou charolaise, les veaux sont corréziens, les agneaux aveyronnais et la volaille label Rouge, de Bourgogne. Chez Hervé, c'est le tour de France des animaux de la ferme, dans le seul but de satisfaire la clientèle avec de la viande d'excellente qualité et des efforts réguliers sur les prix avec les Paniers d'Hervé et des commandes 5 ou 10 articles à prix étudiés promotionnels.

Boucherie Hervé des Chartreux

9 rue Pierre Roche (4e) - T. 04 91 49 48 96

Les viandes de bœuf sont de race limousine ou charolaise, les veaux sont corréziens, les agneaux aveyronnais et la volaille label rouge bourguignonne. Chez Hervé, on fait le tour de France des animaux de la ferme, dans le seul but de satisfaire la clientèle avec des viandes d'excellente qualité.

Boucherie Jacques Saint-Jérôme

54 avenue de Saint-Jérôme (13e) - T. 04 91 66 41 08

Charles Assirlikian affiche l'un des meilleurs rapports qualité-prix de la ville. Avec Didier Mercier, il sélectionne ses viandes avec le plus grand soin, à l'instar de la blonde d'Aquitaine de Dordogne, de la limousine ou du bœuf de Bavière (simmental). À ne rater sous aucun prétexte, la saucisse de Marseille assaisonnée à l'anis étoilé, aux graines de fenouil et à l'échalote, une création maison en association avec Marcel Rei, un charcutier de la ville.

BOULANGER

Le Bar à Pain

18 cours Joseph Thierry (1er) - T. 06 87 04 02 51

Ce Bar à Pain est sorti de l'imagination d'Emmanuel Arnoux, boulanger bio passionné formé par un beau-frère fou de pain, niché à Sisteron. Au comptoir, chaque jour appelle une découverte, les tartines de pain maison se parent de produits des fermes locales (éthiques, évidemment) et se croquent en terrasse pour un prix raisonnable. Forcément, on n'ose résister au plaisir d'emporter une miche à la maison, avec l'assurance de ne pas la voir rassir de sitôt.

Dame Farine

77 avenue de la Corse (7e)

Un boulanger de quartier qui se repère de loin : derrière la façade bleu ciel, une boulangerie «d'art et d'essai», qui propose le pain et la viennoiserie sur des farines sélectionnées, du bio au levain de blé ou de seigle et des spécialités, comme le «pain du coin» au petit épeautre, le tendre et excellent «petit poucet», le pain aux noix. Goûtez aussi les fougasses et la brioche, les navettes, le pudding...

Le Fournil des Rois

8 rue Breteuil (1er) - T. 04 91 33 26 40

Une boulangerie de quartier, légitimement réputée, principalement pour ses «gâteaux des rois» en hiver. Durant trois mois, vous pourrez savourer la galette briochée aux fruits, très régionale, ou la classique galette frangipane.

Les Mains Libres

117 boulevard Chave (5e)

Affirmer avoir les mains libres est une façon de dire «je fais ce que je veux», une revendication déclamée par un trio sympathique. Aurélie la plasticienne, à l'origine de cette boulangerie bio, a croisé le chemin de Marika, la fondeuse de bronze, et Tristan, le cuisinier. Les farines bio sont moulues en meule de pierre, pas d'additif, du levain naturel. La baguette Magique (levain de blé), la Linotte (khorasan et graines de tournesol), la Choco Chocotte (levain de blé et chocolat) dénotent l'esprit de la maison : créatif et joyeux, auquel on peut ajouter sérieux.

Maison Saint-Honoré - Pierre Ragot

131 rue d'Endoume (7e) - T. 04 91 90 25 69

La fière façade bleu roi indique un boulanger de caractère. Pierre Ragot ne transige pas avec la provenance et la qualité des farines, il n'enjolive pas, mais présente le produit tel qu'il doit être. Son pain complet est exemplaire et vous retrouvez la qualité de la pâte dans la focaccia comme dans la fougasse, dans l'amandine poire et frangipane, dans la tarte Tatin ou l'excellent fiadone corse.

Le Pain de l'Opéra

61 rue Francis Davso (1er) - T. 04 91 33 01 05

Une boutique moderne et attrayante, des gâteaux personnalisés, de beaux macarons et une touche artisanale qui fait du bien, par exemple sur les quiches, vendues à la portion, les pans bagnats et même les salades. Également des gâteaux grand format comme le Carrément Chocolat.

Au Pain des Collines

Place Saint-Christophe (11e) - T. 04 91 43 38 63

Au Pain des Collines, on fait chanter le pain comme dans un livre de Pagnol... La farine biologique est achetée dans des moulins régionaux, l'eau utilisée est filtrée, le levain naturel fait lentement lever la pâte près du four... et le résultat est étonnant de naturel, les croûtes sont dorées à souhait et les mies généreuses ; que l'on choisisse le kamut, le petit épeautre ou le pain complet.

CAVISTE

Les Canons de Vauban

74 boulevard Vauban (6e) - T. 09 86 65 17 66

Une sélection solide de près de 600 références chez ce spécialiste qui aime le vin de vigneron, mais aussi les grands domaines, notamment en champagne, et trouve les bières artisanales et les cidres qui vous plairont. Grandes références régionales (Simone, Hauvette, Barbanau...) et des découvertes plaisantes en toutes régions.

Cave la Joliette

10 place de la Joliette (2e) - T. 04 91 45 26 44

Alexandre Pichon a posé ses bouteilles dans d'anciens docks, après avoir zigzagué dans l'Hexagone et traversé la Manche jusqu'à New York, histoire de se parfaire dans le domaine. Son credo, communiquer les bons plans de petits producteurs, les pépites dont on entend parler sans jamais savoir où les trouver. Elles sont là, à portée de main et de conseils.

Chicoulon

59 rue Grignan (6e) - T. 04 91 33 46 59

Le bar à vin est dans notre sélection, mais la cave mérite bien une mention «Artisan», peut-être pas pour sa recherche d'avant-garde, mais surtout pour avoir su cumuler les très bonnes références dans un même espace. Le pernand de Rapet, la cuvée Quartz des Ardoisières, le bandol de Pibarnon, ou encore la rare cuvée Champtoisé de Sérol... tout cela mérite autant l'attention que le respect. Également une bonne sélection en champagne.

Cristal Liminana

99 boulevard Jeanne d'Arc (5e) - T. 04 91 47 66 72

C'est la dernière usine de fabrication d'anisette et de pastis qui soit encore implantée dans Marseille intra-muros. La distillerie produit des bouteilles étiquetées avec la fameuse étoile dans la plus pure tradition du pastis. Le Phocéa traditionnel, élaboré à base de réglisse macérée, le Massilia, aux parfums de vanille et d'épices, l'anisette Cristal Anis...

La Descente des Accoules

4 rue de l'Évêché (2e) - T. 04 91 90 76 33

Réputée comme étant la plus vieille cave de Marseille toujours en activité (créée en 1899 !), cette maison ne ronronne pas pour autant, proposant des références certes classiques mais souvent à des prix justes (Château Simone à 40 €, c'est plutôt raisonnable en comparaison des prix pratiqués dans des lieux en vue), ainsi que des alcools, pastis et quelques bons produits régionaux.

Malt

23 rue des Trois Mages (1er) - T. 06 03 04 80 84

Le quartier est très animé, les connaisseurs sont nombreux pour voir le malt partout et saisir blondes ou brunes dans une large liste de bières artisanales, dont un certain nombre sont au frais pour une dégustation immédiate. Également des alcools, rhum, whisky, tequila...

Plus Belle la Vigne

36 cours Julien (6e) - T. 04 91 63 11 91

Une valeur sûre du cours Julien, un choix de vins du Sud qui fait honneur à la région, références classiques se frottant à tout ce qui se fait de mieux en vins nature de jeunes vignerons auteurs. C'est l'endroit où se faire référencer pour se faire connaître et atterrir sur les tables des restaurants de la région. Et pour le public, l'occasion de découvrir en avant-première, grâce à la jeune équipe d'experts, les nouveaux talents.

Victor

20 rue d'Endoume (7e) - T. 09 86 76 47 14

Un temple dédié aux bières, qu'elles soient de la région, des plus communes aux plus rares, des pures marseillaises ou du monde entier, Belgique, Allemagne, Japon ou Ecosse... qui viennent compléter une carte fournie en perpétuel mouvement, au gré des découvertes.

CHOCOLATIER

Dromel Aîné

19 avenue du Prado (6e) - T. 04 91 54 01 91

Plus de 260 ans d'existence, cela vous pose un chocolatier-confiseur ! La boutique, à l'ancienne, l'atmosphère, nostalgique, et les spécialités, macarons et calissons, dressent un univers attendrissant dans cette tradition si bien confite. Un grand choix, un accueil sérieux, des miels et des confitures.

L'Espérantine de Marseille - Le Panier

70 rue Caisserie (2e) - T. 04 91 67 40 31

Le concept, c'est le chocolat à l'huile d'olive. Pas si évident pour les palais habitués au beurre, mais relativement cohérent, comme le prouve la dégustation. Le succès est pourtant bien là depuis plus de vingt ans, avec les spécialités dérivées comme les «Cailloux du panier», des navettes enrobées, le bar à chocolat, mais aussi les nougats et confiseries. Le tout dans une jolie boutique parfaitement bien rangée. Au rayon cacao, des tablettes et palets de grands crus, Bolivie, Costa Rica, République dominicaine... Également quai de la Tourette.

Le Temps d'un Chocolat

14 rue Haxo (1er) - T. 09 82 39 10 55

Du chocolat revisité à la marseillaise, donnant couleur locale et originalité avec les «tablettes marseillaises» : mendiant noir et lait, navette noir et lait, feuillantine noir lait et dulcey... Voilà de bonnes idées qui s'ajoutent aux «fadas d'If», bouchées croustillantes crêpe dentelle et chocolat aux multiples parfums. Également des calissons, orangettes, dans un bel espace contemporain.

COFFEE SHOP

Ben Mouture

34 rue Petit Chantier (7e) - T. 06 58 13 87 69

Une torréfaction artisanale de qualité, atypique et moderne. Dans ces anciennes caves réhabilitées, Benoît Roch a aménagé un lieu accueillant pour présenter et préparer à la dégustation ses cafés d'origine, soigneusement sourcés, comme l'Aranga de Tanzanie ou le Churupampa du Pérou. Une ambiance et un travail de connaisseur, avec, bien sûr, les accessoires et les machines qui prolongent le plaisir chez soi.

CONFISEUR

Nouchig

45 rue Vacon (1er) - T. 049550606

Depuis trente ans, une thématique : l'amande, «nouchig» en arménien, préparée notamment en dragées, de toutes les couleurs, à tous les parfums et pour toutes les occasions.

ÉPICIER

1860 Le Palais

9 La Canebière (1er) - T. 04 91 99 54 84

Un restaurant, mais aussi un click & collect qui en fait une épicerie-traiteur de qualité très bien placée, à l'entrée du Vieux-Port. De nombreuses salades et préparations froides (houmous, salades, risottos), ainsi que des plats du jour et de belles pâtisseries, notamment, le jour de notre visite, une excellente tarte au citron ou le Croc'Choco aux noisettes du Piémont.

Biscuiterie Orsoni

7 boulevard Louis Botinelly (4e) - T. 04 91 34 87 03

Un fabricant de biscuits secs et de spécialités de Marseille et de Corse depuis longtemps inscrit parmi les adresses indispensables de tous les addicts croqueurs de biscuits. On s'y ravitaille en canistrelli (petits gâteaux aux saveurs mélangées d'anis, citron, orange, chocolat et vin blanc), en navettes marseillaises (à la fleur d'oranger) ou en palets aux figues.

Chez Francette

17 rue Pointe-à-Pitre (6e) - T. 04 91 02 72 00

Les nombreuses vitrophanies Gault&Millau attestent de la longévité de l'entreprise. Cette épicerie «locale et raisonnée» fait du bien au quartier et à la santé de tous. Avec, par exemple, le «panier de saison» à 25 €, qui rassemble la production du moment des agriculteurs voisins et partenaires, et bien sûr l'arrivage au détail. Également la charcuterie du Luberon, des Hautes-Alpes, de Corse, les fromages, les pieds et paquets en bocaux et une sélection viticole.

Le comptoir aux huiles by Delucce

38 rue Sainte-Françoise (2e) - T. 06 37 99 67 98

Épicerie, cave à vin et surtout restaurant, un véritable lieu de rencontre où l'on vient déguster les huiles, grignoter une salade ou une planche, accompagnées d'un verre de vin du moment ou de la bière du Fada. Un emplacement de choix au cœur du Panier.

Le Comptoir de Mathilde

9 rue Saint-Ferréol (1er) - T. 04 91 66 81 35

Un comptoir gourmand pittoresque, comme le quartier, arborant un aimable style rétro derrière la façade boisée. Épicerie fine qui se partage entre salé et sucré, huiles et condiments, pastis et spiritueux d'un côté, chocolats, douceurs, confiseries, pâtes à tartiner de l'autre. Un antre joli aux parfums d'enfance.

Coquillettes Et Fusilli

109 boulevard Notre-Dame (6e) - T. 06 31 56 49 04

Un spécialiste des pâtes fraîches, gnocchis et raviolis, sur des farines de blé dur français. Parmi les recommandations, les gnocchis aux épinards, les fusillis au blé complet ou les raviolis à la daube de bœuf. Un choix important renouvelé au fil des semaines.

Épicerie l'Idéal

11 rue d'Aubagne (1er) - T. 09 80 39 99 41

L'épicerie très chic de Julia Sammut dans la typique rue d'Aubagne pour donner l'accent authentique marseillais à des produits «sourcés» comme on dit en bohème. Une vraie épicerie, au sens noble, des huiles et des condiments, des épices, des légumes, des conserves, des sardines, du vin, du fromage, de la bière, du local et du plus lointain. Et puis le service traiteur, la boutique en ligne...

Épicerie Maison Gourmande

137 rue Jean Mermoz (8e) - T. 09 80 87 15 33

Au bas d'un immeuble contemporain, une épicerie fine qui compile les marques de luxe pour une clientèle rassurée. Des valeurs renommées en caviar (Petrossian) et champagne, mais aussi des conserves et des plats préparés, comme la quenelle de brochet sauce nantua, les petits farcis ou la brandade de morue. Également poissons fumés et bon rayon fromage.

La Fabriquerie

71 avenue de la Corse (7e) - T. 07 67 17 35 95

Cave à vins «vivants», épicerie, traiteur, du trois-en-un avec de la bonne pioche, en quilles comme en produits. Dans les saladiers, les préparations du moment à emporter, légumes de saison et plats cuisinés, des mezzés personnalisés (houmous de betterave, «potiganoush»...), des desserts maison (crème caramel, cheesecake) et une belle sélection viticole.

Nenette

Place Saint-Eugène (7e) - T. 09 50 86 08 32

Une petite échoppe, typique et discrète, avec les spécialités de Nénette, à savoir les pâtes travaillées chaque jour : gnocchis, raviolis, linguine, tagliatelle, à des parfums divers, épinards-curry, patate douce-aneth-citron, aubergine-ricotta-menthe, le tout évoluant au fil des saisons. Des idées de légumes et sauces (pesto de roquette, sauce napolitaine, bolognaise, puttanesca...) pour accompagner, et quelques desserts, comme les gourmands cannoli. Charcuterie et fromages, condiments, olives...

Piou

70 rue Grignan (1er) - T. 09 82 36 54 46

La Méditerranée en épicerie... Le lieu est modeste, dans cette rue tranquille juste au-dessus de rue Sainte, mais l'esprit est au rassemblement des cultures ; France, Italie, Espagne, Grèce, dans les produits comme dans les propositions traiteur, les plateaux et formules déjeuner. Chaque semaine, de nouvelles idées, mariant par exemple le chou-fleur sauce romesco et l'halloumi, les gnocchis aux olives noires et à la bufala...

Place des Huiles

28 place aux Huiles (1er) - T. 04 91 33 22 23

La Place des Huiles est très logiquement installée... place des Huiles ! Dans cette jolie boutique, Frédéric Amy rassemble les moulins des environs et propose le meilleur de la production de Provence, AOP de la vallée des Baux-de-Provence (dont Valdition et Castelas), AOP Aix-en-Provence et AOC Provence. Également des savons et de nombreuses idées cadeaux.

Rhizome- Les Racines du Goût

116 corniche John Fitzgerald Kennedy (7e) - T. 04 91 88 12 08

José Potier fut quinze ans directeur de salle chez Passédat avant d'ouvrir cette épicerie fine, avec l'idée de rassembler le meilleur de la production française : fromages affinés par Josiane Déal, produits Petrossian, jus de fruits Alain Milliat, moutardes Edmond Fallot, complétés par quelques charcuteries espagnoles Tierra Virgen ou miels corses Valentini... ainsi qu'un joli choix de vins du Sud.

Saladin Canebière

76 La Canebière (1er) - T. 04 91 33 22 76

Un incontournable de la vie marseillaise. Marseille, ville épicée et métissée, comme cette boutique qui offre un joyeux marché aux épices, des centaines de produits de tout le bassin méditerranéen et du monde entier. Épices et condiments en vrac, et au milieu, un morceau de cantal et autres fromages, puis la harissa maison, les tapenades, les olives, les fruits secs, les semoules, la boutargue... Également rue Longue-des-Capucins.

FROMAGER

Fromagerie Kalou

24 avenue de Mazargues (8e) - T. 09 51 06 27 38

Un fromager éclectique qui vous fait goûter régions et saisons avec une très bonne connaissance du produit et de l'affinage. On passe de l'abondance au halloumi chypriote, tout en profitant d'une belle sélection régionale, dont le fromage fermier de Trets, le chèvre du Haut-Var, la tomme fraîche d'Aubrac pour l'aligot. Sans oublier le vacherin, le roquefort et la ricotta fumée. Également de l'huile d'olive et un peu de vin.

GLACIER

ego

73 cours Julien (6e) - T. 09 81 71 51 34

Sur le très coloré cours Julien, entre les tags, une pause gourmande. L'hiver, avec les smoothies, les crêpes et les gaufres, et les thés du Palais des Thés ; l'été, avec les glaces artisanales en libre-service (3,80 € les 100 g) dans cet espace agréable et calme, proposant pas moins de 100 parfums.

Le Glacier du Roi

4 place de Lenche (2e) - T. 04 91 91 01 16

Bien placé en angle (on retrouve aussi Le Glacier près de la Corniche et du Pharo, rue Papety), ce glacier réputé a tracé son chemin en une dizaine d'années, inventeur notamment de la glace à la navette. Cette entreprise familiale (fondée par deux sœurs et leur maman) met en avant le fruit au naturel et de belle origine, avec la crème d'Étrez et du chocolat noir 72%.

PÂTISSIER

Bricoleurs de Douceurs

202 chemin du Vallon de l'Oriol (7e) - T. 09 86 35 23 92

John Lemon, Artychou ou Marrakcake... les petits noms enchanteurs de ces pâtisseries qui laissent deviner l'originalité de Clément Higgins et de sa compagne Aurélie Pauletto. Une petite dose d'humour qui fait du bien, combinée avec un sens des volumes et de l'équilibre des courbes et des couleurs. Les saveurs font le reste, avec des idées intéressantes dans le chou cacao-ganache caramel-crumble, le sablé fleur d'oranger-pamplemousse... Clément Higgins a reçu en 2016 le trophée pâtissier lors du Gault&Millau Tour PACA.

Le Fournil Notre Dame

38 boulevard Notre-Dame (6e) - T. 04 91 54 95 17

Ici, on ne lésine pas sur la forme, les goûts et les couleurs. Buns, focaccia, sandwichs du chef, galettes des rois en saison, tartes salées aussi jolies que les tartes sucrées... La maison se taille un petit succès mérité.

La Pépite

2 place Daviel (2e) - T. 06 22 94 63 87

Sans lactose ni gluten, voilà un snack-pâtisserie bio engagé pour la santé publique. On commence dès le petit déjeuner, puis on emporte (ou pas) au déjeuner son pan bagnat, sa pissaladière, sa quiche aux légumes ou une salade du moment, et on profite de toutes les idées d'Audrey pour grignoter sain et léger. Pain au levain naturel, biscuiterie maison, glaces au lait végétal, gâteaux de voyage... Également rue Sainte, au 145.

Pâtisserie Depuichaffray

66 rue Grignan (1er) - T. 04 91 33 09 75

Sylvain Depuichaffray offre aux Marseillais une boutique moderne et alléchante dont les douceurs sont produites dans le respect d'un artisanat gourmand et traditionnel. Des gâteaux individuels de belle qualité, mais aussi une viennoiserie incontournable, comme la brioche aux pralines ou le croissant aux amandes. On prend le temps de déguster sur place dans l'espace salon de thé.

Riederer

16 avenue de Mazargue (8e) - T. 04 91 25 27 03

La belle maison de Gardanne trouve là son expression marseillaise pour une clientèle chic et connaisseuse ; les grands formats en toute confiance, le chocolat, mais aussi les entremets aux fruits, du classique bien fait comme la tarte au citron ou la Tatin.

TORRÉFACTEUR

Café Coogee

100 boulevard Baille (5e) - T. 06 86 57 52 22

Coogee, c'est un super bar à café où l'on peut passer beaucoup de temps sans jamais s'ennuyer. D'abord la déco est superbe, on se sent comme à la maison, à la différence près qu'ici on peut déguster un vrai café de pro ! Yoann Fisel a découvert le petit grain en Australie, s'est formé auprès de baristi et a décidé de partager sa passion avec les Marseillais. En plus des tasses d'arabica joliment sublimées de latte art, Yoann propose des muffins à tomber, et un buffet de produits frais permettant de composer une salade personnalisée à déguster le midi, dans le calme de la cour intérieure.

Café Luciani

6 boulevard Alphonse Moutte (13e) - T. 04 91 66 17 17

Le Café Luciani est une bénédiction pour les Marseillais, mais reste cependant une adresse secrète, difficile à trouver. La qualité se mérite. Sur le boulevard, près de la poste, ouvrez grand vos yeux et cherchez la discrète façade de cet atelier de torréfaction surtout destiné aux professionnels, mais accueillant aussi les particuliers au milieu des machines à torréfier. L'accueil est très sympathique, et même si le choix de cafés est restreint, il est de qualité. Petit coup de cœur pour le mélange Impérial d'une grande finesse.

Cafés Debout

46 rue Francis Davso (1er) - T. 04 91 33 00 12

Une maison sérieuse qui tient debout depuis 1932, tout près du Vieux-Port, avec sa jolie petite terrasse et son savoir-faire ancestral. Toutes les grandes origines sont représentées, Colombie, Costa Rica, Guatemala, Éthiopie, Kenya, Tanzanie, et des plus rares, comme Malabar ou Timor. Dégustation sur place, bien sûr, et quelques douceurs chocolatées pour accompagner.

Torréfaction Noailles

3 avenue du Prado (6e) - T. 04 91 79 09 09

Une grande maison classique, réputée depuis près d'un siècle pour faire venir le café dans les tasses marseillaises. Plus de 30 cafés d'origine et grands crus, une dizaine de mélanges maison, ainsi que des capsules, et des chocolats Bonnat pour accompagner. Nombreux accessoires et idées cadeaux dans cette jolie boutique à l'ancienne. Également sur la Canebière, dans un cadre tout à fait semblable.

Carte

Addition moyenne d'un prix à la carte englobant le prix d'une entrée + plat + dessert

Menu(s)

Fourchette de prix mentionnant le menu le moins cher et le menu le plus cher proposant à la fois entrée, plat et dessert sans les boissons, qui n'exclut pas les prix intermédiaires

Le Papillologue

DÉLICES ET GRANDES SAVEURS

Le nom parle de lui-même et l'appellation n'est pas usurpée. Le Papillologue est un traiteur également doté d'une épicerie fine de grande qualité !

Commençons par un élément important : Lionel Guarnaccia et Quentin Marion, les deux maîtres des lieux, sont des personnes franchement chaleureuses. Lorsque le client entre dans les lieux, il est immédiatement à l'aise, accueilli par un sourire qui invite à la confiance pour se faire conseiller. Lionel a eu une première carrière dans des palaces et des restaurants étoilés. Puis est venue l'opportunité de créer son propre projet culinaire. Le Papillologue est né. *« Je voulais que les gens mangent bien sur leur lieu de travail »*, lance-t-il. *« J'ai donc ouvert en 2017 un restaurant en livraison, bon marché en leur faisant profiter de mon expérience gastronomique. La crise sanitaire est arrivée est j'ai transformé le Papillologue en épicerie fine/traiteur. »* Lionel Guarnaccia s'est depuis associé à Quentin Marion, un fabuleux pâtissier. *« Avec notre association, nous maîtrisons de A à Z des prestations évènementielles jusqu'à 1500 personnes. »* Un combo gagnant ! Au Papillologue, les clients trouveront les salaisons « maisons » : saumon fumé, coppa ou encore un délicieux magret fumé. Ici, même le saucisson est fait maison ! Les soupes de poissons en bouteilles sont, elles aussi, incontournables tout comme les plats Signature. Parmi eux : le Croq'Otruff. Idée géniale. Fidèles à leurs principes, Lionel et Quentin travaillent en circuit court et se fournissent auprès de producteurs locaux. *« Même notre rayon distillerie et bières* est Made In Marseille ! »* Belle adresse !

225, Boulevard Paul Claudel,
13010 MARSEILLE
(adresse en cours de changement)
Tél. : 04-91-86-21-20
www.lepapillologue.fr

*L'ABUS D'ALCOOL EST DANGEREUX POUR LA SANTÉ.

Au Bout du Quai

DE LA PÊCHE À L'ASSIETTE

C'est par passion pour la cuisine méditerranéenne que Joan Mouttet a ouvert son restaurant voilà treize ans. Son épouse, Sylvie, orchestre la salle. Simplicité et professionnalisme résument l'ambiance de l'endroit.
Joan travaille des produits de la mer et agrémente le tout de légumes frais de saison. Pour égayer vos papilles, de savoureux tartares et ceviches de poissons sont les plats Signature du restaurant. La poêlée de supions en persillade en entrée puis le risotto d'asperges et saint-jacques en plat en sont les mets emblématiques. L'ardoise est renouvelée environ tous les mois au fil des saisons. Les nouvelles suggestions sont imaginées selon les arrivages par bateaux et les criées. Tout est fabriqué maison selon l'inspiration et l'humeur du maître des lieux, y compris la tapenade, offerte à l'apéritif. Terrasse ouverte en saison.

1, avenue Saint-Jean, 13002 MARSEILLE
Tél. : 04-91-99-53-36
Facebook : @au_bout_du_quai_marseille

Wood La Cantine Gourmande

LE VOYAGE DES SAVEURS

Un endroit sympathique et des créations originales : Wood La Cantine Gourmande est une belle adresse à découvrir. Ramzi Ayari, le gérant et chef de cuisine, propose une cuisine cosmopolite avec des influences méditerranéennes, asiatiques et françaises. Un mélange des cultures et des saveurs. Ici, c'est du frais et du fait maison. La carte s'adapte au fil des saisons et joue beaucoup sur le mariage sucré-salé et sur la cuisine « terre et mer ». Jolie découverte.

8-10, rue de la Guirlande, 13002 MARSEILLE
Tél. : 04-91-91-93-42 **woodlacantinegourmande.fr**

Figaro

LA BISTRONOMIE RAFFINÉE

C'est le concept créé par Franck et Manu dans le quartier où ils ont grandi. Une cuisine de saison préparée par des cuisiniers inspirés : Christophe, Sébastien, Marilou et Martial. Un savant mélange de saveurs et de textures concocté avec des produits frais locaux dénichés en circuits courts.

Les plats sont variés et la carte renouvelée tous les 15 jours avec quotidiennement une proposition de suggestion. Toujours une surprise gustative pour les habitués ! Par exemple, une carbonara de seiche ou un croustillant de joue de bœuf seront présentés en entrée, en plat principal, ce sera un saumon minestrone aux légumes de saison ou un mignon de porc à la crème d'abricot barbecue, puis en dessert, une figue rôtie à la brousse et au miel ou un mille crêpes chocolat cacahuète. Un choix entre quatre entrées, quatre plats et quatre desserts pour une savoureuse formule-découverte à 35 €.

✉ 20, avenue de Bois Luzy, 13012 MARSEILLE
Tél. : 06-07-67-27-97
Instagram : @figaro13012

Froumaï UNE BELLE ADRESSE

En fromagère passionnée et engagée dans la défense des savoir-faire artisanaux et des typicités gustatives, Manon Armand part régulièrement à la rencontre des producteurs. Ainsi, elle vous déniche de belles pépites comme le Bleu de la Durance qui provient d'une petite coopérative des Haute-Alpes. Les saveurs d'ailleurs sont également suggérées comme le merveilleux Gorgonzola de chèvre d'un artisan de la région milanaise, un Cheddar affiné en grotte dans le Somerset ou l'incroyable Grevenbroecker au marbré spectaculaire.

✉ 150, La Canebière, 13001 MARSEILLE
Tél. : 04-91-48-79-54
Facebook : @fromageriefroumai

L'Osmose

ON ADORE LA SIMPLICITÉ !

On salue ce restaurant familial tant l'atmosphère y est chaleureuse et les produits – d'une fraîcheur inouïe – travaillés avec passion.

Les poissons sont cuisinés à peine sortis des flots. C'est pourquoi certaines suggestions sont éphémères, car les plats suivent les saisons et les arrivages. Ici, tout est réalisé maison y compris jus, fonds, fumets... Les amateurs de bons produits ont plaisir à s'y retrouver pour les déguster. Comme eux, vous aimerez la simplicité associée au talent de Marlène qui vous régalera avec les subtiles saveurs vietnamiennes de délicieux nems suivis d'un *bibimbap* ou d'un *bo bun*. Ici, on met également en valeur la cuisine traditionnelle française et on vous propose, entre autres, un remarquable poulpe de roche et un sublime gibier.

Le + : Belle présentation des assiettes.

3, rue Mery, 13002 MARSEILLE
Tél. : 04-91-56-14-18
Facebook : @LOsmose13002

Le BB Island

SOUVENIRS DE CORSE

C'est une cuisine maison que propose François Polverelli depuis 2016 dans son restaurant du port. Une ambiance conviviale où les habitués reviennent et composent eux-mêmes leurs plats à l'envi.

Voilà ce qu'a souhaité développer le maître des lieux accompagné de son chef, Cédric : une cuisine créative et originale. Ainsi, le client se fait plaisir avec les mets qu'il aime. Gambas sucrées salées à peine relevées avec des fraises fraîches et un risotto à la provençale, poulpe grillé au beurre d'anchois... autant de recettes originales pour les yeux et les papilles. Pour terminer sur une note sucrée, laissez-vous tenter par un succulent dessert glacé aux myrtes ou un coulant chocolat crème anglaise. Terrasse ouverte dès l'arrivée des beaux jours.

Port du Frioul - Quai d'Honneur,
13007 MARSEILLE
Tél. : 06-37-65-56-64
Facebook : Le-BB-island

Le Bistro Vénitien

AMBIANCE ET SAVEURS ITALIENNES

C'est en référence à un voyage en Italie que Marie a créé son restaurant voilà près de trente ans. Burrata, mozzarella di Bufala, farine..., ses produits sont directement importés de Naples.

Dans un cadre art déco qui garantit le dépaysement, Marie propose une cuisine familiale 100 % maison et surtout, sans allergène. Pâtes fraîches, pizzas au four à bois, lasagnes, poissons, grillades, burgers et l'incontournable bocconcini, une escalope de veau roulée au jambon cru et à la mozzarella composent la carte. Chaque plat peut être présenté sans gluten ou sans lactose, à la demande.
Régulièrement, de grands chefs français et italiens se déplacent pour renouveler les suggestions.

Les + : Soirées à thème. Privatisation possible.

✉ 29, cours Julien, 13006 MARSEILLE
Tél. : 04-91-47-34-34
www.lebistrovenitien.fr

Chez Vallès

DEPUIS QUATRE GÉNÉRATIONS

Pour Olivier Vallès, le savoir-faire culinaire est un héritage familial qui remonte à ses arrière-grands-parents déjà restaurateurs sur la Cannebière. Une cuisine méditerranéenne de saison avec des spécialités de poissons. Ici, la cuisine surplombe la salle du restaurant. L'ardoise de suggestions est renouvelée selon les produits du marché. Les clients choisissent leur poisson sur l'étal disposé à l'entrée. Celui-ci est ensuite grillé, découpé et enfin servi avec une purée picatta (montée à l'huile d'olive), des olives noires émincées, de l'ail et de la menthe. Parmi les autres spécialités de la maison le carpaccio de castagnoles marinées à la grenade et au curry vert rivalise avec le tartare de loup fruit de la passion vanille ou les aiguillettes de canard accompagnées d'une purée de petits pois.
En dessert, le moelleux aux marrons ou la panacotta aux fruits sont irrésistibles.
Le + : Terrasse couverte.

✉ 76, boulevard Vauban, 13006 MARSEILLE
Tél. : 09-54-05-11-80
Facebook : restaurantchezvalles

Brasserie Rafael

UN RESTAURANT DE QUALITÉ

Axel Novaro, en à peine cinq ans, a su transformer une ancienne institution marseillaise en haut lieu de la bistronomie. Avec une longue expérience dans l'hôtellerie de luxe cinq étoiles, en Australie et Nouvelle Calédonie, il propose des produits de qualité à des tarifs précis.

Dans le VIIIe arrondissement, à la Pointe Rouge, c'est le lieu idéal pour apprécier le coucher de soleil marseillais, face au Frioul, en dégustant une cuisine traditionnelle méditerranéenne. Ce restaurant plus qu'une brasserie affiche au menu un tartare de saumon sur son lit de tomate, un carpaccio de bœuf, un mi-cuit de thon rouge et sa sauce vierge, des linguines aux cèpes ou du jambon cru de leur propre fabrication. Le cochon est élevé dans les Cévennes, dans la qualité plus que la quantité. Ses équipes assurent un service en terrasse, sous véranda ou en intérieur jusqu'à 150 personnes, de 10h jusqu'à 2h du matin. Un passage obligé.

✉ 1, avenue de la Pointe Rouge,
13008 MARSEILLE
Tél. : 04-91-30-63-30
www.rafael-restaurant-marseille.com

Le Côté Sud

TRADITIONNEL ET FAMILIAL

En plein cœur du quartier des Cinq-Avenues, Jacques et Sylvie Bouleau vous reçoivent dans leur restaurant chaleureux.

Cette belle adresse propose une cuisine française traditionnelle. Parmi les pépites de la maison : le dos de colin à la crème de chorizo, le magret de canard adapté par le chef en fonction des saisons et la fabuleuse tarte fine aux pommes. Cuisine savoureuse dans un environnement très sympathique ! Réservation conseillée. *Ouvert du lundi au vendredi, midi et soir. Samedi soir.*

✉ 28, rue Maréchal Fayolle, 13004 MARSEILLE
Tél. : 04-91-85-80-80
www.restaurant-cote-sud.fr

La Pâtisserie des Marseillais

LE SAVOIR-FAIRE ARTISANAL

Cette jolie pâtisserie qui a ouvert ses portes cette année se révèle une adresse délicieuse. Il suffit d'y entrer pour commencer le voyage des saveurs. L'adresse propose de fabuleuses tartes, tartelettes, gâteaux et entremets. Laissez-vous tenter par l'une des créations de Pascal Guglielmi : ces petits gâteaux sont confectionnés au fil des saisons. *Ouvert toute la journée du mardi au samedi et le dimanche matin.*

✉ 28, Grand Rue, 13002 MARSEILLE
Tél. : 07-88-32-98-29
lapatisseriedesmarseillais.fr

O'Boucher

QUALITÉ FRANÇAISE EXIGÉE

Fort de plusieurs années d'expérience, Henry Hurtado a ouvert en 2020 sa boucherie-charcuterie O'Boucher. Grâce à une sélection rigoureuse des meilleurs fournisseurs, il ne propose que des viandes de qualité, exclusivement françaises et majoritairement Label Rouge, pour une qualité assurée et de savoureuses fabrications maison. Des produits qu'il livre à proximité pour les professionnels et particuliers.

✉ 18, place des Héros, 13013 MARSEILLE
Tél. : 04-91-68-48-28
Instagram : @oboucher.cht

La Grande Boucherie du Redon

UNE HISTOIRE DE FAMILLE

En 40 ans, cette Maison est devenue une institution au cœur de Marseille. Romain Azzopardi qui œuvre aux côtés de son père est fier de participer à cette belle histoire familiale.. Ensemble, ils sélectionnent les bêtes pour proposer une qualité de viande fraîche constante à des prix attractifs. Charolais, blonde d'Aquitaine, Limousine ou Simmental pour le bœuf, agneau de l'Aveyron ou de Sisteron, veau du Limousin, porc et volailles français, ils découpent et préparent des morceaux au détail ou les transforment en de savoureuses préparations bouchères.

À noter : le rayon épicerie fine avec fromages, charcuterie italienne Levoni® et cave à vins*.

✉ 231, avenue de Lattre de Tassigny,
13009 MARSEILLE
Tél. : 04-91-30-47-02
Facebook et instagram : les grandes boucheries
✉ Le Roy d'Espagne :
6, boulevard Vélasquez, 13008 MARSEILLE
Tél. : 04-91-33-51-93
✉ La Grande Boucherie des Camoins :
111, route des Camoins, 13011 MARSEILLE
Tél. : 04-91-43-23-43

*L'ABUS D'ALCOOL EST DANGEREUX POUR LA SANTÉ.

La Brasserie M

PATIO CONVIVIAL, JARDIN PAISIBLE

Situé sur le secteur de la Valentine, la Brasserie M propose une cuisine méditerranéenne dans un cadre chaleureux, riche d'un patio et d'un superbe jardin.

C'est une histoire de famille comme on aime tous ; un père et son fils se réunissent pour créer le restaurant dont ils rêvaient. Ainsi, Dominique et Philippe Valenza sont à la tête de la Brasserie M depuis août 2020. Une reprise d'affaire après avoir eu un coup de cœur pour les lieux. *« Après une première expérience dans le monde de la restauration, avec mon fils nous avons eu envie de vivre ensemble une nouvelle aventure »*, lance Dominique Valenza. *« Nous accueillons chaleureusement nos clients dans notre restaurant midi et soir. Nous avons aussi tout le plaisir de leur proposer notre bar à vins et notre carte de cocktails* en fin de journée. »*
Si la carte et l'ardoise de la Brasserie M évoluent au rythme des saisons, le Chef Aurélien Gazel propose une cuisine méditerranéenne toute l'année. C'est du fait-maison, du fait-minute, avec uniquement des produits frais. Qualité garantie. Depuis peu, la Brasserie M varie les plaisirs et a lancé un concept : *« les Week-ends Suggestions »*. L'occasion de savourer une côte de bœuf limousine, un risotto ou de se laisser emporter par les délices de la mer avec des tentacules de poulpe ou de fabuleuses langoustes. Dans l'intérieur épuré, dans le patio ou dans le jardin paisible, la directrice de salle, Julie Patel, vous reçoit chaleureusement à l'abri de l'agitation urbaine. Idéal pour vos dîners entre amis ou pour vos déjeuners de travail. *« Nous essayons de faire voyager nos clients grâce aux saveurs »*, ajoute Dominique Valenza. Le voyage est réussi.
Ouvert tous les jours de 9h30 à 23h.

106, route des Camoins, 13011 MARSEILLE
Tél. : 04-91-82-11-89
www.brasseriem.com

*L'ABUS D'ALCOOL EST DANGEREUX POUR LA SANTÉ.

La Cour du Théâtre

RESTAURANT DE CARACTÈRE

Situé dans l'enceinte du Théâtre des Salins, le restaurant La Cour du Théâtre est une adresse atypique à découvrir en plein cœur de Martigues.

L'endroit est plein de charme. Il respire l'art du théâtre et celui de la table. Depuis 2016, Rudy Selles, Julie Georg et leurs équipes proposent une cuisine fraîche qui suit le fil des saisons et du marché. À l'honneur, du poisson, des produits locaux, des légumes du pays et de la viande du terroir. Selon le moment de votre visite vous aurez sans doute la chance de savourer l'une de ces pépites de la Maison : ne passez pas à côté de l'œuf parfait, accompagné d'un vinaigre de céleri, artichaut et caviar d'Aquitaine. Une superbe entrée en matière. Du côté des plats, le filet de saint-pierre est fabuleux avec son foie gras, sa truffe et son jus de viande. Et que dire du magret d'agneau aux abricots avec sa réduction au vinaigre balsamique, sublimé par une touche de miel. Des plats revisités qui font la marque de fabrique et la renommée de La Cour du Théâtre.

Il faut bien dire que la carte se conjugue parfaitement dans ce décor d'un autre temps. Un mariage peu commun dans une superbe cour, à l'ombre des platanes. Avant de partir, Rudy Selles ne manquera pas de vous suggérer de finir avec la tarte Tatin revisitée ou avec le pain perdu de son enfance. « Un dessert intouchable » au caramel beurre salé avec une glace vanille Bourbon. À noter que l'équipe tient également un autre point chaud à l'intérieur du théâtre et un food truck à proximité.

Le petit plus : Rudy Selles et Julie Georg tiennent un autre restaurant, La Cocotte de l'Île, (2, quai des anglais, cuisine bistronomique) et une épicerie à Châteauneuf-les-Martigues (2, rue Léo-Lagrange) où le client se verra proposer les légumes qu'il pourra trouver aussi dans les restaurants.

Ouvert du lundi au samedi et en fonction de la programmation du théâtre. Dimanche sur demande.

19, quai Paul Doumer, 13500 MARTIGUES
Tél. : 04-42-09-61-88

MAUSSANE LES ALPILLES 13520

Ou Ravi Prouvençau

13,5/20

34 avenue de la Vallée des Baux - T. 04 90 54 31 11 - Menu(s) 75 €

La mémoire provençale, l'atmosphère d'un café de village au temps de Mistral dans un cadre authentique de maison de maître, aux meubles anciens et à la déco soignée. La carte des spécialités régionales de toujours est scrupuleusement menée par un chef de métier et le plaisir est toujours aussi ardent : crespeou de légumes de saison, artichauts barigoule, lapin au thym et aux lardons sauce moutarde avec le justement renommé gratin de macaronis, et les deux grands classiques incontournables, les pieds et paquets et la daube.

ÉPICIER

Le Jardin des Alpilles

112 avenue de la Vallée des Baux - T. 04 90 54 47 28

Pour les touristes, c'est l'occasion de ramener quelques souvenirs gourmands, mais au quotidien, pour les locaux, c'est leur épicerie en fruits et légumes, produits bio, fromages et vins. La production locale est favorisée. Des étalages bien fournis et bien rangés, de bons conseils, une partie fromages régionaux, vins et huiles qui comptent...

FROMAGER

La Fromagerie de Maussane

94 Avenue de la Vallée de Baux - T. 09 50 94 14 89

Fromages et vins pour connaisseurs, avec une bonne sélection de diverses régions, y compris quelques étrangers, tel un cheddar 21 mois, l'appenzel ou le stilton, mais aussi le rare soumaintrain bourguignon ou le filetta corse.

PRODUCTEUR

Moulin Cornille - Coopérative oléicole de la vallée des Baux

Rue Charloun Rieu - T. 04 90 54 32 37

Un moulin bien connu dans la région qui, dans un vaste espace voûté, permet de faire connaissance avec de nombreux produits régionaux. En particulier tout ce qui concerne l'huile d'olive et ses accessoires (huile AOP, bio, fruité vert...) et dérivés (condiments, savons, cosmétique...). Également de l'épicerie fine.

La Bergerie des Alpilles

L'EXCELLENCE DE L'AUDACE

Dans le cadre ressourçant du golf de Servanes, se dévoile La Bergerie des Alpilles. Un restaurant bistronomique qui a pour seule ambition le plaisir de ses convives, confortablement installés sous ses voûtes du XVIIe siècle. Ouvert à tous, ce restaurant propose un plat du jour et une carte respectueuse des saisons. La cuisine, audacieuse, étonne et régale : foie gras poêlé bouillon thaï, tartare de saumon sorbet citron, thon rouge de Méditerranée mi-cuit, truffe, plats provençaux... Le chef, Jean-Pierre Collin, et l'équipe dirigée par Jean-Michel Alazard, mettent à l'honneur des produits frais en circuit court et l'excellence de spécialités ibériques comme la Pata Negra. Un moment sublimé par une belle carte des vins* et un service prévenant et chaleureux qui prend le temps de vous combler.

Domaine de Servanes, 13890 MOURIÈS
Tél. : 04-90-47-61-58
www.labergeriedesalpilles.fr

Le plaisir de la table est de tous les âges, de toutes les conditions, de tous les pays et de tous les jours.

Jean Anthelme Brillat-Savarin
(1755-1826)

*L'ABUS D'ALCOOL EST DANGEREUX POUR LA SANTÉ.

Fromagerie de Maussane

LA RICHESSE DE NOS TERROIRS

C'est pour partager son amour de notre patrimoine gustatif que Yoann Bellanger a sélectionné le meilleur des régions de France. Passionné par les accords mets et vins*, ce fromager-sommelier formé aux Caves Legrand, à Paris, représente 130 fromages et 130 nectars cultivés en bio ou biodynamie de très belle facture.

Yoann vous conseille en vous contant l'histoire que l'on trouve derrière chacun des produits qu'il propose : sa fabrication, son terroir, le personnage historique friand de telle ou telle délicatesse. Il compose sous vos yeux des plateaux de fromages sur-mesure et affine également certaines croûtes molles ou fleuries. Outre les fromages et les vins, il a choisi une très jolie gamme de spiritueux allant du whisky au Marc de Châteauneuf-du-Pape, et de délicieuses glaces comme un clin d'œil à la crèmerie sucrée.

94, avenue de la Vallée des Baux,
13520 MAUSSANE-LES-ALPILLES
Tél. : 09-50-34-14-89
Instagram : fromagerie.maussane

© Virginie Ovessian Photograhe

C'est au cours d'un dîner copieux que la spiritualité de l'homme se manifeste avec le plus d'évidence.

Somerset Maugham
(1874-1965)

*L'ABUS D'ALCOOL EST DANGEREUX POUR LA SANTÉ.

NOVES 13550

Auberge de Noves

12/20

Route de Châteaurenard - T. 04 90 24 28 28 - Carte 83 €

Tradition et joli cadre d'une maison de maître provençale nichée dans son parc, faisant oublier les environs de cette banlieue sud d'Avignon. Robert Lalleman connaît sa région et maîtrise son registre, de belles assiettes nourries de produits nobles et travaillés avec respect et une forme de simplicité raffinée.

LES 7 PRINCIPES DE GAULT&MILLAU

1 **L'indépendance** totale vis-à-vis des établissements.

2 **Le recrutement d'enquêteurs** exigeants, gourmets et gourmands.

3 **L'anonymat** des enquêteurs lors des évaluations.

4 **La visite dans des conditions normales** de fréquentation.

5 **Le règlement** des additions.

6 **La mise à jour** régulière par des évaluations continues.

7 **La vérification** de nos informations

Le Mas de la Rose et son restaurant, Le Potager du Mas

UN PARADIS AU PIED DES ALPILLES

C'est dans une demeure au charme provençal que Sabine et Franck ont posé leurs valises début 2020. Un domaine de 20 ha planté de pins, d'oliviers, de lavandes, de chênes truffiers et d'un potager biologique.

L'ancienne bergerie du XVIIe siècle est un lieu intime de 12 chambres subtilement décorées.

Le restaurant gastronomique propose de savoureux plats signature comme l'agneau de Provence en plusieurs cuissons ou la raviole ouverte de filet de saint-pierre et en dessert, la fameuse tarte aux fraises revisitée par la chef pâtissier. La carte suit les saisons et les menus sont élaborés exclusivement avec les fruits et légumes bio cultivés sur la propriété ou chez de petits producteurs locaux. Les vins* sont magnifiquement sélectionnés.

À midi, Menu du Marché à 40 € et le soir, menu gastronomique à 71 €.

Le + : Domaine privatisable pour vos événements.

Route d'Eygalières, 13660 ORGON
Tél. : 04-90-73-08-90
www.mas-rose.com

C'est la sagesse, aimer le vin,
La beauté, le printemps,
le printemps divin,
Cela suffit. Le reste est vain.

Théodore de Banville
(1823-1891)

*L'ABUS D'ALCOOL EST DANGEREUX POUR LA SANTÉ.

PARADOU 13520

Bec

12,5/20

55 avenue de la Vallée des Baux - T. 04 86 63 57 52 - Menu(s) 55 €

C'est assurément l'une des meilleures adresses des Alpilles, mariant soin à l'assiette, modération tarifaire, atmosphère à la fois moderne et distinguée. C'est un peu le bistrot chic bobo idéal pour réussir sa soirée. Le «Quatre services» à 55 € est sans doute la bonne idée pour faire connaissance avec cette table qui donne envie de revenir. Avec le vitello tonnato, le maigre pomme de terre citron ou l'agneau figue tomate et un dessert qui ne manque pas d'imagination, sur la prune sésame et séchuan. Cave régionale bien fournie, service impeccable.

HÔTEL

Hôtel B Design & Spa - 5 étoiles

1 chemin de l'Ancienne Voie Ferrée - T. 04 90 54 58 66 - à partir de : 390 €

Dans la vallée des Baux-de-Provence, cet écrin au raffinement très contemporain a été imaginé par l'architecte Christophe Pillet qui a misé sur le blanc, les matières précieuses (bois brossé, Corian), et une domotique high-tech pour équiper les 15 chambres et suites dont les baies vitrées s'ouvrent sur un paysage composé de fleurs, d'oliviers et de pins parasols. On vient ici goûter la cuisine gastronomique de Nancy Bourguignon, mais surtout profiter d'un spa qui propose des soins corps et visage d'exception Carita, Decléor et SkinCeuticals. Une halte sereine et lumineuse, idéale pour partir à la découverte des somptueux villages alentours, des Baux à Maussane, du Paradou à Saint-Rémy-de-Provence...

Carte

Addition moyenne d'un prix à la carte englobant le prix d'une entrée + plat + dessert

Menu(s)

Fourchette de prix mentionnant le menu le moins cher et le menu le plus cher proposant à la fois entrée, plat et dessert sans les boissons, qui n'exclut pas les prix intermédiaires

La Table de Maître Panisse

UNE TRADITION FAMILIALE

La restauration coule dans les veines de Cathy Xénides. D'origine grecque, la cheffe pizzaiolo est née dans une famille de cuisiniers dont elle représente la troisième génération et ses filles, Morgane et Océane associées, la quatrième. C'est son grand-père qui l'a initiée à la fabrication de pizzas et sa grand-mère paternelle aux délicieuses recettes grecques de l'île de Kalymnos, bastion de la tribu.

Cathy, accompagnée d'une équipe exceptionnelle, jeune et très motivée, propose des pizzas façonnées entièrement à la main et cuites au feu de bois comme l'exige la tradition italienne. Les best-sellers sont la Crétoise, au pastourma (bœuf séché grec parfumé aux épices) et sodjouck (saucisson aux épices grec), ou encore la Cathoune au foie gras avec de la confiture de figues, des champignons et oignons frais. Elle concocte aussi des spécialités grecques qui lui ont été enseignées dès son plus jeune âge, à la mode de Kalymnos (les ingrédients diffèrent parfois d'une île à l'autre) comme les fameuses moussakas aux aubergines, les feuilles de vigne farcies, le tarama ou le tzatziki (concombre au fromage blanc et à la menthe), de même que des recettes traditionnelles françaises telle que la souris d'agneau confite, les grillades ou l'espadon. En dessert, ce sont mille saveurs qui sucreront vos papilles : tiramisù, mousse au chocolat, tartes aux fruits du marché et glaces. La cheffe l'assure, elle met dans sa cuisine, tout l'amour qu'elle peut donner, elle travaille essentiellement des produits frais de saison qu'elle déniche en circuits courts pour une qualité optimale.

Le + : Une jolie terrasse avec vue sur la mer est ouverte de mai à début octobre.

1, avenue des Pins, 13110 PORT-DE-BOUC
Tél. : 06-13-53-83-55
www.maitrepanisse.com

PORT SAINT LOUIS DU RHÔNE 13230

PRODUCTEUR

Les Viviers de Carteau

They Saint-Antoine l'Ermite - T. 04 42 86 20 82

Un producteur à la lisière de la Camargue qui propose moules et huîtres, mais aussi, selon la saison, des oursins, des tellines, des violets, de quoi faire un beau plateau plein de fraîcheur et goûteux. Le grand hangar se trouve sur la route de la plage de Carteau, avec une boutique de vente au détail.

LES PRODUITS AOC ET AOP DE LA RÉGION PROVENCE-ALPES-CÔTE D'AZUR

Figue de Solliès, brousse du Rove, fromage de Banon, huile d'olive d'Aix-en-Provence, huile d'olive de Haute-Provence, huile d'olive de Provence, huile d'olive de la vallée des Baux-de-Provence, huile d'olive de Nice, muscat du Ventoux, olive de Nice, olives cassées de la vallée des Baux-de-Provence, olives noires de la vallée des Baux-de Provence, pâte d'olive de Nice, picodon, taureau de Camargue, truffe noire du Tricastin...

Les Cailloux

UNE FAMILLE, UN NOM, UN TERROIR

Au cœur de la Provence, entre Alpilles et Durance, Les Cailloux ont fondé leur exploitation familiale. Agriculteurs passionnés depuis 4 générations, ils cultivent des tomates anciennes et autres légumes originaux.

L'exploitation est certifiée HVE et a remis au goût du jour les variétés de tomates telles que la Cœur de bœuf, la Marmande, l'Ananas, la Noire de Crimée, la Green Zébra et la Mamie Blue, leur chouchou.

Avec la volonté de retrouver le goût et les saveurs d'autrefois, ils cultivent en pleine terre avec du fumier, du compost, pour toujours enrichir leur terroir et obtiennent des produits savoureux et colorés, entre artichaut, courgette, bonzaï de basilic, aubergine (jus, coulis et gaspacho). Primeurs, épiceries fines, chefs, marché de Rungis, magasins grands frais..., les professionnels qui s'approvisionnent ici trouvent une qualité incontestable.

1184, route des Lonnes, 13870 ROGNONAS
Tél. : 04-90-94-98-34
E-mail : lescaillouxenprovence@gmail.com
www.cailloux-provence.com
Facebook : lescailloux
Instagram : lescaillouxenprovence

Les Viviers de Carteau

LA MEILLEURE HUÎTRE DE CAMARGUE

Le nom fait référence à l'anse de Carteau, zone halieutique où l'entreprise familiale, fondée en 1995, pratique mytiliculture et ostréiculture.

La Maison est connue pour la moule de Carteau, charnue et goûteuse, et pour l'huître de Camargue. Élevée depuis 2015, elle a remporté la médaille d'or du concours du salon de l'Agriculture en 2018 ainsi que la médaille d'argent au concours agricole 2022 sur l'huître de Camargue. Un gage de qualité et une reconnaissance pour cette entreprise, désormais incontournable pour ses produits et plateaux.

ZI They St-Antoine l'Ermite, 13230 PORT-SAINT-LOUIS

Tél. : 04-42-86-20-82
Facebook : @Viviersdecarteau
viviersdecarteau.fr

PUYLOUBIER 13114

VIGNERON

Domaine Richeaume

Domaine Richeaume - T. 04 42 66 31 27

Au pied de la montagne de Sainte-Victoire, la famille Hoesch a entièrement développé ce magnifique vignoble. Elle vous propose une belle gamme de grands vins dans les trois couleurs, en bio. L'ensemble de la production, vendue en IGP est disponible au domaine.

PUYRICARD 13540

CHOCOLATIER

Puyricard

Avenue Georges de Fabry - T. 04 42 28 18 18

Dans la maison mère, à la fois boutique et atelier, vous trouverez tout le savoir-faire de la maison Puyricard, alliant recettes traditionnelles et techniques actuelles pour produire les meilleurs chocolats possibles. Chocolats fourrés au praliné, au caramel au beurre salé, mendiants, calissons incomparables à coque craquante et pâte fondante, fruits confits enrobés de chocolat, et délicieux marrons glacés en saison.

Carte

Addition moyenne d'un prix à la carte englobant le prix d'une entrée + plat + dessert

Menu(s)

Fourchette de prix mentionnant le menu le moins cher et le menu le plus cher proposant à la fois entrée, plat et dessert sans les boissons, qui n'exclut pas les prix intermédiaires

Céréalia

POUR LE PLAISIR DES YEUX ET DES PAPILLES

Cécile et Hugues ont souhaité transmettre du rêve dans leur boulangerie-pâtisserie : de jolis produits que l'on dévore du regard, fabriqués à base de produits locaux de saison. Ils ont sélectionné une farine issue d'un moulin voisin et des fruits et légumes locaux de préférence bio. Baguette 2 blés, Pain rustique, au quinoa ou « du sportif » (aux céréales et fruits secs), classiques ou originaux tous ont de belles valeurs nutritives. Les viennoiseries sont maison, pur beurre, et varient selon l'envie du chef. Côté pâtisserie, selon les saisons, on peut déguster une tarte à la vanille de Madagascar, une tarte artisanale snickers revisitée ou un éclair au café avec une crème pâtissière légère infusée au café. Les snackings sont innovants à l'instar du pain au charbon végétal, au saumon fumé et tartare de légumes.

✉ 9 ter, cours Saint-Étienne, 13840 ROGNES
Tél. : 04-42-50-28-21
Facebook : @cerealia13840
✉ 6, place Gambetta, 13160 SAINT-CANNAT
Tél. : 04-42-57-21-15

Boulangerie de La Rostolane

LE PARADIS DU BIO

C'est le point fort de l'équipe : utiliser des farines écrasées à la meule de pierre, exclusivement biologiques, livrées par les moulins du Ventoux. Il en résulte des baguettes traditionnelles au levain, des pains spéciaux bio et le 100 % petit épeautre, pain Signature de la boutique qui, façonné à la main remporte l'unanimité des suffrages. Viennoiseries, pâtisseries et snacking maison à déguster en terrasse avec un petit café.

✉ Place Waldeck Rousseau, 13540 PUYRICARD
Tél. : 04-42-92-04-27
Facebook : boulangeriesemilebec

ROGNES 13840

VIGNERON

Villa Baulieu

PGA Domaines - T. 04 42 50 20 19

Niché sur des sols argilo-calcaires et volcaniques (basalte), le château est une demeure pleine d'histoire, qui offre aujourd'hui plusieurs formes d'accueil du public (chambres d'hôtes, séminaires, évènements). Depuis 2001, les 200 hectares de la propriété appartiennent à Pierre et Nicole Guénant qui a redonné le nom de Villa Baulieu aux vins.

SAINT CANNAT 13760

Le Mas Bottero

14/20

2340 route d'Aix - RN 7 - T. 04 42 67 19 18 - Menu(s) 30-90 €

Il a conquis la région, redynamisé le secteur à l'ouest d'Aix aux abords de la N7, rendus les repas de famille et les réunions de bureau encore un peu plus joyeux. Nicolas Bottero est non seulement un excellent cuisinier, mais aussi un entrepreneur avisé. On ne peut qu'être tenté par l'arrêt buffet de luxe sur ce bord de nationale. La salle est élégante, le ticket moyen assez élevé mais à un vrai niveau 2 toques, chaque assiette montrant raffinement et maîtrise : tartelette de légumes et aubergines et herbes du jardin, thonine de Méditerranée mi-cuite risotto de courgettes de Mallemort, pluma de cochon ibérique confite et laquée tortilla au romarin et piment d'Espelette, avant le fromage travaillé et le bon dessert pêche d'une belle séquence à 70 €. Le menu déjeuner à 30 €, régulièrement renouvelé, est une aubaine.

SAINT CHAMAS 13250

Le Rabelais

13/20

8 rue Auguste Fabre - T. 04 90 50 84 40 - Menu(s) 25-50 €

Une jolie table institutionnelle dans un authentique moulin, offrant le cadre d'une salle voûtée de pierre et les belles œuvres du chef Gérard Guilly, qui règne sur les cuisines depuis près de vingt ans. Le bon menu-carte à 45 € fait le tour de la question, avec du choix et des idées : tartare de taureau et huître de Camargue à la nectarine, poulpe de Méditerranée et lard paysan, fricassée de pois chiches et légumes d'été, carré de porc ibérique à la truffe d'été, coulis de cèpes et polenta crémeuse, tartelette citron-framboise-gel de yuzu. Cave régionale appropriée.

SAINT ÉTIENNE DU GRÈ S 13103

VIGNERON

Domaine Dalmeran

45 chemin Notre-Dame du Château - T. 04 90 49 04 04

Etabli sur le versant nord des Alpilles, balayé par le mistral, Dalmeran offre un terroir argilo-calcaire caillouteux propice aux grands vins et vous accueille dans son caveau dédié aux dégustations. Vins bios de grande qualité, on vous invite à découvrir le domaine et à visiter les Baux-de-Provence, l'un des plus beaux villages de France.

Membres de l'Académie Gault&Millau

Tables Exceptionnelles – 19/20 à 19,5/20

Tables de Prestige – 17/20 à 18,5/20

Tables Remarquables – 15/20 à 16,5/20

Tables de Chef – 13/20 à 14,5/20

Tables Gourmandes – 11/20 à 12,5/20

Tables Originales – 10/20 à 10,5/20

Boulangerie Coulin

FABRICATIONS À L'ANCIENNE

Julie et Florian Coulin ont misé sur des produits de qualité entièrement fabriqués sur place. Leur boulangerie-pâtisserie, reprise en 2015, présente des pains aux saveurs d'antan. Des farines bio ou CRC (culture raisonnée contrôlée) sans additif sont à la base de tous leurs pains spéciaux et de leurs baguettes traditions. Des gourmandises fabriquées avec des farines 100 % françaises en pétrissage lent et en fermentation longue de 72h. Cette longue fermentation permet une dégradation plus importante du gluten et rend le pain plus digeste. Les viennoiseries sont façonnées à la main avec du beurre Montaigu AOP tout comme les savoureuses pâtisseries aux fruits de saison locaux.

Le gâteau star de la maison est le Crako'Choc : un biscuit croustillant au praliné maison, mousse chocolat et une dacquoise aux amandes. En plus, il est sans gluten !

✉ 8, place Docteur J. Bagnaninchi,
13310 SAINT-MARTIN-DE-CRAU
Tél. : 04-90-47-22-49
Instagram : boulangerie_coulin
www.boulangerie-patisserie-coulin.fr

Dans les souvenirs d'enfance de chaque bon cuisinier se trouve une grande cuisine, une cuisinière en marche, un gâteau qui cuit et une maman.

Barbara Costikyan (1928-2020)

SAINT RÉMY DE PROVENCE 13210

Restaurant Fanny Rey & Jonathan Wahid 15/20

CHEF: JONATHAN WAHID

12 boulevard Mirabeau - T. 04 90 92 15 33 - Carte 39 € - Menu(s) 75-170 €

Fanny Rey et Jonathan Wahid animent la plus brillante combinaison de talents que l'on puisse trouver sur Saint-Rémy. Le lieu est superbe, au cœur de la ville, sur le boulevard, la nature est généreuse et les idées fourmillent. Le grand gastro a ses ressources, en trois menus à 6, 8 ou 11 services, et l'été, en terrasse, c'est l'ADN, un voyage culinaire dans l'histoire de chacun, les racines et le terroir, accessible (65 € pour 7 services) et passionnant, digne des toques : thon rouge snacké moutarde épicée, condiment de riz et raisin blond, fleur de courgette légumes du soleil câpres et cumin, ceviche grenade acidulée fenouil croquant safran, bœuf maturé au miso légumes à la flamme bouillon dashi dans un déferlement de parfums et de saveurs jusqu'au haricot rouge tamarin coco coriandre ou le lassi citron kalamansi infusion rose. L'atmosphère est pleine de charme, le service, dévoué, et les suggestions d'accompagnements piochent dans une carte de vins bien élaborée.

Hôtel de Tourrel 14,5/20

5 rue Carnot - T. 04 84 35 07 20 - Menu(s) 98-120 €

C'est la belle table de l'intramuros, l'argument gastronomique, le chic historique d'un hôtel particulier bien aménagé pour un moment de bien-être raffiné, bons vins et assiettes délicates d'un jeune prodige de la spatule, Jérémy Scalia, Marseillais bon teint passé chez Lévy. Sa gamme est large, méditerranéenne, mais sans œillères, avec un beau talent pour harmoniser les saveurs et les textures, en prenant les produits d'exception là où il faut, le veau corse d'Abbatucci, avec coquillages algues et salicornes, les langoustines en Méditerranée, pois chiches fleur d'oranger et bisque, le loup sauvage façon pistou, l'agneau de la Crau, oignons caramélisés et anchois... Un beau menu «Dégustation» à 150 € (ou 120 sans les langoustines, ce qui serait dommage), et s'achevant avec les premières figues et streusel chocolat noisette, une cave régionale bien fournie et des grands crus de partout.

Restaurant Gastronomique de Valrugues 14/20

9 chemin Canto Cigalo - T. 04 90 92 04 40 - Menu(s) 80-105 €

Valrugues vit bien, niché dans la verdure à l'écart de la bouillonnante station. En été, Saint-Rémy décuple sa population et il est bien agréable de respirer les parfums provençaux sur la belle terrasse de cette maison de charme et de luxe. Thibaut Serin Moulin, formé notamment chez Pic et Briffard et qui fut Jeune Talent au Château de Courcelles, maîtrise bien les codes seigneuriaux, avec les notes de prestige entourant des idées régionales. Si l'ambition actuelle n'est pas tout à fait à 3 toques, cela n'empêche pas de passer un très agréable moment avec le foie gras en terrine pêche confite à la verveine ou le très bon pigeon rôti, crémeux de polenta, pastèque snackée, poivrons rouges à la menthe, olive noire en tempura. Un beau soufflé en dessert, à l'essence de fruits rouges, feuille à feuille de chocolat, amande et sorbet mara des bois, une carte de vins complète avec une offre classique au verre, le tout servi par un personnel nombreux et bien formé.

O Caprices de Mathias

13,5/20

Domaine de Métifiot - T. 04 32 62 00 00 - Menu(s) 26-42 €

Après quelques années à bien poser les jalons, Mathias Henkème persiste et signe, lui qui fut un pionnier du circuit court et des légumes de producteurs. Il y a toujours de bonnes idées dans cette cuisine de naturel et de saison, dans le cadre idéal de ce domaine caché, à l'écart des foules, mais à cinq minutes du centre de Saint-Rémy.

Maison Marshall

12,5/20

2 place Joseph Hilaire - T. 04 90 95 03 54 - Menu(s) 29-42 €

Un plan Marshall pour Saint-Rémy ? Quelle bonne idée ! La maison, au cœur de la cité, affiche une jolie déco, la pâtisserie initiale s'est muée en vraie table de soleil dans une atmosphère toujours précieuse et élégante, animée par une patronne qui veille à tout pour faire plaisir. Le jeune service flotte un peu, mais les assiettes sont impeccablement cadrées et réalisées : foie gras mi-cuit compotée de pomme et coing en aigre doux, quasi de veau bien cuit rosé avec un très bon panais, en purée et rôti, un plat simple, efficace et flatteur en bouche. Le biscuit moelleux au thé matcha sorbet goyave émulsion coco jus passion fait une belle issue, bien travaillée. Le vin n'est pas une priorité, ni en choix, ni en conseil, mais le thé Mariage Frères peut être une option.

Restaurant Les Terrasses de l'Image

12,5/20

36 boulevard Victor Hugo - T. 04 90 92 51 50 - Carte 49 € - Menu(s) 34-89 €

Le charme de cette belle table sur le boulevard est indéniable. Dans l'assiette, on trouve toujours la touche personnelle de la maison, faite de fraîcheur et de distinction sur les produits locaux. Un gravlax de saumon verveine, les plins piémontais farcis aux herbes palourdes et pesto, la presa de porc Duroc et compotée d'aubergine tomatée, le fondant au chocolat Tulakalum, pour un bon moment dans l'entre-soi. Le soir, les résidents et quelques extérieurs se régalent avec un délicat menu «Alliance» à 89 €.

L'Aile ou la Cuisse

12/20

34 boulevard Mirabeau - place Mireille Moatti - T. 04 32 62 00 25 - Carte 52 €

Ce bistrot en vue, naguère rue de la Commune, a déménagé sur l'agréable placette en retrait du boulevard. Les mêmes bons préceptes ont suivi, avec un bon mix entre une ardoise toujours bien dosée sur des produits de saison et des recettes coutumières et une cave bien fournie pour un rapport prix-plaisir dans la fourchette haute. Un frais et bon gaspacho de melon, feta chips de jambon pistou menthe, le filet de bar snacké mousseline de betterave et oignons caramélisés beurre blanc aux agrumes, magret rôti déclinaison à la carotte jus réduit... Service pro et efficace.

Les Braises

12/20

16 boulevard Victor Hugo - T. 04 84 51 04 51 - Menu(s) 25-29 €

Dans le cadre du bel hôtel Le Saint Rémy, une brasserie effectivement distinguée pour une clientèle chic. L'offre est assez classique avec, en point d'orgue, une belle côte de bœuf pour amateurs de 500 g flambée au thym frites maison et beurre à la truffe d'été. Également les poissons sauvages, la souris d'agneau, les entrées et les desserts classiques.

Chapeau de Paille

12/20

29 boulevard Mirabeau - T. 04 90 92 85 78 - Carte 50 € - Menu(s) 32 €

Ensoleillé et coloré, ce Chapeau de Paille vous attire sur le boulevard, dans une échoppe accueillante prolongée par sa terrasse. Du provençal tradi remis au goût du jour dans des assiettes bien parfumées : une excellente terrine, une anchoïade, un bel aïoli, des pieds-paquets. Suivez aussi l'ardoise du jour et ses plats du moment, toujours bien cuisinés, comme le gigot d'agneau à la crème d'ail rose qui précédait de bonnes profiteroles maison... Bon menu à 32 €.

Le Bistrot des Alpilles

10,5/20

15 boulevard Mirabeau - T. 04 90 92 09 17

Nous avons retrouvé cette année ce qui faisait les qualités premières de ce bistrot touristique, mi-généraliste (burger, entrecôte...), mi-local (fromage des Alpilles...) si bien placé sur le boulevard : l'entrain et le professionnalisme d'une équipe au top dans une ambiance à nouveau fringante et dynamique. Les portions très généreuses rendent les tarifs presque amicaux, pour le cappuccino de potimarron œuf parfait lamelles de truffes comme pour la pluma de cochon, gnocchis aux girolles et un honnête café gourmand aux choix justes. Cave large, du négoce et du local, un choix correct au verre.

HÔTEL

Hôtel de Tourrel - 5 étoiles

5 rue Carnot - T. 04 84 35 07 20 - à partir de : 280 €

Au centre du village de Saint-Rémy-de-Provence, cet ancien hôtel particulier a été transformé en un délicieux refuge contemporain, sans rien trahir de l'histoire des lieux. Les murs de pierre ont été savamment restaurés, tout comme le magistral escalier historique et des charpentes apparentes. Membre de Design Hotels, il abrite aujourd'hui 7 suites spacieuses et décorées dans un raffinement très contemporain, avec de beaux luminaires et des meubles de designers, d'Eileen Gray à Konstantin Grcic. Autre pépite du domaine, la table remarquable du chef Thomas Bühner, qui propose une cuisine inspirée par la Provence et la Méditerranée.

CHOCOLATIER

Joël Durand

3 boulevard Victor Hugo - T. 04 90 92 38 25

Joël Durand voue une passion particulière aux plantes fraîches, aux herbes et aux épices. De cette passion, est né un «alphabet des saveurs». À chaque lettre son parfum, à chaque parfum son chocolat. De B comme badiane (chocolat noir et fleur d'anis étoilé) à V comme violette (chocolat noir et arôme violette) en passant par O comme orange, R comme romarin ou T comme tiramisu... Vive les dictées !

FROMAGER

La Cave aux Fromages

1 place Joseph Hilaire - T. 04 90 92 32 45

Une référence locale et un bon artisan affineur qui fait honneur à ses produits. Notamment pour tout ce qui concerne les fromages de montagne. Monique Mayer propose également un espace de dégustation dans une cave voûtée du XIIe siècle, un peu d'épicerie fine et quelques vins.

GLACIER

La Fabrique Givrée

48 rue Carnot - T. 04 90 26 65 24

Givré ? Peut-être... Dégaine cool et branchée, Jérémie Runel et ses 2 amis Martin et Hugues révolutionnent l'univers de la glace avec leurs créations dernier cri. Formé chez Fauchon aux côtés de Christophe Adam, au Bristol sous la houlette du chef Gilles Marchal et chez Valrhona, avant de revêtir le costume d'artisan-glacier, Jérémie compose avec pour seul objectif de trouver le goût. Du cornet à la crème glacée en passant par la chantilly, il mise sur des produits frais, bio et de qualité. En plus des glaces artisanales en pots et en cornets, la Fabrique réalise d'autres préparations rafraîchissantes, tels les jus de fruits frappés (sorbet citron-verveine, ananas, basilic et pomme verte...), desserts montés à la minute (burger givré baba au rhum, chantilly et graines torréfiées...) et barres glacées 2.0. Petits péchés mignons du propriétaire : les «Kif du chef», mix addictifs entre glace et pâtisserie servis en barquette.

SAINTES MARIES DE LA MER 13460

HÔTEL

L'Auberge Cavalière du Pont des Bannes - 4 étoiles

Route d'Arles - T. 04 90 97 88 88 - à partir de : 208€

Au cœur de la Camargue et à deux pas des Saintes-Maries-de-la-Mer, ce refuge ravira tous les amoureux d'une nature miraculeusement préservée. Imaginez un domaine de 3 ha empli de cyprès, d'oliviers et de lauriers roses, le tout peuplé çà et là d'authentiques cabanes de gardians, face à la splendeur des marais. Elles réunissent 69 chambres spacieuses et contemporaines, prolongées pour certaines de petites terrasses. Le lieu réunit également 2 piscines, un cours de tennis et un spa, mais on vient avant tout ici pour rejoindre le centre équestre avec chevaux et poneys pour les enfants. Une halte idéale pour partir en randonnée à travers les marais sauvages, admirer le vol des flamants roses au-dessus des étangs, avant de rejoindre l'un des 2 restaurants, dont une remarquable table gastronomique sous la direction de Bastien Roscigni.

ÉPICIER

Le Panier d'Anjuma

13 place de l'Église - T. 04 90 98 23 20

Au cœur de la ville, une épicerie bio très accueillante qui utilise la production régionale et au-delà, les fruits et légumes de saison. L'offre est très variée, avec épicerie fine, charcuterie, fromages, qui s'ajoutent aux thés et infusions, à la gamme sans gluten, aux boissons artisanales variées, jus de fruits et limonades, mais aussi bières et vins, ainsi qu'un choix de cosmétiques et de produits d'hygiène.

LES PRODUITS AOC ET AOP DE LA RÉGION PROVENCE-ALPES-CÔTE D'AZUR

Figue de Solliès, brousse du Rove, fromage de Banon, huile d'olive d'Aix-en-Provence, huile d'olive de Haute-Provence, huile d'olive de Provence, huile d'olive de la vallée des Baux-de-Provence, huile d'olive de Nice, muscat du Ventoux, olive de Nice, olives cassées de la vallée des Baux-de-Provence, olives noires de la vallée des Baux-de Provence, pâte d'olive de Nice, picodon, taureau de Camargue, truffe noire du Tricastin...

La Manade des Baumelles

HAUT-LIEU DE LA CAMARGUE TRADITIONNELLE

Maître-Restaurateur depuis 2018, Vincent Rouzaud a grandi dans ce domaine créé en 1982 par ses parents. Le chef produit ses propres fruits et légumes ainsi que la viande qu'il sert au restaurant. Ici, les végétaux sont cultivés en permaculture excluant tout produit chimique, la biodiversité au service de la santé. Les taureaux, cailles et pigeons proposés sur la carte sont élevés sur le domaine : gardiane de taureau, pigeon du mas rôti avec moelleux aux pruneaux et son jus de carcasse, légumes printaniers, caille snackée avec sa crème de cèpes et en dessert, entremet à la liqueur camarguaise*, moelleux chocolat poire et tartes aux fruits. La visite de la manade a lieu tous les jours à 10 h et inclut un repas gourmand et généreux. Soirée gitane le samedi soir dans l'ancienne bergerie. Dépaysement garanti !

Le + : Gîtes et chambres d'hôtes.

Cabanes de Cambon, D38,
13460 SAINTES-MARIES-DE-LA-MER
Tél. : 04-90-97-84-14
www.manadedesbaumelles.fr

Brasserie des Arènes

LES SAVEURS DU SUD

Elle en cuisine, lui en salle, Anne et David, deux véritables enfants du pays et amoureux de leur région, aiment partager leur passion et leur amour pour la Camargue.

On trouve ici une petite carte avec du poisson frais de la pêche du jour, de la viande locale et des légumes de saison qu'ils sélectionnent en circuits courts. Ainsi, vous pourrez déguster leur parillada de la mer, du thon, des seiches pour le côté mer et pour le coté terre du taureau camarguais sous différentes formes, de même que des rognons de veaux, des pieds paquets... Les desserts sont, eux aussi, maison comme la tarte citron revisitée, le gratin de figues et beaucoup d'autres surprises selon la saison. Le restaurant joliment décoré se trouve face aux arènes à deux pas du port.

Le + : Terrasse ouverte toute l'année.

26, avenue Van Gogh,
13460 SAINTES-MARIES-DE-LA-MER
Tél. : 04-90-97-86-63 / 06-10-01-57-23

*L'ABUS D'ALCOOL EST DANGEREUX POUR LA SANTÉ.

Le Fournil Camarguais

LA PASSION DE L'ARTISANAT

Voilà ce que souhaite transmettre Ludovic Chauvet à travers les mets gourmands qu'il prépare. Depuis 16 ans qu'il pratique ce joli métier de plaisirs parfumés, il n'a de cesse de faire du beau et du bon ; telle est sa motivation. Une farine de blé française et des produits frais sélectionnés pour leurs qualités gustatives. La baguette française, la Camarguaise au levain désactivé avec ou sans graines et le Nutrifit (un pain spécial aux fruits sec sont les icônes de la boulangerie. Les viennoiseries pur beurre sont aussi maison à l'instar du petit gâteau grec, une variante de brioche à la fleur d'oranger, anis et mastica (résine de pistachier). Le chef crée de délicieuses glaces, glaces à l'italienne ou sorbets aux saveurs authentiques, toutes fabriquées avec des produits d'excellente qualité et vendues au demi-litre, un contenant gourmand pour les fins connaisseurs !

12, rue Sansouïres, 13129 SALIN-DE-GIRAUD
Tél. : 04-42-86-82-32
Facebook : Le-Fournil-Camarguais-Boulangerie-Pâtisserie-Snacking

Le vin stimule l'appétit
et donne du goût à la nourriture.
Il favorise les discussions, l'euphorie
et peut transformer un simple repas
en événement mémorable.

Derek Cooper (1925-2014)

SALON DE PROVENCE 13300

Villa Salone

13/20

6 rue Maréchal Joffre - T. 04 90 56 28 01 - Menu(s) 26-103 €

Ce fut l'une de nos découvertes l'an passé, confirmée depuis par ceux que nous avons la chance d'inspirer et par un succès public mérité. Alexandre Lechêne est à coup sûr un chef d'avenir, et nous aurons grand plaisir à suivre cette maison, à l'atmosphère ineffable de demeure patricienne. Trois beaux menus qui suivent les saisons, de 63 à 103 €, et une formule avenante à 26 € à l'Atelier Salone, c'est-à-dire la version bistrot.

CHOCOLATIER

Chocolaterie Bertrand

122 avenue du 22 Août 1944 - T. 04 90 92 38 25

Jean-Marie Bertrand a grandi au milieu des confiseries et des chocolats et c'est à son père que l'on doit la création du Nostradamus, spécialité de la maison. Le reste de la gamme de Jean-Marie, mérite qu'on y croque, notamment le «Faire face» (devise de l'École de l'air de Salon-de-Provence) et le Marronnier, un chocolat au lait, pâte de marron et rhum... tout un programme !

POISSONNIER

Poissonnerie du Marché

48 boulevard Victor Joly - T. 04 90 56 41 95

Poissons de l'Atlantique et de la Méditerranée, coquillages en direct, fraîcheur constante garantie. Plats de traiteur prêts à cuire à emporter ou à déguster au restaurant L'Eau à la Bouche.

Menu(s)

Fourchette de prix mentionnant le menu le moins cher et le menu le plus cher proposant à la fois entrée, plat et dessert sans les boissons, qui n'exclut pas les prix intermédiaires

Maison JMB

UNE INSTITUTION À SALON-DE-PROVENCE

Voilà 50 ans que la maison existe. Angeline et Jean-François Ferreres ont repris la boucherie-charcuterie de leurs parents en 2021 pour perpétuer la tradition et l'excellence. Des viandes d'origine française sont sélectionnées pour la vente au détail et la fabrication de la charcuterie.
Bœuf Charolais, agneau et porc de Provence, veau de Corrèze et volailles des Landes, les meilleurs morceaux sont proposés à la vente ou transformés en plats traiteur comme la gardianne de taureau ou le lapin chasseur. Leurs savoureuses recettes sont renouvelées chaque semaine, et parmi les fabrications emblématiques de JMB, on citera la brandade de morue et le foie gras. Côté charcuterie, sont élaborés sur place, le pâté de campagne et la saucisserie. La maison propose des saucissons de Provence, une savoureuse charcuterie italienne, des œufs et des fromages de chèvre locaux.

144, boulevard Jean Jaurès,
13300 SALON-DE-PROVENCE
Tél. : 04-90-56-03-30
www. maison-jmb.com

Le Spot

L'HEURE DE SE RÉGALER A SONNÉ !

Succès rapide que celui du Spot, le restaurant récemment créé par le propriétaire de La Paillote César, à Sausset-les-Pins. Ouvert dès le petit déjeuner, pour le goûter et jusqu'au dîner, l'endroit a tout pour plaire : une déco chic et moderne, une carte de spécialités, pizzas, tapas... et une magnifique terrasse face à la mer, pour profiter du spectacle en toute saison.
Ouvert 7j/7 de 7h à 23h (et au-delà, l'été).

1, rue Jules Ferry, 13960 SAUSSET-LES-PINS
Tél. : 04-42-87-35-77

Facebook : Brasserie Le Spot Sausset
Instagram : @lespot_sausset
www.le-spot-sausset.fr

> *Ce qu'on mange avec goût se digère aisément.*
>
> Georges Courteline (1858-1929)

Le Fournil De Salon

AU MOINS DEUX RAISONS DE SE RÉGALER !

À la tête de non pas une mais deux boulangeries-pâtisseries à Salon-de-Provence, Stéphane Conte vous réserve de très nombreuses et délicieuses surprises, sucrées et salées. Ne résistez pas plus longtemps à l'envie d'en savoir plus...

« Tout ce que vous voyez sort de nos laboratoires où nous transformons des matières premières sélectionnées avec soin comme un beurre AOP Poitou-Charentes, une vanille fraîche de Madagascar... », cite Stéphane Conte, entouré d'une petite trentaine de boulangers, pâtissiers et touriers. Dans la Boulangerie Conte comme au Fournil de Salon, les pains sont fabriqués, dans la pure tradition, à base de levain naturel pour plus de goût, de moelleux et une plus longue conservation. Les viennoiseries aussi sont faites maison, tout comme les sandwiches chauds, froids, les pizzas, etc.

Qualité et quantité, deux ingrédients majeurs
Cet artisan boulanger de formation, ancien responsable qualité et fils de pâtissier, met la qualité au cœur de son process de fabrication. *« Nous nous efforçons de proposer des produits équilibrés et peu sucrés »*, souligne-t-il. *Une exigence de « faire du bon, pour les papilles et pour la santé »* que Stéphane Conte partage avec tous ses collaborateurs, dans chacune de ses boutiques. Quantité et qualité s'expriment aussi dans les deux rayons pâtisserie, où les grands classiques côtoient des créations plus sophistiquées, pour tous les jours et aussi pour les grands jours (pièces montées, bûches, mignardises, etc.). Mention spéciale pour les macarons, aussi généreux que variés, qui font la réputation de la Maison.
Ils en ont de la chance, les gourmands de Salon-de-Provence !
Magasins ouverts 7j/7, de 6h à 20h30

Les + : Plusieurs formules dont « 3 achetés = 1 gratuit ». Terrasses été/hiver.

Le Fournil de Salon :
645, avenue du 22 Août 1944,
13300 SALON-DE-PROVENCE
Tél. : 04-90-73-10-92

Boulangerie Conte :
1, boulevard Danton,
13300 SALON-DE-PROVENCE
Tél. : 04-90-44-00-06

TARASCON 13150

BOULANGER

Les 7 épis bio

2 rue Esquiros - T. 04 90 91 14 92

Ici, le pain est fabriqué exclusivement à base de farines bio et cuit au feu de bois. Les spécialités sont la fougasse, qu'elle soit sucrée ou salée, ainsi que les viennoiseries et autres douceurs selon l'humeur du boulanger. Le pain se décline au sarrasin, complet ou aux céréales.

LES PRODUITS AOC ET AOP DE LA RÉGION PROVENCE-ALPES-CÔTE D'AZUR

Figue de Solliès, brousse du Rove, fromage de Banon, huile d'olive d'Aix-en-Provence, huile d'olive de Haute-Provence, huile d'olive de Provence, huile d'olive de la vallée des Baux-de-Provence, huile d'olive de Nice, muscat du Ventoux, olive de Nice, olives cassées de la vallée des Baux-de-Provence, olives noires de la vallée des Baux-de Provence, pâte d'olive de Nice, picodon, taureau de Camargue, truffe noire du Tricastin...

Hôtel Sainte Victoire ****

UNE TABLE QUI VOUS TRANSPORTE

Cet hôtel 4 étoiles sis face à la montagne Sainte-Victoire propose un restaurant gastronomique qui vous invite à de délicieuses associations de saveurs.

Parce que l'ambition du propriétaire et dirigeant, Alessandro Blay, est de proposer une expérience unique à ses clients, il associe au luxe de son établissement l'élégance de la cuisine gastronomique. Un défi réussi de mains de maître par le Chef, Mateus Marangoni, issu de célèbres tables européennes.
En effet, Mateus Marangoni est un chef atypique et créatif qui réalise une cuisine fusion inspirée des gastronomies française, asiatique et brésilienne en hommage à son pays natal. Son plaisir est de réaliser des plats qui associent jeux de saveurs, de couleurs et de textures afin de vous inviter dans un ailleurs gustatif riche de surprises.
Aussi, confortablement installé dans la salle épurée ou en terrasse, avec vue panoramique sur la Sainte-Victoire, laissez-vous emporter par le sublime tartare de thon au shizo vert, ketchup de pêches, avocat grillé, chips du jardin et œufs de poissons au wasabi ! Poursuivez avec une autre révélation gourmande comme le porc confit coulis de fruits rouges, bonbon de yuzu, compote de pommes et carottes en tempura, farofa banane, bacon et feuille d'huître !
Ces explosions de saveurs, aussi inédites qu'équilibrées, suivies de desserts tout aussi excellents, sont à accompagner d'un vin* de la carte justement composée par leur sommelière.
Faites durer le bonheur en vous installant dans l'une des confortables chambres 4 étoiles avec vue montagne et profitez de la piscine aux beaux jours !
Restaurant ouvert à tous midi et soir.

33, avenue des Maquisards,
13126 VAUVENARGUES
Tél. : 04-42-54-01-01
www.hotelsaintevictoire.com

*L'ABUS D'ALCOOL EST DANGEREUX POUR LA SANTÉ.

VENELLES 13770

CHOCOLATIER

Daniel Eynard, Le Moulin du Cacao

109 avenue des Logissons - T. 04 42 59 32 45

C'est dans la boutique de Venelles que Daniel Eynard et son épouse Monique reçoivent leur clientèle en proposant une gamme dont la production est maîtrisée depuis la plantation jusqu'à la bouchée de bonbons de chocolat. Issu d'une famille de chocolatiers-pâtissiers en Côte d'Ivoire, ce théobromeur fabrique son propre chocolat. Plaques de chocolat fourrées noisettes, pépites de cacao, fleur de sel, cacao-poivre ou cacao-gingembre... Fruits confits plongés dans un bain de chocolat, brisures de chocolat ultra-fines qui fondent en bouche... Loin des modes, il a forgé une boutique à son idée.

VENTABREN 13122

Dan B. 14,5/20

1 rue Frédéric Mistral - T. 04 42 28 79 33 - Menu(s) 62-131 €

Une valeur sûre et une belle gastronomie à un quart d'heure d'Aix, facile d'accès par l'A7. Dan Bessoudo est un chef plein de ressources et de talent qui, à l'image de cette très belle salle contemporaine ouverte sur la nature environnante, travaille le produit avec une grande modernité et une grande précision. Des séquences bien travaillées, de 62 à 131 € pour une expérience très séduisante, aidée par un jeune service bien formé et une carte des vins rassemblant les bons régionaux et les grands classiques.

Menu(s)

Fourchette de prix mentionnant le menu le moins cher et le menu le plus cher proposant à la fois entrée, plat et dessert sans les boissons, qui n'exclut pas les prix intermédiaires

L'Éouvé

L'ESPIÈGLE CUISINE TAQUINE LES PAPILLES

Depuis 2011, Karen et Stéphane Almela vous accueillent dans leur bistrot chic de la campagne aixoise. La cheffe revisite une cuisine traditionnelle française en mêlant aux produits frais de saison des ingrédients italiens ou asiatiques.

Ici, la carte change quotidiennement selon l'humeur et l'inspiration de Karen. Tartares de thon à l'asiatique, filet de loup, poutargue et riz noir, râble de lapin farci, mozzarella et basilic, gnocchi maison..., des mets et saveurs qu'apprécieront toutes les papilles. En dessert ou pour une pause plaisir à l'heure du thé, vous pourrez déguster avec gourmandise un pain perdu brioché, coulis de caramel beurre salé, une génoise au rhum et sa crème de fraise ou une tarte au citron base palet breton et crème cheese-cake citron. Formule entrée plat dessert à 34 €.

Terrasse avec jardin ombragé aux beaux jours.

19, chemin du Cimetière, 13122 VENTABREN
Tél. : 04-42-92-25-68
www.leouve.com

Rien de plus délicieux dans la vie que le coin du feu, une salade de homards, du champagne et la causette.

George Gordon, Lord Byron
(1788-1824)

VERNÈGUES 13116

VIGNERON

Château Bas

Route de Cazan - T. 04 90 59 13 16

Implanté sur des coteaux argilo-calcaires et des terroirs sablo-limoneux, le vignoble est à l'origine de cuvées bien distinctes. Le domaine vous reçoit au caveau mais propose aussi des visites commentées dans les vignes et les enfants sont les bienvenus.

Membres de l'Académie Gault&Millau

Tables Exceptionnelles – 19/20 à 19,5/20

Tables de Prestige – 17/20 à 18,5/20

Tables Remarquables – 15/20 à 16,5/20

Tables de Chef – 13/20 à 14,5/20

Tables Gourmandes – 11/20 à 12,5/20

Tables Originales – 10/20 à 10,5/20

83

VAR

BANDOL 83150

L'Espérance 14/20

21 rue du Dr Louis Marçon - T. 04 94 05 85 29 - Menu(s) 39-79 €

Il faut laisser la restauration aux mains de professionnels comme Gilles Pradines et son épouse. Loin des modes et des influences, malgré l'attrait touristique de la station, le chef continue sa route, sa quête du bon goût, de l'assiette bien composée et bien dressée. Dans la petite salle proche des quais, mais dans un coin calme, la sérénité règne et le travail de qualité paie : thon rouge de Méditerranée pêche locale mi-cuit pané aux graines de sésame nouilles soba au parfum d'Orient, cochon fermier label rouge taillé dans le carré poêlée de girolles fraîches jus de viande, framboises fraîches façon millefeuille dans un bon menu à 43 €. Même veine et produits nobles dans le menu «Gourmet» à 65 €, très bon service et cave de bandols bien pourvue.

KV & B 11,5/20

5 rue de la Paroisse - T. 04 94 74 85 77 - Carte 46 €

Un bistrot dans l'air du temps, qui s'adapte aux modes et qui se montre toujours aussi accueillant dans la jolie et typique rue de la Paroisse. Il y a toujours de bonnes idées sur l'ardoise, le jeune service est pro et bien briefé, et la cave est alléchante avec les vins de Bandol et de Provence.

Carte

Addition moyenne d'un prix à la carte englobant le prix d'une entrée + plat + dessert

Menu(s)

Fourchette de prix mentionnant le menu le moins cher et le menu le plus cher proposant à la fois entrée, plat et dessert sans les boissons, qui n'exclut pas les prix intermédiaires

Le rendez-vous

DÉCOUVRIR DE NOUVELLES SAVEURS

Dans une rue tranquille proche de l'église, à 200 m de l'agitation du port, on déguste les linguines flambées dans la meule et d'autres merveilles. Les enfants peuvent jouer dans cette ruelle sans voiture où il fait bon se poser, sous la tonnelle, à l'une des tables aux nappes blanches. Le cocktail « Rendez-vous » – à base de gin*, infusé dans un fût de pétales de rose, servi avec champagne, framboise et bulle moléculaire qui dégage une fumée – est aussi bon que spectaculaire ! Tout comme la spécialité très prisée de linguines flambées au cognac par le chef dans une meule de parmesan AOC, sous les yeux du client. Assiette de joëls et poulpe en friture, loups et dorades selon l'arrivage, viande maturée sur place... Les nouveaux propriétaires se démarquent par la qualité des produits dans l'assiette et l'accueil chaleureux. Le charriot de fromages affinés avec 12 références et les desserts maison tiennent leurs promesses.

✉ 13, rue Vincent Allègre, 83150 BANDOL
Tél. : 04-94-06-51-68
lerendezvous.eatbu.com

*« Ajouter de la tomate et de l'origan,
ça devient italien ; du vin et de l'estragon,
ça devient français ; du citron
et de la cannelle, ça devient grec ;
de la sauce de soja, ça devient chinois ;
ajouter de l'ail, ça devient bon ! »*

Alice May Brock (1941-)

*L'ABUS D'ALCOOL EST DANGEREUX POUR LA SANTÉ.

Le Diam's

JOLIE TABLE ET BONNE HUMEUR

Situé sur le port de Bandol, doté d'une vue imprenable sur les voiliers, Le Diam's est un restaurant très agréable et fort sympathique. Sa superbe terrasse est à découvrir et à apprécier entre amis.

Tout commence par une balade sur le quai Charles de Gaulle. Le soleil, toujours présent ici à Bandol, vous invite à vous assoir en terrasse, face aux bateaux. Alors, pourquoi pas ? Toute l'équipe vous accueille avec une bonne humeur contagieuse. Le gérant du Diam's a repris l'affaire en 2019, a impulsé une nouvelle dynamique avec une ambiance chaleureuse, une équipe soudée et un service qui a retrouvé ses lettres de noblesse. *« Nous mettons un point d'honneur à ce que les clients repartent avec le sourire »*, lance le maître des lieux. Ici, vous pourrez savourer de nombreux produits frais et de saison. Des produits régionaux pour favoriser le circuit court et pour garantir la qualité. *« Nous sommes livrés en poissons deux fois par jour et tous nos fournisseurs sont situés à douze kilomètres maximum de notre restaurant »*. Excellents produits de la mer, belles viandes, burgers savoureux, moules et salades copieuses font partie des atouts de la maison, sans oublier les pizzas. Aussi, les serveurs sauront vous aiguiller pour accorder vos plats avec l'un des bons vins* de la cave.

Par ailleurs, le chef propose des suggestions différentes tous les jours. Idéal pour revenir régulièrement profiter de nouvelles pépites. Le Diam's répond aussi aux sollicitations des petites faims : crêpes, gaufres, glaces à l'italienne, granitas sont aussi proposées. Une belle adresse. *Ouvert 7j./7 de 8h à 3h du matin.*

Le + : Service continu pour manger, de 11h à 23h30.

27, quai Charles de Gaulle, 83150 BANDOL
Tél. : 09-86-76-80-38

*L'ABUS D'ALCOOL EST DANGEREUX POUR LA SANTÉ.

BELGENTIER 83210

Le Moulin du Gapeau 11/20

Place Edouard Granet - T. 04 94 48 98 68 - Carte 10 €

Du cassoulet dans la bouillabaisse ? Et pourquoi pas ? Dans ce qui fut un restaurant provençal bourgeois gentiment maniéré, les nouveaux propriétaires, depuis trois ans, ont insufflé l'esprit gascon franc du collier dans cette jolie salle voûtée qu'ils ont rafraîchie dans le bon sens, sans nappage ni artifice. On vient donc pour le foie gras, le confit (un brin sec, dommage) et le magret aux cèpes, la pissaladière et la daube de gardian offrant néanmoins les parfums régionaux. Accueil simple et direct, service très aimable de la patronne, tarifs amènes (compter 30 à 40 € avec la coupe glacée de crème de marron, sur laquelle on pourrait se passer de la chantilly mascarpone) et vin au pichet (17 € le demi).

LES PRODUITS AOC ET AOP DE LA RÉGION PROVENCE-ALPES-CÔTE D'AZUR

Figue de Solliès, brousse du Rove, fromage de Banon, huile d'olive d'Aix-en-Provence, huile d'olive de Haute-Provence, huile d'olive de Provence, huile d'olive de la vallée des Baux-de-Provence, huile d'olive de Nice, muscat du Ventoux, olive de Nice, olives cassées de la vallée des Baux-de-Provence, olives noires de la vallée des Baux-de Provence, pâte d'olive de Nice, picodon, taureau de Camargue, truffe noire du Tricastin...

Le comptoir de Gaspard

AMBIANCE ET BONNE CUISINE

L'accueil est une priorité pour Anaïk et Patrice qui misent sur une cuisine maison de produits frais et de qualité, et sur la convivialité !

Au cœur du village, le bar – repris en 2018 par le couple – a rapidement conquis les habitants et au-delà. Patrice, enfant du pays passionné de cuisine et Anaïk de rapports humains, proposent de la petite restauration de burgers maison, viande et pain du village, planches de charcuterie et fromage. Une petite carte et un menu – entrée, plat et dessert faits sur place et différent chaque jour à 15,90€ – séduisent les locaux comme les touristes, dans ce village très vivant de la Provence verte. Le canard du Sud-Ouest, dont est originaire Anaïk, se taille une place de choix dans la salade chèvre et magret. Une fois par mois, une soirée-concert est organisée. Autour du couple, l'équipe accueillante et à l'écoute se met aussi en quatre pour que vous vous sentiez bien.

2, rue de la République,
83890 BESSE-SUR-ISSOLE
Tél. : 04-94-04-17-68
Facebook : Le comptoir de Gaspard

L'Osteria de Bormes

DELIZIOSA

Après six ans de savoureux services, Jordane Capaldi passe sereinement le relais.
Un restaurant italien, rempli de saveurs authentiques, issues des secrets de cuisine de la famille du chef. Lasagnes de bœuf, polpettes, pizzas... Une cuisine de caractère qui fait le bonheur des fidèles et des clients de passage, admirant en terrasse, l'emblématique Venelle des amoureux. Non loin de là, Jordane Capaldi débute une nouvelle aventure, dans un bistrot italien convivial aux plats inventifs et travaillés.

4, place Gambetta,
83230 BORMES-LES-MIMOSAS
Tél. : 04-89-79-11-60
Facebook : @L'osteria de bormes

BORMES LES MIMOSAS 83230

L'Estagnol 13/20

1631 route de Léoube - T. 04 94 64 71 11

C'est une fête permanente dans le restaurant de plage de Geneviève, Patrick et leurs enfants. Les familles, les groupes d'amis viennent s'installer sur cette terrasse couverte pour un vrai moment de bonheur en famille. Pour une journée de plage, la pizza ou les poissons de pêche locale au déjeuner, mais aussi le soir, après le dernier bain, pour ces spécialités qui ont peu d'équivalent entre Marseille et Nice : l'anchoïade, avec cette sauce anchois remarquable, la bouillabaisse, un vrai cérémonial et une mise en scène qui donne des assiettes aussi belles que bonnes, ou les langoustes du vivier qui font aussi bien souvent partie du festin (une bisque parfaite pour accompagner les pâtes !). Ajoutez une équipe au taquet avec Geneviève et sa fille Stéphanie qui veillent à tout, et une parfaite coordination qui contribue aussi à la grande réussite de cette table unique.

La Rastègue 13/20

48 boulevard du Levant - T. 04 94 15 19 41 - Menu(s) 50 €

Parfois, avec cette fichue mode des menus à l'aveugle, vous mettez un gros billet en pariant sur la qualité d'un chef que vous ne connaissez pas. Chez Patricia et Jérôme Masson, c'est pareil et complètement différent. Le billet est à 50 €, les produits sont à vos pieds, avec la mer et la campagne provençale qui s'étalent devant vous depuis ce balcon idyllique au Pin de Bormes, et le chef est excellent, qui fait ses preuves depuis vingt ans pour des habitués conquis. Le menu en quatre temps (il y a toujours d'excellents fromages de chèvre ou de brebis) est une ode à la Provence, aux poissons de la pêche du jour (saint-pierre, rouget, dorade...) dans un esprit table d'hôte qui restitue le charme des vraies auberges, avec l'accueil de Patricia et le service tout en douceur. Un moment de sincérité et de haute qualité au pied de ce village bijou.

La Terrasse 12,5/20

12 place Gambetta - T. 04 94 64 47 56 - Menu(s) 24-28 €

L'ancienne maison de Gui Gedda possède le charme inaltérable des vieilles demeures provençales. La famille Gallo, Daniel en tête, en a conservé les attraits, avec cette petite terrasse que tout le monde envie, posée juste à l'arrivée du village, en haut des marches du perron. La cuisine a le bon accent, la daube est excellente et les préparations du moment, volontiers dans l'air du temps, se révèlent toujours bien façonnées. Service efficace et bonne cave régionale.

La Tonnelle de Gil Renard

12,5/20

Place Gambetta - T. 04 94 71 34 84 - Menu(s) 33-59 €

La bonne adresse de Gil et Pascale Renard a retrouvé ses couleurs et son allant cette année. Le lieu est plein de charme, au cœur du village, l'accueil de la maîtresse de maison parfait, et la cuisine du patron s'exprime parfaitement à travers sa formule carte avec un beau choix régional : caillette de Bormes au foie gras, aïoli maison, ombrine et tian de tomate, daube du chef... La douceur de vivre et les parfums de la Provence se conjuguent dans cette pétillante maison.

VIGNERON

Château de Léoube

2387 route de Léoube - T. 04 94 64 80 03

Niché dans une frange littorale, au cœur du site protégé du Cap Bénat, le terroir de Léoube, 560 ha dédiés à la culture de la vigne et de l'olivier, bénéficie d'un microclimat tempéré : chauffé par le soleil le jour et rafraîchi la nuit par des brises marines. Vous pourrez découvrir la gamme au château mais également au café Léoube sur la plage du Pellegrin.

BRIGNOLES 83170

BOULANGER

Boulangerie Pâtisserie Lafitau

31 avenue Dréo - T. 04 94 69 22 83

La façade a peu de charme, mais les gourmandises qui se cachent à l'intérieur valent qu'on s'arrête un moment. Nombreuses variétés de pains tous plus croustillants les uns que les autres, à la mie moelleuse, tantôt neutre pour accompagner les repas discrètement, tantôt puissante en arômes grâce aux farines de terroir.

Carte

Addition moyenne d'un prix à la carte englobant le prix d'une entrée + plat + dessert

Le Jardin RAFFINEMENT ET FRAÎCHEUR

Originaire de Brignoles, le chef chevronné a travaillé en Asie et en Amérique dans la gastronomie, avant de revenir au pays en mai dernier.
Il a refait la déco et propose une cuisine du monde raffinée, magnifiquement présentée, 100% maison, avec des produits frais du bassin. Sa carte change toutes les semaines. Le poulpe croustillant et le thon thaï sont déjà très réclamés. Ouvert midi et soir, avec un jardin privé et une terrasse agréable, l'accueil est parfait, les plats excellents. L'endroit où passer un bon moment.

18 Ter, avenue Dréo, 83170 BRIGNOLES
Tél. : 04-94-77-00-75
Facebook : Le Jardin Restaurant Brignoles

L'inattendu

COMME SON NOM L'INDIQUE

Frédéric Mathieu est d'origine marseillaise.
Dans son restaurant traditionnel, il vous invite à découvrir une carte élaborée, à base de produits frais, de légumes de saison et de desserts faits maison. Le chef concocte un savoureux burger, propose une formule plat, dessert, café à 16€ et une ardoise renouvelée chaque mois. Frédéric mise sur la simplicité et la qualité pour travailler les saveurs de ses assiettes. Sur place ou à emporter.
Le + : Terrasse ouverte aux beaux jours.

190, boulevard Bernard Long,
83170 BRIGNOLES
Tél. : 04-98-14-96-34
linattendurestaurant.business.site

Le vrai gourmet est celui qui se délecte d'une tartine de beurre comme d'un homard grillé, si le beurre est fin et le pain bien pétri...

Sidonie-Gabrielle Colette
(1873-1954)

Le Croque Bedaine

LE PUB GOURMAND

Au cœur du centre-ville de Brignoles, dans le Var, Le Croque Bedaine offre une ambiance de pub à la française. Savourez des croques et des plats traditionnels, autour de dix bières* pression, le tout relevé à la sauce musicale ! Partage et convivialité, telle est la philosophie du Croque Bedaine.

L'histoire du Croque Bedaine de Brignoles débute en 2019 avec Manuelle et Denis SCHOTT. Le Croque Bedaine, c'est le trio parfait : des produits frais, une cuisine de qualité et un cadre atypique version pub. Tout y est fait maison, des frites fraîches aux desserts. Les croques sont élaborés avec du pain de boulanger et les recettes sont préparées tous les jours, avec amour. Les plats sont de véritables délices pour les gourmands qui aiment bien manger. Venez passer un bon moment, dans une ambiance chaleureuse, en dégustant des bières sélectionnées pour vous.

Place du Palais de Justice, 83170 BRIGNOLES
Tél. : 04-94-59-25-16
www.lecroquebedaine.fr/brignoles

L'atelier de la viande

SAVOUREUX

Depuis juin 2021, ce restaurant de viandes locales grillées, rôties, crues ou mijotées attire les amoureux du bien-manger. La côte de bœuf pommes grenailles reste le produit phare, avec le tartare au couteau, exceptionnel, le magret de canard labellisé... Olivier travaille principalement avec les commerçants locaux, du fleuriste au boulanger.
Le + : Retrouvez chaque week end les suggestions-créations du chef Stanislas.

Zone Commerciale Le Collet,
659, avenue des Platanes, 83660 CARNOULES
Tél. : 09-50-43-81-23

> *Bonne cuisine et bon vin, c'est le paradis sur terre...*
>
> Henri IV (1553-1610)

*L'ABUS D'ALCOOL EST DANGEREUX POUR LA SANTÉ.

CALLAS 83830

Hostellerie les Gorges de Pennafort 15,5/20

CHEF: PHILIPPE DA SILVA

RD 25 - T. 04 94 76 66 51 - Menu(s) 89-410 €

Avec un courage immense, Martine Da Silva a rouvert les portes de cette auberge où son époux Philippe a donné tant de bonheur à ses habitués. Avec Anthony Salliège au piano, l'aventure continue donc, et nous serons les premiers à soutenir cette continuité que le chef aurait sans aucun doute voulue. Pour perpétuer ces valeurs de générosité, de travail bien fait et la passion de recevoir dans ce lieu en pleine nature de l'arrière-pays varois. Les meilleurs produits sont toujours en beauté, les plus beaux morceaux, et les truffes qui embaumaient la maison et qui continueront à nous régaler à la prochaine saison, dans l'esprit de ce chef unique, respecté et aimé de tous.

PÂTISSIER

Clotilde Pâtisserie

Place Georges Clemenceau - T. 04 94 60 16 91

Clotilde est une cheffe pâtissière passionnée. Après avoir fait ses gammes aux Gorges de Pennafort, auprès de Philippe Da Silva, elle ouvre sa première boutique dans le village de son enfance. Du fait maison, exclusivement, à partir de produits label rouge ou issus de l'agriculture raisonnée. Elle exécute une excellente pavlova, sa spécialité, et s'est associée à Dominique Grougi pour la partie boulangerie, intégrant notamment une gamme sans gluten à base de farines bio.

Menu(s)

Fourchette de prix mentionnant le menu le moins cher et le menu le plus cher proposant à la fois entrée, plat et dessert sans les boissons, qui n'exclut pas les prix intermédiaires

Le Patriarche

EXCEPTIONNEL

Ce restaurant créé au cœur des vignes par des passionnés, propose un luxe authentique et convivial, comme à la maison.

Isalyne et Rudy ont ouvert, sur le Domaine viticole de la famille Pélépol, un restaurant gastronomique qui vise le plaisir et l'harmonie. Issus de grandes maisons, ils privilégient les produits de qualité et les circuits courts, avec des fournisseurs alentour, les maraîchers de Brignoles et Carcès, poissons et crustacés en direct du bateau du pêcheur à l'assiette ! Pour le porc de Barjol, le bœuf de Château-Vert, les bêtes sont achetées sur pied et maturées au Domaine. Le premier menu est à 21 €, un rapport qualité/prix imbattable. La salle de réception et la terrasse de 300 m² accueillent mariages, soirées dégustation et événements, avec une cuisine française classique (et une touche ibérique), faite de A à Z sur place, y compris les glaces et le pain.

Château Sainte-Croix - Route du Thoronet, 83570 CARCÈS
Tél. : 04-94-77-22-82
www.chateau-sainte-croix.com

Fredouille

L'ESPRIT TAPAS

Les tapas et la sélection de vins* de petits producteurs et de bières, se partagent au comptoir ou en terrasse.

Les tapas du jour changent selon l'arrivage. Classiques, charcuterie italienne et fromages complètent l'offre. Autour de bons produits, c'est toute une ambiance !

Ouvert de 18h30 à 1h du matin.
Du 1er avril au 1er octobre : fermé le dimanche.
Du 31 octobre au 31 mars : ouvert du mercredi au samedi.

52, avenue du Général De Gaulle, 83320 CARQUEIRANNE
Tél. : 04-94-58-61-43 / 07-77-34-36-10
Facebook : Fredouille

*L'ABUS D'ALCOOL EST DANGEREUX POUR LA SANTÉ.

Open Bistro

UNE CUISINE À QUATRE MAINS

La cuisine ouverte révèle les secrets de fabrication : tout est préparé et cuisiné minute, dans le respect du produit.
Sébastien et Adrien Arfeuillère, père et fils, chefs passionnés, partagent leur amour pour l'art culinaire et œuvrent à quatre mains. Leurs créations magnifient les produits ; leur cuisine est instantanée, intuitive, inspirée. Avec des associations de saveurs et d'arômes, ils travaillent des denrées peu communes, selon les approvisionnements. Ris ou tête de veau, champignons... Leur préférence va à de petits producteurs – culture raisonnée ou bio – qui partagent leurs exigences. L'Open Bistro ne s'explique pas, il se déguste !

Formule « plat + dessert du jour » à 16,50 €
Formule « Mézzé » : 4 découvertes salées et sucrées à 34 € ou 6 découvertes à 44 €
Menu « carte entrée + plat + dessert » à 38 €

11, rue Jean Jaurès, 83310 COGOLIN
Tél. : 04-94-54-41-80
www.openbistro.fr

Dans une vieille bouteille, il y a du bon vin.
Mais il y a aussi quelque chose
du passé, et qui dort là.
Quand on débouche la bouteille,
un rayon de soleil ressuscite,
et ça ne va pas sans un peu d'émotion.

Léon Abric (1869-1942)

COLLOBRIÈRES 83610

CONFISEUR

Confiserie Azuréenne

Boulevard du Général Koenig - T. 04 94 48 07 20

Ah ! la belle terrasse ombragée de cette boutique. On y déguste les nombreux produits à base de marrons comme la crème ou les marrons glacés. Été comme hiver, les 25 parfums de glaces nappées (ou non) de chantilly maison attisent l'envie des passants. Vente en ligne (des marrons) avec entrée gratuite pour la visite du musée.

PRODUCTEUR

La Bastide de La Cabrière

Loïc et Andrée-Cécile de Saleneuve - T. 04 94 48 04 31

La Bastide de la Cabrière est un havre de paix en pleine forêt des Maures, au milieu des fleurs, des chênes-lièges, des animaux et des arbres fruitiers. Avec beaucoup de patience et de gentillesse, Loïc et Andrée-Cécile vous feront découvrir leurs produits bio : les confitures de fruits du jardin, les fromages au lait des chèvres du domaine, et les charcuteries produites à partir des cochons de la bastide, à emporter ou à déguster à la table d'hôtes. Sur réservation et selon disponibilités.

COMPS SUR ARTUBY 83840

Grand Hôtel Bain 12/20

Rue Praguillem - T. 04 94 76 90 06 - Carte 48 € - Menu(s) 17,50-29 €

Du côté des gorges du Verdon, un hôtel-restaurant familial dans la plus pure tradition, celle d'une bonne maison où les générations se succèdent et où les habitudes et les recettes perdurent. Les voyageurs sont bien reçus dans cette grande bâtisse aux couleurs de la Provence, ocre et lavande, pour déguster une cuisine valeureuse et parfumée : tripes de bœuf façon niçoise, cannellonis maison, pieds et paquets, daube provençale, poulet sauce chasseur...

CUERS 83390

Le Verger des Kouros 13/20

RD 97 - T. 04 94 28 50 17 - Menu(s) 22-48 €

Profitant d'une situation stratégique au rond-point d'une sortie autoroutière, la table des frères Kouros tient sa réputation depuis bientôt trente ans. L'atmosphère et l'assiette appartiennent à la tradition, les assiettes sont bien dressées, avec quelques rappels de la mère patrie la Grèce, et les ingrédients sûrs, venus de la production locale : lisette tomate tzatziki cromesquis de feta, artichauts au chorizo et saint-jacques, quasi de veau fermier purée de carottes à l'orange petits pois à la française citron confit. Bon menu en cinq services à 48 €, desserts classiques soignés, cave bien pourvue.

Le Mas du Lingousto

12/20

934 avenue Majastre, lieu-dit l'infirmerie D14 - T. 04 94 28 69 10 - Menu(s) 49 €

La longue réputation du Lingousto n'est plus à faire. Toute l'agglomération toulonnaise s'y rend pour les cérémonies et les banquets, et la carte traditionnelle fait ce qu'il faut pour se montrer rassurante. Renommée oblige, les menus ne sont pas donnés, mais le chef Arnaud Bouxirot a la main ferme sur les classiques comme sur des idées plus exotiques ou personnelles.

PRODUCTEUR

Moulin de la Loube

Quartier La Sauveuse - T. 04 94 28 06 29

Ce moulin ne transforme que les olives du Var, et son huile est non seulement certifiée bio mais aussi «de Provence». Le précieux liquide se décline en plusieurs arômes : l'huile au citron de Menton (un mélange d'huile d'olive et de citron frais) idéale pour le poisson, celle au basilic accompagnera les salades. Il y en a pour toutes les sauces !

Tables de Prestige – 17/20 à 18,5/20

Tables Remarquables – 15/20 à 16,5/20

Tables de Chef – 13/20 à 14,5/20

Tables Gourmandes – 11/20 à 12,5/20

Tables Originales – 10/20 à 10,5/20

Les fondus de fromages

L'AUTHENTICITÉ DU GOÛT

Découvertes gustatives de caractère avec les spécialités fromagères de producteurs fermiers et artisanaux sélectionnées par Marine et Michaël. Retour aux sources pour Michaël qui, depuis 2016, met en pratique ses études en lycée agricole en Savoie, où il apprenait à fabriquer tommes et reblochons. Il a travaillé chez le MOF fromager grenoblois avant d'ouvrir sa boutique dans le centre et entraîné sa femme, Marine, dans l'aventure.
Chaque fromage raconte l'histoire d'un terroir et d'un savoir-faire et, en saison, ils collectent eux-mêmes les 2 AOP de la région PACA, le Banon et la Brousse du Rove.
Des fromages, mais pas que ! Il y a aussi la bière* locale, le vin des domaines viticoles d'ici et d'ailleurs, du cidre et du calvados de Normandie, des produits d'épicerie fine locaux, de l'huile d'olive, du miel, des confitures, de la truffe... Sans oublier une grande sélection de charcuteries artisanales.

2, place du Marché, 83300 DRAGUIGNAN
Tél. : 04-94-39-62-76
www.les-fondus-de-fromages.fr

Lou Farniente

TOUTE LES SAVEURS DU MONDE

La cuisine française, italienne, d'Asie du Sud-Est, basque, péruvienne, ravit tous les palais, avec des recettes typiques appliquées à la perfection.
Depuis douze ans, la notoriété de ce restaurant n'est plus à faire, tant l'équipe emmenée par Stéphane est au top, aussi bien aux fourneaux qu'en salle. De ses nombreux voyages, et de ses grand-mères espagnole et provençale, il a le goût d'une cuisine parfumée, gourmande et colorée. Son wok au mignon de porc est cuisiné comme en Thaïlande ; ses recettes sont transmises au chef Romain, qui apporte son grain de sel de l'île de Ré. Ici, le tartare de bœuf est fait selon Escoffier, les tentacules de poulpe comme en Galice, le Ceviche comme à Lima et les pâtes Thaï comme dans les rues de Bangkok. Pour le plaisir d'une clientèle de voyageurs appréciant l'ambiance décontractée et les soirées concerts.

1, rue des Fainéants, 83780 FLAYOSC
Tél. : 04-94-68-25-81

*L'ABUS D'ALCOOL EST DANGEREUX POUR LA SANTÉ.

FAYENCE 83440

Le Castellaras 14,5/20

461 chemin de Peymeyan - T. 04 94 76 13 80 - Menu(s) 47-97 €

La fameuse table de la famille Carro rassemble aisément les repas chics dans ce beau village de l'arrière-pays grassois. Le cadre s'y prête, régional et fier, la cuisine de Quentin s'adapte aux envies avec un noble menu «Gourmandise» à 69 € : gambas rôties à la fleur de fenouil caponata et chorizo des Aldudes, filet de maigre sauce armoricaine ou épaule d'agneau bio confite jus corsé, soufflé chocolat framboise alcool de sureau sorbet fruits rouges... Service déférent dans une atmosphère de tradition.

FLASSANS SUR ISSOLE 83340

VIGNERON

Commanderie de Peyrassol

RN7 - T. 04 94 69 71 02

La Commanderie de Peyrassol appartient au groupe des vignobles Austruy. Il regroupe environ 80 ha de vignes sur les terroirs argilo-calcaires de Flassans, dans le Var. Sous les marques Château Peyrassol, Peyrassol ou encore "Lou by Peyrassol", les vins se montrent fins et précis. Ne manquez pas la visite du domaine qui associe Art et Vins.

FORCALQUEIRET 83136

Auberge des Tuileries 11/20

Rond-point des Tuileries D43-D15 - T. 04 94 86 60 71 - Menu(s) 24-51 €

Alors que de nombreuses adresses éphémères se créent et disparaissent aux alentours, l'auberge des Tuileries demeure, fidèle, enracinée et pro. À l'image du patron et de sa jeune équipe de salle, motivée et dévouée, et d'une bonne organisation qui fédère le canton, pour les cérémonies comme pour les repas de labos, dans ce cadre rustico-provençal de poutres et de pierre brute avec sa cheminée monumentale. Les tarifs ne sont pas tendres, avec des menus à 39 et 58 €, mais la cuisine est honorable, cadrée et aboutie, la cave se concentrant justement sur la région dans une veine très classique.

Tables de Chef – 13/20 à 14,5/20

GASSIN 83580

Villa Belrose
14/20

Boulevard des Crêtes - T. 04 94 55 97 97 - Carte 142 €

De l'exclusivité dans le luxe tropézien, la Villa est cachée dans un coin résidentiel au-dessus de la route menant à Saint-Tropez, à quelques kilomètres, et offre une vue exceptionnelle sur la baie depuis sa calme et belle terrasse. Pietro Volontè, le chef des deux restaurants, s'acquitte avec virtuosité d'une mission sur mesure : le luxe et le prestige sont bien présents dans cette carte chic avec langouste et caviar. Dans une veine transalpine tout à fait adaptée, avec le grand service qui convient aux happy few résidents.

Bello Visto
13/20

Place deï Barri - T. 04 94 56 17 30 - Carte 83 € - Menu(s) 43-65 €

Sur ce balcon de Gassin offrant un panorama à 180° sur la baie et les collines, cette table joue la carte du chic et de la gastronomie. Un pari pour contenter une clientèle très large et qui souvent examine au centime près les offres de toutes les tables agglutinées dans cet espace. Le chef Sylvain Humbert développe une belle cuisine régionale minutieusement mise en ondes : mitonnée de petits poulpes de roche au vin blanc, piment d'Espelette et citron confit, filet de loup rôti sur peau, bouillon de haricots coco à l'estragon, étuvée de pousses d'épinards, quasi de veau à la sarriette, salade de pomme de terre oignons rouges et herbes potagères, dans un riche menu à 54 €.

La Verdoyante
12,5/20

866 chemin Vicinal de Coste Brigade - T. 04 94 56 16 23 - Carte 68 € - Menu(s) 35-69 €

L'un des spots préférés des initiés s'éloignant des foules pour cette adresse si accueillante dans la pinède. Un mas charmant que la famille Mouret a embelli au fil des ans, haussant le niveau de cuisine pour en faire un incontournable du séjour. Laurent Mouret travaille le marché local de saison avec un grand savoir-faire, et son premier menu à 52 € est une belle aventure culinaire : fraîcheur de seiche et légumes confits aux olives et citron, ombrine en croûte d'herbes, légumes croquants et confit de tomate, poitrine de canard aux figues, compotée de fenouil et panisse. Desserts simples, sur la fraîcheur, bonne cave locale.

VIGNERON

Château Minuty

2491 Route de la Berle - T. 04 94 56 12 09

C'est un des domaines emblématiques de la percée des rosés de Provence. Le domaine et la famille Matton demeurent fidèles à leur histoire et continuent la culture du tibouren, cépage typiquement local. Accueil chic au domaine en semaine mais également le week-end dans un caveau qui tient plus du salon de dégustation que du comptoir.

GRIMAUD 83310

Les Santons 13/20

743 route Nationale - T. 04 94 43 21 02 - Carte 30 € - Menu(s) 57 €

La fière enseigne des Santons brille fort bien depuis que Julien Allègre, qui fut le second de Claude Girard, a repris le flambeau, sous la direction de Stéphanie, la fille de Claude. La belle salle bourgeoise, dont la réputation date des années 1960, apporte bien ce confort et cette cuisine régionale raffinée que les habitués attendent, avec une bonne pointe de modernité : loup de ligne mariné à la vanille pêche de vigne et aloe vera, selle d'agneau façon Rossini, millefeuille fruits rouges, auxquels s'ajoutent les poissons entiers, au poids. Cave complète, service traiteur.

HYÈRES 83400

La Colombe 13/20

663 route de Toulon - La Bayorre - T. 04 94 35 35 16 - Carte 70 € - Menu(s) 35-69 €

Le travail pro et sérieux de Pascal Bonamy séduit les Hyérois depuis plus de trente ans. Durant le confinement, c'est à la Colombe qu'ils venaient chercher le repas du dimanche et c'est encore aujourd'hui sur ce bord de route à cinq minutes de la ville qu'ils trouvent cette qualité d'une cuisine provençale maîtrisée sur des produits irréprochables. La formule à 35 € en menu-carte est exemplaire : salade d'encornets au citron confit sucrine grillée et boulghour, thon pané au sésame noir jus moka, pluma de porc ibérique pequillos farcis jus au poivre noir, pavlova meringue crème vanille et fruits rouges... Belle cave régionale, accueil parfait de Nadège Bonamy.

HÔTEL

La Reine Jane - 4 étoiles

1 quai des Cormorans - T. 04 94 66 32 64 - à partir de : 124 €

Célébré dans le film Pierrot le fou de Jean-Luc Godard, cet hôtel historique a repris vie après une longue éclipse grâce au couple Lisa & David Pirone et à leur belle énergie créative. Soucieux de préserver l'âme des lieux, ils ont conservé la belle façade blanche et l'enseigne bleu lagon tout en réinventant l'esprit des 14 chambres, chacune confiée à un jeune designer célébré par le festival Design Parade qu'organise chaque année la villa Noailles toute proche. Le résultat est aussi réjouissant qu'éclectique : une chambre conçue comme une cabine de bateau ; une autre comme une maison grecque ; une autre encore, colonisée par une immense fresque de céramique... Seule la perspective de rejoindre le bistrot marin ou le toit-terrasse de l'hôtel avec une vue à 360° sur les flots donne envie de quitter ces refuges, aussi confortables que joyeux !

BISCUITIER

La Biscuit'Hyères

10 rue Limans - T. 04 94 65 28 41

Les petits biscuits sentent bon les traditions provençales. Les sablés croquent le Sud à belles dents, moelleux chocolat et langues de chat sortent du four tout chaud et répandent des parfums réconfortants. Les gâteaux de voyage ont la vie belle, le pavé d'Hyères amandes-confiture de figues recouvert de pâtes d'amande ou les classiques cakes composent une gamme bien étudiée.

BOUCHER

Blanchard Stéphane

4 rue Massillon - T. 04 94 65 01 84

Cette belle boucherie est installée dans le cœur historique de Hyères depuis 2006. Ces quelques années ont été suffisantes pour que l'établissement acquiert une excellente réputation auprès des amateurs de bonne viande. Soucieux de la provenance et de la qualité de ses produits, Stéphane propose également des viandes d'exception avec, notamment, un veau fermier du Limousin élevé sous la mère.

CHARCUTIER

La boutique du gastronome

37 rue Massillon - T. 04 94 65 03 11

Charcutier depuis 40 ans, le propriétaire de cette boutique a déjà été médaillé pour son andouillette à la ficelle. Les terrines et la mousse de foie de porc sont préparés maison. Les habitués raffolent de la caillette à la provençale, une caillette montée en crépine avec des lamelles de lard et de foie superposées.

FROMAGER

Fromages & Cie

35 rue Massillon - T. 04 94 35 42 44

Les amateurs ne s'y trompent pas et contribuent à écouler allègrement les réserves de brousse de brebis, picodons, roqueforts Gabriel Coulet, cantals entre-deux, rocamadours fermiers, chèvres de la Drôme et parmigiano reggiano de 2 ans d'âge. Une adresse aussi rassurante que gourmande.

Carte

Addition moyenne d'un prix à la carte englobant le prix d'une entrée + plat + dessert

Le Saint-Barth SPÉCIALITÉ MOULES-FRITES

Dans une ambiance authentique, faite de récup' et de bois flotté, le Saint-Barth inspire les vacances sur le port de Hyères.
Nicolas Castany s'est fait une spécialité des moules, accompagnées d'une dizaine de sauces maison. La sauce Signature à base de lait de coco, citron vert, gingembre et ail accompagne aussi des saint-jacques à la plancha avec un risotto aux épices. Craquez pour les frites maison cuites à la graisse de bœuf, les cocktails au rhum* des îles et les desserts maison.
Ouvert tous les midis (sauf le jeudi) hors saison ; 7 j./7 midi et soir en saison.

5, avenue du Docteur Robin, 83400 HYÈRES
Tél. : 04-94-38-87-26
E-mail : saintbarthhyeres@gmail.com

Chocolaterie Rosso

ARTISAN CRÉATEUR CHOCOLATIER

Artisan chocolatier, Jérémie Rosso met passion et exigence au service de ses clients. Grâce à son savoir-faire, chocolats et gourmandises fines révèlent leur goût authentique et toute la noblesse des matières premières.
Les sélections sont de très grande qualité. Jérémie Rosso travaille le plus naturellement possible *« pour ne surtout pas dénaturer le produit »*, explique-t-il. *« Je veux que ma clientèle retrouve les matières nobles du chocolat pur. »* Livré en pistoles sélectionnées, le chocolatier fabrique tout sur place. Résultat : subtilité, longueur en bouche et plaisir de dégustation sans pareil. La boutique propose chocolats bruts ou fins, pralinés... L'artisan crée aussi des macarons, glaces et sorbets plein fruit, etc.
Le + : Bientôt, une boutique de vente en ligne.

1, avenue du Général de Gaulle, 83400 HYÈRES
Tél. : 04-94-38-66-44
Facebook : @ChocolaterieRosso
Instagram : chocolaterie_rosso

La bonne cuisine est honnête, sincère et simple.

Elisabeth David (1913-1992)

*L'ABUS D'ALCOOL EST DANGEREUX POUR LA SANTÉ.

L'Enoteca

LA GASTRONOMIE SUR LA ROUTE DES VINS*

Céline Leisen et Joffrey Auger puisent leur inspiration de la Méditerranée et de leurs nombreux voyages. Une petite note d'exotisme qu'ils aiment apporter à leurs plats colorés pour enrichir les découvertes gustatives de leurs hôtes.

Les assiettes sont travaillées grâce à des fruits et légumes de saison, soigneusement cultivés par un maraîcher local. La carte change régulièrement et de nouvelles propositions s'invitent chaque semaine, selon les arrivages. Très respectueux de la qualité, les deux restaurateurs sélectionnent des poissons et des viandes exclusivement d'origine française. Ensemble, ils créent et imaginent de délicieuses combinaisons de saveurs. Au menu, 3 entrées, 3 plats et 3 desserts composent une cuisine que le chef qualifie d'instinctive. Épicuriens passionnés de gastronomie et de jolis cépages, ils vous conseilleront dans le choix des accords.
Le + : Terrasse extérieure.

✉ 3, rue des Porches, 83400 HYÈRES
Tél. : 04-94-23-51-56
www.l-enoteca.fr

La Crèma'Hyères

UNE CUISINE GÉNÉREUSE COMME À LA MAISON

Crèma'Hyères, c'est un peu comme aller manger chez des copains, autour d'une carte bistrot réconfortante. C'est le lieu imaginé par Joy Therage et Fabien Domingues, autour de produits frais et de plats traditionnels français : l'andouillette, les moules « poulette » ou les irrésistibles frites maison. Des plats servis rapidement mais qu'on prend le temps de savourer en terrasse, avant de laisser un petit message ou un dessin sur le grand mur ardoise qui encourage toutes les expressions !

✉ 6, rue Massillon, 83400 HYÈRES
Tél. : 04-94-91-76-72
Instagram : @la_crema_hyeres
Facebook : @lacremahyeres

*L'ABUS D'ALCOOL EST DANGEREUX POUR LA SANTÉ.

LA CADIÈ RE D'AZUR 83740

René' Sens par Jean-François Bérard 15/20

CHEF: JEAN-FRANÇOIS BERARD

6 rue Gabriel Péri - T. 04 94 90 11 43 - Carte 105€ - Menu(s) 39-125€

La bastide de charme aux volets bleus, plantée au sommet du village, incarne la Provence. La maison des Bérard rythme les saisons avec toujours cet accueil empreint de gentillesse. Rien n'a changé, la salle lumineuse cernée de jardinières de bois où fleurissent arbustes et plantes aromatiques, et la vue exceptionnelle sur les vignobles de Bandol. Jean-François a pris la main avec une carte où le végétal est de plus en plus présent. À part la rhubarbe, foie gras chaud et confit fraise-gingembre, ce sont les cocos, pistou vert de la bastide, tomates vertes et vinaigre de pomme ; la fleur de courgette et sa farce végétale, aïgo boulido à l'anchois, huile d'olive noire ; les noisettes d'agneau de Provence, panisse au fenouil, blettes en bonbon, artichaut et fèves. Cette démarche rejoint un peu la cuisine qui a fait la réputation du papa. À notre dernier repas, des cèpes du Haut-Var parfaitement cuits avec des feuilles de salade romaine (un peu tristounes), quelques pousses de pourpier, petits dés de Granny Smith, tomates cerise confites et un puissant jus de cèpes. La canette au goût parfait, la peau bien grillée, se marie à une purée de mûre et de céleri au Sichuan, pickles d'oignon. Là encore, le saucier fait autorité avec un divin jus de canard. On est moins fan de la pêche de vigne confite relevée de citron verveine, framboise et fjord basilic. L'opulente carte des vins, orchestrée au fil des années par Danièle Bérard, rend hommage aux bandols bien sûr, Château Salettes, Domaine La Suffrène, Domaine Lafran-Veyrolles, Château de la Rouvière, et une évasion gourmande dans tout l'Hexagone. Quant au service, il est au petit point, comme d'habitude.

VIGNERON

Château de Pibarnon

410 chemin de la Croix des Signaux - T. 04 94 90 12 73

Pibarnon s'est imposé parmi les meilleurs de Bandol. Eric de Saint-Victor, préside aux destinées du domaine et propose des bandols dans les trois couleurs dont certains rosés taillés pour la garde. À noter des essais très concluants d'élevage en amphores qui préservent une fraî cheur nette et saline. Uniquement sur rendez-vous mais on vous encourage à réserver.

Château Vannières

Chemin Saint-Antoine - T. 04 94 90 08 08

Le château est situé entre La Cadière-d'Azur et Saint-Cyr-sur-Mer et le mourvèdre, cépage capricieux, règne en maître. Goûter les vieux Vannières rouges si vous le pouvez, ils sont simplement délicieux. Et rendez visite à ce très beau domaine qui est privatisable pour vos événements. Pensez à téléphoner.

Domaine des Salettes

913 chemin des Sallettes - T. 04 94 90 06 06

Le Château Salettes appartient depuis 1604 à la même famille. En bordure de la Méditerranée, entre Toulon et Marseille, au pied de La Cadière d'Azur, le domaine s'étend d'un seul tenant sur 40 ha, au milieu des pins, oliviers centenaires et genêts. Le domaine vous accueille sans rendez-vous pour une dégustation mais vous demande de réserver pour une visite commentée des caves.

Domaine la Suffrene

1066 chemin de Cuges - T. 04 94 90 09 23

Un domaine devenu un des classiques de Bandol que Cédric Gravier a repris en 1996. Il bénéficie de terroirs sablo-limoneux, calcaire et argileux, sur les communes de La Cadière-d'Azur et du Castelet. Le domaine vous reçoit dans son caveau en semaine uniquement.

LA CELLE EN PROVENCE 83170

Hostellerie de l'Abbaye de la Celle

13,5/20

10 place du Général de Gaulle - T. 04 98 05 14 14 - Menu(s) 58-112 €

Précision et rigueur, c'est ce que les habitués des grandes maisons sous label Alain Ducasse ont l'habitude de retrouver pour accompagner le charme des lieux. Qui sont, ici, évidentes, dans l'architecture de cette belle abbaye provençale au cloître admirable. Le raffinement est complet, le service, remarquable, et la cuisine dans la continuité : Nicolas Pierantoni est un maître ducassien de la plus belle eau, pouvant répéter avec la même minutie des plats emblématiques, comme le pagre et risotto, la baudroie au fenouil ou la canette au romarin. Pas question de s'envoler, mais au contraire de goûter ce moment de raffinement à la française dans l'un des plus beaux cadres qui soit.

HÔTEL

Abbaye de La Celle - 5 étoiles

10 place du Général de Gaulle - T. 04 98 05 14 14 - à partir de : 165 €

Cet hôtel, aménagé dans l'ancien prieuré d'une abbaye bénédictine du XIIe siècle, a été racheté en 1999 par Alain Ducasse, qui l'a rénové en 2011 pour le transformer en un refuge aussi luxueux que bucolique. Le domaine se compose d'une succession de potagers, de vignes et de jardins envahis par les fleurs, le tout ombragé de cyprès centenaires et rafraîchi de bassins et de fontaines. Derrière la belle façade rose poudré de la bâtisse principale se déploient 10 chambres et suites au luxe intime et chaleureux, toutes portant le nom des femmes qui ont marqué l'histoire de la maison. Le domaine s'enrichit d'une piscine extérieure chauffée et aménagée dans les vestiges d'une maison romaine et, bien sûr, d'un restaurant prestigieux, sous la houlette du chef Nicolas Pierantoni.

LA CRAU 83260

PÂTISSIER

Matyasy

35 avenue du 8 Mai 1945 - T. 04 94 66 19 14

Des prestations impeccables, des saveurs et des textures justes. Les amateurs de marron se pâment devant le Tout Marron, biscuit madeleine marron, mousse marron. Côté gourmandises fruitées, le Carémenbon, macaron, crème citron et framboises, framboises fraîches. Que des douceurs qui provoquent des soupirs de contentement !

LA CROIX VALMER 83420

Lily of the Valley 15/20

CHEF: VINCENT MAILLARD

Colline Saint-Michel Quartier de Gigaro - T. 04 22 73 22 09 - Carte 105 €

Un lieu de rêve pour une clientèle triée : c'est ici que les habitués de la presqu'île ont leur coin caché, leur repaire hype au-dessus de la mer dans un lieu à la fois chic et animé. Tout est fait pour le fun, même les assiettes. À l'apéritif, cocktails et grignotages, avant de passer aux choses sérieuses avec Vincent Maillard et sa brigade. Chef accompli et rodé aux plaisirs de la Riviera, le chef enquille les belles réalisations, mêle le prestige au local dans des compositions toujours séduisantes et au goût sûr : sériole marinée fenouil, fleur de courgette farcie vinaigrette de truffe noire, volaille fermière à la langouste, filet de saint-pierre en chermoula aubergine et vierge de tomate. Depuis la terrasse, une vue plongeante et sublime sur la Méditerranée et les îles d'Or à l'ouest...

La Palmeraie Château de Valmer 14/20

81 boulevard de Gigaro - T. 04 94 55 15 17 - Menu(s) 120 €

Le lieu est magique... Dans le jardin méditerranéen du Château de Valmer, les dîners ont cette aura de sérénité et de bien-être que l'on ne rencontre que dans certaines très grandes maisons. Le service impeccable, un bon sommelier et l'accueil délicieux entretiennent également cette sensation de cocon apaisant. Les senteurs provençales des fleurs et des herbes entourent ces repas chics et si bien travaillés par Alexandre Fabris, que l'on a bien connu à la Signoria, en Corse, et qui bénéficie des meilleures conditions pour épanouir sa belle cuisine teintée Riviera, dans une certaine sobriété qui met en valeur le produit : le homard joliment décliné et l'aubergine, le loup de Méditerranée et la courgette en texture, le ris de veau de chez Metzger parfaitement cuit, légèrement croûté, l'agneau de Sisteron et les pois chiches bio... Tout est millimétré et très bien exécuté, aux saveurs bien mariées. Cave importante mêlant région et grandes étiquettes, dans la même veine chic correspondant à la maison.

HÔTEL

Hôtel Lily of the Valley - 5 étoiles

Colline Saint-Michel Quartier de Gigaro - T. 04 22 73 22 00 - à partir de : 550€

Premier hôtel imaginé par Philippe Starck sur la Côte d'Azur, Lily of the Valley mérite tous les superlatifs... Un domaine composé d'oliviers et de pinèdes qui ouvre sur la Méditerranée ; 50 chambres et suites au luxueux raffinement avec leurs lits moelleux, leurs céramiques grecques et leurs petites terrasses privées ; un espace wellness d'exception qui se déploie sur 2000 m^2 avec des programmes sur mesure (diététique, sportif, relaxant), sans oublier une piscine et un couloir de nage qui surplombe la plage de Gigaro et son beach club, face aux eaux transparentes. Un morceau de paradis, cosy et décontracté, qui fait aussi la part belle à la gastronomie grâce à la table du chef Vincent Maillard, arrosée de crus locaux et de cocktails inspirés... Membre des Leading Hotels of the World.

Poissonnerie de la Croix CHOIX ET QUALITÉ

Sylvie Meltzheim veille à offrir à ses clients ce qu'il y a de meilleur. Ses sélections de poissons sont issues de la pêche raisonnée et privilégient le poisson de Méditerranée sauvage. Mareyeur grossiste pendant plus de vingt ans, Sylvie, professionnelle aguerrie, a une très bonne connaissance de la filière et offre de larges gammes de poissons, coquillages et crustacés de très belle qualité.
Ouvert 7j/7 en été, du mardi au dimanche de 8h30 à 13h en hiver.
Le + : Possibilité de passer commande

Place de l'Odyssée Bleue, 41, rue Louis Martin, 83420 LA CROIX-VALMER
Tél. : 04-94-54-36-40
E-mail : sylvie.fish@orange.fr

> *La découverte d'un mets nouveau fait plus pour le bonheur du genre humain que la découverte d'une étoile.*

Jean Anthelme Brillat-Savarin
(1755-1826)

L'effet mer

COULEURS ET FRAÎCHEUR GUSTATIVE

Voilà la tonalité proposée par Sylvie Aussibal et ses enfants, Aurélie et Quentin, dans leur restaurant de plage. D'excellents cocktails* maison pour mettre en appétit les convives et des plats rafraîchissants. La carte est composée de tataki de thon, de seiche persillée à la plancha, de moules au citron vert et au gingembre, d'excellents burgers et d'un immense choix de salades. En dessert, le best-seller de la maison est la profiterole. Tous les mets sont fabriqués maison selon l'envie de Sylvie, la cheffe.

Place du Débarquement, 83420 LA CROIX-VALMER
Tél. : 04-94-56-42-87
www.plage-effet-mer.com

*L'ABUS D'ALCOOL EST DANGEREUX POUR LA SANTÉ.

LA LONDE LES MAURES 83250

OLÉIFACTEUR

Domaine du Jasson

N°680 D88 - T. 04 94 66 90 26

Philippe Carra s'impose avec ses nombreuses et rares variétés d'agrumes très appréciées des cuisiniers et dégustateurs : yuzu, combava, main de bouddha, cédrat, bergamote... Le domaine propose aussi de délicieuses huiles d'olive.

VIGNERON

Château Les Valentines

Route de Collobrières - T. 04 94 15 95 50

Créé en 1997, le domaine s'étend sur 50 ha de schistes où vignes, pinèdes et garrigues exposées plein sud sont balayées par le mistral et baignées par la douce influence de la mer. Le domaine est certifié agriculture biologique et vous accueille au caveau toute l'année.

LES PRODUITS AOC ET AOP DE LA RÉGION PROVENCE-ALPES-CÔTE D'AZUR

Figue de Solliès, brousse du Rove, fromage de Banon, huile d'olive d'Aix-en-Provence, huile d'olive de Haute-Provence, huile d'olive de Provence, huile d'olive de la vallée des Baux-de-Provence, huile d'olive de Nice, muscat du Ventoux, olive de Nice, olives cassées de la vallée des Baux-de-Provence, olives noires de la vallée des Baux-de Provence, pâte d'olive de Nice, picodon, taureau de Camargue, truffe noire du Tricastin...

La Boucherie Londaise

QUALITÉ ET TRAÇABILITÉ

Depuis juillet, Julien a repris cette boucherie-charcuterie artisanale. Les plats traiteur sont cuisinés maison et toute la boucherie est Label Rouge.

Entre Hyères et Bormes-Les-Mimosas, dans cette ville balnéaire, on aime savoir ce qu'on mange. Justement, le nouveau boucher de 23 ans est pour la transparence. Son leitmotiv : *« la qualité, la qualité, la qualité »*. Le bœuf est Charolais, le veau du Limousin, le porc fermier d'Auvergne, l'agneau de Sisteron et les volailles du Sud-Ouest. Les animaux arrivent sur place avec très peu d'intermédiaires, juste l'éleveur et l'abattoir. Tout est Label Rouge, pour offrir la meilleure qualité aux clients. Et tout est fait maison, du jambon blanc à la saucisserie et la charcuterie, jusqu'aux plats traiteur. Lasagnes, cuisses de lapin au Romarin, pâtés-croutes, cordons bleus et autres cannellonis sont des classiques bien interprétés. Après sept ans dans le métier, le jeune homme s'est lancé à son compte, pour la satisfaction des gourmands.

5, rue Maréchal Foch,
83250 LA LONDE-LES-MAURES
Tél. : 04-94-66-80-21

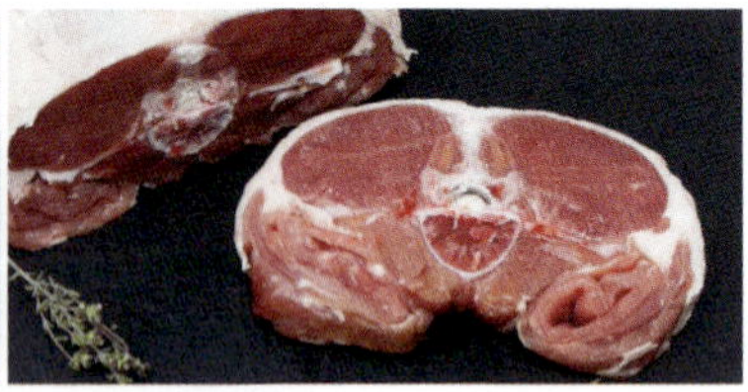

Élisa Leriche Traiteur

LE BON GOÛT D'UN MÉTIER DE PASSION

Pour combler de nouveaux gourmets, la jeune et talentueuse cheffe Élisa Leriche, déjà traiteur en région PACA, a ouvert son restaurant Élisa Leriche Traiteur.

Sa terrasse toute proche de la mer accueille 30 convives, d'avril à octobre. À l'image des grands classiques sublimés ou de créations originales sur-mesure, qu'elle concocte pour des moments traiteur d'exception, elle y sert une cuisine affirmée, faite de produits frais et 100% maison. Une invitation à un voyage gustatif, entre Provence et Italie : burger de poulpe à l'encre de seiche, filet de bœuf et gnocchis au basilic, cuisson basse température préservant toute la tendreté et les qualités gustatives des viandes et poissons... Une cuisine soignée, élégante et audacieuse, qu'elle aime faire évoluer au gré des envies de ses clients.

Parking de la baie des îles - centre du forum,
83250 LA LONDE-LES-MAURES
Tél. : 06-59-46-22-14
www.traiteursurmesure.fr

Est-il un plaisir plus savoureux que celui d'avoir à sa table deux amis gourmands et gais ?

Sacha Guitry
(1885-1957)

Le Carré du Port

DE SAVOUREUSES GRILLADES AU FEU DE BOIS

Dans un cadre agréable, une ambiance familiale et chaleureuse, le Carré du Port propose une cuisine raffinée, à partir de produits frais. On y déguste de délicieuses grillades au feu de bois. Les plats sont variés et remplis de saveurs : viandes, poissons et tajines sont au menu. Sans oublier le couscous, méchoui et cochon de lait, sur réservation !

Port Miramar, 83250 LA LONDE-LES MAURES
Tél. : 09-87-59-49-71 / 06-09-99-73-53

Boulangerie Tintamarre

LE TOUT FAIT-MAISON

Margot, la pâtissière, et Martin, le boulanger, ont mis leur nom et leur joie de vivre dans « Tintamarre », un rêve d'authenticité.

Amis d'enfance, ces jeunes patrons dynamiques, souriants et joyeux, se sont associés pour créer leur boulangerie-pâtisserie artisanale, en 2019 à La Moutonne, après avoir travaillé dans de belles maisons, de la Nouvelle-Calédonie jusqu'au Japon ! Ils utilisent au maximum les produits locaux, pour des pains et pâtisseries entièrement faits maison. Pains à base de levain, au chanvre, baguettes tradition et aux céréales, gâteaux traditionnels perfectionnés, comme le Royal, l'éclair à la myrtille ou le cake au citron selon la recette d'un prestigieux chef. Leur objectif est de rendre ses lettres de noblesse au métier, dans le respect de la tradition et des techniques tout en innovant. Les tartes sont aux fruits de saison, produits par leur propre clientèle, des fraises aux figues, comme le « jardin d'automne » financier noix, cœur figue mousse au miel.

285, avenue Édouard Aiguier,
83260 LA MOUTONNE-LA CRAU
Tél. : 04-22-80-39-79

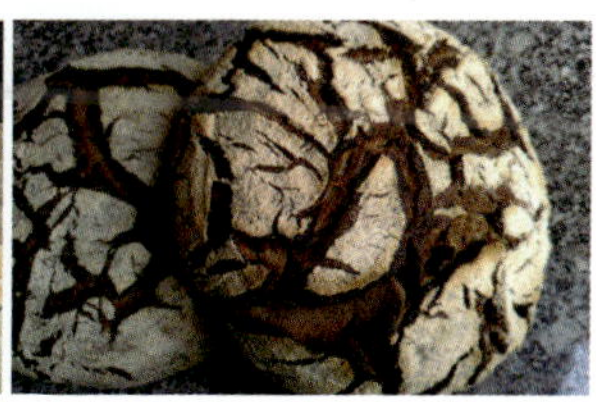

Les Pâtes

QUARANTE ANS D'AMOUR POUR ELLES

Une adresse atypique comme on les aime ! Les grands spécialistes de la fabrication de pâtes fraîches à La Seyne-sur-Mer.

Pour beaucoup d'entre nous, il s'agit d'une madeleine de Proust. Les pâtes nous suivent tout au long de nos vies. Des saveurs, des sensations, des associations de parfums... Mais quand par bonheur, des passionnés comme Patricia Msika et son fils Mathieu Carraud, décident de s'associer pour sublimer ce savoir-faire latin, l'aventure prend une dimension supérieure, inégalée ! *« Cela fait quarante ans que l'on fait des pâtes dans la famille. Nous en sommes à la troisième génération »*, lance Patricia, fière et avec un large sourire.
Elle et son fils Mathieu proposent des produits de grande qualité. *« Notre priorité est de tendre vers l'excellence, de respecter la matière première. Comme je le dis souvent à nos salariés, nous proposons l'équivalent du caviar avec un kilo de pâtes à 9 euros. Nous nous devons ainsi d'être exemplaires sur la qualité. »* Toutes les pâtes sont produites sur place, de façon journalière. Des créations de charme comme les raviolis à la daube (viande marinée dans du vin* et cuite dans son jus avec légumes et aromates) ou encore les cannellonis à la brousse (spécialité du Sud, travaillée avec une sauce blanche et du basilic). Autre coup de cœur de la maison : les gnocchis aux pommes de terre. *« Elles sont faites avec de vraies pommes de terre, épluchées tous les matins. C'est le plat dominical des familles italiennes »*, ajoute Patricia.
L'adresse propose aussi de la charcuterie italienne et de la fromagerie. À découvrir !

Avenue Pablo Neruda Mar Vivo,
83500 LA SEYNE-SUR-MER
Tél. : 04-94-94-27-83
www.lespates.fr

*L'ABUS D'ALCOOL EST DANGEREUX POUR LA SANTÉ.

LE CASTELLET 83330

Christophe Bacquié - Hôtel du Castellet 19/20

CHEF : CHRISTOPHE BACQUIÉ - *CHEF PÂTISSIER :* LOÏC COLLIAU - *DIRECTEUR DE SALLE :* SÉBASTIEN CANDUSSO - *SOMMELIER :* JONATHAN PRAL

3001 route des Hauts du Camp - T. 04 94 98 29 69 - Menu(s) 285 €

Il n'y avait peut-être pas le contingent venu de tous les continents, ni le gotha de la F1, mais la clientèle française était bien au rendez-vous de la fête au Castellet. Car chez Alexandra et Christophe Bacquié, le très haut niveau n'empêche pas de s'amuser, de profiter du cadre naturel magnifique, entre les bois et le parcours de golf. La cuisine du MOF à 5 toques est toujours aussi brillante qu'impressionnante techniquement. Des cuissons à la nanoseconde, des dressages au millimètre, une réflexion sur les températures, sur l'enchaînement dans une séquence incitent à le laisser faire dans ses grands menus. Par exemple dans sa «Promenade en Provence», avec le désormais incontournable «aïoli moderne» poulpe et légumes, la fleur de courgette farcie, le gambon juste snacké et «quintessence des têtes», un grand plat d'une finesse et d'une concentration rares, l'huître de Tamaris au caviar, l'agneau de Provence rôti épaule confite aux pois chiches de Rougier... Une apparente simplicité qui cache une technique énorme, la machinerie s'étendant aussi au service parfaitement huilé, fluide et digne du standing revendiqué. En particulier une équipe de sommellerie très performante au service d'un livre de cave imposant où les milliardaires d'un soir comme les clients réguliers peuvent se faire plaisir avec des flacons régionaux ou de grandes étiquettes.

La Goguette 13/20

1 impasse de l'Homme de Paille - T. 04 94 90 71 96 - Menu(s) 45-70 €

De la vraie cuisine provençale d'aujourd'hui, des produits de saison mis en valeur par un jeune chef imaginatif et très bon technicien, voilà la substance de cette jolie maison au cœur du vieux village médiéval. Les salles sont petites, l'atmosphère est raffinée et le moment, toujours agréable chez Stéphanie et Maxime. Laissez faire le chef, il connaît mieux que personne le marché du moment et vous régale par des plats inspirés, beaux à l'œil et délicieux en bouche, comme ce rouget couscous de pois chiche et chou à l'huile d'argan. Cave régionale bien pourvue avec les vignerons en proue.

San Felice 13/20

3100 route des Hauts du Camp - T. 04 94 98 37 77 - Menu(s) 49-59 €

La seconde adresse du Castellet, également managée par Christophe Bacquié, est bien sûr plus qu'un bistrot de chef, et mieux qu'une brasserie. Avec un service qui s'approche de celui d'une grande maison, d'assiettes dressées soigneusement avec des produits irréprochables, on flirte naturellement avec le haut niveau, dans l'environnement bucolique de ce vaste domaine golfique.

Le Pied de Nez

12,5/20

8 rue Montée Saint-Eloi - T. 04 94 29 72 26 - Menu(s) 36 €

Un sympathique bistrot pour bons vivants, loin des nez pincés. Car la bonne humeur règne dans ce lieu à la déco simple et gaie, à la carte des vins très forte, avec une flopée de jeunes vignerons à découvrir, et une carte de plats d'ici, simplement et justement faits : beignets de fleurs de courgette, moules gratinées au beurre provençal et aux amandes, mulet en filet snacké jus de coquillages, andouillette à la ficelle... la carte variant selon la saison.

HÔTEL

Hôtel & Spa du Castellet - 5 étoiles

3001 route des Hauts du Camp - T. 04 94 98 37 77 - à partir de : 394 €

Adossé à une belle pinède surplombant la Méditerranée, cet hôtel a longtemps été le fief des pilotes qui participaient aux courses sur le circuit Paul-Ricard tout proche. Restauré avec esprit, l'établissement (membre Relais & Châteaux) a pris peu à peu l'allure du refuge luxueux qu'on connaît aujourd'hui. Réparties dans un domaine de 12 ha avec de multiples échappées sur la Méditerranée, bastides et villas abritent 43 chambres et suites décorées dans un esprit cosy chic avec de belles tonalités aux couleurs de la Provence. On vient ici pour profiter du raffinement des lieux, faire le plein d'énergie au swing center (centre d'entraînement au golf) ou au spa, élu meilleur spa de luxe en Europe en 2019, qui réunit une belle piscine intérieure, un hammam, un sauna, une grotte de sel et propose une large gamme de soins. Autres points forts, les 3 restaurants, dont une table qui fait courir tous les gourmets, sous la direction du chef Christophe Bacquié.

LE LAVANDOU 83980

Smash Club

13/20

Cavalière - T. 04 94 05 84 31 - Menu(s) 36-44 €

En régalant la clientèle de truffe en toute saison, cette jolie table avec sa terrasse abritée du côté des tennis donne un standing et un récital bien engageant dans son menu en 6 services, mise en bouche truffée, saumon, risotto à l'encre de seiche, pigeon ou filet de bœuf purée truffée jus aux cèpes, brie de Meaux truffé et abricot miel glace pistache. Les habitués sont nombreux, la séquence est maîtrisée dans une tradition de bon aloi.

Au Vieux Sauvaire

13/20

Quai Gabriel Péri - T. 04 94 71 00 21 - Menu(s) 22-31 €

Ne changez pas une recette qui gagne depuis soixante ans. Ainsi pourrait parler Roland, le maître des lieux, qui, chaque année, avec son staff et sa fille Carole, mène ce Vieux Sauvaire, descendu des collines il y a quatre ans pour occuper cette position phare sur le port. La raison de cette terrasse pleine tout l'été, de ces visages heureux en famille ou entre amis, depuis tant d'années ? La régularité, le savoir-faire et quelques secrets de famille, la pâte à pizza, qui la rend exceptionnelle, les sauces classiques, le poisson en croûte de sel préparé à table, quelques grillades, les pâtes dans la roue de parmesan, des desserts simples, les rosés et blancs du coin sélectionnés par le patron connaisseur... Le Vieux Sauvaire participe aux vacances des habitués depuis soixante ans, pourvu que ça dure !

Chez Jo

12/20

Quartier Layet Plage du Layet - D559 - T. 04 94 05 85 06

Un lieu incroyable, pour ne pas dire improbable : en bas d'un petit sentier, une paillote d'habitués sur une plage naturiste. Pourtant, les «textiles» sont bien là pour remplir cette terrasse au coude-à-coude qui délivre le poisson le plus frais et le mieux travaillé, dans la simplicité, avec un accompagnement immuable de pommes de terre et de tomates. L'accueil, le service, l'ambiance vous submergent de gentillesse et d'authenticité.

HÔTEL

Hôtel Le Club de Cavalière & Spa - 5 étoiles

30 avenue du Cap Nègre - T. 04 98 04 34 34 - à partir de : 580€

À deux pas du Lavandou, cette villa aux allures toscanes prend place dans un paysage de rêve, entre pins parasols et bougainvilliers, le tout bordé par une ravissante plage de sable réservée aux clients de l'hôtel et du restaurant. L'établissement réunit 37 chambres et suites au luxe contemporain, ainsi que de belles villas flanquées de terrasses qui surplombent la mer. Membre Relais & Châteaux, Le Club de Cavalière propose également de multiples activités (bâteau, jet-ski et cours de voile), à moins que l'on ne préfère lire son roman au bord de la longue piscine chauffée ou se ressourcer en testant l'un des soins du spa griffé Valmont. Le tout avant de rejoindre la table du restaurant La Vieille Fontaine pour un dîner sous les étoiles, avec pour seule musique le clapotis des vagues.

Le Roc Hôtel - 4 étoiles

5 boulevard des Dryades - T. 04 94 01 33 66 - à partir de : 105€

Simple mais élégant, cet hôtel contemporain possède un rare privilège, l'accès direct à la plage de Saint-Clair avec un espace réservé aux hôtes qui permet de profiter au mieux de ses eaux claires et de son sable blond. Inscrit depuis plus de 60 ans dans le paysage local, le Roc hôtel infuse une ambiance décontractée et chaleureuse, ce qui n'empêche pas un luxe discret et raffiné qui se décline au fil des 30 chambres et suites (sans compter un appartement) dotées d'immenses baies vitrées qui dévoilent la mer azur. À 2 km du Lavandou, une halte idéale pour les parents qui peuvent surveiller les enfants jouant sur la plage depuis le bar de l'hôtel, avant de partir à la découverte du massif des Maures tout proche.

BOULANGER

Sarroche

13 avenue des Martyrs de la Résistance - T. 04 94 09 21 62

La belle façade noire et la vitrine pleine de couleurs attisent la curiosité et poussent à découvrir les gourmandises de la maison Sarroche, servies avec un grand sourire en toute saison. Outre le meilleur pain du quartier, vous y trouverez des chocolats, de bonnes tartes salées et des pâtisseries toujours réussies, allant du traditionnel chou à la crème au créatif entremets chocolat chiboust, sans oublier la merveilleuse tartelette orange-chocolat, à emporter ou à déguster dans l'agréable salon de thé.

PÂTISSIER

Tête de Choux

7 avenue des Martyrs de la Résistance - T. 06 95 20 64 62

Cette petite pâtisserie a fait de nombreux adeptes en proposant des gâteaux individuels parfaitement réalisés, à la fois beaux et bons : charmants petits choux garnis de crème onctueuse, cupcakes, tartelettes, clafoutis aux fruits de saison...

POISSONNIER

Aux Délices de la Marée

25 avenue des Martyrs de la Résistance - T. 04 94 71 78 66

Sur la petite place commerçante du centre-ville, le challenge, c'est de tomber à la bonne heure ! La poissonnerie ouvre peu, mais on découvre alors avec joie les magnifiques poissons de la région, beaux-yeux, dorades, loups, rascasses, ainsi que des poulpes, un aquarium plein de homards et langoustes à griller à la maison, et même des huîtres bretonnes.

Tables Remarquables – 15/20 à 16,5/20

Tables de Chef – 13/20 à 14,5/20

Tables Gourmandes – 11/20 à 12,5/20

Tables Originales – 10/20 à 10,5/20

Le Café Cézanne

UNE HISTOIRE D'HOMMES ET D'HARMONIE

Il règne une réelle harmonie dans ce restaurant créé par Axelle Leroux, entourée d'une équipe soudée et impliquée. Passionnée de cuisine autant que de décoration, elle vous invite à partager un pur moment de plaisir hors du temps, dans un cadre enchanteur.

Conçu comme une ode au peintre Cézanne et à la ville d'Aix-en-Provence, chère à la restauratrice, cet établissement mêle art culinaire et art tout court : les assiettes s'apparentent à de petits chefs-d'œuvre bistronomiques dont la finesse émoustille les papilles. Du grand art, comme avec ce pluma de porc ibérique flambé au thym suivi d'une amanite en trompe l'œil, une poire pochée à la vanille de Tahiti, surmontée d'un chou au marron de Collobrières. Tout aussi subtil, le reste de la carte, qui valorise les produits de qualité, est guidé par de beaux accords mets et vins*, à savourer face à la mer ou dans une salle chaleureusement accueillante.

Carte blanche au chef Jérémy Monvoisin

Aux fourneaux, cet ancien élève d'Alain Ducasse passé par de belles maisons et par l'émission « MasterChef 2011 », met son talent et sa créativité au service des idées et envies d'Axelle Leroux pour régaler ses convives. Le duo qu'elle forme avec Jérémy Monvoisin fait merveille et les clients en redemandent, alors ils reviennent. Ils apprécient également le service attentionné – clin d'œil aux activités artistiques destinées aux enfants pendant que les parents se délectent de l'instant – et les soirées musicales qui jalonnent la période estivale. Succès grandissant oblige, la réservation est plus que recommandée pour profiter du Café Cézanne.
Découvrez sans attendre l'histoire d'Hommes et d'harmonie qui vous est ici racontée...
Ouvert du mardi au dimanche, midi et soir.

✉ Front de mer, avenue Général Bouvet,
83980 LE LAVANDOU
Tél. : 04-83-16-08-27
Facebook : Le Café Cézanne

*L'ABUS D'ALCOOL EST DANGEREUX POUR LA SANTÉ.

SunSea Plage

UN PETIT PARADIS SUR LA CÔTE D'AZUR

Une plage de sable fin baignée de soleil, la mer pour horizon, une journée idyllique commence à Saint-Clair où Manon et Teddy vous accueillent dans une ambiance cosy.

Parfums du Sud, couleurs douces, décoration soignée, transats les pieds dans l'eau… Dès les premiers pas, on se sent bien au SunSea plage. La carte, réfléchie, traditionnelle, aux saveurs des îles aussi, met en valeur des produits frais et locaux cuisinés par le chef. L'accueil est sympathique, le service efficace, et les plats sont à la fois délicieux et copieux. En fin d'après-midi, les tapas maison et les cocktails* originaux du barman prolongent le plaisir, avec une vue sur la baie et les jolies lumières du soir… Magique !

26, boulevard de la Baleine,
83980 LE LAVANDOU
Tél. : 09-67-36-04-29
www.sunsea-plage.fr

L'Entre Deux, crêperie et pizzas

L'ORIGINALITÉ ET LA QUALITÉ

En salle ou en terrasse, L'Entre Deux offre une ambiance conviviale avec ses crêpes et pizzas maison.
Le parcours de Laurence Rozat en cuisine traditionnelle lui permet de jouer avec les recettes et les saveurs. Ses crêpes et pizzas uniques mêlent savoir-faire et qualité des ingrédients. Elle explique : *« Je travaille avec des produits locaux, frais et de saison, de la farine de froment des Hautes-Alpes et des fournisseurs bretons, pour les boissons notamment. »* Parmi ses galettes du moment, une crêpe aux gambas provençales ou à l'épaule d'agneau confite, abricots et romarin. Pour les envies plus classiques, la carte offre une belle sélection salée et sucrée. Même fonctionnement côté pizzas. Depuis la pâte jusqu'à la sauce tomate, tout est fait maison, même la chantilly ! Réservation conseillée.
Le + : À emporter sur commande.

10, rue des 3 Ormeaux, 83340 LE THORONET
Tél. : 06-18-18-58-40
Facebook : L'Entre deux Crêperie

*L'ABUS D'ALCOOL EST DANGEREUX POUR LA SANTÉ.

Restaurant La Souco

SPÉCIALITÉS DE TARTARES

Poissons frais ou viandes, Damien Vilchez propose de belles assiettes pleines de fraîcheur. Il choisit ses matières premières, au maximum en local, pour concocter une cuisine méditerranéenne colorée. Passionné de cocktails, il compose de savoureux nectars en accord avec les plats du moment. Les suggestions sont renouvelées en fonction des arrivages : rillettes de poisson frais, tartare de daurade au mojito*, ribs de bœuf, carpaccio de courgette... Les saveurs sont réinventées selon l'humeur du chef.

Le + : Deux terrasses, deux ambiances.
1, rue de La Poste, 83330 LE CASTELLET
Tél. : 04-94-32-67-94
Facebook : Bistro la souco

Welcome Beach

UNE CUISINE GOURMANDE LES PIEDS DANS L'EAU

C'est un lieu paradisiaque, face à la mer, qui vous invite à des moments savoureux. Le midi (et le vendredi soir), des plats aux accents du Sud à base de produits frais : poissons et langoustes de deux pêcheurs locaux ou une belle côte de bœuf grillée, et les suggestions du jour. Le soir, ambiance lounge-cosy-musicale et tapas. Pour accompagner vos dégustations, des cocktails* maison et une belle sélection de vins du coin et d'ailleurs !

44, avenue du Président Auriol,
83980 LE LAVANDOU
Tél. : 04-94-15-03-17

La Diligence

LA CONVIVIALITÉ ET LES SAVEURS

La bâtisse existe depuis 1850, le restaurant de Damien depuis mai 2021.

Ici, les produits frais et locaux nourrissent une carte variée traditionnelle. Le plat du jour et les suggestions sont décidés selon le marché et la viande du boucher. Les tentacules de poulpe à la plancha se taillent un beau succès. La clientèle ouvrière déjeune, le midi, dans une ambiance détendue et conviviale ; le soir, les plats sont plus recherchés, on prend son temps.

1711, Avenue Ganzin, 83220 LE PRADET
Tél. : 04-94-08-44-34
www.restaurant-la-diligence.fr

*L'ABUS D'ALCOOL EST DANGEREUX POUR LA SANTÉ.

LES ARCS SUR ARGENS 83460

Le Relais des Moines

15/20

CHEF: SÉBASTIEN SANJOU

77 route de Sainte-Roseline - T. 04 94 47 40 93 - Menu(s) 58-118 €

C'est une maison solide que celle de la famille Sanjou, avec une âme et du caractère qui justifient bien le succès et l'approbation générale. Une belle table tout simplement, les petits plats dans les grands, une table de fête et de cérémonie où le chef fait chanter la Provence avec beaucoup de passion et, tout en imprimant sa patte, beaucoup de respect pour la tradition et les produits de la région. Le menu de saison en 4 services à 88 € est sans doute le plus représentatif et le plus attractif : courgette fleur farcie, condiment basilic, tomates de plein champ, espadon, verveine, grondin de Méditerranée en aïoli ou agneau du Haut-Var rôti, aubergines, cébettes et jus corsé, cerises, vin cuit et basilic, un sans-faute dans une belle ambiance bourgeoise et les 3 toques bien confortées. Grande cave régionale service par les bons conseils du sommelier.

VIGNERON

Château Sainte Roseline

1854 route de Sainte-Roseline - T. 04 94 99 50 30

Très ancienne abbaye du XIIe siècle, le château Sainte-Roseline a été classé en 1955 parmi les grands crus de Provence. Les rouges sont souvent d'un très haut niveau, nous conseillons de les attendre quelques années. Les rosés font partie des incontournables. Le caveau vous accueille et certains événements privatifs sont envisageables au domaine.

Menu(s)

Fourchette de prix mentionnant le menu le moins cher et le menu le plus cher proposant à la fois entrée, plat et dessert sans les boissons, qui n'exclut pas les prix intermédiaires

Cocoa Chocolaterie

DES DOUCEURS INOUBLIABLES

C'est le crédo que se sont fixé Hélène Optenhoegel et Jean-Pascal Brunière dans leur chocolaterie de bord de mer, ouverte en 2018. Des ingrédients de saison sélectionnés en circuits courts chez des producteurs respectueux de la nature. La philosophie de la maison : fabriquer des produits goûteux, d'une belle qualité gustative et délicatement décorés. Les chocolatiers s'inspirent de leurs voyages mais adaptent leurs créations aux palais français. Bonbons au caramel fleur de sel, au praliné noix de pécan, ganache au thé ou tablettes dont les fèves proviennent d'Amérique du Sud, et quelque 18 parfums de glace viennent compléter leur gamme de délices, dont la menthe fraîche avec morceaux de chocolat ou le sorbet au chocolat du Venezuela. Laissez-vous bercer par les vagues gourmandes de la grande bleue, en terrasse, avec vue sur mer.

5172, corniche des Issambres,
83380 LES ISSAMBRES
Tél. : 04-89-99-08-10
Facebook : Cocoa Chocolaterie - Les Issambres

C'est au cours d'un dîner copieux que la spiritualité de l'homme se manifeste avec le plus d'évidence.

Somerset Maugham
(1874-1965)

LORGUES 83510

Le Jardin de Berne 14/20

Chemin des Imberts - T. 04 94 60 49 79 - Menu(s) 80-160 €

Le cadre somptueux de ce domaine viticole en pleine nature provençale est une invitation à la bonne chère. Tout est mis en œuvre pour que les férus d'œnotourisme soient comblés, par le cadre, le service et les belles assiettes d'une tradition bien actualisée par Louis Rameau et le chef pâtissier Éric Raynal, qui ne manquent pas d'utiliser les ressources locales, à commencer par celles du potager : soupe de fraise à la rhubarbe caramélisée parfumée au basilic, éclats de meringue et melon en tartelette amande et confiture de melon épicé, truite cuite à la cire d'abeille (un des grands classiques de la maison) concombre huile d'olive et pollen, pigeon des Costières sur la braise, cerises, romanesco, bouillon à la sarriette, avant un beau dessert sur le thème poivron coulis framboise estragon. Au milieu des nombreuses offres (bar, tables du chef, la cave des vins du domaine et d'ailleurs, et tous les atouts de l'hôtel Relais & Châteaux), cette table parvient à dégager un brin de personnalité qui vaut une note en hausse.

Le Chrissandier 12/20

18 cours de la République - T. 04 94 67 67 15 - Carte 48 € - Menu(s) 32-86 €

Christophe et Sandra Chabredier mène une belle affaire, dans la tradition noble de la restauration hexagonale. Une réception, un service, des assiettes fignolées, ce qui paraît un prérequis et devenu un peu rare. De beaux menus et une carte de produits nobles bien menés, voilà qui conforte locaux et vacanciers dans ce cadre bourgeois : coupe de farce de crabe et moelleux d'avocat, médaillon de homard vinaigrette passion, filet de bœuf en persillade d'artichaut gnocchis de pomme de terre et petits légumes provençaux, soupe de fraise à la rhubarbe caramélisée parfumée au basilic, éclats de meringue. La carte vous emmène dans les 80 €, mais il y a aussi un bon menu Bistrot servi midi et soir à 32 €.

Membres de l'Académie Gault&Millau

Tables Exceptionnelles – 19/20 à 19,5/20

Tables de Prestige – 17/20 à 18,5/20

Mama Pizza

LA PÂTE À PIZZA DANS TOUS SES ÉTATS

Ce sont des pizzas originales que créent Marlène et Thibault Laugier. Passionnés de restauration et de la « Reine » de Naples en particulier, ils inventent chaque mois une nouvelle pizza aux saveurs de saison et d'autres recettes pour le moins emblématiques de la maison.

Ici, tout est cuisiné sur place avec des produits frais de saison, au maximum italiens : du parmesan AOP, de la mozzarella di Bufala, de la tome de chèvre de Sardaigne, de la farine et des tomates italiennes... L'inspiration du chef est aussi génératrice de nouveautés, selon les propositions des maraîchers. Au menu, pizzas napolitaines aux diverses compositions et assaisonnements, pâton au fromage fondu (camembert, chèvre ricotta ou mozzarella) accompagné de charcuterie italienne et d'une salade servie dans un bol de pizza. Surprise garantie !

Le + : Terrasse fleurie et ensoleillée toute l'année.

5, place d'Entrechaux, 83510 LORGUES
Tél. : 06-21-30-00-25
Facebook : Mama Pizza

Le plaisir de la table est de tous les âges, de toutes les conditions, de tous les pays et de tous les jours.

Jean Anthelme Brillat-Savarin
(1755-1826)

MÉOUNES LÈ S MONTRIEUX 83136

BOULANGER

Boulangerie Provençale

15 route de Toulon - T. 04 94 33 98 41

Ici, la devise, c'est «qualité et régularité». Dans cette boulangerie de caractère tenue par un boulanger atypique, on retrouve les grands classiques et quelques spécialités de Provence et d'ailleurs, comme le gibassier.

MOISSAC BELLEVUE 83630

Bastide du Calalou 12/20

RD9 route de Baudinard - T. 04 94 70 17 91 - Menu(s) 36-115 €

En balade dans le Verdon, vous ne manquerez pas de passer par cette auberge bien tenue, à la belle architecture régionale d'une ancienne bastide. Un cadre serein, une jolie vue, une agréable terrasse sous les oliviers, de bonnes conditions pour apprécier une cuisine de circonstance, désormais pilotée par le chef Rodolphe Lewandowski (un ancien des Trésoms à Annecy, notamment), qui met l'accent sur la production locale, dans une réalisation simple et soignée, à choisir dans un menu à 36 € changeant selon le marché.

MONTAUROUX 83440

Le Carré d'Ange 13/20

Quartier de Narbonne - T. 04 94 47 71 65 - Menu(s) 45-107 €

Les nombreux habitués, locaux, de Grasse ou de Draguignan, ou de plus loin encore, ont l'eau à la bouche en arrivant chez David Carré. Car le chef sait leur faire plaisir, avec de beaux produits et toutes les manières chics d'une cuisine bourgeoise actualisée à la mode régionale. À saisir dans les beaux et bons menus, notamment le «Carré du Marché» avec ses légumes crus et cuits, le maquereau de Méditerranée cru cuit et fumé, l'épaule d'agneau confite six heures et la variation sur la glace au lait de brebis. Belle prestation avec un service très appliqué, cave bien fournie.

MONTFERRAT 83131

Le Clos Pierrepont

13,5/20

56 route de Draguignan - T. 04 94 50 21 30 - Carte 55 € - Menu(s) 32-80 €

Une belle maison de pierre, entièrement refaite par Julien Lépine et son épouse Magali, qui l'ont aménagée au fil du temps pour la rendre confortable, et embellie chaque année. Julien Lépine est un chef de talent qui connaît la région et ses produits et en tire le meilleur. Dans la cueillette de l'été, les bonnes senteurs régionales, le risotto d'épeautre, girolles et sauce à la truffe d'été, le dos de maigre de Méditerranée et bouillon comme une soupe au pistou, le quasi de veau zitones farcies aux champignons et jus échalote confite. La salle est vaste, regarde la nature, apportant sérénité et bien-être, et la cave démontre aussi qu'il y a des vignes alentour.

LES PRODUITS AOC ET AOP DE LA RÉGION PROVENCE-ALPES-CÔTE D'AZUR

Figue de Solliès, brousse du Rove, fromage de Banon, huile d'olive d'Aix-en-Provence, huile d'olive de Haute-Provence, huile d'olive de Provence, huile d'olive de la vallée des Baux-de-Provence, huile d'olive de Nice, muscat du Ventoux, olive de Nice, olives cassées de la vallée des Baux-de-Provence, olives noires de la vallée des Baux-de Provence, pâte d'olive de Nice, picodon, taureau de Camargue, truffe noire du Tricastin...

Le café de Fany

UNE ADRESSE DE PROXIMITÉ

Réputé pour son accueil et ses bons produits, le café-restaurant offre des moments de pause, de partage et de discussion autour de spécialités maison. Produits locaux et de saison, viandes sélectionnées, poisson frais, plat qu'on n'a plus le temps de cuisiner, desserts… Tout est fait maison. Et le chef sait mettre en valeur la qualité de chaque produit. Entrée + plat + dessert à 15€ le midi ; menus « Découverte » à 23€ et 28€.
Ouvert du mardi au dimanche de 9h à 16h30 et le soir du jeudi au samedi.

✉ 19, cours Général-de-Gaulle,
83860 NANS-LES-PINS
Tél. : 09-88-00-78-00
Facebook : Le Café de Fany

Café Le France, à Ollioules

UNE CUISINE VARIÉE ET SAVOUREUSE

Des plats de saison faits maison, travaillés et copieux, « Au France », la cheffe régale ses convives ! Stéphanie Audiffren partage sa passion et ses inspirations du moment avec ses recettes françaises ou provençales. Elle propose, chaque jour, un plat différent et renouvelle sa carte toutes les semaines. Une constante : l'aïoli, les vendredis. Réservation conseillée.
Ouvert du mardi au samedi de 9h à 16h.
Le + : Possibilité de privatiser pour des événements.

✉ 6, rue Nationale, 83190 OLLIOULES
Tél. : 04-89-30-81-25 / 06-19-58-63-09
E-mail : cafelefranceollioules@gmail.com
Facebook : Café Le France

> *Rien de plus délicieux dans la vie*
> *que le coin du feu,*
> *une salade de homards,*
> *du champagne et la causette.*

George Gordon, Lord Byron
(1788-1824)

OLLIOULES 83190

BISCUITIER

Biscuiterie Navarro

1256 avenue Jean Monnet - T. 04 94 63 52 42

Navarro n'est pas qu'une série télévisée de la fin des années 1990, c'est aussi une excellente biscuiterie familiale que l'on retrouve sur les marchés et les salons. Des créations pour coller aux événements, comme la navette à la châtaigne ou le macaron à la courge. On aime inconditionnellement les plus classiques amaretti amande moelleux et parfumés amande, citron, caramel beurre salé, les cannelés ou les rochers. Pas de grande distribution, que du frais à base de produits soignés.

VIGNERON

Domaine de Terrebrune

724 chemin de la Tourelle - T. 04 94 74 01 30

Terrebrune possède un terroir composé de terres brunes argileuses sur sous-sol calcaire à l'est de l'appellation proche de Sanary-sur-Mer. Vous pouvez visiter et déguster sur place ou découvrir la gamme des très beaux vins directement au restaurant du domaine. Réservez.

PORQUEROLLES 83400

L'Olivier Le Mas du Langoustier

14,5/20

2588 chemin du Langoustier - T. 04 94 58 30 09 - Carte 38 € - Menu(s) 130 €

Un lieu idyllique, un site parmi les plus beaux et les plus secrets de France, c'est un privilège rare dont il faut savoir profiter. Dans un coin privé de l'île, l'hôtel et son restaurant sont réservés aux happy few, mais nombre de vacanciers veulent bien casser leur tirelire pour cette expérience globale. La maison de la famille Fournier Le Ber cultive sa tradition d'accueil et les soirées gastronomiques (il faut évidemment prévoir le retour sur le continent ou dormir sur place) sont des fêtes réservées à trois soirées par semaine orchestrées par le chef Gabriel Perona (menu unique à 130 €), tandis que La Pinède, ouverte aux déjeuners, accueille les vacanciers venus par les navettes du Lavandou ou de Giens, pour une cuisine simple, marine et actuelle.

HÔTEL

Hôtel Le Mas Du Langoustier - 4 étoiles

2588 chemin du Langoustier - T. 04 94 58 30 09 - à partir de : 105€

À la pointe ouest de la petite île de Porquerolles, le Mas du Langoustier est avant tout une affaire de famille, propriété depuis 1912 des Fournier-Le Ber. La quatrième génération est aujourd'hui aux commandes de ce morceau de paradis posé sur la mer turquoise et entouré d'un extraordinaire parc de 50 ha de garrigues parsemé de pins, d'eucalyptus et de citronniers. Simples et élégantes, les 48 chambres et suites donnent sur la mer ou la pinède, qui cache aussi une longue piscine extérieure et 2 courts de tennis. Les deux restaurants, L'Olivier et la Pinède, pilotés par Gabriel Perona (natif de la presqu'île de Giens, en face de l'île) n'attendent que vous. L'un des nombreux plaisirs de ce lieu qui offre aussi le privilège rare d'une délicieuse plage privée, avec son sable aussi doux que la farine.

VIGNERON

Domaine de la Courtade

Île de Porquerolles - T. 04 94 58 31 44

La trentaine d'hectares du domaine de la Courtade s'épanouit au sein du magnifique écrin de l'Île de Porquerolles et son conservatoire botanique. Aujourd'hui propriété de la famille Carmignac, le domaine est confié à la direction de Florent Audibert. Visites, dégustations et balades en vélo uniquement sur rendez-vous.

RAMATUELLE 83350

La Voile - La Réserve Ramatuelle 15/20

CHEF: ERIC CANINO

Chemin de la Quessine - T. 04 94 44 94 44 - Carte 164 € - Menu(s) 160-210 € Ⓟ

Chic traditionnel et grande cuisine de chef, voilà la Réserve, toujours sur la réserve, jamais vraiment dans l'ostentatoire, même si le service et l'accueil ne manquent pas d'offrir quelques manières aux touristes fortunés qui en passent le seuil. Éric Canino est un excellent chef qui sait construire et maîtriser une carte où se mêlent habilement produits locaux et ingrédients de prestige dans des séquences enjôleuses. Dès les mises en bouche, on comprend que la brigade envoie la cavalerie, avec les artichauts barigoule et chips de guanciale, mais aussi la langoustine et caviar, avec un crudo au caviar de Sologne, la daurade ravioli de courgette et truffe noire, le ris de veau et tartare à la tapenade de truffe, la volaille de Bresse et homard avec une raviole de homard au mascarpone... Cave complète répondant à toutes les envies, beaux desserts, dont le soufflé au tokay rhubarbe pochée mûres confites et sorbet rhubarbe...

La Forge 13/20

Rue Victor Léon - T. 04 83 12 09 86 - Menu(s) 39 €

Une vraie bonne table italienne au cœur du village, des plats de ristorante sur des produits de la Botte sélectionnés à la source par de purs Transalpins. Pour maintenir la note dans le registre du raisonnable, on évite les truffes et les crustacés, mais tout ce qui est préparé est de qualité, les classiques comme les inspirations du moment : vitello tonnato, poulpe rôti aux pommes de terre et poivrons, tortellis à la sorrentina, chitarra aux palourdes calamars et poutargue, osso buco gremolata... Bon accueil, à l'italienne, un brin cauteleux mais sympathique.

Saveurs Sincères

12,5/20

31 avenue Georges Clemenceau - T. 04 94 79 18 68 - Carte 46€

Comment ne pas louer, une fois de plus, cette ambiance de copains et ces joyeuses agapes autour de la cuisine de Stéphane, qui cuisine avec le cœur autant qu'avec les mains, tandis que Séverine porte la bonne parole en salle. Des classiques de la cuisine provençale, des idées du moment, l'ardoise a tout pour faire saliver. Bonne cave locale avec des petits crus bien choisis pour leur rapport avantageux.

HÔTEL

La Réserve Ramatuelle - Hôtel, Spa and Villas - 5 étoiles

Chemin de la Quessine - T. 04 94 44 94 44 - à partir de : 950€

Perché sur la colline de l'Escalet et face à la mer, ce morceau d'éden se déploie autour d'un hôtel de 27 chambres et suites et 14 sublimes villas entourées d'oliviers et de cyprès, le tout décoré par Michel Reybier et sous la houlette de Jacques Garcia, qui décline là le meilleur de sa grammaire... Un décor sudiste émaillé de céramiques de Vallauris, de fresques végétales inspirées de Jean Cocteau et de meubles design en bois clair. Ultra-prisé, l'endroit bénéficie également du prestige de son chef Éric Canino, qui propose une cuisine provençale revisitée, en parallèle d'une gastronomie japonaise à base de sushis à déguster sur le rooftop avec vue sur la Méditerranée. Dernier atout de l'établissement, et non des moindres, un spa Nescens qui décline une impressionnante palette de soins, mais également des programmes de Pilates, yoga, et des séjours entièrement pensés pour une renaissance du corps et de l'esprit.

Menu(s)

Fourchette de prix mentionnant le menu le moins cher et le menu le plus cher proposant à la fois entrée, plat et dessert sans les boissons, qui n'exclut pas les prix intermédiaires

Boukarou Beach

DESTINATION AILLEURS

Bien manger, dans un cadre somptueux et les pieds dans l'eau... Cet endroit hors du temps vous propose la plus belle des additions !

C'est une histoire de lointaines contrées. Revenue de quarante années passées au Cameroun, Valérie Bertein a l'opportunité, en 2015, d'obtenir sa concession de plage privée et d'ouvrir son restaurant. Elle lui donne un nom qu'elle a emporté avec elle dans ses valises. « Boukarou Beach » est né (« boukarou » signifie « paillote » en camerounais). L'établissement se situe au Rayol-Canadel, entre le Lavandou et Saint-Tropez. Une véritable crique sauvage dans un cadre de verdure, près des jardins méditerranéens.
Le Boukarou Beach est un restaurant de qualité qui propose, le midi, une cuisine basée sur les trésors de la mer (loups et daurades grillés, calamars) de merveilleuses salades ou encore des suggestions du chef, sans oublier les fameux cafés gourmands. Le soir, des tapas, des planches gourmandes et des pizzas sont à savourer.
Un endroit authentique où respire une atmosphère de détente face à une eau de mer turquoise. Profitez des week-ends musicaux organisés régulièrement avec des groupes de rock ou de bossa nova. *« Chez nous, les gens se détendent sur leurs transats, mangent, dansent, chantent et repartent dormir chez eux ou dans l'un des hôtels 4 étoiles qui nous entourent »*, lance, avec envie, Valérie Bertein.
Le Boukarou Beach, c'est aussi une histoire de famille. *« Mon fils, Geoffrey, s'occupe des tapas le soir et ma maman vient m'aider de temps en temps. C'est la mascotte. »* La clientèle adore celle que tout le monde appelle affectueusement « Mamie Michèle ».
La clientèle adore l'équipe dans son ensemble, et l'endroit car ils s'y sentent chez eux.
À découvrir.
Ouvert tous les jours sauf le mardi de mi-mars à mi-novembre ; tous les jours de juin à août.

Avenue de la Reine Jeanne,
83820 RAYOL-CANADEL-SUR-MER
Tél. : 04-83-42-98-90

RIANS 83560

VIGNERON

Château Vignelaure

Route de Jouques - T. 04 94 37 21 10

Le château doit sa renommée à Georges Brunet, ancien propriétaire du château La Lagune dans le Médoc qui en a fait l'acquisition dans les années 60. Eloï Durrbach y travailla quelques années avant de fonder Trévallon. Vous pourrez déguster mais également visiter la galerie d'art du château.

LES PRODUITS AOC ET AOP DE LA RÉGION PROVENCE-ALPES-CÔTE D'AZUR

Figue de Solliès, brousse du Rove, fromage de Banon, huile d'olive d'Aix-en-Provence, huile d'olive de Haute-Provence, huile d'olive de Provence, huile d'olive de la vallée des Baux-de-Provence, huile d'olive de Nice, muscat du Ventoux, olive de Nice, olives cassées de la vallée des Baux-de-Provence, olives noires de la vallée des Baux-de Provence, pâte d'olive de Nice, picodon, taureau de Camargue, truffe noire du Tricastin...

La Pergolade

L'ADRESSE DU ROMANTISME ET DES PLATS RAFFINÉS

Site d'exception où pergolas, terrasses ombragées et quais sur l'eau s'égrainent au bord d'un étang où s'ébattent des carpes « KOÏ ». Ambiance...

Pour les jours moins cléments, un intérieur de brasserie chic des années 1930, charme discret des laitons polis et des tables laquées.
Stucs retravaillés et brèches de Sienne au fini remarquable.

Mais c'est aussi l'assurance d'un chef qui compose des cartes d'une belle justesse.
Des produits qui font plaisir...
La côte de veau fondante à la crème de tarama, les saumons d'exception aux saveurs légèrement épicées et fumés par leurs soins.
Les truffes fraîches, déclinées au gré de la carte, et toujours les bons accompagnements selon les saisons, jusqu'aux desserts avec, par exemple, de belles réussites comme la pomme confite au caramel beurre salé ou les crêpes « minute » à l'orange.

Les cuissons sont justes et les assiettes gourmandes et savoureuses.

Belle cave* et service de salle attentionné.

Le Bas Fournel,
83520 ROQUEBRUNE-SUR-ARGENS
Tél. : 04-98-12-36-31
lapergolade.fr

Les saveurs du moulin

VARIÉTÉ ET QUALITÉ DES PROPOSITIONS

Les nombreuses spécialités – pains, viennoiseries, pâtisseries et biscuits – sont confectionnées sur place, dans l'atelier attenant à la boutique.
L'équipe de 14 personnes cultive le goût des bonnes et belles choses, et garde l'esprit familial de la boulangerie de village d'antan, à l'écoute des clients.
En plus des classiques, déclinés dans de larges gammes, des créations sont proposées toute l'année, à partir de produits frais de saison. *« Pour les fruits, nous travaillons avec des producteurs locaux »*, explique le patron pour qui la traçabilité est primordiale. *« Nos farines sont issues de traditions françaises sans ajout avant, pendant ni après récolte »*, poursuit-il.
Son credo : des produits de qualité et du savoir-faire, pour une offre de la meilleure qualité possible.
Ouvert de 6h à 13h et de 15h30 à 19h.

4, cours Alexandre Gariel, 83630 RÉGUSSE
Tél. : 04-94-70-16-31
Facebook : saveurs du moulin

Le Mazet du Basilic

LA GASTRONOMIE PROVENÇALE

C'est après être passé chez les plus grands que Fabio Lamacq a ouvert son restaurant en 2015. Une cuisine raffinée, concoctée à base de produits locaux de saison. Viande maturée et poisson sont les best-sellers de la maison : bœuf de Kobé, langouste, cigale de mer et homard bleu, par exemple. La carte de saison est renouvelée chaque mois. L'été, le kiosque propose hamburgers et seiches à la plancha.

Le + : Terrasse ouverte toute l'année. Piscine.

631, quartier de la Gare,
83520 ROQUEBRUNE-SUR-ARGENS
Tél. : 04-83-12-53-64
lemazetdubasilic.fr

> *Bonne cuisine et bon vin, c'est le paradis sur terre...*
>
> Henri IV (1553-1610)

SAINT AYGULF 83370

Le Dit Vin

13/20

90 avenue Lucien Boeuf - T. 04 94 79 65 81 - Carte 16 € - Menu(s) 37 €

La cheffe Patricia Nazoa et son complice Fabrice Borrel ont fait leurs armes pendant une quinzaine d'années à Toulouse dans leur établissement gastronomique, avant de larguer les amarres pour une aventure à taille humaine qui leur correspond mieux. Ainsi est né le Dit Vin, niché non loin des calanques de Saint-Aygulf, et solidement amarré à cette belle région depuis quelques années. Adoubée maître restaurateur en 2018, la cheffe travaille en circuit court, et fait pousser les plantes aromatiques et comestibles dans le potager maison. La carte est vite parcourue avec moins de 15 propositions de l'entrée au dessert et un «Menu Tradition» à 37 € des plus complet. Le Sud est à l'honneur, avec le chaud-froid de foie gras aux pommes, présenté comme une tarte feuilletée à la granny smith sur laquelle repose un foie gras poêlé et un mi-cuit rosé et fondant, les filets de daurade royale nacrés à la peau croustillante et polenta fondante dorée au four, pluma de porc ibérique et crème de maïs au paprika fumé, une tuile de lard croustillante et des frites maison. Le voyage continue dans la douceur avec de belles propositions comme cette très régressive tartelette au chocolat Valrhona 68% et sa crème montée à la noisette ou le gâteau à l'orange imbibé au rhum façon baba. En cave, une soixantaine de références bien commentée par le patron et une proposition de vins au verre.

Menu(s)

Fourchette de prix mentionnant le menu le moins cher et le menu le plus cher proposant à la fois entrée, plat et dessert sans les boissons, qui n'exclut pas les prix intermédiaires

Le Glacier André

LA CRÈME DE LA GOURMANDISE

En 1947, M. et Mme André Ferrari fondaient le Glacier André, à Saint-Cyr-sur-Mer. Ce couple d'Italiens, qui réalisent ses glaces à base de produits naturels, vend, quarante ans plus tard, son établissement à Chantal Martino et Valérie Langiu. Deux sœurs qui cultivent, depuis toutes petites, une relation passionnée avec cette maison.

Une belle histoire

« Si nous avons conservé le nom d'origine, c'est en hommage au fondateur mais aussi à notre papa : lui aussi s'appelait André et nous emmenait toutes les deux manger des glaces, ici. Étudiantes, ma sœur et moi y avons travaillé, les étés, jusqu'à ce qu'on nous propose les murs ! Nos parents nous ont aidées. C'est une histoire de famille que nous sommes fières de continuer à incarner », raconte, émue, Valérie. Aujourd'hui, les clients aiment à dire qu'ils retrouvent les glaces de leur enfance.

Naturelles, originales et fondantes !

« Nous privilégions le goût de l'authenticité, la qualité et ne travaillons qu'avec des petits producteurs locaux. Nous attachons de l'importance à la sélection de nos fruits et à la mise en glace de nos produits. On aime aussi faire plaisir et partager. Du coup, on n'hésite pas à faire tester nos nouveaux parfums », confie Chantal. Que ce soit à la remorque sur la plage ou à la boutique, goûtez citron basilic, navette, yaourt, verveine citron ou melon pastis*. Pour les allergiques, misez sur les sorbets chocolat, marron ou praline. Et pour toute la famille, bacs de glace à emporter (1/2, 3/4 ou 1 litre) et vacherins sur commande.

Ouvert de février à octobre, de 9h à 20h pour la boutique, à partir de 10h pour La Remorque.

86, avenue du Port,
83270 SAINT-CYR-SUR-MER (Boutique)
Tél. : 04-94-32-08-54

Avenue des Plages,
83270 SAINT-CYR-SUR-MER (Remorque)
Tél. : 06-22-72-08-45 / 06-17-77-23-05

www.glaces-andre.fr

*L'ABUS D'ALCOOL EST DANGEREUX POUR LA SANTÉ.

Maison Lesur

L'EXCELLENCE ET LA VIRTUOSITÉ

En reprenant la Maison Roussel, Sylvain Lesur, chef pâtissier chevronné, a reçu la recette secrète de la Tropézienne, au succès phénoménal. Dans les années 70, l'un des fondateurs de la Tropézienne l'a fait connaître à Saint-Cyr-sur-Mer. Le procédé secret de cette brioche à la crème, transmis avec le fond de commerce en début d'année, est le produit phare de la Maison Lesur. Le nouveau gérant, Sylvain Lesur, assure la continuité après avoir exercé dans de belles maisons au Mexique, au Panama et à Londres. De retour en France, avec son équipe passionnée et sa compagne Maria Paola, il réalise des gâteaux 100% maison, aussi beaux que bons, travaille avec le même enthousiasme le chocolat, le sucre, les entremets et les glaces.

Il reprend aussi les recettes provençales – croissants aux pignons, navettes, mounas – et créé des partenariats, pour ses fruits frais, avec des permacultures locales.

50, rue de la République,
83270 SAINT-CYR-SUR-MER
Tél. : 04-94-32-54-96
sylvainlesur.wixsite.com/maisonlesur

Ô Chicoulon do Brasil

RÉVEILLEZ VOS PAPILLES

Depuis quatre ans, Ô Chicoulon, un petit bout de Brésil plein de saveurs et de couleurs, anime Saint-Cyr-sur-Mer.
Après vingt-quatre ans de vie brésilienne comme restaurateur, Yves Lepide a ouvert ce lieu unique, inspiré du village Paraty de la Costa Verde qu'il aime tant. Décoration, artisanat, cuisiniers brésiliens, plats traditionnels et soirées musicales, tout y est pour retranscrire la joie et la douceur de vivre de ce pays bouillonnant et festif. Attablé(e) sur le port de la ville, vous y dégusterez des mets typiques comme les tapas, les brochettes picanha, la feijoada ou le churrasco, une viande marinée au sel, embrochée sur sabre et grillée au feu de bois. La cuisine provençale, très goûtue elle aussi, y est également à l'honneur. Un voyage gastronomique à savourer, en outre, lors de vos événements privés ou professionnels.

1, avenue du port,
83270 SAINT-CYR-SUR-MER
Tél. : 04-83-99-68-06
www.ochicoulon.fr

La Riviera Dei Fiori

LA TRADITION ITALIENNE

Voilà trente ans qu'Anita Bonnet et Hervé Marchetti ont créé cet endroit. Le chef, d'origine bolognaise et sicilienne a appris de sa maman le meilleur de la gastronomie. I I sélectionne des produits, souvent locaux, pour garantir une belle qualité à ses clients.

Ici, l'ambiance est familiale. Des liens d'amitié se sont créés depuis des décennies avec des clients fidèles du monde entier. On se rassemble autour de la cuisine aux saveurs méditerranéenne : le fabuleux poêlon, entendez des langoustines, des gambas, des palourdes et des seiches flambées au cognac* avec une sauce tomate maison ou encore les gnocchis fabriqués à la main.
En dessert, le panettone façon pain perdu ou la crème brûlée à la lavande sont autant de succulentes gourmandises. Formule du midi avec un plat et un dessert pour 17 €.
Le + : Terrasse avec vue sur le port et les collines de la Madrague.

Nouveau Port des Lecques,
83270 SAINT-CYR-SUR-MER
Tél. : 04-94-32-18-20
Facebook : La Riviera Dei Fiori

Restaurant le Girellier

FRAÎCHEUR ET QUALITÉ

Des produits frais et des spécialités aux saveurs du monde... Dans ce restaurant familial, tout est fait maison, pour le plus grand plaisir des gourmets.
Dans le métier depuis trente-cinq ans, Alain et Béatrice travaillent aujourd'hui avec leurs enfants, Jonathan et Jennifer. Leur expérience et leur amour du métier se retrouvent dans chaque plat. Spécialités de poisson, suggestions, pâtisseries, glaces-créations, cocktails avec et sans alcool*... Au Girellier, tout est préparé sur place, selon les arrivages. Chacun apprécie l'accueil chaleureux, le cadre agréable, la vue sur le port et la qualité du service.
Ouvert du mardi au dimanche de 9h à 23h.

Le + : Possibilité de privatiser.

Port de la Madrague,
83270 SAINT-CYR-SUR-MER
Tél. : 04-94-32-03-60
Facebook: restaurant le girelier

*L'ABUS D'ALCOOL EST DANGEREUX POUR LA SANTÉ.

Bacchus L'épicurien

UN RESTAURANT-BAR À VIN INCONTOURNABLE

Depuis 2020, Bacchus L'épicurien, restaurant et bar à vin ouvert par Jérôme Bisaccia, chef et propriétaire, fait parler de lui pour son fameux risotto de truffes noires !

Faite maison, méditerranéenne, raffinée et bistronomique, la cuisine du chef est inventive, avec des garnitures inattendues ! L'établissement propose aussi une carte de petits plats cuisinés, à déguster autour d'un bon verre. Le choix est large avec 45 vins* proposés au verre et bientôt 150 références. Des vins venus de France et de l'étranger (Espagne, Italie, Amérique du Sud, Nouvelle-Zélande, Amérique Latine...), qui réjouiront les amateurs. Le tout à un prix très abordable, dans un cadre sobre et chic.

✉ 20, avenue Albert 1er,
83470 SAINT-MAXIMIN-LA-SAINTE-BAUME
Tél. : 04-94-69-13-00
Facebook : Bacchus L'epicurien
bacchus-lepicurien.com

Maison Thomas L'ARTISANAT PASSIONNÉMENT

Boulanger-pâtissier-traiteur, Florent Thomas est un professionnel généreux et passionné. Avec sa compagne, Aurélie, et leur équipe, ils travaillent dans le respect du savoir-faire et des traditions artisanales, pour répondre à toutes les attentes des clients. Leurs larges gammes de produits de grande qualité sont fabriqués sur place, à partir de farines 100% éco-responsables. De même pour la « Bellamie », spécialité exclusive, une baguette entièrement travaillée à la main, longuement fermentée et fleurée avec du germe de maïs.

✉ 4, avenue du Port, 83270 SAINT-CYR-SUR-MER
Tél. : 09-81-90-82-68

*L'ABUS D'ALCOOL EST DANGEREUX POUR LA SANTÉ.

SAINT RAPHAË L 83700

L'Arbousier La Brasserie Tradition et Gourmandise 12/20

6 avenue de Valescure - T. 04 94 95 25 00 - Menu(s) 33€

L'enseigne est un peu longuette, mais elle dit bien ce qu'elle a à dire. Le chef Philippe Troncy, respecté et apprécié, donne réellement un joli récital de ce qu'est la bonne cuisine française en version méditerranéenne, et ce cadre de détente élégant propose d'agréables moments, sûrs et bien cadrés en tarifs : tartine de chèvre miel et lavande, ceviche de thon gingembre et citron vert, aïoli, lasagne, entrecôte piémontaise, souris d'agneau confite à la bohémienne. Bonne carte de vins, service diligent.

Le Jardin de Sébastien 12/20

599 avenue des Golfs - T. 04 94 44 66 56 - Carte 57€ - Menu(s) 46€

Une fort jolie table du côté des fairways, la plus appréciée des golfeurs pour leur après-parcours. Un beau jardin, une table joliment dressée, et des mets choisis et bien exécutés par le chef, Richard François : crevettes et papeton de courgettes au fromage blanc ravigoté, dos de merlu, tomate confite à la provençale, croustillant d'agneau braisé aux aubergines confites... Desserts classiques et gourmands, bonne cave.

PÂTISSIER

Calderon

27 boulevard Félix Martin - T. 04 94 83 63 08

Avec son épouse Magali, Christophe Calderon met au point ses créations pâtissières avec légèreté. Il choisit avec soin des matières premières de qualité qu'il travaille avec respect. Tous les classiques ont ici fière allure, tout comme les spécialités maison : le castel ou l'ardéchois.

Carte

Addition moyenne d'un prix à la carte englobant le prix d'une entrée + plat + dessert

L'échappée belle

UN ÉCRIN DE DOUCEURS ET DE SAVEURS

Ambiance chaleureuse, accueil attentionné, cuisine savoureuse... L'échappée belle offre à ses convives une pause bienvenue.

Laurine Vincent, 20 ans, a repris le restaurant en mai 2021. Sa maman, au service, accompagne cette aventure remarquable et remarquée. *« Nous travaillons avec des produits de qualité »*, précise la jeune cheffe qui propose ses spécialités dans des assiettes au dressage impeccable, joliment colorées et délicieusement équilibrées. L'ardoise change régulièrement, selon les arrivages et les envies. Les ravioles aux cèpes et aux truffes et l'entrecôte ont beaucoup de succès. Parmi les pâtisseries du jour, les gourmands se délectent de l'éclair à la pistache et à la framboise ou de la brioche perdue. Réservation conseillée.
Ouvert du mardi soir au dimanche midi.

✉ Rue Michel Auclair,
83440 SAINT-PAUL-EN-FORÊT
Tél. : 04-94-85-19-58
Facebook : L'échappée belle

Boucherie Prudencio

DES VIANDES HAUT DE GAMME

Trente-cinq ans que Pierre Prudencio exerce ce métier avec une grande passion et un coup de couteau très précis. Il réfléchit, à la manière d'obtenir des bêtes de qualité pour produire des viandes d'excellence. Génisses limousines de 36 mois, veaux de Corrèze élevés sous la mère de 4 à 6 mois, agneaux de Vienne et de Haute-Vienne, porcs de l'Aveyron et volailles de Bresse et de l'Ain composent ses étals, au détail ou transformés. Ces mêmes morceaux se retrouvent dans la charcuterie qu'il propose : saucisses, fromage de tête, jambon persillé, pâtés de campagne, boudin noir, rillettes d'oie et de canard, foie gras du Gers maison...
Une jolie gamme de brochettes, en été, et de plats cuisinés régionaux, en saison, sont concoctés sur place comme le bœuf bourguignon, la souris d'agneau aux oignons et aux figues, les cuisses de canard à l'orange, mais aussi des salades traiteur variées.

✉ 1099, boulevard de la Plage - C.C. Bastides,
83530 AGAY - SAINT-RAPHAËL
Tél. : 04-22-73-15-30
Boucherie prudencio boucherieprudencio

Tortù Plage

DES SAVEURS IMPORTÉES DE GRÈCE

C'est à l'été 2020 que Jules Fernez et ses associés ont repris ce restaurant de la côte, niché dans une crique idyllique à Boulouris, où les clients peuvent déjeuner ou dîner face à la mer, les pieds dans le sable.
Une gastronomie qui invite au voyage et au partage, avec une cuisine d'influence grecque élaborée par Ahmet Kahat et sa brigade hellénique. Trilogie de mezzés en entrée avec houmous, tzatzíki et tarama ou poulpe grillé accompagné de pain pita maison, poissons entiers, langoustes ou belles pièces de viande cuite à cœur sur le grill à charbon de bois...
Le choix des mets est proposé à l'ardoise et renouvelé chaque jour en fonction des arrivages. Les parfums de la Méditerranée et des îles grecques vous accompagneront dans cette parenthèse enchantée. Bar lounge, transats et paddles. Accès bateau possible. Parking privé.

✉ 2452, route de la Corniche,
83700 SAINT-RAPHAËL
Tél. : 04-94-40-71-19
www.tortu-plage.com

L'Équipage

VOGUEZ VERS LA BISTRONOMIE

Sur le port de Saint-Raphaël, les gourmands en quête de saveurs marines s'attablent au restaurant L'Équipage et son alléchant bar à moules. Marinières, sauce roquefort, curry, provençale ou à la bière*, il y en a pour tous les goûts ! Au menu également, des plats traditionnels de produits frais : rognons de veau aux girolles, filet de saint-pierre et écrasé de pommes de terre aux truffes. Une cuisine bistronomique simple mais efficace, sublimée par une belle carte de vins et servie par un dynamique équipage, qui s'adapte à toutes les demandes

✉ 108, rue Alphonse Karr,
83700 SAINT-RAPHAËL
Tél. : 04-94-53-51-35
www.restaurant-lequipage.fr

*L'ABUS D'ALCOOL EST DANGEREUX POUR LA SANTÉ.

L'Annexe UNE CUISINE TRADITIONNELLE INVENTIVE

L'Annexe, le chef Frédéric Allègre vous accueille dans une ambiance moderne et industrielle, proposant une cuisine traditionnelle qui évolue au fil des saisons. Coup de cœur pour le Tomahawk Black Angus, pièce de bœuf d'1 kg, accompagné de ses pommes de terre grenailles sautées en persillade ou le risotto aux noix de saint-jacques et safran. Tarte du jour avec pâte sablée maison, tiramisu aux parfums évocateurs (pistache, crème de marrons, spéculoos, Nutella® et cookies...).
Ouvert toute l'année, sauf dimanche et mercredi. En juillet et août, 7/7 le soir.

23, rue Thiers, 83700 SAINT-RAPHAËL
Tél. : 04-94-83-91-49
www.lannexerestaurant.business.site

Boucherie des Templiers

DES VIANDES ET DES PLATS DE QUALITÉ

Ouverte depuis 2016, la Boucherie des Templiers mérite le détour pour la qualité de la viande sélectionnée par Pascal Pitre, boucher professionnel.
Au menu : des viandes maturées, de la Blonde d'Aquitaine, du porc fermier, de l'agneau de Sisteron, du veau du Limousin. Côté traiteur, les plats faits maison sont tout aussi alléchants, entre tête de veau, lasagnes, tomates farcies, boulettes, gratin dauphinois, pâtés. Une bonne adresse !

40, rue de la République, 83700 SAINT-RAPHAËL
Tél. : 04-94-95-16-53
E-mail : boucherie-des-templiers@orange.fr

Le Gourmet

LE BON GOÛT DU FAIT-MAISON

Le leitmotiv de Freddy Grégorio ? Offrir des mets de qualité à base de produits frais de saison.
Les pizzas 100% artisanales et les burgers (pain maison) sont les spécialités du lieu comme les poke bowls. Chaque semaine, les suggestions de son ardoise sont une nouvelle invitation au voyage (Mexique, Japon, Thaïlande, Italie). Vos papilles apprécieront ! Terrasse toute l'année.
À emporter ou sur place. Livraison.
Ouvert 7j/7.

Port Santa Lucia, 83700 SAINT-RAPHAËL
Tél. : 04-94-52-37-52
www.legourmet-83.fr

SAINT TROPEZ 83990

La Vague d'Or - Cheval Blanc St-Tropez 19/20

CHEF : **ARNAUD DONCKELE** - *CHEF PÂTISSIER :* **FLORENT MANINI** - *DIRECTEUR DE SALLE :* **THIERRY DI TULLIO** - *SOMMELIER :* **THIBAULT HENRY**

Plage de la Bouillabaisse - T. 04 94 55 91 00 - Carte 280 € - Menu(s) 330-395 €

Nous l'avons dit souvent, Arnaud Donckele a développé une telle personnalité, un tel perfectionnisme dans le détail, un tel degré culinaire que, dans cet environnement époustouflant créé par le premier groupe français du luxe, il pourrait sans déchoir être nommé Cuisinier de l'Année tous les ans. Une soirée à Saint-Tropez, dans ces conditions, avec la supervision de Thierry Di Tullio et l'apport d'une brigade d'exception, est unique, forcément unique. Comme les assiettes construites avec toute la passion du chef pour les hommes avant tout, ses pêcheurs, ses producteurs, cette confraternité d'excellence qui l'aide à composer : les gambas au pamplemousse corse comme nous n'en avions jamais goûtées, brocoletti basilic citrus et aloe vera, la «borgne» contemporaine, son adaptation d'exception d'une soupe de poisson de roche, le saint-pierre rôti au plancton et capucine, courgettes violons et boules étuvées aux algues coques au sautoir et bouillon d'haliotis, et puis encore la bécasse des mers bouillon d'aïgo-sau céleri fondant... Chaque assiette recèle autant de magie que de poésie, au point qu'il est difficile d'admettre qu'un humain aussi gentil et modeste qu'Arnaud Donckele, quelqu'un comme vous et moi en somme, puisse concevoir autant de plats d'extra-terrestre. Cette impression ne se dissipera pas avant les magnifiques desserts de Florent Manini, le soufflé chaud et jus frais centrifugé minute autour de l'abricot, de l'amande et du thym ou le spectaculaire melon, son sorbet, crème glacée d'amande blanche impériale... Une telle soirée laisse tant de brillants souvenirs qu'on ne les distingue plus, de l'excellent sommelier et sa carte des vins pléthorique qui a tout sur tout, à l'extrême attention, mais aussi à la fierté palpable de chacun à son poste, participant à cet instant exceptionnel.

Restaurant Colette - Hôtel Sezz 14/20

151 chemin des Salins - T. 04 94 44 53 11 - Menu(s) 116 €

Nous avons bien connu Philippe Colinet à La Bastide, chef intègre et précis qui a régalé les résidents durant des années. Dans le cadre somptueux du Sezz, il s'épanouit plus que jamais, en laissant libre cours à une restauration à la fois chic et actuelle, sur les thèmes régionaux qu'il affectionne et maîtrise : poulpe cuit longuement, rafraîchi au céleri-branche, citron confit, olives, radis blanc, condiment brocoli, thon rouge de Méditerranée, provençale de légumes à cru, sorbet poivron rouge, maigre de Méditerranée à la vapeur de citron, pastèque de Cogolin à l'hysope, céleri-branche, gaspacho au tapioca... Beaux desserts, service impeccable de grande maison et cave complète sur les étiquettes majeures.

Caprice des Deux
13/20

40 rue du Portail Neuf - T. 04 94 97 76 78 - Carte 91 €

Imperméable aux modes, résistant à la pénétration italo-asiatique, ce Caprice irréductible continue à proposer une cuisine essentiellement française à Saint-Tropez. Folie, penserez-vous ? Mais les fidèles sont bien là, le coin est agréable, au-dessus du port, et les tarifs font aussi la sélection. Escargots à l'ail, foie gras, cannellonis de crabe, foie de veau à l'anglaise, rôti de filet de bœuf charolais et risotto aux truffes ; moelleux chocolat et pêche melba en dessert. Service pro, sympathique ambiance d'habitués et de bons vivants.

Dior des Lices
13/20

13 rue François Sibilli - T. 04 98 12 67 65 - Menu(s) 32 €

Un jardin arboré de palmiers, une belle maison évoquant clairement la Riviera, voilà un cadre de grand charme pour la célèbre marque Dior. Les petits déjeuners y sont très prisés sur la terrasse close, mais le glamour se poursuit au lunch, avec des assiettes fort bien construites (la carte est supervisée par Arnaud Donckele), composées de belles salades (bonite à la marjolaine, homard et légumes...) et de plats de saison bien trouvés, comme le filet de muge en croûte de pain courgette violon sabayon à l'oseille, montrant là une vraie cuisine. Beau choix de desserts, choux et glaces.

Pan Deï Palais
13/20

52 rue Gambetta - T. 04 94 17 71 71 - Carte 33 € - Menu(s) 79-125 €

Cuisine italienne de haut niveau par un chef consacré, Marco Garfagnini (ex-Airelles), dans un des palazzos les plus secrets du centre tropézien. La qualité est bien présente, les tarifs finalement pas si effrayants pour l'arancini thon et safran, le poulpe grillé citronnelle burrata tomate confite, le veau milanaise ou le risotto gorgonzola poire, avant un tiramisu d'école. Service en accord avec la maison, chic et discret.

Le Patio Hôtel Le Yaca
12,5/20

1 boulevard d'Aumale - T. 04 94 55 81 00 - Carte 110 €

La cuisine italienne a envahi récemment tout Saint-Tropez, mais le Yaca possède la culture transalpine depuis bien plus longtemps. À travers son charmant Patio et sa carte chic de ristorante distingué : vitello tonnato à l'avocat et câpres de Pantelleria, risotto aux cèpes jus de viande et sauge, osso buco aux agrumes et polenta...

Restaurant de La Ponche
12,5/20

4 place du Revelen - T. 04 94 97 09 29 - Menu(s) 28-35 €

La belle endormie s'est enfin réveillée sous l'impulsion de Hubert Saltiel et son fils Nicolas, à travers leur groupe hôtelier HN6, dont fait maintenant partie la Ponche.

Ce qui dynamise également la restauration de ce lieu mythique que fréquentèrent Sartre et Beauvoir, Bardot et Vian. Avec une carte rajeunie, dès le petit déjeuner, qui se prolonge au déjeuner avec les linguine aux palourdes ou l'entrecôte de Simmental pommes grenaillles et chermoula, le chef Thomas Danigo s'exprimant encore davantage le soir avec le rouget en portefeuille et fleur de courgette farcie à la provençale ou la bourride de baudroie et palourdes.

Les Toits - Hôtel de Paris

12,5/20

1 traverse de la Gendarmerie - T. 04 83 09 60 29 - Menu(s) 60 €

Le rooftop de l'Hôtel de Paris se prête parfaitement bien à l'exercice. Dominant la cité, les convives profitent d'un vrai luxe : le calme et la vue. Ils peuvent ainsi encore mieux goûter la sage cuisine de Damien Cruchet, tout à fait en phase avec le lieu et l'époque : foie gras, caviar, carpaccio de langouste, tagliatelle homard... Pour un peu moins de show off en gardant l'esprit tropézien, on peut profiter des lieux pour environ 70 €, avec la tomate burrata, les seiches de Méditerranée, le grenadin de veau à la sauge et la pêche à la verveine. Excellent service, cave généraliste bien pourvue.

HÔTEL

Hôtel Cheval Blanc St-Tropez - 5 étoiles

Plage de la Bouillabaisse - T. 04 94 55 91 00 - à partir de : 1000 €

L'un des hôtels les plus prisés de Saint-Tropez, et surtout l'un des plus séduisants avec son accès direct à la plage et son format à taille humaine : 32 chambres et suites seulement, qui offrent une vue magique sur les eaux azur. Dans le giron du groupe LVMH depuis 2016, cette belle adresse a opéré une véritable mue sous la houlette de Jean-Michel Wilmotte, qui a réenchanté les lieux, infusant l'ensemble d'un luxe contemporain et discret, d'un spa Guerlain ultra-chic et de l'une des meilleures tables de la région, La Vague d'Or, dirigée par le très talentueux chef Arnaud Donckele.

BOUCHER

Boucherie Thierry

40 rue Georges Clemenceau - T. 04 94 97 03 28

Ici, les viandes sont toutes clairement identifiées, d'origine certifiée stockées entières en carcasse. Comme la blonde d'Aquitaine élevée dans une ferme du Périgord, le veau fermier de Corrèze, de race limousine et élevé sous la mère, ou les agneaux de Sisteron en provenance directe des Hautes-Alpes et choisis en priorité parmi les femelles, gage d'une viande d'une plus grande tendreté.

ÉPICIER

De l'Olive à la Tapenade

Marché de la place des Lices - T. 06 09 54 13 60

Au pays de l'olive, le choix est vaste et les conseils d'approvisionnement restent nécessaires. Sur le marché de la place des Lices, deux fois par semaine, tous les mardis et samedis, retrouvez une fabrication artisanale qui propose, depuis 1964, une jolie palette de produits autour du fruit roi assaisonné pour l'apéritif ou pour plonger dans une sauce, conditionné en huiles natures ou à la truffe, en tapenades traditionnelles. Ces préparations emporteront tous les succès, à l'heure où le grillon chante.

PÂTISSIER

La Tarte Tropézienne

Place des Lices - T. 04 94 97 94 25

La célèbre pâtisserie est entrée dans la légende en 1955 avec BB dans «Et Dieu créa la femme», pour ne jamais en sortir. La recette de la divine tarte y est toujours la même, souvent imitée mais jamais égalée, car la recette n'a jamais été divulguée... Mais cette pâtisserie sait aussi évoluer avec les saveurs nougat ou pomme verte, et les Babies devraient permettre une réduction famille nombreuse, fourrées chocolat, café, noisette ou pistache... Tous à Saint-Trop ! La maison a essaimé ses tartes dans toute la région. Et jusqu'à Paris !

SAINTE MAXIME 83120

La Badiane 15/20

CHEF: GEOFFREY POESSON

6 rue Fernand Bessy - T. 04 94 96 53 93 - Carte 102 € - Menu(s) 53-110 €

Ce n'est pas un scoop ni une découverte de cette année : Geoffrey Poesson est un sacré cuisinier, qui nous a fait plaisir une fois de plus cette année. Si l'an passé, certains de nos enquêteurs soulignaient une prestation globale légèrement en baisse, rendant fragiles les 3 toques, le chef couteau suisse qui semble toujours pouvoir faire tout seul des repas à quatre mains, nous a pleinement rassuré avec de belles réalisations : la bonite salée puis fumée, râpé de poutargue crème aigre et salade d'herbes et fleurs, le filet de canette cuite au sautoir, mûres fermentées oignons en variation, jus court au porto et un beau dessert chocolat fenouil réglisse anis d'un menu à 65 € bien équilibré. On note avec plaisir la prédilection pour le végétal (un menu dédié «Le Jardin de la Badiane» à 53 €) et cette cave de connaisseur qui peut vous emmener sur tous les vignobles avec pertinence.

BOULANGER

Maître Julien

87 route du Plan de la Tour - T. 04 94 96 19 99

Pas de baguette ordinaire. Seulement une tradition joliment croûtée et une quinzaine de pains issus d'une fermentation en masse (et non pas en pâtons prépesés), ce qui induit une pâte bien reposée (12 heures au moins) notamment pour la Cigale, une baguette au sésame, au bon petit goût de noisette grillée.

Chez Longu SAVEURS RAFFINÉES ET PRODUITS DE QUALITÉ

Suggestions du chef, spécialités de poisson, tout est fait maison.

L'assiette de la mer, l'entrecôte de race, le poisson de Tamaris connaissent un grand succès. Tout comme les ravioles de homard ou de truffe... L'ambiance est chaleureuse et la grande terrasse laisse voir le four à pizza.
Dans ce même esprit, entre terre et mer, découvrez « Chez les Longu », à Cabriès.

Le + : Réservation possible via resto-pro.

62, rue Paul Bert, 83120 SAINTE-MAXIME
Tél. : 04-94-49-07-00
Facebook : Restaurant Chez Longu

Le Boho

À LA DÉCOUVERTE DES SAVEURS MÉDITERRANÉENNES

Dans leur restaurant, Davy Herbaut et Simon Daussogne invitent leurs convives au voyage à travers les pays qui bordent la grande bleue, de l'Espagne au Liban via l'Italie et la Grèce, dans un cadre bohème chic avec cuisine ouverte sur salle.
Déguster un délicieux cocktail* Signature accompagné de mezzes (caviar d'aubergine, tzatzíki ou muhammara), poursuivre avec un ceviche de loup ou de daurade sauvage en saison, des tentacules de poulpe grillées, d'excellentes pâtes à la truffe ou une épaule d'agneau confite et sa purée de petits pois menthe féta.
Pour conclure sur une note douce et sucrée, le chef propose un ananas rôti sablé et coco ou une brioche perdue aux fruits rouges caramel beurre salé.
Le + : Terrasse ombragée sur place piétonne dès l'arrivée des beaux jours.

1, place Colbert, 83120 SAINTE-MAXIME
Tél. : 04-94-81-89-68
Instagram : boho_sainte_maxime
www.boho-saintemaxime.fr

*Un dessert sans fromage
est une belle à qui il manque un œil.*

Jean Anthelme Brillat-Savarin
(1755 - 1826)

*L'abus d'alcool est dangereux pour la santé.

Café de France

POUR PARTAGER UN MOMENT DE PLAISIR

Créé en 1852, c'est l'un des plus anciens établissements du Golf de Saint-Tropez.

Depuis quatre générations, au cœur du vieux village, face à la mer, l'équipe cultive convivialité à la française, goût des bonnes choses et plaisir du partage. Les plats du restaurant bistronomique, exigeant sur la qualité des produits et la proximité des producteurs, sont authentiques : aïoli, tartare, marmite du pêcheur... Le chef propose des recettes de terroir avec des cuissons très longues. Il travaille les légumes anciens et comble toutes les envies : plat végétarien, pizza, wok, hamburger maison, gâteau au chocolat sans gluten... Qualité et sincérité se retrouvent dans l'assiette ! La formule du midi est à 15,50€.
Le + : Une programmation jazz.

2, Place Victor Hugo, 83120 SAINTE-MAXIME
Facebook : Le Cafe De France
E-mail : direction@lecafedefrance.fr
www.lecafedefrance.fr

La Muscadine

CHOCOLATERIE ARTISANALE

Noir, lait ou blanc, en bonbon ou en tablette, avec ou sans sucre, Carole De Araujo et Anthony Sigaudo ont repris cette institution, en 2018, en conservant le savoir-faire de l'ancien propriétaire, implanté depuis 1983. Située sur la route des fleurs, la boutique propose des gourmandises de praliné et de ganache aux multiples parfums, créées avec les saveurs de différents voyages. La maison propose une large gamme de traiteur, de pâtes fraîches et de pâtisseries traditionnelles avec des produits frais et de qualité.

7, rue du Commerce - ZA Camp Ferrat,
83120 SAINTE-MAXIME
Tél. : 04-94-96-46-12
Facebook : Chocolaterie La Muscadine

*L'ABUS D'ALCOOL EST DANGEREUX POUR LA SANTÉ.

Restaurant Expression

LES SAISONS POUR INSPIRATION

Marion Tognasco et Erwin Hornecker proposent une cuisine de saison avec une carte qui évolue selon les fruits et légumes du moment, dénichés en local. Les assiettes sont soignées, entre bistronomie et gastronomie ; le cadre est chaleureux, alliant moderne et traditionnel ; les mets sont fabriqués maison, des amuse-bouche aux mignardises en passant par le pain et les sodas. Voilà ce que proposent à leur clientèle les restaurateurs, elle en cuisine, lui en salle. La carte est renouvelée tous les quinze jours et comprend, au choix, deux entrées, un poisson ou une viande, un fromage et/ou un dessert, le tout pour 25 à 50 €. La terrasse jouxtant l'église du village, au calme, est ouverte aux beaux jours.

4, rue Pierre Blanc, 83690 SALERNES
Tél. : 04-94-68-10-18
Facebook : @expression.salernes

> *Ajouter de la tomate et de l'origan, ça devient italien ; du vin et de l'estragon, ça devient français ; du citron et de la cannelle, ça devient grec ; de la sauce de soja, ça devient chinois ; ajouter de l'ail, ça devient bon !*

Alice May Brock (1941-)

SANARY SUR MER 83110

L.A Restaurant

12/20

6 rue Barthélémy de Don - T. 0469001273 - Menu(s) 34-98 €

Au cœur de ce beau village balnéaire au trafic estival intense, voilà une belle pépite. Un lieu de calme dans une petite rue proche du port. Ce nouveau restaurant a remplacé l'ancienne Petite Cour. La façade de L.A (les initiales du chef) ressemble plutôt une agence immobilière, mais l'intérieur, tout neuf et repeint en blanc, dévoile une jolie salle et une ravissante cour intérieure sous la glycine. Plancher de bois noir, fauteuils confortables en osier, un olivier dans un coin. Lazzaro Anthony signe une carte qui privilégie le circuit court, en harmonie avec les producteurs du coin, sans oublier ses origines calabraises. Tomates marinées au balsamique blanc ; poutargue, gnocchis maison, condiment basilic et citron ; ravioles de Provence safran et burrata ; risotto carnaroli parmesan reggiano et truffe d'été. Les plats sont épaulés par des dressages magnifiques, comme ce bel artichaut violet où se mêlent des huîtres de Tamaris snackées et une sauce barigoule à la mélisse. Le filet de rouget barbet juste saisi, peau croustillante, côtoie un agréable tartare de fenouil, brunoise de légumes, grosses câpres italiennes, olives noires, quelques lamelles de guanciale italien et un excellent jus de bouille réduit. Le chef a une formation de pâtissier et ça se voit, tel ce superbe dessert, une coque de chocolat gris (une touche de colorant) ressemblant à un galet, qui enveloppe une crème de citron vert, combava et algues de nori, et pour renforcer le côté iodé, sur le bord de l'assiette, un jus d'huître au yuzu. C'est culotté, mais ça fonctionne parfaitement. La carte des vins mérite de s'étoffer et l'accueil de la ravissante Nadège Ollivier est tout en douceur.

La Tour

10/20

24 quai Charles-de-Gaulle - T. 04 94 74 10 10 - Menu(s) 25 €

Cette adresse dominant le port est le rendez-vous des locaux. On vient flâner en famille avant de choisir quelques huîtres et un poisson de pêche locale, correctement traité, comme ce beaux-yeux, bien cuit et simplement accompagné. L'ambiance est familiale et, parmi les desserts, pas indispensables, on retiendra la crème brûlée orange à la Mandarine Impériale.

ÉPICIER

Épicerie des Saveurs

20 rue Felix Pijeaud - T. 04 94 32 68 38

À deux pas du port, une adresse de référence pour qui cherche des produits d'épicerie fine en ville. Avec une sélection issue des plus grandes maisons françaises, l'enseigne se positionne sur le haut de gamme. On y trouvera notamment les thés Mariage Frères et Kusmi Tea, les caviars et saumons fumés Kaviari, ainsi que du foie gras, des whiskys, des épices du monde... et un large choix de vin local dans la cave de la boutique.

Olives & beurre salé LE CHEF CUISINE POUR VOUS

Chrystelle et Guillaume LECOMTE font vivre leur passion de la cuisine et de l'accueil dans leur boutique. Côté épicerie fine, une sélection de beaux produits ramenés de leurs expériences : bières* et kouign-amann de Bretagne, épices d'Olivier Roellinger, huiles d'olive de la région, charcuterie corse... Côté traiteur, Guillaume concocte une cuisine française bistronomique à partir de produits frais et de saison pour des plats à emporter qui changent tous les jours. Ne manquez pas les pâtés en croûte, la bouillabaisse revisitée et l'aïoli le vendredi !

Les + : Chef à domicile et paniers pique-nique sur-mesure

25, avenue Gallieni, 83110 SANARY-SUR-MER
Tél. : 09-87-57-29-57
www.olivesetbeurresale.fr

Restaurant L.A

EN RÉFÉRENCE À « LA » GASTRONOMIE

Des assiettes à dévorer des yeux comme des œuvres d'art, voilà ce que proposent Anthony et Nadège, lui aux fourneaux, elle en salle. Passionné de cuisine depuis l'enfance, le chef travaille des produits de saison et favorise les circuits en faveur de la proximité et de la qualité. Aucune assiette ne ressemble à une autre tant les saveurs et les couleurs sont méticuleusement assemblées. Chaque plat est concocté maison dans les moindres détails. Plus qu'un régal, un enthousiasme olfactif et gustatif !

Le + : Terrasse intérieure sous pergola.

6, rue Barthélemy de Don,
83110 SANARY-SUR-MER
Tél. : 04-94-88-08-05
www.restaurant-la.fr

Brasserie Le Z'Est

AMBIANCE ZEN

C'est à deux pas du circuit du Castellet que Sandra, Alain et Denis ont ouvert leur restaurant. Barbecue avec des viandes d'exception les mercredi et jeudi soir, l'été ; le midi, une formule plat-dessert est proposée à 19 € et des suggestions à 14.90 €. Le Z'Est offre également un bar à vin* doté d'une jolie cave avec une très belle sélection de nectars issus de domaines confidentiels. Une cuisine de saison concoctée avec de bons produits.

Le + : Grande terrasse zen aux beaux jours.

Parc d'Activités de Signes, Avenue de Berlin,
83870 SIGNES
Tél. : 04-94-25-19-10
www.le-zest.fr

*L'ABUS D'ALCOOL EST DANGEREUX POUR LA SANTÉ.

Du Blé au Pain

GOÛT ET TRADITION

Venez découvrir un large choix de pains, viennoiseries, pâtisseries et autres gourmandises de fabrication artisanale. Les farines utilisées sont issues de blés 100% français et de filières responsables, ce qui permet de rémunérer de manière plus juste l'agriculteur qui s'engage à fournir des blés de haute qualité. Bien installé(e) à table ou sur un mange-debout, faites une pause salée ou sucrée à toute heure de la journée, en savourant les spécialités de la région : pissaladière, frita, fougasses et pizzas déclinées aux olives, figatelli, fromages, jambon, lardons, chorizo. Les pâtissiers sauront eux-aussi satisfaire vos yeux et papilles !

Les gâteaux secs sont très variés. À découvrir : canistrelli, cakes, muffins, brownies, cookies, montécaos... Dans les deux boulangeries « Du Blé au Pain », l'objectif de cette famille est le même : satisfaire sa clientèle avec de bons produits artisanaux ! **Le + :** Parkings gratuits.

1, avenue Laennec,
83140 SIX-FOURS-LES-PLAGES
Tél. : 04-94-25-85-11
Place Pouyade - Centre commercial de La Rode, 83000 TOULON – **Tél. :** 04-94-42-35-02
Facebook : Du Blé au Pain
Instagram : boulangeriesdbap

Le Niglo

UNE CUISINE À L'ENVI

Voilà comment Edwards Albert décrit son art. Depuis 2014, il a repris ce lieu avec sa compagne Pauline Durkalec. Ensemble, ils ont transformé Le Niglo en un vrai restaurant traditionnel où se mêlent les cultures culinaires méditerranéennes et internationales.
À l'instar des pays et des continents qu'ils ont parcourus, l'inspiration se reflète dans chacune des propositions. Ils sélectionnent des produits de qualité pour composer une carte évolutive aux suggestions sans cesse réinventées. Le tartare de saumon peut être un jour servi avec une sensibilité anglaise et le lendemain avec une touche asiatique, selon l'humeur et l'envie du chef. Sur place ou à emporter. Terrasse couverte d'un toit végétal rafraîchissant, en été, surplombant les côtes avec une vue imprenable sur la mer.

Parc de la Méditerranée,
83140 SIX-FOURS-LES-PLAGES
Tél. : 04-94-32-05-40
Instagram : le_niglo_restaurant_maneges

Quai 245

LE GOÛT DES BONNES CHOSES

Un lieu idéal pour se régaler avec une belle assiette, boire une bière* ou un cocktail maison face à la mer ! Yann et Sandrine Ory et Alexis Dodero, co-gérants passionnés, travaillent les produits frais, locaux et de saison : tapas maison avec petits ramequins, brochettes, charcuterie, fromages, etc. Entrecôte, poke bowl, aïoli monté à la pomme de terre, burger du Quai, moules de Tamaris et, pour les affamés, Tomahawk de bœuf (1.1 kg). *« On fonctionne à l'ardoise »*, précise Sandrine Ory. Pour les cocktails aussi : avec ou sans alcool, ils varient selon les inspirations, comme l'inégalé black and stormy (rhum noir, citron et ginger bier). Réservation conseillée.

Le + : Guinguette en hiver, musique et vins français. Privatisation possible

245, quai Saint-Pierre,
83140 SIX-FOURS-LES-PLAGES
Tél. : 09-51-44-21-39

La petite plage

L'EXCELLENCE CÔTÉ MER

Installé depuis 2013, Anthony Paulin, propose une cuisine bistronomique aux accents thaïs, dans un lieu chaleureux et convivial. Ici, les produits de saison, locaux ou français, sont à l'honneur, revisités par le chef, Guillaume Tremblay, grâce à son expérience aux fourneaux des plus grandes tables de France.

C'est dans un esprit chic et décontracté que vous pourrez déguster des plats raffinés comme le pad thaï, les nems au poulet maison ou un poké bowl de poisson frais. La carte de six entrées, six plats et six desserts est renouvelée tous les mois, invitant, chaque jour et selon les saisons, de succulentes suggestions telles que le homard bleu ou le thon rouge, les best-sellers de la maison. Pour les douceurs, c'est le chef pâtissier Tony Calamia qui imagine ou revisite de savoureuses recettes.
Ouvert toute l'année.
Le + : Terrasse côté port et coursive côté plage.

420, corniche de La Coudoulière,
83140 SIX-FOURS-LES-PLAGES
Tél. : 04-94-34-61-27
www.petite-plage.fr

*L'ABUS D'ALCOOL EST DANGEREUX POUR LA SANTÉ.

La Grange

LA GÉNÉROSITÉ À TABLE

Le couple s'est formé il y a six ans. Depuis, Lucie et Gaby se sont lancés, lui en cuisine, elle en salle, avec une philosophie partagée : recevoir comme à la maison !

Après une première Grange, en gérance à l'année au port du Brusc, d'où Lucie est native, armes et réputation se sont vite affûtées. Jusqu'à racheter les murs et un bar musical proche, pour faire un seconde Grange… ouverte 17 jours avant le premier confinement. La clientèle locale ou touristique a heureusement adhéré au projet, liant qualité de cuisine et d'accueil, ce qui a permis de tenir, et grandir.

Le plein d'attentions

Lucie, perfectionniste, ordonne la déco florale, les serviettes et bougies participant à l'esprit décontract'. L'assiette est sophistiquée car Gaby, né au Brésil, rythme ses créations d'associations sucré/salé, ajoute sa touche de folie aux bases d'une cuisine française bien maîtrisée. La carte ? La surprise d'une semaine à l'autre, car les changements créatifs de cet hyperactif, suivant les saisons maraîchères, sont incessants ! Quelques constantes, pourtant : les bons conseils de la sommelière, les jolis cocktails* créés par la barmaid, à siroter sur l'une des terrasses cosy du lieu, celle d'été sous les bambous ou celle d'hiver, près de la cheminée et du terrain de boules. On apprécie les attentions (thoïonade et punch maison), les petiscos, tapas portugaises toujours fraîches qui assurent le convivial en début de repas. Chaque midi en semaine, un plat du jour généreux est travaillé pour gagner sa place à la carte : cela bonifie la formule à 16,50 euros avec son café/douceur. En cuisine, l'équipe donne le meilleur d'elle-même pour régaler les papilles.

L'été : fermé les mercredi et samedi midi.
Hors saison : fermé les mardi et mercredi.

1305, corniche de la Coudoulière,
83140 SIX-FOURS-LES PLAGES
Tél. : 04-94-260-289

*L'ABUS D'ALCOOL EST DANGEREUX POUR LA SANTÉ.

SOLLIÈS VILLE 83210

Le Tourne Bride

13/20

Place Jean Aicard - T. 04 94 28 94 09 - Carte 57 € - Menu(s) 40 €

Une expérience encore plus qu'une table, c'est un moment de résistance en cette époque d'ascétisme des sens, un bistrot à l'ancienne où les bonnes manières sont naturelles et non mécaniques, où le sourire se rend et n'est pas gratuit. Sur la terrasse, l'été, à l'abri des platanes ou à l'intérieur à la saison basse, près du foyer ouvert où les viandes rôtissent, l'instant est entièrement dédiée aux belles traditions, des assiettes simples et toujours efficaces, qui célèbrent les vrais produits du terroir, une belle viande et des belles quilles pour arroser l'ensemble. Atmosphère super complice et authentique.

TOULON 83000

Beam Kitchen - Le Télégraphe

13/20

2 rue Hippolyte Duprat - T. 06 27 54 27 06 - Menu(s) 32 €

Arnaud Tabarec, l'ancien chef du Roof au Five Seas de Cannes a décidé de casser les codes en s'installant dans son nouveau restaurant toulonnais. L'ancienne cantine de la poste aux grandes baies vitrées, niché au fond d'une impasse aux murs graffés, convient parfaitement à ce Bourguignon tatoué aux allures de rugbyman. «Ici, je fais ce qui me plaît au moment où j'en ai envie.» Pas de carte, rien d'affiché, juste un menu qui change tous les jours en fonction du marché et de son humeur. Simple, naturel : les tomates anciennes de Bruno Cayron, à Tourves, servies avec un ketchup maison et une eau de tomate, feuille de capucine, basilic ; monté comme un millefeuille, un pressé d'aubergine rôtie au miso, fine tranche de chou rave juste salé et huile d'olive, cerises lacto-fermentées et vinaigrette soja miel. L'œuf parfait recouvert d'une fine tranche de lard de Colonnata surmonté d'une délicieuse émulsion shiitaké-café est une tuerie. Le pavé de bonite cuit à la vapeur s'accompagne d'une tombée d'épinards, pommes de Noirmoutier rôties, est servi avec un thé d'arêtes à la sauge et basilic et une poudre de nori torréfiée pour apporter le côté iodé. Puis ce sont quelques fraises, rhubarbe, crème au safran, meringue italienne, biscuit à la châtaigne et extraction de fraise, accompagnées d'un détox fraise, rhubarbe, hibiscus. La petite carte des vins privilégie de beaux vignerons (Clos de l'Ours «Milia» 2019, rully d'Olivier Leflaive 1er cru «Vauvry», languedoc La Préfectorie de Centernach). Le service est cool comme ce chef en pleine liberté qui vient déposer devant vous ses créations et vous les détailler. Un vent de plaisir souffle sur Toulon.

Le Local

13/20

455 littoral Frédéric Mistral - T. 04 94 20 61 32 - Menu(s) 37 €

Bien nommée, la table de Thibaud et Caroline Durix mise sur une cuisine locale et éthique, qui met en valeur un produit sain et soigneusement choisi. Installée au cœur du Mourillon, à deux minutes de la plage, l'adresse est d'un charme bistrotier rénové, avec un accord réussi de bois brut et de couleurs sombres, tandis que les assiettes, renouvelées tous les quinze jours, prouvent la créativité et le savoir-faire du chef. À l'occasion, un œuf parfait, velouté d'oignons doux, chou-fleur rôti et éclats de châtaigne, un filet de canette fermière, polenta artisanale aux olives taggiasche, purée de topinambours et sucrine rôtie... Très belle formule à 37 €.

Racines

12,5/20

9 rue Corneille - T. 04 22 80 27 39 - Menu(s) 29-32 €

À une rue du boulevard de Strasbourg, un bistrot de quartier aux ambitions assumées qui offre une proposition de sérieux niveau. Bertrand Lherbette ne ménage pas ses efforts pour faire valoir son terroir, qu'il choisit de manière avisé, bio, local et de saison, de l'entrée au dessert. La qualité du produit est là, vite confirmée par un excellent travail, autant sur le fond que sur la forme. Au menu, par exemple, on pourra se laisser tenter par le risotto de petit épeautre aux shiitakés de la serre du plan «Au Vieux Rodez», le filet de thon rouge, fregola sarda et légumes bio, le suprême de pintade des Landes rôtie, mousseline de courge et légumes bio du Cayre de Valjancelle. Bonne cave.

BOULANGER

Boulangerie Pâtisserie Magaud

3231 avenue de La Résistance - T. 04 94 61 39 22

Les Toulonnais connaissent déjà bien l'adresse, et les touristes la redécouvrent chaque année avec surprise, tant la maison évolue. L'amour du beau produit et le désir de bien faire poussent les artisans de cette boulangerie-pâtisserie familiale à développer l'offre et aller toujours plus loin dans la recherche de fraîcheur et de qualité. Viennoiseries, petits gâteaux, pain... du fait maison, bien sûr, et, depuis peu, une activité traiteur pour un déjeuner sur le pouce ou une grande occasion.

CAVISTE

Les Quilles

6 place d'Armes - T. 04 94 24 23 53

Une boutique avenante, spécialisée dans le vin nature, bio et biodynamique, augmentée d'une sélection d'alcools, rhums et whiskys notamment (Michel Couvreur en digne représentant national). Soit la jeune garde sur les vins du coin, mais aussi une sélection affûtée sur les autres vignobles, dont la Loire.

FROMAGER

Fromagerie Grosso

9 rue Lamalgue - T. 04 94 46 37 22

Voilà une belle boutique animée par Nicolas Got et son équipe. Plus de 200 fromages bien affinés et bien rangés représentant toutes les régions de production. Également, pour compléter vos planches apéro, une bonne charcuterie, italienne, espagnole ou de montagne, et quelques produits d'épicerie fine.

TORRÉFACTEUR

Cafés Magali

14 rue Lorgues - T. 04 94 92 21 75

Une torréfaction artisanale octogénaire qui s'est bien modernisée pour rester sur le devant de la scène, avec l'apparition de ses capsules complétant la large gamme des cafés en grains et moulus. Jean-Pierre Dhérisson, le torréfacteur maison, a été nommé Meilleur torréfacteur de France en 2011. La vente se fait sur place et également en ligne. Parmi les pures origines, Sumatra, Malabar, Éthiopie, Pérou et République dominicaine.

LES PRODUITS AOC ET AOP DE LA RÉGION PROVENCE-ALPES-CÔTE D'AZUR

Figue de Solliès, brousse du Rove, fromage de Banon, huile d'olive d'Aix-en-Provence, huile d'olive de Haute-Provence, huile d'olive de Provence, huile d'olive de la vallée des Baux-de-Provence, huile d'olive de Nice, muscat du Ventoux, olive de Nice, olives cassées de la vallée des Baux-de-Provence, olives noires de la vallée des Baux-de Provence, pâte d'olive de Nice, picodon, taureau de Camargue, truffe noire du Tricastin...

Les Délices de Philippe et Julie

LE BONHEUR DES SAVEURS

La boulangerie-pâtisserie au décor moderne de Julie et Philippe Benivady, pâtissier aidé de son équipe, propose de nombreux trésors gourmands réalisés artisanalement à partir de matières premières brutes de qualité. Parmi leurs suggestions emblématiques, on compte la Tarte Tropézienne, le Chanteclair et le pain Grand Siècle. Et pour toutes les envies de salé, la maison suggère des pizzas, quiches et sandwichs savoureux et bien garnis.

135, boulevard Bazeilles, 83000 TOULON
Tél. : 04-94-41-28-30
Facebook : Les délices de Philippe et julie

Le Nouveau Zinc

AU CŒUR DE LA VILLE PORTUAIRE

Bientôt sept ans que la nouvelle équipe a repris cette brasserie située à côté de l'Opéra. Le chef Nicolas Vidal concocte une cuisine maison à base de produits de saison : salade Caesar réputée comme la meilleure de Toulon, savoureux burgers, du traditionnel revisité au végétarien, poke bowls saumon, crevette et végan mais aussi viande charolaise et poissons grillés. Deux plats du jour vous seront proposés : une viande et un poisson. Renouvellement de la carte tous les 4 mois. Sur place ou à emporter. Terrasse.

Le + : Possibilité de privatisation.
12, rue Molière, 83000 TOULON
Tél. : 04-94-22-90-00
lezinc-toulon.com

“

Le vrai gourmet est celui qui se délecte d'une tartine de beurre comme d'un homard grillé, si le beurre est fin et le pain bien pétri...

Sidonie-Gabrielle Colette
(1873-1954)

”

Cave de la Serinette

L'ART DE LA VIGNE ET DU SAVOIR-FAIRE

C'est par passion que Renaud Braun est devenu caviste. Depuis six ans, il propose des vins* d'exception. Son secret réside dans la curiosité, le travail bien fait et la qualité du vin. En passant la porte, la clientèle découvre ici toutes les richesses de la région. Renaud sélectionne des vignerons – respectueux de la terre, de la vigne et des vins – qu'il prend le temps de rencontrer. Dans sa cave, les Côtes de Provence et Coteaux Varois résultent d'un choix méticuleux qu'il aime faire partager lors d'une dégustation. Toutes les régions françaises sont représentées à travers sa jolie sélection. Pour les amateurs de fines bulles, le champagne fait l'objet d'une attention toute particulière. Avant de partir, on s'attarde sur les rhums, cognacs, armagnacs et surtout sur sa collection de whiskies du monde.

937, avenue François Nardi, 83000 TOULON
Tél. : 04-89-30-81-59 / 06-25-94-26-42
Facebook / Intagram : La cave de la serinette

La Cascade

LE RENDEZ-VOUS GOURMAND EN TOUTE SAISON

À quelques mètres de la mer, sur le port de Toulon, le restaurant La Cascade vous mitonne une cuisine traditionnelle où le poisson est roi.

Depuis 2016, une chaleureuse équipe, emmenée par le gérant Tahar Aouay, imprime l'ambiance conviviale et familiale du restaurant La Cascade. En terrasse, couverte ou non selon la météo, ou dans la confortable salle intérieure, les fidèles et nouveaux clients dégustent une cuisine de goût, servie par une équipe dynamique, solidaire et aux petits soins pour chacun. C'est donc presque les pieds dans l'eau et le regard plongé dans l'horizon que vous goûterez au couscous de la mer, à l'aïoli ou autres appétissants poulpe grillé ou espadon à la plancha. Un service continu, du midi au soir, vous permettra même de profiter de ces bons petits plats à l'heure de votre choix.

69, quai de la Sinse, 83000 TOULON
Tél. : 04-94-94-28-02

*L'ABUS D'ALCOOL EST DANGEREUX POUR LA SANTÉ.

A.O.C. 41

CUISINE GOURMANDE DE SAISON

C'est aux Antilles que le chef Rémy, formé chez plusieurs belles maisons, a rencontré Clémence, responsable de salle aguerrie, amoureuse des vins*.

Revenus en métropole, leur projet a ici trouvé toute sa place, près des plages, sous le soleil du joyeux quartier du Mourillon. Professionnels passionnés, passeurs de plaisir gustatif et de convivialité, ils égaient 55 couverts (dont 35 en terrasse). Assiette ou verre, les subtilités et le rapport qualité/prix ont, en deux ans, dans une période difficile, conquis leur territoire : une réservation préalable est désormais indispensable. La carte est entièrement changée tous les trois mois et de nouvelles suggestions sont proposées chaque semaine. Le pari du 100% maison à base de produits frais, servi entre mer et ville, est tenu. Une réussite !
Fermé dimanche et lundi (hors saison).

41, rue Pascal, 83000 TOULON
Tél. : 06-42-28-79-71
www.aoc41-restaurant.fr

Mamma Lova Trattoria VERA PIZZA NAPOLETANA

À Toulon, Mamma Lova Trattoria est une institution pour gourmets en quête de recettes authentiques !
Sa spécialité ? Des pizzas napolitaines certifiées « Vera Pizza Napoletana ». Une reconnaissance d'excellence et de tradition pour le chef Sébastien Chouchana et son équipe, qui ne travaillent que des produits de qualité supérieure et de saison, comme la truffe ou des fromages AOP. Foccacia, pâtes flambées dans la meule de parmesan et autres gnocchis sont aussi de la partie, dans une recherche permanente de goût et de plaisir.

12, rue Bon Pasteur, 83000 TOULON
Tél. : 04-22-44-66-76
Instagram : @mamma_lova_trattoria
www.mammalova.fr

*L'ABUS D'ALCOOL EST DANGEREUX POUR LA SANTÉ.

Le café Alphonse

LE TERROIR À L'HONNEUR

Cyrille-Marc Farjon, le maître des lieux, a appris le meilleur à l'école de Bocuse, Troisgros ou Robuchon pour le transmettre dans ses assiettes goûteuses. Passionné d'art culinaire depuis l'enfance, il aurait hérité de ce talent d'un grand-père cordon bleu.

Spécialités provençales ou françaises, le chef offre une cuisine de type bouchon lyonnais ou bistro parisien. Grâce aux producteurs locaux – chez qui il s'approvisionne aussi bien en matières premières qu'en vins* et bières –, Cyrille-Marc compose de jolies assiettes : bouillabaisse, daube de poulpe, bœuf bourguignon, veau marengo, paella ou tartiflette. Chaque plat est préparé et mijoté à souhait, comme autrefois. Sur place ou à emporter. Une grande terrasse extérieure accueille, les lundi et vendredi soir, une scène ouverte autour de Django Reinhart.

✉ 3, rue Adolphe Guiol, 83000 TOULON
Tél. : 06-76-06-51-63
www.cafe-alphonse.com

Soul Kitchen

LA BELLE PAUSE GOURMANDE

Située en plein cœur de Toulon, sur la place Pierre-Puget, cette brasserie est l'une des adresses « coup de cœur » à découvrir.
Si par bonheur votre circuit touristique vous indique d'aller contempler la fontaine de la Place Puget, vous pourrez même vous arrêter faire votre pause repas au Soul Kitchen. *« Nous faisons du frais, du rapide et du bon »*, lance en souriant le maître des lieux, Charles Mougin. Le Soul Kitchen est l'adresse parfaite pour ceux qui veulent savourer une cuisine inventive avec un très bon rapport qualité-prix.
Le chef-cuisinier Simon Niarquin propose deux plats du jour et une belle carte, mêlant cuisine traditionnelle et du monde. Des plats à découvrir chaque jour sur le compte Instagram « soulkitchen.toulon ». Plaisir garanti.
Ouvert tous les jours sauf le dimanche, le soir uniquement de juin à août.

✉ 2-3, place Pierre-Puget, 83000 TOULON
Tél. : 04-94-09-44-73

WarpZone Toulon

L'EXPÉRIENCE CULINAIRE EN MODE LUDIQUE

Plus qu'un bar-restaurant à thème, c'est un lieu culturel qu'a choisi d'ouvrir Margaux Beaudemoulin, à Toulon. WarpZone Toulon est l'unique bar e-sport de la région.

Tous les gamers s'y retrouvent… mais pas qu'eux ! Si la jeune chef, qui a inauguré son concept aux côtés de Laurent et Laura, a misé sur une décoration inspirée de la pop culture et du Japon, elle n'a pas pour autant oublié de soigner la restauration.

Cuisine équilibrée et de qualité

« Je change ma carte toutes les semaines et je cuisine à l'instinct, selon ce que les étals m'inspirent. Je cuisine beaucoup le poisson frais, balayant l'idée reçue selon laquelle le geek ne mangerait que de la pizza et des burgers ! J'adore aussi proposer des légumes de diverses façons, grillés, à la vapeur, rôtis ou en pickles. Côté desserts, j'alterne entre quelque chose de gourmand ou de plus léger pour celles et ceux qui font attention à leur ligne », raconte celle qui a opté pour une carte courte (deux plats, deux desserts) afin de privilégier la qualité.

Une grande famille

Margaux travaille avec son père et son amie. Mais l'esprit de famille à WarpZone Toulon va encore plus loin puisqu'ici, on vient manger aussi pour se retrouver entre passionnés. Le lieu créé même des affinités. Quant à l'équipe, elle n'hésite pas à prendre place aux côtés des convives, sur la terrasse (30 couverts) ou en intérieur
(15 couverts). La gérante propose également la privatisation du lieu pour des événements privés ou liés au jeu vidéo, comme Mang'Azur.
Ouvert du mercredi au samedi de 12h à 14h30 et du mardi au samedi de 17h à 00h.

11, rue Cesar Vezzani,
83000 TOULON
Tél. : 04-94-94-79-20

Club Le Magot

POUR UNE BELLE SOIRÉE À TOULON

Club, restaurant, karaoké, de 18h à 5h du matin, Le Magot vous accueille depuis quarante-trois ans : une véritable institution à Toulon.

Des cocktails colorés tous plus audacieux les uns que les autres. Des spécialités culinaires proposées à la carte ou en formules, réalisées à partir de produits frais et cuisinés sur place : viande de bœuf premier choix, poulpe à la plancha, burger au foie gras... Une scène karaoké qui n'attend que vous jusqu'à 1h du matin ainsi qu'une piste de danse jusqu'à 5h du matin.

Possibilité de privatiser une salle pour un événement, entre 20 et 60 personnes, avec un karaoké privé et dance floor.

Nouveau : le Club VIP (ambiance jungle) accessible via la carte de membre.

3261, avenue de La Résistance,
83000 TOULON
Tél. : 04-94-27-08-55
Facebook : Bar/Restaurant Le Magot
www.clublemagot.fr

> *« La découverte d'un mets nouveau fait plus pour le bonheur du genre humain que la découverte d'une étoile. »*

Jean Anthelme Brillat-Savarin
(1755-1826)

TOURTOUR 83690

Les Chênes Verts 13/20

Route de Villecroze - T. 04 94 70 55 06 - Menu(s) 59 €

Les chênes restent verts et solides à Tourtour, délicieux village où la Provence a de si bons parfums. En particulier dans cette maison de tradition où les senteurs des collines embaument les produits de prestige du répertoire intemporel de Paul Bajade, le prince de la truffe dans ce coin du Haut-Var.

LES PRODUITS AOC ET AOP DE LA RÉGION PROVENCE-ALPES-CÔTE D'AZUR

Figue de Solliès, brousse du Rove, fromage de Banon, huile d'olive d'Aix-en-Provence, huile d'olive de Haute-Provence, huile d'olive de Provence, huile d'olive de la vallée des Baux-de-Provence, huile d'olive de Nice, muscat du Ventoux, olive de Nice, olives cassées de la vallée des Baux-de-Provence, olives noires de la vallée des Baux-de Provence, pâte d'olive de Nice, picodon, taureau de Camargue, truffe noire du Tricastin...

Le Fromegi

DES DOLOMITES À LA SICILE

Fraîchement ouverts, Gwendoline et Michael Mencaglia ont souhaité se spécialiser dans la charcuterie et les fromages italiens en référence aux origines toscanes de monsieur. Des spécialités découvertes chez de petits producteurs artisanaux.

Pecorino, parmesan, tome à la truffe, jambon San Daniel, salami parfumé au fenouil, saucisses piquantes, mortadelle, le meilleur de toutes les régions d'Italie est représenté. Au Fromegi, un rayon épicerie fine est aussi à disposition avec du pesto à la truffe, des spaghettis ou des linguines, des amarettis (fameux biscuits aux amandes), des vins* blancs, rouges ou rosés de Sardaigne et des bières issues de la micro-brasserie Dolomoti, dans les dolomites. Plateaux de charcuterie et de fromage sur commande.

Le + : Dégustation sur place ou à emporter.

18, rue nationale,
83720 TRANS-EN-PROVENCE
Tél. : 06-66-51-40-40
Facebook : La Fromegi Trans en Provence

La Grotte

REPAS BISTRONOMIQUE DANS UNE ADRESSE INSOLITE

Au cœur d'une grotte située à flanc de rivière, vieille de plus de 400 000 ans, et soulignée par une décoration contemporaine, le restaurant tenu par Chantal et Philippe invite à une dégustation bistronomique ! Le chef Philippe Funel modernise la cuisine provençale. Ses plats Signature ? L'œuf parfait en brioche avec sa crème de parmesan ou son foie gras au speck, en entrée ; les Pappardelles façon Rossini avec truffes de saison, en plat ; le citron gourmand à la mousse de yuzu et aux confit d'agrumes, en dessert.

Ouvert midi et soir du mardi au dimanche midi.

Place des Moulins,
83720 TRANS-EN-PROVENCE
Tél. : 04-94-70-87-59
www.restaurantlagrotte.fr

> *La bonne cuisine est honnête, sincère et simple.*
>
> Elisabeth David (1913-1992)

*L'ABUS D'ALCOOL EST DANGEREUX POUR LA SANTÉ.

VINON SUR VERDON 83560

TORRÉFACTEUR

Torréfaction Costes

870 avenue de la République - T. 04 92 78 83 84

Au pays de la lavande, une torréfaction artisanale réputée, transmise de père en fils. C'est en effet Pascal Coste qui l'a créé en 1991, après avoir travaillé lui-même pendant plus de 20 ans comme torréfacteur pour d'autres entreprises. Son fils Philippe a repris l'affaire, et a été élu Meilleur torréfacteur de France en 2010. Il propose un large choix de provenances, la vente sur place, la vente de machines et la maintenance. Sur rendez-vous.

Membres de l'Académie Gault&Millau

Tables Exceptionnelles – 19/20 à 19,5/20

Tables de Prestige – 17/20 à 18,5/20

Tables Remarquables – 15/20 à 16,5/20

Tables de Chef – 13/20 à 14,5/20

Tables Gourmandes – 11/20 à 12,5/20

Tables Originales – 10/20 à 10,5/20

Karl & Co - Le Bastier

LE PLAISIR DE LA TRADITION REVISITÉE

Karine Lannoy et Karl Lahore ont repris l'hôtel-restaurant Le Bastier et complètent ainsi l'offre gourmande déjà proposée dans leur snack Karl & Co de Vinon-sur-Verdon. C'est dans un cadre préservé en pleine nature et entouré du parc animalier de Ginasservis, que se dévoile ce restaurant d'hôtel ouvert à tous. On y propose une cuisine traditionnelle faisant la part belle aux recettes provençales, comme les pieds paquets ou des burgers revisités aux délicieux pains boulangers. Tout y est fait maison, jusqu'aux biscuits et desserts, avec des produits parcourant moins de 80 km avant d'être cuisinés. Des mets qu'on retrouve à quelques kilomètres chez Karl & Co, servis dans l'ambiance décontractée d'un snack chaleureux, particulièrement plébiscité par les motards.

✉ Route de Saint-Paul, 83560 GINASSERVIS
Tél. : 07-76-86-49-90
✉ 555, avenue de la République, 83560 VINON-SUR-VERDON
Tél. : 04-86-90-21-77
www.karlandco.eatbu.com

Dans une vieille bouteille, il y a du bon vin.
Mais il y a aussi quelque chose
du passé, et qui dort là.
Quand on débouche la bouteille,
un rayon de soleil ressuscite,
et ça ne va pas sans un peu d'émotion.

Léon Abric (1869-1942)

84

VAUCLUSE

ANSOUIS 84240

La Closerie

14/20

Boulevard des Platanes - T. 04 90 09 90 54 - Menu(s) 43-78 €

Aux portes du Luberon, La Closerie est la belle table de ce charmant village provençal. Après près de vingt ans à faire la régalade du canton, Delphine et Olivier Alemany connaissent la région sur le bout des doigts. Le chef choisit à merveille ses produits, a le sens de l'accord juste, et compose ses menus en fonction du marché avec pertinence et talent. Les tarifs sont assez élevés, mais justes quand on estime le travail fourni, dès le premier menu déjeuner à 43 € (raviole de morue crevette et bisque, lotte sauce vigneronne, dessert chocolat noisette...). Cave forgée avec les bons vignerons des alentours.

GLACIER

L'Art Glacier

767 les Hautes Terres - T. 04 90 77 75 72

Un lieu magique au milieu des collines, avec une longue terrasse dominant le Luberon où l'on vient manger les glaces d'Olivier Perrière. Comme celles au calisson, au bon goût d'amande souligné par un trait de liqueur de melon, le sorbet kalamansi (citron vert des Philippines), tout en douceur et amertume mesurées ou celui au romarin, avec ses parfums de garrigue naturelle et d'une grande fraîcheur.

Carte

Addition moyenne d'un prix à la carte englobant le prix d'une entrée + plat + dessert

Menu(s)

Fourchette de prix mentionnant le menu le moins cher et le menu le plus cher proposant à la fois entrée, plat et dessert sans les boissons, qui n'exclut pas les prix intermédiaires

Boulangerie du Beffroi

CHAQUE JOUR EST UNE FÊTE

Colorés et inventifs, les gâteaux à thème ou d'anniversaire, pièces montées et number cakes font partie des spécialités, aussi belles que bonnes. On peut faire son choix dans le catalogue des créations ou venir avec une photo de ses envies, tout est possible. Pour la Saint-Valentin ou la fête des mères, les gâteaux prennent la forme d'un cœur. À Noël, en plus des bûches pâtissières classiques, on trouve les entremets au chocolat, aux fruits, avec un glaçage maison. Réputé parmi les gourmands, le millefeuille au feuilletage maison est classique ou décliné au chocolat et à la framboise. Meringues en sucette, sablés au Nutella®, brioches maison, feraient presque oublier l'offre très variée de pains, dont l'excellente baguette au levain.

✉ 271, avenue Frédéric Mistral,
84810 AUBIGNAN – **Tél. :** 09-71-34-53-12
✉ 263, cours de la République, 84330 CAROMB
Tél. : 04-90-62-47-26

L'Art Glacier

FRISSONNEZ DE PLAISIR

Les gourmets s'y pressent pour la qualité des saveurs, pour les créations originales (la soucoupe volante !), pour les pièces de cérémonie, les parfums classiques ou plus étonnants (piment, lavande, multitude de poivres)… à savourer face au Luberon. Olivier Perrière, maître artisan glacier, partage ici sa philosophie – « Quand la Glace est un Art » – et vous fait frissonner de plaisir ! *Ouvert en avril et septembre du mercredi au dimanche de 14h à 19h ; de mai à août tous les jours de 14h à 19h (jusqu'à 23h30 en juillet/août). Les consulter pour octobre.* **Le + :** Click and collect. Précommande de dégustation via le site internet, pour une expérience unique.

✉ 767, chemin des Hautes Terres, 84240 ANSOUIS
Tél. : 04-90-77-75-72 – **www.artglacier.com**

> *La bonne cuisine est honnête, sincère et simple.*
>
> Elisabeth David (1913-1992)

APT 84400

CONFISEUR

Confiserie Marcel Richaud

112 quai de la Liberté - T. 04 90 74 13 56

Dites-vous bien que cette confiserie est la plus vieille fabrique artisanale de fruits confits d'Apt. Au-delà des nombreux fruits confits proposés, vous pourrez vous laisser tenter par les calissons, les pâtes de fruits et autres articles de confiserie. La boutique s'efforce de maintenir un très bon rapport qualité-prix avec des tarifs d'usine.

TORRÉFACTEUR

Royal Moka

1 place Saint-Pierre - T. 04 90 74 66 73

Le choix de cafés est impressionnant ! 21 cafés, dont 17 pures origines, des mélanges maison et un bio y sont torréfiés sur une machine infaillible datant de 1955. Brésil, Colombie, Costa Rica, mokas, Jamaica Blue Mountain et Skybury, pour ne citer qu'eux, s'arrachent les faveurs du public dans une ambiance chaleureuse. Tous ces cafés sont en dégustation sous forme de ristretto, espresso, cappuccino lait ou chantilly, crème, et même café ou cappuccino glacé pour les belles journées d'été. Cafés, thés, chocolats et capsules toutes prêtes ou à remplir de l'arabica de son choix sont en vente en boutique et en ligne.

Menu(s)

Fourchette de prix mentionnant le menu le moins cher et le menu le plus cher proposant à la fois entrée, plat et dessert sans les boissons, qui n'exclut pas les prix intermédiaires

Mona Lisa

INCONTOURNABLE

Ce restaurant s'est fait connaître par ses délicieuses suggestions culinaires, hommage à la Provence, réalisées maison avec des produits locaux. Comme tous les fins palais, vous aimerez les spécialités telles que le Sou Fassum, une feuille de chou farcie à la daube fondante, l'épaule d'agneau à l'ail et le poisson frais du moment. L'entrecôte de bœuf Simmental frites fraîches, est également plébiscitée. Pour conclure : le gâteau à la châtaigne ! Jolie terrasse, carte de vins* locaux et grands crus, adorable accueil.

13, place Gabriel Péri, 84400 APT
Tél. : 04-90-04-66-14
www.mona-lisa-apt.com

Boucherie des Ocres

L'ESPRIT DE FAMILLE

Jérôme a repris la boucherie-charcuterie en 2020 au cœur du marché, avec sa sœur Magali et son beau-frère Charles, cuisinier. Pieds paquets à la Marseillaise, daube provençale, mais aussi des plats plus travaillés sur demande, ici on s'adapte à votre budget pour des buffets ou mariages dont on se souvient. L'accueil et les produits sont simples et de qualité : bœuf limousin ou d'Aubrac, Blonde d'Aquitaine, agneau de pays, porc d'Auvergne élevé en plein air Label Rouge, volaille d'Ardèche ou du Gers.

54, rue des Marchands, 84400 APT
Tél. : 04-88-85-84-00
Facebook : Boucherie Des Ocres

La Calade

MAGIQUE

La Calade est une expérience magique animée par la remarquable cuisine du chef. Janis Mallet, issu de grandes tables, révèle un style éclectique guidé par la nature, les saisons, les voyages, les rencontres... Le ceviche de bar de ligne, oignon blanc, fleur de bourrache, huile des herbes du jardin, suivi de la joue de bœuf, huître panée et céleri boule sont de parfaits exemples de son talent. Belles présentations, vins* locaux, service attentionné.

Le Village, 84570 BLAUVAC – **Tél. :** 04-90-63-01-94
Facebook : @lacaladeablauvac

AVIGNON 84000

La Mirande

16/20

CHEF: FLORENT PIETRAVALLE

4 place de l'Amirande - T. 04 90 14 20 20 - Menu(s) 90-190 €

Pour de nombreux chefs, la cuisine est un métier. Certains (les grandes toques, les artistes) en font un mode d'expression. Deux thèmes majeurs dans la cuisine de Florent Pietravalle : la production locale et la fermentation. On nous dira qu'il n'y pas un cuisinier moderne qui ne fasse pas aujourd'hui ses garums, et qui ne vous assomme pas par son utilisation à tout bout de champ du lactosérum, mais le jeune chef de cette magnifique maison presque collée au Palais des papes montre aujourd'hui bien plus qu'un bêlement modeux. Il fait de ses séquences en liberté un spectacle, dans une scénographie bien orchestrée (le jeune service mené tambour battant par un directeur frétillant y participe avec talent), et peut en effet se permettre ses menus à l'aveugle tant le plaisir multisensoriel des convives est assuré : les huîtres de Migliore en trois idées sonnent le début du spectacle comme les trois coups au théâtre, avant une audacieuse création, garum de bœuf et caviar Kristal, d'une part, glaçon d'herbe à l'Oli'Gin (produit local huile d'olive gin) et bière fabriquée ici-même dans la chambre de fermentation, d'autre part, un travail aussi bluffant sur la langoustine (cédrat petit lait, garum de pollen carotte, bouillon dashi), le concombre de mer sauce pil-pil et cocos, confiture de tomate kimchi et tartelette au foie de lotte, le bœuf sur galet caviar d'aubergine ail noir glace aubergine tacos de queue de bœuf, le tout au parfum de Guishu, le vin de riz fermenté d'Olivier Sublett. En concluant par un remarquable dessert sur le thème du maïs (évidemment à la bière de maïs fabrication maison), on comprend que cet exercice de haute imagination fait passer le goûteur de la cuisine traditionnelle à un monde différent dans un saut spatio-temporel, un peu comme si un lecteur sans instruction passait du Club des Cinq à Heidegger. Pourtant, de tous ces plats de concours, se dégage l'impression, comme naguère chez Gauthier ou chez Mazzia, deux références plutôt prometteuses pour Pietravalle, que le goût est bien là, les saveurs bien en place, et que, s'il ne perd pas ses convives en route par trop de complexité, le chemin des grandes toques est déjà tracé. Carte des vins de tous les grands, un peu palace, mais très complète sur toute la vallée du Rhône, avec les bons choix sur les moins connus (Reméjeanne, Sang des Cailloux, Mordorée, Finon...).

Hiély-Lucullus

14,5/20

5 rue de la République - T. 04 90 86 17 07 - Menu(s) 55-95 €

Pendant très longtemps, cette noble institution fut le rempart de la tradition locale, le parangon d'une cuisine provençale avignonnaise un peu retranchée sur ses acquis et son cher châteauneuf-du-pape. Gérald Azoulay a ouvert les volets sur le monde. Avec son épouse péruvienne, il a donné un nouvel élan à la maison en partageant la carte sur des mondes lointains et pourtant proches par la qualité des saveurs. Vous ferez donc toujours cette ascension délicieuse au premier étage dont les fenêtres donnent sur la place de l'Horloge, tout en profitant d'une gastronomie raffinée et intercontinentale : truite betterave café Chirinos épine-vinette ; poulpe encornet huile fumée leche de tigre maïs chulpa ; picanha de veau ajì panca blésotto chincha et truffe d'été, abricot kion (un rare gingembre du Pérou) estragon crumble amandes... Bon voyage !

Pollen

14,5/20

18 rue Joseph Vernet - T. 04 86 34 93 74 - Menu(s) 35-80 €

C'est l'adresse tendance ! Porté par une réputation flatteuse, Mathieu Desmarest a réalisé un joli coup en reprenant l'ancien 5 Sens niché au cœur de ville dans une cour intérieure qui se dévoile sitôt franchie une discrète porte cochère. On n'y vient pas par hasard ! La salle aux tons très doux, d'une très élégante sobriété, est en totale symbiose avec les cuisines, le chef et sa brigade assurant d'ailleurs une partie du service. La cuisine très végétale, porte-étendard des circuits courts et d'une agriculture raisonnée, est d'un esthétisme racé à l'image des belles assiettes d'un céramiste local. Au fil d'un menu sans cesse renouvelé, Mathieu Desmarest confirme tout le bien que nous pensons de lui. Quels plats retenir ? Par exemple, le beignet de cabillaud, croustillant, associé à une fine tranche d'andouille de Guémené grillée. Pour twister l'ensemble, quelques herbes marines, quelques notes de citron et de gingembre. Le côté végétal est rehaussé par une poudre de laurier. Ou bien encore un épais pavé de lieu jaune de Méditerranée souligné d'un vif coulis de cresson. Ou le quasi de veau cuit à basse température puis rôti, aux aubergines fumées et flanqué d'une onctueuse purée de pommes de terre au siphon... Le dessert prenait ce soir-là la forme de délicieuses pêches pochées posées sur un sablé croustillant au quinoa, sabayon au miel de sapin et ponctué d'un étonnant sorbet au persil. Le plaisir est tout aussi grand à la lecture d'une carte des vins constituée avec passion et discernement par le fidèle Pierre Baud (Sommelier PACA 2019 Gault&Millau). De jolies pépites en bio et biodynamie d'ici et là pour se faire plaisir et découvrir sans nécessairement se ruiner : sauvignon du Gard du domaine Delacroix-Kerhoas ; 100% roussanne en IGP Alpilles du domaine Hauvette-Jaspe ; la cuvée «Alice» (cinsault) du domaine des Maravilhas aux portes d'Avignon... Les autres régions ne sont pas oubliées avec les vins du Jura de Ganevat, le sancerre du domaine Fouassier, le condrieu du domaine Gangloff... Belle sélection d'alcools également.

Restaurant Sevin

14/20

10 rue de Mons - T. 04 90 86 16 50 - Menu(s) 40-135 €

La grande maison couverte de vigne vierge juste au-dessus de l'esplanade du Palais des papes a toujours fière allure grâce à Guilhem Sevin, qui lui a conservé son lustre et son allant. En s'appuyant sur la clientèle fidèle et traditionnelle dont font partie nombre de touristes exigeants. Le chef répond présent, et toute son équipe autour de lui, avec des produits triés et des plats de saison : poulpe de Méditerranée artichaut eau de tomate, veau et ris girolles pomme de terre agata et sauge, myrtilles sorbet pomme verte sablé tonka, chocolat et fenouil dans une habile séquence, bien servie, à 70 €, aménageable jusqu'à 135 € selon le nombre de services. Grande cave du Rhône Sud.

La Vieille Fontaine Hôtel d'Europe

14/20

12 place Crillon - T. 04 90 14 76 76 - Menu(s) 45-95 €

Toujours so chic, toujours raffinée, la table de l'Hôtel d'Europe attire toujours l'aristocratie locale. Et à juste titre, car le lieu est historique et charmant, la cour intérieure, très agréable, et le service est toujours celui d'une grande maison. Les chefs passent, la qualité demeure, et Pascal Auger, en place depuis trois ans, est le digne successeur d'une grande lignée. Pour ne pas perdre ses économies, le déjeuner à 45 € est une excellente option pour savourer le charme des lieux, ainsi que le poulpe maquereau à la flamme miel de châtaignier et citron vert, la pêche du jour en bouillabaisse moules seiche en tempura, ou le paleron de cochon oignons courgette violon bouillon de cèpes secs. Des produits nobles dans le beau menu Inspiration en cinq services pour 95 €, une belle et vaste cave sur le Rhône Sud, châteauneuf en tête.

L'Agape

13,5/20

21 place des Corps Saints - T. 04 90 85 04 06 - Menu(s) 22-75 €

Sur l'une des places les plus charmantes de la ville, Julien Gleize et son épouse ont développé une restauration moderne et de grande qualité, du gastro qui n'a pas besoin de ronds de jambe pour convaincre et attirer ainsi une clientèle plus jeune qui préfère se passer de tralala. Cela ne nuit pas aux assiettes du chef, bien au contraire, apportant le bon esprit et des saveurs justes. Prenez le temps de choisir votre formule dans un menu-carte évolutif : maquereau en court-bouillon citronnelle gingembre, foie gras en terrine marmelade de pêche de vigne, filet de pintade rôtie purée d'artichaut jus de viande à l'estragon, avant des desserts toujours bien vus (sablé pistache compotée de cassis crème à la fleur d'oranger et prunes). Belle cave régionale, service précis qui met tout le monde à l'aise.

Italie là-bas

13,5/20

23 rue de la Bancasse - T. 04 86 81 62 27 - Carte 62 €

Un coin très calme du centre-ville qu'il faut savoir dénicher, car cette table italienne raffinée mérite bien recherche et attention. Italia Palladino en a fait une rareté raffinée, avec des produits bien trouvés et un savoir-faire incontestable. Lorsque l'équipe s'absente de la maison, comme l'été dernier pour cause d'heureux événement, on en retrouve les saveurs au Café Roma, rue des Escaliers-Sainte-Anne.

La Fourchette

12/20

17 rue Racine - T. 04 90 85 20 93 - Menu(s) 23-38 €

La maison est solide, les prix sont très corrects, et les locaux comme les touristes savent compter sur une prestation très rodée. Les parents ont transmis aux enfants et, s'il y a quelques ajustements possibles en cuisine, l'essentiel est préservé. Dans ce cadre plutôt élégant, avec grand lustre contemporain, banquettes et miroirs, on apprécie la manière et le service jeune et souriant, sur le calamar planché au chou, assez décevant, avant une honnête raie ravigote et l'entremets chocolat sorbet framboise, bon et gourmand, qui raffermit la toque. Cave orientée Rhône Sud, avec un bon choix au verre.

Maison Ripert

12/20

28 rue de la Bonneterie - T. 04 90 27 37 97 - Menu(s) 42 €

Dans la très passante et piétonnière rue de la Bonneterie, une maison élégante qui soigne son look et sort largement du registre bistrotier pour se démarquer nettement et coiffer une solide toque. De jolies séquences, au déjeuner comme au dîner, utilisant les nécessaires ingrédients à la mode (poulpe, gambas, risotto...) pour des assiettes bien construites. Bonne séquence à 42 € au dîner, avec le mijoté de haricots coco poulpe grillé lard de Bigorre, le saint-pierre laqué au jus de crustacé condiment abricot et artichaut, la ganache montée à la pistache marmelade de framboises.

BOUCHER

Hugon Frères

Halles Centrales - T. 04 90 86 30 26

Ce volailler (et vendeur de lapin) se fournit dans toute la France pour dénicher le meilleur de nos campagnes. Le foie gras cru et le magret viennent des Landes, le lapin de la Drôme, le canard de Vendée. Les paupiettes de lapin et de pintade sont préparées sur place avec de la farce à la volaille et, Provence oblige, à la tapenade. Un artisan qui connaît son métier.

BOULANGER

La Fabrique des Saveurs

2 rue Grivolas - T. 04 90 86 16 61

Si la maison modernise sa déco, elle reste fidèle à ses principes de qualité et de suivi de la tradition. Arnaud Bertrand et Nicolas Martinez sont les garants de cette qualité de pain qui fait l'honneur du quartier, avec les céréales ou le pain complet, mais aussi une excellente brioche, toute la viennoiserie et une bonne pâtisserie.

La Maison Violette

30 place des Corps Saints - T. 06 59 44 62 94

Sur l'une des plus jolies places de la ville, une boutique accueillante qui s'annonce en «?boulangerie naturelle?». Un pain réputé, y compris auprès des restaurateurs locaux, un très bon accueil. Également rue Saint-Agricol, place Saint-Didier et à Villeneuve-lès-Avignon.

CAVISTE

Tapis Rouge

11 rue du Vieux Sextier - T. 09 84 41 20 30

Cave et bar à vin dans le quartier ancien, un lieu rassembleur qui vit dans son époque, dans l'ambiance comme dans la sélection. Du local de bon goût, La Roubine, La Gardine, Mont-Redon et La Nerthe en châteauneuf, Henri Milan ou Romanin en baux, à des prix plutôt justes pour une gamme relativement classique.

Le Vin Devant Soi

4 rue du Collège du Roure - T. 04 90 82 04 39

Très bien placée au seuil de la place de l'Horloge, une cave traditionnelle réputée pour le vin comme pour les spiritueux. Un choix classique et sûr, une trentaine de vins en dégustation permanente, un beau choix de whiskies, dont ceux de Michel Couvreur, le fameux Oli'Gin local, et d'autres découvertes de la maison Manguin sur l'île de la Barthelasse, comme le Caraxès poire et rhum.

CHOCOLATIER

Aline Géhant

15 rue des Trois Faucons - T. 04 90 02 27 21

Dans une rue animée, prolongement de la place des Corps-Saints, une chocolaterie avenante, boutique sobre et jolie à la façade parme derrière laquelle Aline, la chocolatière formée à la Maison du Chocolat, présente bonbons et tablettes avec élégance et raffinement. Elle propose également des ateliers pour les enfants, de quoi susciter des vocations.

ÉPICIER

Maison Berny

14 rue Petite Meuse - T. 04 90 02 14 32

Une jolie boutique spécialiste du saumon et de l'esturgeon. On l'a compris, le fumé et les œufs, notamment le caviar (Sturia), sont les points forts de cette gamme de haute qualité, qui propose également des compléments d'épicerie fine, comme le foie gras, pour rendre la soirée totalement festive, ainsi que des poivres et épices rares de La Plantation.

PÂTISSIER

La Pâtisserie Vernet

77 rue Joseph Vernet - T. 04 90 32 61 62

Les excellentes et jolies pâtisseries de cette célèbre maison sont présentées comme dans un écrin par le chef pâtissier Gaétan Clerbout. Tout est appétissant, raffiné et délicieux ; les habitués profitent du salon de thé, les gourmands emportent à la maison de quoi assouvir leurs péchés mignons.

POISSONNIER

Marée Provençale

49 Halles Centrales - T. 04 90 86 24 70

Quelques heures à peine s'écoulent entre l'arrivée des poissons débarquant de Sète, Toulon ou Marseille et la mise en place sur l'étal d'Eugène. Les produits sont d'une grande fraîcheur, notamment les langoustines de Méditerranée, les oursins ou les merluchons.

TORRÉFACTEUR

Cafés au Brésil

24 rue des Fourbisseurs - T. 04 90 82 49 71

Au cœur des quartiers anciens du centre, un torréfacteur réputé, auréolé d'un titre national en 2012. La maison est avenante, la boutique pas immense, le choix considérable, avec d'excellentes provenances et sélections (Colombie, Guatemala, Costa Rica, Kenya ou Papouasie pour les cafés, Ceylan, Chine, Inde pour les thés...). Accessoires, vaisselle, chocolat Bonnat à déguster et une gamme de 250 thés et infusions.

Milk Shop

26 place des Corps Saints - T. 09 82 54 16 82

Originale et moderne, cette échoppe de la place des Corps-Saints est tournée vers le lait. Vous garderez donc votre «corpore sano» en goûtant aux spécialités de milk shakes et smoothies, aux ingrédients recommandés (avoine, chaï, soja...), même si, en terrasse pour le lunch, on ne dédaigne pas quelques calories supplémentaires avec les bagels et hot dogs. Le brunch complet est à 20 €.

TRAITEUR

Christophe Traiteur

Halles Centrales d'Avignon - T. 04 90 86 18 72

Au cœur des halles, un charcutier-traiteur de longue réputation. Repas de fête à emporter, organisation de fêtes de famille ou encore plus grands buffets, cocktails, plateaux repas pour entreprises... ont fait la renommée et la bonne réputation de la maison.

Tables de Chef – 13/20 à 14,5/20

Tables Gourmandes – 11/20 à 12,5/20

Label.ID

ENTRE FUSION ET SIMPLICITÉ

Helen Prieur a créé ce restaurant dans une petite rue propice à la création artistique. L'établissement, lumineux, et la décoration, sobre, valorisent l'art de l'assiette. Ce passionné travaille le produit avec simplicité en lui apportant une touche exotique, parfois japonaise. La cuisine fusion, qui puise son inspiration dans les recettes anciennes, marie les saveurs avec subtilité. Osez le magret de canard, sublimé par la banane et l'ananas flambé au rhum*, la saint-jacques et l'effiloché de bœuf parfumé au poivre de Java, le Tataki de thon, le risotto gambas ou le foie gras poêlé avec du raisin rouge. En dessert, un entremets chocolat et praliné ou un tiramisu à la mangue et aux fruits de la passion.

✉ 68, rue Bonneterie, 84000 AVIGNON
Tél. : 04-90-33-91-06
E-mail : restaurantlabel.id@gmail.com
Facebook : Label.id

Provin Avignon

LA PASSION DU VIN

Thibaut Seignon, 32 ans, est sommelier depuis dix ans. Il attache une part importante à l'aspect humain et au rapport qualité-prix dans sa sélection. Formé à l'École hôtelière d'Avignon, aujourd'hui membre de l'Union de la Sommellerie Française, Thibaut a travaillé dans plusieurs restaurants gastronomiques prestigieux. En 2018, il crée sa société de sommelier conseil et de caviste en ligne. Dans la région d'Avignon, il se déplace pour proposer ses services à destination des particuliers et des professionnels : sélection, livraison, création de carte de vins* et animation en dégustation. Sur son site internet, il présente une belle gamme de vins qui évolue en fonction de la saisonnalité et des rencontres. Livraison gratuite à partir de 50 € d'achat dans un rayon de 25 km autour d'Avignon. Expédition possible sur tout le territoire.

PROVIN Avignon
E-mail : contact@provinavignon.fr
www.provinavignon.fr

*L'ABUS D'ALCOOL EST DANGEREUX POUR LA SANTÉ.

La Maison du Fromage

TOUS LES BONS PRODUITS FERMIERS

Cette entreprise familiale, incontournable aux halles centrales d'Avignon, propose plus de 250 fromages différents, choisis chez de petits producteurs de toute l'Europe.
Amoureuse de son métier, Nathalie Francoz, fromagère, a entraîné dans son sillage son mari et sa fille. Après avoir débuté sur ce stand en 1985, elle a racheté le commerce en 2012, une institution à Avignon. Des yaourts bio fermiers au lait de brebis ou au lait frais fermier pasteurisé entier, en passant par les fromages français, anglais, irlandais, écossais, suisses, hollandais, italiens, espagnols et même chypriotes avec le Halloumi, tout est goûté et approuvé par Nathalie. Curieuse, à l'écoute, toujours à l'affût de nouveautés, elle explique, conseille pour de délicieux plateaux fleuris, réalisés sur commande et parfois à la minute, beaux à regarder et bons au palais. L'hiver, elle propose une raclette avec bien des fromages différents. La crème et le beurre sont signés du Breton Bordier, mais elle propose aussi du beurre au yuzu, au piment ou au sarrasin... Extraordinaire !

18, place Pie, 84000 AVIGNON
Tél. : 04-90-27-37-39 / 06-81-80-02-67

Alice et ses Merveilles

UN VOYAGE GUSTATIF

C'est dans un décor cosy, à l'image du conte de Lewis Carroll, que Stéphanie Jean a posé ses valises en 2019. Avec son chef Benaissa Benketira, globe-trotter, ils composent de concert une cuisine du monde aux accents français, italiens, libanais ou japonais, selon leurs envies.La carte est de saison, constituée d'au minimum 4 entrées, 4 plats et 4 desserts avec des nouveautés suggérées chaque semaine et un plat végétarien. Les ingrédients proviennent de maraîchers locaux et la pêche, ultra-fraîche, de Toulon. Au menu, on retrouve, par exemple, le magret de canard figues et polenta, le dos de lieu noir en croûte d'herbes et sa purée de panais et en dessert, la vraie recette sicilienne du tiramisu ou la poire au chocolat Gianduja, pour ne citer que quelques gourmandises.

Le + : Terrasse extérieure en saison. Grand salon de thé à l'étage.

29, rue de la Saraillerie, 84000 AVIGNON
Tél. : 04-90-85-21-83
www.aliceetsesmerveilles.fr

La cuisine de papa

PLAISIRS GOURMANDS

Plats traditionnels à partir de produits frais et ambiance familiale: les ingrédients d'un moment vraiment gourmand, à deux pas du Palais des Papes! Ici, on reçoit en famille! Pascal Rondeaux, qui a dirigé plusieurs établissements, s'est entouré de ses deux fils – l'un chef de cuisine, l'autre polyvalent – et de son épouse au service. Une atmosphère intimiste idéale pour se régaler d'une cuisine traditionnelle maison, sincère et authentique, qui rappelle les souvenirs d'enfance, entre bouchons lyonnais et bistrots parisiens. Ne manquez pas les burgers et hot-dogs ultra gourmands, revisités avec des recettes et produits français, accompagnés de frites maison. Également, une jolie sélection de vins* du coin et de toute la France, dont une grande majorité bio.

Ouvert du mardi au samedi midi et soir.

Le +: Ventes à emporter - Livraison.

7, rue Racine, 84000 AVIGNON
Tél.: 04-90-82-56-01
www.lacuisinedepapa.fr

Authentique Chocolaterie

LE PLUS QUE PARFAIT

Lisa et Mehdi ont ouvert une chocolaterie de qualité. Le week-end, elle fait aussi pâtisserie. Ils sont uniques dans leur domaine !
Lisa Le Tirilly et Mehdi Benkhelifa ont été à l'École nationale supérieure de la pâtisserie ensemble. Elle a enseigné à l'école Ducasse ; Mehdi a été recruté chez Jacques Genin à Paris, avant de créer leur «chocopâtrie» en Avignon.
Tout est fait sur place dans le laboratoire apparent et à commander sur le site car la pâtisserie est faite au jour le jour; il n'y a pas de chambre froide. *«Pas de surproduction, pas de gaspillage»*. La force du couple? Travailler en frais, en transparence, avec les meilleurs produits de saison. Ils fournissent les hôtels comme leurs clients fidèles en croissants roulés tous les jours, pains au chocolat garnis de barres à 53% de cacao. Marrons glacés et cerises à l'eau de vie* enrobées de chocolat, clémentines confites coffrées de ganache… Ils livrent partout !

39, rue Carnot, 84000 AVIGNON
Tél.: 09-86-69-27-84
www.authentique-chocolaterie.com

*L'ABUS D'ALCOOL EST DANGEREUX POUR LA SANTÉ.

Plaisir des papilles

UN ARTISANAT TRADITIONNEL TOUT EN VELOURS

Rénovée après son installation en juillet 2020, dans une artère passante près du cœur d'Avignon, cette boulangerie arbore une jolie devanture aubergine, siglée Festival des pains, le groupement meunier auquel Christel et Grégory adhèrent. Une clientèle d'habitués s'y presse : séniors du quartier, nouvelles familles installées, attirés par la qualité du « fait maison ». Reprise sur un coup de cœur à un boulanger partant en retraite après trente ans d'activité, l'échoppe est petite, quoiqu'équipée d'un grand « labo » tout juste modernisé grâce à un nouveau four. Christel et Grégory, 39 et 42 ans, ont fait des choix forts et gagnants : bon, bien fait, régulier, peu sophistiqué. Lui aime travailler le pain – et sa Festive est très appréciée – tout comme la qualité des farines issues de blés locaux (épeautre du Ventoux, Lou Pan d'ici) et la pâtisserie de tradition (éclairs, framboisiers, paris-brest et surtout millefeuille, très maîtrisés). Enfin, quelques spécialités à succès : les petits pavés d'Avignon (sablés noisettes/lavande), un kouign amann envié des Bretons, la fougasse d'Aigues-Mortes ou la tarte tropézienne.

Saveurs à facettes

Christel, avignonnaise, ancienne préparatrice en boulangerie, a connu Grégory chez un patron à Montpellier. Ils se sont unis et ont concrétisé leur souhait de se mettre à leur compte. Tout en développant la partie snacking (sandwichs, bagnats, wraps), Grégory a su rester créatif côté fruits de saison (tartelettes à la mirabelle, figue-pistache, fraise de printemps, bûches simples ou travaillées en mousses, marrons glacés et orangettes) et jolis pains spéciaux (seigle-citron ou le Diabémix, pour diabétiques). Le couple s'épanouit à ravir les papilles… Qu'il continue !

Ouvert du mardi au samedi de 6h à 13h30 et de 16h à 19h30, et le dimanche de 6h-13h.

3, boulevard Jules Ferry, 84000 AVIGNON

Art'è Gusto

L'ART CULINAIRE ITALIEN ET MÉDITERRANÉEN

Parce que l'art est une manière de vivre pour Michel Larrive, le père, et Juliette, la fille, ils proposent, ensemble, une cuisine italienne à base de fruits et légumes de Provence et de viande 100% française. Ici, tout est fabriqué maison, de l'entrée au dessert. Les pizzas sont façonnées traditionnellement, à la romaine (pinsa romana) : la savoureuse pâte composée de farine et de levure italiennes repose pendant 3 jours et procure à la cuisson de jolies sensations. Veau marengo, escalope milanaise, un merveilleux tartare à l'italienne (sans œuf) sont les incontournables du restaurant. Juliette élabore des gourmandises sucrées dont elle a le secret : dessert du jour aux fruits de saison, baba au rhum*, café gourmand, glaces maison et coupes digestives, pour terminer le repas en beauté.

Le + : Terrasse avec vue sur le canal, en été, soirées jazz.

33-35, rue des Teinturiers, 84000 AVIGNON
Tél. : 04-90-32-93-23
artegusto.fr

La petite pêche L'AUTHENTICITÉ

Mathieu dirige le restaurant La petite pêche à l'image de Michel, son père, dont il a pris la suite. Le chef de cuisine, Wilfried Jolly, officie sur une carte d'inspiration, en fonction du marché : bouillabaisse, bourride, langoustinade, couteaux et tellines. Pour la viande, des pièces de race Simmental : côte de bœuf et de veau, tomahawk pour 2, filet de bœuf en cuisson sous vide basse température. Garniture de légumes oubliés en provenance de petits producteurs locaux Label Bio, cafés d'origines d'exception, vins* biologiques et biodynamiques.

13, rue Saint-Étienne, 84000 AVIGNON
Tél. : 04-90-86-02-46

> *Bonne cuisine et bon vin, c'est le paradis sur terre...*
>
> Henri IV (1553-1610)

*L'ABUS D'ALCOOL EST DANGEREUX POUR LA SANTÉ.

BEAUMETTES 84220

Domitia - Maison de Cuisinier 13/20

440 rue des Micocouliers - T. 04 90 72 23 05 - Menu(s) 49-61 €

Il est chez lui, il peut avoir la déco qu'il veut et faire la cuisine qui lui chante. Lui, c'est Jérôme Faure, Grand de Demain il y a quelques années, enchanteur à Corrençon-en-Vercors, puis à Lauris, au Domaine de Fontenille, avant d'ouvrir, lauréat de la Dotation Gault&Millau, cette jolie maison de pierre au centre du village des Beaumettes, au cœur du Luberon. Avec Laurence, ils ont fait appel à Hervé Thibault, qui a notamment travaillé sur la Cour des Loges, à Lyon, pour créer un espace à la fois rustique et baroque sous les poutres, ornées de grandes fresques murales évoquant un univers particulier, entre l'époque romaine et l'heroic fantasy. Quant à la cuisine, elle évolue encore, entre bistrot et gastro, favorisant le circuit court, soignant les détails (le beurre à la spiruline et sel de Maldon), de l'excellente rillette de cochon d'un proche éleveur au turbot d'élevage Galice chou frisé et anchoïade, en passant par la truite ikejime, œufs de truite et caviar, bouillon de cochon et purée aux algues. La technique est toujours là (belle cuisson du veau aux cèpes), le menu déjeuner performe toujours avec un menu simple et une cuisine de chef, pour le plus grand bonheur des locaux, et la cave montre de belles références de toutes les régions, notamment dans la vallée du Rhône Sud, la Provence et le Languedoc, et des prix attractifs sur quelques grands flacons.

BÉDOIN 84410

CONFITURIER

Ruchofruit

33 chemin des Treilles - T. 04 90 70 24 33

Des confitures avec de beaux fruits de saison bien mûris, du miel, mais aussi des condiments, des vinaigres et des tartinables... le tout dans un bel espace au cœur du village.

GLACIER

Glacier du Mont Ventoux

361 avenue Barral des Beaux - T. 09 80 47 21 66

Sur l'avenue principale, une maison connue qui anime les étés chauds au pied du Ventoux, avec de multiples parfums, fruits et plantes, comme la verveine, le calisson, la lavande, la réglisse, le limoncello, la pêche de vigne, le chocolat... un choix considérable en crèmes glacées et sorbets.

TRAITEUR

La Gousse d'Ail

39 rue du marché au raisins - T. 04 90 12 82 02

Outre une sympathique auberge, la Gousse d'Ail propose également de quoi se régaler avec une vente à emporter réjouissante, composée de terrines et pâtés, de porc ou de gibier, mais aussi de plats préparés en bocaux, daube de porc, civet de cerf, pieds-paquets, navarin d'agneau, gardianne de taureau et un peu d'épicerie fine.

VIGNERON

Les Vignerons du Mont Ventoux

620 route de Carpentras - T. 04 90 65 95 72

Cette cave coopérative, très active dans la promotion des vins du Ventoux s'est orientée vers le tourisme et vous propose des balades guidées, des sorties en buggy dans les vignes et des ateliers de dégustation.

CADENET 84160

La Fenière

15/20

CHEF: NADIA SAMMUT

1680 route de Lourmarin - T. 04 90 68 11 79 - Menu(s) 120-160 €

Enrobée dans un vibrant et poétique appel au retour à la nature, la cuisine de Nadia Sammut est de celles qui interpellent les citadins et les médias. Mais au-delà de la renommée underground, la réalité de La Fenière, c'est avant tout cette superbe ferme à l'écart, dans le cadre enchanteur et provençal d'une maison que la famille Sammut a embellie au fil du temps et des générations. Les menus changent fréquemment au fil de la saison et des saisons, selon la maturité des légumes, des fruits, de l'arrivage, mais une chose est certaine, l'expérience est mémorable, en deux versions, 120 et 160 €.

Les L du Moulin

13/20

4 rue Viala - T. 04 90 77 68 27 - Carte 17 € - Menu(s) 15-35 €

Cyril Lapeyre, l'ancien chef d'Édouard Loubet à Bonnieux, a installé avec son épouse une table de village avec tous les ingrédients du restaurant de qualité : un bon chef, un espace bien aménagé, une salle rustique modernisé, une petite terrasse abritée. On se laisse volontiers conduire dans une carte courte et néanmoins variée, quenelle de truite saumonée poireau vinaigrette bisque à la sarriette, le risotto d'épeautre aux coques, la pièce de veau panais au four jus de veau acidulé au pamplemousse purée de céleri réglisse. Et un bon choix de desserts dans cette bonne formule carte à 39 €. Cave bien vue, avec une bonne connaissance du vignoble local.

PRODUCTEUR

Bastide du Laval

199 chemin de la Royère - T. 04 90 68 08 22

L'engagement écoresponsable des gérants passe par les matériaux utilisés dans la construction du bâtiment, la réutilisation de déchets en combustibles, la fertilisation des sols et le traitement des olives. Modernité et soins dans la production des huiles assurent aux produits une belle qualité. Olives en bocaux (cassées au thym, au piment, fenouil ou nature) et tapenades accompagnent superbement un choix d'huiles d'olive nature ou parfumées (basilic, truffe noire ou citron) enflaconnées avec élégance.

CAIRANNE 84290

VIGNERON

Domaine Marcel Richaud

470 route de Vaison-la-Romaine - T. 04 90 30 85 25

Les connaisseurs l'appellent le «pape du Cairanne». Marcel Richaud, avant toute chose, est celui qui a fait progresser l'appellation vers une culture vertueuse, en conversion bio depuis près de quinze ans. Sa cuvée L'Ebrescade a fait le tour du monde, mais tout est bon à boire chez ce vigneron intègre qui a su transmettre le domaine à ses enfants.

CAMARET SUR AIGUES 84850

BRASSEUR

Brasserie Améno

ZA Jonquier et Morelles - T. 06 38 43 24 70

Issus du monde du vin, Thibaud et Arnaud produisent aujourd'hui leur propre houblon et élaborent des bières fraîches et variées, correspondant aux goûts de l'époque, une blanche, deux ambrées, une brune, une IPA et une blonde. À acheter sur place, ainsi que dans de nombreux points de vente aux alentours.

CAROMB 84330

CAVISTE

Vin Ensèn

173 cours de la République - T. 09 88 04 38 48

En plus du bar à vin, une activité de caviste généreux et pointu, regroupant plus de 350 références issues de toutes les régions. Idées cadeaux, champagnes et belle sélection étrangère : tout pour faire la fête avec des connaisseurs.

PRODUCTEUR

Le Moulin du Comtat

108 avenue de la Baisse - T. 04 90 62 42 05

Jean-Noël Haut et son frère représentent la quatrième génération de mouliniers. Ils produisent une huile d'olive AOC huile de Provence Moulin du Comtat qui fait l'orgueil du village. Last but not least, une cuvée bio devrait voir le jour prochainement.

CARPENTRAS 84200

Chez Serge

14/20

90 rue Cottier - T. 04 90 63 21 24 - Menu(s) 19-32 €

Il est l'incontournable de la vallée du Rhône Sud. Sur la vigne comme sur l'assiette, Serge Ghoukassian est un expert, au sens où il reconnaît le talent et sait le valoriser. Sa cave est un régal à savourer à petites gorgées et, en cuisine, il a mis la main sur une perle, Émilie Villon, qui sait manier la truffe aussi bien que le thon entier ou la pintade fermière. Dans cette maison de caractère au seuil du quartier ancien et charmant, la générosité et la truculence s'accompagnent aussi de finesse et de bon goût, tout en valorisant la production locale, comme le tofu artisanal avec le petit épeautre de Sault, la raviole de truite avec le pesto de spiruline, mais aussi de superbes cannellonis de poireaux aux truffes et parmesan ou la longe de veau en croustillant dans ce menu truffes toujours bien inspiré, qui met aussi à l'honneur la brouillade ou les pâtes. Conseils avisés sur toute la cave, au verre ou en bouteille.

FROMAGER

Fromagerie Mercy

37 rue des Halles - T. 04 90 60 00 17

Après avoir repris, et occupé, les locaux de la famille Vigier pendant trois ans, Rémy et Romain Mercy ont décidé d'ouvrir leur nouvelle boutique dans le flux historique des halles. Ils sélectionnent fromages et ingrédients du terroir qu'ils affinent et transforment pour développer des recettes authentiques. Ils travaillent au fil des saisons avec les fermiers, vignerons et les différents artisans locaux. De belles spécialités à découvrir : cantal jeune aux truffes locales (Tuber Melanosporum, sans huile de truffe), brie à la menthe et au poivre selon l'envie, brillat-savarin au basilic, crottin Leroy-Berger travaillé avec cœur de tapenade ou pesto à l'ail des ours... Ils proposent également une vaste gamme de vins bio et locaux, et une belle sélection de produits d'épicerie fine.

PÂTISSIER

Pâtisserie Jouvaud

40 rue de l'Évêché - T. 04 90 63 15 38

Aux côtés de sa sœur, Maïe, et de son père, Frédéric, véritable âme de chocolatier dans cette maison fondée par Gilbert, le grand-père, Pierre est prêt à prendre la relève. Avec comme héritage, notamment, la Boule blanche, une ganache onctueuse au chocolat blanc parfumée à la fine champagne et émulsionnée aux œufs. Autre boutique à Avignon.

TORRÉFACTEUR

Philippe Reina-Jaume Torréfaction Les Cafés d'Antan

45 place Maurice Charretier - T. 04 90 67 10 54

C'est dans les remparts, sur la charmante place Maurice-Charretier, que s'est installé ce maître artisan torréfacteur. Philippe Reina-Jaume reçoit son café vert et le torréfie lentement à 200°, jusqu'à ce que ses sens experts lui signalent que le grain est prêt à donner le meilleur de lui-même. Vous pourrez alors découvrir de grands crus, ainsi que des assemblages maison, dont le mélange Royal composé d'arabicas provenant d'Amérique centrale et du Sud et d'Éthiopie. Le personnel des Cafés d'Antan se fera un plaisir de moudre le café de votre choix, en fonction de l'appareil dont vous disposez chez vous.

LES PRODUITS AOC ET AOP DE LA RÉGION PROVENCE-ALPES-CÔTE D'AZUR

Figue de Solliès, brousse du Rove, fromage de Banon, huile d'olive d'Aix-en-Provence, huile d'olive de Haute-Provence, huile d'olive de Provence, huile d'olive de la vallée des Baux-de-Provence, huile d'olive de Nice, muscat du Ventoux, olive de Nice, olives cassées de la vallée des Baux-de-Provence, olives noires de la vallée des Baux-de Provence, pâte d'olive de Nice, picodon, taureau de Camargue, truffe noire du Tricastin...

Version Latine

L'ÉLÉGANCE A L'ITALIENNE

Ce restaurant est un bel ambassadeur du savoir-faire transalpin. Une adresse à découvrir. L'accueil est chaleureux, l'équipe dynamique. L'esprit de l'enseigne tenue par Benjamin Groulier ne laissera personne indifférent. Lorsqu'il a repris la direction de Version latine en 2011, le gérant a eu à cœur de faire perdurer la tradition qui règne, depuis toujours, dans ce beau restaurant italien. Lui et ses équipes fabriquent leurs propres pâtes, gnocchis et pâte à lasagnes, en plus des accompagnements. *« C'est une production 100% maison »*, sourit le maître des lieux. Les plats pourront être sublimés par l'un des excellents vins* de la cave : des pépites de la région mais aussi d´Italie et d'autres pays du monde.

Ouvert du lundi au vendredi, uniquement le midi ; et le samedi, midi et soir.

✉ 24 place Fleury-Mitifiot 84300 CAVAILLON
Tél. : 04-32-50-21-98

La Fromagerie de Manon

PLATEAUX À LA DEMANDE ET SUR-MESURE

Cette passionnée, formée par des maîtres fromagers, propose 140 variétés de fromage, propose 140 variétés de fromage, de la crémerie et du beurre cru à la motte issus de petits producteurs des environs mais aussi des primeurs de saison. Pour l'apéritif et l'apéro-dînatoire, Manon prépare des plateaux qui ont un succès fou, avec légumes et anchoïade, fromages et charcuterie, personnalisés à la demande.

Le + : Parking gratuit.

✉ 136, avenue Jean-Henri Fabre, 84200 CARPENTRAS – **Tél. :** 04-90-41-73-95

*L'ABUS D'ALCOOL EST DANGEREUX POUR LA SANTÉ.

CAVAILLON 84300

Maison Prévôt

14,5/20

353 avenue de Verdun - T. 04 90 71 32 43 - Carte 85 € - Menu(s) 39-95 €

Le melon ? Jean-Jacques Prévôt ne l'a pas, mais il avoue en revanche une véritable passion pour ce produit, dont il a fait depuis longtemps la vedette de son restaurant, en pleine saison évidemment. Mais nous aimons fréquenter sa table toute l'année, pour le beau pigeon rôti, cuisse confite, foie en espuma et caviar d'artichaut, ou pour son savoureux pavé de maigre sauvage accompagné d'éclatants petits pois, de betterave et de pommes de terre au bouillon. Le menu «tout champignon» est un must. Service souriant et bienveillant, cave de bon niveau.

PÂTISSIER

Maison Jarry

49 avenue Victor Basch - T. 04 90 71 35 85

Sonya Jarry est implantée depuis plus de vingt ans dans la région et son inventivité est restée intacte. Avec son équipe, elle prépare des gâteaux qui suivent les saisons. Pavlova aux fruits frais, babas au rhum, assortiments de chocolats grands crus, noisettes, fourrés caramel... et glaces, dont les parfums sauront plaire aux blasés comme aux curieux : fleur de lait, miel, banane, curry-coco, truffe noire, boudin noir... ou plus traditionnellement sorbet passion ou griottes. Ne boudez pas votre plaisir.

CHÂTEAUNEUF DU PAPE 84230

La Mère Germaine

14,5/20

3 rue du Commandant Lemaître - T. 04 90 22 78 34 - Carte 89 € - Menu(s) 70-130 €

Une belle machinerie anime le village viticole et papal : celle forgée au fil des mois Mère Germaine depuis la reprise en mains, en 2019, par Isabelle Strasser. Entre le comptoir pour tous les jours, contemporain et pratique, et le gastro de la maison mère, à quelques dizaines de mètres, le combo est redoutablement efficace. Dans cette salle chic, provençale et arty, aux murs entièrement parcourus d'une fresque sur le thème du cirque, aménagé comme un bistrot de village respirant l'aisance, le chef Jérémy Scalia offre une carte très courte permettant de garnir quelques menus étagés selon le nombre de plats et de séduire les touristes en saison et les acheteurs de vin toute l'année. Les mises en bouche raffinées (très bon velouté châtaigne-haddock), l'aïoli tout en finesse, à l'ail confit sur un maquereau à la flamme, le colvert cuisiné avec justesse (magret sur coffre, cuisse confite et snackée), betterave coulis et croquante, le dessert chocolat-cacahuète-anis moins craquant dessinent un repas sans faute, où l'on retrouve encore ici la patte et le talent d'Antoine Pétrus, parfaitement animé par une jeune équipe pleine d'allant, répondant avec précision et brio à toute demande. Cave très forte en toutes régions (grandes étiquettes, références pointues), très riche sur son aire d'appellation.

VIGNERON

Brotte

Avenue Saint Pierre de Luxembourg - T. 04 90 83 59 44

Plus qu'un domaine, la maison Brotte propose la visite du musée des vins de l'appellation dont le thème est "les métiers du vignerons". À l'issue de 40 minutes de visite, vous pourrez également déguster les vins du domaine.

Domaine Duseigneur

14 chemin des Garrigues - T. 04 90 02 08 17

Une initiation à la biodynamie est proposée par le domaine Duseigneur pour découvrir ce que ce mode de culture implique concrètement pour le vigneron et les résultats qui en découlent. L'occasion de découvrir des pratiques culturales qui se développent rapidement dans les meilleurs domaines.

Famille Quiot

5 avenue Baron le Roy - T. 04 90 83 73 55

Le domaine vous propose plusieurs formules de découvertes de leurs vins et de leurs vignobles. De la découverte à l'expertise, vous pourrez notamment visiter à pied ou en 4x4 les vignes du domaine et déguster plusieurs vins.

Ogier

10 avenue Louis Pasteur - T. 04 90 39 32 41

Visite à vélo, à cheval ou en vieille voiture, tout est possible pour ce domaine résolument tourné vers l'œnotourisme. Appelez pour avoir le détail des offres et des prestations qui vont du casse-croute vigneron dans les vignes jusqu'à l'organisation sur mesure de prestations de réceptions.

Vinadea - Maison des Vins

8 rue Maréchal Foch - T. 04 90 83 70 69

Cette adresse n'est pas celle d'un domaine viticole mais celle de la maison des vins de Châteauneuf qui vous propose de nombreuses dégustations thématiques et la possibilité d'acheter plus de 250 références des vins du cru. Un incontournable.

Bistrot de la Pastière

D'INSPIRATION ITALIENNE ET DU SUD-PROVENCE

Depuis les belles terrasses panoramiques du Bistrot de la Pastière, on découvre le Lubéron... Philippe Gouven est d'origine italienne. Après une formation hôtelière, plusieurs passages dans des palaces et la création de restaurants, il s'est installé à Châteauneuf-de-Gadagne, entre Avignon et L'Isle-sur-la-Sorgue. Il vous accueille dans une ambiance baroque florentine avec son équipe et un chef qui a longtemps exercé avec Alain Ducasse. La cuisine est bistronomique, bien sûr d'origine italienne mais aussi sud-provençale, 100% maison à partir de produits de saison et de terroir. Pour commencer, antipasti autour de l'apéritif puis, grillades au feu de bois avec viandes d'exception ou pizzas artisanales à la truffe.

5, place de la Pastière
84470 CHÂTEAUNEUF-DE-GADAGNE
Tél. : 04-90-22-40-95
E-mail : sasphisanclau@gmail.com
www.bistrot-pastiere.fr

La table de M's

UN RESTO COMME ON LES M

Entre Carpentras et Sorgues, à 200 m de la voie rapide, n'hésitez pas à pousser la porte ; Mathilde vous accueillera chaleureusement. Matthieu travaille à l'ardoise les produits frais de saison, la plupart régionaux, avec des fleurs comestibles, herbes aromatiques et légumes de son petit jardin potager. Il mêle les épices selon l'inspiration du moment, pour une cuisine fusion raffinée et inventive, dans le respect de la nature, du produit et du client. Vins* en biodynamie.

719, route de Carpentras,
84320 ENTRAIGUES-SUR-SORGUES
Tél. : 09-50-61-63-22
www.la-table-de-ms-restaurant-entraigues-sur-la-sorgue.com

> *Il n'y a pas d'amour plus sincère que celui de la bonne chère.*

George Bernard Shaw
(1856-1950)

*L'ABUS D'ALCOOL EST DANGEREUX POUR LA SANTÉ.

CUCURON 84160

La Petite Maison de Cucuron

14/20

Place de l'Étang - T. 04 90 68 21 99 - Menu(s) 65-105 €

Au coin de la place de l'Étang, voilà la grande Petite Maison d'Éric Sapet, bon vivant, amateur de gibier et de beaux produits d'élevage, qui n'aime rien de plus que partager sa Provence avec ses convives. Suivez-le dans ses menus de saison, toujours gourmands, avec le marbré de foie gras de canard aux cèpes rémoulade de céleri et poire, le colvert de chasse sauce «mi-figue mi-raisin», et le baba punché d'un sirop à l'eau-de-vie de reine-claude et marmelade de prune vanillée. On se laisse conduire avec délice, et parfois tenter par l'accord avec les vins, une autre spécialité de ce chef très connaisseur.

Matcha

12,5/20

Montée du Vieux Château - T. 04 90 77 27 79 - Carte 45 € - Menu(s) 39 €

Belle confirmation pour Mathieu Charrier, qui exprime ici tout son talent. Une atmosphère chaleureuse et des assiettes aux prix justes qui expliquent amplement la bonne réputation locale. Les compositions sont graphiques, personnelles, et font de la maison une expérience unique dans les environs. On revient pour les croquettes de polenta au magret fumé et sauce tartare, le tataki de thonine, petites carottes et sorbet végétal, le lieu jaune cru et cuit, piperade et ravioles vertes, le magret de canard, pommes de terre nouvelles et betterave, ou encore la douceur de cerises, amandes et estragon.

VIGNERON

Domaine la Cavale

3017 route de Lourmarin, - T. 04 90 08 31 92

Domaine de référence dans le lubéron, la cavale propose plus qu'un caveau : un concept store autour de la gastronomie provençale avec de nombreux articles et produits. Des ateliers de découverte des vins et des différents jus de raisins pour les enfants vous serons proposés.

FAUCON 84110

BOULANGER

Boulangerie des Tilleuls

Le village - T. 04 90 36 12 91

Une chaleureuse adresse en balcon au cœur du village. Petits déjeuners et brunchs le matin, plats du jour le midi, et ouverture le soir en été pour profiter du site. Et, bien sûr, le pain et les tartes maison toute la journée. Une petite terrasse sous les arbres pour admirer le paysage.

La petite histoire

RECOMMANDÉ

Cette petite histoire en raconte une douce, autour d'un lieu charmant doté de deux terrasses ombragées et d'une cuisine de saison parfaitement réalisée. Olivier et le chef, Laurent, proposent une cuisine variée, entre les plats traditionnels de la région et leurs inspirations qui les invitent à revisiter certaines recettes. Ainsi, les gourmets se délectent aussi bien avec une soupe au pistou, des pieds paquets, un aïoli, qu'avec la subtilité d'un tataki de thon rouge. Le midi, ils suggèrent des plats du jour variés et le soir, des plats élaborés dont les papilles gardent un beau souvenir. On note que le choix des produits frais est judicieux, comme en témoigne leur viande de bœuf maturée, issue de races exceptionnelles. La carte des vins[*] rend hommage aux petits vignobles locaux.

Le + : Privatisation pour les événements professionnels ou privés.

284, route d'Apt, 84400 GARGAS
Tél. : 04-90-75-72-03
E-mail : lapetitehistoire84@yahoo.com
restaurant-lapetitehistoire.fr

La Vanne Marel

UNE TABLE AU BORD DE L'EAU

Il y a plus de quinze ans, Bruno Erre a repris ce joli petit restaurant, juste au bord de la Sorgue. *« On a grandi dans les casseroles ! »*, se plaît à dire le chef passionné. La spécialité, c'est la truite. Mais installé au bord de l'eau, on apprécie le poisson du jour, à chaque fois différent, de mer ou de rivière. L'été, on apprécie la souris d'agneau. Salades et légumes d'exception sont cultivés non loin de là. En hiver, on déguste les pieds paquets, spécialité provençale, ou encore le filet de bœuf. En cuisine, l'innovation est de mise. Récemment, l'équipe a eu plaisir à travailler la fraîcheur citron avec des macarons et d'autres créations originales. Prochainement, le restaurant proposera de la truite fumée maison.

Belle carte de vins[*].

1, rue des Bourgades,
84800 FONTAINE-DE-VAUCLUSE
Tél. : 04-90-20-32-56
E-mail : eurl-pierrette@orange.fr

[*] L'ABUS D'ALCOOL EST DANGEREUX POUR LA SANTÉ.

FLASSAN 84410

ÉPICIER

Épicerie Jouvaud

15 rue de l'Église - T. 04 90 69 86 77

Au cœur du village, c'est l'épicerie à l'ancienne ou, au contraire, à la pointe de la mode. Celle où l'on trouve de tout et de qualité, à l'image des marchands ambulants de jadis. Une sélection tous azimuts, salé comme sucré (gâteaux et friandises), la mer comme la terre, un rayon vrac, beaucoup de bio et pas mal de passion.

GIGONDAS 84190

L'Oustalet 13/20

Place Gabrielle Andéol - T. 04 90 65 85 30 - Menu(s) 28-42 €

Installée sur la place de ce charmant village viticole, cette grande maison cumule les casquettes, à la fois gastro, bistrot, hôtel et caveau, pour l'éveil de tous les sens, bien satisfaits dans l'assiette par Laurent Deconinck. Le chef travaille les produits du terroir local avec un sens aigu de l'authentique et des dressages, qui montrent la région autrement, et qu'on arrose des vins d'une cave impressionnante, qu'on peut boire sur place ou à emporter. Service des plus aimables.

VIGNERON

Domaine de la Tourade

1215 route de Violès - T. 04 90 70 91 09

Le domaine propose un Road Trip "Hippie" dans les vignes de Gigondas ! Visite atypique dans un combi Volkswagen de 1965, balade et dégustation au milieu des vignes. Détente et convivialité sont au rendez-vous, avec les Dentelles de Montmirail comme toile de fond.

Domaine des Bosquets

2 chemin des Bosquets - T. 04 90 65 80 45

Voilà un jeune vigneron, Julien Bréchet, d'une telle exigence et d'une telle rigueur qu'il est devenu l'un des chefs de file de l'appellation gigondas. Les cuvées parcellaires, 100% grenache ou 100% mourvèdre, sont étonnantes de droiture, de finesse, ainsi que de capacité d'évolution. Les tarifs sont ceux de très grands vins et désormais accordés au compte-goutte...

Domaine Les Goubert

235 chemin des Jardinières - T. 04 90 65 86 38

Le domaine élabore des vins très travaillés, comme la belle cuvée Florence en AOC gigondas au très haut potentiel de garde, mais aussi de bonnes petites bouteilles à boire simplement entre amis, comme son sablet blanc, fruité et ensoleillé, ou son beaumes-de-venise rouge, plein de sève et de finesse.

GORDES 84220

Les Bories

14,5/20

Route de l'Abbaye de Sénanque - T. 04 90 72 00 51 - Menu(s) 90-120 €

Enclave luxueuse dans ce charmant village de Gordes, ces Bories rassemblent en un même lieu les plaisirs d'un spa haut de gamme, d'un jardin enchanteur et d'une hôtellerie de grand standing. Pour faire bonne mesure auprès d'une clientèle évidemment habituée aux belles maisons, trois tables cohabitent, le Club Piscine (uniquement en été), le Bistrot des Bories, ouvert tous les midis, et le Restaurant des Bories, qui fonctionne tous les soirs sous la direction de Grégory Mirer, le chef, un ancien lieutenant de Joël Robuchon et de Mauro Colagreco qui a pour mission de faire beau et bon sans pour autant entrer dans une indécente surenchère : foie gras poêlé, tombée de roquette raisin et combawa, bar sauvage, mousseline de navet et citron vert, endive à l'orange et citron confit, baba au rhum et raisins secs, raisins frais et flambés, glace au rhum maison pour une très belle séquence qui, à la carte, dépasse à peine 80 €. Cave intéressante, service aux petits soins.

HÔTEL

Les Bories & Spa - 5 étoiles

Route de Senanque - T. 04 90 72 00 51 - à partir de : 550 €

Au cœur d'un parc de 8 ha empli d'oliviers, de chênes verts et de cyprès, ce ravissant mas de pierres sèches abritait jadis les bergers durant leur transhumance. Restauré avec art et désormais membre du groupe Small Luxury Hotels of the World, l'établissement s'adresse aux voyageurs en quête de luxe et de nature avec ses 33 chambres et suites d'un raffinement tout en épure. Une offre d'exception complétée par la table gastronomique Les Bories, qui s'inscrit dans la tradition provençale, et par le Bistrot et le Club Piscine, qui déclinent un snacking tout au long de la journée. Pour se relaxer, le spa privilégie aromathérapie et albuthérapie (traitement utilisant la lumière et le blanc) via une large palette de soins, et met à la disposition des hôtes une piscine chauffée, un hammam et une salle de fitness. Un lieu d'une grande quiétude, tout proche des somptueux villages de Gordes et de Roussillon.

Tables Remarquables – 15/20 à 16,5/20

Tables de Chef – 13/20 à 14,5/20

Le garage à lumières

LE GOÛT

Antipasti maison et cocktails primés d'exception, dans ce village de 2000 âmes, touristes l'été et locaux l'hiver sont gâtés en toute saison. Lucas et Élodie ont créé en 2005 ce restaurant ouvert à l'année. Au hameau de Lumières, Élodie cuisine des tapas en frais, avec des produits italiens haut de gamme de petits producteurs, des fromages et de la charcuterie extraordinaires ! Comme le Culatello AOP de Zibello, la quintessence du jambon de parme, qu'ils sont les seuls à avoir à la carte à l'année dans la région. Lucas est devenu barman, il s'est mis aux cocktails* depuis huit ans et a été sélectionné plusieurs fois lors de compétitions prestigieuses du monde du bar, le Bacardi Legacy, le World Class Bartender, le Trois Rivières pour le rhum, le Beluga pour la vodka. Tout est réuni ici pour surprendre et plaire à la clientèle.

99, rue de Lumières, 84220 GOULT
Tél. : 04-32-50-29-32
www.legaragealumieres.fr

> *La gastronomie est l'art d'utiliser la nourriture pour créer le bonheur.*
>
> Theodore Zeldin (1933-)

Le Bistrot de Lagarde

Pénélope et Lorenzo ont repris en juin 2021 cet ancien établissement militaire, restauré en mas provençal. Le chef Lorenzo réalise ici une cuisine bistronomique raffinée, aux influences italiennes. Difficile de choisir entre le menu Lagarde – 2 entrées, 2 plats 2 desserts qui changent tous les mois – et les suggestions du chef – plat et dessert – dans ce lieu unique où l'on dîne en regardant le coucher du soleil.

6020, route des étoiles - RD 34
84400 LAGARDE-D'APT
Tél. : 04-90-74-57-23 / 07-86-54-92-20
lebistrotdelagarde.fr

*L'ABUS D'ALCOOL EST DANGEREUX POUR LA SANTÉ.

GRAMBOIS 84240

Auberge des Tilleuls

12,5/20

Moulin du Pas - T. 04 90 77 93 11 - Carte 49 € - Menu(s) 24-51 €

Belle maison provençale entre Apt et Pertuis, où l'on pourra retrouver les bons plaisirs de la région, bien condensés dans des assiettes revisitées dans une veine actuelle. Le résultat est à la hauteur des attentes, et l'on saluera la Tatin aux pommes des Alpes, foie gras et réduction au Banyuls, les ravioles aux champignons des bois, potimarron et tomme de brebis, la noix de bœuf confite et légumes d'automne, ou encore le feuille à feuille chocolat orange.

JOUCAS 84220

La Table de Xavier Mathieu

16/20

CHEF: XAVIER MATHIEU

Route de Murs - T. 04 90 05 78 83 - Menu(s) 130-190 €

Comme nombre de confrères de sa génération, Xavier Mathieu a fréquenté le Moulin de Mougins, auprès de Roger Vergé. Il en a conservé un goût sûr pour les beaux produits, une faculté qu'il exploite encore aujourd'hui dans la maison familiale, qu'il dirige depuis plus de vingt-cinq ans. C'est aujourd'hui, un magnifique hôtel 5 étoiles, avec spa, au cœur de ce Luberon si prisé des amateurs de belles tables. Dressages soignés, ingrédients triés sur le volet, service de grande maison, un repas chez Xavier Mathieu est un moment à part, privilégié. Mais c'est aussi une véritable fête, au fil des plats qui s'enchaînent dans ce menu à 130 € qui n'a pas été conçu à l'économie, enchaînant sans temps mort le pot-au-feu de l'automne, la courge, le maquereau, la daube de bœuf à l'avignonnaise, les fromages et le dessert, pour une séquence dont on ressort immanquablement le sourire aux lèvres. Le coucher de soleil sur les collines est magique et la cave rassemble ce qui se fait de mieux dans la région.

Le Mas des Herbes Blanches

14/20

Route de Murs - T. 04 90 05 79 79 - Carte 25 € - Menu(s) 74 €

Cet écrin naturel est un dépaysement total pour découvrir la cuisine provençale réalisée par le chef Cyril Mendes, mettant en valeur les produits de la région. Sur la grande terrasse avec sa vue panoramique ou dans la grande salle, on goûte des langoustines tout en fraîcheur, avec condiment de fenouil, un crémeux de vinaigre de framboises et une écume de verveine-citron ; puis du loup de ligne rôti sur la peau, sa courgette ronde snackée à la plancha et pour booster le plat rouille et jus d'une soupe de poissons ; une selle d'agneau rôtie à l'ail accompagnée d'un caviar d'aubergines et d'oignons du Vaucluse dans l'esprit d'une pissaladière et, pour finir en douceur, le citron en trois textures ou la pêche en tuile croustillante, confit de pêches blanches à la verveine et un sorbet de pêches jaunes. Carte des vins régionaux, service un peu relâché en fin de saison.

L'ISLE SUR LA SORGUE 84800

Café Fleurs

12,5/20

9 rue Théodore Aubanel - T. 04 90 20 66 94 - Carte 43 €

Dans le coin des antiquaires, une sympathique maison qui fait vivre la région entre modernité et tradition. La facture est de qualité et l'on appréciera ses relectures du terroir : œuf de poule confit, crème de champignons et compotée de figues aigre-douce, dos de cabillaud, poêlée de champignons et jus de volaille jaune, chapelure citronnée et oseille fraîche, effiloché de bœuf, sauce Vacqueyras, polenta crémeuse, champignons râpés et huile de café. Desserts classiques.

MAISON D'HÔTES

La Magnanerie de l'Isle

7 rue Jean Théophile - T. 06 77 91 09 14 - à partir de : 240 €

Au cœur de L'Isle-sur-la-Sorgue, cette ravissante maison d'hôtes a été aménagée dans une ancienne imprimerie, sous la houlette de Gwenola Carpentier, qui a imaginé là 5 suites pensées comme des mini-appartement et dotées d'un confort digne d'un hôtel multiétoilé. Toutes déclinent une décoration résolument contemporaine avec des belles pièces design, comme la suspension «Vertigo» de Constance Guisset, le lampadaire «Branche» Rock the Kasbah et des créations Gervasoni. L'adresse compte également une piscine intérieure et un salon ultra-chaleureux, adossé à une cuisine où l'on savoure chaque matin un délicieux petit déjeuner avec jus de fruits bio et pâtisseries maison. Un lieu cosy et serein, idéal pour partir à la découverte des artisans et antiquaires du village.

BOULANGER

La Boulangerie de Sophie

21 avenue des Quatre Otages - T. 04 32 60 12 81

L'adresse fait l'unanimité pour la qualité des produits en boulangerie comme en pâtisserie, et le sourire de Sophie et son équipe éclairent le quotidien. Les différentes baguettes sont de vraies friandises, le campagrain a de nombreux adeptes, et les viennoiseries n'en finissent plus de régaler petits et grands, tout comme les pâtisseries individuelles pensées par la patronne, en partie réalisées par de jeunes apprentis pleins d'avenir.

BRASSEUR

La Brasserie Artisanale du Pays des Sorgues

8 rue Michelet - T. 06 47 00 60 71

Cette brasserie propose une bière bio artisanale, la Vallis Clausa, aux notes herbacées et florales. Des nouvelles créations aussi, comme cette bière ambrée aux notes caramélisées et torréfiées.

CONFISEUR

Lilamand Confiseur

13 rue de la République - T. 04 90 92 13 45

C'est Marius Lilamand, pâtissier-confiseur, qui a créé la première boutique en Provence. Justin, le fils, a développé la partie confiserie, quand Pierre, le petit-fils, propose confitures, confiseries, calissons, pâtes de fruits et autres fruits confits. Lilamand est la boutique où fruit et sucre ont fait un mariage qui compte plus de douceurs que de raison.

ÉPICIER

Les Délices du Luberon

1 avenue du Partage des Eaux - T. 04 90 20 77 37

Gourmands de mère en fils. Voilà comment les frères Msika aiment décrire l'histoire de cette vaste boutique spécialisée dans les aliments et recettes du Sud. Les produits sont exclusivement de la région, frais, achetés en saison, sans additifs, colorants, ni conservateurs. Plats cuisinés, huiles d'olive, biscuits, miels, confitures, sirops, vinaigres à la pulpe de fruits, les références sont nombreuses et le plaisir toujours au rendez-vous.

PÂTISSIER

Pâtisserie Jouvaud

5 avenue des 4 Otages - T. 04 90 26 72 97

Une famille de pâtissiers, un concept bien rôdé, avec des gâteaux, chocolats et confiseries bien mis en valeur. La tentation de pénétrer dans un univers gourmand commence par la curiosité, les couleurs et les saveurs font le reste. Carré Jouvaud, la plaque de chocolat aux amandes grillées, les Roucassons, des palets aux amandes enrobés de chocolat, les meringues bien ventrues, le cake à la vanille ou la très printanière tarte fermière où chantilly, framboises fraîches et coulis de fruits composent un subtil gâteau. Ces préparations révèlent l'âme pâtissière de la 3e génération, emmenée par une équipe jeune et souriante.

Pizzabella

80 PIZZAS ARTISANALES

Isabelle et Denis ont longtemps travaillé dans une pizzeria avant de créer Pizzabella, en 2013. Quatre-vingts pizzas sont proposées à la carte ainsi que des salades, dans une ambiance familiale. Tout est fait maison ! Chaque mois, une nouvelle pizza est proposée. Le vendredi : soirée à thème avec concert ou karaoké. Formule du midi (salade-pizza-dessert), mezzo-mezzo (mi-salade, mi-pizza).
Ouvert du mercredi au dimanche, midi et soir.
Le + : Parking, accès handicapés.

109, route d'Avignon, 84250 LE THOR
Tél. : 04-90-22-51-30
Facebook : Pizzabella Le Thor
www.pizzabella-le-thor.com

La Maison Moga

UN ÉCRIN AU CŒUR DU VAUCLUSE

Les fromages de vache, de chèvre et de brebis fleurent bon les terroirs français. La vieille bâtisse exhale les senteurs et les saveurs des jambons et autres pièces de charcuterie. Installés depuis 2016, les fromagers, cavistes et épiciers font découvrir un grand choix de produits. Chaque samedi, on déguste les nouveautés ; chaque dimanche, on se retrouve avec bonheur au brunch du marché.

3, cour Anatole France,
84800 L'ISLE-SUR-LA-SORGUE
Tél. : 04-84-51-07-34
E-mail : contact@maisonmoga.fr
www.maisonmoga.fr

> *C'est au cours d'un dîner copieux que la spiritualité de l'homme se manifeste avec le plus d'évidence.*

Somerset Maugham
(1874-1965)

LAURIS 84360

HÔTEL

Hôtel Domaine de Fontenille - 4 étoiles

Route de Roquefraiche - T. 04 13 98 00 00 - à partir de : 270€

Cette adresse est avant tout l'histoire d'un coup de foudre, celui de Frédéric Biousse et Guillaume Foucher qui découvrent, en 2015, cette bastide du XVIIe abandonnée, posée au cœur du Lubéron et d'un vaste parc empli de cyprès et de chênes centenaires. Magnifiquement restauré et transformé en hôtel, le domaine réunit aujourd'hui 19 chambres et suites décorées de meubles savamment chinés. Membre du groupe Relais & Châteaux, ce refuge aux allures de maison de famille accueille également une belle piscine et un spa griffé Susanne Kaufmann. Sans oublier un potager en permaculture, dont les délices inspirent la cuisine du chef Michel Marini, aux commandes de la table gastronomique Le Champ des Lunes et de la Cuisine d'Amélie, qui propose une cuisine plus simple mais ultra-savoureuse. À déguster avec un verre de vin issu des vignobles de la propriété.

LE PONTET 84130

Auberge de Cassagne 14/20

450 allée de Cassagne - T. 04 90 31 04 18 - Menu(s) 42-105€

Le cadre très chic de cette villégiature à l'écart de la Cité des Papes est le prétexte de dîners romantiques d'un grand classicisme. Philippe Boucher, trente ans de maison, poursuit, avec son chef Olivier Charmadiras, ce parcours vertueux de la belle assiette adaptée à une clientèle habituée : poitrine de cochon en chaud et froid copeaux de truffe d'été, tournedos de lotte au coulis de bouillabaisse safrané et risotto de quinoa au piment doux, framboise et chocolat bio grand cru de Madagascar glace menthe poivrée biscuit pain de Gênes aux amandes, dans la proposition d'appel à 69 € (homard, foie gras et langoustines dans les formules supérieures). Bon service, cave régionale de grands châteauneufs et de belles étiquettes sur toute la vallée.

Menu(s)

Fourchette de prix mentionnant le menu le moins cher et le menu le plus cher proposant à la fois entrée, plat et dessert sans les boissons, qui n'exclut pas les prix intermédiaires

Terre de Provence

UN ÎLOT DE BIEN-ÊTRE AU CŒUR DU PONTET

En région avignonnaise, au cœur de la zone commerciale du Pontet, Terre de Provence s'impose comme une évidence à tous ceux qui souhaitent s'offrir un moment de bien-être. Cela commence dès le portail de l'hôtel franchi. La lavande et les oliviers donnent le ton. Une placette, une fontaine... tout un décor digne des plus authentiques villages provençaux, bâti avec le concours d'artistes et d'artisans locaux. Admirez, notamment, le grand vitrail « Vincent et Mireille », œuvre majeure de Marcel Bracq et hommage à Frédéric Mistral. L'immersion se poursuit dans les 81 chambres.

Plaisir des sens

Marie-Christine et Jean-Louis Bégel, les propriétaires de Terre de Provence, ont voulu marquer l'expérience de leurs visiteurs, en apportant le plus grand soin au confort et à l'accueil. *« Après 39 mois de travaux, achevés en juin 2019, nous avons ouvert notre établissement tel que nous le concevions pour nos clients. Aucun détail n'a été laissé au hasard. Mais surtout, nos 17 collaborateurs sont des professionnels de talent, tous polyvalents, à l'esprit de service naturel, que l'on responsabilise et remercie chaque jour. Des équipes heureuses et fières de travailler pour Terre de Provence ! »*, précise Jean-Louis Bégel. Faire plaisir, c'est aussi proposer une cuisine maison, au sein du restaurant Au cuisiné maison (45 couverts, 2 services : 19h15 et 20h45), avec une carte resserrée autour d'un poisson, d'une viande et de buffets pour les desserts et les entrées. Pour les accompagner, des vins* locaux uniquement, bio pour la plupart. Et puis, parce que se faire du bien doit être accessible au plus grand nombre, un espace spa-fitness vous accueille sur 300 m^2. Une belle idée pour savourer l'art de vivre à la provençale !

64 bis, chemin des Petits Rougiers,
84130 LE PONTET
Tél. : 04-90-32-94-94
www.terredeprovence-hotelspa.com

Au cuisiné maison, le restaurant de l'hôtel Terre de Provence

© Christophe Aubry

*L'ABUS D'ALCOOL EST DANGEREUX POUR LA SANTÉ.

LOURMARIN 84160

HÔTEL

Hôtel Le Moulin de Lourmarin - 4 étoiles

Avenue Raoul Dautry - T. 04 90 68 06 69 - à partir de : 170€

Face au célèbre château de Lourmarin, cet hôtel a retrouvé une nouvelle jeunesse en 2021 grâce au tandem d'architectes Jaune, en collaboration avec le studio Be-Poles. Les 21 chambres déclinent désormais une décoration épurée, mais pleine d'esprit, avec mobilier tressé, céramiques, sols siglés Terres Cuites de Raujolles et belles salles de bains ornées de tommettes anciennes. On vient ici profiter de la sérénité lumineuse des lieux, mais également goûter la remarquable cuisine de Julien Serry, servie sur une jolie terrasse ombragée.

LES PRODUITS AOC ET AOP DE LA RÉGION PROVENCE-ALPES-CÔTE D'AZUR

Figue de Solliès, brousse du Rove, fromage de Banon, huile d'olive d'Aix-en-Provence, huile d'olive de Haute-Provence, huile d'olive de Provence, huile d'olive de la vallée des Baux-de-Provence, huile d'olive de Nice, muscat du Ventoux, olive de Nice, olives cassées de la vallée des Baux-de-Provence, olives noires de la vallée des Baux-de Provence, pâte d'olive de Nice, picodon, taureau de Camargue, truffe noire du Tricastin...

L'atelier de la ferme

TOUS LES PLAISIRS D'UNE CUISINE GOURMANDE

En plein centre-ville, Nicolas et Cloé vous accueillent comme chez eux avec l'envie de vous faire partager un moment gourmand. C'est l'histoire d'une passion commune autour de la cuisine et du plaisir de recevoir. Tous deux issus d'une famille de restaurateurs, Cloé et Nicolas, chef cuisinier expérimenté et touche-à-tout, ont décidé de créer un lieu à leur image : convivial, sincère et généreux. On se régale d'une cuisine maison créative aux accents bistronomiques, de produits de saison, locaux et frais ; la carte change tous les jours, au gré des inspirations du chef et des arrivages. Côté vins*, des producteurs-récoltants du coin pour des accords mets-vins réussis. Sur la terrasse pleine de charme ou dans la salle ultra-cosy, embarquez pour un moment gourmand !

Ouvert 7j/7 (haute saison) ; du mercredi au dimanche (basse saison).

2, place Louis Cornillac, 84340 MALAUCÈNE
Tél. : 04-90-37-25-64

La Maison du Gibassier

DES PAINS AUX NOMS QUI CHANTENT

La grande spécialité de la maison, c'est le Gibassier, une pâte sablée à base d'huile d'olive. Stéphane Riquier, installé depuis vingt-six ans, et son équipe proposent des pâtisseries traditionnelles, bavarois ou tarte lourmarinoise... Et des pains comme la Pomponette, pain aux céréales, pain aux figues et aux noisettes. Tous les jours, sandwichs et salades, à emporter ou à consommer dans l'espace snacking avec terrasse.

av. du 8 mai 1945, route d'Apt,
84160 LOURMARIN
Tél. : 04-90-68-00-94 / 07-49-13-06-28
E-mail : riquierstephane68@gmail.com
www.boulangerie-lourmarin.fr

*L'ABUS D'ALCOOL EST DANGEREUX POUR LA SANTÉ.

Brasserie L'insolite

ON S'Y SENT BIEN

Du frais, du vrai, une cuisine bistrot avec des suggestions de tapas et des plats du jour variés pour les habitués. Damien et Benjamin se sont associés, il y a huit ans, pour reprendre ce restaurant qui a évolué avec l'arrivée du chef Pascal Robert. Dans un décor original, les cartes sont étudiées par eux trois, pour des plats qui leur ressemblent, authentiques, avec pour fil rouge la cuisine provençale. Dans ce village parmi les plus beaux de France, la gastronomie et la qualité de vie sont reines. On y vit en terrasse, profitant d'une cuisine efficace, moderne, qui va droit au but. Légumes de saison, de la truffe parce que c'est un produit qui plaît et qu'on est dans le Lubéron, des produits nobles en circuit court comme le cochon du Ventoux, l'Andouillette de Lauris, le chèvre du Vaucluse… On se régale !

Place de la Fontaine, 84160 LOURMARIN
Tél. : 04-90-68-02-03
Facebook : L'insolite

Brasserie L'Angetlo

LA PROVENCE TYPIQUE

C'est l'aventure que mène Angélique et Laurent depuis 2019. Les deux cousins utilisent au maximum les produits frais du terroir local dans leur cuisine aux parfums du Sud, à l'instar de la salade au chèvre chaud du pays, des pieds et paquets (tripes) à la provençale, des burgers (bœuf, poulet, poisson ou végétarien) et du crumble aux fruits de saison. Formule du jour à 13.50 € avec dessert maison et suggestions quotidiennes. Leur épicerie fine propose des spécialités du Gers et les douceurs du chaudron d'Isabelle.

Le + : Terrasse aux beaux jours.

Avenue du 8 Mai, 1945
84160 LOURMARIN – **Tél. :** 04-90-09-78-82
Facebook : L'Ang&Lo

> *La bonne cuisine est honnête, sincère et simple.*
>
> Elisabeth David (1913-1992)

MALAUCÈNE 84340

PRODUCTEUR

La Ferme du Sublon

3679 route de Vaison - T. 06 79 62 63 29

Entre Vaison et Malaucène, une ferme qui produit des fruits et légumes depuis trois générations. En vente directe sur place, la ferme propose également des paniers gourmands, des produits régionaux et du vin.

MAZAN 84380

PRODUCTEUR

La Cerise Montolin

1450 chemin de Faverand - T. 06 86 10 53 75

Mendy et Jimmy Montolin proposent, à la sortie de Malemort-du-Comtat, des fruits et légumes de saison, tous bio, et complétés par des produits régionaux.

MÉNERBES 84560

HÔTEL

La Bastide de Marie - 4 étoiles

64 chemin des Peirelles - T. 04 90 72 30 20 - à partir de : 592€

Au cœur du parc naturel régional du Luberon, cette bastide est située dans un domaine de quelque 23 ha de vignobles. Conçu comme une maison de famille et restauré dans la pure tradition provençale, le domaine abrite désormais 15 vastes chambres et suites, mais également 2 villas (jusqu'à 10 personnes), toutes décorées de meubles anciens chinés chez les antiquaires de la région. Le lieu s'enrichit également d'un superbe espace principal logé dans une ancienne grange et réchauffé d'une grande cheminée, tandis que de petits salons et bibliothèques invitent à lire son roman ou découvrir l'un des jeux de société mis à disposition. Les terrasses ouvrent sur la piscine, protégée d'un rempart de pierre et d'un autre bassin face aux vignes. Les hôtes peuvent également goûter des plaisirs du spa Pure Altitude et du restaurant magnifiant les produits de la Provence. Une adresse rare, propriété des Sibuet, à qui l'on doit également les mythiques Fermes de Marie, à Megève...

MÉRINDOL 84360

La Bastide du Grand Tilleul 12/20

1 avenue des Bruillères - T. 04 32 50 20 82 - Carte 41€

Cette maison a indiscutablement une âme. Une belle bastide provençale dans un petit village, la terrasse au jardin sous les tilleuls, les repas simples et de bon goût dans une atmosphère familiale. Il faut savoir aussi goûter l'instant, se relaxer et profiter. Service très gentil, produits et vins du cru, de la sincérité et de l'engagement avec la salade de poulpe, la daurade grillée et légumes confits à l'huile d'olive, le tartare au couteau ou les côtes d'agneau au zaatar. N'oubliez pas le banon AOP avant les glaces Ravi de Clément Martin, artisan à Lourmarin.

Carte

Addition moyenne d'un prix à la carte englobant le prix d'une entrée + plat + dessert

Menu(s)

Fourchette de prix mentionnant le menu le moins cher et le menu le plus cher proposant à la fois entrée, plat et dessert sans les boissons, qui n'exclut pas les prix intermédiaires

Ajouter de la tomate et de l'origan, ça devient italien ; du vin et de l'estragon, ça devient français ; du citron et de la cannelle, ça devient grec ; de la sauce de soja, ça devient chinois ; ajouter de l'ail, ça devient bon !

Alice May Brock (1941-)

MÉTHAMIS 84570

COFFEE SHOP

Méthamis Café

347 rue des Grandes Aires - T. 04 90 61 81 14

C'est le rendez-vous des bikers de toute la région, mais les touristes et cyclistes sont évidemment les bienvenus pour retrouver Marco, le patron, et tous les amoureux du Ventoux. On boit un verre, mais on peut aussi, le vendredi, déguster les plats à emporter du camion itinérant des amis de Little Kitchen, Jim et Olivia.

ORANGE 84100

CHOCOLATIER

Régal Tendance

1 rue Madeleine Roch - T. 04 32 80 24 74

Xavier Legrand se présente comme un agitateur de saveurs, et il faut reconnaître qu'il ose. Les papilles trépignent avec l'In Vino (ganache épicée au rasteau doux naturel), le Tribal (ganache caramel et vinaigre balsamique), la Balade (ganache infusion fenouil sauvage), l'El Diablo (praliné au piment d'Espelette), le Réga'Lise (ganache noir et réglisse)...

Membres de l'Académie Gault&Millau

Tables Exceptionnelles – 19/20 à 19,5/20

Tables de Prestige – 17/20 à 18,5/20

Tables Remarquables – 15/20 à 16,5/20

Ce qu'on mange avec goût se digère aisément.

Georges Courteline (1858-1929)

Le Glacier

DEPUIS 1947

C'est une institution, en plein centre-ville, à deux pas du théâtre antique, où officient Nathalie, Philippe et leur fils Thomas, chef de cuisine. L'hôtel-restaurant, propriété de la famille depuis 4 générations, comprend 31 chambres cosy et intemporelles avec chacune son identité. La brasserie propose une cuisine à la carte, familiale, traditionnelle et revisitée, promettant des parfums subtils de voyage.

46, cour Aristide Briand, 84100 ORANGE
Tél. : 04-90-34-02-01
www.le-glacier.com

Hôtel de Provence – Bistrot Marius

LA TOUCHE BISTRONOMIQUE

Mélanie et François Albenque ont fait l'école hôtelière ensemble avant de se former dans plusieurs maisons gastronomiques de la Côte d'Azur et quelques belles tables en Angleterre. Ils se sont associés avec leur ami Guillaume pour reprendre le petit Hôtel de Provence, ancien relais de poste. Ils y ont créé leur restaurant bistronomique, le Bistrot Marius. Avec leur équipe de onze personnes et Sylvère Béguet, chef de cuisine, ils vous accueillent et vous concoctent, à l'ardoise, une cuisine à base de produits frais locaux, de retour du marché. La carte des vins*, sélectionnés par Pascal Estève, offre plus de cent références. Hôtel avec 13 chambres et piscine sur le toit.

60, avenue Fréderic Mistral,
84100 ORANGE
Tél.: 04-90-60-58-63
E-mail : hoteldeprovence@orange.fr
www.hotelprovence-orange.fr

*L'ABUS D'ALCOOL EST DANGEREUX POUR LA SANTÉ.

PERNES LES FONTAINES 84210

CAVISTE

Avitus la Cave

217 avenue de la Gare - T. 06 22 63 69 28

Dans la banlieue d'Avignon, dans les halles gourmandes du marché de la gare, cette élégante cave propose une sélection de vins rigoureuse, ainsi qu'un remarquable catalogue de whiskys et de rhums. Ces derniers sont d'ailleurs régulièrement l'objet d'ateliers de dégustation.

PERTUIS 84120

BOUCHER

L'Étape Gourmande

249 avenue Jean Moulin - T. 04 86 78 51 42

Jean-Marie Beltran fait un beau cadeau aux habitants de Pertuis en intégrant les Compagnons du Goût, un réseau qui sélectionne des artisans de la boucherie-charcuterie pour la qualité de leur prestation et leur engagement dans la profession. Un gage de qualité.

CAVISTE

Art de Vie

1047 route d'Aix - T. 04 90 08 23 75

Ici, rien n'est oublié. Dans un espace très polyvalent, l'art de vivre est examiné sous toutes ses coutures, de l'épicerie fine à la cave, en passant la boutique des arts de la table, le restaurant et les dégustations. Outre le paysage viticole français, on aura l'occasion de piocher dans la sélection de divers produits, des caviars prestigieux de maisons parisiennes aux terrines des fermes locales, ou encore parmi le large choix d'ustensiles et de vaisselle. On n'oublie pas la table de Salvy et Yann, qui auront à cœur d'accorder leurs sélections aux assiettes bistrotières du chef.

CHOCOLATIER

L'Art Chocolatier

ZAC Saint-Martin 270 rue François Gernelle - T. 04 90 77 16 28

Stéphane Roux recommande une consommation dans les trois semaines (ce qui ne devrait pas poser de problème !) et une mise à température entre 17 et 20 °C, pour une conservation optimale. Ce maî tre chocolatier propose ses Craquelines (oranges confites chocolatées) et une jolie sélection de bonbons au cacao de Saint-Domingue aux notes acidulées, de Madagascar au parfum floral, de Tanzanie plus cacaoté et des pointes de saveurs menthe, violette, réglisse ou praliné-spéculoos, crumble-noisette...

O'Rabasse

DANS L'AIR DU TEMPS

O'Rabasse, c'est le nom de la truffe en patois provençal. En saison, de décembre à mars, c'est l'un des produits Phare des plats réalisés par Luc qui privilégie les produits bruts. Floriane et Luc, jeune couple de la région, ont évolué dans l'hôtellerie de luxe et les établissements de prestige. De retour au pays, le couple a gardé ce niveau d'excellence tout en offrant un service gastronomique moderne, digne des grandes maisons sans être guindé. La cuisine du marché, dans le respect des saisons, est cohérente et réalisée à partir de bons produits qui ont du goût. Du côté des vins*, 80% sont une sélection artisanale et locale. Des vins nature, biodynamiques, bio sans extrémisme : aucune impasse sur un excellent cru parce qu'il ne remplit pas ces conditions ! L'accueil est souriant et le service efficace.

5, place de la Pompe,
84600 RICHERENCHES
Tél. : 09-52-97-34-93
www.orabasse.com

La maison des bons vivants

BISTRONOMIE ET BONHOMIE

Dans leur restaurant au style cosy, Paul et Rémi Di Maria comblent tous les appétits. Charcuterie maison, fromages et pains de qualité, viandes racées, plats de poisson... Les bons vivants apprécient les créations salées comme les desserts du chef, Rémi, avec lesquels la sélection de vins* de Paul se marie si bien. *Ouvert le lundi midi uniquement et du mardi au samedi, midi et soir.* **Le + :** Soirée musicale le samedi.

allée des Prés Verts, 84120 PERTUIS
Tél.: 04-90-08-94-39
www.auxbonsvivantspertuis.fr

> *La gastronomie est l'art d'utiliser la nourriture pour créer le bonheur.*
>
> Theodore Zeldin (1933-)

*L'ABUS D'ALCOOL EST DANGEREUX POUR LA SANTÉ.

RICHERENCHES 84600

O' Rabasse

12,5/20

5 place de la Pompe - T. 09 52 97 34 93 - Menu(s) 29-130 €

Dans la capitale du diamant noir, une bonne maison où les truffes sont à l'honneur, mais où l'on pourra aussi apprécier une cuisine de marché bien faite, au rythme des saisons et des envies du chef. À partir de 29 €, le menu est d'un bon rapport prix-plaisir, avec la poitrine de cochon d'Ardèche confite, crème de maïs et condiment de pruneaux à la cardamome verte, le retour de pêche, carotte curcuma, choux de couleur, beurre d'agrumes et pak choï, la longe de sanglier, parmentier d'épaule, girolles, céleri et jus de viande aux fruits noirs...

L'Escapade

12/20

247 avenue de la Rabasse - T. 04 90 28 01 46 - Menu(s) 30-40 €

Si l'animation est à son comble durant les mois truffiers (en gros, de décembre à fin février), il faut aussi fréquenter cette bonne auberge de village tout au long de l'année, pour la chaleur et la sincérité déployées par Sandrine et Nicolas Pailhes. Chez eux, le contraire du chichiteux et des restrictions. On passe un excellent moment avec des plats pleins de franchise, certains simples, d'autres plus luxueux, comme la brouillade aux truffes ou le pigeonneau au porto. Quelle que soit la saison, le parti pris de la bonne humeur l'emporte, et les vins du Rhône sont très bien choisis.

ROBION 84440

VIGNERON

Domaine des Peyre

1620 route d'Avignon - T. 06 08 92 87 71

Entre Gordes et l'Isle sur la Sorgue, ce domaine est le fruit du travail de Patricia Alexandre, ancienne rédactrice en chef de GaultMillau, et de son mari. Labélisé "distinction œnotourisme" par l'interprofession des vins du Rhône, le domaine vous reçoit pour des dégustations et des visites guidées. Un parcours d'art vous sera aussi proposé.

ROUSSILLON 84220

Restaurant David

12/20

Rue de la Poste - T. 04 90 05 60 13 - Menu(s) 38-47 €

Au cœur du village, une maison typique avec une vue époustouflante sur les ocres par les baies vitrées. La table plaît aux touristes comme aux locaux par sa capacité à innover sur le terroir comme sur des produits plus lointains : bonbons d'escargots de Roussillon aux herbes sabayon et champignons au vinaigre, queue de lotte croustillante variation de topinambour poire pochée aux épices civet à l'encre de seiche, ris de veau au sautoir tartelette aux champignons jus réduit au porto. Desserts plaisants et bien faits, tarifs logiques pour le chic Luberon.

SAINT DIDIER 84210

CONFISEUR

Nougats Silvain

4 place Neuve - T. 04 90 66 09 57

Ils sont paysans-nougatiers et fiers de l'être ! Attachés à leur belle région qu'est la Provence, ils mettent à l'honneur un produit phare : le nougat. Le savant mélange de miel, de sirop de sucre, de blancs d'œuf et d'amandes, perpétué de génération en génération, fait le bonheur des plus gourmands. Les amandes sont récoltées dans le village voisin et les ruches sont installées à peine plus loin.

Carte

Addition moyenne d'un prix à la carte englobant le prix d'une entrée + plat + dessert

Menu(s)

Fourchette de prix mentionnant le menu le moins cher et le menu le plus cher proposant à la fois entrée, plat et dessert sans les boissons, qui n'exclut pas les prix intermédiaires

Ô Mirail Restaurant

LES MERVEILLES DU LUBERON

Une cuisine de bistrot aux parfums de Provence, c'est ce que propose Yoann Rigaud dans son restaurant. Des produits de saison, dénichés au maximum en local, pour créer des plats maison colorés aux effluves typiques du Sud. Des ravioles au foie gras, truffes et morilles, assaisonnées d'un bouillon de volaille comme plat Signature, des lasagnes d'escargot avec une espuma au cresson ; et pour la douceur sucrée, des figues cuites et crues avec un siphon au lait d'amande et une réduction de vin* rouge aux épices. Ce sont quelques exemples de gourmandises nées de l'imagination du chef. La carte est renouvelée toutes les six semaines, selon les fruits et légumes du marché. Menu du jour – entrée, plat, dessert et café pour 18.50€ – ou menus à 37€ et 52€ et suggestions à la carte. Deux terrasses, l'une sous pergola, l'autre ombragée autour de la fontaine.

✉ 8, place de la Fontaine,
84760 SAINT-MARTIN-DE-LA-BRASQUE
Tél. : 09-86-18-47-48
Facebook : Ô Mirail

Café de Paris

LA PROVENCE DANS L'ASSIETTE

Si ce n'est déjà fait, venez découvrir ce bar-restaurant idéalement situé au cœur du Vaucluse. Il met la cuisine provençale à l'honneur. La chef Dominique vous régale de mets élaborés à partir de produits frais, locaux et de qualité : il n'y a pas de secret ! Quelques exemples pour vous mettre l'eau à la bouche ? Les pieds et paquets, l'agneau du Luberon confit, le porc du Ventoux, la gardianne de taureau… et l'incontournable aïoli du vendredi, à base de cabillaud frais. Gardez tout de même une place pour le dessert, que ce soit le gâteau renversé à l'ananas ou le millefeuille crémeux. Le tout est à déguster à l'intérieur ou à l'extérieur, dans le jardin ou la terrasse d'été. Notez que, le week-end surtout, il est préférable de réserver pour passer un délicieux moment au Café de Paris.

Ouvert tous les jours (sauf le jeudi) de 7h à 20h.

✉ 118, le Cours, 84210 SAINT DIDIER
Tél. : 04-90-66-10-71

*L'ABUS D'ALCOOL EST DANGEREUX POUR LA SANTÉ

SAINT SATURNIN LÈ S APT 84490

HÔTEL

Le Domaine des Andéols - 4 étoiles

Hameau des Andéols - T. 04 90 76 84 71 - à partir de : 193€

À mi-chemin entre l'hôtel de luxe et la demeure privée, ce domaine a été conçu par Patrizia et Olivier Massart, qui y ont aménagé 8 suites Nature et 11 maisons indépendantes, décorées d'œuvres d'art et de remarquables pièces de designers, Philippe Starck en tête. Véritable paradis pour les amateurs de culture avec ses bibliothèques et ses expositions régulières, le lieu propose également 2 restaurants, Le Platane et sa terrasse perchée, et La Loggia qui décline une cuisine plus gastronomique, le tout piloté par le jeune chef Aurélien Egger, qui privilégie les produits locaux, notamment ceux issus des potagers, vergers et vignobles du domaine. Voué à l'harmonie et au bien-être, l'espace dédié à la déconnexion et à la relaxation regroupe piscines (extérieure et intérieure), bassin de nage, Jacuzzi, hammam et large palette de soins, de massages et de cours de yoga.

LES PRODUITS AOC ET AOP DE LA RÉGION PROVENCE-ALPES-CÔTE D'AZUR

Figue de Solliès, brousse du Rove, fromage de Banon, huile d'olive d'Aix-en-Provence, huile d'olive de Haute-Provence, huile d'olive de Provence, huile d'olive de la vallée des Baux-de-Provence, huile d'olive de Nice, muscat du Ventoux, olive de Nice, olives cassées de la vallée des Baux-de-Provence, olives noires de la vallée des Baux-de Provence, pâte d'olive de Nice, picodon, taureau de Camargue, truffe noire du Tricastin...

Le Saint-Hubert

LE LUBERON DANS L'ASSIETTE

S'ils s'approvisionnent chez de petits producteurs locaux avec lesquels ils ont des relations privilégiées, Lise et Éric Monteleon cuisinent selon leurs influences avec, en toile de fond, les continents qu'ils ont traversés. Soupe de melon de Cavaillon à la noix de coco, bouillon dashi de bar de Méditerranée accompagné de riz de Camargue bio, agneau de Lioux de la famille Bonnet, mousse au miel de Saint-Saturnin-lès-Apt… Une bistronomie de saison, du petit déjeuner au café, et un dîner au restaurant avec vue sur le Luberon !

1, place de la Fraternité,
84490 SAINT-SATURNIN-LÈS-APT
Tél. : 04-90-75-42-02
www.le-saint-hubert-luberon.com

Bistrot Saint-Trinit

LA TRADITION MAISON

Élodie et Anthony Mercier mettent l'accent sur la tradition maison dans leur bistrot de pays créé en 2019. Les assiettes savoureuses et gourmandes sont concoctées à partir de fruits et légumes de saison et de produits locaux. Aïoli, pieds paquets, cochon du Ventoux, agneau confit, filet de bar… Des plats conviviaux et généreux accompagnés de mets de qualité, à l'instar du petit épeautre, des fromages de chèvre et de brebis du plateau d'Albion. Des desserts maison aux notes provençales sont proposés comme la crème brûlée au miel de lavande ou les profiteroles à la crème de châtaigne. La carte est renouvelée selon les saisons. Formule entrée, plat et dessert à 16 €. Terrasse ombragée au cœur du village provençal, entouré de champs de lavande et d'épeautre.

Le Village, 84390 SAINT-TRINIT
Tél. : 04-86-69-62-80
Facebook : Le Bistrot de Saint Trinit

> *Bonne cuisine et bon vin, c'est le paradis sur terre…*
>
> Henri IV (1553-1610)

SARRIANS 84260

CHOCOLATIER

Maison Lesage

864 avenue Agricol Perdiguier - T. 04 13 07 83 69

On ne rentre pas dans la maison Lesage en gardant toute sa… sagesse. En effet, comment résister à la gamme de glaces maison aux multiples saveurs (pêche-verveine, fraise-basilic…), aux confitures de cerises de Venasque, abricots des Baronnies, clémentines de Corse… Laurent et Florence ne choisissent pas les ingrédients au hasard : beurre d'Échiré, figue de Marseille, chocolat Valrhona entrent dans des compositions abouties.

LES PRODUITS AOC ET AOP DE LA RÉGION PROVENCE-ALPES-CÔTE D'AZUR

Figue de Solliès, brousse du Rove, fromage de Banon, huile d'olive d'Aix-en-Provence, huile d'olive de Haute-Provence, huile d'olive de Provence, huile d'olive de la vallée des Baux-de-Provence, huile d'olive de Nice, muscat du Ventoux, olive de Nice, olives cassées de la vallée des Baux-de-Provence, olives noires de la vallée des Baux-de Provence, pâte d'olive de Nice, picodon, taureau de Camargue, truffe noire du Tricastin…

Le Pressoir

COULEUR LOCALE

Pâtissier de métier, Jean-Pierre a attrapé la passion de la cuisine dans le restaurant de sa grand-mère. Sur la place du village, sous les platanes, il a racheté Le Pressoir en 2007. Habitués et touristes profitent de la fraîcheur de la fontaine et des cocktails* du patron baptisés « le pass » ou « l'antivirus ». Jean-Pierre cuisine les spécialités provençales sur place, à partir du chèvre du village, de la viande d'à côté et des légumes locaux en pleine saison, qu'il sert lui-même, tandis que sa femme, Marlène, prépare les assiettes. Fameux !

73, place Jean Jaurès, 84260 SARRIANS
Tél. : 04-90-65-40-49
Facebook : @lepressoir84260
www.loeildeprovence.com/39/restaurant-le-pressoir

> *Dans les souvenirs d'enfance de chaque bon cuisinier se trouve une grande cuisine, une cuisinière en marche, un gâteau qui cuit et une maman.*
>
> Barbara Costikyan (1928-2020)

*L'abus d'alcool est dangereux pour la santé.

SAULT 84390

Le Provençal

11/20

Rue Porte des Aires - T. 04 90 64 09 09

Au cœur du quartier ancien, une table emblématique accueillant des habitués de longue date. On aime l'atmosphère de toujours, la cave, mémorable et un peu vieillissante, mais campée sur des verticales impressionnantes (de Silex, de Grange des Pères...) avec quelques cuvées très rares. Et si l'on regrette le pain de cantine et une attirance moyenne pour le terroir, y compris sur le vin (un seul verre proposé en rouge, du saumur...), on goûte avec respect ces assiettes sincères et en voie de disparition, la cervelle d'agneau en fricassée, la blanquette de veau aux cèpes, les rognons... Réservation obligatoire.

BOUCHER

Yves et Virginie

Rue de la République - T. 04 90 64 01 16

Yves et Virginie font tout et le font bien : boucherie, charcuterie, épicerie fine, traiteur, fromages, vins... On se régale de produits locaux, bien présentés et fort appétissants. Charcuterie en tête, avec la ventrèche paysanne, le saucisson du Ventoux, la pancetta à l'ancienne, le jambon cru d'agneau, l'andouillette maison et, bien sûr, le jambon de porc du Ventoux.

CONFISEUR

Maison André Boyer

Place de l'Europe - T. 04 90 64 00 23

Le fameux nougat de Sault par le spécialiste reconnu et incontesté de la question. Plus d'un siècle de savoir-faire, transmis de génération en génération, pour continuer à offrir nougats et macarons, avec le miel du pays. Également des calissons, des galettes de petit épeautre, des guimauves et autres confiseries dans cette boutique située en plein centre.

ÉLEVEUR

Les Chèvres de Saint Jean

53 chemin de l'aven Jean Nouveau - T. 04 90 64 17 76

Dans un environnement privilégié, l'air pur et la montagne alentour, le troupeau d'une soixantaine de bêtes vit à l'extérieur, à 900 m d'altitude, pour donner un lait de qualité transformé en délicieux fromages frais ou affinés. Vente sur place et sur les marchés locaux.

SÉRIGNAN DU COMTAT 84830

CHOCOLATIER

Chocolat. T

Impasse les Péssades - T. 06 21 46 84 27

Depuis 2014, ce chocolatier reconnu offre aux locaux la plus belle boutique de la ville, en termes de présentation, de design et surtout de qualité. Les emballages sont soignés, la matière première soigneusement sélectionnée, les spécialités nombreuses, bonbons, tablettes, tubes et disques, mais aussi macarons et pâtes à tartiner. La maison est également présente sur les marchés régionaux avec son Tube Citroën qui ajoute à la modernité des produits un joli charme d'antan.

UCHAUX LE VILLAGE 84100

Le Temps de Vivre

12,5/20

322 route de Bollène - T. 04 90 40 66 00 - Menu(s) 19-50 €

Au nord d'Orange, au croisement de la Drôme, du Gard et du Vaucluse, l'adresse d'Audrey et Thierry Bonfante est un petit havre de paix au cœur de la Provence, où les produits du pays sont à l'honneur dans des compositions graphiques et remarquablement exécutées. L'endroit, d'un style purement local, entre pierre blanche et mobilier paysan plutôt chic, accueille une cuisine généreuse (qui doit sans doute beaucoup aux origines gasconnes du chef) et qui donne à voir le terroir dans des menus bien construits. La formule à 41 € permet ainsi la redécouverte du saumon cru mariné et salade de fenouil, du pavé de merlu et boulangère de salsifis, de la tajine de pintade de la ferme de Bazaine, ou encore du pot de crème au chocolat et cappuccino au café.

Le M - Château de Massillan

12/20

730 chemin de Massillan - T. 04 90 40 64 51 - Menu(s) 75-115 €

Ce très élégant château du XVIe siècle, ancien relais de chasse de Henri II et de Diane de Poitiers, est une villégiature luxueuse et accueillante que Marie et Didier Perréol, les propriétaires, ont magnifiquement rénovée. Au restaurant, les chefs se succèdent assez rapidement et c'est désormais Mickaël Furnion qui est aux commandes après avoir enchaîné les saisons dans les stations alpines et sur les bords de la Méditerranée. Il propose une cuisine à la fois ensoleillée et pleine de naturel et pioche allégrement dans le potager bio du château.

VACQUEYRAS 84190

VIGNERON

Rhonéa

258 route de Vaison la Romaine - T. 04 90 12 41 26

Regroupement de caves coopératives, Rhonéa offre dans les villages de Vacqueyras, Beaumes-de-Venise, Rasteau et Visan des espaces de dégustation pour découvrir la large palette des vins de la région et son esprit coopératif.

VAISON LA ROMAINE 84110

Le Moulin à Huile

13/20

1 quai Maréchal Foch - Route de Malaucène - T. 04 90 36 04 56 - Menu(s) 35-51€

Les toques ne sont plus aussi nombreuses qu'autrefois ? Et alors ? Il en reste deux et elles sont à la fois solides et méritées, sans pour autant se faire trop cher payer. La terrasse spacieuse et bien ombragée, en surplomb de l'Ouvèze, a conservé toute sa magie et la cuisine prend de jolis accents sudistes sous la houlette de Jérôme Blanchet, l'ancien chef de Crillon le Brave : œuf de poule bio basse température sur toast brioché, petits pois voilés au lard sauce Choron, filet de canette rôti aux nectarines, cébette grillée et Délicatesses de la Drôme à la fleur de sel, fraises du Crestet, crémeux pistache et streusel aux amandes pour un ensemble à la fois maîtrisé, gourmand et bon marché (35 € pour ce joli menu, c'est une affaire dans le secteur).

BOUCHER

Boucherie Charcuterie Gargantua

40 cours Taulignon - T. 04 90 36 28 86

Le réaménagement du cours Taulignan va faciliter l'accès vers cet épatant boucher-charcutier-traiteur de longue réputation. Viande et volailles de qualité, plats préparés par Gilles Diglé depuis trente ans. Sans oublier la bonne charcuterie artisanale, les terrines et autres saucisses et saucissons renommés, comme le pontias aux olives de Nyons.

CAVISTE

La Violette Mauve

3 rue du Maquis - T. 04 90 65 82 32

Un esprit d'ouverture et de découverte anime Cédric et Chloé, cavistes de caractère et de parti pris, qui ne travaillent qu'avec des vignerons amis, comme Alexandre Roux, à Entrechaux, ou Lionel Gosseaume, en Touraine. Ils proposent également les vins de leur propre domaine, le Mas Poupéras. Également une belle sélection d'alcools.

FROMAGER

Lou Canesteou

10 rue Raspail - T. 04 90 36 31 30

Josiane Déal, la reine du fromage en Provence, a passé la main à Romain Dumond, qu'elle a fort bien formé. Celui-ci continue d'afficher l'un des plus beaux étalages de la région, dans cette boutique pimpante du centre-ville. Une sélection pointue et variée, un affinage irréprochable pour une qualité largement maintenue. Également une sélection de vins du Vaucluse, de la Drôme et d'Ardèche.

PÂTISSIER

Maison Lesage

2 rue de la République - T. 04 90 36 06 75

Doté d'une longue expérience et d'une solide formation dans les meilleures maisons, Laurent Lesage a créé, avec son épouse Florence, une entreprise à taille humaine, tournée vers le plaisir du pur chocolat, des bonbons et pâtisseries. Derrière la pimpante façade orange, du bonheur en tablettes, mais aussi des marrons glacés, fruits confits, pâtes à tartiner et confitures. Une autre boutique à Sarrians.

Tables de Prestige – 17/20 à 18,5/20

Tables Remarquables – 15/20 à 16,5/20

Tables de Chef – 13/20 à 14,5/20

Tables Gourmandes – 11/20 à 12,5/20

Tables Originales – 10/20 à 10,5/20

Domaine des Fontnobles

EN TERROIR PROVENÇAL

Repris en 2009 pour succéder à leurs parents et grands-parents, Jacques, Monique, Marie et Maxime BERTRAND élèvent leurs vins* sur cette exploitation du XVIIe siècle. Vacqueyras (en rouge et blanc), Gigondas, Beaumes-de-Venise. Crus des Côtes du Rhône, tirent leur exceptionnel nectar rouge des cépages Grenache et Syrah, plantés autour des Dentelles de Montmirail. Un gîte de cinq chambres climatisées (avec SDB dans chacune), une piscine chauffée et privatisée vous accueille, sur rendez-vous, pour un voyage œnologique inoubliable avec visite de cave et dégustation.

✉ Hameau de Fontbonne,
84190 VACQUEYRAS
Tél. : 06-86-99-79-81 / 06-72-73-34-89
www.domaine-des-fontnobles.com

Babet Restaurant

LA BISTRONOMIE PROVENÇALE

Une cuisine inventive, concoctée avec des produits frais locaux. C'est le crédo que partagent Thaïs et Lucas dans leurs assiettes. Chaque semaine, ils créent un nouveau menu de saison pour susciter la découverte de saveurs originales : œuf en croûte de pain et sa mousse d'oignons, rouget de Méditerranée bouillabaisse et un dessert autour de la pêche, yaourt anis pour la note sucrée. Menu unique le midi, carte ou menu le soir. De magnifiques vins* locaux bio ou naturels accompagneront vos mets.

✉ 10, avenue Victor Hugo,
84110 VAISON-LA-ROMAINE
Tél. : 04-90-62-94-22
www.babetrestaurant.fr

La Fête en Provence

AU CŒUR DE LA CITÉ MÉDIÉVALE

Lou Cristiansen a pris la suite de sa mère et de ses grands-parents. Elle vous accueille dans un hôtel de 12 chambres et appartements avec coin cuisine. Aux beaux jours, on apprécie les cocktails*, tapas et grillades dans la cour intérieure avec patio ombragé. La cuisine est traditionnelle, à base de produits bio ou de l'agriculture raisonnée de proximité.

Le + : Espace piscine.

✉ Haute-Ville, 84110 VAISON-LA-ROMAINE
Tél. : 04-90-36-36-43
E-mail : hotel@fete-provence.com
www.hotellafete-provence.com

*L'ABUS D'ALCOOL EST DANGEREUX POUR LA SANTÉ.

Café de la Paix

LE BISTROT GASTRO ART NOUVEAU HAUT DE GAMME

Cette sublime salle art nouveau (1903), la seule ouverte au public dans le Vaucluse, est classée aux monuments historiques et correspond à la cuisine inspirée des lieux. Le Café, habillé de rouge et d'or, révèle des plats justes, en parfait équilibre, qui s'appuient sur des produits respectés, frais, de saison, d'exception, artisanaux. Le poisson issu de la Criée, la viande de producteurs éleveurs, les légumes du maraîcher voisin assurent à la cuisine de Brice Lambeaux des qualités gustatives et nutritives exceptionnelles. Entre tradition et modernité, le chef déploie tout son talent pour souligner l'excellence d'une maison authentique et de caractère. Ses linguines sauce Homardine aux langoustines, son échine de porcelet confite racontent des plats riches, généreux, copieux, à l'image d'une institution qui accueille chaque semaine le premier marché aux truffes de la région. Une adresse incontournable.

26, rue de l'Hôtel de ville,
84600 VALRÉAS – **Tél. :** 04-90-46-88-25
Facebook : Restaurant "café de la paix"
cafedelapaix-valreas.fr

Le plaisir de la table est de tous les âges, de toutes les conditions, de tous les pays et de tous les jours.

Jean Anthelme Brillat-Savarin
(1755-1826)

VEDÈNE 84270

TORRÉFACTEUR

La Maison du Bon Café

130 chemin du Pont Blanc - T. 04 90 32 00 89

L'entreprise familiale, forte de son succès, est désormais à la tête de deux boutiques, à Châteaurenard et à Vedène. Cet espace lumineux totalement dédié aux plaisirs du café et du thé offre une belle occasion de remplir nos placards : des mélanges boisés, épicés, fruités, des arabicas certifiés biologiques en provenance du Pérou, du Guatemala, de Bolivie, du Mexique, de Mélanésie, des Blue Mountains de Jamaïque côtoient les thés de Yunnan, Darjeeling, Ceylan, lapsang souchong, et autres boissons aromatisées. Chaleureux espace de dégustation pour tout tester avant d'acheter.

LES PRODUITS AOC ET AOP DE LA RÉGION PROVENCE-ALPES-CÔTE D'AZUR

Figue de Solliès, brousse du Rove, fromage de Banon, huile d'olive d'Aix-en-Provence, huile d'olive de Haute-Provence, huile d'olive de Provence, huile d'olive de la vallée des Baux-de-Provence, huile d'olive de Nice, muscat du Ventoux, olive de Nice, olives cassées de la vallée des Baux-de-Provence, olives noires de la vallée des Baux-de Provence, pâte d'olive de Nice, picodon, taureau de Camargue, truffe noire du Tricastin...

Le goût pile

LE SENS DES SAVEURS

Arnaud, en salle, et son associé, Bastien, aux fourneaux, privilégient la simplicité et la fraîcheur, avec une inclination pour les produits bruts et tout ce qui donne du goût, de la saveur, de l'élégance à une cuisine traditionnelle française. Les présentations sont soignées, les portions copieuses, l'accueil est chaleureux. Côté desserts, en fil rouge, le baba au rhum* philippin Don Papa, chantilly maison, est plébiscité depuis l'ouverture, en mai 2018.

✉ 55, rue de la République, 84270 VEDÈNE
Tél. : 04-90-01-71-24
Facebook : Le goût pile

Auberge la Tuilerie

SUR LA ROUTE DES VINS*

Un domaine niché au cœur des vignes, sur la route des vins*, entre Vaison-la-Romaine et Châteauneuf-du-Pape. La chef vous accueille dans un jardin bucolique pour partager avec vous sa cuisine, au rythme des saisons. Produits locaux, saveurs méditerranéennes, vins bio issus du Domaine. Depuis trente ans, cette table de vigneron accueille une cinquantaine de couverts avec vue imprenable sur les Dentelles de Montmirail. Un plat Signature : veau Marengo et sa polenta aux olives de Nyons.

✉ 786, chemin de la Tuilerie, 84150 VIOLES
Tél. : 04-90-70-92-89 / 06-13-16-98-08
E-mail : henrysylvie84@gmail.com
Facebook / Instagram : Auberge La Tuilerie

Les 3 petits cochons

UN PARFUM DE PROVENCE

Porc des Alpes, agneau de Provence, veau du Limousin, bœuf de l'Aubrac affiné au moins 3 semaines et volailles locales, voilà les savoureuses viandes que prépare Mathieu Pasinetti. Il fabrique maison des pâtés de différentes saveurs - poivre vert, figatellu, campagne au genièvre -, des saucisses... Et propose, chaque jour, un nouveau plat cuisiné comme la blanquette de veau, le tajine d'agneau, la paella, les lasagnes, l'aïoli ou encore la brandade de morue. Un régal pour vos yeux et vos papilles !

✉ 4, rue Séguret, 84530 VILLELAURE
Tél. : 04-90-09-83-32
Facebook : Boucherie les 3 petits cochons

> *La bonne cuisine est honnête, sincère et simple.*
>
> Elisabeth David (1913-1992)

*L'ABUS D'ALCOOL EST DANGEREUX POUR LA SANTÉ.

VILLES SUR AUZON 84570

VIGNERON

TerraVentoux

253 route de Carpentras - T. 04 90 61 79 47

Cette cave coopérative de référence qui produit des vins en bio et en biodynamie propose également de découvrir l'appellation à travers une balade à vélo électrique pour découvrir 5 terroirs différents. Une façon estivale de découvrir l'appellation.

LES 7 PRINCIPES DE GAULT&MILLAU

1

L'indépendance totale vis-à-vis des établissements.

2

Le recrutement d'enquêteurs exigeants, gourmets et gourmands.

3

L'anonymat des enquêteurs lors des évaluations.

4

La visite dans des conditions normales de fréquentation.

5

Le règlement des additions.

6

La mise à jour régulière par des évaluations continues.

7

La vérification de nos informations

20

CORSE-DU-SUD

AJACCIO 20000

A Nepita 14/20

4 rue San Lazaro - T. 04 95 26 75 68 - Carte 66 € - Menu(s) 42 €

Caché de la foule, le restaurant de Simon Andrews constitue néanmoins l'une des meilleures tables de la cité. Le sens du produit, l'amour de la Corse qui émane de ce citoyen britannique, la fraîcheur des poissons de pêche locale, associés à de savants dressages et les légumes du moment, pour un menu unique modifié selon le marché. Un très bon rapport qualité-prix, les vins de l'île savamment choisis.

A Cantina di Ghjulia 13,5/20

21 rue Conventionnel Chiappe - T. 09 83 93 12 59 - Menu(s) 32 €

Au milieu de la concentration de tables et cafés de la vieille ville, la Cantina est une valeur refuge. Andrée et sa maman, Ghjulia, la gardienne des recettes familiales d'une authentique cuisine corse, font tout pour restituer en pleine jungle touristique l'esprit d'une table de village. Avec la charcuterie des montagnes, avec les escargots à la sauce bien relevée, avec la saucisse de veau de chez Abbatucci ou les calamars à l'ajaccienne. C'est simple et juste, sans les emberlificotements des assiettes urbanisées pour les pinzuti. Les desserts classiques sont soignés (flan, fondant, pavlova...) et les vins, bien sélectionnés.

BOULANGER

Boulangerie Galeani

3 rue Cardinal Fesch - T. 04 95 21 39 68

C'est une boulangerie traditionnelle nichée dans ce petit coin de Corse, qui valorise tout autant le pain complet au levain que les canistrelli (biscuits sablés) à l'anis ou aux amandes, les canestra (pâte briochée) ou les beignets au brocciu.

CAVISTE

La Cave du Cardinal

4 rue Cardinal Fesch - Passage Bonino - T. 04 95 50 30 27

Sous ces voûtes, on respire un air fait d'histoire et de prestige. Aujourd'hui tenue par Julien et Élodie, la maison tient une cave où les grands millésimes se mêlent aux découvertes dans une atmosphère chaleureuse et dynamique. Outre les belles sélections qui font la renommée de l'adresse, on pourra également visiter le bar à vin, où les amateurs aiment à se retrouver pour y découvrir les derniers arrivages.

ÉPICIER

Gusto

2 cours Napoléon - T. 04 95 27 91 94

Chez Gusto, c'est avant tout l'amour du goût et des choses bien faites. Cette épicerie permet également de se restaurer, la cuisine est faite maison. Les produits viennent de partout en France (Pays basque, Alsace, Provence).

Maison Ferrero

4 boulevard Madame Mère - T. 04 95 21 30 75

Dominique Ferrero a créé boulevard Madame-Mère, un lieu unique où le raffinement est de mise. Une belle représentation du terroir corse, mais pas seulement : produits frais ou de conserve comme la soupe à l'ail d'ours de chez Fleuriet, les conserves de légumes de chez Appert, une habile sélection de vins corses et italiens, les chocolats Bonnat, les poivres et épices du Comptoir des Poivres, mais aussi des fromages et charcuteries qui fleurent bon la tradition... un fond d'épicerie plus classique avec des biscottes, réalisées par le dernier biscottier artisanal de France, ou des pâtes, produites en circuit court par des agriculteurs, la famille Mancini.

U Stazzu

1 rue Bonaparte - T. 06 60 39 72 02

Chez les Marcaggi, on fait de la charcuterie artisanale depuis des générations. Les cochons corses sont élevés en liberté, à Bocognano, et finissent leur vie paisible par quelques semaines d'alimentation traditionnelle, glands et châtaignes. Dans la boutique du centre-ville, vous trouverez ces figatelli, coppe, lonzi, saucissons et prizutti au bon goût de noisette et de très belle facture.

FROMAGER

La Maison du Fromage

1 rue Pugliesi Conti - T. 04 95 21 06 03

Sur l'île de Beauté, les chèvres et les brebis font la loi de fromages bien frais et bien affinés. Beignets au brocciu, fromage frais, tartiflette reblochon, la maison vous soufflera quelques bonnes idées de préparations pour tenir un hiver rigoureux. Le choix est vaste à la coupe et la sélection, bien faite : tomme sartenaise, royal briard, brie de Meaux, camembert, brie de Melun, neufchâtel, chabichou du Poitou, cantal de Salers prouvent bien qu'ici aussi on garde l'œil rivé sur toutes les régions de France.

POISSONNIER

Halles aux Poissons

Quai de la République - T. 04 95 51 52 53

À notre connaissance, où que vous regardiez dans la halle aux poissons, vos yeux se poseront sur des produits frais prélevés le matin même, issus de la pêche locale, dans le golfe. Soles, sars, daurades royales et dorades grises, sardines, mostelles, chapons, vives, le meilleur de la Méditerranée, c'est ici, et c'est tous les matins !

L'auberge du Cheval Blanc

TOUS LES GOÛTS SONT DANS SA NATURE

Satisfaire tous les goûts, voilà l'ambition de cet établissement ouvert en 1982. Selon vos envies, il vous réserve une triple surprise : un restaurant et une offre d'hébergement. Un endroit unique à Ajaccio !

Dans l'une des plus anciennes rues ajacciennes, à deux pas de la célèbre citadelle et de la maison natale de Napoléon, l'Auberge du Cheval Blanc est une adresse devenue incontournable.

Voilà bientôt quarante ans qu'elle accueille chaleureusement tous les fins gourmets en quête de beaux moments culinaires. Élaborée par le chef, Romain Tatat, sa carte s'articule autour de produits de qualité, de saison et locaux de préférence. Vous n'avez plus qu'à faire votre choix parmi les spécialités corses, entièrement élaborées maison, avec talent et générosité.

Vous en voulez plus ? Il y a huit ans est né Le Petit Cheval Blanc, un restaurant connu pour ses pizzas à pâte fine et ses burgers élaborés à base d'ingrédients de premier choix (pancetta, fromages corses...). Dès les premiers rayons du soleil, elle partage sa très agréable terrasse avec l'Auberge du Cheval Blanc. Ses clients apprécient aussi sa magnifique salle voûtée à la décoration rustique, avec ses pierres et poutres apparentes. Ici, tous les appétits sont comblés, et les clients deviennent vite fidèles au lieu, certains depuis 1982 et parfois sur deux générations. Ils y ont leurs habitudes et leur plat fétiche aussi.

Vous souhaitez prolonger le plaisir dans cet authentique bâtiment du XVe siècle ? À l'étage, quatre chambres d'hôtes et un appartement tout confort, vous attendent, au calme.

Ouvert tous les jours, midi et soir, sauf le dimanche. Été : 7j/7 (fermé le dimanche midi).

Le + : burgers et pizzas à emporter ou en livraison.

✉ 18, rue Bonaparte, 20000 AJACCIO
Tél. : 04-95-20-59-01
Facebook et Instagram : @lepetitchevalblanc

Chez Nino

UNE BOUCHERIE D'EXCELLENCE

Cette boucherie-charcuterie-traiteur est le commerce incontournable des amateurs de produits authentiques aux merveilleuses saveurs à déguster ou à cuisiner.

L'histoire d'un talent remarquable
Cédric Astic, artisan boucher et propriétaire de Chez Nino, s'est découvert un goût pour le métier dès son stage au collège. Motivé, il suit des études dédiées, puis, diplôme en poche, il affute ses gestes chez le patron qui l'avait accueilli petiot. *« Durant ces huit années, j'ai appris à désosser les bêtes entières, à découper et travailler les viandes pour en faire de belles préparations bouchères. J'ai eu beaucoup de chance car cette boucherie qui appartient à la même famille depuis plusieurs générations travaille dans l'excellence »*, dit-il.

Le temps de l'émancipation et du désir de changement l'invite sur l'Île de Beauté en 2014 pour une saison de 3 mois. Puis l'histoire va en décider autrement. En effet, il reste et s'y installe autant par amour pour l'île et ses habitants que pour satisfaire le désir de son ancien patron, Monsieur Léoni. *« Il souhaitait partir à la retraite et me céder les rênes de la maison. Je le remercie encore pour sa confiance et pour son aide »*, affirme Cédric, qui ajoute : *« Aujourd'hui, nous continuons à travailler ensemble puisque la charcuterie corse que nous proposons est la sienne. »*

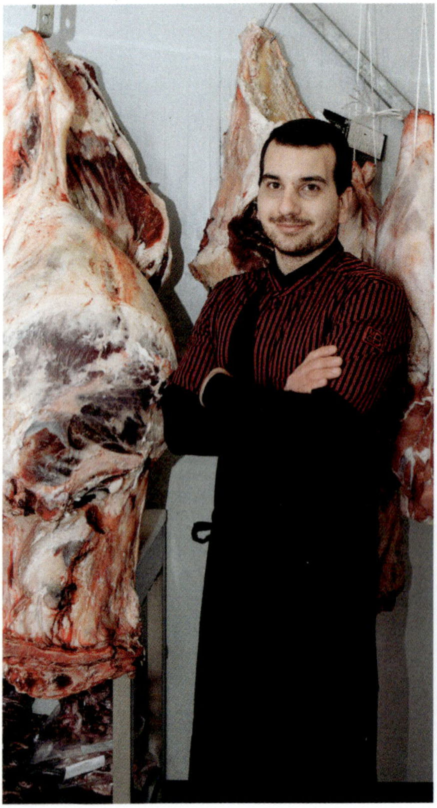

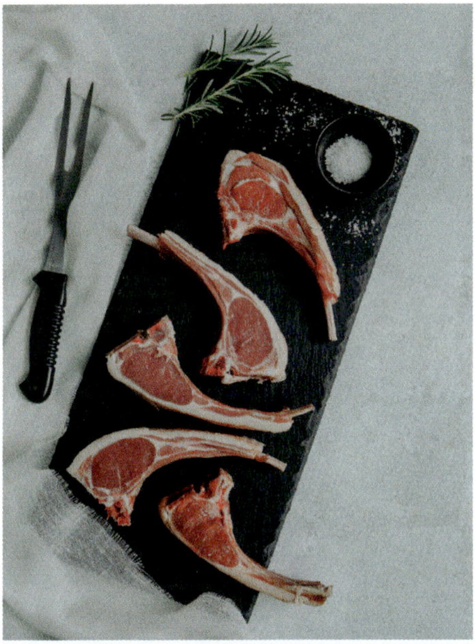

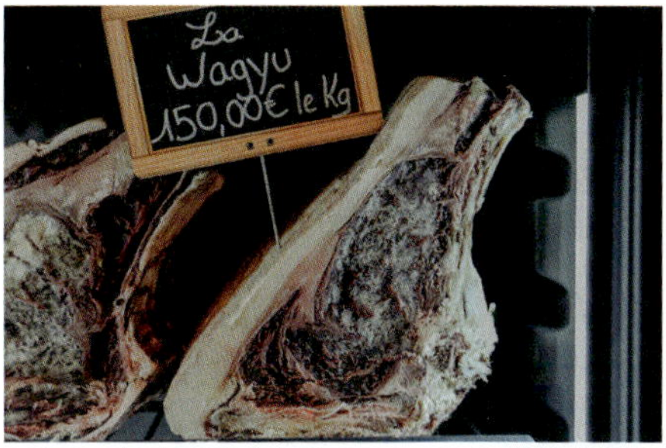

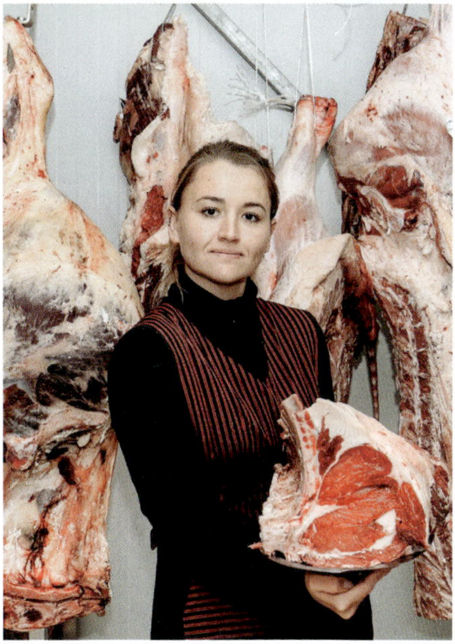

Une boucherie qui respecte les règles de l'art

En matière de races de viande, les fins palais apprécient la sélection en Label Rouge effectuée par Cédric et ses équipes : Limousine Prestige Label Rouge pour le bœuf, volailles de l'Ardèche élevées en plein air et nourries aux céréales, agneau et porc du Limousin, veau corse... *« Nos clients profitent aussi de bêtes de concours. Ce sont de petits trésors. Elles sont chouchoutées tout au long de leur vie. Aussi, les viandes sont particulièrement tendres »*, ajoute Cédric.

De plus, il propose aussi des races étrangères comme le Wagyu ou la Blonde de Galice qu'il fait maturer entre 1 et 3 mois dans sa cave dédiée. *« Leur persillé est ainsi exceptionnel, synonyme de tendreté et de saveurs prononcées »*, précise Cédric. Ce dernier a par ailleurs fait le choix du circuit court afin de contrôler le mieux possible ses sélections et ne pas interrompre la chaîne du froid. On notera qu'avec ses équipes, ils travaillent les carcasses, une rareté digne d'être soulignée. Respectant ainsi les règles de l'art de la profession, ils sont en mesure de proposer tous les morceaux d'une bête y, compris ceux communément nommés bas morceaux. *« Ces pièces sont idéales pour les plats mijotés. Sans compter qu'elles sont peu onéreuses »*, affirme Cédric. De quoi ravir les amateurs de cuisine ! Chez Nino suggère également des créations en cru comme le filet mignon en portefeuille garni de tome et de jambon cru corses.

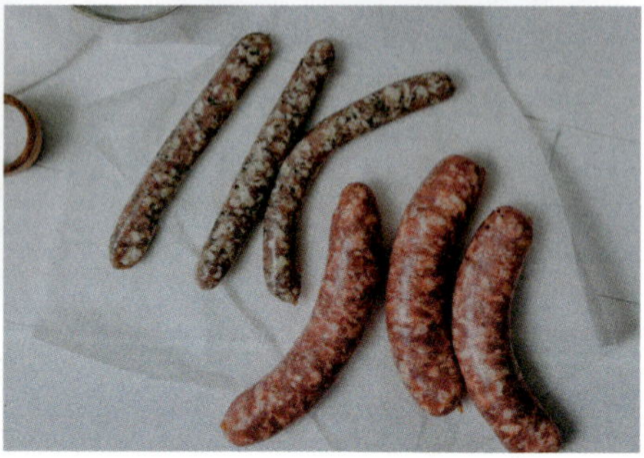

Un ravissement qui n'a rien à envier au magret de canard à l'orange et aux oignons rouges. On aime aussi, en saison, les paupiettes au brocciu, le rôti de porc au figatellu, le roulé de bœuf au beurre d'escargot ainsi que toutes les suggestions marinées comme les côtes de porc au curry, l'émincé de bœuf à la provençale, le poulet thaï et les brochettes, bien entendu !

Une véritable charcuterie traditionnelle artisanale corse

La charcuterie est, ici, réalisée à partir de porcs nés, élevés en liberté sur l'exploitation de Monsieur Léoni, l'ancien patron de Chez Nino, et nourris aux glands et châtaignes.
« Les conditions d'élevage ont une forte incidence sur la saveur des produits », explique Cédric, soucieux d'offrir le meilleur à ses clients, et qui adore aider son ami. *« Je me rends régulièrement chez lui et ses frères, là-haut loin de tout, pour leur donner un coup de main »*, dit-il. Et vous pouvez êtes certain que c'est de l'authentique ! Aussi, grâce à Chez Nino, vous vous régalerez à tout moment de véritables saucissons, coppa, lonzu, figatellu et autre panzetta. On aime pareillement les pâtés de campagne ou de sanglier réalisés par Cédric.

Un rayon traiteur remarquable où s'installer et déguster

Chez Nino, c'est aussi de remarquables plats cuisinés maison, réalisés à partir de produits frais et locaux, et des mêmes viandes que celle de la boucherie. L'engouement est tel que Cédric prévoit un agrandissement notoire de sa boutique afin de la doter d'un espace traiteur dédié, complété de quelques tables pour s'installer et savourer tout en contemplant l'incroyable vue sur la mer.

Ouvert 7j./7 de 8h à 13h et de 16h à 20h en saison ; fermé le dimanche après-midi et le lundi toute la journée hors saison.

Agosta Plage, 20166 ALBITRECCIA
Tél. : 04-95-25-52-50
www.boucheriecheznino.com

Le Petit Clos

UN BAR À TAPAS INÉDIT

C'est une cuisine de cœur et d'émotions, à partager au creux d'une jolie ruelle piétonne et chaleureuse, accolée à la maison Bonaparte. Au Petit Clos, les assiettes évoluent au rythme des saisons : le chef travaille les produits locaux et du marché, revisite des assiettes de tapas pensées comme un parcours culinaire, à déguster seul, en couple ou entre amis. Il utilise le pain pita maison pour les kebabs au veau et à l'agneau, et pour ses créations végétariennes aux légumes de saison...
Entre intimité et énergie, on sort de l'ordinaire pour partager des recettes personnalisées, des ragoûts revisités et audacieux, des ratatouilles maison, des pâtes flambées dans la meule de parmesan avec truffe fraîche ou jambon de Bigorre. Ici, on s'enivre de pata negra à la découpe. Une adresse de goût et de relief, inspirée et instinctive.

✉ 4, rue Letizia, 20000 AJACCIO
Tél. : 07-88-42-34-13
Facebook : Le Petit Clos Ajaccio

Autour du pain

SUR PLACE OU À EMPORTER

En salle ou en terrasse, ce snacking – tenu de main de maître – offre une restauration de qualité, des salades variées et originales, des sandwichs généreux et une cuisine maison. Stéphane Taddei orchestre seul et satisfait toutes les gourmandises. Sa recette ? Des plats respectueux, des produits frais et de saison. Son plus ? Être à l'écoute de ses clients. Son menu ? Selon l'humeur et la météo, un couscous, une paella, une souris d'agneau, des pizzas indiennes ou poulet-chorizo, des quiches poireau-parmesan... Chez lui, on mange bien et on se sent bien !

✉ Pont du Ricanto, Route du Vazzio,
20090 AJACCIO – **Tél. :** 06-07-08-98-08

Chez Nino

UN TRAITEUR D'EXCELLENCE

Le rayon traiteur de Chez Nino propose de délicieux plats réalisés maison à partir de produits frais locaux et des mêmes viandes que celle de la boucherie.
L'engouement des clients est tel que Cédric Astic, le patron, prévoit un agrandissement notoire de sa boucherie afin de la doter d'un superbe espace traiteur.
Vous n'avez pas envie de cuisiner ? Vous souhaitez régaler vos invités lors d'un repas tout en passant du temps avec eux ? Offrez-leur les délicieuses réalisations de Soraya, l'épouse de Cédric, et ses équipes !
Avec talent et dans le respect des recettes traditionnelles, ils émincent, dorent, rissolent ou encore font mijoter longuement, doucement, une blanquette de veau ou un bœuf bourguignon qui a mariné durant 24 heures avant de cuire en cocotte. On craque aussi pour les recettes typiques de l'île, comme les aubergines à la parmesane et le sauté de veau corse aux olives. Les entrées telles les coquilles saint-jacques ou les gambas à la mandarine sont toutes aussi succulentes. Par ailleurs, la maison développe des plats du monde comme le poulet coco, le couscous, la paella, les nems, sushis et makis… Et les enfants raffolent des cordons bleus, nuggets ou encore lasagnes. Pour parfaire un repas, vous y trouverez également des accompagnements gourmands tels les gratins dauphinois ou de courgettes.
En plus, vous serez enchanté par l'adorable accueil et par la possibilité de faire une pause gourmande, confortablement attablé en train de déguster une quiche, une pizza, une salade, tout en contemplant la mer !

Ouvert 7j./7 de 8h à 13h et de 16h à 20h en saison ; fermé le dimanche après-midi et le lundi toute la journée hors saison.

Agosta Plage, 20166 ALBITRECCIA
Tél. : 04-95-25-52-50
www.boucheriecheznino.com

Brasserie Prova

ON Y VA

Vous allez tout aimer à la Brasserie Prova. La recherche d'originalité se retrouve dans l'assiette – tentacule de poulpe et mousseline de chorizo – et dans le verre, avec des vins* et des bières qu'on ne trouve pas ailleurs. Spécialité de la maison, le pain du bandit : un pain toasté garni de jambon corse, fromage de brebis, tomate, herbes de Provence, huile d'olive, accompagné de confiture de figue. Terrasse d'été très agréable, service efficace, ambiance musicale lounge. Alors, on y va ?

© Sylvain Alessandri

Ouvert 7 j./7 de début mai jusqu'à fin octobre.

13, boulevard du Roi Jérôme, 20000 AJACCIO
Tél. : 04-95-22-05-28
Instagram : @brasserie_prova

Maison Gourmet

DES PLAISIRS HAUT DE GAMME

Située en plein cœur d'Ajaccio, cette institution propose des produits artisanaux, des spécialités régionales, des conserves fines, des aliments très prisés des gastronomes. Magasin de référence, cet incontournable révèle une sélection pointue et pertinente de produits rares et traditionnels, entre épicerie fine, produits frais, références d'exception ou encore cave*... Ce temple de la gastronomie, animé par la passion des producteurs et des artisans, est une adresse distinguée, authentique, généreuse et gourmande. Karine et Julien sont là pour vous conseiller et vous faire déguster leur sélection de produits régionaux.

28, cours Napoléon, 20000 AJACCIO
Tél. : 04-20-57-14-78

> *La découverte d'un mets nouveau fait plus pour le bonheur du genre humain que la découverte d'une étoile.*

Jean Anthelme Brillat-Savarin
(1755-1826)

*L'ABUS D'ALCOOL EST DANGEREUX POUR LA SANTÉ.

Hôtel-Restaurant de La Poste

À CHEVAL SUR LA TRADITION

Le restaurant se veut authentique et propose des plats de terroir. L'établissement date de 1880. Il a été construit par les ancêtres de la famille Benedetti Lucchini. À l'époque, il s'agissait d'un relais de diligences, comme l'atteste la calèche en fer forgé sur la façade. Six générations plus tard, le bâtiment accueille toujours des voyageurs, mais en quête d'un bon repas ou d'un lit puisque l'établissement dispose d'une quinzaine de chambres refaites à neuf. On y déguste des plats de terroir et notamment des spécialités corses, cuisinés avec des produits frais et locaux. Le petit plus : la terrasse fleurie qui offre une vue panoramique sur la montagne et l'opportunité de manger à l'ombre des cerisiers et d'un tilleul presque centenaire.

Quartier Andriaccia, 20116 AULLÈNE
Tél. : 04-95-78-61-21
Facebook : Hôtel Restaurant de la Poste
E-mail : hoteldelaposteaullene@orange.fr
www.hotel-de-la-poste-aullene.com

C'est au cours d'un dîner copieux que la spiritualité de l'homme se manifeste avec le plus d'évidence.

Somerset Maugham
(1874-1965)

La Crèmerie Impériale

VOYAGE AUTOUR DU MONDE

Amy, Kevin, Julien et Siegfried proposent 70 références de fromages régionaux et internationaux en privilégiant les produits fermiers au lait cru. Fromages français, britanniques, espagnols, italiens et suisses côtoient les spécialités locales, car les cinq régions fromagères de Corse y sont représentées. Le goût, l'histoire, la culture de l'Île de Beauté, la saisonnalité des produits sont ici respectés. À découvrir également, une sélection de vins*, confitures, miels AOP et crackers ainsi que de la charcuterie italienne et espagnole, incluant du saucisson à la truffe et du jambon Bellota. L'équipe de jeunes crémiers prépare, sur commande, des plateaux raclette ainsi que des assortiments de fromage/charcuterie.

✉ Halle Campinchi, 20000 AJACCIO (marché)
Du mercredi au dimanche de 8h à 13h.
✉ 2, cours Grandval, 20000 AJACCIO (boutique)
Tél. : 04-95-78-68-56
Du lundi au samedi de 10h à 20h.
Facebook : La Crèmerie Impériale

U Fiordalisu

LA CORSE AUTHENTIQUE

L'authenticité, c'est ce que souhaite transmettre Claudia Carlotti à travers son restaurant et ses chambres d'hôtes, depuis 2018. Niché dans un cadre verdoyant, au cœur d'un village pittoresque, U Fiordalisu est une invitation à la découverte de la cuisine locale. Ici, les viandes et fromages sont locaux et les légumes sont cultivés dans le jardin du restaurant. Des plats familiaux et traditionnels à la carte, inspirés des recettes de grand-mère, comme le sauté ou le pavé de veau fermier aux cèpes, le porcelet ou l'agneau fermier cuits au four, l'emblématique profiterole et les tartes aux fruits de saison raviront vos papilles.
Restaurant ouvert en saison, chambres d'hôtes avec jardin ouvertes toute l'année avec petit déjeuner typique et table d'hôtes près de la cheminée. Terrasse ouverte en été.

✉ Lieu-dit Scafelli, 20119 BASTELICA
Tél. : 06-88-28-03-95
www.u-fiordalisu.com

*L'ABUS D'ALCOOL EST DANGEREUX POUR LA SANTÉ.

BONIFACIO 20169

Le Voilier

14/20

81 quai Comparetti - T. 04 95 73 07 06 - Carte 83 €

La belle table du port, au bas de la citadelle, se porte bien et offre aux touristes une pêche, sinon miraculeuse, du moins toujours de belle fraîcheur, à tarif respectable (14 € les 100 g, la rareté fait le prix). Jean-Paul Bartoli fait entrer sa carte dans la modernité, avec les assiettes à partager, le poulpe et les arancinis, tout en restant fidèle à ses principes. Goûtez aussi les linguine aux palourdes, mais aussi la charcuterie, et ne vous privez pas de dessert, car la pâtisserie vaut qu'on s'y intéresse.

HÔTEL

Hôtel Cala di Greco - 4 étoiles

Bancarello - T. 04 95 73 70 74 - à partir de : 152€

Face à la citadelle de Bonifacio, ce luxueux hôtel entre mer et maquis est aujourd'hui la propriété de la famille corse Amadei, amoureuse de son île et bien décidée à en partager tous les plaisirs avec ses hôtes. Elle a pour cela conçu un lieu inédit, aux allures de hameau contemporain composé de chambres et de suites privées installées de plain-pied dans la garrigue. Matériaux nobles et locaux, vastes espaces et lumière omniprésente, le site infuse un parfum de quiétude et de sérénité avec d'immenses baies vitrées qui ouvrent sur la mer ou de petits jardins privés, sans compter une villa de 380 m^2 pour 8 personnes, bénéficiant d'une terrasse avec piscine qui domine, elle aussi, la mer. Une vue à couper le souffle sur Bonifacio et la Sardaigne que l'on admire également depuis le lounge bar où sont servis de solides petits déjeuners (charcuteries et fromages corses) et un snacking simple mais délicieux tout au long de la journée.

Hôtel U Capu Biancu - 4 étoiles

Domaine de Pozzoniello - T. 04 95 73 05 58 - à partir de : 396€

Ouvert uniquement à la belle saison, cet hôtel posé à fleur d'eau a tout de la maison de vacances idéale. On y accède par un petit chemin de terre qui serpente à travers les maquis, pour rejoindre tout d'abord une crique de rêve avec deux petites plages privées. Bâti en surplomb, l'établissement réunit 40 chambres et suites vastes et lumineuses, décorées de matières naturelles et de bois flotté. Et pour que le bonheur soit complet, l'hôtel abrite également une jolie table signée Gadio El Hadji qui mêle terroir corse et inspirations exotiques, un spa logé dans un cabanon qui ne reçoit qu'une seule personne à la fois et, enfin, un bar ombragé où siroter un cocktail en admirant les rayons du soleil couchant embraser la mer azur. Du grand spectacle !

Hôtel Version Maquis Citadelle - 5 étoiles

Lieu-dit Brancuccio - T. 04 20 40 70 40 - à partir de : 179€

Proche de Bonifacio, cet hôtel au luxe discret a choisi de s'éloigner de l'effervescence du bord de mer, offrant à ses hôtes un calme absolu et des vues somptueuses sur les maquis qui dégringolent jusqu'à la Méditerranée. Le domaine déploie 22 chambres et suites au raffinement contemporain avec matières naturelles, grand dressing et jolies salles de bain, toutes pourvues de balcons ou terrasses ouverts sur le maquis et la citadelle de Bonifacio. Dans ce lieu très zen, pensé pour la quiétude et le bien-être, on fait ses longueurs dans l'immense piscine à débordement (28 m de long !) avant de rejoindre l'un des plus beaux spas de Corse : 600 m^2 avec sauna, hammam, piscine intérieure et bel espace fitness. Autre point fort, le restaurant propose, selon l'humeur, une cuisine gastronomique ou des recettes plus légères, à déguster à l'ombre des parasols.

LES PRODUITS AOC ET AOP DE LA RÉGION PROVENCE-ALPES-CÔTE D'AZUR

Figue de Solliès, brousse du Rove, fromage de Banon, huile d'olive d'Aix-en-Provence, huile d'olive de Haute-Provence, huile d'olive de Provence, huile d'olive de la vallée des Baux-de-Provence, huile d'olive de Nice, muscat du Ventoux, olive de Nice, olives cassées de la vallée des Baux-de-Provence, olives noires de la vallée des Baux-de Provence, pâte d'olive de Nice, picodon, taureau de Camargue, truffe noire du Tricastin...

Camping des îles

POUR UN SÉJOUR SPORTIF OU FARNIENTE

L'accueil, la convivialité en toute simplicité, la vue incroyable sur la mer, l'espace, le cadre verdoyant, les activités et la proximité de la plage...Vous tomberez sous le charme !
C'est simple, vous pouvez y passer tout votre séjour. Des cours de yoga sur la jolie terrasse en bois, aux escapades à la plage en passant par les activités nautiques proposées à 800 mètres, les sessions farniente à bouquiner un roman emprunté dans la cabane à livre lové dans un pouf, les parties de ping-pong ou de tennis en famille jusqu'aux bons repas en terrasse... La liste des choses à faire, dans ce très joli cadre, à de quoi bien remplir vos vacances, qui pourraient subitement vous paraître courtes ! Et tout ça, sans même prendre votre voiture.

✉ Route de Piantarella, 20169 BONIFACIO
Tél. : 04-95-73-11-89
Instagram : campingdesilesbonifacio
camping-desiles.com

L'Oriu di Chera

LA CORSE SUR UN PLATEAU

Intimiste et authentique, cette épicerie fine réunit ce que la Corse fait de meilleur : fromages de chèvre et de brebis, charcuterie à base de porc noir, miels et confitures, liqueurs*, canistrelli... À un très bon rapport qualité/prix et issus de petits producteurs locaux. Et si l'envie vous prend de déguster une salade-repas, un sandwich ou un plat du moment, installez-vous dans l'espace restauration où Charlène vous accueille chaleureusement. Un apéro improvisé ? Les plateaux de L'Oriu di Chera sont là pour ça !

Ouvert tous les midis – Été : 7j/7, midi et soir.
Le + : Livraison de produits dans la France entière.

✉ 16, rue Longue, 20169 BONIFACIO
Tél. : 06-59-83-86-33

> *La bonne cuisine est honnête, sincère et simple.*
>
> Elisabeth David (1913-1992)

*L'ABUS D'ALCOOL EST DANGEREUX POUR LA SANTÉ.

Fianca L'Osso

CHAMBRES D'HÔTES IDYLLIQUES

Trois chambres d'hôtes nichées dans un écrin de nature, face à la mer. Outre leur charme, elles proposent une vue panoramique sur tout le golfe du Valinco. Deux hébergements insolites, avec lit à la belle étoile, s'offrent à vous, pour une expérience unique. La propriété avec piscine et spa, est un véritable havre de sérénité et de douceur où vous pourrez admirer tous les soirs le coucher du soleil. Les petits déjeuners et tables d'hôtes sont faits maison, mixant produits locaux et du jardin.

Agha di l'aliva, 20110 CAMPOMORO
Tél. : 06-27-30-20-18
Facebook : Fianca L'Osso chambres d'hôtes
Instagram : fiancalosso_corse
fiancalosso.com

Le Mandriale

ESPRIT FERME ET NATURE

Les Angeletti, éleveurs en agriculture biologique, vous reçoivent sur leur exploitation de Cargese pour y goûter l'esprit d'une authentique ferme-auberge.
Côté camping, des emplacements ombragés pour tentes, camping-cars et caravanes, ou bivouacs « trappeurs ». La restauration, courue et ouverte à tous, est simple et savoureuse : une cuisine de tradition - mêlant viandes certifiées, potager local et produits de circuits courts, vins et bières* du crû - servie dans une atmosphère familiale et détendue. Ambiance, vue, sanitaires impeccables, proximité des animaux (vaches, brebis, ânes, lamas, watusis, etc.) et le plein de loisirs terre/mer propres à ce coin de l'Ouest corse (Piana, Sagone, Scandola, Zoicu, lac de Creno). Un paradis secret, qui sort du lot et domine des plages magnifiques...

Route de Lozzi - RD 81, 20130 CARGÈSE
Tél. : 04-95-25-59-60
www.lemandriale.com

> *Bonne cuisine et bon vin, c'est le paradis sur terre...*
>
> Henri IV (1553-1610)

*L'ABUS D'ALCOOL EST DANGEREUX POUR LA SANTÉ.

CARGÈSE 20130

ÉPICIER

Épicerie Leca

Rue du Colonel Fieschi - T. 04 95 78 51 95

La maison compile tout ce que le terroir corse a de meilleur. On y trouvera une sélection de charcuteries et fromages réalisés selon les méthodes de fabrication traditionnelles, et de vins insulaires AOC. Et pour ceux qui souhaitent rester, un bar ainsi qu'une table sont mis à disposition pour les découvertes prolongées.

CASALABRIVA 20140

Le Frère

13/20

Pont de Calzola - Domaine Kiesale - T. 04 95 24 36 30 - Carte 48 €

Niché au cœur de la nature corse, dans la vallée du Taravo, l'établissement d'Henri Abbatucci est une aventure familiale, autour de trois frères, le premier élevant le veau tigre, le second travaillant la vigne, et le dernier en cuisine. L'expérience est authentique, de même que le cadre, pour découvrir une belle cuisine insulaire : la charcuterie locale, les beignets de courgette, le sauté de veau tigre à la châtaigne, le magnum de tarte citron meringuée. Vins du domaine.

VIGNERON

Domaine Comte Abbatucci

Lieu dit Kiesale - T. 04 95 74 04 55

Situé au cœur de la vallée du Taravo, le domaine de 24 hectares propose parmi les plus beaux vins de l'île. Point de vente des vins du Domaine et possibilité de dégustations sur rendez-vous au sein du restaurant LE FRÈRE situé au Pont de Calzola (04 95 24 36 30). Ne ratez pas ces vins-là.

COGNOCOLI MONTICCHI 20123

PRODUCTEUR

U Pastureddu Cianfarani

Pratavone - T. 04 95 74 03 06

Située dans la vallée du Taravu, l'exploitation d'Antoine Cianfarani propose à la vente directe ses produits, notamment le pastureddu, le brocciu AOC ou encore le brocciu passu. Accueil chaleureux : la maison propose également le gîte.

Lagnonu

QUAND LE LUXE A UNE ÂME

Lagnonu, petit bout de maquis corse préservé avec pour seul luxe la resplendissante et authentique nature face aux Îles Sanguinaires, est une expérience unique, notamment gastronomique.

Ce petit paradis est magique et vous transporte. Il est le fruit de l'engagement de la famille Galeani depuis des générations, dédiée à la préservation de ses terres ancestrales. Des terres bâties autour d'un petit hameau de villas luxueuses et atypiques, de pierre et de bois, parfaitement intégrées dans leur environnement.

En cuisine, deux talents, transcendés par l'âme des lieux, les chefs Severine Card et Alexandre Mazzoni – ce dernier est un enfant du pays – proposent une féerie culinaire.

Amoureux du terroir, ce couple ne cesse de créer pour qu'à chaque saison, les palais des gourmets soient emportés dans un ailleurs aussi simple que subtil. Un travail qui sublime la pêche de petits bateaux débarquée sur la plage du domaine, les viandes locales, les algues et les essences florales, végétales et agrumes des lieux, à l'origine de toute leur identité culinaire. Succombez à leurs plats qui racontent l'esprit de Lagnonu avec, par exemple, le rouget poché au bouillon d'immortelles et criste marine, légumes primeurs glacés au safran corse, jus d'arrêtes. Le tartare de veau corse fumé à la feuille de clémentinier et écorces d'eucalyptus, ketchup de betterave fumée, noisettes de Cervione, pickles au vinaigre vermentinu, jaune d'œuf bio confit, est aussi sublime. À accompagner de vins* des meilleurs vignobles de l'île.

Pour profiter pleinement du domaine, installez-vous dans l'une des villas et suites de charme ! Et pour un événement tel un mariage, Lagnonu crée une journée absolument unique et à l'image des amoureux.

Domaine d'Agnone,
20138 COTI CHIAVARI
Tél. : 06-13-73-75-27
www.lagnonu.fr

LAGNONU
Villas - Hôtel

*L'ABUS D'ALCOOL EST DANGEREUX POUR LA SANTÉ.

CUTTOLI CORTICCHIATO 20167

A Casetta

12,5/20

Plaine du Cuttoli - T. 04 95 25 66 59 - Carte 57€

Un restaurant-traiteur de l'arrière-pays ajaccien, justement réputé pour ses assiettes fignolées de cuisine corse et traditionnelle. La maison dégage elle-même une atmosphère de belle table classique, les viandes sont de qualité dans une finition soignée. Belle cave sur tout le vignoble de l'appellation ajaccio.

FIGARI 20114

MAISON D'HÔTES

Domaine de Peretti della Rocca

Route de Pruno - T. 06 49 52 68 84 - à partir de : 163€

La Corse des criques et des plages se révèle tellement spectaculaire qu'on oublie trop souvent la beauté à couper le souffle de ses paysages de montagnes. Près de Figari et adossé à un domaine viticole de 9,5 ha piqué d'oliviers et de chênes verts, cette belle adresse réunit 3 bergeries de 35 à 65 m^2 et 4 chambres dans la demeure principale du domaine. L'ensemble revêt une luxueuse simplicité, avec matières naturelles, meubles épurés et terrasses en bois qui ouvrent sur une belle piscine à débordement et, en toile de fond, l'immensité des vignes et du maquis. Un site d'une incroyable quiétude, qui propose également les délices de son restaurant et la dégustation des vins de son domaine.

VIGNERON

Clos Canarelli

Tarabucetta - T. 04 95 71 07 55

Yves Canarelli a repris le domaine familial en 1992. Viticulture en biodynamie, élevages millimétrés, tout est réuni pour produire ici de grands vins à l'aide des cépages traditionnels tant pour les blancs qui ont de l'éclat et de la fraîcheur que pour les rouges qui se montrent vibrants et fins. Le domaine vous accueille et propose même 5 villas à la location sur le domaine.

FRASSETO 20157

ÉLEVEUR

Jean-Félix Giorgi

L'Alta Strada - T. 06 09 03 10 15

À l'Alta Strada, l'exploitation de Jean-Félix Giorgi, c'est plus de trente ans de savoir-faire et de passion qui guide la production de charcuterie corse. Reconnu par ses pairs, il participe activement aux démarches de labellisation de la charcuterie corse (AOP et AOC). Parmi ses spécialités, on retrouvera les figatellis, fitoni, saucissons, coppa, lonzu... À retrouver en direct sur le marché d'Ajaccio, ou en ligne sur leur site.

LECCI 20137

HÔTEL

Le Grand Hôtel de Cala Rossa - 5 étoiles

Route de Cala Rossa - T. 04 95 71 61 51 - à partir de : 305€

Au cœur du golfe de Porto-Vecchio, cet hôtel, membre de Relais & Châteaux, est incontestablement l'un des plus beaux refuges de l'île, rendez-vous depuis quatre décennies de tous les amoureux de nature et de dépaysement. 39 luxueuses chambres réparties autour de petits patios qui ouvrent sur la verdure ou les eaux turquoise en contrebas, une structure en pilotis qui accentue encore le délicieux sentiment de dépaysement, une décoration raffinée avec de beaux meubles chinés, un spa avec une large palette de soins Nucca, la marque créée par la maison... Tout ici a été pensé par la famille Canarelli (également propriétaires du Domaine de Murtoli), qui invite ses hôtes à un séjour de rêve. Sans oublier les délices des tables du domaine.

LEVIE 20170

HÔTEL

Hôtel A Pignata - 3 étoiles

Route du Pianu - T. 04 95 78 41 90 - à partir de : 260€

Posée entre mer et montagne dans la région ultra-préservée de l'Alta Rocca, cette belle ferme-auberge conjugue tous les plaisirs... Trois belles demeures de pierre abritent 17 chambres ultra-chics, 2 incroyables cabanes perchées se cachent au beau milieu des branches et des oiseaux, et une piscine invite à faire ses longueurs tout en admirant le splendide paysage de maquis alentours. Les fidèles ne jurent que par cette adresse non loin de Sartène tenue par deux frères, Antoine et Jean-Baptiste, qui ont pris la suite de leurs parents et partagent leur temps entre les travaux de la ferme et l'auberge, où ils régalent leurs hôtes de recettes corses de haut vol que la famille se transmet de génération en génération.

ÉPICIER

A Meda

Rue Sorba - T. 06 20 81 45 94

Au cœur de ce petit village montagnard du sud de la Corse, à proximité de l'église Saint-Laurent, l'adresse de Christophe Leonetti est le repaire des amateurs comme des épicuriens. On y trouvera une sélection pointue de produits locaux, des charcuteries, des fromages, mais encore des terrines, des miels et confitures...

OLMETO 20113

La Verrière - Hôtel Marinca et Spa

14/20

Vitricella - T. 04 95 70 09 00 - Carte 34 € - Menu(s) 85-170 €

Les Bretons qui passeraient par hasard par Olmeto n'en voudront pas à Jean-Luc L'Hourre d'avoir changé de rivage et de paysage, laissant l'Atlantique pour ce coin béni de Méditerranée. Car il peut ainsi faire profiter les vacanciers de son talent et de sa grande connaissance des produits de la mer, appliquée à la pêche corse et ses excellents poissons. Une belle table dans un hôtel chic, une fine cuisine d'auteur.

LES PRODUITS AOC ET AOP DE LA RÉGION PROVENCE-ALPES-CÔTE D'AZUR

Figue de Solliès, brousse du Rove, fromage de Banon, huile d'olive d'Aix-en-Provence, huile d'olive de Haute-Provence, huile d'olive de Provence, huile d'olive de la vallée des Baux-de-Provence, huile d'olive de Nice, muscat du Ventoux, olive de Nice, olives cassées de la vallée des Baux-de-Provence, olives noires de la vallée des Baux-de Provence, pâte d'olive de Nice, picodon, taureau de Camargue, truffe noire du Tricastin...

A Machja

LE RESPECT DE LA TRADITION

Entre charcuterie corse, plats de saison et grillades au feu de bois, A Machja propose une cuisine simple et savoureuse. Le veau, le porc, les légumes proviennent de l'exploitation, les fromages de bergeries voisines, les desserts sont maison et les vins* reposent dans une cave en pierre. Une adresse authentique avec 5 chambres d'hôtes. **Le + :** Terrasse ombragée par un grand mûrier platane.

✉ Casa Campagna - Route de Levie, 20112 OLMICCIA
Tél. : 04-95-77-00-88

Grill I Bagni

LA CORSE NATURE

Le patron est comme son restaurant : généreux, simple, authentique, accueillant et abordable. Dans un cadre enchanteur, sous une glycine vénérable, les plats racontent le terroir, les produits frais, locaux et de saison. Les soirées veau à la broche le mercredi, soupe de poisson le vendredi – le gendre est pêcheur – et les joyeux concerts de chants corses sublimés par des moelleux à la châtaigne ravivent les papilles et le cœur. Une adresse au charme fou. *Ouvert d'avril à septembre.*

✉ Les Bains de Baracci, 20113 OLMETO
Tél. : 06-10-45-15-08
www.ibagni.com

L'Atlantis

UNE CUISINE CRÉATIVE DE TERROIR ET DE PASSION

Entre mer et montagne, au bord d'une piscine-lagon, sur une terrasse cosy, L'Atlantis marie générosité des goûts et richesse des saveurs. La carte met à l'honneur des plats attrayants, originaux, magnifiés par l'attention et le talent du chef Alessandro Palmieri. Sa cuisine, inventive et séduisante, propose une diversité de recettes réalisées avec des produits locaux et de saison, d'une qualité et d'une fraîcheur irréprochables. La valeur ajoutée du restaurant réside dans la nature, les odeurs et les parfums d'une région haute en couleurs et en plaisirs gustatifs. Filet d'ombrine et sa tartelette aux légumes anciens, linguine aux langoustines, spaghettis aux palourdes… s'accordent à une carte de vins* régionaux gourmands. Une adresse conviviale d'excellence.
Ouvert de début mai à fin septembre, midi et soir.

✉ Route de Baracci, 20113 OLMETO
Tél. : 04-95-78-60-98
Facebook : atlantiscolombarestaurant

PATRIMONIO 20253

Libertalia
11,5/20

Hameau De Canale - T. 06 23 16 41 25 - Menu(s) 22 €

La liberté guide le peuple vers ce lieu de vie en plein air, sous les arbres, à l'animation intense durant toute la saison. Les touristes bohèmes, cool et/ou écoresponsables y apprécient l'engagement de l'équipe de la brasserie Ribella et du Domaine Maestracci, qui tient ainsi table ouverte au cœur du village viticole. La terrine de cochon est excellente, les pizzas se révèlent plutôt bonnes avec une farine de qualité, le produit de base (viande, poisson...) étant toujours bien sélectionné, et préparé sans artifice. Aimable service de saisonniers dévoués et impliqués ; on boit le vin du domaine ou une bière du maquis, parmi la large collection de la maison.

PERI 20167

Auberge Chez Séraphin
12,5/20

Usciatellu Village - T. 04 95 25 68 94 - Menu(s) 58 €

Menu fixe et presque immuable, grande terrasse au milieu du village, ambiance purement locale : vous êtes chez Séraphin, à Peri, à une quinzaine de minutes de l'axe Ajaccio-Bastia, dans la «vraie Corse». Après la charcuterie et la salade de tomates, les meilleurs beignets de fleurs de courgette de l'île, les farcis ou les cannellonis, le gigot, les excellents fromages et un bon choix de desserts. Il faut savoir prendre son temps (on passe parfois près de trois heures à table), goûter cette douce et authentique atmosphère sans troubler la sieste de Marco, le bouvier bernois de la maison. 58 €, pas de CB, pour un moment rare et mémorable.

PETRETO BICCHISANO 20140

PRODUCTEUR

Biortu

Bottega - T. 04 95 24 35 18

Dans le sud de la Corse, Virginie Vellutini mène deux activités sur ses dizaines d'hectares, à savoir la production de confitures et de légumes frais et l'élevage ovin. Cultivés en agriculture biologique, ses vergers servent à la fabrication de confitures renommées. On appréciera également les viandes et les productions légumineuses.

PIANA 20115

HÔTEL

Hôtel Capo Rosso - 4 étoiles

Route des Calanches - T. 04 95 27 82 40 - à partir de : 219€

Inscrite au patrimoine mondial de l'Unesco, les calanques de Piana forment l'un des paysages les plus spectaculaires de toute la Corse, avec ses roches rouges qui plongent dans les eaux violettes. Idéalement situé au-dessus de la presqu'île de Scandola, cet hôtel est tout entier tourné vers ce panorama de rêve et déploie le charme de quelques chambres et suites habillées dans un esprit contemporain et prolongées, pour certaines, d'une terrasse privée. Le lieu abrite également une piscine chauffée et le restaurant La Table de Neptune, piloté par le chef Vincent Olivier qui régale les voyageurs d'une cuisine locale servie sur la grande terrasse face à la Méditerranée.

Hôtel Les Roches Rouges - 3 étoiles

Route de Porto - T. 04 95 27 81 81 - à partir de : 60€

À la sortie de Piana, cet hôtel historique perché à 300 m au-dessus de l'eau domine fièrement le golfe de Porto, offrant à ces hôtes l'un des couchers de soleil les plus spectaculaires de Corse avec ses calanques qui s'embrasent au crépuscule. Bâtisse centenaire, mobilier Art déco, la propriétaire Mady Dalakupeyan veille jalousement sur ce trésor qui infuse une atmosphère délicieusement désuète. Au menu ? 30 chambres au parquet bien ciré, son restaurant Art nouveau où officie le chef Steven Da Cunha De Freitas et, enfin, sa bergerie nichée dans le maquis avec, en contrebas, un petit sentier qui serpente à travers le maquis jusqu'à la plage d'Arone.

PIETRALBA 20180

CHARCUTIER

Charcuterie Ceccaldi A Casana

Lieu-dit Badella - T. 04 95 32 14 14

Si vous n'avez pas encore goûté la charcuterie des Ceccaldi, courez vite dans leur belle boutique de Pietralba pour découvrir leur production entièrement artisanale. Les cochons servant à faire les coppa, lonzu, prizuttu, saucisses sèches et autres spécialités corses naissent dans leur élevage et y sont engraissés jusqu'au fameux mois de glands et châtaignes, avant de passer à l'abattoir de Ponte Leccia, pour être ensuite transformés à l'atelier, avant l'affinage maison dans les caves. Possibilité de déguster sur place tous les midis, produits préparés au feu de bois. Résultat délicieusement authentique garanti.

> *La gastronomie est l'art d'utiliser la nourriture pour créer le bonheur.*
>
> Theodore Zeldin (1933-)

Le Damier

RESTAURANT, CHALETS, MOBIL-HOMES ET LODGE EN CAMPAGNE

Le Damier est un petit havre de tranquillité pour déjeuner ou dîner, ou pour séjourner en chalet, mobil-home ou lodge.

Le restaurant, au cœur de l'écrin de verdure, propose des pizzas très prisées, mais aussi divers plats maison. Il est l'occasion d'une halte dans un village verdoyant, à 700 mètres du littoral du parc marin.

Village de Caldarello,
20131 PIANOTTOLI-CALDARELLO
Tél. : 04-95-71-48-85
Facebook : @ledamier
Instagram : @restaurantpizzerialedamier
camping-le-damier.com

Pêcherie Chez Vanina

LA FRAÎCHEUR, LA QUALITÉ... ET LE SOURIRE

Après plusieurs années sur les marchés, Vanina Salvini, véritable passionnée du poisson et des produits de la mer, vous accueille au départ de la presqu'île. Au menu : fraîcheur, qualité et accueil chaleureux !
Elle se fournit au bout du quai, auprès de son mari Nicolas Salvini et de quatre autres pêcheurs locaux. *« Ils m'amènent directement leur pêche, c'est de l'ultra frais ! »*, confie Vanina qui mise sur la qualité, comme lorsqu'elle choisit soles, dos de cabillaud, huîtres et coquilles saint-jacques qui rejoindront ses étals. Ne manquez pas les langoustines et les crevettes de Corse, achalandées par un pêcheur de Porto-Vecchio, ainsi que les plats traiteur maison (salade de poulpe, soupe de poisson, bouillabaisse).
Avis aux amateurs !
Ouvert du mardi au samedi de 8h à 14h et de 16h à 20h, lundi et dimanche de 8h à 14h.

Lieu-dit Arciquatra, 20166 PIETROSELLA
Tél. : 06-47-82-71-50

PORTICCIO 20166

BOULANGER - PÂTISSIER

L'Arbre à Pain

Le Rupione - T. 04 95 73 49 76

Face à la mer, les visiteurs viennent se délecter des bons produits de cette boulangerie-pâtisserie. Le mélange des produits corses et des traditions se fait ressentir à travers les pâtisseries, notamment les beignets au brocciu ou encore le millefeuille aux châtaignes.

ÉPICIER

Casa Napoléon

La Viva - T. 04 95 25 17 72

C'est le lieu phare pour tous les amateurs de produits corses. Tout ce qui est à vendre sur l'île est là ! Du thé en passant par le vin et autres liqueurs, sans oublier la charcuterie et les fromages, tout est produit sur l'île de Beauté. C'est le meilleur moyen de manger local, majoritairement issu de l'agriculture biologique.

Tables de Prestige – 17/20 à 18,5/20

Tables Remarquables – 15/20 à 16,5/20

Tables de Chef – 13/20 à 14,5/20

Tables Gourmandes – 11/20 à 12,5/20

Tables Originales – 10/20 à 10,5/20

Le Lily's, restaurant de la résidence Bella Vista

ENCHANTEZ VOS DÎNERS À UNE TABLE D'EXCEPTION

Le Lily's Fusion offre un plaisir gustatif unique et chaque fois renouvelé, entre spécialités asiatiques et tradition française.

Le Bella Vista Hôtel et Résidence est situé au cœur de la très jolie station balnéaire de Porticcio. C'est au bord de la piscine que vous pourrez goûter aux plaisirs succulents proposés par le restaurant. En effet, c'est ici que depuis une quinzaine d'année, les propriétaires – Fred et sa femme – fins gourmets et passionnés par l'art culinaire, font vivre de belles expériences aux clients du Lily's. Ils ont bâti une carte fusion, issue de leurs voyages en Asie et de leur amour pour les grandes tables françaises. En cuisine, deux femmes chefs mettent en mwusique les partitions qu'ils ont imaginées. *« Les propositions de notre carte sont issues des belles découvertes que nous avons faites lors de nos voyages autour du monde. Nous les retranscrivons en y ajoutant notre propre personnalité »*, explique Fred Salini. Ouvert toute l'année, 7 jours sur 7, le restaurant propose, chaque jeudi, une soirée festive avec musique et animations gustatives autour de la carte. Les clients du Lily's profitent donc de la richesse des influences et d'un excellent rapport qualité/prix qui leur permet de revenir régulièrement. *« Chacun prend plaisir à revenir car outre les plats Signature, à l'instar de nos pennes aux morilles, nous ajoutons chaque mois, trois à quatre spécialités à notre carte »*. La carte des vins* constitue, elle aussi, une bonne raison de s'installer à la table du Lily's car le choix est vaste, allant du vin corse aux plus grands crus.

Porticcio Centre, 20166 PORTICCIO
Tél. : 04-95-20-46-24
Facebook : lebellavistaporticcio
Instagram : residence_bella_vista

*L'ABUS D'ALCOOL EST DANGEREUX POUR LA SANTÉ.

Le White Pearl LA PERLE RARE DE PORTICCIO

Le White Pearl, restaurant de la résidence A Casa Bianca, vous propose une escapade merveilleuse avec une vue imprenable sur le Golfe d'Ajaccio. Cette résidence de charme propose des suites au décor raffiné avec, pour certaines, un spa ou une piscine privative.
Le White Pearl vous embarque, lui, dans un voyage culinaire qui fait la part belle aux produits cultivés sur place. Alisson utilise ainsi les fruits, légumes, fleurs comestibles et aromates produits par Stéphane, pour une cuisine 100% maison. S'inspirant de ses voyages, des trésors corses et de sa Savoie natale, la chef régale ses convives de plats copieux, originaux et plein de couleurs, sublimés par la vaisselle créée sur-mesure par une talentueuse potière corse. Déco cosy, ambiance musicale éclectique... Une adresse à découvrir absolument ! **Le + :** Superbe panorama sur la mer et la montagne.

410, boulevard Marie-Jeanne Bozzi,
20166 PORTICCIO
Tél. : 04-95-76-21-69 / 06-84-15-87-09
www.a-casabianca.fr

Julien Attardo Traiteur

RÉGALER ET SURPRENDRE TOUTES LES PAPILLES

Pendant dix ans au sein d'un restaurant gastronomique à Ajaccio, Julien Attardo a le goût de faire plaisir au plus grand nombre.
Les clients le mettent régulièrement au défit de préparer une recette et il répond toujours « oui » ! Sauté de veau aux olives, pâté en croûte, paella, salades gourmandes, baba au rhum*, tartelette au chocolat...
« J'essaie de me démarquer avec des plats originaux, à base de produits frais. Les assiettes sont déjà dressées avant d'être emportées », précise-t-il. *Ouvert du lundi au samedi de 8h à 13h30 et de 16h à 19h30.*

Pôle d'activité de Porticcio, 20166 PORTICCIO
Tél. : 07-78-88-18-44

> *Il n'y a pas d'amour plus sincère que celui de la bonne chère.*
>
> George Bernard Shaw
> (1856-1950)

*L'ABUS D'ALCOOL EST DANGEREUX POUR LA SANTÉ.

Chez Marc

UN SERVICE DE QUALITÉ

Depuis quatre ans, la petite épicerie de Christine et Marc assure un service de qualité auprès d'une clientèle exigeante. Avec tout ce que l'épicerie doit offrir, ils gèrent également un rayon poissonnerie où trouver chaque jour, une pêche locale assurée par plusieurs pêcheurs de la côte Ouest. Plateau de fruits de mer, huîtres, crevettes...il n'y a rien d'impossible pour eux. Ouvert de 8h à 20h toute l'année, ils vous accueilleront avec entrain et bonne humeur. Leur dragulinu permet de faire la tournée des villages alentours et de ravitailler l'arrière-pays – comme, Marato, Pila-Canale, Piatone – en épicerie, produits frais, poisson, charcuterie, fromage, vin*, fruits et légumes. Dans le Sud-Ouest, à une heure d'Ajaccio, ils sont là pour répondre à toutes les demandes. Leur boutique de 150 m² avec terrasse va s'agrandir de 25 m² où il fera bon trouver des fruits de saison... à 20 mètres à peine de la plage de Porto Pollo.

Résidence Capriona, 20140 PORTO POLLO
Tél. : 04-95-70-57-72

Dans une vieille bouteille, il y a du bon vin.
Mais il y a aussi quelque chose
du passé, et qui dort là.
Quand on débouche la bouteille,
un rayon de soleil ressuscite,
et ça ne va pas sans un peu d'émotion.

Léon Abric (1869-1942)

*L'ABUS D'ALCOOL EST DANGEREUX POUR LA SANTÉ.

PORTO VECCHIO 20137

Casadelmar

16,5/20

CHEF: FABIO BRAGAGNOLO

Route de Palombaggia - T. 04 95 72 34 31 - Carte 142 € - Menu(s) 185-260 €

Évidemment, l'un des plus grands plaisirs que nous avons en fréquentant le Casadelmar, c'est ce sentiment, à la fois exaltant et presque coupable, de passer de l'autre côté du miroir, de rejoindre cette clientèle qui passe de palace en palace sans se soucier du lendemain. Mais le Casadelmar est bien plus qu'une table pour privilégiés, parce qu'il y a un vrai chef (italien) aux commandes, Fabio Bragagnolo, un cuisinier à la fois talentueux et engagé, qui ose l'oignon rôti et fumé en entrée avec un œuf bio, de la truffe d'été et des céréales, qui en met plein la vue avec un formidable médaillon de langouste doré, spaghetti d'aubergine au pesto verde et ail noir fumé, avant de rassembler autour du pigeon de chez Miéral, une valeur sûre qu'il travaille simplement rôti avec un jus de myrte et des pommes soufflées. Les tarifs à la carte flirtant avec les altitudes du Monte Cinto, autant choisir le menu «Création et Passion», à 260 €, pour faire un tour complet du propriétaire. Service de grande maison, à la fois discret et décontracté, vue inoubliable sur la baie et les lumières de Porto-Vecchio, à la fois si proches et si lointaines.

Le Belvédère

13/20

Route de Palombaggia - T. 04 95 70 54 13 - Menu(s) 39-240 €

Un hôtel réputé, lové dans le golfe de Porto-Vecchio. C'est un vrai décor de carte postale qui se dévoile depuis la terrasse du restaurant, installé dans une bâtisse en pierre blanche d'un charme pittoresque. On y retrouve les bonnes idées du Landais Alain Lamaison, sages et très travaillées, comme sur l'escalope de foie gras poêlée, figues rôties et marmelade, le dos de bar sur la peau, pâte d'olive et artichauts, un filet de canard de Challans, navet, figues et betterave.

HÔTEL

Les Bergeries de Palombaggia - 5 étoiles

Route de Palombaggia - T. 04 95 70 03 23 - à partir de : 184€

Au cœur du maquis et en surplomb de la Méditerranée, cette adresse, membre de Relais & Châteaux, est avant tout une géographie, un refuge unique entre ciel et mer. Fascinés par la beauté du site, les propriétaires ont relevé l'ambitieux défi de proposer un hôtel à la hauteur de ce spot exceptionnel : 14 chambres et 7 suites au luxe raffiné, prolongées de patios ou de terrasses privées ; 2 ha de maquis qui dégringolent jusqu'à la mer ; une piscine à débordement entourée de transats et parasols ; un accès privé à la somptueuse plage de Palombaggia et une table excellente conduite par le chef Lucas Perez Gonzales font la richesse de cet éden confidentiel. Un lieu empli de quiétude et de spiritualité, qui assure une rare communion avec la nature...

ÉLEVEUR

Les Bergeries de Bala

Route de Murtello - T. 06 03 81 34 12

Dans cet élevage d'ovins, Emmanuel et Didier forment le duo parfait. L'un s'occupe des brebis et l'autre des fromages. La machine est bien rodée et les fromages sont bien moulés. Le lendemain de la traite du cheptel, l'heure est à la fabrication. Didier entame sa journée par l'élaboration du fameux brocciu, l'après-midi étant rythmée par la confection des tommes de type sartenaise. Le «petit 1984», fromage à pâte molle, est la spécialité de la maison. La boutique est ouverte toute l'année.

VIGNERON

Domaine de Torraccia Christian Imbert

Lecci - T. 04 95 71 43 50

Installé sur l'appellation Porto-Vecchio, Christian Imbert a fait de son domaine de 43 ha de vignes plantés sur arènes granitiques (dont 9 ha plantés en blanc) un paradis terrestre et un vignoble reconnu. Coté œnotourisme, le domaine vous propose des balades en vélo ou en calèche. Sur réservation uniquement.

Tables de Prestige – 17/20 à 18,5/20

Tables Remarquables – 15/20 à 16,5/20

Tables de Chef – 13/20 à 14,5/20

Tables Gourmandes – 11/20 à 12,5/20

Tables Originales – 10/20 à 10,5/20

La poissonnerie du Circé

DU CHALUTIER DE FAMILLE À L'ÉTAL

La famille Bouvet propose sur les étals de sa poissonnerie, l'arrivage du jour de son chalutier, le Circé : une large gamme de poissons, mollusques, crustacés ainsi que des préparations maison. La pêche locale de poissons sauvages est en bonne place sur l'étal de la poissonnerie de Porto-Vecchio. La seule poissonnerie traditionnelle où le plus gros du poisson provient du chalutier familial, qui pêche encore artisanalement au large de l'île.
Vous y trouverez un large choix de poissons et crustacés et des préparations maison telles que la bisque de langoustine, la soupe de poisson, la salade de poulpe... selon la saison et la pêche. Un savoureux rayon traiteur complète en effet la poissonnerie.

Avenue Georges Pompidou,
20137 PORTO-VECCHIO
Tél. : 04-95-70-27-25
Facebook : @poissonerieducirce
www.chalutier-circe.com

Domaine de Tanella

L'ACCORD VINS ET FROMAGES CORSES

Le Domaine de Tanella est connu pour ses cuvées*, son élevage de brebis de race corse et ses délicieux fromages fermiers.
À 5 minutes de l'aéroport, le Domaine de Tanella, fondé en 1855, élève depuis cinquante ans des brebis de race corse qui pâturent dans les vignes sur les 80 hectares de l'exploitation. Le terroir donne un lait aux saveurs remarquables, avec lequel sont produits le bruccio frais et passu, la tomme et maintenant les crottins.
Commercialisés en direct à Figari et Porto-Vecchio mais aussi sur le Continent, ces fromages au lait cru reflètent un savoir-faire et des traditions corses. Ils s'accordent idéalement avec les cuvées médaillées du Domaine.
L'exploitation est certifiée HVE niveau 3 depuis quatre ans, un bel engagement pour ce Domaine résolument tourné vers l'avenir.

Quartier Tivarello, 20114 FIGARI
Route de Bonifacio, sortie PORTO-VECCHIO
(à côté du SPAR) **Tél. :** 04-95-70-46-23
E-mail : tanella@wanadoo.fr
Boutique en ligne : www.domaine-tanella.com

*L'ABUS D'ALCOOL EST DANGEREUX POUR LA SANTÉ.

PROPRIANO 20110

Restaurant Terra Cotta 13/20

31 avenue Napoléon - T. 04 95 74 23 80 - Menu(s) 26-68 €

Voilà une cuisine originale, une cuisine de cuisinier qui tranche avec toutes les tables touristiques alentour. La salle est jolie, l'emplacement idéal, et la carte montre toujours de belles ressources à partir de produits locaux, à découvrir sur les poissons de pêche locale mais aussi les viandes d'élevage, dans un menu-dégustation à 68 € aux multiples saveurs.

Le Tout Va Bien Chez Parenti 13/20

10 avenue Napoléon III - T. 04 95 76 12 14 - Menu(s) 52 €

Un classique de cette avenue-esplanade où se concentre toute l'animation touristique de la ville. Chez Parenti, la cuisine fait peu de déçus, grâce à un approvisionnement de qualité et une certaine recherche de prestige dans les ingrédients : foie gras, langouste, poissons nobles de pêche locale, saint-pierre, loup... Cave régionale bien pourvue.

BOUCHER

Boucherie Geronimi

8 avenue Napoléon III - T. 04 95 76 11 59

La boucherie Geronimi est à ne rater sous aucun prétexte. Ici, tout vous donne envie d'acheter et de revenir. La maison propose un large choix de charcuteries de montagne, dont le célèbre figatellu, ainsi que des viandes d'exception.

Giacomoni

15 avenue Napoléon III - T. 04 95 76 08 99

Boucher-éleveur, Vincent Giacomoni s'approvisionne de bêtes en provenance de fermes de toute l'île, y compris de son propre cheptel. Un avis particulièrement favorable pour le veau corse croisé avec de la limousine, les pièces de bœuf en général et les charcuteries de Haute-Corse...

CHARCUTIER

Tempi Fa

7 avenue Napoléon - T. 04 95 76 06 52

Un aimable comptoir corse, moderne et déluré, au cœur de l'animation. Une partie épicerie, pour ramener à la maison les saveurs qui vous auront plu, une cuisine simple s'appuyant sur ces produits, bien conseillés et bien présentés. Une bonne sélection viticole en particulier.

L'Incantu

UNE GUINGUETTE FAMILIALE

Une cuisine simple et de qualité, des produits frais et de saison, c'est ce que la famille Joly vous offre sur sa grande terrasse arborée, habillée de guirlandes pimpantes et entourée de deux jolis food-trucks. Entre charcuterie corse et italienne, pâtes fraîches, pizzas, glaces à l'ancienne, les plats de L'Incantu sentent bon le local, le partage et la fête. Une adresse généreuse. *Ouvert de Pâques à La Toussaint.*

23, avenue Napoléon III,
20110 PROPRIANO
Tél. : 04-95-72-94-24
lincantu.com

California Motel

LA CHALEUR DE L'OUEST... CORSE !

30 studios pour 2/4 personnes en R+2, climatisés, tout équipés disposant, pour la plupart, de loggias avec vue sur mer. Entre Cargese et Ajaccio, se goûte ici un littoral préservé, la proximité des commodités, une belle piscine sertie dans un parc exotique, à 30 m de la plage. Propre, confortable, le lieu construit par son père est sans cesse amélioré par Stéphane qui, épaulé d'Elena, propose des apéros dinatoires autour du bar à cocktails*, des formules avec petits déjeuners, et bien d'autres services dans une ambiance familiale.

Riniccio, 20118 SAGONE
Tél. : 06-84-38-56-53
E-mail : resa@lecalifornia.com
www.lecalifornia.com

> *C'est au cours d'un dîner copieux que la spiritualité de l'homme se manifeste avec le plus d'évidence.*
>
> Somerset Maugham (1874-1965)

*L'ABUS D'ALCOOL EST DANGEREUX POUR LA SANTÉ.

SAGONE 20118

GLACIER

Glacier Geronimi

Résidence de la Plage - T. 04 95 28 04 13

Fournisseur des plus grandes tables de l'île, Pierre Geronimi, chef glacier, cultive l'âme et l'identité corses dans bon nombre de ses glaces, comme celle à la fleur de lait aux agrumes corses confits, miel local ou à la farine de châtaigne... sa culture des saveurs avec anchois, pistache, cresson... à côté des classiques du genre. Sa passion lui vient d'un père pâtissier, et ce sont désormais plus d'une trentaine de parfums qui sortent de son laboratoire, un univers glacé qui ne manque ni d'audace ni de beauté.

SAINTE LUCIE DE PORTO VECCHIO 20144

Le Rouf 13/20

Plage de Pinarello - T. 04 95 71 50 48 - Carte 80 €

La destination favorite de nombreux locaux et des vacanciers avisés en villégiature dans le golfe de Porto-Vecchio. Car Pinarellu est un petit paradis à une vingtaine de minutes de la station, et le Rouf est sa table la plus connue, en particulier pour la fraîcheur de ses poissons, dans des préparations traditionnelles bien maîtrisées et dans une atmosphère relativement chic.

Carte

Addition moyenne d'un prix à la carte englobant le prix d'une entrée + plat + dessert

Menu(s)

Fourchette de prix mentionnant le menu le moins cher et le menu le plus cher proposant à la fois entrée, plat et dessert sans les boissons, qui n'exclut pas les prix intermédiaires

Restaurant Le Golfe

LES BONS PLATS SONT LÀ

Depuis deux ans, à proximité de l'une des plus belles plages du golfe de Pinarello, voici une adresse de plus en plus prisée. L'originalité de ses propositions, son rapport qualité-prix et son ambiance sympathique y sont pour beaucoup. Un trio de passionnés vous reçoit chaleureusement dans cet établissement ouvert, situé au cœur d'un petit village marin bordé de longues plages de sable blanc et fin. En plus de vous régaler les yeux, Marie-Lucile, Pierre-Vincent et le chef Christopher vous régalent tout court. À partir de produits de qualité et locaux dès que possible, ils proposent une cuisine bistronomique faite de coups de cœur et de suggestions originales qu'on ne trouve pas ailleurs. Ce foie gras à la fève de cacao, ce poulpe sauce au vin* ou ce saint-marcellin rôti au Muscat corse font partie des petits plats qui devraient émoustiller vos papilles, sans parler des succulents desserts ! La carte, qui évolue au fil des saisons, est courte et 100% maison. Les vins eux, sont forcément corses et mettent en valeur le contenu des assiettes, toujours généreuses. La créativité et l'enthousiasme de l'équipe, le service tout en décontraction et la bonne ambiance qui règne en salle (avec une agréable cheminée pour réchauffer les cœurs) comme en terrasse (à une dizaine de mètres de la mer) : voilà les ingrédients d'un bon moment de plaisir culinaire au restaurant Le Golfe. Succès oblige : la réservation est conseillée. D'autant plus lors des soirées thématiques régulièrement organisées, pour le plus grand plaisir des fidèles clients ! Cerise sur le gâteau, vous pouvez privatiser tout ou partie du lieu pour offrir un écrin de rêve à tous vos événements. Pensez-y !
Ouvert midi et soir.

Lieu-dit Pinarello,
20144 SAINTE-LUCIE DE PORTO-VECCHIO
Tél. : 04-95-71-40-70
Facebook et Instagram : Osteria Bradesi - Bar restaurant Le Golfe
www.legolfepinarello.com

*L'ABUS D'ALCOOL EST DANGEREUX POUR LA SANTÉ.

SARTÈNE 20100

La Table de la Ferme - Domaine de Murtoli 15/20

CHEF: MATHIEU PACAUD

Domaine de Murtoli - Vallée de l'Ortolo - T. 04 95 71 69 24 - Carte 218 €

Le comble du luxe ? Et si c'était justement cela, ce domaine exclusif sans jamais être clinquant, ce petit coin de Corse rien que pour vous, une longue plage privée protégée par des rochers qu'on jurerait avoir été déposés là par la main de l'homme. Une vingtaine de bergeries et demeures du XVIIe siècle isolées les unes des autres (en 2021, un hôtel évidemment de très grand standing a été inauguré sur le site) et, pour rassembler cette clientèle forcément privilégiée, trois tables dont la Table de la Ferme, vaisseau amiral cornaqué (l'été uniquement) par Mathieu Pacaud, qui propose une vision à la fois moderne et authentique de la Corse. Un moment magique, à vivre au moins une fois.

HÔTEL

Hôtel Domaine de Murtoli - 5 étoiles

Vallée de l'Ortolo - T. 04 95 71 69 24 - à partir de : 260 €

Refuge privilégié d'artistes et de politiques, ce lieu a réussi la prouesse d'écarter tout esprit jet-set et mondain. Il n'y a qu'une star ici, et c'est la Corse, dans toute sa majesté... Posé sur un domaine de 2500 ha au cœur de la vallée de l'Ortolo, le Domaine de Murtoli se déploie autour d'une ancienne ferme qui abrite 9 chambres et suites, et 21 bergeries de pierre à la décoration rustique et ultra-chic à la fois. La restauration se veut à la hauteur de ce lieu exceptionnel, confiée au chef Mathieu Pacaud, qui dispose de sa propre ferme et déploie son talent entre la Table du Pêcheur, la Table de la Plage et la Table de la Ferme. Pour couronner le tout, une ravissante piscine et un spa 100% bio qui propose une multitude de soins délassants (réflexologie, massages suédois...) griffés Nucca, une marque biologique et fabriquée en Corse.

Menu(s)

Fourchette de prix mentionnant le menu le moins cher et le menu le plus cher proposant à la fois entrée, plat et dessert sans les boissons, qui n'exclut pas les prix intermédiaires

Le jardin de l'échauguette

UN BEAU VOYAGE

Au cœur du village, ce restaurant, doté d'une magnifique terrasse ombragée, propose une cuisine de terroir issues des recettes ancestrales de la famille d'Adriana Danti, propriétaire. Tout est réalisé maison, à partir de produits frais, notamment locaux. Le menu corse est un incontournable qui ravit même les îliens. On adore la terrine à la myrte suivie des courgettes farcies de viande et fromage insulaires ou encore l'incomparable daube de veau à la sartenaise.

Le + : Accueil chaleureux et menu enfant.

Place de la Vardiola, 20100 SARTÈNE
Tél. : 04-95-77-12-86
Facebook : @Les-Jardins-De-Lechauguette

Maison Kalfleche

Ô QUE LA TRADITION A DU BON

Ouvert tous les jours de 6h30 à 19h30.

À 27 ans, Fabien reprend la boulangerie créée par son arrière grand-père. Pains, viennoiseries, glaces maison (ô la myrte !), belles pâtisseries et entremets réinventent les produits locaux de saison (ô le baba limoncello*/cédrat confit !). La terrasse conviviale (50 couverts), ouverte sur le port, est idéale pour un petit-déjeuner, un brunch, un thé gourmand. Le midi, la carte traiteur s'anime de sandwichs grand crû (ô le tome corse, oignon confit et noix !), de plats au thon rouge pêché par un ami.

RT 10 - 20145 SOLENZARA
Tél. : 07-72-28-37-35
www.maisonkalfleche.fr

A L'Épica

PLATS SAVOUREUX ET VUE MAGISTRALE

De la vue imprenable sur le Golfe de Porticcio ou de la cuisson au feu de bois, difficile de dire ce qui séduit le plus dans ce joli restaurant de moyenne montagne. Ici, les pizzas sont cuites au four à bois et les viandes, dont la délicieuse pluma iberica, au brasero. Le must ? Siroter un cocktail au comptoir extérieur, devant le coucher de soleil sur le Golfe, avant de passer à table.

Lieu-dit Col du Mercujo, 20117 TOLLA
Tél. : 04-95-27-00-54 – **Facebook :** alepicarestaurant
Instagram : a_l_epica

*L'ABUS D'ALCOOL EST DANGEREUX POUR LA SANTÉ.

SOCCIA 20125

A Merendella 13/20

Au Village - T. 04 95 46 24 28 - Menu(s) 28-44 €

Certes, la vue est toujours magique, et la découverte de cette table perdue au milieu des montagnes, qu'on a du mal à dénicher dans les ruelles de Soccia, est toujours un ravissement pour celui qui vient pour la première fois. Il nous semble toutefois ressentir comme un léger essoufflement, comme si le jardin luxuriant d'autrefois s'était peu à peu mué en une surface sèche et aride. La cuisine se renouvelle peu, ou pas du tout, et même si elle demeure au-dessus de ce qui se pratique souvent sur l'île, nous aimerions y retrouver la magie d'autrefois. De beaux moments avec les courgettes à la népita, le civet de beau corse à la panzetta et la pavlova aux fruits. Service familial et souriant.

TOX 20270

ÉLEVEUR

Stéphanie et Pierre-Antoine Frombolacci

Sant'Appianu - T. 06 21 75 82 99

Ils sont jeunes, courageux, et ils ont appris leur métier en regardant les anciens, fabriquant une charcuterie artisanale de grande qualité estampillée de la précieuse AOC. Leurs cochons Nustrale évoluent sur plusieurs hectares de maquis, et finissent leur belle vie en se gavant de glands et de châtaignes qui développeront le potentiel aromatique de la viande. Stéphanie façonne ensuite prizutti, lonzu, coppa, qui seront fumés et partiront en affinage dans les caves familiales. Une merveille. Les visites se font sur rendez-vous.

ZONZA 20124

Hôtel-Restaurant de la Terrasse 12/20

Village - T. 04 95 78 67 69 - Carte 36 €

Une table classique et sincère dans le village, sur la route de la balade vers Bavella. L'atmosphère est familiale, la table, simple, et la cuisine de plats locaux, toujours soignée : terrine de sanglier, cannellonis au brocciu, aubergines farcies, cochon des montagnes aux haricots...

Alain Andreani

UNE ÉPICERIE QUI CÉLÈBRE LES SAVEURS CORSES

Le meilleur de la Corse se retrouve sur les étals de cette épicerie fine et, lorsqu'on en pousse la porte, les odeurs donnent envie de tout acheter. *« Je privilégie les produits régionaux de toute l'Île de Beauté : des fruits et des légumes gorgés de soleil, des fromages et de la charcuterie de haute qualité, des confitures artisanales, des alcools*[*]*, sans oublier – un must chez moi – le miel de Bavella, fini au châtaignier et qui attire autant les locaux que les touristes ! »*, se réjouit Alain Andreani. Quand la saison s'achève, il s'empresse de dénicher de nouveaux producteurs pour enrichir sa gamme de produits. *Ouvert tous les jours, de mai à octobre, de 8h30 à 19h, et d'octobre à mai, de 9h à 12h30 (sauf dimanche).*

Le + : L'épicerie assure la livraison de colis, y compris sur le continent !

✉ Route de Porto-Vecchio, 20124 ZONZA
Tél. : 04-95-78-63-57

La Terrasse

UNE INSTITUTION OÙ IL FAIT BON SÉJOURNER

Sur l'Île de Beauté, au pied des aiguilles de Bavella, la Terrasse est une institution. On y vient pour ses 12 chambres, récemment rénovées, dans l'esprit traditionnel corse, mais aussi pour goûter à la gastronomie locale. Jeunes, retraités, randonneurs, amateurs de canyoning ou de VTT, de passage à Zonza, c'est l'adresse à ne pas manquer ! *« Outre le cadre, nous fidélisons nos clients grâce à notre carte : sanglier maison, cannellonis au brocciu, desserts à la châtaigne... »*, souligne Dominique Pietri, le gérant. En projet : une suite et une piscine.

✉ 20124 ZONZA
Tél. : 04-95-78-67-69
hotel-delaterrasse-zonza.com

> *Bonne cuisine et bon vin, c'est le paradis sur terre...*
>
> Henri IV (1553-1610)

[*] L'ABUS D'ALCOOL EST DANGEREUX POUR LA SANTÉ.

20

HAUTE-CORSE

BASTIA 20200

Col Tempo 12/20

4 rue Saint-Jean - T. 04 95 58 14 22 - Carte 46 €

Sur le Vieux-Port, cette adresse très convenable est à peu près la seule façon d'éviter les pizzas et les woks de gambas. Une fois en place, charmes de la cuisine ouverte, le chef se met à charbonner (dans le bon sens du terme) en assurant avec adresse les 25 couverts de la salle ouverte et pas bien grande prolongée d'une petite terrasse à trois tables. Il y propose quelques poissons sauvages plutôt bien préparés (denti, liche, ombrine...) avec des accompagnements standards (galette d'épeautre, légumes grillés, gnocchis courgettes au basilic, écrasé de pomme de terre...) pour un ensemble méritant la toque. Les entrées sont au format tapas (saltimbocca d'aubergine, calamaretti à la bastiaise, bonbon d'espadon...), les desserts, anecdotiques, et la cave, assez coûteuse, fait le tour de la Corse avec quelques références connues (Vaccelli, Leccia, Alzeto...) ou un peu plus rares.

BOULANGER

Maison Ghisoni Mariotti

30 rue César Campinchi - T. 04 95 58 88 80

La petite boutique qui a vu naître les premières baguettes de la famille Ghisoni-Mariotti est aujourd'hui aux mains de la 4e génération. Elle perpétue les traditions en proposant des pains et pâtisseries fabriqués sur place à partir d'ingrédients issus du terroir corse. Pain au levain biologique, migliacci, canistrelli maison à plusieurs parfums, fiadone et très beaux cakes aux fruits ou au chocolat.

FROMAGER

A Tinella

15 rue Napoléon - T. 04 95 33 70 57

Bienvenue dans la caverne d'Ali Baba... du fromage. Pour les grands amateurs de gastronomie, c'est ici que se trouve le trésor, dans la cave à affinage où reposent d'appétissantes meules d'abondance ou de comté. Située dans le centre-ville de Bastia, la crèmerie de Gaëtan Tullio et Pierre-Marie Antonini propose du beurre, des yaourts, de la crème fraîche et plus de 200 sortes de fromage à déguster sur place, au bar à fromages, ou chez soi. La cave est internationale puisque les fromages sont corses, continentaux, italiens, suisses... et même américains ! En signe de reconnaissance, l'établissement a reçu l'appellation de qualité du Collège culinaire de France.

PÂTISSIER

Leoncini

2 avenue Maréchal Sebastiani - T. 04 95 31 00 21

La maison Leoncini porte ses 122 ans avec élégance et légèreté dans cette boutique vêtue de blanc, où les pâtisseries font de l'œil aux passants de l'avenue menant du port à la préfecture. Les petits gâteaux traditionnels y côtoient des créations intéressantes, des madeleines moelleuses à souhait, des macarons généreusement fourrés et des bonbons chocolat de différents parfums.

PRIMEUR

Au Panier Garni

Avenue Sampiero Corso - T. 04 95 33 36 04

Dans le centre de Bastia, cette belle épicerie propose à sa clientèle une gamme de produits d'épicerie fine, autant axée sur la qualité des produits que sur leur provenance. On pourra ainsi trouver des huiles d'olive, des produits traiteur ou encore des paniers de fruits et des vins locaux.

LES PRODUITS AOC ET AOP DE LA RÉGION PROVENCE-ALPES-CÔTE D'AZUR

Figue de Solliès, brousse du Rove, fromage de Banon, huile d'olive d'Aix-en-Provence, huile d'olive de Haute-Provence, huile d'olive de Provence, huile d'olive de la vallée des Baux-de-Provence, huile d'olive de Nice, muscat du Ventoux, olive de Nice, olives cassées de la vallée des Baux-de-Provence, olives noires de la vallée des Baux-de Provence, pâte d'olive de Nice, picodon, taureau de Camargue, truffe noire du Tricastin...

Maison Orsini - L'Oru Biancu

LE BON GOÛT DE L'ARTISANAT

Pour aller au bout de sa démarche artisanale, Guy Orsini possède ses propres fournisseurs de lait, crème et beurre : trois vaches, non loin de sa boulangerie-pâtisserie ouverte en 2016. Dans chaque rayon, la même recherche de qualité gustative, grâce au talent de Guy, assisté de sa compagne Laëtitia et de leur petite équipe. Pas étonnant alors qu'ils aient reçu, plusieurs fois, le 1er prix de la Meilleure Baguette Tradition et de la Meilleure Viennoiserie de Corse. Les amoureux de pâtisserie apprécient de retrouver les grands classiques et de découvrir le gâteau Signature de la maison, le flan à la vanille. Vous êtes plutôt salé ? Les propositions de snacking et plats cuisinés de la Maison Orsini sont à la hauteur des attentes de vos papilles. Tout cela à partir de produits locaux, très locaux !

Ouvert du lundi au samedi de 6h à 19h30 (sans interruption).

Le + : Salon de thé.

120, Santa Laurina, 20270 ALÉRIA
Facebook : L'oru biancu
Instagram : loru_biancu

Ce qu'on mange avec goût se digère aisément.

Georges Courteline
(1858-1929)

U Spurtinu

ENTRE TERROIR ET BON GOÛT

U Spurtinu est le repère des épicuriens et des fins gourmets, un vivier qui regorge de pépites de producteurs et de vignerons. Sa cuisine osée et créative rime avec saveurs et plaisir : tentez son concombre de mer à la grecque farci à la crème d'aneth, boutargue de l'étang de Palu en copeaux et en glace maison. Un bistrot qui invite à la découverte et sait sublimer des trésors régionaux issus des circuits courts et d'une production raisonnée.

Ouvert du mardi au dimanche, midi et soir.

425, avenue Saint-Alexandre Sauli,
20270 ALÉRIA – **Tél. :** 04-95-36-27-83
www.uspurtinu.fr

Brasserie Le Majestic

LE MEILLEUR DE LA CUISINE BRASSERIE

En plein centre-ville de Bastia, la Brasserie Le Majestic propose une cuisine généreuse dans une ambiance décontractée. Une étape gourmande qui mérite le détour ! Dans la restauration depuis une quinzaine d'années, Sébastien SASSETTI a posé ses valises dans cette brasserie chargée d'une histoire qui a débuté en 1909. Accompagné du chef Ludovic en cuisine, il redonne au lieu son dynamisme d'antan : ambiance décontractée, accueil souriant, service efficace et rapide sur la jolie terrasse en angle, cuisine gourmande et copieuse réalisée à partir de produits frais et de saison. Bowls et burgers avec frites maison, pain du boulanger, plats du jour selon les arrivages. *Ouvert tous les jours de 6h à 23h (jusqu'à 14h le dimanche).*

Le + : À emporter et en livraison.

1, rue Commandant Luce Casabianca,
20200 BASTIA
Tél. : 04-95-31-53-08
Instagram : majestic_bastia

> *La bonne cuisine est honnête, sincère et simple.*
>
> Elisabeth David (1913-1992)

Le Mademoiselle

UN JARDIN DANS LA VILLE

Dans un cadre unique et intemporel, l'établissement de Jean-Yves Geronimi offre du goût et de l'émotion. Dans ce restaurant-bar-lounge, avec salle cosy et patio fleuri, l'esprit et le palais profitent de l'inventivité d'une cuisine puissante qui explose en bouche. Poulpe braisé, viandes originales, plats de saison et desserts du jeune chef formé chez Le Nôtre...
Le Mademoiselle est une ode à la vie !

4, place Fontaine Neuve, 20200 BASTIA
Tél. : 06-27-33-34-43
Facebook : lemademoisellebastia

Brasserie Numéro 4

DU PETIT DÉJEUNER À L'APÉRO

Au niveau du rond-point n°4, bien connu à Biguglia, il y a la brasserie n°4. Sa sympathique équipe ravit vos papilles au petit déjeuner, au déjeuner, au goûter à l'apéro.

Vous entrez ? Découvrez sa déco façon brasserie parisienne et installez-vous confortablement. Le soleil est au rendez-vous ? Sa belle terrasse accueille votre pause gourmande, salée ou sucrée.

Spécialités incontournables

À l'heure du déjeuner, faites confiance au chef, Marine, et à ses spécialités incontournables à base de produits locaux et de qualité. Salade « intouchable » et autre escalope milanaise s'affichent sur une ardoise qui évolue au fil des saisons, et de l'inspiration.

Ouvert du lundi au samedi de 6h à 19h30.

Le + : Privatisation possible le soir - Parking.

Route d'Ortale – Rond-Point N°4,
20620 BIGUGLIA
Tél. :04-95-46-84-03
Instagram : brasserienumero4
Facebook : Brasserie Numéro 4
www.brasserienum4.com

BRASSERIE N°4
BIGUGLIA – BORGO

Il n'y a pas d'amour plus sincère que celui de la bonne chère.

George Bernard Shaw
(1856-1950)

BRANDO 20222

MAISON D'HÔTES

Le Couvent de Pozzo

Route du Couvent - T. 04 95 60 39 11 - à partir de : 160€

Nichée dans un ancien couvent de capucins au Cap Corse, cette demeure de famille a été transformée en une maison d'hôtes chaleureuse et intimiste avec 4 chambres et une suite seulement, aménagées dans les anciennes cellules de moine qui surplombent la mer ou le maquis. Les lieux abritent également une piscine et une table d'hôtes où l'on déguste des recettes corses à base de produits locaux (mention spéciale pour les divines confitures de figues du petit déjeuner !). Soucieuse de préserver la beauté historique du domaine, la maîtresse de maison, Emmanuelle Picon, a conservé intacts le cloître, les sculptures et les images pieuses qui donnent à l'ensemble une spiritualité lumineuse. Un refuge plein de bonnes ondes, et d'une beauté rare.

CAGNANO 20228

HÔTEL

Hôtel Misincu - 5 étoiles

Misincu, Lieu-dit - T. 04 95 35 21 21 - à partir de : 100€

Les Corses (les vrais) ont encore à l'esprit le Caribou, cet hôtel historique ouvert dans les années 1950 qui fit les grandes heures du Cap avec quelques prestigieux fidèles, Romy Schneider, Alain Delon et Serge Gainsbourg en tête. Abandonné durant de longues années, le lieu a heureusement repris vie grâce à un enfant du pays, Sylvain Giudicelli, qui s'est associé à Reza Zographos, en 2016, pour réenchanter ces 28 ha de maquis avec, au beau milieu, un boutique-hôtel éco-friendly. Totalement intégré à son environnement, il abrite 29 chambres et 7 villas affichant un luxe subtil avec matières naturelles, pépites design et literies de palace fabriquées dans l'île. Et, autres trésors, la piscine extérieure (sans compter celles des villas), la remarquable table Tra Di Noï emmenée par le chef Thomas Brasleret, le spa griffé Gémologie, sans oublier la petite plage privée en contrebas. Membre du groupe Small Luxury Hotels of the World, c'est une adresse rare entre ciel et terre.

CALVI 20260

La Signoria

14,5/20

Route de la forêt de Bonifato - T. 04 95 65 93 00 - Carte 111€ - Menu(s) 145-195€

Dans cette demeure aux charmes certains aux portes de Calvi, c'est désormais le chef Romain Masset qui officie en cuisine. Le partenariat avec les producteurs locaux donne aux créations du chef une cuisine de tradition et de qualité. On appréciera la sardine snackée en feuille et fumée au cep de vigne, raisins blancs croquants, pelote de riz au coulis de verjus, radis croquants, émulsion à l'huile de persil qui fera débuter le repas sous de bons auspices, avant le cochon de lait Nustrale, carré rôti, épaule braisée, gigot en croûte d'herbes du maquis, pétales d'oignons garnis aux haricots verts liés aux herbes fraîches, jus accompagné d'abats et de graine de moutarde, un plat agréable et bien présenté. Dessert de fin de saison bien tourné (parfait d'huile d'olive corse, crème et confit d'olive, espuma de fraises, sorbet de fraises Mara des Bois), cave complète sur tout le vignoble insulaire.

HÔTEL

Hôtel La Signoria - 5 étoiles

Route de la Foret De Bonifato - T. 04 95 65 93 00 - à partir de : 350€

Non loin de la citadelle et des superbes plages de sable blanc de Calvi, La Signoria est une ancienne bâtisse génoise réaménagée en un hôtel au luxe raffiné et posé en plein maquis. Une piscine bleu azur, une plage parfaitement aménagée, un spa et sa carte de soins de la marque corse Casanera, un restaurant gastronomique conduit par le chef Romain Masset et un parc empli de pins et de palmiers composent ici l'une des offres hôtelières les plus séduisantes de l'île (membre Relais & Châteaux). Il ne vous reste plus qu'à choisir votre refuge parmi les 30 chambres, suites, appartements et villas imaginés par Jean-Baptiste Ceccaldi qui déclinent tous un luxe raffiné avec meubles chinés, matières naturelles et magnifiques échappées sur le parc et les montagnes alentours.

Hôtel La Villa Calvi - 5 étoiles

Chemin Notre Dame de la Serra - T. 04 95 65 10 10 - à partir de : 450€

Au cœur de la Balagne, cet hôtel prestigieux est, à juste titre, considéré comme l'un des plus beaux de Corse. Le mérite en revient à Jean-Pierre Pinelli et à sa famille qui ont inauguré la Villa Calvi en 1992, ne cessant ensuite d'embellir les lieux. Membre Relais & Châteaux, l'établissement se déploie aujourd'hui autour de 45 chambres et suites, complétées de 3 villas avec piscine privée. Toutes témoignent d'un même raffinement, associant meubles design, matériaux naturels et œuvres d'art contemporain. L'ensemble est magnifié par les vues somptueuses sur la citadelle qui participent à donner le ton de ce lieu d'exception. Tout, ici, est pensé pour offrir un séjour unique : 5 piscines et un superbe pool-bar, un espace bien-être avec hammam, salle de fitness, cabines de soin visage et corps, sans oublier la remarquable table emmenée par le chef Mylo Levin, en collaboration avec Christophe Saintagne. Dernier plaisir, l'inauguration en 2021 d'une plage privée avec ses eaux cristallines, son sable blanc et son restaurant chic et décontracté...

ÉPICIER

A Loghja

3 rue Clemenceau - T. 04 95 65 39 93

Dans cette épicerie, tout est corse ! Du vin au saucisson, sans oublier le miel, le fromage, les confitures et autres délices... corsés ! Vous pouvez déguster sur place.

LES 7 PRINCIPES DE GAULT&MILLAU

1 **L'indépendance** totale vis-à-vis des établissements.

2 **Le recrutement d'enquêteurs** exigeants, gourmets et gourmands.

3 **L'anonymat** des enquêteurs lors des évaluations.

4 **La visite dans des conditions normales** de fréquentation.

5 **Le règlement** des additions.

6 **La mise à jour** régulière par des évaluations continues.

7 **La vérification** de nos informations

Dans une vieille bouteille, il y a du bon vin.
Mais il y a aussi quelque chose
du passé, et qui dort là.
Quand on débouche la bouteille,
un rayon de soleil ressuscite,
et ça ne va pas sans un peu d'émotion.

Léon Abric (1869-1942)

*L'ABUS D'ALCOOL EST DANGEREUX POUR LA SANTÉ.

CORTE 20250

ÉLEVEUR

A Pasturella

Pegurellu - T. 06 85 83 31 49

Parce que la Corse est avant tout une terre d'histoire et de passion, Ilda et Cosima ont appris leur métier de bergères en plein maquis et n'ont jamais ménagé leurs efforts. La majeure partie de l'année est consacrée à la traite et à la confection de fromages plus ou moins affinés, dont du brocciu frais au printemps, qui seront ensuite vendus à la ferme et dans quelques commerces de la région en haute saison. Veillez à appeler avant votre visite.

Carte

Addition moyenne d'un prix à la carte englobant le prix d'une entrée + plat + dessert

Menu(s)

Fourchette de prix mentionnant le menu le moins cher et le menu le plus cher proposant à la fois entrée, plat et dessert sans les boissons, qui n'exclut pas les prix intermédiaires

Pascal Paoli

LA MÉDITERRANÉE À PLEINE BOUCHE

Au Pascal Paoli, en plein cœur de la place centrale de Corté, il est bon de déguster des spécialités corses et italiennes.
Un risotto de Saint-Jacques au safran, un dos de cabillaud en croûte de chorizo, des spaghettis aux palourdes... Les produits sont frais, locaux, de saison et les plats faits maison. La fraîcheur des poissons, la saveur des fromages de chèvre et de brebis, la qualité des viandes fermières, le parfum des truffes et des pâtes fraîches : tout concourt à l'excellence de la maison. Quand l'été, on se régale de salades généreuses, de pizzas originales ; on profite, l'hiver, d'une carte plus élaborée avec des plats du jour copieux. Ici, on partage toute la générosité et la richesse d'une région colorée, lumineuse et savoureuse.

2, place Paoli, 20250 CORTÉ
Tél. : 04-95-46-13-48
Facebook : Brasserie restaurant Pascal Paoli

La rivière des vins

UN RENDEZ-VOUS GOURMAND

Dans ce restaurant familial, on se régale d'une cuisine traditionnelle maison, à déguster dans la salle cosy et chaleureuse ou sur la jolie terrasse. Ne manquez pas les viandes cuites au feu de bois sous vos yeux, la spécialité de la maison ! Également des planches de produits corses accompagnées de bons vins* de l'Île, à choisir sur la carte de presque 40 références. Et en dessert, le café très gourmand...
Fermé le dimanche.

5, rampe Sainte-Croix, 20250 CORTÉ
Tél. : 04-95-46-37-04

*L'ABUS D'ALCOOL EST DANGEREUX POUR LA SANTÉ.

ERBALUNGA 20222

Le Pirate

15/20

CHEF: JERRY MONMESSIN

Le Port Brando - T. 04 95 33 24 20 - Carte 88 € - Menu(s) 55-195 €

L'une des belles tables de l'île et la première sur l'agglo bastiaise pour la clientèle qui recherche chic et prestige. Dans le cadre plein de charme du petit port d'Erbalunga, cette salle qui s'avance dans la mer est réellement spectaculaire. Service de belle tenue pour une gastronomie qui montre son ambition : tortellinis langoustine noisette crustacés, chapon jus de tête tomate cerise petit pois, côte de veau tigre de chez Abbatucci romarin et jus flambé. La bonne idée est dans le menu à 55 € pour 4 services ou dans le spécial «Langouste», pour une grande fête, à 195 €. En cave, des grands noms de l'île, Yves Leccia, Peraldi, Abbatucci; Gentile...

HÔTEL

Hôtel Castel Brando - 4 étoiles

Lieu-dit - T. 04 95 30 10 30 - à partir de : 115€

C'est l'une des plus célèbres «maisons d'Américains» du Cap Corse (baptisées ainsi, car elles ont été bâties dans les années 1900 par des familles revenues au pays après avoir fait fortune aux États-Unis). Transformée en hôtel voilà 30 ans et entourée d'un parc piqué de palmiers et d'orangers, cette belle bâtisse compte aujourd'hui 40 chambres et suites avec meubles vintage, tissus naturels et belles tommettes anciennes au sol. Deux piscines, un espace de soin avec massages et produits cosmétiques 100% corses de la marque Intimu complètent l'offre de ce refuge plein de charme, niché au cœur d'Erbalunga... L'un des plus beaux villages du Cap Corse, classé monument historique avec sa tour génoise et ses maisons médiévales posées à fleur d'eau ; le tout à 15 minutes seulement de Bastia.

FURIANI 20600

CAVISTE

L'Empreinte du Vin

Lieu-dit Saltatoghju - T. 04 95 31 45 08

À quelques kilomètres de Bastia, une cave-épicerie élégante où les amateurs de bonnes choses se retrouvent. Ici, les cuvées sont alignées et les fauteuils en cuir sont de mise. Au menu, les grands millésimes et les classiques en font une place de référence. On pourra également apprécier une sélection de produits corses et d'ailleurs, truffes, terrines, épices, chocolats...

A Volta

THE PLACE TO BE

Ce restaurant-bar à vin* branché et chaleureux est le lieu incontournable de toutes les pauses gourmandes.
Pendant que Natacha et son équipe vous conseillent, la chef, Marion, élabore de délicieuses suggestions en suivant les arrivages de produits frais et son inspiration du moment. Et si A Volta s'est fait connaître pour ses tapas à partager en sirotant un cocktail (qui peut être concocté sur-mesure), ses burgers, ses salades ou ses pizzas du soir, la chef emporte les papilles avec ses plats. Il en est ainsi du tataki de saumon, des incontournables travers de porc et du savoureux effiloché d'agneau mariné à la Guinness®. Belle maîtrise des cuissons, belles associations de saveurs, à accompagner d'un vin local ou d'ailleurs issu de leur impressionnante carte. *Ouvert de 08h à 02h.*
Le + : Belle terrasse.

745, avenue du 9 Septembre,
20240 GHISONACCIA
Tél. : 09-67-41-81-45
www.restaurantavolta.com

« *Le plaisir de la table est de tous les âges, de toutes les conditions, de tous les pays et de tous les jours.*

Jean Anthelme Brillat-Savarin
(1755-1826) »

*L'ABUS D'ALCOOL EST DANGEREUX POUR LA SANTÉ.

L'ÎLE ROUSSE 20220

La Siesta

12,5/20

Boulevard Charles-Marie Savelli - T. 04 95 60 28 74 - Menu(s) 45 €

L'adresse la plus recommandable de la station est posée sur la plage. Agréable au déjeuner, en quittant les transats pour une salade, un fritto misto ou un ceviche, c'est une expérience fabuleuse le soir, les tables posées dans le sable pour un grand moment romantique au coucher du soleil. Avec les poissons de pêche locale, loup, saint-pierre, pagre, chapon... mais aussi la langouste, aux tarifs parmi les plus bas de l'île (9 € les 100 g pour le poisson, 16 € les 100 g pour la langouste), servis très gentiment et avec professionnalisme. Desserts maison de bonne composition qui ne déparent pas le tableau (un bon fondant au chocolat), cave corse également accessible avec les bonnes références (Renucci, Alzipratu...).

LAMA 20218

HÔTEL

Hôtel Case Latine - 4 étoiles

Route du Haut Village - T. 06 22 37 14 16 - à partir de : 218 €

Ces «case latine» accueillent chaque année un nombre de fidèles grandissant, totalement séduits par la magie des lieux. Surplombant la vallée de l'Ostriconi, l'hôtel se déploie comme un petit village avec ses ruelles pavées, ses volées d'escaliers et des bergeries de pierre dans lesquelles ont été aménagées 9 suites, vastes et lumineuses. Prolongées de petites terrasses, elles mêlent esprit rustique et confort contemporain avec des meubles chinés et de beaux camaïeux d'ocre et de beige. Le site compte également 3 piscines et une magnifique terrasse où l'on savoure de généreux petits déjeuners, un snacking parfait tout au long de la journée et de succulentes spécialités locales au dîner. Un refuge rare et confidentiel, à deux pas du village médiéval de Lama.

LINGUIZZETTA 20230

PRODUCTEUR

Moulin Oltremonti

Tristani - T. 06 29 54 02 65

Sur la côte est de l'île, un domaine de 35 ha qui inclut une oliveraie et son moulin avec les dernières innovations oléicoles, spécialisé dans la production d'huile d'olive vierge extra. Créé en 2008, le domaine bénéficie d'une réputation solide du fait d'une fabrication respectueuse de l'environnement et de la qualité de ses produits, primés plusieurs fois à l'international.

LORETO DI CASINCA 20215

CHARCUTIER

François Albertini

Piana - T. 04 95 36 30 24

Tenant d'une tradition familiale d'élevage porcin, c'est aujourd'hui au fils François que revient la charge de mener les troupeaux. Fort de 400 têtes, celui-ci constitue la matière première d'une charcuterie corse AOP de grande qualité. Parmi les classiques de la maison, on retiendra le prizuttu, le lonzu et la coppa. Le site est ouvert aux visiteurs.

LUMIO 20260

La Table di Mà - A Casa di Mà

14/20

Route de Calvi - T. 04 95 60 61 71 - Carte 105 € - Menu(s) 145-185 €

Rebaptisé, l'ancien Chez Charles n'a rien perdu de son standing, ni de son charme, dans un design contemporain très réussi. En terrasse, les tables en îlots garantissent confort et discrétion, l'équipe de salle est sérieuse et appliquée, et l'on peut savourer, à un rythme maîtrisé, une cuisine à destination d'une clientèle habituée qui n'a pas besoin de trop de folklore corse pour se faire plaisir : marbré de foie gras au cacao, petit cochon de lait fermier farci girolles fève de Tonka et pommes de terre Anna, blanc-manger au parfum tahitien, le tout sous contrôle du chef Romain Roland. Cave très complète.

MARINA DE PIETRACORBARA 20233

CAVISTE

Distillerie de Pietracorbara

Murticcia - T. 06 17 01 69 72

Ouverte en 2012 par Fabien Barone, la distillerie exerce plusieurs activités de front, avec notamment la production de liqueurs et d'eaux-de-vie, une épicerie fine et des chambres d'hôte. Dans une atmosphère d'éternel été, on profite des alcools corses et du confort de la maison, le temps d'un passage à la boutique ou d'un séjour prolongé. Au menu, des eaux-de-vie de châtaigne, de myrte, de raisin ou encore de figue ou de poire, de nombreuses liqueurs artisanales, ou encore des apéritifs maison.

MURATO 20239

Ferme de Campo di Monte 13/20

D305 - T. 04 95 37 64 39 - Menu(s) 60 €

Au bout d'une route improbable et d'une piste de 1,5 km très peu carrossable, cette ferme en pleine nature, avec son folklore, son atmosphère, son mystère presque, est une récompense. Pourquoi les familles corses de la région y viennent en pèlerinage, pourquoi autant de visiteurs sont saisis par ce charme singulier ? La réponse est multiple et l'expérience seule y répondra. La maison typique et fière, les petites salles de pierre brute ou de murs chaulés, la cuisine de Pauline, la soupe excellente, les beignets de courgette, la charcuterie toujours belle (ce saucisson !), le plat de viande central (sauté de veau et lasagne maison ce jour-là), les fromages et les confitures maison, de figue ou de tomate verte, le dessert du moment, un gros beignet avec les clémentines confites et l'eau-de-vie, dans une liturgie qui se déroule sur une jolie table à la vaisselle précieuse... Tout cela a un coût fixe, de 60 €, avec vin à volonté, un bon nielluccio rouge (évidemment pas de CB, vous êtes dans la vraie Corse), qui peut paraître élevé. Pourtant, rien n'est trop beau, rien n'est trop cher pour préserver cette Corse-là plutôt que celle des paillotes uniformes du littoral avec burrata et gambas.

CHARCUTIER

Pascal Flori

San Michele - T. 04 95 37 62 30

Pascal Flori, ancien footballeur, a commencé par une petite production de charcuterie dans son village du Nebbiu dans les années 1990. Le succès de cette dernière décennie, en particulier à Paris auprès de grands chefs, l'a poussé à s'agrandir, mais il continue de proposer des charcuteries traditionnelles de grande qualité, peu salées, délicatement fumées au bois de hêtre, et séchées dans une cave reproduisant la température et l'hygrométrie de son ancien séchoir.

ÉLEVEUR

A Muratinca

Suttanu - T. 06 35 48 63 41

Voilà une adresse dont on rêve tous et qui a peu d'équivalent sur l'île ! Éleveurs et producteurs, les hommes de la famille Borragini ne travaillent qu'avec des produits qu'ils connaixssent sur le bout des doigts. Les cochons sont élevés sur leurs terres, en plein air, et passent l'automne et l'hiver à se nourrir de glands et de châtaignes du pays, puis sont transformés à l'atelier en saucisse sèche, coppa, lonzu, figatellu, prizuttu et panzetta, qui sont ensuite affinés à l'ancienne.

Le S'yntex

BOULANGERIE ET BRASSERIE

La Boulangerie-pâtisserie Le S'yntex vous accueille avec le sourire de 5h30 à 20 heures, avec des viennoiseries, du pain traditionnel et du snacking de produits frais, entièrement faits maison. Paninis, sandwichs, salades sont à déguster sur place ou à emporter. Dans la brasserie d'esprit parisien, sont servis le midi, plats en sauce (l'hiver), salades, grillades, pâtes et desserts maison.
Un espace de 250 m^2 avec terrasses où l'on se sent à l'aise.

✉ Route de l'aéroport, 20290 LUCCIANA
Tél. : 04-95-36-13-36

A Casuccia COMME À LA MAISON, MAIS EN MIEUX

Épicerie fine, produits corses, restauration rapide, bar à vin, A Casuccia offre l'opportunité de déguster de très bons produits, sur place ou à emporter. Grillades à la pierre de lave en terrasse, coin snacking pour les groupes en quête de convivialité (jeux, boulodrome...).

Ouvert tous les jours à partir de 11h.

✉ Sortie du Village - U Mucale,
20239 MURATO
Tél. : 06-25-41-15-23 / 06-20-11-74-42
Facebook : A-Casuccia Murato

A Rusta Folelli

LES PLAISIRS D'UNE CUISINE FAMILIALE

Véritable institution à Folelli, ce restaurant et bar, repris il y a quatre ans par François FELICELLI et sa belle-famille, propose de quoi ravir les gourmands dans une ambiance chaleureuse et familiale : on se régale des spécialités corses (tripettes, civet de sanglier, agneau de lait, charcuterie et beignets de fromage), des classiques à l'esprit « brasserie » (entrecôtes, escalopes milanaises, magrets), des burgers et pizzas au feu de bois, avant d'opter pour de généreuses touches sucrées. Le tout maison et avec le sourire.
Ouvert tous les jours.

Le + : Pizzas et plats à emporter et en livraison.

✉ T10, 20213 PENTA-DI-CASINCA
Tél. : 04-20-01-46-76

Restaurant Morganti

UNE INSTITUTION CULINAIRE DEPUIS 1898

L'un des premiers restaurants du Cap Corse est toujours, cent-vingt ans après son ouverture, une institution culinaire dont le succès ne se dément pas. Voici pourquoi la réservation est, ici, indispensable.
D'abord, il y a l'emplacement de ce charmant établissement, en plein cœur de la marine d'Albu et son décor de carte postale qui vous transporte loin du quotidien et tout près de la mer. Installez-vous sur sa belle terrasse ombragée et vous comprendrez.
Ensuite, il y a l'accueil chaleureux et sympathique de la famille Morganti : Jean-Toussaint, le patriarche passionné de cuisine, à la tête du restaurant depuis plus de trente ans, sa femme Michèle et leurs enfants... Ils se plient en quatre pour le bien-être de leurs clients qui le leur rendent bien. Très fidèles, ils aiment tout ici, à commencer par les spécialités de poisson et fruits de mer locaux : chapon, danti, langouste, araignée... Ils sont transformés avec talent en mets, à la fois frais et raffinés, et sublimés par un vin*, corse de préférence. Sans oublier le fameux pastizzu, le flan traditionnel qui vous fera, vous aussi, fondre de plaisir !
La grande qualité de cette cuisine traditionnelle, aux accents gastronomiques, la saveur subtile des recettes authentiques (bouillabaisse, spaghetti aux araignées, friture de petits rougets, etc.), voilà ce qui fait la réputation impeccable du Restaurant Morganti. *« Beaucoup de nos clients organisent chez nous leurs fêtes et événements privés »*, ajoute Jean-Toussaint Morganti, par ailleurs maire de la commune d'Ogliastru.
Les raisons de venir découvrir et savourer comme il se doit tous les atouts du Restaurant Morganti sont donc nombreuses.
Ouvert 7j/7 midi et soir, fermé de décembre à février.

Marina d'Albu, 20217 OGLIASTRU
Tél. : 04-95-37-85-10
www.restaurantmorganti.com

*L'ABUS D'ALCOOL EST DANGEREUX POUR LA SANTÉ.

OLETTA 20232

HÔTEL

Hôtel La Dimora - 4 étoiles

Route de Saint-Florent - T. 04 95 35 22 51 - à partir de : 201€

Non loin des magnifiques plages de Saint-Florent, cette ferme du XVIIIe siècle a été aménagée en hôtel avec beaucoup d'esprit par Carole Leccia, qui a choisi de conserver l'âme historique tout en y intégrant un confort très contemporain. 16 chambres et 2 suites assurent aux voyageurs un refuge idéal, arborant de belles matières naturelles (pierre, marbre et bois locaux). L'hôtel propose aussi 2 villas privées, un délicieux salon dans une ancienne bergerie, une piscine chauffée et un espace réservé au bien-être avec hammam, Jacuzzi, massages, réflexologie et soins à base de produits bio et locaux, notamment des huiles essentielles d'immortelles. Quant à la table Pera Bianca, elle célèbre les produits du Cap et séduit tous les gourmets.

U Palazzu Serenu - 4 étoiles

Lieu-dit Paganacce - T. 04 95 38 39 39 - à partir de : 245€

Dans le village d'Oletta, à proximité de Saint-Florent et du désert des Agriates, cette ancien palais XVIIe accroché à la montagne propose 9 suites seulement, toutes aménagées avec un goût exquis. Meubles anciens, pièces design et parquets de chêne voisinent avec des œuvres d'art contemporain (Anish Kapoor, Paul de Pignol ou Daniel Arsham) issues de la collection du propriétaire des lieux, le neveu de l'écrivain Roland Barthes. L'hôtel dispose également d'un très beau bassin de nage de 20 m de long entouré de transats, de fantastiques jardins en restanques et d'une table, Ceci, qui propose une formidable déclinaison de recettes italiennes conçues par Manuel André Fernandes et Delfina Vincaretti. Un paradis encore secret, à découvrir absolument.

APICULTEUR

Domaine Petricajola

Route du lac d'Oletta / Chemin de Rapale - T. 06 17 07 60 24

À quelques kilomètres du lac de Padula, cette petite exploitation ouverte en 2008 est spécialisée dans la production en agriculture biologique. Sur 7 ha, la maison produit ainsi, sur la base de l'apiculture, du miel bio et des bougies 100% en cire d'abeille. On ne manquera pas non plus de mentionner les belles huiles d'olive (en agriculture bio elles aussi) ainsi que les confitures artisanales. Le lieu est ouvert à la visite.

ÉPICIER

L'Olittese

Quartier Boccheciampe - T. 04 95 30 86 45

Au cœur du village, l'ancienne boutique d'alimentation a aujourd'hui repris les couleurs d'une belle épicerie locale. Misant sur la défense du terroir corse, l'enseigne propose, outre les indispensables du quotidien, une sélection de produits locaux. Les quantités sont là autant que la qualité. La clientèle pourra ainsi hésiter entre les nombreuses charcuteries, les fromages, les huiles d'olive de Balagne, les confitures maison, les vins corses, les clémentines confites... et les paniers gourmands de la maison.

PRODUCTEUR

La Ferme de Queccialba

Lieu-dit Queccialba - T. 06 22 57 66 44

Sur la plaine d'Oletta, cette exploitation agricole défend un modèle biologique qui fait la réputation de ses produits. En vente directe, accueillis avec le sourire, on pourra y trouver une offre de fruits et légumes bio, mais également des huiles d'olive maison et des œufs frais.

PIEDIGRIGGIO 20218

CHARCUTIER

Agostini Bastianu et Simon

A Ghjuvellina - T. 04 95 47 68 75

Au centre de l'île, une tradition familiale qui, aujourd'hui, mêle l'élevage, la charcuterie et le service de chambres d'hôte. C'est aujourd'hui Bastianu, le fils, qui dirige le troupeau vers une charcuterie AOP de grande qualité. L'été, rien de mieux que quelques jours ici pour profiter de la nature et des produits locaux. Vente en direct toute l'année, pensez à appeler avant votre visite.

PIGNA 20220

HÔTEL

Casa Legna - 3 étoiles

Lieu-dit Biccali - T. 06 16 55 69 65 - à partir de : 255€

Inauguré en 2018, cet hôtel rallie déjà tous les suffrages... Installé dans une oliveraie, entre mer et montagne, il a été imaginé par deux sœurs, Julia et Marion, qui ont décidé d'utiliser les terres d'un ancien centre équestre pour créer 10 écolodges, bâtis par des artisans locaux et respectueux de l'environnement. Conçus comme de petites maisons, chacun d'eux accueille 2 à 6 personnes dans une ambiance simple et raffinée, mêlant jonc au sol, beaux voilages, gris lumineux aux murs et terrasses ombragées. La piscine, pensée comme un bassin naturel, invite à une douce détente, à moins que l'on ne préfère filer sur les sentiers au départ du domaine qui conduisent aux plus beaux villages de Balagne ou à la plage d'Algajola, toute proche.

POGGIO D'OLETTA 20232

VIGNERON

Yves Leccia Domaine E Croce

Morta Piana - T. 04 95 30 72 33

Yves Leccia est un homme impliqué, passionné et ses vins le transpirent. Outre les Patrimonio, le domaine propose également d'intéressants vins en IGP. À gouter également les vins issus exclusivement des cépages typiquement corses. Le domaine vous reçoit en semaine et le samedi sur rendez-vous.

RAPALE 20246

ÉPICIER

I Fratelli

Quercieta - T. 09 70 35 18 83

Dans ce petit village à l'intérieur des terres, cet épicerie-restaurant fait la promotion de son savoir-faire à travers une gamme de délices corses. Ici, à travers la production Bazziconi, on pourra retrouver les charcuteries corses, la coppa, la pancetta, le lonzu, le veau corse, les canistrelli, ou encore les fromages de chèvre et de brebis. Les productions des villages voisins y sont également proposées.

SAINT FLORENT 20217

POPPA

13/20

Quai d'Honneur - T. 06 75 66 25 65 - Menu(s) 45-49 €

La Rascasse, mythique table de Saint-Florent, avait fermé ses portes voilà quelques années, laissant un trou béant sur ce quai où se pressent quelques-uns des plus beaux yachts de Corse et où flânent des cohortes de touristes charmés par la petite bourgade installée au pied du Cap Corse. Il manquait donc une adresse ambitieuse sur le port que comble désormais A Poppa. Les belles manières sont restées, le cadre se révèle à la fois soigné et décontracté avec une délicieuse terrasse à l'étage, offrant une vue imprenable sur la baie et les montagnes en arrière-plan. La qualité des produits est au rendez-vous, le chef a du métier, et les assiettes se montrent à la hauteur des attentes d'une clientèle habituée aux belles tables et qui ne craint pas de débourser 35 € pour le (beau) turbot rôti, purée d'oignon, jus de poulet ou 19 € pour une salade de tomates (de la ferme de Queccialba), burrata allégée et vinaigrette au miel. Mais les 2 toques justifient sans peine ces tarifs, les desserts sont rassembleurs (pavlova aux agrumes et sorbet pamplemousse, tarte au citron corse et sorbet yuzu, figue de Saint-Florent et glace au miel de Patrimonio), la cave s'intéresse essentiellement aux vins de l'île et le service, souriant et prévenant, ne joue pas trop la carte de l'exclusivité.

La Roya

13/20

Plage de La Roya - T. 04 95 37 00 40 - Carte 73 € - Menu(s) 90 €

Un bel hôtel 4 étoiles contemporain en face de la ville avec une vue imprenable sur le golfe de Saint-Florent. La table avec terrasse panoramique vaut la peine d'être vécue, aussi bien pour le paysage exceptionnel que pour les bonnes assiettes du chef. Le ton est corse, avec un beau travail sur le produit local, qui est servi avec autant d'attention sur le fond que sur la forme. Prix attendus. Service professionnel.

Restaurant MaThyS

12/20

Rue Furnellu - T. 04 95 37 20 73 - Menu(s) 20 €

Sur l'initiative de Thierry Burlot, qui fut un animateur de la vogue des bistrots parisiens des années 1980, cette jolie maison dans le village, au-dessus du port, propose une carte maligne qui permet de piocher des gourmandises de saison à son gré et selon son budget : calamar en carbonara, sériole ikejime en ceviche émulsion romarin lime et cébette, poulpe plancha chorizo ibérique amandine et œufs de saumon, porc fermier côte rôtie cuisse cuite doucement et piment jaune des Caraïbes.

HÔTEL

Hôtel La Roya - 4 étoiles

Route de la Plage - T. 04 95 37 00 40 - à partir de : 255 €

À la fois moderne, fonctionnel et élégant, cet hôtel résolument contemporain présente de sérieux arguments, à commencer par un joli jardin et une géographie idéale, à fleur d'eau et avec une vue d'une beauté à couper le souffle sur la baie de Saint-Florent. Les 11 chambres et les 15 suites déclinent une décoration simple et élégante avec des meubles aux lignes claires et de vastes salles de bains, la plupart pourvues de petits balcons qui ouvrent sur la piscine et la plage. Autres atouts du lieu (membre Small Luxury Hotels of the World), un centre de bien-être avec massages, cours de Pilates et le restaurant gastronomique La Table de La Roya qui fait la part belle aux recettes corses réinventées avec esprit.

ÉPICIER

L'Épicerie Scotto

Place Doria - T. 04 95 37 00 47

L'épicerie fine en vue du centre-ville se repère facilement aux caissettes en bois réparties devant la façade, étalant l'arc-en-ciel de couleur des légumes et fruits de saison. À l'intérieur, énormément de produits plus ou moins corses, des poutres exhibant de bonnes charcuteries et une petite vitrine réfrigérée renfermant un bon choix de fromages frais, affinés, en vache, brebis ou chèvre.

GLACIER

Maison Salge

Place des Portes - T. 04 95 37 00 43

José Salge privilégie les produits frais de la cueillette du jour pour réaliser ses sorbets à la myrte sauvage, au cédrat corse ou au citron et huile d'olive Terra Rossa. Même volonté de mettre en avant les spécialités insulaires dans les crèmes glacées au canistrelli (un biscuit local granuleux fait maison) mêlé à la vanille, ou celles au brocciu et zestes de citron ou encore au miel corse. Possibilité de visiter la Fabrique de José Salge, qui est située dans la zone artisanale de Saint-Florent. Vente en ligne et click & collect.

VIGNERON

Clos Teddi

A Casta - T. 04 95 37 24 07

Le domaine est situé en altitude, sur une arène granitique. Marie-Brigitte a repris le flambeau de son père et a réalisé sa première vinification en 1999. Sur ce terroir, bénéficiant de l'influence maritime, les vignes de cépages locaux, blancs (vermentino) et rouges (niellucciu, sciaccarellu) s'expriment en fraîcheur plus qu'en puissance. Le domaine vous reçoit dans sa boutique sur place.

Domaine Gentile

Olzo - T. 04 95 37 01 54

Jean-Paul Gentile, vigneron et œnologue, exploite une trentaine d'hectares de vignes sur les coteaux argilo-calcaires de Patrimonio. Il faut savoir attendre les rouges car dans leur jeunesse, les trames sont serrées et tendues ; mais quel plaisir après une poignée d'années en cave ! Le domaine vous reçoit directement sur place sur rendez-vous.

SAN GAVINO DI TENDA 20246

Le Grenier du Nebbiu 11/20

Village - T. 06 73 96 37 75 - Carte 40 €

Au cœur du Nebbiu, chaque flaque de couleur pâle est un village au milieu du maquis, avec son église et quelques maisons typiques. San-Gavino-di-Tenda est au milieu d'un vaste cercle superbe d'où chacun peut admirer les autres. Ludo, Corse d'adoption totalement impliqué dans la production vertueuse et locale, et Gaëlle la Rouennaise devenue encore plus corse que corse, ont ouvert il y a onze ans cette épicerie devenue restaurant, halte charmante pour qui sait profiter du paysage. La cuisine de Gaëlle est simplement bonne, la charcuterie et le fromage sont bien sûr de la région, et choisis avec soin, et on se régale sans fioritures avec le civet de poulpe à l'arrabiata, l'espadon grillé ou les tagliatelles aux palourdes. La pavlova maison, énorme, est un must.

ÉPICIER

Le Grenier du Nebbiu

Village - T. 06 73 96 37 75

À la fois table et épicerie fine, c'est l'occasion de découvrir la Corse dans son hospitalité et son terroir. Après des assiettes qui font le tour des spécialités, un tartare de thon rouge, des raviolis frais au brocciu, on n'hésite pas à passer par la boutique, où les produits locaux sont promus, avec le sourire et la passion du goût.

SAN LORENZO 20244

CHARCUTIER

Benoît Rinaldi

Cima lieu-dit Seramola - T. 04 95 48 44 79

Au cœur de la Castagniccia, Benoit Rinaldi, épris de qualité, élève ses porcs AOC de façon traditionnelle dans la montagne corse. Il les lâche en période de glanée pour une finition à la châtaigne. Ensuite, la charcuterie est affinée en cave. Prizuttu, lonzu et coppa y acquièrent une saveur incomparable. Les visites se font de septembre à juin sur rendez-vous.

ÉPICIER

Domaine Vincensini

Baraques de Rio - T. 04 95 47 15 45

Combinant tradition et effort biologique, cette entreprise familiale s'efforce depuis une vingtaine d'années d'orienter sa production vers des méthodes plus naturelles, autant à l'égard de l'environnement qu'à l'égard des traditions. En conséquence, une production diversifiée et solide, réalisée avec patience et savoir-faire. On n'hésitera pas sur les confitures et les produits à base de châtaigne corse, ni sur les terrines bio, le miel et les belles charcuteries.

SAN MARTINO DI LOTA 20200

La Corniche 12/20

Hameau Castagneto - T. 04 95 31 40 98 - Carte 62€ - Menu(s) 29-35€

Une institution dans les collines bastiaises, à l'entrée du Cap. Au milieu du village, cette auberge familiale bénéficie d'un très beau point de vue sur la côte, et offre aux résidents une table de qualité. La carte évolue vers la modernité (où est passée la merveilleuse soupe corse ?) pour une carte moins authentique, mais convenant sans doute davantage aux touristes, avec les linguine aux fruits de mer et le burger, le cappuccino de langoustines et la picanha de bœuf sauce béarnaise...

Pan'Attellu

LES SENTEURS DE L'ÎLE DE BEAUTÉ

La boulangerie-pâtisserie de Renaud Garcia a pour objectif de promouvoir les saveurs régionales corses. Ce Compagnon du Tour de France des Devoirs Unis vous invite à la découverte des spécialités du continent et d'ailleurs. Dans le respect des matières premières de qualité, Renaud travaille des farines traditionnelles et bio. Divers pains sont proposés : sur levain en longue fermentation, tourte de meule, pain aux céréales torréfiées, ciabatta ainsi que des pains aromatiques comme le pain à l'olive ou aux tomates. Les viennoiseries pur beurre sont réalisées maison, à base d'ingrédients nobles : la gâche, la brioche ou les croissants aux oranges confites et chocolat. Côté pâtisserie, le millefeuille aux noisettes de Cervione ou le fiadone, un gâteau brocciu et citron, enchanteront vos papilles. Une large proposition de snacking est présentée : tarte aux herbes, migliacci, bruschetta, focaccia... À découvrir aussi dans son second établissement : Chez Reno.

Le + : Espace dégustation en terrasse.

Résidence Marina Bianca,
20230 SANTA-LUCIA-DI- MORIANI
Tél. : 04-95-34-00-61
Chez Reno, Col San Stefanu,
20232 OLMETA-DI-TUDA

> *La gastronomie est l'art d'utiliser la nourriture pour créer le bonheur.*
>
> Theodore Zeldin (1933-)

L'Albore

UN PARADIS

Cette paillote les pieds dans l'eau est une vibration de simplicité. On y lâche prise du petit déjeuner aux dernières heures en craquant pour de délicieuses propositions, cuisinées avec des produits frais locaux et d'incroyables desserts aux fruits du jardin. On aime l'accueil chaleureux, la carte des vins* de petits producteurs régionaux, les cocktails maison et les soirées à thème.

Plage de Taglio Isolaccio,
20230 TAGLIO-ISOLACCIO
Tél. : 06-73-62-00-86
lalborepaillote.com

*L'ABUS D'ALCOOL EST DANGEREUX POUR LA SANTÉ.

SISCO 20233

OLÉIFACTEUR

Olivier Bardin

Le Poggio - T. 04 95 36 32 90

Olivier Bardin, celui qui a su ressusciter l'oignon de Sisco, une variété endémique qui était en passe de disparaitre. Ce défi de taille a fait de lui un véritable conservateur de la biodiversité et... du patrimoine gastronomique. Cultivés naturellement, les délicieux oignons dorés du Cap Corse sont un succès et leur réputation dépasse les frontières de l'île de Beauté. 6 ha de terres sont également consacrés à la culture de l'olive pour la production d'une huile extra vierge labellisée en AOP. En guise de reconnaissance, l'établissement a reçu l'appellation de qualité du Collège culinaire de France. Vente sur place, sur rendez-vous.

SOVERIA 20250

CONFISEUR

Confiserie Saint Sylvestre

Le bourg - T. 04 95 47 42 27

En digne fille de confiseur, Alexia Santini s'est largement imprégnée durant son enfance des senteurs sucrées que préparait son père. Depuis sept ans, elle a étoffé la gamme de bonbons de chocolat, agrémentés de saveurs corses dont l'île est si riche. Ganache au miel du maquis, pâte d'amande à l'écorce d'orange, praliné-clémentine, praliné-canistrelli... figues, cédrat, citron, pamplemousse... les fruits sont confits maison et les saveurs s'harmonisent parfaitement en de délicates bouchées. Une jolie réussite.

VALLE DI CAMPOLORO 20221

APICULTEUR

Ciccoli Apiculteurs

Lieu-dit Olmellu - T. 06 37 39 15 11

Apiculteur de père en fils depuis 1965, François-Xavier Ciccoli a repris l'exploitation familiale pour perpétuer la production du miel corse AOP. Ce nectar d'une rare qualité est issu des 260 espèces de plantes endémiques à l'île de Beauté. Les miels Ciccoli respectent à la fois la nature et les savoir-faire traditionnels apicoles. En guise de reconnaissance, l'établissement a reçu l'appellation de qualité du Collège culinaire de France.

VALLECALLE 20232

ÉLEVEUR

Les Beurrières du Nebbiu

Plaine du Nebbio - T. 06 78 88 44 87

Difficile à trouver... En voiture, on se gare devant, on passe à pied un pont de bois qui semble assez incertain (mais qui tient !) et on se retrouve sur un terrain herbeux, flanqué des quelques maisonnettes de bois. Il faut appeler et attendre un peu. L'accueil est charmant, et les produits sont excellents. Lait de vache encore chaud de la traite, beurre, crème, yaourts. En vente sur place uniquement le matin, sur rendez-vous. Également sur les marchés de la région.

Fromagerie Casanova

Saint-Paul - T. 06 21 81 06 52

En activité depuis trente-sept ans, cette exploitation familiale est l'œuvre de trois générations qui se sont transmises le savoir-faire et la passion du fromage. Aujourd'hui tenue par Jean-Noël et Laëtitia Casanova, avec leur associé Patrick Sanchez, la maison a su conserver son excellente réputation. Spécialisée en chèvre et en brebis, elle propose essentiellement du chèvre frais, de la tomme, du brocciu et du brebis frais. Outre la vente directe, les produits de la ferme se retrouvent également sur les marchés locaux.

Tables Remarquables – 15/20 à 16,5/20

Tables de Chef – 13/20 à 14,5/20

Tables Gourmandes – 11/20 à 12,5/20

Tables Originales – 10/20 à 10,5/20

Chez Lando

FAMILLE ET CONVIVIALITÉ

La famille Landolfini a ouvert ce restaurant de village avec Malou, la maman, il y a cinq ans. Cette dernière adorait concocter de jolis plats gourmands pour de grandes tablées.
C'est l'esprit que Joseph a voulu conserver, accompagné de Manu et Stéphane. L'âme du restaurant, pour cette famille, se trouve dans le plaisir de l'assiette : rendre les gens heureux autour d'un plat est leur plus belle récompense. Le menu dépend des envies du chef et de la demande : escalope de veau bocconcini, croustillant de veau sauce échalote, risotto de saint-jacques, bruschettas, salade de chèvre chaud en samoussa, puis une fabuleuse tarte Tatin maison ou une brioche perdue chocolat vanille chantilly, le pêché mignon d'Emmanuelle. *Ouvert midi et soir, tous les jours en saison. Bar ouvert toute l'année.*

Le + : Terrasse typique avec une fontaine sur la place du village.

✉ Place du Village, 20215 VESCOVATO
Tél. : 04-95-48-43-86
Instagram : chez_lando

La Piscine

LES ODEURS DE LA FORÊT ET DE LA MER MÊLÉES

Une terrasse ensoleillée avec vue sur la piscine et sur la forêt. Voilà le cadre du restaurant offert par Joseph et Manu, fille et père. Grâce à des produits frais de saison, le chef vous proposera, par exemple, une aumônière de chèvre chaud miel corse et thym, un risotto de saint-jacques, une pizza, de la charcuterie et du fromage, corses bien sûr ! Pour la note sucrée : un tiramisu, une glace ou un café gourmand. Et la piscine pour apprécier vos après-midis.

Ouvert en saison. **Le + :** Privatisation possible.

✉ Route du Cap Sud, 20215 VENZOLASCA
Tél. : 06-26-46-56-75
Instragram : lapiscine_bylando

ZILIA 20214

VIGNERON

Domaine d'Alzipratu

Zilia - T. 04 95 62 75 47

Pierre Acquaviva témoigne du renouveau de la Corse. Après avoir repris le domaine de son père, il exploite quelque 40 hectares en Balagne, sur l'appellation Calvi, plantés majoritairement en cépages rouges, sans oublier le vermentino en blanc. Le domaine propose une boutique mais aussi des visites complètes et guidées qui se terminent par une dégustation de 5 vins et 5 plats. Sur réservation.

LES PRODUITS AOC ET AOP DE LA RÉGION PROVENCE-ALPES-CÔTE D'AZUR

Figue de Solliès, brousse du Rove, fromage de Banon, huile d'olive d'Aix-en-Provence, huile d'olive de Haute-Provence, huile d'olive de Provence, huile d'olive de la vallée des Baux-de-Provence, huile d'olive de Nice, muscat du Ventoux, olive de Nice, olives cassées de la vallée des Baux-de-Provence, olives noires de la vallée des Baux-de Provence, pâte d'olive de Nice, picodon, taureau de Camargue, truffe noire du Tricastin...

98

MONACO

MONACO 98000

Alain Ducasse à l'Hôtel de Paris

CHEF : DOMINIQUE LORY - *CHEF PÂTISSIER :* SANDRO MICHELI - *DIRECTEUR DE SALLE :* MICHEL LANG - *DIRECTEUR DE SALLE :* CLAIRE SONNET - *SOMMELIER :* NOËL BAJOR

Place du Casino - T. +377 98 06 88 64 - Carte 280 € - Menu(s) 180-350 €

Le service le plus faramineux, l'hôtel le plus extraordinaire, la cuisine la plus perfectionniste, tout tient de l'exception dans ce palais princier concurrençant celui du Rocher voisin. Voilà le luxe à la française et à la monégasque, voilà Alain Ducasse faisant briller de mille feux une certaine idée de la restauration du plus haut niveau. Claire Sonnet et Michel Lang animent avec un brio inégalable ce moment de privilège pour tous les convives, tandis que le chef Dominique Lory suit avec un zèle admirable les préceptes ducassiens de la naturalité, de la finesse et de la légèreté. Dans une carte qui n'a plus besoin de trop bouger, on savoure cette perfection avec les gamberonis de San Remo gelée de poissons de roche et caviar, le loup pommes grenailles myrte et citronnelle, l'agneau de lait des Pyrénées courgette et trompettes parfum de curry. Et les sublimes desserts de Sandro Micheli boucleront le festival, avec la pomme fondante crème glacée chartreuse, le soufflé chaud à la passe-crassane le chocolat poivre sauvage et granité grué. Et bien sûr, la cave menée par Noël Bajor rassemble l'histoire du vignoble français et au-delà, à travers les plus prestigieuses étiquettes.

Blue Bay 15/20

CHEF: MARCEL RAVIN

40 avenue Princesse Grace - T. +377 98 06 03 60 - Menu(s) 110-180 €

Marcel Ravin est aujourd'hui bien plus que le chef antillais le plus connu de la métropole. C'est un créateur à part entière qui a réussi à imposer un style, une fusion franco-caribéenne qui donne des résultats percutants et toujours intéressants. La table est belle, la terrasse magnifique, dans une ambiance glamour très Monte-Carlo. On laisse faire le chef et on le suit volontiers dans ce voyage palpitant où se mêlent par exemple la quenelle de saint-jacques consommé de poisson de roche écume de géranium mentholée toast melba de sériole avocat curry et graines d'amarantes ; le pigeonneau du Piémont rôti au feuilles de bois d'Inde, champignons et aubergines fermentées langoustine à la flamme poudre de colombo ; figue fraîche aux épices crème brûlée en texture amande mélisse du jardin. Des saveurs, des découvertes, un monde à explorer, par exemple dans ce voyage aux neuf saveurs pour 180 €. Service palace, cave généraliste bien pourvue sur le Sud.

Le Vistamar - Hôtel Hermitage

14/20

Square Beaumarchais - T. +377 98 06 98 98 - Carte 148 € - Menu(s) 68-235 €

L'idée est bonne, assurément. Une nouvelle vision de la gastronomie, telle que le grand Yannick Alléno la développe chez Ledoyen, par exemple, c'est sans doute l'avenir pour le gratin des tables monégasques, les hautes toques n'ayant plus trop à attendre de la mondialisation version Dubaï de la cité princière. Alors, un Pavyllon et Hermitage, pourquoi pas, d'autant que l'on se fait plaisir avec une carte moderne et attrayante, le grand menu à 235 € n'ayant pas de quoi épouvanter la clientèle. Seuls quelques plats caviar homard langoustines atteignent ou dépassent les 100 €. Avec la quenelle de bar, le poulet façon pique-nique, avec une mayo à la livèche, une bonne idée contrariée par une réalisation mollassonne et un accompagnement courgette automatisé sur tous les plats de la carte, et pas du tout raccord, et un dessert pêche frais et tranquille, on profite de la vue sur le port et le Rocher. Cave coûteuse, pas si mal tournée, et choix de verres assez pertinents aux altitudes attendues.

Nobu - Fairmont Monte Carlo

12,5/20

12 avenue de Spélugues - T. +377 97 70 70 97 - Menu(s) 80 €

Dans l'enceinte du Fairmont, la formule Nobu tient toujours sa bonne réputation, avec ses assiettes fusionnantes inspirées de la cuisine japonaise. Le cadre, éminemment luxueux, participe à l'expérience, et permet de découvrir, face à la Méditerranée, les plaisirs de cette ancienne nouvelle vague : sashimis, tartare de toro et caviar, nouba riz croustillant épicé, tempura de crevettes, l'incontournable entrecôte wagyu, les langoustines grillées sauce shiso salsa... Desserts classiques. Prix attendus.

HÔTEL

Hôtel de Paris Monte-Carlo - 5 étoiles

Place du Casino - T. +377 98 06 30 00 - à partir de : 640 €

Refuge privilégié du monde culturel et artistique, cet hôtel iconique récemment restauré est celui de tous les superlatifs... Somptueuse façade Belle Époque, immense coupole baignée de lumière, mythique bar américain et 209 chambres et suites au luxe moderne et design avec ses marbres blancs et ses grandes terrasses tournées vers le palais princier. Le lieu abrite également le restaurant panoramique Le Grill, mais aussi (et surtout) le Louis XV, emmené par Alain Ducasse. Fleuron de la Société des bains de mer (SBM), il chouchoute également ses hôtes dans son espace wellness, au dernier étage, avec vue panoramique, hammam, sauna et espace fitness. À découvrir absolument, à moins que l'on ne choisisse de rejoindre le spectaculaire spa des Thermes Marins Monte-Carlo, le plus grand d'Europe, pour une cryothérapie à quelque -110 °C.

Hôtel Hermitage Monte-Carlo - 5 étoiles

Square Beaumarchais - T. +377 98 06 40 00 - à partir de : 425€

Incontestablement l'un des plus beaux hôtels de la Riviera ! Sur les hauteurs de Monte-Carlo, l'Hermitage a été restauré par le décorateur Pierre-Yves Rochon, qui a infusé un luxe intemporel et raffiné aux 278 chambres, 76 suites et 12 Diamond Suites, habillées de papiers peints de la manufacture Zuber et de mobilier aux tonalités azurées. Ici, on prend son petit déjeuner sous un superbe dôme en verre de Gustave Eiffel, on déguste l'exquise cuisine de Yannick Alléno sur la terrasse noyée sous les jasmins et les oliviers, et on fait son shopping dans les boutiques de luxe qui se déploient le long des galeries. Pour une pause bien-être, les hôtes n'ont que l'embarras du choix entre le très chic spa de l'hôtel griffé Paoma Rituel, l'extraordinaire piscine des Thermes Marins Monte Carlo que l'on rejoint par le sous-sol, ou encore le Monte-Carlo Beach Club, face à la mer azur...

Hôtel Metropole Monte-Carlo - 5 étoiles

4 avenue de la Madone - T. +377 93 15 15 35 - à partir de : 437€

Niché dans le quartier du Carré d'Or de Monaco, cet hôtel historique (bâti en 1886) a discrètement fait peau neuve, revisitant l'ensemble de ces espaces et réduisant le nombre de chambres pour offrir à ses hôtes un écrin plus luxueux encore. Réinventées par l'architecte d'intérieur Jacques Garcia, les 126 chambres et suites distillent une atmosphère plein Sud, mêlant raffinement et confort d'exception avec tissus Pierre Frey et meubles Louis XVI. Dédié à la relaxation et au bien-être, le spa abrite une piscine d'eau de mer, un espace fitness et des cabines où sont prodigués des soins Givenchy. Membre de la collection Leading Hotels of the World, le Metropole dispose également de 3 restaurants qui séduisent tous les épicuriens par leur richesse et leur diversité. Selon l'humeur, on optera pour la table gastronomique de Christophe Cussac, les délices du Yoshi préparés par le chef japonais Takeo Yamazaki, ou l'Odyssey, pour un snacking chic au bord de la piscine, imaginée par Karl Lagerfeld.

BOUCHER

Lino

7 rue Baron de Sainte-Suzanne - T. +377 93 15 95 50

Il se présente comme le fournisseur privilégié du Palais princier, un gage de qualité incontestable. Distributeur exclusif de la viande d'Écosse Aberdeen Angus, il propose également des produits estampillés Sud-Ouest avec le foie gras de la maison Rougié et les volailles fermières du Gers. Service de livraison à partir de 100 €.

CAVISTE

Dionysos

4 rue Princesse Caroline - T. +377 93 30 88 88

Cave monégasque composée de 15000 bouteilles. Véritable caverne d'Ali Baba, vous y retrouverez des grands crus français, mais également des vins étrangers (Chili, Espagne, Portugal, États-Unis...), une grande sélection de champagnes, de vignerons artisans (nature, bio ou en biodynamie). Cette boutique est celle de Cyril Jaegle distingué du titre de maître sommelier. Vous pouvez y aller en fermant les yeux, les conseils seront toujours avisés.

LES 7 PRINCIPES DE GAULT&MILLAU

1

L'indépendance totale vis-à-vis des établissements.

2

Le recrutement d'enquêteurs exigeants, gourmets et gourmands.

3

L'anonymat des enquêteurs lors des évaluations.

4

La visite dans des conditions normales de fréquentation.

5

Le règlement des additions.

6

La mise à jour régulière par des évaluations continues.

7

La vérification de nos informations

Le Petit Bar

BISTRONOMIE À LA FRANCAISE

Depuis 2019, John Contente, Portugais Australien, a repris cette enseigne connue des Monégasques. En cuisine, le chef Jean-Marc Troussard concocte avec originalité les petits plats traditionnels de nos grands-mères. Blanquette et ris de veau, terrine de campagne, œufs cocotte, bœuf Angus, poisson et légumes du marché, clafoutis prune-abricot à la crème de verveine en saison et tarte au chocolat. Des délices pour les yeux et les papilles. Terrasse extérieure.

35, rue Basse, 98000 MONACO
Tél. : (+377) 97-70-04-97
www.petitbarmonaco.com

La gastronomie est l'art d'utiliser la nourriture pour créer le bonheur.

Theodore Zeldin
(1933-)

La découverte d'un mets nouveau fait plus pour le bonheur du genre humain que la découverte d'une étoile.

Jean Anthelme Brillat-Savarin
(1755-1826)

INDEX DES ÉTABLISSEMENTS

INDEX DES VILLES

INDEX DES ÉTABLISSEMENTS

A

B

RESTAURANT HÔTEL ARTISAN ANNONCEUR

INDEX ÉTABLISSEMENTS

RESTAURANT HÔTEL ARTISAN ANNONCEUR

■ RESTAURANT ■ HÔTEL ■ ARTISAN ■ ANNONCEUR

INDEX ÉTABLISSEMENTS

D

RESTAURANT HÔTEL ARTISAN ANNONCEUR

E

F

RESTAURANT HÔTEL ARTISAN ANNONCEUR

INDEX ÉTABLISSEMENTS

G

H

RESTAURANT ■ HÔTEL ■ ARTISAN ■ ANNONCEUR

I

J

K

L

RESTAURANT HÔTEL ARTISAN ANNONCEUR

INDEX ÉTABLISSEMENTS

M

RESTAURANT HÔTEL ARTISAN ANNONCEUR

RESTAURANT HÔTEL ARTISAN ANNONCEUR

INDEX ÉTABLISSEMENTS

Q

R

RESTAURANT HÔTEL ARTISAN ANNONCEUR

S

T

RESTAURANT HÔTEL ARTISAN ANNONCEUR

INDEX ÉTABLISSEMENTS

U

V

W

X

Y

Z

RESTAURANT HÔTEL ARTISAN ANNONCEUR

INDEX DES VILLES

H

J

L

M

N

O

P

R

S

T

U

V

Z

PRÉSIDENT-DIRECTEUR GÉNÉRAL PATRICK HAYOUN

DIRECTEUR GÉNÉRAL ZAKARI BENKHADRA

RÉDACTION

DIRECTEUR DE LA RÉDACTION STÉPHANE BRÉHIER, sbrehier@gaultmillau.fr

RÉDACTEUR EN CHEF, PÔLE VINS, ALCOOLS & SPIRITUEUX LAURENT VUILLAUME

RÉDACTEUR EN CHEF, PÔLE HÔTELLERIE LYDIA BACRIE

DIRECTRICE ARTISTIQUE INGRID MAUPOUX

RÉDACTRICE EN CHEF ADJOINTE FLORENCE SAINT-MARTIN

CHARGÉE DE PRODUCTION MAUD LOLIA

ASSISTANTE DE LA RÉDACTION & ICONOGRAPHIE JULIE VANAZZI

ASSISTANT ICONOGRAPHIE ANTOINE DUTHION

SECRÉTAIRE DE RÉDACTION BRIGITTE ROUX

MAQUETTISTES – PRÉPRESSE MARIE-HÉLÈNE MARTIN & DIDIER NAULEVADE

ASSISTANTE MAQUETTE CANNELLE PETIT

RESPONSABLE DE LA BASE DE DONNÉES ARMAND BOLZER

COMMUNITY MANAGER EVA DESSONS, edessons@gaultmillau.fr

CARTOGRAPHIE LÉGENDES CARTOGRAPHIE, à Chatou

ILLUSTRATIONS BETTY CARICATURES

ENQUÊTES

DIRECTEUR DES GUIDES & DES ENQUÊTES MARC ESQUERRÉ

PUBLICITÉ & PARTENARIATS

DIRECTEUR COMMERCIAL NICOLAS MOLINA, nmolina@gaultmillau.fr

RÉGIE PUBLICITAIRE

COM'EN RÉGIONS SAMUEL & JOSEPH BARUK

40, rue de l'Est – 92100 Boulogne-Billancourt – T. 01 83 90 66 90

ÉVÉNEMENTS

RESPONSABLE CLÉMENCE DULAC, cdulac@gaultmillau.fr

CHEFFE DE PROJET EMMA LACHÈVRE, elachevre@gaultmillau.fr

CHEFFE DE PROJET LISA DIRAISON, ldiraison@gaultmillau.fr

AUDIT & CONSEIL

RESPONSABLE FRANCK TESSON, ftesson@gaultmillau.fr – T. 01 41 40 03 93

COMPTABILITÉ

COMPTABLE CINDY KUEVIDJEN, compta@gaultmillau.fr

ÉDITIONS GAULT&MILLAU – 37-39, rue Boissière – 75016 Paris – france@gaultmillau.fr

Gault&Millau SA au capital de 250 000 €

DÉPOT LÉGAL mai 2022

IMPRESSION Dupliprint à Mayenne, France

ISBN 978-2-37557-070-8

PEFC 10-31-1316

FABRIQUÉ EN FRANCE